HEYNE <

Das Buch

Auf der Korvette Ihrer Majestät *Siorys* nehmen die junge Kapitänin Roxane und der Freibeuter Jaquento Kurs auf die Drachenküste, um das schwarze Schiff, die *Todsünde*, zu verfolgen. Das Piratenschiff mit seiner mysteriösen und hochgefährlichen Ladung ist unterwegs zu unerforschten Gestaden jenseits der Drachenküste.

Unterdessen versucht der bärbeißige Admiral Thyrane mithilfe der ehemaligen Sklavin Sinao und des jungen Maestre Manoel zu beweisen, dass die mächtige Handelscompagnie in der Sturmwelt ein schmutziges Geheimnis versteckt. Dabei gerät er mitten hinein in das Intrigenspiel der Mächtigen und wird prompt auf Lessan eingesperrt, doch seine Mannschaft hält wie Pech und Schwefel zu ihm und wagt einen Befreiungsversuch, der sie alle den Kopf kosten könnte.

Im geheimnisvollen Reich des Drachenkaisers geraten Jaquento und Roxane in höchste Gefahr – und machen dabei eine schreckliche Entdeckung. Die Zeit drängt, und als alle in einem gewaltigen magischen Sturm wieder aufeinandertreffen, schlägt zum letzten Mal die Stunde der Freibeuter. Werden Jaquento und seine Gefährten der Macht ihrer Gegner standhalten und den Untergang der Welt verhindern können?

Der Autor

Christoph Hardebusch, geboren 1974 in Lüdenscheid, studierte Anglistik und Medienwissenschaft in Marburg und arbeitete anschließend als Texter bei einer Werbeagentur. Sein großes Interesse an Fantasy und Geschichte führte ihn schließlich zum Schreiben. Seit dem großen Erfolg seiner *Troll*- und *Sturmwelten*-Romane lebt er als freischaffender Autor in Heidelberg.

Mehr zu Autor und Werk unter:
www.hardebusch.net

CHRISTOPH HARDEBUSCH

STURMWELTEN

JENSEITS DER DRACHENKÜSTE

Roman

Originalausgabe

WILHELM HEYNE VERLAG
MÜNCHEN

FSC
Mix
Produktgruppe aus vorbildlich bewirtschafteten Wäldern und anderen kontrollierten Herkünften

Zert.-Nr. SGS-COC-001940
www.fsc.org
© 1996 Forest Stewardship Council

Verlagsgruppe Random House FSC-DEU-0100
Das für dieses Buch verwendete
FSC-zertifizierte Papier *Super Snowbright*
liefert Hellefoss AS, Hokksund, Norwegen.

Originalausgabe 09/2010
Redaktion: Uta Dahnke

Printed in Germany 2010
Umschlagillustration: Arndt Drechsler
Umschlaggestaltung: Nele Schütz Design, München
Satz: Leingärtner, Nabburg
Druck und Bindung: GGP Media GmbH, Pößneck

ISBN 978-3-453-52398-2

www.heyne-magische-bestseller.de

Für meine Liebe, schön und geheimnisvoll wie die See

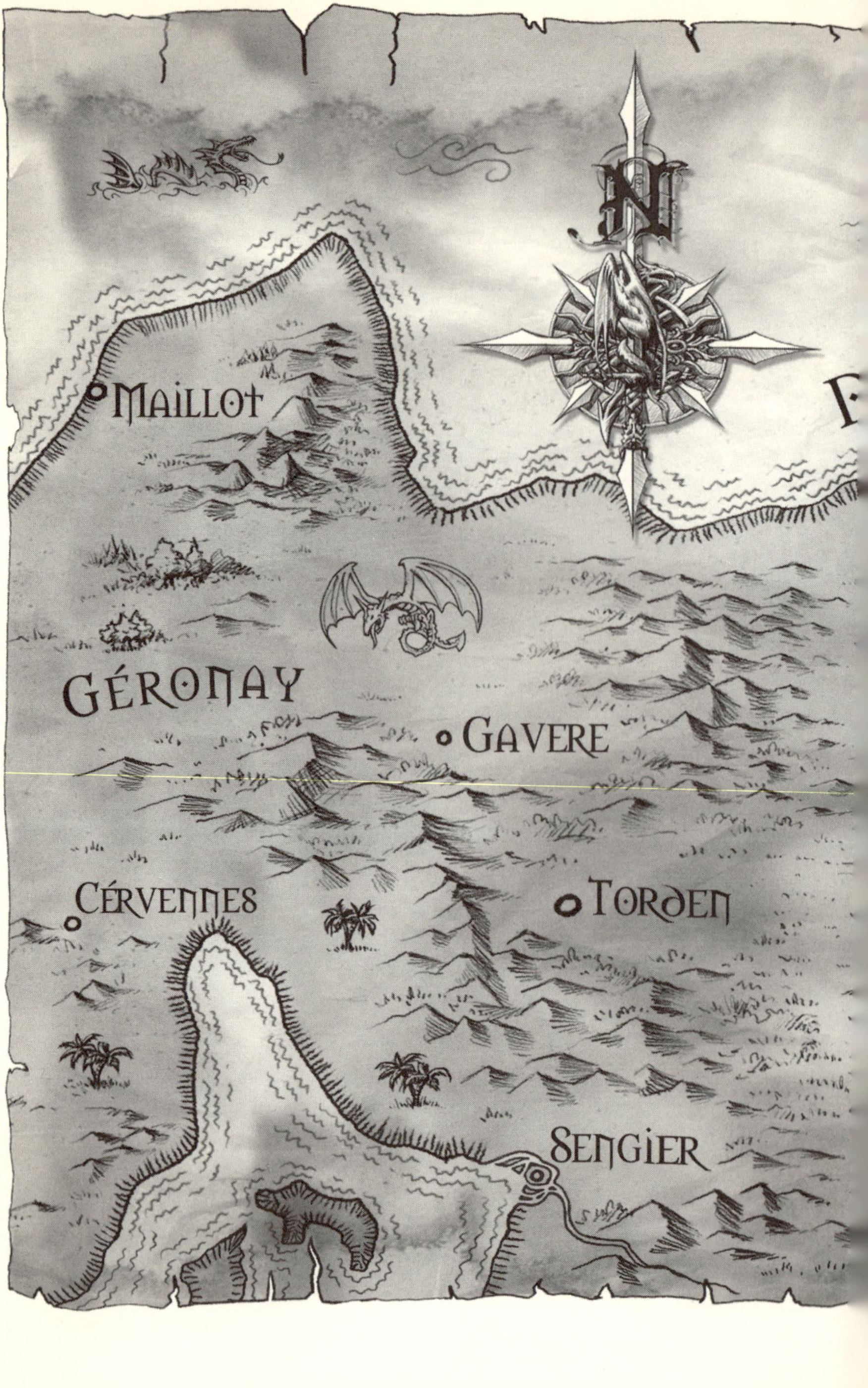

N
Maillot
Géronay
Gavere
Cérvennes
Torden
Sengier

ACHENKÜSTE
RACHINE
DANAM
AVEYREUSE / ROTER FLUSS
KHOAN
BHATXI

DIE ZENTRALE STURMWELT
DER VIERER SAND
DIE SONNENINSELN
TELLNA
HORENDANN
ADLERKOPF
LESSAN
OST-PASSAGE
PORTOSA
DER KLEINE BOGEN
Hancock

»11. Jede Person, die auf ein Signal oder einen Befehl zum Angriff hin oder auf die Sichtung eines Schiffes oder von Schiffen, die aufzubringen ihre Pflicht wäre, hin nicht die notwendigen Vorbereitungen für das Gefecht trifft und nicht, je nach Stand und Posten, die Untergebenen dazu anhält, mutig zu kämpfen, soll mit dem Tod bestraft werden oder einer solchen Bestrafung zugeführt werden, wie sie dem Kriegsgericht als angemessen erscheint und wie die Natur und der Grad des Verbrechens sie verdienen.«

Die Kriegsartikel der Thaynrischen Marine

»3. Im Gefecht hat der Kapitän absoluten Gehorsam von jedem Mann und jeder Frau zu erwarten. Jede Person hat zu kämpfen und an der Seite der Kameraden zu stehen, bis der Feind überwältigt ist.«

Der Kodex der Piraten

DRAMATIS PERSONAE

Personen in und aus Corbane

Admiral Daunce	Mitglied der Admiralität
Almarza	Hiscadischer Ratsvorsitzender
Alserras	Hiscadischer Student
Aomas Thyrane	Admiral im Ruhestand, genannt der Seewolf
Askell	Thaynrische Maestra
Blylock	Verstorbener thaynrischer Admiral
Chavias	Verstorbener Bruder Jaquentos
Deckard	Kapitän der *Phönix*
Esterge	Hiscadischer Hauptmann
Francina	Thebounus Frau
Franigo	Hiscadischer Dichter
Fridgae Farcey	Thaynrische Admiralin
Guseman	Géronaischer Revolutionsführer
Inxi	Hiscadischer Student
Jeffron	Admiral Farceys Steward
Juanbare Gárrer	Hiscadischer Magistrat
Lirney	Leutnant, Kommandant der *Alcander*

Maecan	Alter Maestre
Merrick	Schiffsbrüchige Matrosin
Morwey	Königin von Thaynric
Pilwick	Thaynrischer Offizier und Maestre
Redard	Thaynrischer Kapitän
Sugérand XV.	Einstiger König von Géronay
Tanára	Ehemalige Maestra
Tareisa	Maestra
Thebounu	Hiscadischer Volksrichter
Vimaro Froiga	Hiscadischer Druckermeister
Walsley	Kanzler Thaynrics
Yuone	Schauspielerin

Personen in und aus der Sturmwelt

Admiral Holt	Kommandeur der Sturmwelt-Flotte
Bihrâd	Maureske, Arzt, Magietrinker
Brizula	Ehemalige Sklavin
Dagüey	Ehemaliger Sklave
Gleckham	Laerd-Protektor der Compagnie
Hollroy	Leutnant
Jaquento, genannt Jaq	Hiscadi
Majagua	Verstorbener Sklave
Malster	Bailiff der Compagnie
Manoel, genannt Mano	Maestre
Oxarre	Unterweltkönigin
Rayo	Eine Cacique der Paranao
Shanton	Major
Sinao, genannt Sin	Ehemalige Sklavin
Tangye	Verstorbener Aufseher

Personen im Imperium des Drachenkaisers

Senpier	Géronaischer Gouverneur
Shan	Diener der Drachen

Besatzung der *Todsünde*

Rahel	Offizierin
Rénand Deguay	Verstorbener Kapitän

Besatzung der *Imperial*

Bercons	Kapitän
Hosred	Marinesoldat
Lamworth	Bordmaestre
Sudlin	Zeitweiliger Caserdote
Tarren	Leutnant, Dritte Offizierin
Yon	Matrose

Besatzung der *Siorys*

Bryns	Matrose
Cynedd	Matrose
Coenrad Groferton	Bordmaestre
Roxane Hedyn	Kapitänin
Huwert	Leutnant, Erster Offizier
Sean Vargus	Matrose
Wallon	Fähnrich

Historische Personen

Corban	Prophet
Siorys	Drachentöter

PROLOG

Den Tod zu wählen war keine bewusste Entscheidung. Der Wunsch zu sterben wuchs langsam heran, wie ein Baum, bis er sie ganz erfüllte. Es war schwer, das Verlangen in Worte zu fassen, aber das störte sie nicht; Worte waren ohnehin unzulänglich.

Die Ruhe, entstanden durch seine Abwesenheit, besänftigte sie nicht, sondern trieb sie eher noch an. Sie konnte die Leere spüren, mit Sinnen, die sie nicht besitzen sollte. Sie wusste nicht, warum sie die Welt so wahrnahm. Der Herr der Räume hatte sie verlassen, und der Fluss der Magie geriet langsam ins Stocken. Lichter verblassten, schwebende Statuen sanken herab, selbst das Mauerwerk ächzte nun unter der Last der Jahrhunderte.

Solange er fort war, verschwand der eiserne Druck, der ihren Geist unterwarf und in Richtungen zwang, in die sie nicht gehen wollte. Wenn er anwesend war, gab es ihren Willen nicht, sondern nur den seinen. Doch je weiter er sich entfernte, desto mehr und mehr erinnerte sie sich an sich selbst. *Tanára*.

Bilder tanzten durch ihren Geist, und für einen Moment hielt sie die Schemen für Visionen, wie sie sie oft überkamen, Erscheinungen, die ihre Gedanken überfluteten und sie hilflos zurückließen, mit Fragmenten von Wissen um Geschehnisse, deren Sinn sie nicht verstehen konnte. Doch es waren keine Visionen, sondern Erinnerungen. Ein blauer Himmel über grünem Gras.

Alle Farben waren so intensiv, dass sie schon unwirklich erschienen, alle Eindrücke so überwältigend nah, dass sie kaum zu fassen waren. Sie fühlte das Gras unter ihren Fußsohlen, die Beschaffenheit der spröden Halme, sie roch den Duft und spürte den Wind auf ihrer Haut. Erinnerungen an gelernte Lektionen durchströmten sie so machtvoll wie Vigoris. Sie erinnerte sich an erste Erfolge, ein einfaches Licht in ihrer Hand und das stolze Lächeln ihres Lehrmeisters.

Glück haftete an diesen Erinnerungen; ein untergegangenes, beinahe vergessenes Glück. Sie wusste wieder, wie die Macht in ihr mit jedem Tag gewachsen war, wie sie gierig alle Lehren in sich aufgesogen und doch immer mehr und neue Erkenntnisse gesucht hatte.

Und als ihr die Maestre nichts mehr beibringen konnten, da hatte sie ihn getroffen. Den Meister der Hallen, der die Vigoris wie kein anderer beherrschte, scheinbar uneingeschränkt in seiner Macht. Nun erinnerte sie sich wieder, wie er sie aufgenommen hatte, ihr Wunder zeigte, von denen die Welt nicht einmal ahnte, dass sie sie vergessen hatte. Sie war ihm gefolgt, in allem. Hatte alle anderen zurückgelassen und sich niemals mehr umgeblickt. Denn nur er besaß das Wissen, nach dem es sie verlangte.

Und er hatte sie zu dem gemacht, was sie nun war.

JAQUENTO

Im ersten Licht des Tages präsentierte sich die Küste als dunkler Umriss am Horizont, eingehüllt in Frühnebel, wie eine Jungfer, die zu keusch war, um sich ganz zu offenbaren. Der Wind blies nur schwach, und in der Nacht war so viel Segelfläche wie möglich gesetzt worden, um auch das letzte Lüftchen einzufangen. Einige Möwen hatten sich mit den Wolken auf die See hinaustragen lassen und umkreisten die *Siorys* nun in der Hoffnung auf etwas Essbares. Ihre Schreie waren wie ein von Wehmut erfülltes Klagen.

Jaquento stand an der Reling, die linke Hand an einer Toppwant, die andere spielte unbewusst mit einem messingfarbenen Knopf seines Mantels. Die Rufe der Vögel brachten in ihm eine Saite zum Klingen, deren Ton ihm durch alle Glieder fuhr. Es war, als riefe ihn jemand von jenseits des Horizonts, und tief in seiner Seele wusste er, dass er diesen Ruf schon immer vernommen hatte. Nur hatte er ihn früher nicht deuten können und war deshalb vielen anderen Rufen, aber nicht diesem einen gefolgt. Wie hatte Rahel es ausgedrückt? ›Ich kann den Lockruf der See schon hören, kann sehen, wie er seine Widerhaken in deine Seele geschlagen hat. Das Meer ist deine Bestimmung, Jaquento.‹

Als sie diese Worte zu ihm in einer heruntergekommenen Kaschemme in Portosa sprach, hatte er geglaubt, sie wolle ihn zum Besten halten. Heute wusste er, dass sie Recht gehabt hatte. *Obwohl sie ansonsten ein Miststück war, wie nur die Sturmwelt eines hervorbringen kann,* dachte Jaquento mit dem Anflug eines Grinsens.

Um ihn herum herrschte die ständige Betriebsamkeit eines Segelschiffs, die selbst in diesen frühen Stunden nie ganz zum Erliegen kam, doch er blendete für den Moment die thaynrischen Seeleute aus, die ihren Dienst taten oder sich in ihrer Freiwache an Deck begeben hatten, um die ersten, blassen Strahlen der Sonne einzufangen. Er ignorierte ihre Blicke, manche neugierig, manche feindselig, und hörte nicht auf ihre Stimmen. Er war erst vor wenigen Tagen überhaupt an Deck gekommen; vorher hatte er zehn Tage lang in der Kapitänskajüte gelegen, während sein Körper versuchte, sich von Kapitän Deguays letztem Degenstich zu erholen.

Seit gestern versah er seinen Dienst wie die anderen auch, aber natürlich betrachteten ihn die übrigen Besatzungsmitglieder, als sei er ein Kalb mit zwei Köpfen: Ein einst in der Sturmwelt von der Marine gesuchter Piratenkapitän, der nun als Matrose auf einem thaynrischen Kriegsschiff Dienst tat, war eine Kuriosität, das sah er durchaus ein.

In der Theorie mochte er nun einer von ihnen sein, doch weder fühlte er sich so noch akzeptierten sie ihn in ihrer Mitte.

Langsam frischte der Wind auf, und die Korvette glitt schneller ihrem Ziel entgegen; ihr Bug durchpflügte die Fluten, und die Segel blähten sich, bis die Masten knarrten und das Tauwerk knallte. Das kleine Schiff war schnell und wendig; und auch wenn es nur über zwölf Kanonen verfügte und damit keinesfalls so stark bewaffnet war wie manch anderes Schiff Ihrer Majestät, so bewunderte Jaquento doch Kapitänin Hedyns kluge Wahl. *Genau das richtige Schiff für eine Verfolgung.*

Aber die *Todsünde* hatte sich wieder einmal als schwer zu erhaschende Beute erwiesen, die ihnen entkommen war, kaum, dass sie die Gewässer Géronays hinter sich gelassen hatten. Seitdem mussten sie darauf hoffen, dass ein glücklicher Zufall oder die Hand der Einheit ihnen bei der Jagd helfen würde.

Ein Pfeifen ertönte, und Seeleute sprangen in die Wanten, kletterten empor und begannen ihre Arbeit hoch oben im Tauwerk. Jaquento blickte sich um und entdeckte Roxane, die auf dem Achterdeck stand, in der für sie so typischen Haltung, die Hände hinter dem Rücken, den Mantel gegen die morgendliche Kälte bis zum obersten Knopf geschlossen, den Dreispitz auf dem Kopf. Noch war die Haut ihres Gesichts vom Aufenthalt in der Sturmwelt gebräunt, aber der Hiscadi meinte schon erkennen zu können, wie ihre thaynrische Blässe darunter zum Vorschein kam. *Du wirst dir bestimmt einen Sonnenbrand holen, wenn wir erst wieder in sonnigere Gefilde kommen,* dachte er.

Sie sah nicht zu ihm hinüber, sondern blickte hoch zu den Masten, ein prüfender Blick, auf die Arbeit ihrer Besatzung und auf ihr Schiff gerichtet. Erst, als sie mit dem zufrieden schien, was sie sah, suchte ihr Blick den seinen. Er wusste, dass sie niemals vor ihrer Mannschaft gezeigt hätte, wie sie zueinander standen – weder mit Worten noch mit Taten –, aber er meinte, ein leichtes Lächeln um ihre Mundwinkel zu erkennen, und er erwiderte es und tippte sich, einem Salut gleich, an die Stirn. *Deine Bemühungen in allen Ehren, meine Liebste,* dachte er. *Aber das hier ist ein verflucht kleines Schiff. Und du hast mich in deiner Kajüte pflegen lassen. Wer jetzt noch nichts ahnt, müsste schon blind, taub und blöde sein. Und solche Matrosen hättest du nicht auf deiner Heuerliste.*

Roxane sah nun wieder weg, lauschte den Worten eines jungen Fähnrichs, nickte, gab Befehle. Sie wirkte müde, was kein Wunder war, denn sie schonte sich nicht, sondern war stets früh an Deck und gönnte sich nur wenig Ruhe.

Bihrâd hingegen, der gerade aus dem Niedergang trat und herzhaft gähnte, ließ sich nur selten an Deck blicken. Seine Fähigkeiten machten ihn bei der Besatzung unbeliebt, fast so sehr wie seine Herkunft. Die sonst so mutigen Männer und Frauen der Königlichen Marine von Thaynric machten zumeist einen weiten Bogen um ihn.

Manch einer schlug ein Schutzzeichen, als der Maureske zu Jaquento trat, sich den Schlaf aus den Augen rieb und mit der Rechten über die Stoppeln auf seinen Wangen strich, unter denen seine Tätowierungen langsam zu verschwinden drohten.

»Nun sieh dir diesen Nebel an, Jaq«, sagte Bihrâd und kratzte sich den Schädel. »Wenn er noch ein bisschen dichter wird, sehen wir kaum mehr die Hand vor Augen, geschweige denn ein anderes Schiff. Es kommt mir so vor, als habe es, seit wir die Sturmwelt verlassen haben, keinen klaren Tag mehr gegeben. Wir werden eher in den neun Höllen landen, als dass wir die *Todsünde* finden.«

Jaquento grinste den Mauresken an. »Ich wusste ja gar nicht, dass du so wetterfühlig bist, mein Freund.«

»Die Vorderbram ein Stück höher«, wies Roxane die Mannschaft vom Achterdeck aus an, gefolgt von den Pfiffen des Bootsmanns. Da sich das Vorderbramsegel fast genau über ihm befand, griff Jaquento automatisch mit nach den Seilen. Gemeinsam mit vier anderen Matrosen straffte er das Leinen und wickelte die Taue um die Belegnägel.

»Und ich wusste nicht, dass es dir schon wieder gut genug geht, um den Leichtmatrosen zu spielen«, versetzte Bihrâd.

Das brachte den Hiscadi zum Lachen. »Die Wunde ist recht gut verheilt, wie du ganz genau weißt. Und ich denke, die Kapitänin erwartet durchaus, dass wir uns unsere Überfahrt verdienen, glaubst du nicht?«

»Überfahrt? Das klingt so, als hätten wir freiwillig auf diesem Kahn angeheuert.«

»Wenn du nicht in meiner Nähe bist, um mich daran zu erinnern, vergesse ich beinahe, dass wir ja eigentlich auf die *Siorys* verschleppt wurden«, entgegnete Jaquento aufgeräumt.

»Es gab allerdings auch keine andere Möglichkeit, dich an Bord zu bekommen, als dich zu schleppen«, meinte Bihrâd trocken.

Jaquento, der genau wusste, dass der Maureske ohne Zwang mit ihm an Bord gegangen war, lachte. »Damit hast du wohl Recht. Aber immerhin, wenigstens dich konnten sie bei vollem Bewusstsein zum Dienst pressen.«

»Während ich Baumwollstopfen in die Lecks in deinem Körper gesteckt habe.«

Diese Worte ließen den Hiscadi wieder ernst werden. »Es war keine Kleinigkeit, dass du mich gefunden und hergebracht hast. Und auch nicht, dass du mich weiter begleitet hast. Das weiß ich.«

Der Maureske zuckte mit den Schultern. »Ich will die *Todsünde* und ihre Ladung ebenso dringend finden wie Roxane und du. Und wenn du krepiert wärst, hätte mich die verdammte Marine allein wohl kaum mitgenommen.«

Bevor Jaquento antworten konnte, berührte eine Matrosin ihn am Ellbogen. Als der Hiscadi zu der wettergegerbten Frau herumfuhr, deutete diese mit einem unwilligen Gesichtsausdruck zum Achterdeck. »Der Käpt'n will dich sprechen«, knurrte sie.

»Ach ja? Na, dann will ich sie mal nicht warten lassen, nicht wahr?«

Der Frau entlockten seine Worte nicht das geringste Lächeln, aber zumindest Bihrâd schien erheitert. Er nickte seinem Freund zu, als dieser mit langen Schritten zum Achteraufbau ging.

Neben der Kapitänin stand der Bordmaestre, Coenrad Groferton, ein noch junger Mann, der sich jedoch so gebeugt hielt wie ein Greis. Er war in einen dicken blauen Wollmantel gehüllt, die Messingknöpfe bis unter das Kinn geschlossen. Den unteren Teil seines Gesichts konnte Jaquento kaum erkennen, da er einen breiten Schal vor dem Mund trug. Sein Haar hing ihm strähnig in die Stirn, und das bisschen Haut, das noch freilag, war blässlich und wächsern.

»Das Salz ruiniert meine Kehle vollends«, erklärte er eben, »und dem ist nicht einmal die Macht der Vigoris gewachsen.«

Roxane bedachte den Mann mit einem höflichen Nicken, doch Jaquento konnte die Ungeduld in ihrem Blick sehen. Er räusperte sich, um die beiden auf sich aufmerksam zu machen.

»Der Käpt'n ließ mich rufen?«, erkundigte er sich mit einem Anflug von Spott, als er die Treppe hinaufstieg, die zum Achterkastell führte.

Als Roxane sich ihm zuwandte, fügte er rasch noch ein »Thay« an. *Idiot,* schalt er sich selbst. *Ich sollte wohl besser alles vermeiden, was ihre Lage vor ihren Leuten noch schwieriger macht, als sie es ohnehin schon ist.*

Nur einen Augenblick lang konnte er Ärger in Roxanes Zügen lesen, dann glättete sich ihr Gesicht wieder, und sie nickte ihm zu.

»Ja. Ich möchte unser weiteres Vorgehen besprechen. Ich habe gerade mit Maestre Groferton über unseren Kurs nachgedacht und wüsste gern Ihre Meinung dazu.«

»Die Meinung eines einfachen Seemanns?« Jaquento konnte sich die Frage nicht verkneifen.

Roxane hob die Augenbrauen und hätte ihm sicher eine scharfe Erwiderung gegeben, hätte Groferton nicht laut gestöhnt, die Hände an die Schläfen gehoben und die Augen geschlossen.

»Werter einfacher Seemann«, erklärte der Maestre seufzend. »Können wir den Part, in dem Sie Anspielungen auf Ihre eigene fragwürdige Stellung innerhalb der Königlichen Marine von Thaynric machen, nicht einfach überspringen? Derlei Geplänkel ermüdet mich und raubt mir Lebenszeit, die, so möchte ich anmerken, kostbar ist, da mir wohl nicht mehr viel davon verbleibt.«

Sowohl Roxane als auch Jaquento schwiegen verblüfft. Es war zwar nicht unüblich für Groferton, sich zu beschweren, so aus der Haut zu fahren hingegen schon.

Der Hiscadi spürte, wie Zorn in ihm aufstieg. Zorn darüber, dass er sich in dieser albernen Rolle befand, dass seine Anwesenheit Roxane Ärger bereitete, dass ein Hypochonder wie Groferton sich über ihn lustig machen konnte. Doch dann verrauchte seine Wut so plötzlich, wie sie gekommen war. Die Worte des Maestre hatten ihn getroffen, weil sie wahr waren; seine Angriffe gegen die Marine liefen ins Leere, waren nichts als Spiegelfechterei.

Er neigte den Kopf. »Ja, lassen wir das. Ihr habt Recht, Coenrad«, sagte er.

Auf dem Gesicht der jungen Kapitänin zeichnete sich Erleichterung ab, während Groferton aussah, als könne er das eben Gehörte noch nicht fassen.

»Der Maestre teilte mir gerade mit, dass er denkt, dass die *Todsünde* noch immer voraus ist. Oder zumindest die Ladung, falls sie das Schiff gewechselt hat«, erklärte Roxane und nahm der Situation damit endgültig die Schärfe.

Groferton nickte bestätigend mit dem Kopf, hob aber warnend den Finger: »Die Eindrücke sind allerdings schwach, Thay. Ich kann mich unmöglich zu hundert Prozent festlegen. Dafür ist die Entfernung einfach zu groß.«

»Notiert.« Roxanes Blick folgte dem Verlauf der Küste, an der sie entlangsegelten.

»Das würde bedeuten, dass sich unsere Beute nach wie vor in Landnähe aufhält, nicht wahr?«, warf Jaquento ein.

Die Kapitänin griff in die Tasche ihres schweren, gewachsten Mantels und holte eine zusammengerollte Karte hervor, die sie vorsichtig auf dem Geländer ausbreitete. Ihr rechter Zeigefinger tippte auf einen Punkt auf der Karte, während sie das Pergament mit dem Handballen offen hielt.

»Ich schätze, dass die *Todsünde* sich in diesem Bereich befindet. Sie würde bei den momentanen Windverhältnissen gute Fahrt machen, sofern sie unversehrt wäre, doch so gut können sie sie nicht überholt haben. Wir nähern uns ihr vermutlich, aber nicht schnell genug.

Hier, hier und hier gibt es größere Häfen, die das Ziel sein könnten. Dazu eine ganze Reihe kleinerer Fischerdörfer, Buchten und dergleichen, die zur Löschung der Fracht geeignet wären. Der Admiral hat zugesagt, die Ostflotte zu verständigen, aber ich bezweifle, dass uns das wirklich helfen wird. Ich sehe nicht, wie uns die Flotte schnell genug erreichen könnte, selbst wenn wir wüssten, wo die *Todsünde* anlanden wird.«

Sie alle drei starrten auf die Karte, als würde ihnen die Zeichnung verraten, wohin ihr Zielobjekt floh.

Jaquento runzelte die Stirn. »Warum steuern sie gerade diese Gegend an? Was ist das?« Er deutete auf einen langen Küstenabschnitt, der noch hinter den Häfen lag, die Roxane ihm und Groferton gezeigt hatte. Die Karte war an dieser Stelle sehr einfach gehalten, mit wenigen Markierungen und Zahlen. Sie war so trostlos, wie das Land dort selbst sein mochte.

»Das ist die Drachenküste. Hundert Meilen kaum bewohnter Klippen mit unzähligen vorgelagerten Riffen und Untiefen. Trügerisches Fahrwasser, selbst in guten Zeiten, und kaum erforscht.«

»Vielleicht trägt sie diesen Namen zu Recht«, warf Coenrad ein. »Wir haben zwar seit dem Angriff in Boroges keine Drachen mehr gesehen oder gespürt, aber von irgendwoher müssen sie schließlich gekommen sein.«

Jaquento nickte nachdenklich, als er die Worte erwog und ihm ein Bild von Sinosh vor Augen trat. Wo mochte die erstaunliche kleine Echse im Augenblick wohl sein?

Er ließ die Kuppe seines Fingers über die Karte wandern, folgte, vorbei an den Häfen, die die letzten Bastionen der Zivilisation vor der Drachenküste bildeten, dem Verlauf der Küstenlinie und erreichte schließlich den Rand der Karte.

»Und was befindet sich jenseits der Drachenküste?«

»Terra incognita«, antwortete Roxane langsam. »Einige Handelsposten der Géronaee und das Reich des Kaisers.«

Jaquento rieb sich das Kinn, ließ seinen Blick über die Karte wandern. *Natürlich. Das muss es sein.* »Dorthin fährt die *Todsünde*«, erklärte er und sah Roxane in die Augen. »Dorthin. Jenseits der Drachenküste, dort liegt ihr Ziel.«

Einen Moment erwiderte sie seinen Blick, als versuche sie zu erforschen, woher er seine Gewissheit nahm, dann nickte sie entschlossen.

»Ich habe bereits dieselbe Überlegung angestellt. Coenrad, Sie werden Ihre Anstrengungen, die Fracht der *Todsünde* aufzuspüren, auf diese Gegend konzentrieren. Und ich werde einen entsprechenden Kurs berechnen und der Mannschaft mitteilen.«

Der Maestre salutierte, ehe er zu husten begann. »Darf ich mich entfernen, Thay, bevor meine Gesundheit noch mehr vom Wetter in Mitleidenschaft gezogen wird?«, fragte der junge Mann in seinem üblichen leidenden Ton.

»Erlaubnis erteilt. Verschwinden Sie.«

Jaquento blieb noch einen Moment neben Roxane stehen, während Groferton bereits wieder unter Deck verschwand, obwohl der Hiscadi spürte, dass auch er besser gehen sollte. Schon jetzt hatte er das Gefühl, dass zu viele Blicke der Mannschaft auf sie beide gerichtet waren.

Als ob sie was erwarten?, fragte er sich. *Dass ich Roxane gleich hier und jetzt vor aller Augen küsse?*

Wenn er zu sich selbst ehrlich war, musste er sich zwar eingestehen, dass die Idee ziemlich verlockend war, aber er wusste, dass Roxane ihn vermutlich kielholen lassen würde, falls er etwas Entsprechendes auch nur versuchte.

»Er ist schon etwas eigenwillig, dein Bordmaestre«, murmelte Jaquento stattdessen so leise, dass nur sie es hören konnte.

Die Kapitänin nickte. »Aber ein guter Mann, trotz allem.«

»Es tut mir leid, dass ich fast mit ihm aneinandergeraten wäre.«

»Danke, dass du so ruhig geblieben bist. Es geschehen wohl doch noch Zeichen und Wunder.«

Er warf ihr einen raschen Seitenblick zu und sah, dass tatsächlich ein leichtes Lächeln auf ihren Lippen lag.

»Ich wollte dir keine Scherereien machen«, erklärte er.

Mit einer Stimme, die nicht mehr als ein heiseres Flüstern war und ihm einen wohligen Schauer über den Körper jagte, sagte sie: »Nun, das wird sich auf Dauer wohl dennoch kaum vermeiden lassen, nicht wahr, Jaq?«

Der Hiscadi erwiderte ihr Lächeln, dann richtete er sich auf. »Aye, aye, Thay!«, versicherte er laut, als habe sie ihm einen Befehl gegeben, bevor er die Treppe wieder hinabstieg und zu Bihrâd zurückkehrte.

SINAO

Ihre nackten Fußsohlen klatschten auf die Planken des Schiffes, jeder Schritt eine Zahl in ihrem Geist. Wenn sie sich darauf konzentrierte, konnte sie ihre Schritte zurückverfolgen, immer entlang der Zahlenkette, bis in jene Tage, als sie noch ein kleines Kind gewesen war, das nichts von seiner Zukunft als Sklavin wusste. *Und auch nichts von seiner Zukunft als Maestra,* fügte sie in Gedanken trotzig hinzu.

Anui hatte wirklich einen seltsamen Plan mit ihr verfolgt, der sie zuerst als Eigentum der Weißen auf die Insel Hequia geführt hatte und nun als Gast eines anderen Weißen auf ein gewaltiges Schiff, das den Namen *Imperial* trug.

Die Fähigkeiten, die die Ahnen ihr geschenkt hatten, hätten sie früher auf Hequia leicht das Leben kosten können, hatten es ihr aber stattdessen gerettet. Einen Teil dieses Lebens hatte sie hinter sich gelassen, der andere wartete auf sie.

Sinao schlüpfte zwischen zwei Matrosen hindurch, die gerade ein dickes Tau aufrollten, wich zwei Frauen aus, die einen Eimer mit fürchterlich stinkendem Inhalt an Deck trugen, und duckte sich in den Niedergang.

Wo Manoel nur steckt? Normalerweise war der junge Maestre kaum dazu zu bewegen, sich in die quälende Enge des Schiffsbauchs hinabzubewegen. Wie Sinao auch, hatte er seine Schlafmatte an Deck verstaut und genoss weitaus lieber den Blick auf den freien Himmel als auf die oft über hundert fluchenden, würfelnden, lärmenden und schwitzenden Matrosen auf Freiwache. Doch jetzt hatte Sinao ihren Freund und Lehrmeister an Deck nicht finden können. Dabei wollte sie ihm doch unbedingt zeigen, welches neue Kunststück sie eben zuwege gebracht hatte. *Er wird Augen machen, wenn er das sieht,* dachte sie voller Vorfreude.

Sinaos Augen gewöhnten sich schnell an das Dämmerlicht. Obwohl der Kapitän die Stückpforten hatte öffnen lassen, damit Licht und Luft hereingelangen konnten, war es unter Deck immer noch stickig und warm, und die wenigen Lichtstrahlen erhellten den engen Raum kaum.

»He! Du!«

Eine kleine, drahtige Frau in roter Uniform kam auf Sinao zu. Ihr Gesicht war gerötet, und ihr lief ein Tropfen Schweiß die Schläfe hinab. Die Paranao wunderte das nicht; die Uniform war eng und sah unbequem aus, und sie war mit einem hohen Kragen versehen, der den Hals einschnürte. Die Stiefel der Frau waren ebenfalls geschnürt, was in der Hitze der Sturmwelt gewiss sehr unangenehm war.

»Der Admiral will dich sehen«, erklärte die Seesoldatin und runzelte die Stirn, während ihr Blick über Sinao wanderte. Offensichtlich gefiel ihr nicht, was sie sah, aber sie sagte nichts mehr. Fragend blickte die junge Frau sie an. Fünf Herzschläge vergingen, sechs, dann endlich fauchte die Soldatin: »Hopp, hopp! Worauf wartest du?«

»Ich weiß nicht, wohin«, erwiderte Sinao ungerührt. Ihre eigene Kleidung bestand nur aus einer dünnen, weiten Hose und einem Hemd, das für einen doppelt so großen Mann gedacht gewesen musste. Ihre Füße waren nackt, und ihre Locken hatte sie mit einer Kordel zurückgebunden. Sie lächelte süß, während ihr Blick dem Schweißtropfen folgte, der nun zitternd am Ohrläppchen der Frau hing, ehe er auf den Kragen fiel und von dem schon speckig wirkenden Stoff aufgesogen wurde.

»In der Kapitänskajüte. Schwing die Hufe, verdammt nochmal!«

Sinao nickte. Die Soldatin war verärgert, doch als die Paranao sich abwenden wollte, entdeckte sie noch mehr in den Augen, verborgen hinter dem Zorn: Angst.

Vielleicht war es nur Einbildung, aber sie meinte, den Blick der Seesoldatin in ihrem Rücken spüren zu können, als sie die steile Treppe hinauflief. Obwohl sie nichts getan hatte, um dieses Angstgefühl in der Frau auszulösen, sorgte deren Furcht dafür, dass Sinao die Schultern straffte und den Kopf stolz hob. *Ihr könnt mich nicht mehr einfach herumschubsen. Diese Zeiten sind vorbei. Ich bin keine Sklavin mehr.*

Als sie an Deck ankam, mitten im Sonnenlicht, über ihr die gebauschten Segel des Schiffs, und den frischen Wind spürte, der ihr übers Gesicht strich, verflogen die dunklen Gedanken wieder. Sie lief zum Achteraufbau, öffnete die Tür und trat in den engen Gang. Vor der Tür der Kajüte stand ein Soldat Wache, dessen Miene zwar unbewegt war, dessen gesamte Haltung jedoch sein Unbehagen deutlich ausdrückte. Hinter ihm erklangen Stimmen, zwar durch die Tür gedämpft, aber dennoch laut, so als ob zwei Menschen streiten würden. Eine dieser Personen war unverkennbar Bailiff Malster. Als Sinao die Stimme der Verwalterin der Compagnie auf Rosarias zum ersten Mal gehört hatte, hatte die Paranao sie sich gut eingeprägt.

»Hallo, Hosred«, grüßte Sinao den Soldaten, der ihr zunickte. »Ich soll reingehen.«

Er lächelte gequält. Sinao kannte ihn von seinen Freiwachen, in denen er manchmal an Deck saß und leise vor sich hin sang. Er hatte eine schöne, tiefe Stimme, die gut zu den traurigen Liedern passte, die ihm am besten zu gefallen schienen. Auf seiner Wange war noch Schorf zu sehen; in der Schlacht um das Fort hatte er Splitter abbekommen. Damals hatten die Wunden schlimm geblutet und ihn wie einen Daemon aussehen lassen. Jetzt wirkte es, als habe er sich mit brauner Farbe drei Striche auf die Wange gemalt. Er klopfte an die Tür. Von drinnen erklang ein wütendes »Ja?«.

Hosred öffnete die Tür einen Spalt.

»Sinao, Thay. Sie hatten nach ihr geschickt.«

»Natürlich, Mann. Lassen Sie sie rein, um der Einheit willen.«

»Du kannst ...«, begann der Soldat, aber Sinao nickte nur mitfühlend und schob sich an ihm vorbei durch die Tür. Admiral Thyrane und Bailiff Malster waren allein in der geräumigen Kapitänskajüte. Sie saßen in dem großen Raum ganz hinten, wo die Fenster weit geöffnet waren und einen Blick zurück erlaubten, auf die See. Sonnenlicht tanzte auf den Wellen, bildete kleine, glänzende Punkte, die so schnell verschwanden, wie sie aufgetaucht waren.

»Oh, bitte, Admiral.« Malsters Stimme troff vor Hohn. »Sie wollen mir doch nicht wieder von einem Eingeborenenmädchen vorwerfen lassen, dass ich lüge, nicht wahr?«

»Selbstverständlich nicht, Bailiff. Wir wissen beide, dass Sie in der Angelegenheit nicht die Wahrheit sagen; darauf muss mich Sinao nicht extra aufmerksam machen. Ich will lediglich, dass sie als Zeugin fungiert.«

Der Admiral wirkte angespannt. Das Netz von Falten um seine hellen Augen schien ausgeprägter zu sein, und eine tiefe Furche zeigte sich auf seiner Stirn. Sinao schien es, als ob sich der Zorn, der in seinen Augen funkelte, jeden Moment Bahn brechen könnte, um Malster zu verschlingen.

Die Frau von der Compagnie hingegen bemerkte dies wohl nicht, oder sie ignorierte es absichtlich. Mit einem Kopfschütteln tat sie die Vorstellung ab. »Als ob eine solche Zeugin irgendeinen Wert hätte.«

Sinao wusste, was sie wirklich sagen wollte. *Dass ich keinen Wert habe.* Sinao spürte, wie Thyranes Zorn sich auf sie übertrug, als wäre er ein lebendiges Wesen, das unsichtbar von ihm zu ihr sprang und sich in ihrem Herzen einnistete. Tief in ihr zog die Vigoris an den Pforten, und es hätte nur eines Gedankens bedurft, um sie freizulassen, ihr Form zu geben und sie gegen die Bailiff zu lenken. Doch die junge Paranao zwang diese Gedanken zurück, legte sie in Ketten und verbannte sie aus ihrem Geist.

»Das werden nicht wir entscheiden, Bailiff«, erwiderte Thyrane betont ruhig. Der Admiral schwieg zwei Herzschläge lang, legte die Finger zusammen und sah nachdenklich zur Decke empor. Dann senkte er den Blick und lächelte. »Andererseits ... Vielleicht erspare ich es mir, Sie bis nach Lessan zu transportieren, und mache Ihnen gleich hier an Bord den Prozess. Weniger Papierkram, nicht wahr?«

»Das wagen Sie nicht! Ich bin eine Bailiff der Thaynrisch-Kolonialen Handelscompagnie!« Malster hatte sich halb erhoben, sank jedoch wieder zurück, als sie Thyranes eiskalten Blick bemerkte.

»Sagen Sie mir nicht, was ich wage oder nicht«, fuhr der Admiral sie an. »Auf einem thaynrischen Schiff obliegt die Gerichtsbarkeit demjenigen, der das Kommando führt, das wissen Sie ebenso gut wie ich. Und ich kann Ihnen versichern, dass für die schmutzigen Geschäfte der Compagnie Köpfe rollen werden.«

Wieder schwieg er. Doch der Zorn schwand aus seiner Miene, und er lächelte beinahe freundlich.

»Sehen Sie, jemand muss für all das geradestehen. Und ich denke nicht, dass Laerd-Protektor Gleckham plant, dass es sein Hals ist, um den sich die Schlinge legen wird. Die

Opfer werden weiter unten in der Hierarchie Ihrer Thaynrisch-Kolonialen Handelscompagnie gebracht werden müssen.« Seine Stimme klang boshaft, als er ihre Worte wiederholte.

Bevor Malster noch etwas sagen konnte, erhob der Admiral die Stimme: »Soldat! Holen Sie die Bailiff ab, und bringen Sie sie zurück in ihr Quartier.«

»Aye, aye, Thay.«

»Ich wünsche Ihnen noch einen schönen Tag, Bailiff«, verabschiedete sich Thyrane, während Sinao die Frau nur wütend anstarrte.

Malster indes hatte ihre Fassung wiedergewonnen, nickte ihnen zu und sagte: »Admiral. Kind.« Dann wandte sie sich ab und folgte Hosred.

Als sich die Tür hinter ihnen schloss, wies Thyrane auf den Stuhl, den Malster gerade verlassen hatte. »Hast du Durst?«, erkundigte er sich, während Sinao es sich bequem machte, die Beine anzog und ihr Kinn auf die Knie legte. Sie schüttelte den Kopf und sah den Admiral fragend an, der daraufhin erklärte: »Sie ist eine harte Nuss. Das Schlimme daran ist, dass sie glaubt, sie wäre im Recht.«

»Und? Ist sie das nach euren Gesetzen?«

Der Admiral blickte sie überrascht an.

»Als wir Sklaven von Hequia geholt wurden, da waren wir auch im Recht. Und trotzdem musstest du erst kommen, um das deinen Leuten zu sagen. Wer weiß schon, was sonst mit uns geschehen wäre. Ohne dich.«

»Ich bin mir sicher …«, begann Thyrane, dann schüttelte er resigniert den Kopf. »Nein, ich bin mir nicht sicher, dass eure Fahrt ein gutes Ende genommen hätte. So wenig, wie ich garantieren kann, dass wirklich jemand von der Compagnie für das zur Verantwortung gezogen wird, was auf Rosarias geschehen ist. Es spielen viele Interessen eine Rolle, Sinao. Ich wünschte, ich könnte dir versprechen, dass schließlich die Gerechtigkeit siegen wird. Aber ich kann es nicht. Malster ist nur ein kleiner Fisch in einem großen, schmutzigen Tümpel. Und wir können noch nicht einmal bis auf den Grund des Tümpels sehen, denn wir wissen nicht, was sie eigentlich auf der Insel gefunden haben.

Vielleicht wird man Malster fallenlassen. Vielleicht aber auch nicht. Ich werde jedenfalls mein Bestes geben, damit man sie und ihre Hintermänner zur Rechenschaft zieht. Verflucht noch eins, sie hat auf mich feuern lassen!«

Jetzt musste Sinao doch lächeln. Sie war sehr froh darüber, dass dem starrköpfigen alten Mann in dem Gefecht mit den Soldaten der Compagnie nichts passiert war.

»Was wird als Nächstes geschehen, wenn wir in Lessan ankommen?«, fragte sie Thyrane. Der Admiral zuckte mit den Schultern.

»Du meinst, wenn es mir gelingt, mich so weit zu beherrschen, dass ich das Weibsstück nicht vorher schon an einer Rah aufknüpfen lasse? Dann werde ich wohl zur Admiralität gehen müssen und ein förmliches Verfahren gegen Malster und die Compagnie anstrengen. Und ich hoffe, diese aufgeblasenen Beamten brauchen danach nicht erst einmal zwei Jahre, um den Papierkram zu regeln, bevor ihnen klar wird, dass die Compagnie zweifelsohne eine bedeutende Entdeckung auf Rosarias gemacht hat.«

»Denkst du, sie werden dir glauben und ein Schiff losschicken, um die Ruinen nochmal zu untersuchen? Oder um das zu finden, was dort versteckt war?«

»Das ist eine gute Frage. Einerseits war dort eine wirklich beeindruckende Macht am Werke, das wird Thaynric nicht einfach ignorieren können. Andererseits ist die Compagnie sehr einflussreich, und, wie du schon sagtest, was auch immer in den Ruinen gelegen hat, ist nicht mehr dort.«

»Manoel und ich könnten dir helfen, es aufzuspüren«, schlug Sinao vor.

Thyrane lachte leise. »Ich glaube nicht, dass Manoel allzu große Lust hätte, uns dabei zu helfen. Aber du kannst ihn ja fragen; ich muss ohnehin noch einen Bericht schreiben.« Er wies mit gespielt unglücklicher Miene auf seinen mit Papieren übersäten Schreibtisch.

Sinao sprang von ihrem Stuhl auf, erwiderte das Lächeln des alten Mannes und schlüpfte aus der Kajüte und an Hosred vorbei, der wieder auf seinen Posten zurückgekehrt war.

Als sie eben wieder an Deck treten wollte, tauchte in der Tür eine vertraute Silhouette auf. Die schlanke Gestalt mit den langen, zu verfilzten Zöpfen gebundenen Haaren hätte sie mittlerweile überall erkannt.

»Da bist du ja, Sin. Ich hab schon den halben Kahn nach dir abgesucht«, sagte der junge Maestre und tat einen Schritt zurück, um sie an sich vorbei und ins Freie zu lassen.

»Ich war beim Admiral, Mano. Er wollte, dass ich mir anhöre, was er mit Bailiff Malster bespricht«, erwiderte Sinao, als sie nebeneinander an Deck standen.

Bei der Erwähnung der Bailiff verzog Manoel das Gesicht. »Ich glaub nicht, dass irgendwas von dem, was sie zu sagen hat, es wert ist, gehört zu werden.«

Sinao schüttelte unwillig den Kopf. »Weswegen hast du mich gesucht?«, fragte sie dann. »Ich wollte nämlich auch zu dir.«

Manoel trat an die Reling und deutete ins Wasser. »Da ist eine ganze Gruppe von Grindwalen«, erklärte er. »Ich dachte mir, dass du sie dir vielleicht ansehen willst. Sie leben ziemlich weit draußen und kommen nur selten an die Küste.«

Sinao ließ ihren Blick dem ausgestreckten Arm des Maestre folgen. Tatsächlich entdeckte sie ein Stück weit von der *Imperial* entfernt neunzehn große, graue Körper mit Flossen, die sich im Wasser tummelten, scheinbar ziellos neben-, vor- und hintereinander her schwammen, bis sich schließlich zwei Wale aus der Gruppe lösten, in einem großen Bogen aus dem Wasser sprangen und sich dann klatschend wieder hineinfallen ließen.

Sinao lachte auf. »Das ist großartig.«

»Und Grindwale zu sichten bringt Glück«, versicherte ihr Manoel. »Das hat mir eine der Matrosinnen erklärt.«

»Vielleicht lag es ja daran, aber ich hatte heute tatsächlich schon Glück. Ich habe etwas Neues gelernt.«

»So? Was denn?«

»Nicht hier. Du musst mitkommen, damit ich es dir zeigen kann«, drängte Sinao und zog Manoel an der Hand hinter sich her, zwischen einhundertelf geschäftigen Matrosen hindurch und bis zum Bug des Schiffes.

Hier, zwischen den gewaltigen Taurollen, waren sie so ungestört, wie man es an Bord eines voll besetzten Kriegsschiffs nur sein konnte.

Mit einem raschen Seitenblick, um sich zu vergewissern, dass sie tatsächlich keine Zuschauer hatten, griff Sinao in die Tasche ihrer Hose und nach dem *Zemi*-Stein, den sie stets als Talisman bei sich trug.

Sie strich vorsichtig über den glatten, bearbeiteten Stein, dann gab sie ihn Manoel.

»Wirf ihn mir zu«, forderte sie ihn auf.

»Nee, lieber nicht. Was ist, wenn du ihn nicht fängst und er kaputtgeht?«

»Los, mach schon.«

»Na gut.« Manoel rückte ein Stück von ihr ab, wog den Stein in der Hand und warf ihn dann in Sinaos Richtung.

Die Paranao hatte die Augen geschlossen. Sie zeigte keine Reaktion. Sie hob weder die Hand, um den Stein zu fangen, noch bewegte sie sich, um dem Wurf auszuweichen. Dennoch kam der Stein eine Handbreit vor ihrem Gesicht zur Ruhe. Er drehte sich einmal um die eigene Achse und blieb dann völlig unbeweglich in der Luft hängen, wie von unsichtbaren Fingern gehalten.

Sinao öffnete die Augen und streckte den linken Arm aus. Als sich ihre Handfläche unter dem Stein befand, löste dieser sich aus seiner Starre und fiel in ihre Hand.

»Ich kann es kontrollieren, Mano«, flüsterte Sinao. »Ich muss nicht einmal mehr aufgeregt oder ängstlich dafür sein.«

Das Grinsen auf Manoels braungebranntem Gesicht drückte deutlich seine Anerkennung aus.

»Sehr gut, Maestra«, sagte er und verbeugte sich galant vor ihr.

FRANIGO

»Ihr, Mesér, seid ein Hund!«

Franigo spürte, wie sich ein dünner Schweißfilm auf seiner Haut bildete, und er genoss die plötzlich in ihm aufsteigende Hitze. Mit einem Lächeln hob er den Degen grüßend vor das Gesicht und ließ die Beleidigung einfach an sich abperlen wie Wasser. »Ein Hund? Ich denke nicht, Mesér.«

Inzwischen war das Gesicht seines Gegenübers purpurrot und vor Wut verzerrt. »Oh doch! Ein Hund, der jede läufige Hündin besteigt!«

Franigo parierte den ungestümen Ausfall seines Gegners mit Leichtigkeit. »Habt Ihr gerade Eure Frau als läufige Hündin bezeichnet? Meine Güte, wer hätte gedacht, dass *ich* es sein würde, der in diesem Duell ihre Ehre verteidigen muss?«

Mit einem Aufschrei stürzte sich der betrogene Ehemann wieder auf Franigo, doch ein simpler Schritt zur Seite und ein schnelles Ducken genügten, um ihn ins Leere laufen zu lassen.

»Bastard!«

Franigo hob die Hand an die Stirn, als habe ihn das Wort tief verletzt. Dann schenkte er dem Mann ein boshaft süßes Lächeln. »Hätte ich gewusst, dass Ihr zu unserem kleinen Tête-à-tête praktisch unbewaffnet erscheint, hätte ich mir den Degen gespart.«

»Was? Ich trage meine Waffe mit Stolz«, erklärte der Duellant verwirrt und zeigte seinen wuchtigen Degen vor, als gäbe es auch nur die geringste Möglichkeit, dass dieser Franigo bislang nicht aufgefallen wäre.

»Ich bitte Euch, ich meinte nicht das plumpe Stück Stahl in Eurer ebenso plumpen Faust. Ich sprach von Eurer Zunge.«

»Ihr verspottet mich«, erkannte der Mann endlich, aber der Poet schüttelte nachsichtig den Kopf.

»Keineswegs, Mesér. Würde ich Euch verspotten, würdet Ihr Euch doch sicher zur Wehr setzen, oder etwa nicht? Stattdessen blökt Ihr nur wie ein Schafbock, was angesichts der stattlichen Hörner auf Eurem Haupte nicht ganz unangemessen ist.«

Wieder schrie der Ehemann wütend auf, als er vorstürmte, und gab Franigo so mehr als genug Zeit, sich auf den schlecht gezielten Stich vorzubereiten, die Klinge elegant abzulenken, so dass sein Gegner an ihm vorbeistolperte, und diesen dann mit einem beherzten Tritt ins Gesäß zu Boden zu schicken.

Der Hof war gepflastert, und der Mann schlug hart auf den Steinen auf. Immerhin ließ er dabei seine Waffe nicht aus den Fingern gleiten, was Franigo einen Funken Respekt abnötigte. Dennoch konnte der Dichter sich ein Lachen nicht verkneifen, als er seinen Gegner derart blamiert vor sich liegen sah. Einen Moment lang erwog er, ihm einen Stich in das emporgereckte Hinterteil zu verpassen, besann sich dann aber eines Besseren. *Ein Stich in den Hintern schmerzt einige Wochen, ein Stich ins Herz ein Leben lang.*

»Die schöne Francina hatte Recht«, befand er dementsprechend. »Es fällt Euch schwer, oben zu bleiben.«

Das Brüllen, das seine Feststellung quittierte, war Beweis genug für seine These, und er arbeitete in Gedanken bereits daran, den Satz in sein neuestes Stück einzubauen, als der Ehemann aufsprang und sich geifernd auf ihn stürzte.

Die Schläge kamen schnell und hart, wenig präzise, doch Franigo hatte genug damit zu tun, ihnen zu entgehen. Die Paraden sandten Vibrationen durch Hand, Arm und Körper, und er wurde Schritt für Schritt zurückgedrängt. Jeder Fehler konnte sein Ende bedeuten; spätestens nach seinen Spötteleien würde der gehörnte Gatte keine Gnade mehr zeigen. Genau dieses Wissen durchströmte den Poeten wie erfrischendes Quellwasser und spülte den schalen Geschmack der Behäbigkeit fort. Viel zu lange hatte er in düsteren Räumen gesessen und sich mit Gesetzgebung und der Gründung eines neuen Staatsgebildes befasst, obwohl er das Gefühl hatte, dabei gänzlich im Dunkeln zu tappen. Oder er hatte einer jener endlos scheinenden Beratungen gelauscht, von der die Revolution einen unerschöpflichen Vorrat zu bieten hatte.

All die trockenen Dispute und kleinkrämerischen Streitigkeiten hatten sich wie eine Wüste über seinen Geist gelegt, hatten ihm alle Frische entzogen, bis ihm nicht einmal mehr das kleinste Bonmot, geschweige denn ein vernünftiger Dialog einfallen wollte.

Langeweile und Verdruss hatten dazu geführt, dass er die Frau dieses aufgeblasenen Volksrichters Thebounu während einer Versammlung im Hinterzimmer verführt hatte, und Langeweile und die Suche nach ein wenig Aufregung hatten dafür gesorgt, dass dies so offensichtlich geschah, dass der Ehemann sie bei ihrem Schäferstündchen überraschte.

Der Mann hatte Franigo schon seit Wochen mit seinem schalen Geist und seiner Beamtenmentalität gequält, so dass dem Dichter die süßen Momente in den Armen der erheblich jüngeren und vor allen Dingen erheblich feurigeren Frau des Richters eine süße Entschädigung gewesen waren.

Auch hatte diese Kur ihre Wirkung nicht verfehlt. Franigo genoss das Duell nun in vollen Zügen. Er fühlte sich lebendiger als seit Wochen, und jeder Moment war köstlicher als zuvor ein ganzer Tag. Für Worte indes war keine Zeit mehr.

Der Angriff lief aus, die Hiebe kamen langsamer und schwächer, und Franigo wusste, dass sich dieses Duell dem Ende zuneigte. Es machte ihm Spaß, zu Beginn zu spielen, sich und seinen Gegner zu testen, aber das Ende musste voller Würde sein, wie es sich bei einem so männlichen Brauch gehörte.

Seine Waffe durchschnitt die Luft, fing den ungeschickten Hieb des Mannes ab, lenkte dessen Klinge zu Boden, dann wirbelte Franigo herum und stach unter dem eigenen Arm hindurch zu, mitten in den ungedeckten Leib seines Gegners. Der drehte sich noch weg, aber viel zu langsam, und die Spitze des Degens drang ihm in die Seite, glitt eine Handbreit in den Körper, dann drehte Franigo seine Pirouette weiter, und die Waffe zog sich zurück, so schnell und schneidig, wie sie die Wunde verursacht hatte.

Zur Sicherheit duckte sich der Poet zur Seite und hob den Degen zur Abwehr, doch als er seinen Gegner wieder erblickte, lag dieser am Boden. Diesmal hatte er seine Waffe fallen lassen und presste nun beide Hände auf die Wunde. Unter den Fingern färbte sich sein weißes Hemd rot.

Franigo trat an ihn heran, kniete neben ihm nieder, sorgsam darauf bedacht, seine eigene Kleidung nicht mit dem Blut an seiner Klinge zu beschmutzen.

Er legte die Hand auf die Schulter des Mannes und nickte ihm zu. Das Gesicht des Gestürzten war vor Schmerz verzerrt, aber er biss die Zähne zusammen und nickte. Ein Rest Stolz war ihm noch geblieben, und Franigo beschloss, ihm diesen zu lassen, wenn er ihm schon so viel anderes genommen hatte.

»Ein guter Kampf«, log er. In den Augen des Mannes blitzte es auf, und Franigo wusste, dass er durchschaut war, aber sein Gegner beschloss, die Scharade mitzuspielen und sein Gesicht zu wahren.

»Ja«, presste er hervor. Tränen liefen Thebounu aus den Augenwinkeln, also wandte der Poet sich ab und lief zum Ausgang des Hofs. *Wie seltsam. Dieser Richter kennt keine Gnade, wenn es darum geht, auch nur das kleinste Vergehen gegen die hehren Ziele der Revolution zu bestrafen. Er hat Knaben hängen lassen, weil sie den Revolutionstruppen Brot gestohlen hatten, aber nun liegt er im Staub und weint, weil die Frau zu gern die Röcke hebt und wegen eines kleinen Kratzers in der Seite.*

Draußen standen zwei Männer, dort an die Natursteinwand gelehnt, wo der halbwilde Efeu sie nicht für sich beansprucht hatte. Sie blickten Franigo fragend an, und er nickte. Es war gut, immer einen Doktor in der Nähe zu haben, wenn man mit scharfen Klingen aufeinander losging.

»Er wird Euch bezahlen, Mesér«, rief der Dichter ihnen nach, als sie den Hof betraten. Um seinen Kontrahenten machte er sich keine Sorgen; die Wunde war nicht tief, ein sauberer Stich. Schmerzhaft sicherlich, aber kaum lebensbedrohlich, wenn der Arzt sein Handwerk verstand.

Beschwingten Schrittes schlenderte Franigo durch die düsteren Gassen. In diesem Teil von Sargona standen die alten Häuser so dicht, dass sich ihre Giebel fast über den schmalen Straßen und Gässchen berührten und selbst an sonnigen Tagen nur wenig Licht den Boden erreichte. Hier gab es abgelegene Hinterhöfe, in denen zwei Männer noch ihre Ehrenhändel austragen konnten, ohne von neugierigen Soldaten oder Gendarmen aufgespürt zu werden.

Außerdem gab es in dem Viertel auch noch eine ganze Reihe schmieriger Kaschemmen, die billigsten Wein anboten. Eigentlich entsprach das weniger Franigos Geschmack, aber zumindest verirrten sich keine ehrbaren Bürger dorthin, deren Gesellschaft er in letzter Zeit zu oft ertragen musste.

Einige der Revolutionäre begannen bereits, sich auch als Tugendwächter aufzuspielen, und forderten, die Tavernen im Land zu schließen oder stark zu reglementieren, um den Weinkonsum der Bevölkerung rigoros einzuschränken, da nur ein nüchterner Revolutionär der guten Sache förderlich sei. Deshalb schlich Franigo immer wieder an diese Orte, die er noch gut aus früheren Tagen kannte und an denen man ihn verschwiegen und wissend begrüßte.

Genau so ein Etablissement war »Der goldene Stich«. Nichts an dem unscheinbaren Gebäude deutete auch nur an, dass man hinter der schiefen Tür einen Gastraum finden konnte. Der namensgebende Stich, eine Karte der Stadt, hatte natürlich mit Gold nichts zu tun, sonst hätte ihn sein Besitzer längst verkauft, sondern war lediglich ein vergilbtes, eingerissenes Stück Papier an der Wand hinter der Theke. Franigo trat in den Schankraum, zog den Hut vom Kopf, blickte sich ruhig um und nickte dem Wirt grüßend zu. Nach dem Kampf dürstete es ihn nach Wein und Gesellschaft, vornehmlich weiblicher, aber zur ersten Karaffe würde es auch eine Handvoll der rauen Gesellen tun, die an den Tischen saßen und tranken, als wollten sie nicht nur ihre eigene Vergangenheit vergessen, sondern gleich die aller Anwesenden im Raum.

Doch bevor er auch nur ein Wort sagen konnte, wurde die Tür aufgerissen, und ein junger Bursche stürmte in die Gaststube. Schnelle, aufgeregte Bewegungen an diesem Ort waren kein allzu guter Plan, denn keiner der Gäste hatte Lust, sich vor einem Revolutionstribunal wegen Trunkenheit zu verantworten. Zu schnell erwuchs in den heutigen Zeiten eine Anschuldigung aus der anderen, und bevor man sich's versah, baumelten die eigenen Stiefelspitzen vier Handbreit über dem Boden.

Aus den Augenwinkeln sah Franigo, dass sich einige der nervöseren Besucher bereits erhoben hatten. Erst, als sie erkannten, dass von dem jungen Mann keine Gefahr ausging, setzten sie sich wieder, als sei nichts geschehen.

Das Gesicht des Burschen mit den hellen Augen und dem nur spärlich sprießenden Bartflaum kam dem Poeten vage bekannt vor. Also überraschte es ihn nur wenig, als der Junge sich an ihn wandte: »Mesér! Ich habe Euch überall gesucht. Ihr müsst dringend mitkommen!«

Da dies in etwa das Letzte war, was Franigo zu tun beabsichtigte, zog er fragend eine Augenbraue hoch, ein Mienenspiel, das er ausgiebig vor dem Spiegel geübt hatte, bis er sich seiner Wirkung sicher war.

»Warum sollte ich das tun?«

»Sie haben ihn verhaftet. Wegen Hochverrats, Mesér!«

»Wen, verflucht noch mal?«

»Alserras.«

ROXANE

Auf den ersten Blick waren es nicht mehr als Linien, Zahlen und Worte in winziger Schrift, die sich auf dem gewachsten Blatt Papier befanden, das Roxane auf dem Tisch ihrer Kajüte ausgerollt hatte. Aber sie sah diese Einzelheiten kaum; für ihr Auge enthüllte die nautische Karte bereits die wahrscheinlichste Route der *Siorys*. Ihr Finger fuhr über das Papier, und sie begann, im Kopf Kurse und Zeiten zu berechnen.

Der Gedanke an die Drachenküste und an das, was dahinter liegen mochte, hatte eine seltsam zwiespältige Wirkung auf sie. Sie hatte gesehen, was ein Drache gegen ein Schiff ausrichten konnte, hatte den Angriff eines der gigantischen Wesen in Boroges nur mit letzter Kraft überstanden. Und sie hatte gesehen, wozu die Menschen fähig waren, die die Ladung des schwarzen Schiffs jagten. Sie wusste genau, wie gefährlich ihre Mission für ihr Schiff, ihre Mannschaft und sie selbst war.

Und dennoch machte ihr die Jagd auf die *Todsünde* unleugbar Freude. Die Möglichkeit, in unbekannte Gewässer zu segeln, die Aussicht, vielleicht als erste Corbanerin neue Gestade zu betreten, war berauschend. Und ebenso der Gedanke, dass der Hiscadi, von dem sie noch vor kurzer Zeit geglaubt hatte, dass er dem sicheren Tod geweiht sei, sich nun wohlauf und an ihrer Seite befand.

Ja, Roxane wusste genau um die Gefahren ihrer Reise, und sie pfiff trotzdem ziemlich schief eine alte thaynrische Weise, während sie den Kurs neu berechnete.

Erst als es leise an die Tür klopfte, blickte sie wieder auf.

»Herein.«

Durch die nur spaltbreit geöffnete Tür schlüpfte ein schmächtiger Matrose, so vorsichtig, als sei er ein Dieb, der sich in ein Haus schlich. Er war in einen geflickten Mantel gekleidet, der ziemlich feucht war. Das Wetter draußen war schon seit einigen Tagen einigermaßen unberechenbar.

»Thay.« Verlegen hob der Junge eine Hand zum Gruß.

»Was gibt es, Bryns?«, erkundigte sich Roxane. Es war nicht ganz einfach gewesen, sich die Schiffsliste so schnell einzuprägen, aber sie war stolz auf das Kunststück, die Namen aller ihrer Untergebenen stets parat zu haben.

»Der Erste sagt, wir soll'n Sie fragen, ob Sie an Deck kommen können, Thay.«

Die Kapitänin hob die Brauen. »Mister Huwert möchte, dass ich raufkomme? Und wieso?«

Der Junge drehte verlegen die Strickmütze, die er sich vom Kopf gezogen hatte, in den Händen.

»Ich glaub, das weiß er auch nich' so recht, Thay. Er hat bloß gesagt, Sie soll'n kommen.«

Mit einem Seufzen erhob sich Roxane. Sie nahm ihr Ölzeug von einem Haken an der Wand und deutete Bryns mit einem Nicken an, dass sie ihn begleiten würde.

Wahrscheinlich hätte auch eine genauere Befragung des Jungen nicht viel mehr an Informationen zutage gebracht; aber wenn Huwert sie darum bat, an Deck zu kommen, hatte er vermutlich einen guten Grund dafür. Der Mann war doppelt so alt wie sie und musste bereits Offizier gewesen sein, als Roxane noch zur Schule gegangen war.

Ob er es schwierig findet, von mir Befehle entgegenzunehmen?

Sie schob die Frage beiseite. Der Einheit sei Dank richteten sich in der thaynrischen Marine Beförderungen nicht nur nach Dienstjahren, wenngleich dies durchaus vorkam, sondern man versuchte auch, nach Eignung und Befähigung Kommandos zu verleihen. Huwert war ein fähiger Mann, aber zu bedächtig und zu sehr um Ausgleich bemüht, um ein Schiff zu führen. Sie war froh, dass der Admiral ihn ihr zur Seite gestellt hatte, denn seine Erfahrung auf See war von großem Nutzen für sie.

Als Roxane hinter Bryns den Niedergang heraufkam, stellte sie zunächst erfreut fest, dass der Regen aufgehört hatte. Die Schlechtwetterfront war nach Norden gezogen, und sie hatte den Kurs etwas ändern lassen, um ihre Ausläufer zu umgehen. Noch waren die Wolken zu sehen und die Regenschauer, die wie Schleier von ihnen herabhingen, aber der kräftige Wind würde sie bald vertreiben.

Die *Siorys* fuhr nun nah an der Küste entlang, und Roxane konsultierte regelmäßig die Karten mit den eingezeichneten Landmarken. Sie war noch niemals in diesen Gewässern gefahren, und sie war besonders aufmerksam, da sie keine Lust auf unliebsame Überraschungen hatte. Zum Glück gab es vorläufig nur wenige Untiefen, und die Karten waren dank der Erfahrungen vieler Jahrhunderte detailliert und genau, so dass sie sich kaum Sorgen machen musste.

Das Schiff lag gut am Wind. Die Segel waren straff gespannt, und die Mannschaft hatte so viel Fläche gesetzt, wie ihre Kapitänin Tauen und Leinwand bei diesem Wind zutraute. Bislang übertraf die *Siorys* ihre Erwartungen an Geschwindigkeit und Kraft, was das alte Gerücht bestätigte, dass die Géronaee zwar die besseren Schiffbauer, aber die schlechteren Seefahrer waren.

Mit hinter dem Rücken verschränkten Armen ging Roxane auf das Achterdeck zu und warf dabei der Mannschaft links und rechts Blicke zu. Alles schien seinen gewohnten Gang zu gehen, die Männer und Frauen taten ihre Arbeit, und es gab keine Anzeichen für irgendwelche besonderen Vorkommnisse.

Bald würden sie nach Fischerdörfern und Booten Ausschau halten müssen, um sicherzustellen, dass sie der *Todsünde* noch auf der Spur waren. Vielleicht hatte ihre Beute Wasser und Proviant aufnehmen müssen oder war zumindest gesehen worden. Spätestens, wenn sie auf ihren Gegner trafen, würde sich zeigen, wie gut das Zusammenspiel der Mannschaft war, wenn es darauf ankam.

Die Bewegungen des Schiffs waren ihr längst in Fleisch und Blut übergegangen, die ersten Tage der Übelkeit schon beinahe vergessen. Ihre Beine federten das Drängen von Meer und Wind ab.

Als ihr Erster Offizier Huwert Roxane sah, kam er ihr einige Schritte entgegen und salutierte.

»Thay.«

Sie nickte grüßend und wandte sich dann an Bryns: »Sie können jetzt wegtreten.«

Der Junge war offenbar erleichtert, seinen Auftrag ausgeführt zu haben, und verschwand so rasch, als bekäme er eine Freiration Rum am anderen Ende des Schiffes.

»Was gibt es denn, Huwert?«, wandte sich Roxane an den großen, hageren Mann, dessen vollständig kahler Schädel im Augenblick unter einem Zweispitz verborgen war.

»Wir bekommen immer wieder seltsame Meldungen vom Ausguck, Thay.«

Roxane runzelte die Stirn. »Was meinen Sie mit seltsamen Meldungen?«

Huwert seufzte und wollte eben zu einer Erklärung ansetzen, als sie unterbrochen wurden.

»Untiefe voraus!«

Der Ruf des Ausgucks im Krähennest brachte Roxane dazu, zur Mars emporzublicken. Der Seemann deutete direkt voraus.

»Ruder zwei Strich Backbord«, befahl sie sicherheitshalber mit lauter Stimme, und die Pfeife des Bootsmannes griff ihre Anordnung auf und leitete sie weiter.

»Genau das meine ich mit seltsam, Thay«, raunte Huwert ihr zu. »Das ist schon die dritte angebliche Untiefe seit dem letzten Glasen. Dabei dürfte es hier überhaupt keine Sandbänke oder dergleichen geben.«

Roxane konnte dem älteren Mann nur beipflichten; das war wirklich merkwürdig. Eigentlich war sie sicher, dass auf ihrem Kurs keine Untiefen lagen, aber die Warnung war deutlich gewesen. Ein Risiko wollte sie nicht eingehen, also hatte sie den Kurswechsel angeordnet.

»Huwert, bleiben Sie auf dem Achterdeck. Ich schaue mir das mal an«, wies Roxane ihren Ersten Offizier an und wandte sich dann ab. Die *Siorys* legte sich leicht nach Backbord, während die Kapitänin möglichst gelassen auf das Hauptdeck hinabstieg.

»Bericht«, rief sie dem Ausguck zu. Sie wichen fast 23 Grad nach Norden aus, das sollte bei einer so guten Sicht wie heute mehr als genug sein, wenn der Mann im Krähennest rechtzeitig Meldung gegeben hatte.

»Kurs klar.«

Sie gestattete sich ein kurzes Lächeln. Bei der Prüfung, bevor man ihr ihr Offizierspatent verliehen hatte, war ihr eine ganz ähnliche Situation als Aufgabe gestellt worden, und sie konnte sich noch gut an jede Einzelheit dieses denkwürdigen Tages erinnern.

»Äh ... doch nicht«, erschallte es vom Krähennest. »Will sagen, Untiefe voraus!«

Sie beschleunigte ihre Schritte nun doch, achtete dabei

aber darauf, nicht ungebührlich schnell zu werden. Eine laufende Kapitänin konnte bei der Besatzung schnell Unruhe hervorrufen, und zu rennen war ihres Ranges ohnehin gänzlich unwürdig.

»Was denn nun?«, bellte sie erbost, während sie sich dem Ausguck näherte. »Mehr Untiefen?«

»Nein, Käpt'n. Sie … bewegt sich.«

»Die Untiefe?«

»Ja, Thay!«

Roxane wandte sich um.

»Schicken Sie noch einen Ausguck hoch, Fähnrich!«, rief sie Wallon zu, der mit gerunzelter Stirn nach vorn starrte. Es dauerte einen Moment, bis er den Befehl erkannte und ihn mit einem besonders schneidigen »Aye, aye, Thay!« quittierte.

Da war Roxane bereits weitergegangen. Immer eine Hand an stehendem Gut, stieg sie auf die Schanz, beschattete mit der anderen die Augen und suchte die unruhige See ab. Das Spiel der Wellen, die der Wind unablässig nach Norden trug, verdeckte die Sicht auf die seltsame, sich bewegende Untiefe. Kurz überlegte Roxane, weiter hinaufzusteigen, dann aber besann sie sich. Das war ihrer Position einfach nicht angemessen, auch wenn sie nicht übel Lust gehabt hätte, sich von den Sichtungen des Ausgucks mit eigenen Augen zu überzeugen. So würde sie auf die Berichte des zweiten Ausgucks warten müssen. *Vermutlich ist der Kerl da oben ohnehin nur betrunken. Und sieht in der kabbeligen See alles Mögliche.*

Dann aber wurden ihre Augen von einem Umriss angezogen, und alle Gedanken an Verfehlungen im Dienst waren vergessen. Unweit der *Siorys* war ein dunkler Fleck im Wasser zu erkennen. Die Größe war unter den Wellen schwer zu schätzen, aber dort war definitiv etwas. Und es lag mitten im Kurs der Korvette.

»Ruder drei Strich ...«, begann sie einen Befehl, der bereits vom Bootsmann nach hinten weitergegeben wurde, da stockte sie. Der Fleck bewegte sich, als wäre es eine Schildkröte oder ein Wal, war aber viel zu schnell, um eines dieser Tiere zu sein. Er schoss geradezu durch das Wasser – direkt auf die *Siorys* zu.

»Ruder hart Backbord!«

Tauwerk und Holz protestierten lautstark, als sich das Schiff auf die Seite legte. Die Seeleute, die vorher ihren Aufgaben nachgekommen waren, liefen nun aufgeschreckt umher. Befehle wurden gebellt. Die Segel, eben noch fest gespannt, flatterten jetzt im veränderten Wind. Langsam, quälend langsam, bewegte sich der Bug.

Zu langsam. Der Schatten glitt auf sie zu. Für Roxanes Augen schien er fast wie eine Pfeilspitze geformt zu sein. Im letzten Moment, kurz bevor er das Schiff erreichte, erhaschte die Kapitänin einen Blick auf ihn, und ihr wurde schlagartig kalt, als sie den Umriss zweifelsfrei erkannte.

Es gab einen dumpfen Schlag, und die Korvette erzitterte vom Kiel bis in die Mastspitzen. Ein grausames, metallisches Reißen ertönte. Der Seemann, der zusätzlich in den Ausguck gesandt worden war, wurde über die Kante der Mars geschleudert. Er packte ein Tau und baumelte dann laut schreiend über dem Deck. Überall brach Chaos aus, da die Besatzung jegliche Disziplin verlor.

»Ruhe!«, donnerte Roxanes Stimme über das Deck. Und noch einmal: »Ruhe, verflucht!«

Tatsächlich kehrte Stille ein, wenn man von Wind und Meer absah. Hoch oben half der Ausguck seinem Kameraden, aber Roxane hatte keine Zeit, darauf zu achten. Sie musste sich darauf verlassen, dass ihre Besatzung auch jetzt noch funktionieren würde. Sie lief zurück nach achtern, wobei sie Anweisungen brüllte: »Klar Schiff zum Gefecht! Holt die Segel ran!«

Die *Siorys* lag durch das missglückte Ausweichmanöver unglücklich vor dem Wind, und schon verlor die Korvette an Fahrt. Es gab viel zu wenige Matrosen an Bord, um gleichzeitig die Geschütze zu bedienen und die Segel einzuholen, also versuchte Roxane, das Beste herauszuholen, was unter diesen Umständen möglich war.

»Drehen Sie sie wieder in den Wind, Rudergänger!«

Aus einigen Schritten Entfernung sah sie Jaquento, der in ihre Richtung lief. Seine Kleidung war unordentlich und sein langes Haar so nachlässig unter ein Tuch gestopft, als sei er gerade erst aus seiner Hängematte gesprungen.

»Was ist passiert?«

»Ein Drache«, erklärte Roxane grimmig. Jaquento drehte ruckartig den Kopf und suchte den Himmel ab.

»Nein, im Wasser. Unter Wasser.«

Er blickte sie ungläubig an, schüttelte den Kopf. Doch dann dämmerte es ihm. Er sah sich um.

»Wir müssen uns kampfbereit machen. Ich brauche eine Waffe.«

»Der Sergeant soll Gewehre an die Mannschaft ausgeben. Sag ihm, ich schicke dich. Was ist mit Bihrâd?«

»Er wird keine Waffe wollen. Danke.«

Bevor sie antworten konnte, ertönte es hinter ihr: »Thay, Wassereinbruch im Laderaum!«

Sie fuhr herum. »Zimmerleute runter! Mannschaft an die Pumpen! Ich will Berichte! Los! Los! Los!«

Ihre Befehle rissen die Seeleute aus Untätigkeit und Schreckensstarre. Einige Besatzungsmitglieder sprangen den Niedergang hinunter, andere begannen, lose Taue wieder aufzuwickeln.

Als Roxane sich wieder umwandte, war Jaquento bereits zurück unter Deck und auf dem Weg zur Waffenkammer, wo die Seesoldaten ausgerüstet wurden.

Roxane lief zum Poopdeck. Die Betriebsamkeit eines Kriegsschiffes vor dem Gefecht hätte ihr Ruhe und Zuversicht schenken müssen, aber alles, was ihr durch den Kopf ging, waren Erinnerungen an die Schlacht im Nebel vor Boroges und die Macht der Drachen.

Die *Siorys* mochte nach einem Drachentöter benannt sein, doch was konnte das kleine Schiff schon gegen die urgewaltige Kraft eines solchen Wesens ausrichten?

JAQUENTO

Das Schiff war in Aufruhr. Jaquento drängte sich durch die Menge von Seeleuten, die wie er unter Deck strömten. Die Planken bebten unter den Tritten der Besatzung, die begierig darauf schien, nun endlich die Zeit des Wartens hinter sich zu lassen. In Ruhezeiten muteten Kriegsschiffe seltsam an; viel zu viele Menschen waren hier auf zu engem Raum eingepfercht, und es gab lange nicht genug Arbeit für alle, was oft zu einer angespannten Atmosphäre unter den Männern und Frauen führte. Aber jetzt offenbarte sich der Grund für die vielen Seelen an Bord.

In diesem Augenblick schenkte kaum jemand dem Hiscadi Beachtung. Mochte er auch ansonsten die volle Aufmerksamkeit der Besatzung haben, jetzt folgten alle dem Ruf zur Gefechtsbereitschaft. Jeder hier, gedrillt von der Marine Ihrer Majestät, hatte eine Aufgabe. Jaquento hingegen hatte keine Aufgabe, nur ein Ziel: die Waffenkammer im Heck, wo alles eingeschlossen und bewacht wurde, was dem Oberkommando als zu gefährlich in Matrosenhand erschien.

Vor der Kammer stand ein Sergeant mit zwei Soldaten. Sie waren gerade dabei, Pulverkartuschen zu ordnen und Kugelbeutel an ihren Gürteln zu befestigen.

»Kapitän Hedyn schickt mich«, erklärte Jaquento in einer

passablen Imitation militärischer Umgangsformen. »Ich soll mir eine Waffe geben lassen.«

Der Sergeant sah ihn an. Fast glaubte der Hiscadi, dass der Mann ihm aufgrund seiner unklaren Stellung in der Bordhierarchie keine Waffe aushändigen würde, aber Roxanes Name wog schwerer als die Bedenken, die der Offizier haben mochte, und der Sergeant machte einen Schritt, der ihn halb in die kleine Kammer hineinführte.

»Entermesser? Pistole?«

»Gewehr.«

Ohne ein weiteres Wort wurde Jaquento die gewünschte Schusswaffe gereicht, ebenso Kugeln und genug Pulver für zehn Schuss. Er wollte sich bereits abwenden, als ihm noch ein Gedanke kam.

»Und ein Messer, wenn's recht ist.«

Mit einem Nicken übergab ihm der Sergeant auch diese Waffe.

»Danke.«

»Was ist denn los?«, erkundigte sich der Offizier mit einem Seitenblick zu den Soldaten. »Klang fast so, als seien wir auf Grund gelaufen, nicht wahr?«

»Wir hängen jedenfalls nicht fest«, erklärte Jaquento. »Die Kapitänin hat irgendwas gesehen, aber ich weiß nicht, was«, log er ruhig, als er die Neugier und Unsicherheit in den Mienen der anderen sah.

Das Schiff erbebte erneut unter einem Schlag. Jaquento machte auf dem Absatz kehrt und rannte zurück zum Niedergang. Doch dann folgte er einer Eingebung, ließ den Weg nach oben links liegen und rannte hinab in den Laderaum, in dem ein schattiges Zwielicht herrschte. Es roch brackig, und das einzige Licht kam von Laternen, die weiter vorn von zwei Matrosen gehalten wurden. An der Bordwand erkannte der Hiscadi den Schiffszimmerer und seine Gehilfin, die hastig versuchten, ein Leck abzudichten, das zum Glück nur aus einigen halb geborstenen Planken bestand. Dennoch war bereits knöcheltief Wasser in den Raum eingedrungen, und die Seeleute mussten in der Brühe kniend arbeiten, was ihre Aufgabe nicht eben erleichterte. Das Wasser spülte über Jaquentos Füße und erinnerte ihn unangenehm daran, wie kalt der Ozean draußen sein musste.

Gequältes Holz ließ ein Knirschen ertönen, in das sich ein metallisches Jaulen mischte, das den Hiscadi zusammenzucken ließ.

»Was, bei allen Geistern der Tiefe, ist das?«

Und dann sah er es. An Steuerbord bogen sich die mächtigen Planken nach innen, als wären es kleine Zündhölzer. Einen Moment lang sah es so aus, als würden die Schiffswände dem Druck standhalten, doch dann gab das Holz nach, splitterte und brach berstend. Einzelne Wasserstrahlen spritzten mit Wucht in den Laderaum, doch Jaquento achtete nicht darauf. Sein Blick wurde einzig von dem Bild angezogen, das sich ihm bot: Feucht glänzende dunkle Klauen gruben sich mit unvorstellbarer Kraft durch die Bordwand. Die Szene war so fern aller Vernunft, dass er kaum verstand, was er dort sah. *Bei der Einheit, Roxane hatte Recht …*

Die Zimmerleute ließen ihre Werkzeuge fallen und starrten fassungslos die gewaltigen Krallen an. Einer der Matrosen begann in Panik zu schreien. Die Lampe, die er in der Hand gehalten hatte, fiel zu Boden und verlosch mit einem Zischen.

Das schrille Kreischen des Mannes ließ Jaquento handeln. Er zog eine papierne Kartusche aus dem Beutel an seiner Seite, biss die Spitze ab und schütte das Pulver vorsichtig in die Mündung. Noch immer waren die Krallen zu sehen, die sich Stück für Stück durch das zerstörte Holz nach vorn schoben, wie Boten aus einer anderen, uralten Welt, und Jaquento beeilte sich, seine Waffe schussbereit zu machen. In seinem Kopf überschlugen sich die Gedanken. Er hatte keine Ahnung, ob eine Gewehrkugel etwas gegen ein Wesen auszurichten vermochte, das so groß war, wie es die feuchten Klauen erahnen ließen. Aber er musste zumindest versuchen, es herauszufinden. *Wenn ich jetzt nichts unternehme, rennen gleich alle Seeleute weg. Und das Schiff säuft ab wie ein leckgeschlagenes Fass.*

Als er das Gewehr anlegte und den Lauf hastig auf die geborstenen Planken richtete, überkam ihn eine beinahe unnatürliche Ruhe, die seinen Herzschlag verlangsamte und seinen Atem flach werden ließ. Kaum fünf Schritt stand er von der Bordwand entfernt, um ihn herum der vertraute Anblick eines Laderaums mit sorgsam verstauten Waren. Ein alltäglicher Ort, wie er auf jedem Schiff zu finden war. Ganz im Gegensatz zu dem, was dort versuchte, durch die Wand zu kommen, und zweifellos den Untergang der *Siorys* herbeiführen würde.

Der Schuss hallte donnernd im Raum wider, und der Pulverqualm nahm Jaquento die Sicht. Ihm klangen die Ohren, aber zumindest hatte das entsetzliche Knirschen aufgehört. *Er hat seine Krallen zurückgezogen!*

Jetzt waren nur noch die gestammelten Worte der Zimmerleute und der Matrosen zu hören und die Schritte der Menschen an Deck, ihr fernes Rufen und das bedrohliche Gurgeln des Wassers, das sich in den Laderaum ergoss.

»Ist es weg?«, keuchte die Gehilfin des Zimmermanns.

»Was war das?«

Einer der Matrosen, der Mann, der den panischen Schrei ausgestoßen hatte, lief mit der Laterne in der Hand aus dem Laderaum, und selbst die Rufe der anderen hielten ihn nicht auf.

»Das Leck«, sagte Jaquento. »Kümmert euch um das verfluchte Leck, oder wir werden sinken!«

Das Meer drang schon jetzt mit Macht in die *Siorys* ein,

und die augenfällige Gefahr riss die Seeleute aus ihrer Untätigkeit. Die Zimmerer knieten sich wieder in das Wasser, das nun noch rascher anstieg, und begannen mit ihrer Arbeit, während Jaquento lauschend durch den Laderaum ging. Die kalte Flut reichte ihm bereits fast bis zum Knie, und das Vorankommen war mühselig.

Nach einigen Schritten drehte er sich im Kreis, sah die Wände des Schiffs an, als würde der Drache jeden Moment erneut hindurchbrechen, dann straffte er die Schultern.

»Ich hole Hilfe«, erklärte er entschieden und wandte sich dem Niedergang zu. Er hastete die Stufen empor, passierte das Geschützdeck, auf dem sich gerade die erste Mannschaft Kanoniere in Stellung brachte, was immer das nutzen mochte, und eilte weiter, bis er schließlich ins helle Licht des Tages trat. Ohne auf die Matrosen zu achten, die um ihn herum ihren Befehlen folgten, rannte er direkt zum Achterdeck. Die dort postierten Soldaten warfen einen kurzen Blick auf Roxane, die ihnen zunickte.

»Meldung?«, fragte sie mit einer erzwungenen Ruhe, für die er sie bewunderte.

»Er … es greift von unten an.«

»Wir haben den Schlag gespürt; haben wir ein Leck?«

»Die Zimmerleute arbeiten daran; aber sie könnten Hilfe gebrauchen. Das Loch ist nicht klein.«

Roxane wandte sich ab und gab drei umstehenden Matrosen die entsprechenden Befehle: »In den Laderaum! Nehmt Verstärkung mit! Das Leck muss sofort verschlossen werden!«

Ohne eine Reaktion abzuwarten, drehte sich die Kapitänin wieder Jaquento zu.

»Wie sieht es aus?«

»Ich weiß nicht. Der Drache gräbt sich durch das Holz. Ich habe auf ihn geschossen, aber das hat ihn nur kurz gestört. Er hat schon zwei Löcher in die Wand gerissen.«

»Durch das Kupfer? Verflucht.« Roxane sah ihn an und beugte sich vor. Ihre nächsten Worte waren kaum mehr als ein Flüstern. »Wie schlimm ist es?«

Jaquento sammelte sich für den Bruchteil eines Augenblicks, um ihr die bestmögliche Einschätzung der Schäden zu geben.

»Noch wird es gehen, denke ich«, sagte er ernst.

Roxane nickte. Ihr Blick schweifte in die Ferne.

»Sergeant!«

Der Mann trat näher, und die Kapitänin flüsterte auch mit ihm: »Nehmen Sie ein halbes Dutzend Marinesoldaten und gehen Sie in den Laderaum. Sollte sich irgendetwas Ungewöhnliches zeigen, haben Sie den Befehl zu feuern. Der Rest der Soldaten steigt auf die Masten, um freies Schussfeld zu haben.«

»Worauf, Thay?«

»Eine Wasserkreatur, Sergeant.«

»Ein Seeungeheuer?« Die Stimme des Offiziers war lauter geworden, und Jaquento sah, wie einige Köpfe, die bislang sehr bemüht in andere Richtungen gedreht worden waren, sich ihnen zuwandten. In den angespannten Gesichtern konnte er Unglauben und Angst erkennen.

»Es ist ein Drache«, zischt er dem Sergeanten zu. »Ich habe ihn gesehen.«

Vor wenigen Wochen hätte ein solcher Satz Belustigung hervorgerufen und wäre höchstens zu später Stunde in Hafenkneipen geglaubt worden, doch seit der Schlacht vor Boroges, in der nur Roxanes aufsehenerregende Tat Schiffe und Mannschaften gerettet hatte, wusste jeder, dass Drachen kein bloßes Seemannsgarn waren.

»Führen Sie Ihre Befehle aus. Und schicken Sie mir den Korporal und den Stückmeister!«, ordnete die Kapitänin an.

»Aye, aye!«

Jaquento sah sich um. Die See war vom rauen Wind aufgewühlt, aber nichts deutete darauf hin, dass sie ein Wesen von urtümlichem Schrecken verbarg.

»Was hast du vor?«, fragte er.

»Eine kleine Überraschung für den Bastard«, murmelte Roxane. »Such dir einen Platz, an dem du gute Sicht zum Feuern hast. Und bete zur Einheit, falls du an sie glaubst.«

»Ich bete für gewöhnlich nicht«, erwiderte Jaquento und nahm die Muskete in beide Hände. »Ich verlasse mich lieber hierauf – und auf dich.«

Sie sah ihm in die Augen und nickte ihm zu.

Jaquento verließ das Achterdeck, um einen Posten für sich zu suchen. Auf dem Weg entdeckte er Groferton, der neben einem anderen Mann an die Schanz gelehnt stand. Doch der Maestre schien ihn nicht zu bemerken. Der Hiscadi erkannte mit einigem Erstaunen, dass es sich bei dem Mann neben Groferton um Bihrâd handelte. Jaquento hatte noch keine Zeit gehabt, sich zu fragen, was der Maureske wohl angesichts der Bedrohung unternehmen würde, hätte aber angenommen, dass er sich mehr im Hintergrund halten würde.

»Was tust du da?«, rief Jaquento seinem Freund zu, und Bihrâd fuhr zu ihm herum.

»Wir haben eine Möglichkeit gefunden, wie ich Coenrad von allen äußeren Einflüssen abschirmen kann«, berichtete der Maureske, dessen Züge unter den Tätowierungen so ruhig wirkten, als plaudere er über das Wetter. »Ohne, dass es seine Magie beeinträchtigt«, fuhr er fort. »Wenn ich die Abschirmung aufrechterhalte, kann er den Strom von Vigoris, wie er es nennt, viel länger aushalten.«

Einen Moment lang wunderte sich Jaquento über den ungewohnt vertrauensvollen Umgang der beiden so gegensätzlichen Männer miteinander.

Sagte er eben Coenrad? In der Zeit, die sie an Bord verbracht hatten, musste irgendetwas zwischen den beiden vorgefallen sein, was ihm völlig entgangen war. *Das kommt davon, wenn man tagelang in einer Koje liegt und nicht klar ist, ob man erst in der Hölle wieder aufwacht.*

Jaquento wusste nicht viel über die Vigoris und ihre Anwendung; aber dass ein Maestre und ein Magietrinker zusammenarbeiten konnten, schien ihm ziemlich bemerkenswert.

Dann schob er diese Gedanken beiseite. Das Schiff konnte im Augenblick jede Allianz gebrauchen, wie unwahrscheinlich sie auch sein mochte.

Und was immer es war, was die beiden taten, es schien sie stark zu beanspruchen. Grofertons ohnehin blasses Gesicht war kreidebleich, und Schweiß stand ihm auf der Stirn, während Bihrâd den Maestre auch physisch abschirmte, mit ausgebreiteten Armen und geschlossenen Augen.

Die Lippen des Mauresken begannen sich zu bewegen, murmelten eine stets wiederkehrende Folge von Silben, die Jaquento nicht verstand. Wie sehr er sich anstrengte, konnte der Hiscadi daran erkennen, dass Bihrâds Arme bereits nach wenigen Sekunden zu zittern begannen.

Da er ihnen unmöglich helfen konnte, lief Jaquento zum Vorschiff, wo er halb in die Takelage kletterte und sich dann so bequem wie möglich in die Wanten hängte. Das raue Tau kratzte über seine Haut, aber seine Aufmerksamkeit galt allein dem Wasser.

Die Zeit verstrich langsam. Die *Siorys* machte nur wenig Fahrt. Die Männer und Frauen hatten ihre Gefechtspositionen eingenommen, und die Stückpforten waren geöffnet.

Roxane hatte das Schiff wieder auf den ursprünglichen Kurs gedreht. Einige Segel waren behelfsmäßig gerafft worden, und am Hauptmast arbeiteten noch Matrosen in fieberhafter Eile.

Obwohl er sich bemühte, Unregelmäßigkeiten in ihrem Lauf wahrzunehmen, konnte Jaquento keine Beeinträchtigung der *Siorys* durch den Wassereinbruch feststellen. Offenbar hatten die Zimmerleute gute Arbeit geleistet.

Auf dem Deck hatte sich eine Gruppe von Männern und Frauen um den Stückmeister und den Korporal versammelt, und mehrere Fässer mit Pulver waren aus dem Inneren des Schiffes heraufgeschafft worden, doch Jaquento konnte nicht erkennen, was die Besatzung mit ihnen vorhatte.

Und so blieb ihm nichts anderes übrig, als zu warten.

TAREISA

Die Dunkelheit war allumfassend. Tareisa konnte nicht sagen, ob es an der Haube aus kratzigem Stoff lag, die man ihr über den Kopf gezogen hatte und die ihr die Sicht nahm, oder ob es um sie herum ebenso finster war. Bei jedem Atemzug spürte sie das Gewebe an ihren Lippen, und sie versuchte, die in ihr aufsteigende Angst vor dem Ersticken niederzukämpfen.

Um die Furcht zu verdrängen, rief sie Erinnerungen an die Oberfläche, Bilder ihres Lebens, dessen Bahn so ungerade und unvorhersehbar gewesen war. Sie wollte sich einreden, dass sie sich schon in schlimmeren Situationen befunden hatte, schon hilfloser gewesen war, aber es wollte ihr nicht gelingen. Denn tief in sich spürte sie immer noch den endlosen Sog, der von der Kiste im Herzen des Schiffes ausging und ihr die Kraft und die Zuversicht nahm. *Ich bin unverändert in der Nähe der Ladung.*

Die Fesseln waren nicht fest, aber sie waren um ihren gesamten Körper geschlungen, fühlten sich an wie lange, breite Stoffbahnen, die zwar minimal nachgaben, aber sie dennoch fast gänzlich zur Bewegungslosigkeit verdammten.

Der harte Boden war unbequem, und hin und wieder rührte sich Tareisa ein wenig, um die Position zu ändern und ihren geschundenen Gliedern etwas Erleichterung zu verschaffen.

Nur Geruchsinn und Gehör teilten ihr mit, dass sie sich noch an Bord eines Schiffes befand, und sie vermutete, dass es die *Todsünde* war, auch wenn sie sich keineswegs sicher sein konnte; zu oft war sie in einen unruhigen Schlaf gedriftet, und es war sicherlich möglich, dass man sie bewegt hatte, ohne dass sie es bemerkt hätte. Immerhin war sie auch vollkommen überraschend im Schlaf gefangen gesetzt worden.

Es roch nach Meer, nach Salzwasser, nach Harz und Teer, und das Holz des Schiffs knarrte und ächzte. Manchmal waren Schritte über ihr zu hören und ganz selten auch leise Stimmen, die stets aus derselben Richtung kamen. Tareisa versuchte, sich aus diesen vagen Sinneseindrücken ein Bild zu machen, zu erraten, wo an Bord man sie gefangen hielt. Die Grübelei, wer sie gefangen hielt, hatte sie längst aufgegeben. Sie selbst hatte sich genügend Feinde gemacht, als Geliebte am Hof des törichten Königs von Géronay ebenso wie später in der Sturmwelt. Hinzu kamen die Feinde ihres Meisters. Auch ihr Wissen über ihre Häscher war zu gering, als dass es sinnvoll gewesen wäre, sich darüber den Kopf zu zerbrechen. *Nein, dann lieber versuchen, etwas aus meiner Umgebung zu lernen,* dacht sie. *Die Brig wird es sein, im Vorschiff.*

Etwas berührte sie an der Wange, direkt unterhalb des Auges. Beinahe hätte sie geschrien, doch es kam nur ein dumpfes Stöhnen aus ihrem Mund. Es war eine sachte Berührung, ein kleiner Punkt nur, wo der Stoff der Haube an ihre Haut stieß. Schreckensvisionen stiegen ungebeten in der Maestra auf, von Folterern und ihren Werkzeugen und von kleinen Nagern, die auf der Suche nach Fleisch waren. Doch die Berührung endete so abrupt, wie sie begonnen hatte.

Dann wurde es heller. Licht drang durch Fäden des Stoffs, nicht genug, um wirklich etwas zu erkennen, aber ausreichend, um Tareisas Herz vor Freude schneller schlagen zu lassen. Holz knarrte, Schritte ertönten direkt neben ihr, ein unverständliches Wort wurde gesprochen, dann fühlte sie sich an Schultern und Knöcheln gepackt und emporgehoben. Eine Welle von Übelkeit durchlief sie, als ihr Gehirn versuchte, Ziel und Richtung der Bewegung zu verstehen, und einen Moment lang wusste sie nicht, wo oben und unten war. Dann wurde sie davongetragen, und sie merkte, dass ihr Gesicht nach oben gerichtet war und kräftige Hände sie scheinbar so mühelos festhielten, als wäre sie ein Sack Getreide.

»Wohin bringt ihr mich?«, fragte sie mit rauer Stimme.

Keine Antwort.

Sie stellte erneut die Frage, diesmal auf Thaynrisch. Wieder keine Antwort. Drängend wiederholte die Maestra die Frage, aber ihr antworteten nur Schweigen und Atemgeräusche. Sie versuchte es in allen fünf Sprachen, die sie beherrschte, aber das Resultat blieb immer das Gleiche.

Auch ihre Versuche, allein durch ihr Gehör zu erraten, wohin man sie trug, brachten sie nicht weiter. *Was, wenn diese Männer meine Mörder sind und mich nur aufgehoben haben, um mich ins Meer zu werfen?*

Panik stieg in ihr auf, doch sie bekämpfte sie, atmete langsam, konzentrierte sich darauf, ruhig zu bleiben und die Angst aus ihrem Geist zu vertreiben.

Die Geräusche des Schiffs drangen gedämpfter an ihre Ohren, als man sie durch eine Tür trug, die hinter ihr wieder zufiel. Sie fühlte sich gedreht, die Füße wurden abgesenkt, dann saß sie mehr schlecht als recht in einem Stuhl, dessen Lehne gegen ihren Rücken drückte.

Als die Haube von ihrem Kopf gezogen wurde, blinzelte sie in das Licht, das ihr grell in die Augen stach. Doch schon nach wenigen Sekunden hatte sie sich daran gewöhnt, und ein erster Blick verriet ihr, dass es Deguays Kajüte war, in der sie sich befand. *Also bin ich tatsächlich noch immer an Bord der* Todsünde.

Doch der Capitane war, entgegen ihrer Erwartung, nicht hier. Ein doppeltes Spiel wäre ganz nach seiner Art gewesen, auch wenn sie seine Beteuerungen bezüglich seiner Ehrlichkeit ihr gegenüber lange für bare Münze genommen hatte.

Stattdessen saß ihr ein Fremder gegenüber, dessen Gesichtszüge und Kleidung so exotisch waren, dass es ihr die Sprache verschlug. Er war von auffallender Größe und überragte sie sicherlich um mehr als Hauptesländge. Sein Schädel war kahl rasiert, und das Haar fehlte ihm nicht nur dort: Er besaß auch keine Augenbrauen. Es gab kein Indiz dafür, dass ihm überhaupt Haare wuchsen, denn weder gab es einen Bartschatten noch irgendwelche Stoppeln noch Flaum auf seiner Haut. Diese war dunkler als ihre eigene, fast schon bronzefarben, mit einem unnatürlichen Schimmer. Seine Augen waren klein und hell, und es dauerte einige Momente, bis Tareisa merkte, warum sie beim Anblick dieser Augen ein ungutes Gefühl überkam: Er blinzelte nicht.

Das Gewand, das er trug, war aus einem goldfarbenen, fließenden Stoff, vermutlich Seide, und es fiel in langen, kunstvollen Falten von seinen schmalen Schultern herab.

Tareisa warf einen Blick hinter sich und sah die beiden Männer, die sie hierhergetragen haben mussten, zwei vierschrötige Kerle mit pechschwarzen Haaren, die zu langen Zöpfen geflochten waren. Die mandelförmigen Augen der Männer musterten sie kalt. *Wer auch immer das ist, und was auch immer er will, es hat nichts mit Corbane zu tun. Eine neue Fraktion?*

»Kann ich dir etwas zu trinken anbieten?«

Die Stimme des Kahlköpfigen war tief und melodiös, aber er sprach, als habe er die Worte auswendig gelernt.

»Gern«, erwiderte Tareisa heiser. Der letzte Schluck Wasser schien ihr eine Ewigkeit zurückzuliegen.

»Wein?«

Sie nickte, und er deutete auf einen Pokal auf dem Tisch, der von einem der bezopften Männer genommen und ihr an die Lippen gehalten wurde. Trotz ihres Durstes zwang sich die Maestra, nur wenige Schlucke zu trinken, die sie dafür umso langsamer genoss. Sie musste ihre Sinne beisammenhalten.

»Warum habt Ihr mich entführt?«, fragte sie schließlich, als der letzte Tropfen Wein ihre Kehle herabgeronnen war. Ihr Körper verlangte nach mehr, aber sie spürte bereits, wie ihr der Alkohol zu Kopfe stieg. *Wann habe ich zuletzt etwas gegessen?*

»Dass du an Bord bist, ist einem unglücklichen Zufall zu verdanken«, bestätigte der Fremde ihre Vermutung. »Oder einem glücklichen, je nachdem, wie man es betrachten möchte, Tareisa.«

»Ihr habt mir voraus, Euer Gegenüber zu kennen und meinen Namen zu wissen«, stellte die Maestra fest. Der Wein half, ihre Stimme zu ölen, die bereits wieder so dunkel und melodisch klang, wie sie es gewohnt war. In der Vergangenheit war ihr dieses Instrument schon mehr als einmal von großem Nutzen gewesen.

Der Kahlkopf nickte jedoch nur zu ihren Worten und schwieg ansonsten. Tareisa ent- und verwarf im Geiste blitzschnell diverse Strategien.

Schließlich entschied sie sich, weiter Fragen zu stellen. Egal welche Regungen ihr Gastgeber zeigte, die darin enthaltenen Informationen mochten von Wert sein. Und er hatte sie vermutlich nicht nur herbringen lassen, um ihr zu zeigen, wie beeindruckend sein Schweigen sein konnte.

»Wo ist Capitane Deguay?«

Der Glatzköpfige neigte leicht den Kopf. »Das vermag ich nicht zu sagen. Er war nicht an Bord, als wir das Schiff übernommen haben.«

Ein Hoffnungsschimmer, wie schwach auch immer. Ihre Gedanken rasten. Sie versuchte sich an die Lektionen ihres Meisters zu erinnern. *Wem nutzt es? Wer hätte noch Interesse an der Fracht?*

Doch bevor sie erneut zu einer Frage ansetzen konnte, sagte ihr Gegenüber: »Mir ist bewusst, dass du nicht in eigenem Auftrag handelst. Kannst du für jene sprechen, die über dir stehen?«

Einen Herzschlag lang erwog Tareisa, zu lügen, doch dann entschied sie sich dagegen und schüttelte den Kopf.

»Mein Wort würde sie nicht binden.«

»Ein unglücklicher Umstand.«

»Ihr wisst, um wen es sich handelt? Dann bedenkt Eure Vorgehensweise. Denn man wäre über die Situation, in der ich mich gerade befinde, sicherlich nicht erfreut.«

Der Fremde legte die Fingerspitzen zusammen und sah sie aus seinen irritierend regungslosen Augen an. Er nickte langsam, als begreife er erst jetzt, wovon sie sprach.

»Das ist keine Drohung, nur ein simpler Fakt«, fügte sie hinzu, darum bemüht, ihre Stimme ruhig und unbeteiligt klingen zu lassen. *Diese verfluchte Ladung! Wenn ich jetzt doch nur meine Kräfte zur Verfügung hätte!*

»Ich danke dir. Leider ist dieses Gespräch damit beendet.«

Ohne Vorwarnung wurde ihr die Haube wieder über den Kopf gestülpt, und Tareisa keuchte vor Überraschung – und auch vor Angst.

»Ist das nötig?« Sie wusste, dass sie zu schnell sprach und damit ihre Furcht verriet. »Können wir das nicht zivilisierter lösen?«

»Du würdest nicht wollen, dass ich das Problem löse, Tareisa«, kam die kühle Antwort, dann wurde sie wieder gepackt und davongetragen. Sie schwieg, obwohl sich nun Zorn in die Angst mischte und eine düstere Welle von Gefühlen durch ihren Geist wogte.

Erst als man sie wieder in die Dunkelheit legte, gestatte sie sich, den Tränen nachzugeben.

ROXANE

Mit gerunzelter Stirn betrachtete Roxane die Bemühungen ihrer Untergebenen. Ihre Hände hatte sie so fest hinter dem Rücken verschränkt, dass ihre Finger schmerzten, aber diese Haltung half ihr, die künstliche Ruhe zu bewahren, die sie in diesem Augenblick so dringend brauchte. Sie durfte die Mannschaft ihre Zweifel nicht sehen lassen; es war absolut überlebenswichtig, dass sie den Männern und Frauen zeigte, dass sie vollstes Vertrauen in sie und ihre Fähigkeiten hatte.

Natürlich waren sowohl der Korporal als auch der Stückmeister den Umgang mit Pulver gewöhnt, aber die Aufgabe, die sie nun erledigten, lag außerhalb ihrer Erfahrungen. Und Roxane wusste, dass schon ein kleiner Fehler ausreichen konnte, um von dem Schiff nichts als Wrackteile übrig zu lassen. Ihr Blick wanderte zu Coenrad Groferton und dem mauresken Magietrinker, die zusammen an der Reling standen und ihre Macht gemeinsam einsetzten.

»Maestre Groferton, erstatten Sie mir bitte Bericht.«

»Es … es ist da draußen«, erklang Grofertons gepresste Antwort. »Ich kann es spüren, aber ich kann nicht sagen, wo es genau ist. Das Muster ist … sehr komplex.«

Roxane verließ ihren Posten und trat zu den beiden Männern.

»Können Sie es aufhalten? Oder angreifen?«

Der Maestre schüttelte langsam das Haupt. Schon zu besten Zeiten sah er oft angegriffen aus, aber jetzt wirkte es, als habe sich ein Todkranker noch einmal erhoben, bevor er endgültig das Zeitliche segnete.

Bihrâd ließ die erhobenen Arme ein Stück weit sinken, so vorsichtig, als habe er lange schwere Gewichte darin gehalten. »Diese Schlange aus den neun Höllen ist sehr stark, Kapitän«, sagte er grimmig.

»Es nutzt Vigoris«, erklärte Groferton. »Aber eine völlig andere Art, als ich sie kenne. Oder vielleicht keine andere Art, doch eine andere Form. Ich finde keinen Zugang dazu.«

»Bihrâd, teilen Sie diese Einschätzung?«

Wie immer war es Roxane unmöglich, in den Zügen des Mauresken zu lesen. Aber die Schweißtropfen, die seine Gesichtstätowierungen glänzen ließen, sprachen eine deutliche Sprache.

»Ich gebe dem Maestre Recht: Es ist etwas da, aber es ist wie Nebel. Ich kann es nicht packen. Vielleicht wird es klarer, wenn es näher kommt.«

Roxane quittierte die Worte mit einem nachdenklichen Nicken. Dann traf sie eine Entscheidung: »Schützen Sie das Schiff, Groferton, Bihrâd, wenn ich Sie bitten darf. Wir brauchen keine Heldentaten mehr, wenn uns die *Siorys* verlorengeht.«

Beide Männer bestätigten den Befehl.

Roxane atmete tief ein und wanderte dann mit festen Schritten an Deck entlang. Ein Stück voraus konnte sie Jaquento erkennen, der sich einen erhöhten Platz in der Takelage gesucht hatte und mit unbewegter Miene auf das Meer hinausschaute. Noch immer zeigte sich ihr Feind nicht.

Fast schon glaubte die Kapitänin, dass der Hiscadi das Wesen mit seinem Schuss schwerer verletzt haben musste, als er gedacht hatte, aber tief in sich spürte sie, dass dem nicht so war. *Eine einzelne Gewehrkugel kann ein solches Wesen nicht ernsthaft verletzten. Ich habe in Boroges gesehen, wie hart ihre Haut ist.* Es war noch nicht vorbei.

Roxane wusste, dass dieses Warten vor dem Gefecht zeigen würde, wie gut ihre Mannschaft wirklich funktionierte. Jetzt kam es darauf an, dass niemand die Nerven verlor, egal, wie sehr die erzwungene Untätigkeit an den Gemütern zerren mochte. Im Augenblick hielt die Disziplin die Männer und Frauen beisammen; doch wie lange noch?

Ein Schuss ertönte von der Mars am Großmast. Sofort war es mit der scheinbaren Ruhe an Deck vorbei.

»Geben Sie Signal!«

»Steuerbord voraus«, rief eine Soldatin vom Mast. Eine Pulverdampfwolke wurde vom Wind auf das Meer hinausgetrieben und verteilte sich langsam. Roxane lief nach Steuerbord und sprang mit einem Satz auf die Schanz. Ihre Blicke suchten die See ab – und fanden einen dunklen Fleck, der sich dem Schiff näherte.

Mit der freien Hand deutete sie in die Richtung, in der sie den Drachen zu erkennen glaubte.

»Feind Steuerbord! Feuer frei!«

Während die Musketen losdonnerten, sprang sie wieder auf die Planken hinab und lief dann auf das Hauptdeck.

»Wie viele haben Sie, meine Herren?«, wandte sie sich an den Korporal und den Stückmeister bei den Fässern.

»Zwei, mit jeweils zehn Faden, Thay.«

»Fertig machen und einsetzen!«

Sie wartete nicht auf ihre Antwort. Sie hatte ihre Gesichter gesehen; die beiden vertrauten ihrer eigenen Arbeit nicht. Aber Roxane hatte keine andere Wahl, als das Risiko einzugehen. Ein weiterer Angriff unter der Wasserlinie wäre womöglich der letzte. Das Leck im Laderaum hatten sie gerade noch verschließen können, und die Besatzung an den Pumpen arbeitete hart, um die *Siorys* von dem eingedrungenen Wasser zu befreien, aber wenn ein weiteres solches Loch während eines Kampfes hinzukam, konnten sie es unmöglich schnell genug stopfen, um zu verhindern, dass das Schiff Schlagseite bekam.

Drei Matrosen packten eines der Pulverfässer, wuchteten es hoch und trugen es nach Steuerbord.

»Anzünden!«, befahl die Kapitänin, und ihre Stimme war rau.

Der Stückmeister kam ihrem Befehl ohne zu zögern nach. Mit einem hastig herbeigeholten Zündstock berührte er das Ende der Lunte, die mit Leder umwickelt worden war.

Roxane hatte zwar in Thaynric von Unterwassersprengungen gehört, aber noch nie eine gesehen oder gar daran teilgenommen. Alles Wissen, das sie darüber besaß, war theoretischer Natur. Sie atmete tief ein und ließ ihren Blick über ihre Mannschaft schweifen, die Seeleute, Soldaten, den Maestre und Jaquento. *Ihr alle vertraut mir. Und wir haben nun einmal nur eine Möglichkeit. Jetzt oder nie.*

»Abwurf!«

Das Fass fiel laut platschend in die See, und die Lunte raste über das Deck. Schon war der Funke im Leder verschwunden, und das offene Ende schlug gegen die Schanz, dann verschwand es aus der Sicht, als das Fass tiefer sank.

»Das zweite auch. Nicht nachlassen!«

Mit diesen Worten drehte sie sich um und lief zurück auf das Achterdeck, wo sie die Hände erneut hinter dem Rücken verschränkte, an die Schanz trat und dabei zusah, wie das zweite Pulverfass fertig gemacht und in die aufgewühlte See geworfen wurde.

Einige Sekunden lang geschah nichts. Sie konnte nicht einmal mehr den Umriss der Kreatur sehen, die dort unten irgendwo verborgen war. Sorgen bestürmten ihren Geist.

Was, wenn die Lunten nicht zünden? Was, wenn das Vieh zu weit weg ist?

Ein dumpfer Schlag ließ sie zusammenfahren. Eine gewaltige Wasserfontäne schoss empor, so hoch wie die Masten der *Siorys*. Das Schiff erbebte unter der Explosion und wurde durchgeschüttelt. Roxane hörte Holz bersten und Taue reißen, aber sie richtete ihre volle Aufmerksamkeit auf die See.

»Bericht!«, rief sie, als das Schlingern des Schiffes nachließ.

»Nichts zu sehen, Käpt'n!«

Roxane gestattete sich ein leises Durchatmen. *Vielleicht haben wir es vertrieben.*

Steuerbord achteraus sprudelte nun Wasser empor, und Roxane glaubte schon, dass auch das zweite Fass gezündet hatte, aber dann riss sie vor Schreck die Augen auf, als sie die geflügelte Seeschlange erkannte, die sich mit einem ohrenbetäubenden Brüllen aus dem Meer erhob. Das Maul des schuppenbedeckten Kopfes war weit aufgerissen und entblößte die nadelspitzen Zähne und eine lange, rote Zunge. Der Seedrache schlug mit gewaltigen, lederartigen Flügeln. Sein majestätischer Leib schillerte blau und grün.

»Steuerbord, Feuer frei!«, brüllte Roxane, doch die Kanoniere reagierten viel zu langsam. Als das Deck unter der stotternden, unregelmäßigen Salve erzitterte, hatte die Kreatur längst an Höhe gewonnen, und die Geschosse zischten harmlos unter ihr hinweg.

»Musketen, freies Feuer!«, befahl Roxane und merkte gleich darauf, dass ihre Order unnötig war. Einige der Soldaten und Matrosen starrten die Meereskreatur einfach nur an und waren unfähig, etwas zu unternehmen; aber wer noch Herr seiner Sinne war, hatte das Feuer längst eröffnet.

Roxane unterdessen konnte – wie zuvor Jaquento – nicht glauben, dass ihre Waffen eine Wirkung auf den grünblauen

Drachen haben sollten, der entgegen allen Gesetzen der Welt nun beinahe gemächlich einen großen Kreis um die Korvette flog. Ihre Augen folgten dem Flug wie von einem Magneten angezogen, und für einen Moment bewunderte sie das Wesen geradezu.

Der Drache war eine wunderschöne, höchst anmutige Kreatur, mit langgestrecktem Körper und ebensolchem Schwanz, zwei riesigen Flügeln, langgezogenem Hals und kleinem Kopf. Seine Bewegungen, die sie unter Wasser kaum hatte wahrnehmen können, waren präzise und elegant. Stachelähnliche Hörner zierten seinen Kopf, und Stacheln verliefen vom höchsten Punkt seines Kopfes sein Rückgrat entlang bis zu seinem Schwanz. Seine zwei geschuppten Beine mit den obsidianschwarzen Klauen hatte er dicht an den Leib gezogen.

Doch schon wurde die Kapitänin aus ihrer Betrachtung gerissen. Die Kurve des Fluges wurde plötzlich enger, der Drache legte die Flügel an und raste nun wie ein Geschoss auf die *Siorys* zu. Viel zu hoch für die Geschütze, aber nicht zu hoch für die Musketen und Drehbassen. Im Vergleich zu dem Brüllen des Wesens klangen die Schüsse allerdings fast so harmlos wie das Knattern der Leinwand in der Takelage, und Roxane konnte nicht erkennen, ob sie ihm überhaupt etwas anhaben konnten.

Roxanes Blick suchte den Hiscadi. Jaquento stand im Vorderschiff in den Wanten, das Gewehr ruhig angelegt, und feuerte Schuss um Schuss auf den Drachen. Selbst als der auf ihn zuraste, das Maul mit den gewaltigen Zähnen aufgerissen, blieb er auf seinem Posten und feuerte weiter, ohne zu zögern.

Ein Schrei stieg in Roxanes Gedanken auf, eine vollkommen sinnlose Warnung oder eine Bitte, doch der Laut blieb ihr in der Kehle stecken, noch bevor sie die Lippen geöffnet hatte.

Im letzten Moment warf sich der Drache herum und glitt im Aufwind höher. Anstatt mit voller Wucht in die Takelage zu prallen, strich er über den Mast, packte zwei Seeleute mit seinen Klauen und zerfetzte Segel und Taue im Flug. Der Mast splitterte mit ohrenbetäubendem Krachen.

Jaquento, der sich unterhalb der Kreatur befunden hatte, wurde aus seiner Position geschleudert. Er landete auf Deck, rollte sich über die Schulter ab und kam wieder auf die Füße. Sein Blick suchte das Gewehr, das ihm beim Aufprall aus der Hand geschlagen worden war.

Dann war die Kreatur vorbei. Die Seeleute, die sie in den Klauen hielt, schrien aus vollem Halse.

»Feuer einstellen«, brüllte Roxane. Die Kugeln mochten dem Drachen nichts anhaben können, aber sie würden ganz sicher ihre Leute töten, die die Kreatur emporgehoben hatte.

Der Drache stieg noch höher hinauf, bis er sich weit über dem Schiffsbug befand. Dann ließ er sich wieder sinken, ließ die schreienden Seeleute achtlos ins Meer fallen und drehte eine weitere elegante Runde.

Rasch geriet er außer Reichweite der Musketen. Roxanes Gedanken überschlugen sich. Was tun? Konnten sie die beiden Seeleute wieder an Bord holen? Brauchten sie mehr Pulverfässer? Bei der Einheit, was war die richtige Entscheidung?

Während der Drache einen weiten Bogen beschrieb, sah sich Roxane an Deck um. Sie konnte stolz auf ihre Mannschaft sein, denn beinahe jeder war an seinem Platz geblieben, als der Drache sie angegriffen hatte. Die Seesoldaten folgten dem Flug des Angreifers mit schussbereiten Waffen. Ein Trupp Matrosen bemühte sich bereits darum, die Überreste des abgebrochenen Masts beiseite zu schaffen, eine junge Frau warf den ins Meer gestürzten Seeleuten eine Leine zu.

Die Kapitänin besah sich den angerichteten Schaden. Die Kreuzbramrah hing nur noch halb am Mast, dessen Spitze gespalten worden war. Die Taue wehten schlaff im Wind, und Segeltuchfetzen waren in ihnen verheddert. *Wenn wir das hier überstehen, werden die notwendigen Reparaturarbeiten die Verfolgung der* Todsünde *erheblich verzögern,* schoss es ihr durch den Kopf. *Falls wir das hier überstehen …*

Sie wandte sie an Groferton und den Mauresken. »Maestre?«, fragte sie vorsichtig.

Groferton hielt sich krampfhaft an der Schanz fest. Seine Augen waren geschlossen, und er antwortete ihr nicht. Bihrâd stand neben ihm und schüttelte den Kopf, ohne eine Miene zu verziehen.

Wir haben den Drachen aus dem Wasser getrieben … und nun? Sie wusste keine Antwort auf diese Frage. Die Bewaffnung der *Siorys* war für diesen Gegner keine Gefahr, und er konnte sie angreifen, wann immer er wollte. Noch zwei, drei solcher Attacken, und die Korvette würde kaum noch zu manövrieren sein. Und Roxane wusste aus eigener Erfahrung, dass die Kreatur noch Schlimmeres anrichten konnte. Nur zu gut erinnerte sie sich an die brennenden Schiffe im Nebel vor Boroges.

Der Drache stellte die Flügel schräg und schnellte wieder auf die *Siorys* zu. Die Musketen begannen erneut zu feuern, schossen stetig Feuergarben in den Himmel.

Jaquento hatte sein Gewehr wieder aufgenommen und lehnte nun an der Reling. Er hatte angelegt und zielte, schoss jedoch noch nicht.

Das Wesen kam dicht heran, immer näher raste es, bis Roxane die glitzernden Schuppen an seinem Bauch erkennen konnte und die gekrümmten, glänzenden Krallen. Es war wie in einem tödlichen Traum.

Jaquento drückte endlich ab. Einen Augenblick lang hoffte Roxane gegen alle Vernunft, dass sein Schuss das Wesen aufgehalten hätte, doch der Drache flog weiter, zehn Faden, zwanzig. Dann riss die Kreatur plötzlich die Flügel auseinander und schlug so heftig mit ihnen, dass Roxane den Windhauch auf ihrem Gesicht spüren konnte.

Mit mächtigen Flügelschlägen stieg der Drache auf, bis er eine beträchtliche Höhe erreicht hatte. Er legte das mächtige Haupt leicht schräg, und Roxane war es, als lausche er auf etwas, was nur er hören konnte.

Dann brach er nach links aus, streckte sich zu seiner vollen Länge und schoss davon, fort von der *Siorys* und immer weiter, bis ihn die grauen Wolken im Norden verschlangen.

THYRANE

Der Salut von den Forts hallte von den Hügeln wider, an deren Hängen die Stadt Lessan emporkroch wie ein besonders exotischer, bunter Käfer. Die Besatzung der Forts hatte natürlich die Flagge des Admirals gesehen und begrüßte die *Imperial* nun mit einundzwanzig Schüssen, die das Schiff Kanone für Kanone erwiderte.

Der Salut würde seine Wirkung nicht verfehlen, dessen war sich Thyrane sicher. Fast konnte der Admiral die neugierigen Augen sehen, die aus den Fenstern der Residenz des Gouverneurs blickten. Und die hinter der *Imperial* die *Ertraden* entdeckten. Diejenigen, die sich mit der Stärke der Sturmwelt-Flotte auskannten, würden bereits hektisch überlegen, woher der Zweidecker stammen mochte. Keine feindlich gesinnte Nation hatte einzelne Schiffe solcher Kampfkraft in der Sturmwelt.

Thyrane wusste, zu welchen Schlüssen man kommen würde. Die Admiralität mochte zwar überwiegend aus verbohrten Bürokraten bestehen, aber nicht alle waren auch Hohlköpfe. Die *Ertraden* war ein Schiff der Handelscompagnie, und die Tatsache, dass sie nun unter seiner Flagge fuhr, sprach Bände.

Das Schiff war seine Prise, gekapert vor der Insel Rosarias. Und das bedeutete, dass sich an Land bald Widerstand gegen sein Vorgehen formieren würde. Sobald die ersten Fragen geklärt und Zusammenhänge deutlich wären, würde geschäftige Betriebsamkeit zwischen Holts Büro und der Niederlassung der Compagnie ausbrechen. Die Compagnie würde es niemals bei einer formalen Beschwerde bewenden lassen, sondern darauf drängen, dass Thyranes Handlungen so schnell wie möglich verurteilt würden, sonst wäre der Gesichtsverlust, aber auch die Machteinbuße zu groß. Und Thyrane hielt Admiral Holt nicht unbedingt für einen Mann, der sich der Compagnie in den Weg stellen würde, nur um einen ungeliebten Admiral mit einer Sondermission oder die edlen thaynrischen Prinzipien zu schützen.

Und Holt wird erst recht begeistert sein, wenn ich meine beiden Hauptzeugen präsentiere. Ein Eingeborenenmädchen, aus dem die ungezügelte Vigoris nur so hervorsprudelt, und einen Jungen, den sie in Corbane von der Akademie geworfen haben, weil er keinerlei Autoritäten anerkennt und ein Sodomit ist.

Verdammt noch eins, gebt mir ein Schiff und einen Gegner, da sehe ich wenigstens, woher die Kugeln kommen. Im Nebel, den all diese Bastarde um sich verbreiten, kann man kaum Freund von Feind unterscheiden.

Die *Imperial* glitt langsam in den Hafen, und Kapitän Bercons suchte ihnen einen guten Ankerplatz, von dem aus man mit den Dingis schnell den nächsten Steg erreichen konnte. Der Kapitän hatte seine Aufgaben tadellos erledigt, und Thyrane war gewillt, seine Leistungen positiv in seinem Bericht zu erwähnen.

»Falls es ihm nicht mehr schadet als nutzt«, murmelte der Admiral vor sich hin, während er über das Deck ging, wo die Besatzung die Segel reffte, die Anker warf und die Boote bereit machte. Die Männer und Frauen kamen der Arbeit mit leichter Hand nach; die Aussicht auf einen baldigen Landgang beflügelte sie, zumal Lessan alles bot, womit man sich die Zeit auf angenehme Art und Weise vertreiben konnte. *Zu schade, dass ich sie werde enttäuschen müssen,* dachte der Admiral. *Aber fürs Erste muss das Saufen und Huren noch ein wenig warten.*

Thyrane beachtete das Geschehen nicht weiter, sondern ging in seine Kajüte. Vor dem halbblinden Spiegel an der Wand gegenüber seiner Koje rasierte er sich sorgfältig. Er band das graue Haar zu einem ordentlichen Zopf zusammen und legte über frischer Leibwäsche seine beste Ausgehuniform an, komplett mit allen Auszeichnungen. Der Spiegel warf ein mattes, goldenes Glänzen von den Orden zurück, die er im Dienste Thaynrics in über vier Jahrzehnten im Krieg gegen Géronay und alle anderen Feinde der Nation gesammelt hatte.

Man wusste ja nie, wer sich davon beeindrucken lassen würde. Mancher Mann in der Marine glaubte, den Wert eines anderen am besten an den Litzen und Bändern seiner Uniform erkennen zu können. *Was für ein Irrtum.*

Schließlich setzte er den Dreispitz auf und sammelte seine Berichte in einer Mappe zusammen. Dann stellte er sich an das geöffnete Fenster seiner Kajüte und blickte auf die Hafenstadt hinaus. Vor Lessan lagen zahlreiche kleinere Schiffe vor Anker, Fischkutter ebenso wie Boote der Marine. Die Insel war eine der größten und bevölkerungsreichsten der Sturmwelt und spiegelte sowohl die exotische Schönheit als auch die zahlreichen Gefahren der thaynrischen Überseekolonien aufs Lebhafteste wider.

Der Admiral atmete tief durch. Alles in ihm wollte ihn zur Eile treiben; seine Instinkte rieten ihm, schnell zu handeln und seine Gegner zu überraschen, bevor die Compagnie ihre eigenen Züge planen und durchführen konnte, aber er wusste, dass er ihnen nicht zuvorkommen konnte. Was immer sie gegen ihn aufbieten mochten, es würde sich längst formiert haben, wenn er Lessan betrat. Deshalb versuchte er, sich so gut wie möglich zu sammeln und zu wappnen, bevor er sich auf den Weg machte. Ein unbedachter Schritt, eine impulsive Handlung, und sein Spiel wäre verloren.

Als Thyrane wieder an Deck trat, begrüßte ihn Leutnant Tarren mit einem schneidigen Salut. Ihre Miene verriet nichts über ihre Gefühle, als sie berichtete: »Boote fertig zum Übersetzen, Thay.«

»Danke, Leutnant. Richten Sie dem Kapitän bitte folgenden Tagesbefehl von mir aus: Bis auf weiteres bleibt jeder an Bord. Ohne meine ausdrückliche Zustimmung wird kein Gefangener an Land gelassen und umgekehrt niemand von der Compagnie an Bord.«

Falls Tarren der Befehl missfiel oder er sie verwunderte, zeigte sie es nicht. »Aye, aye, Thay.«

Thyrane wandte sich ab, sah sie dann aber noch einmal über die Schulter an: »Sie haben gute Arbeit geleistet, Leutnant.«

Ohne auf ihre Reaktion zu warten, machte er sich über die Strickleiter an den beschwerlichen Abstieg ins Boot. Gerade als er es sich auf der harten Bank mehr schlecht als recht bequem machen wollte, erschien Sinaos gebräuntes Gesicht an der Reling.

»He! Willst du mich nicht mitnehmen?«

Thyrane seufzte. »Du kannst später mitkommen, mein Kind. Aber zuerst muss ich allein fahren.« Er sah, wie sie die Stirn missbilligend runzelte, und fügte hinzu: »Vertrau mir.«

Ihr Gesicht verschwand ohne eine Antwort. Dann stießen die Matrosen das Dingi ab und legten sich in die Riemen.

Über der Insel ballten sich schwere, dunkle Regenwolken zusammen. Das Licht des Nachmittags schien aus allen Richtungen zu kommen, und die Luft war drückend, schwül und schwer. Schon bald umschwirrten Insekten die Seeleute im Boot, und die Schreie der Seevögel hießen sie willkommen.

Noch bohrten sich Sonnenstrahlen durch die Wolken, aber es war abzusehen, dass sich die wenigen Lücken bald schließen und einer der häufigen Regengüsse der Sturmwelt auf Lessan niedergehen würde. Obwohl Thyrane sich kaum bewegte, stand ihm schon nach kurzer Zeit der Schweiß auf der Stirn, und die Hemden der Männer und Frauen an den Riemen waren durchweicht.

Noch während das Boot sich dem Steg näherte, konnte der Admiral den Aufmarsch der Würdenträger beobachten, die sich am Kai in Erwartung ihrer Ankunft versammelten. Um sie herum drängten sich Händler und Huren, die jedoch von den Soldaten, die die Offiziere und Beamten begleiteten, auf Abstand gehalten wurden.

Thyranes Order an die Besatzung der *Imperial*, das Schiff vorerst nicht zu verlassen, würde auch am Hafen für Unmut sorgen, denn eigentlich bedeutete ein Großschiff der Marine üblicherweise gute Geschäfte, aber Lessans Ökonomie bereitete dem Admiral derzeit die geringsten Sorgen.

Das Dingi legte an, und Thyrane sprang bereits an Land, während die Matrosen das Beiboot noch vertäuten. Mit einer schnellen Bewegung wischte er sich mit einem Taschentuch über das Gesicht und ließ sich dann seine Tasche reichen, die die Berichte enthielt.

Gemessenen Schrittes ging er auf die kleine Entourage zu, die sich um Admiral Holt versammelt hatte. *Holt kommt persönlich, um mich zu begrüßen? Na, wenn das keine Ehre ist.*

»Admiral«, grüßte er kurz, ehe er in die Runde nickte: »Thays.«

Holts Entgegnung fiel ebenso kühl aus. Etwas abseits stand Laerd-Protektor Gleckham, der oberste Repräsentant der Compagnie in der Sturmwelt. Der jovial wirkende Mann mit der weißen Zopfperücke trat mit einem freundlichen Lächeln näher.

»Admiral Thyrane. Willkommen zurück auf Lessan. Ich hoffe, Ihre Fahrt war angenehm?«

»Wie man es nimmt, Laerd-Protektor.« Thyrane musste an seine erste Tour als Leutnant denken, auf der ihm sein Kapitän einen einfachen Ratschlag gegeben hatte, der sich seitdem oft genug als nützlich erwiesen hatte: *Wenn Sie unsicher sind, lassen Sie die Stückpforten öffnen und gehen Sie zum Angriff über.*

»Leider hat Ihre Handelsgesellschaft dazu beigetragen, meine Mission erheblich zu erschweren. Ihre Angestellten haben sich äußerst störrisch gezeigt und die dringend notwendigen Ermittlungen der Krone in wenig nachvollziehbarer Weise behindert.«

»Ich bin mir sicher, dass es sich dabei nur um ein Missverständnis handeln kann, Thay«, entgegnete Gleckham glatt und strich sich über den tadellos sitzenden Seidenmantel. »Das man bestimmt aus der Welt räumen kann.«

»Das habe ich bereits getan«, sagte Thyrane trocken und wandte sich damit wieder an Holt: »Unglücklicherweise musste ich dafür Besitz der Handelscompagnie beschlagnahmen, Thay.« Er nickte in Richtung der *Ertraden,* die unweit der *Imperial* geankert hatte. »Und einige von Mister Gleckhams Untergebenen in Haft nehmen.«

»Sie belieben zu scherzen«, meinte Gleckham und verzog missbilligend den Mund. Aber Thyrane lüpfte den Dreispitz, tupfte sich umständlich die Stirn ab und schüttelte den Kopf.

Holt holte tief Luft: »Das ist ein Schiff der Compagnie?«

»Die *Ertraden,* Thay. Wenn Sie meinen Bericht gehört haben, wird sich mein Vorgehen als unausweichliche Konsequenz aus dem Verhalten der Compagnie erklären. An Bord befinden sich Personen, die mutmaßlich gegen die Krone konspiriert haben und …«

»Mutmaßlich?« Holts Gesicht lief rot an. »Mutmaßlich, Admiral? Sie haben ein Schiff der Handelscompagnie *eigenmächtig beschlagnahmt* und sprechen von Mutmaßungen?«

Thyrane wünschte sich, ihm wäre die Ruhe des jungen Maestre Manoel gegeben, den kaum etwas zu erschüttern vermochte. Doch stattdessen fühlte er, wie Jähzorn in ihm aufstieg. *Die Compagnie hat auf mich geschossen, und die halbe Insel Rosarias ist in die Luft geflogen, als die mächtigste Magie, die ich je gesehen habe, aus einer uralten Ruine verschwunden ist. Und wir legen Worte auf die Goldwaage?* Mühsam zügelte er sich jedoch, schluckte und erwiderte: »Ich habe das Schiff im Namen der Krone beschlagnahmt. Und natürlich spreche ich von Mutmaßungen. Die Schuld wird vor Gericht festgestellt werden müssen. Die Sachlage war jedoch so, dass ...«

»Nein, Thyrane«, fiel ihm Holt ins Wort, dessen Gesicht nun so rot wie eine Gunikaya-Feige war. »*Ihre* Schuld wird vor Gericht festgestellt werden müssen. Ich beende diese Posse jetzt. Das hätte ich schon viel früher tun sollen. Mister Gleckham, ich kann mich im Namen der Marine Ihrer Majestät nur bei Ihnen entschuldigen.« Holt deutete erst auf zwei Soldaten an seiner Seite, dann auf Thyrane und befahl: »Nehmen Sie diesen Mann fest!«

Die angesprochenen Soldaten traten mit verlegener Miene vor. Man sah ihnen an, dass sie dem Befehl nur ungern nachkamen. Thyrane spürte, wie sich heiße Wut in ihm Bahn brach. Natürlich, ein abgekartetes Spiel. Es hatte nie zur Diskussion gestanden, dass man sich seinen Bericht auch nur anhörte; Gleckham hatte diese öffentliche Demütigung gleich hier und vor aller Augen verlangt.

»Wissen Sie eigentlich, wie der vollständige Name der Compagnie lautet?«, erkundigte sich der Laerd-Protektor mit kaltem Spott in der Stimme, nur um seine Frage gleich selbst zu beantworten: »Thaynrisch-Koloniale Handelscompagnie.

Thaynrisch, Admiral Thyrane. Wir dienen der Krone und erwirtschaften Jahr für Jahr gewaltige Gewinne für Ihre Majestät und die loyalen Untertanen.«

Mit einem angewiderten Blick auf Holt und sein Gegenüber spuckte Thyrane in den Sand zu seinen Füßen. »Gewaltige Gewinne, ja? Das interessiert mich nicht, wenn es darum geht, dass die Gesetze Ihrer Majestät mit Füßen getreten werden.«

»Das sollte es aber! Mit diesem Geld werden die Schiffe bezahlt, auf denen Sie reisen. Mit denen die Marine uns andere Mächte vom Hals schafft und die Küsten unserer Heimat sichert.«

Thyrane runzelte die Stirn. Noch hatte niemand Hand an ihn gelegt.

»Niemand steht über dem Gesetz, Laerd-Protektor. Auch nicht die Compagnie. Holt, verdammt nochmal, haben Sie sich wirklich von diesen Hunden den Schneid abkaufen lassen und machen sich zum Lakaien der Compagnie?«

»Thyrane, es reicht, verflucht nochmal! Sie stehen ebenfalls nicht über dem Gesetz, und was immer Sie für Gründe zu haben glaubten, es war weit außerhalb Ihrer Befugnisse, ein Schiff zu beschlagnahmen«, entgegnete Holt und winkte ungeduldig mit der Hand. »Abführen, habe ich gesagt.«

Thyrane wehrte sich nicht, als ihn die beiden Soldaten in ihre Mitte nahmen und zu einer Kutsche geleiteten. Seine Finger hielten die Mappe mit den Berichten noch immer so fest, dass die Knöchel weiß hervortraten.

Da kam eine junge Frau in Uniform die Straße entlanggerannt, ein Stück Papier in der Hand. Einen Moment lang dachte Thyrane, dass sie schon das Urteil über ihn gefällt hätten, noch bevor Holt seine kleine Scharade hatte zu Ende spielen können, doch dann vernahm er ihre aufgeregten Rufe.

»Sugérand ist abgesetzt! Die Géronaee haben ihren König abgesetzt! Der Krieg ist vorbei!«

Wie betäubt blieb Thyrane stehen, und auch die Soldaten hielten inne. Um sie herum brach ein wildes Durcheinander aus, als sich die Nachricht wie ein Lauffeuer verbreitete. Doch über dem Tumult ertönte Holts schnarrende Stimme: »Schafft ihn endlich von hier fort!«

Als die Kutsche sich rumpelnd in Bewegung setzte, hätte Thyrane beinahe über die Ironie des Augenblicks gelacht. Ausgerecht in jenem Moment, da seine Karriere ein unrühmliches Ende nahm, war der Krieg gewonnen, in dem er die längste Zeit seines Lebens gekämpft hatte.

FRANIGO

»Warum hat man Alserras verhaftet?«, erkundigte sich Franigo, während sie zum Rathaus gingen. Obwohl der Jüngling, der sich als Inxi vorgestellt hatte, mit schnellen Schritten zur Eile drängte, folgte der Poet weitaus langsamer und zwang ihn so, sein Ungestüm zu mäßigen. Franigo war sich sicher, den Jungen schon einmal gesehen zu haben, aber gerade wollte ihm beim besten Willen nicht einfallen, wo das gewesen sein mochte.

»Er hat gegen die Verhaftungen der letzten Woche protestiert.«

»Warum sollte er so einen Unsinn tun?«, sinnierte der Dichter zweifelnd und strich sich über den sorgfältig gestutzten dunklen Bart. »Der Rat wird schon einen Grund gehabt haben, die Verhaftungsbefehle auszustellen. Und falls darüber Unmut besteht, ist es nicht allzu klug, öffentlich dagegen zu protestieren. Das weiß Alserras doch ganz genau.«

»Mein Vater war darunter.« Es war wenig mehr als ein Murmeln. Überrascht sah Franigo den jungen Mann an, und endlich erkannte er ihn: »Du bist der Sohn des Druckers, nicht wahr?«

Der hoch aufgeschossene Jüngling nickte. Seine grauen Augen fixierten Franigo.

»Du hast die Ausgaben meiner Stücke drucken lassen«,

fuhr der Poet fort und spürte, wie sich Zorn in seine Stimme schlich. »Die Sonderausgaben, die kostenlos verteilt wurden.«

»Ja. Alserras hat mir das Manuskript besorgt, und wir haben zwei Tage und zwei Nächte durchgearbeitet, um alles zu setzen und …«

»Hunderte von Oktavbänden …«

»Tausende!«, unterbrach ihn Inxi, und die Miene des Jungen hellte sich vorübergehend wieder auf, als seien die Schwierigkeiten, in denen sein Vater steckte, vergessen. »Wir mussten immer wieder nachdrucken, weil jeder ein Exemplar haben wollte.«

»Tausende meiner Werke … kostenlos im Umlauf.« Franigo seufzte und zwang sich, die Zahlen zu vergessen, die vor seinem inneren Auge tanzten und zu goldenen Münzen wurden, die sich höher und höher emportürmten. »Danke. Vielen Dank!«

Selbstverständlich bemerkte der junge Mann den Spott nicht einmal, und auch der ätzende Unterton in der Stimme des Dichters schien ihn nicht zu berühren. Das Feuer des Idealismus brannte in seinen Augen, und Franigo ahnte bereits, dass Inxi glaubte, all diese *Missverständnisse* und *irrtümlichen* Verhaftungen würden sich leicht aus der Welt räumen lassen, wenn nur ein Mann wie Franigo sich zum Fürsprecher der Missverstandenen machte.

Der Dichter selbst hatte weitaus weniger Vertrauen in die Mühlen der Justiz. Er hatte mit angesehen, wie unter dem alten Regime Männer wie Imerol Hungers sterben mussten und Veteranen zu Tode geprügelt wurden, nur weil sie sinnlose Befehle infrage gestellt hatten.

Er hatte in Géronay am eigenen Leib erfahren müssen, wie schnell ein Unschuldiger verfolgt werden konnte. Denn er hatte sich unschuldig gefühlt, auch wenn die Vorwürfe, dass er ehrabschneidende Schriften wider Adel, Klerus und

Krone verfasst hatte, faktisch der Wahrheit entsprachen. Denn immerhin waren auch seine Werke wahr, und künstlerische Freiheit stand ohne Frage über persönlicher Ehre.

Und er hatte erlebt, wie schnell ein Mann auch unter den neuen Herren in Ungnade fallen konnte. Wollten die Revolutionäre zu Beginn ihres Kampfes noch die Tyrannei und die selbstherrliche Justiz der Monarchie abschaffen, waren sie nun nur allzu schnell dazu übergegangen, Andersdenkenden und Kritikern unter dem Vorwurf, Feinde der Revolution zu sein, mit ebensolcher Härte zu begegnen, wie sie ihnen früher von den Machthabern entgegengebracht worden war.

Während Franigo mit derlei Überlegungen beschäftigt war, gelangten sie bis vor die Tore des Rathauses. Zwei Soldaten in der alten und neuen Uniform der stolzen Nation Hiscadi standen rechts und links neben dem Portal Wache. Ihre Mienen drückten die Gewichtigkeit ihrer Aufgabe aus. *Oder das Drücken ihrer Blasen,* amüsierte sich Franigo insgeheim.

Er grüßte die beiden mit einem Nicken, das ihnen zeigen sollte, dass es sein gutes Recht war, hier ein und aus zu gehen, und zog Inxi weiter, der stehen geblieben war, vermutlich, um den beiden Hohlköpfen völlig unnötige Erklärungen abzugeben. Ohne den Wachen noch weitere Beachtung zu schenken, trat Franigo in den wuchtigen Bau, dessen Inneres im Kontrast zu dem dunklen Stein durch hohe Fenster und geschickte Architektur erhellt war.

Säulen erhoben sich über vier Stockwerke, stützten die hohe Decke, an der Fresken von den Heldentaten der großen Söhne und Töchter der Stadt kündeten. Der Poet war bereits des Öfteren zu Besprechungen, Empfängen und offiziellen Anlässen in dem altehrwürdigen Gebäude gewesen – seit der Vertreibung der Géronaee aus der Stadt war er ein gern gesehener Gast. *Der Dichter der Revolution. Wozu mich dieser junge Wirrkopf und seine von der Einheit verfluchte Druckerpresse nun einmal gemacht haben.*

Mit einem schnellen Schritt trat er einem durch den Vorsaal eilenden Mann in den Weg, der die Arme voller Akten hatte.

»Verzeihung, Mesér, aber ich suche nach dem Zuständigen für Angelegenheiten des Justizwesens«, erklärte er seine Absichten höflich und zog dabei den Hut. »Vielleicht könntet Ihr mir weiterhelfen?«

»Dritter Stock, mein Herr. Magistrat Juanbare Gárrer.«

»Habt Dank, Mesér«, entgegnete Franigo, doch der Mann lief schon weiter.

»Papierträger!«, raunte der Dichter Inxi zu und blinzelte verschwörerisch in dessen Richtung. »Und Magistrate! Als hätten wir nicht genug erlitten, ernennt unser eigener Rat nun seine eigenen Magistrate.«

»Wie meinen?«

»Nichts, Inxi, nichts. Ich sprach lediglich davon, dass eine Art der Bevormundung stets durch eine andere ersetzt wird, wenn man nicht aufpasst. Und dass Tyrannen immer erst einmal Beamte brauchen, um sich durchzusetzen.«

Gemeinsam schritten sie die gewaltige, leicht geschwungene Treppe empor. Franigos Absätze klackten laut auf dem Marmor, während er sich durch den Kopf gehen ließ, was er dem Magistrat zu sagen gedachte. *Ach, zur Hölle, was soll die falsche Bescheidenheit? Ich werde meinen Namen nennen und ihn bitten, Alserras und den Vater des Druckers freizulassen. Heute ist ein viel zu schöner Tag, um ihn sich mit dummen Streitereien über Politik zu verderben. Der Mann soll mir einfach einen persönlichen Gefallen erweisen, dann sind Inxi und ich hier rasch wieder heraus und trinken ein Viertel, noch bevor die Sonne zu sinken beginnt.*

Franigo strich sich über den Bart und schob eine widerspenstige Strähne seines Haars hinter das rechte Ohr. Er hoffte, dass das Duell seine Kleidung nicht in unangemessener Weise derangiert hatte, konnte aber mit einem schnellen Blick weder Blut noch Schmutz auf seinem Wams finden.

Im dritten Stock angekommen, fragte er sich nach den Arbeitsräumen von Magistrat Gárrer durch, bis man sie an eine wuchtige, dunkle Tür verwies, an die Franigo laut klopfte.

Ein überraschend junger, rothaariger Mann öffnete die Tür einen Spalt und starrte sie misstrauisch an.

»Magistrat Gárrer? Ich hätte ein Anliegen. Mein Name ist Franigo …«

»Lass ihn herein«, blaffte eine tiefe Stimme, und der Beamte öffnete die Tür zur Gänze, womit er den Blick auf ein weitläufiges, helles Büro freigab, dessen Wände mit dunklen Regalen versehen waren, in denen Hunderte, wenn nicht Tausende von Akten standen. Doch den Raum dominierte ein Tisch aus ebenso dunklem Holz, dessen Arbeitsplatte säuberlich aufgeräumt war.

An dem Tisch saß ein Mann, der nicht viel älter als sein Untergebener sein konnte. Sein dunkles Haar fiel in Locken bis auf seinen Hemdkragen. Seinen stechenden, finsteren Blick richtete er nun auf seine beiden Besucher.

Franigo ignorierte den Beamten an der Tür, trat ein, verneigte sich mit Schwung und zog dabei den Hut.

»Ich grüße Euch, Magistrat. Ich bin Franigo …«

»Ihr seid der Dichter«, unterbrach ihn der sitzende Mann rüde, was Franigo mit säuerlicher Miene zur Kenntnis nahm. Doch als er sich aufrichtete, lächelte er bereits wieder huldvoll.

»In der Tat, Mesér.«

»Mich kennt Ihr ja offenkundig bereits, Mesér. Ich bin kein Mann der Worte. Schon gar nicht der vielen. Also nennt mir am besten den Namen Eures Begleiters und den Grund Eures Hierseins, dann sparen wir uns jedes Geplänkel.«

»Ein Mann der Tat, wie angenehm«, log Franigo. »Mein Begleiter hört auf den Namen Inxi und ist ein angesehener Drucker hier in der Stadt.«

Im Geiste wog Franigo ab, ob er sein Anliegen wirklich vorbringen oder ob er den unhöflichen Burschen direkt zum Duell fordern sollte. Inxis nervöses Gezappel zu seiner Rechten gab jedoch den Ausschlag, es im Guten zu versuchen, auch wenn die Entscheidung denkbar knapp ausfiel. Aber immerhin war er hier, um jemanden zu retten.

Während er weiterhin lächelte, gab sich Gárrer keine Mühe, sein Missfallen zu verbergen. Der Magistrat wedelte sich mit seiner schmalen Hand ungeduldig Luft zu, während er seine Besucher unhöflich musterte. *Sofortige Antipathie auf beiden Seiten. Kein guter Anfang.*

»Ich bin hier, um mich nach dem Verbleib zweier Inhaftierter zu erkundigen und um ihre Freilassung zu bitten. Zum einen geht es um den jungen Alserras. Er …«

»Alserras?«, fuhr der Magistrat dazwischen und sah seinen Untergebenen fragend an. Der huschte an seine Seite und flüsterte ihm einige Worte ins Ohr. »Ah ja, der freche Bursche mit dem Bittgesuch. Er hat gegen die Obrigkeit gewettert, verdächtig oft die Rechtsprechung des Rates beleidigend in Zweifel gezogen und es dabei in erheblichem Maße an Respekt mir und meinem schweren Amt gegenüber mangeln lassen, das ich zum Wohle unseres Volkes bekleide. Ein paar Tage Haft werden ihm guttun und sein Mütchen kühlen.«

»Ich bin sicher, dass dies der Fall ist, doch bedenkt bitte seine Jugend und den Hitzkopf, der untrennbar damit verbunden ist. Wäre es nicht möglich, in diesem Fall Gnade walten zu lassen? Wenn Ihr mich vielleicht mit ihm reden lassen würdet, könnte ich …«

Die Augen des Magistrats wurden zu Schlitzen.

»Was interessiert Euch an dieser ganzen Angelegenheit eigentlich?«

»Nun, ich kenne Alserras persönlich, und sein Schicksal liegt mir am Herzen. Er ist ein guter Junge und war dem Volk eine Stütze im Kampf gegen die géronaischen Besatzer.«

»Er hat sich für einige Personen ausgesprochen, die Feinde unserer Nation sind.«

»Das muss ein Missverständnis sein.«

Inxi öffnete den Mund, um etwas zu sagen, aber Franigo bedeutete dem Jungen, weiter zu schweigen. *Das hätte mir gerade noch gefehlt. Brandreden von diesem Verteilt-die-Bücher-doch-kostenlos-Wirrkopf.*

»Keineswegs«, erklärte der Magistrat. »Alserras sprach sich für den Kreis aus, der dieses Machwerk erstellen und verbreiten ließ – wie heißt es noch gleich?«

»Der Volksfreund«, warf sein Untergebener hilfreich ein.

»Genau: *Der Volksfreund!* Welch irreführender Name für ein Periodikum, das unser Volk verhöhnt und ihm Flöhe ins Ohr setzt.«

Hilflos blinzelte Franigo. Der Verlauf des Gesprächs überraschte ihn in nicht eben positiver Weise, und er beschloss, zu seinem ursprünglichen Anliegen zurückzukehren.

»Von einer derartigen Schrift habe ich keine Kenntnis, Mesér. Soweit ich weiß, wollte Alserras lediglich für den Vater eines Freundes sprechen, der verhaftet wurde.«

Wieder flüsterte der Beamte dem Magistrat etwas ins Ohr, woraufhin dieser wissend lächelte – kein schöner Anblick, wie Franigo fand.

»Ach ja, dieser Drucker, in dessen Werkstatt das Machwerk gesetzt und hergestellt wurde. Die Verhöre dauern noch an, aber ich bin sicher, dass er mit den Hintermännern der Gegenrevolution sympathisiert. Ein gerissener Bursche, der seine Unschuld beteuert, doch er hat vorher für die géronaischen Bastarde gearbeitet.« Er machte eine kleine Pause und tippte sich dabei mit dem Zeigefinger gegen die Schläfe. »Was, sagtet Ihr noch gleich, ist die Profession Eures jungen Begleiters?«

Franigo spürte, wie sich Inxi neben ihm anspannte, also sprach er hastig, bevor der Junge eine Dummheit begehen konnte.

»Ich bin nur wegen Alserras hier, Mesér. Wenn Ihr die Güte besäßet, seinen Fall noch einmal zu überdenken, wäre ich Euch verbunden.«

»Nein.«

»Nein?«, wiederholte der Poet verblüfft. Er hatte mit vielem gerechnet, aber nicht damit.

»Nein. Eine Woche in Haft ist genau das Richtige für ihn. Das wird ihn Achtung lehren.«

»Mesér, ich muss doch sehr bitten! Ich bin Franigo ...«

»Es ist mir egal, wer Ihr seid. Hier in diesem Büro seid Ihr nur ein einfacher Bürger wie jeder andere auch. Einen Mann, der sich für besser hält als den Rest des Volkes, kann ich nicht in meiner Gegenwart dulden. Und Euer Bittgesuch wurde abgelehnt. Ich wünsche Euch noch einen guten Tag!«

»Ihr seid unangemessen unhöflich, Mesér. Meine Bitte ist weder ungehörig noch unpassend.«

»Dennoch lehne ich sie ab, was mein gutes Recht ist.«

Die beiden Männer funkelten sich an, dann nickte Franigo steif und setzte seinen Hut wieder auf. Er ergriff Inxi am Ärmel und schob den jungen Mann, dessen Gesicht völliges Unverständnis ausdrückte, zur Tür.

»Damit ist die Sache noch nicht vorbei«, erklärte er im Gehen.

»Oh doch«, hörte Franigo den Magistrat süffisant sagen, als er dessen Büro verließ.

JAQUENTO

Jaquento lief über eine spiegelglatte, ebene Fläche, einen zugefrorenen See vielleicht oder das vereiste Meer, das war in dem Dunst, der ihn umgab, nur schwer zu erkennen. Hinter sich nahm er ein mächtiges Flügelrauschen wahr, und er wollte sich umdrehen, wollte erfahren, was es war, was ihn verfolgte, denn er wusste, dass kein bekannter Schrecken so furchtbar sein konnte wie das Unbekannte. Doch es war, als würden seine Füße auf dem weiß glänzenden Untergrund nur in eine Richtung gezogen, und es war ihm unmöglich, zu wenden.

Die Landschaft um ihn herum veränderte sich schlagartig. Während eben noch die Weite des vereisten Sees im Zwielicht vor ihm gelegen hatte, lief er nun durch enge, dunkle Gassen und Häuserschluchten. Doch die gewaltigen Flügelschläge verfolgten ihn noch immer.

Er erreichte eine Treppe, jagte sie mit wildem Herzschlag hinauf, erreichte das Dach. Ein anderer Mann stand schon dort, an die Brüstung gelehnt, wartete auf ihn. Das Flügelschlagen wurde lauter, und das Rauschen hüllte Jaquento, der schneller lief als je zuvor in seinem Leben, völlig ein. Eine dunkle Klaue schoss vor und traf den anderen Mann, der rücklings vom Dach stürzte. Erst im Fallen sah Jaquento das Gesicht des anderen. *Chavias.*

Als der Hiscadi aus dem Schlaf aufschreckte, sah er ebenfalls ein Gesicht vor sich, wenn auch ein völlig anderes als das in seinem Traum. Und es war viel zu nah für seinen Geschmack. Fast automatisch fuhr seine Hand an seine Hüfte – und fand dort nichts. *Keine eigenen Waffen an Bord von Kriegsschiffen,* fuhr es ihm durch den Kopf. *Ich hätte zumindest das Messer nicht zurückgeben sollen. Vielleicht wäre das Gewehr etwas zu auffällig gewesen, aber eine kleine, leichte Klinge …*

Direkt neben seiner Hängematte stand ein Seemann, dem das blonde Haar in wilden Strähnen in die Stirn fiel. Er hatte helle Augen und ein breites, freundliches, sonnengebräuntes Gesicht, auf dem man noch einige Sommersprossen erkennen konnte. Jaquento hatte ihn schon auf dem Schiff gesehen, konnte sich aber augenblicklich weder an seine Position noch an seinen Namen erinnern.

»'tschuldigung«, erklärte der Matrose und tippte sich an die Stirn. »Aber ich dachte, dass du vielleicht an Deck kommen solltest.«

»Wieso?« Jaquento war müde. Nach dem Angriff des Seedrachen, der ebenso überraschend gekommen war, wie er schließlich geendet hatte, war die gesamte Besatzung noch eine volle Wache hindurch in Alarmbereitschaft gewesen. Jaquento hatte sich einer der Wachmannschaften angeschlossen und war auch dann noch auf seinem Posten geblieben, als die anderen bereits abgelöst worden waren. Und als Roxane, die selbst aussah, als ob sie jeden Moment auf der Schanz einschlafen würde, endlich die Gefechtsbereitschaft aufgehoben hatte, war er bereits seit über dreißig Stunden auf den Beinen gewesen.

Und die Stunden, die er nun in der Hängematte auf dem Kanonendeck gelegen hatte, hatten ihn kaum erfrischt. Er sehnte sich danach, mit Roxane in ihrer Koje zu liegen, ihren Körper neben dem seinen zu spüren, mit ihr über die Ereignisse zu sprechen und sich in ihrer Nähe wirklich auszuruhen. Wie lange war es her, dass sie auch nur ein paar Minuten allein gewesen waren? Viel zu lange; irgendwann vor dem Drachenangriff.

Doch statt ihn auch nur von der Kapitänin träumen zu lassen, stand der Matrose noch immer erwartungsvoll vor ihm, und er würde vermutlich auch nicht einfach verschwinden, wenn Jaquento beschloss, die Augen wieder zu schließen und ihn zu ignorieren.

Der Hiscadi setzte sich also aufrecht hin und ließ die nackten Füße über dem Boden baumeln.

»Dein Freund …«

Das war einfach. Freunde hatte er nicht allzu viele an Bord. »Bihrâd?«

»Jo. Der Maureske. Der hat Ärger.«

Sofort sprang Jaquento aus der Hängematte. Er schlüpfte in seine Stiefel und lief zum Niedergang. Wieder einmal verfluchte er die Marine und ihre verdammten Regeln, als ihm das fehlende Gewicht an seinem Gürtel bewusst wurde.

»Vorn«, rief der Seemann, der dem jungen Hiscadi folgte. Jaquento nickte.

»Danke … äh …«

»Sean«, antwortete der Mann freundlich, während er mit bloßen Füßen hinter Jaquento den Niedergang hinauflief. »Einfach nur Sean, Kumpel.«

Tatsächlich fand sich auf dem Vorschiff eine Gruppe von Matrosen, die sich auf eine Art und Weise zusammengerottet hatten, die nichts Gutes bedeuten konnte. Als Jaquento näher kam, erkannte er, dass sie sich um zwei Gestalten versammelt hatten, von denen sich eine als Bihrâd entpuppte. Noch während er sich von hinten durch die Reihen drängte, hörte er die beleidigenden Rufe und Schimpfworte, die von allen Seiten auf den Mauresken einprasselten. Wie es

Bihrâd gelang, ob der Beleidigungen nicht völlig aus der Haut zu fahren, wusste Jaquento, der bereits vor Zorn die Fäuste ballte, nicht, aber der Maureske blickte sein Gegenüber mit stoischem Gesichtsausdruck an, während er verhöhnt wurde.

»Tätowierter Bastard! Du hast uns die Drachenbrut auf den Hals gelockt!«

»Werft ihn über Bord! So welche wie der ziehen das Unglück an!«

»Er is' mit den geflügelten Biestern im Bunde.«

Diese verfluchten Bastarde! Vermutlich glaubten die einfältigen Dickschädel tatsächlich, dass der Maureske für den Drachenangriff verantwortlich war. Womöglich hatten sie sich in den letzten Stunden unter Deck genüsslich ausgemalt, wie Bihrâd sich auf den Rücken des Untiers schwang und die *Siorys* auf seinem Reittier verließ, nachdem er sie dem Untergang geweiht hatte.

Die Einheit steh' mir bei.

Der Aberglauben an Bord konnte ein mächtiger Feind sein. Und wo steckte eigentlich Bihrâds neuer Freund Groferton, wenn man den Mann mal brauchte?

Bevor er die beiden Kontrahenten erreichte, atmete Jaquento tief durch, dann lächelte er und tippte dem Mann, der Bihrâd gerade mit einer wegwerfenden Handbewegung gegen die Schulter geschlagen hatte, auf den Rücken.

»Gibt es ein Problem, Mesér?«, fragte er mit ausgesuchter Höflichkeit.

Der Matrose, ein stiernackiger, vierschrötiger Mann von den thaynrischen Inseln, wirbelte herum. Seine Miene war voller Verachtung, und er rümpfte die Nase.

»Verpiss dich, Kumpel.«

Jaquento musste sich nicht umsehen, um zu wissen, wo die Sympathien der Gruppe lagen. Bihrâd und er waren Fremde an Bord, Außenseiter. Und nach dem überstandenen Angriff gab es eine Menge überschüssiger Energie unter der Besatzung, die sich nun entladen wollte. Gewalt hing in der Luft, schwer und verlockend für die Seeleute, die sich auf der richtigen Seite wussten.

»Ich denke nicht«, entgegnete der junge Hiscadi, ohne auch nur für einen Augenblick aufzuhören zu lächeln.

»Es ist gut, Jaq. Das hier ist mein Problem«, meldete sich Bihrâd zu Wort, was dem Matrosen, der ihn bedrohte, ein Schnauben entlockte. Er wandte sich Jaquento zu. Seine Augen waren blutunterlaufen, und er roch nach Rum. Offensichtlich hatte er seine Freiwache nicht für eine Mütze voll Schlaf, sondern für eine kleine Feier genutzt.

»Jaq. Jaq! Wie niedlich für einen verfluchten Froschküsser. Nennt sie dich so, Kumpel? Wenn ihr allein seid? Darfst du's ihr dann mit deiner Froschküsser-Zunge besorgen?«

Bihrâd sah es kommen; der Matrose nicht. Jaquentos Faust schnellte vor, traf seinen Gegner am Kinn und schleuderte den Seemann herum. Bevor sich dieser wieder fangen konnte, setzte der Hiscadi nach und stieß ihn mit beiden Händen nach hinten. Der Matrose taumelte und wäre gestürzt, wenn seine Kumpane ihn nicht gestützt hätten. Er grinste rot und spuckte Blut auf die Planken. In seinen Augen funkelte Mordlust, als er die Fäuste hob.

»Also gut«, brummte er und trat vor. »Zeit, dir ein bisschen Respekt einzuprügeln.«

Bihrâd war für den Augenblick vergessen; der Maureske wurde von der johlenden Menge geschluckt, die sofort einen engen Kreis um Jaquento und seinen Gegner bildete. Mit einem Degen in der Hand hätte der Hiscadi sich sicherer gefühlt, aber er hatte in genug Tavernen die Fäuste geschwungen, um jetzt nicht zurückzuweichen. Und auch sonst hätte sein Stolz es ihm nicht erlaubt.

Einen winzigen Augenblick lang kehrten seine Gedanken nach Corbane zurück. Die Lehrer, die seine Familie für ihn bezahlt hatte, hatten ihm beigebracht, ehrenvoll und nach allen Regeln der Kunst zu kämpfen. Und ein Poet und Raufbold namens Franigo hatte ihn gelehrt, mit einigen schmutzigen Tricks auch gegen einen größeren und schwereren Gegner zu gewinnen. Besonders, wenn dieser unkoordiniert und halb betrunken war.

Gerade, als Jaquento sich duckte und für den Angriff seines Gegenübers bereit machte, wurde er in den Rücken gestoßen und wäre beinahe vornübergestürzt. Höhnisches Geschrei quittierte seine unsicheren Schritte, und als der Seemann ihn mit der Linken packte und mit der Rechten ins Gesicht schlug, steigerte sich das Gebrüll noch weiter.

Der Schlag warf Jaquentos Kopf herum, und er wäre zur Seite getaumelt, doch er wurde am Kragen festgehalten und zurückgezogen. Sein Fuß schnellte vor und traf seinen Gegner am Schienbein.

Er riss sich mit einer schnellen Drehung los, hob schützend die Hände vor das Gesicht. Schon prasselten Schläge auf ihn ein, aber sie trafen nur seine Arme und Hände. Eine Lücke tat sich im Angriff auf, und er schlug mit einer schnellen Linken gegen das Kinn des Matrosen. Dessen Kopf kippte zurück, und für einen Moment verlor sein Gegner die Orientierung.

Jaquento gab ihm keine Zeit, sich zu erholen, sondern setzte sofort nach, diesmal mit einem nah am Körper geführten Hieb mit der rechten Hand, der den unsicher fuchtelnden Arm seines Gegners zur Seite fegte und mit einem befriedigenden Knacken dessen Wange traf. Der Hiscadi ließ eine schnelle Links-Rechts-Kombination folgen, dann packte er den Mann am Schlafittchen, duckte sich unter einem weit ausholenden Schlag hindurch und warf sich herum.

Trotz seines beträchtlichen Gewichts wurde der Matrose von der schnellen Bewegung von den Füßen gerissen, rollte über Jaquentos Schulter und schlug mit einem dumpfen Klatschen auf den Decksplanken auf. Sofort sprang Jaquento neben ihn, die Faust in Erwartung eines neuen Angriffs erhoben, als ein Ruf ertönte: »Was geht hier vor?«

Pfeifen schrillten, und die Seeleute strömten auseinander, also ließ Jaquento von dem Gestürzten ab und richtete sich auf. Sein ganzer Körper zitterte, und sein Atem ging schnell. Er brauchte einige Herzschläge, um den ersten, überwältigenden Ansturm der Kampfeslust in den Griff zu bekommen.

Seesoldaten trieben die Menge auseinander. Sie mussten nicht grob werden, denn die Matrosen nahmen die Gelegenheit zur Flucht gern wahr. Was angesichts der beiden Offiziere, die mit ernster Miene hinter den Soldaten standen, nicht verwunderlich war.

Jaquento strich sich die Haarsträhnen aus der feuchten Stirn und wartete ab, während sich neben ihm sein Gegner aufrappelte. Bihrâd blieb in seiner Nähe, aber Jaquento hatte nicht vor, seinen Freund mit in die Schwierigkeiten hineinzuziehen, die nun vermutlich folgen würden.

»Verschwinde«, zischte er, ohne den Mauresken anzusehen.

»Nein«, erwiderte Bihrâd ruhig, und Jaquento schwieg, denn er wusste, dass es sinnlos war, mehr zu sagen.

»Eine Schlägerei«, stellte der Erste Offizier sachlich fest, als er das Gesicht des geschlagenen Matrosen sah. Es schien, als wolle er noch etwas hinzufügen, denn er schaute Jaquento finster an, und sein Mund öffnete sich bereits, doch dann besann er sich eines Besseren und schloss ihn wieder. Er musterte den Hiscadi einige Augenblicke lang, bevor er sich an den Sergeanten der Marinesoldaten wandte: »Bringen Sie diese drei bitte zur Kapitänin, Thay, und richten Sie ihr aus, dass sie bei einer Schlägerei an Deck erwischt wurden.«

»Aye, aye, Thay!«

Widerstandslos ließ sich Jaquento abführen. Er rieb sich mit der Linken über Stirn und Augen. Jetzt, da der Kampf vorbei war, kehrte seine Müdigkeit zurück. Und sein Urteilsvermögen ebenso, das gerade noch von seinem Zorn beherrscht worden war.

Verdammt. Das wird Roxane nicht gefallen.

Er hatte geahnt, dass seine Anwesenheit auf der *Siorys* früher oder später zu Problemen führen würde, aber er war nicht gewillt, sich für sein Handeln zu schämen. *Wenn ich nicht eingegriffen hätte, hätten sie Bihrâd womöglich ins Meer geworfen. Wobei es vermutlich klüger gewesen wäre, erst einmal mit diesen Hohlköpfen zu reden. Aber andererseits, wozu? Als ob sie mir geglaubt hätten, wenn ich ihnen versichert hätte, dass der Maureske nicht mit den Drachen im Bunde ist.* Unvermittelt musste er an Sinosh denken. Ein Glück, dass die kleine Echse nicht mit ihm an Bord war.

Alles in allem beunruhigende Gedanken zogen durch seinen Kopf, und als er in die Kajüte der Kapitänin geführt wurde und ihren Blick sah, der auf sein geschundenes Gesicht fiel, wusste er definitiv, dass er einen Fehler gemacht hatte.

SINAO

Ihre nackten Füße ließen die Treppe erzittern, als sie die Stufen, immer einige überspringend, hinablief. Drei, sechs, neun, dann war sie unter Deck. Durch die geöffneten Stückpforten drang Tageslicht herein, auch wenn draußen ein Regenschauer auf das Schiff niederging. Die Seeleute, die keinen Dienst hatten, waren auf das Geschützdeck geflüchtet, standen oder saßen in Trauben zusammen, redeten und sahen hinaus. Zweihundertneunzehn Menschen auf so engem Raum – aber Sinao beachtete sie im Augenblick gar nicht. Sie lief weiter, zu dem schmalen, mit Segeltuch abgetrennten Bereich, in dem Manoel und sie ihr Lager hatten.

Der junge Maestre kniete auf seinen Fersen auf dem Boden und stopfte gerade Sachen in einen Segeltuchbeutel. Sein Haar, das in vielen verfilzten Zöpfen bis auf seine nackten Schultern herunterhing, hatte er mit einem Tuch zusammengebunden. Konzentriert rollte er seine Schlafmatte ein und verfrachtete diese ebenfalls in den Stoffbeutel.

Als er Sinao bemerkte, hielt er inne und wandte sich um.

»He, Sin.«

»Manoel«, keuchte sie, von ihrem schnellen Lauf völlig außer Atem. »Sie haben …«

»Thyrane eingesperrt. Ich weiß.« Er deutete mit dem Kopf auf den Beutel in seinen Händen. »Deshalb packe ich schon.«

Überrascht sah Sinao auf den Segeltuchbeutel und den leeren Platz, an dem sich vorher Manoels Matte und seine wenigen Habseligkeiten befunden hatten, dann wanderte ihr Blick wieder zu Manoel. Der Maestre, sonst nie um ein Lächeln verlegen, wirkte ernst, sogar furchtsam.

»Du packst?«, war alles, was sie hervorbrachte.

»Ja.« Er beugte sich wieder hinab und reichte ihr einen weiteren Beutel. »Beeil dich, wir sollten bald verschwinden.«

»Warum?«

Er hielt inne, sah sie kurz an, dann sprang er auf die Füße und fasste sie an den Armen.

»Weil der Admiral Geschichte ist und damit auch der Schutz, den wir durch ihn genossen. Sie haben ihn eingesackt und werden ihn fertigmachen, weil er sich mit den falschen Leuten angelegt hat. Niemand sonst hier wird sich um uns kümmern. Im Gegenteil.« Sein Blick wurde eindringlich. »Sie werden uns wegsperren. Oder die Kehlen durchschneiden. Mit ein bisschen Pech landest du wieder auf einer Sklaveninsel.«

»So ein Unsinn«, erwiderte Sinao entsetzt und wand sich aus seinem Griff. »*Ocama*, Mano! Hör mir zu!« Vor Aufregung verfiel sie in Paranao. »Wir können nicht einfach weglaufen. Wir müssen Thyrane helfen. Er ist kein Jeicacu' wie die Menschen von der Compagnie.«

Manoel schnaubte und schüttelte den Kopf.

»Sei keine *Siani Wu'a*, Sin!«, entgegnete er, ebenfalls auf Paranao. »Ich habe es dir doch gesagt. Selbst wenn Thyrane aufrichtig zu uns war, der Marine können wir auf keinen Fall vertrauen. Und der Compagnie erst recht nicht. Die haben das Geld und die Macht. Die bestimmen, wo es langgeht. Thyrane hat sie herausgefordert, und jetzt zahlt er dafür den Preis. Wir können ihm nicht mehr helfen, wir können nur uns selbst helfen.«

»Und was willst du tun? Abhauen?«

»Sicher«, entgegnete er ungerührt. »Wir verschwinden, bevor es jemand merkt. Die meisten Leute an Bord sind ja ohnehin nicht so scharf auf unsere Gesellschaft, da wird es einen Moment dauern, bevor überhaupt jemand mitbekommt, dass wir nicht mehr da sind. Wir können uns ein Schiff suchen, für eine Passage anheuern. Weg von Lessan. Nach Portosa vielleicht. Da findet sich schon ein ordentliches Schiff. Wir ändern unsere Namen, tauchen unter und bleiben unauffällig, bis sich unsere Spur im Meerwasser verliert.«

Mit einem Kopfschütteln folgte Sinao seinen Erklärungen. Manoel sah ihr Unverständnis, senkte die Stimme und flüsterte: »Sin. Sin, denk nach! Thyranes kurze Fahrt ist zu Ende. Die Compagnie kann niemanden brauchen, der Zeuge dessen geworden ist, was auf Rosarias los war. Und diese Bailiff hat uns genau gesehen und bestimmt nicht vergessen, welche Rolle wir bei der ganzen Sache gespielt haben.

Die Thayns hier an Bord, die werden schön schweigen, weil es sie sonst ihre Karriere kostet. Oder gleich ihren Kopf. Bleiben also nur noch wir, Sin. Zwei schräge Vögel, die irgendwie mit Piraten in Verbindung standen, die auf Lessan gesucht wurden, und die Soldaten auf dem Gewissen haben. Was denkst du, was sie mit uns machen? Die nehmen uns fest, machen uns den Prozess – wenn wir Glück haben. Du kennst die Compagnie. Du weißt, was sie mit Leuten wie uns tun.«

Sinao musste an die Holzbalken an dem Fort denken, vor scheinbar so langer Zeit auf der Insel Hequia, an die Paranao, die dort baumelten, an ihre Gesichter, wie sie sich blauviolett verfärbt hatten. Sie musste daran denken, wie Haut unter Tangyes Peitsche aufplatzte. Sie sah Majaguas blutiges Lächeln vor sich. Majagua, den die Compagnie nicht hatte gehen lassen. In ihr keimte ein Entschluss, kälter als alles, was sie kannte.

»Ich komme mit dir«, erklärte sie. »Wenn du Recht hast.«

»Natürlich habe ich Recht.«

»Ich will aber erst mit dem Kapitän reden. Packst du meine Sachen? Es ist ja nicht viel. Warte hier auf mich. Wenn du Recht hast, komme ich mit.«

Auf seinem Gesicht kämpften die widerstreitenden Gefühle miteinander, aber schließlich nickte er stumm.

Dann schenkte er ihr doch eines seiner schnellen Lächeln. »Du bist verrückt, Sin, aber das weißt du, nicht wahr?«

Sie erwiderte sein Lächeln. »Nicht verrückt. Aber ich will sie nicht gewinnen lassen, Mano. Verstehst du das nicht? Ich will Rache üben, Tropfen für Tropfen Blut zurückgezahlt haben, Leid für Leid. Ich laufe nur davon, um wiederzukommen. Und solange ich kämpfen kann, werde ich gar nicht laufen.«

Er zuckte vor der Kälte ihrer Worte zurück.

»Hast du denn irgendeinen Plan?«

»Ich muss mit dem Kapitän reden. Er darf Admiral Thyrane nicht im Stich lassen.«

Sie drehte sich um und rannte zurück, durch die Reihen der Seeleute, die ihr verwundert nachsahen, ein Halbherz-Mädchen, das keine Angst mehr haben konnte.

Vor der Tür des Kapitäns stand ein Soldat Wache. Mit klopfendem Herzen hielt Sinao an.

»Ich möchte Kapitän Bercons sprechen.«

»Tut mir leid, Kleine, aber er hat Besuch. Später vielleicht«, wies sie der Mann mit der roten Uniform nicht unfreundlich ab. Sinao zögerte kurz. Die Männer und Frauen aus der Stadt mussten noch beim Kapitän sein. Vielleicht verhandelten sie noch. Vielleicht war es noch nicht zu spät.

Sie lächelte den Soldaten an, nickte, trat drei Schritte auf ihn zu – und sprang dann vor. Sein verdutztes Gesicht gab ihr Hoffnung, aber er bewegte sich schnell, wollte ihr in den Weg treten.

Doch dann wurden seine Bewegungen langsam, so langsam, dass Sinao sie kaum noch wahrnehmen konnte. Vigoris strömte durch sie hindurch, prickelte in ihrer Brust, strich über ihre Haut und sandte einen Schauder ihren Rücken hinab. Sie duckte sich unter den ausgestreckten Armen des Mannes hindurch und stieß die Tür auf. Die Sekunden verstrichen langsam, so viel langsamer als gewohnt. Erst, als sie mitten in der Kajüte des Kapitäns stand, beschleunigte sich der Lauf der Zeit wieder.

Köpfe fuhren zu ihr herum. Der Soldat hinter ihr rief Sinao etwas zu. Kapitän Bercons saß an einem Tisch, ihm gegenüber ein Mann und eine Frau, sie in ordentlichem Hemd und Hose, er in Uniform. Die Frau war noch jung, wohingegen der Mann gewiss doppelt so alt wie Sinao selbst war. Der Kapitän erhob sich, während Sinao die Hand des Soldaten auf ihrer Schulter spürte, schwer und fest.

»Ich muss dich sprechen, Käpt'n«, brachte sie hervor, ihre Zunge noch ganz unsicher von der Kraft der Vigoris, die eben durch sie hindurch- und über sie hinweggerauscht war.

»'tschuldigung, Thay«, knurrte der Soldat. »Weiß auch nicht, wie sie das gemacht hat.«

Er wollte sie nach hinten zerren, aber Sinao stemmte sich dagegen. Einen Augenblick gelang es ihr auch, ihm zu widerstehen, aber der Soldat war größer und stärker als sie, und Sinao wusste, dass er sie im nächsten Moment einfach mit sich ziehen würde.

Doch Bercons hob die Hand und schüttelte den Kopf. »Schon gut. Lassen Sie sie los.«

Dann wandte er sich an Sinao: »Was ist denn?«

Ihre Blicke huschten zu den beiden Gästen des Kapitäns. »Allein?«

Als er nicht sofort antwortete, mischte sich der Uniformierte ein: »Kapitän, das kann doch nicht Ihr Ernst sein. Wir befinden uns in einer äußerst kritischen Lage, und Sie tun weder sich noch Admiral Thyrane einen Gefallen, wenn Sie die Klärung der Situation weiter verzögern.«

Bercons Gesichtsausdruck verfinsterte sich.

»Leutnant, wenn ich Ihre Meinung an Bord meines Schiffes hören will, werde ich Sie dazu auffordern, sie mir mitzuteilen. Mir scheint, Sie waren zu selten im aktiven Dienst, um sich noch an die Gepflogenheiten zur See zu erinnern.«

»Verzeihen Sie mir, Kapitän«, beeilte der Mann sich zu sagen, aber Sinao konnte in seinem teigigen Gesicht sehen, dass er nicht um Verzeihung bat, sondern lediglich eine Floskel vorbrachte, weil er hoffte, den Kapitän durch Freundlichkeit umzustimmen.

»Es ist wichtig«, erklärte sie und richtete einen flehentlichen Blick auf Bercons. »Bitte.«

Nach sechs weiteren Sekunden, in denen niemand ein Wort sprach, nickte der Kapitän langsam.

»Ich bitte Sie, mich einen Moment zu entschuldigen. Wir werden das Gespräch unverzüglich weiterführen, sobald ich mich um diese Angelegenheit gekümmert habe.«

Seine Gäste sagten nichts, sondern erhoben sich nur. Sinao spürte ihre stechenden Blicke, als sie an ihr vorübergingen und die Kajüte verließen.

Erst, als sich die Tür geschlossen hatte, nahm Kapitän Bercons wieder Platz und sah Sinao auffordernd an.

»Ich hoffe, es ist wirklich wichtig, mein Kind. Die Compagnie lässt sich nur äußerst ungern die Tür weisen. Also, was kann ich für dich tun?«

Die junge Paranao suchte nach Worten. Sie wusste, dass sie nur diese eine Chance hatte, Bercons zu überzeugen, und dass der Kapitän die Leute weniger ihretwegen als vielmehr ihres Auftretens wegen hinausgeschickt hatte. Sie fuhr sich mit der Zunge über die trockenen Lippen.

»Du darfst nicht auf sie hören«, bat sie schließlich. »Auf die Leute von der Compagnie. Sie haben Admiral Thyrane gefangen genommen.«

»Das stimmt. Und leider brauchen sie dafür meine Zustimmung nicht. Auch ist es gut möglich, dass es legal war, ihn festzusetzen. Aomas hat seine Befugnisse wohl ziemlich großzügig ausgelegt, um es freundlich zu sagen.«

Jetzt war es an ihr, den Kapitän fragend anzusehen. Offenkundig erkannte er, dass sie seine Worte nicht verstanden hatte, denn er erklärte: »Er hat Dinge getan, die er vielleicht gar nicht tun durfte.«

»Aber er musste doch etwas unternehmen, nicht wahr? Was hätte er denn machen sollen? So tun, als ob er Bailiff Malster glaubte, und einfach vergessen, was auf Rosarias vor sich geht? Das konnte er gar nicht, er hatte doch einen Auftrag von eurer Cacique bekommen, eurer Ältesten! Thyrane ist ein guter Mensch. Und die Leute der Compagnie sind das nicht. Nicht auf Hequia, nicht auf Rosarias und nicht hier.«

Nachdenklich stützte Bercons sein Kinn in die linke Hand. Sie sah, wie es in seinem Herzen arbeitete. Nichts von dem, was sie gesagt hatte, konnte ihm neu gewesen sein, aber die Frage war, was er daraus machen würde. Er war loyal, das erkannte sie in diesem Augenblick, und er wollte Thyrane nicht alleinlassen.

»Es war nicht richtig, ihn gefangen zu nehmen«, sagte sie eindringlich. »Und was er getan hat, war nötig. Du warst dabei. Weißt du, was sie jetzt mit ihm machen werden? Und wenn sie ihn gefangen nehmen, dann können sie dich auch gefangen nehmen.«

»Vermutlich nicht«, wehrte der Kapitän ab. »Das gäbe dann doch viel zu viel Aufsehen. Ich denke eher, dass sie ihn als Sündenbock nutzen werden und ansonsten wenig geschieht. Sie lassen ihn eine Weile auf Lessan schmoren, bis Gras über die Sache gewachsen ist, und schicken ihn dann mit einem Kriegsschiff nach Hause. Vermutlich wird das alles gar keine Folgen für ihn haben. Und wenn doch, dann höchstens für seinen verfluchten Stolz.«

Verzweifelt trat Sinao vor und stützte sich auf den Schreibtisch. Sie sah Bercons in die Augen, als sie sprach: »Aber das weißt du nicht sicher, nicht wahr? Admiral Thyrane hat nur uns. Wenn wir ihn verlassen, ist er allein. Und du weißt, dass er nicht zögern würde, dir oder mir zu helfen, wenn wir in seiner Lage wären.«

Der Kapitän seufzte schwer. »Damit hast du unleugbar Recht, mein Kind. Ja, in der Tat. Wir befinden uns in einer Zwickmühle, nicht wahr?«

»Nein«, erwiderte sie, obwohl sie den Sinn seiner Worte mehr erriet als verstand. »Es ist ganz einfach. Man muss zu seinen Leuten stehen.«

Sie dachte an Majagua, der nicht allein geflohen war. Der ihnen allen zur Flucht verholfen und dabei sein Leben gegeben hatte.

»Man muss zu seinen Leuten stehen«, flüsterte sie noch einmal. Bercons nickte langsam. Dann riss er sich von ihrem Blick los.

»Soldat! Schicken Sie unsere Gäste wieder herein.«

Die Tür wurde geöffnet, aber bevor der Mann und die Frau wieder in die Kajüte kommen konnten, hob Bercons die Hand.

»Teilen Sie Admiral Holt meine besten Wünsche mit und informieren Sie ihn, dass ich diese unglückliche Situation zutiefst bedauere.«

Die beiden sahen sich an. Der Triumph in ihrem Blick war nicht zu übersehen.

»Aber ich stehe unter dem direkten Kommando von Admiral Thyrane, und dieses Schiff und seine Prise sind nicht Teil der Sturmwelt-Flotte. Bis die Lage an Land nicht geklärt ist, wird die *Imperial* Admiral Thyranes Flaggschiff bleiben.«

»Das kann unmöglich Ihr Ernst sein«, erwiderte der Uniformierte, dessen Antlitz bleich geworden war, mit eisiger Stimme.

»Das ist mein voller Ernst. Und jetzt verlassen Sie bitte mein Schiff und überbringen diese Nachricht Admiral Holt. Guten Tag.«

»Kapitän, die Auswirkungen ...«

»Ich sagte: Guten Tag.«

Ohne ein weiteres Wort wandten die beiden sich ab. Der Soldat stand in der Tür. Bevor er sie schloss, glaubte Sinao für einen Moment, dass er sie anlächelte, aber dann war der Augenblick auch schon vorbei.

»Das wird interessant werden«, murmelte Bercons mehr zu sich selbst als zu ihr. »Äußerst interessant.«

Sinao nickte, auch wenn sie nicht sicher war, was jetzt geschehen würde.

Sie musste Manoel suchen und ihm sagen, dass er nicht mehr packen musste. Er würde es nur schwer glauben können, dass es Blassnasen bei der Marine gab, die nicht so waren wie er dachte, aber Sinao war einfach nur erleichtert, dass Kapitän Bercons Thyrane nicht im Stich lassen wollte.

Noch war nicht alles verloren.

TAREISA

Wieder eine Berührung am Arm. Sie registrierte es kaum noch. Etwas war mit ihr in der Dunkelheit eingesperrt, aber nachdem sie zuerst bei jedem Kontakt zusammengezuckt war, gerufen hatte oder sich am Boden gewunden hatte, um der Berührung zu entgehen, konnte sie inzwischen keine Kraft mehr dafür aufbringen. Was für eine Kreatur es auch immer war, sie schien wenig mehr zu tun, als Tareisa hin und wieder im Zuge ihrer eigenen Bewegungen eher zufällig anzustoßen. Es war ein kleines Wesen, vermutlich eine Ratte.

Tareisas Zorn hatte sich längst gelegt. Sogar die Angst war nur noch gedämpft vorhanden. Es war, als habe sich das Dunkel, das sie umgab, auch über ihre Seele gelegt und ersticke nun jede Regung. Ihre Gedanken kreisten ziellos umher, verfingen sich in Erinnerungen, beschäftigten sich mit sinnlosen Spekulationen. Der alte Mann, Sugérand, der Kapitän der *Todsünde* – sie ließ ihre Gesichter vor ihrem inneren Auge lebendig werden, versetzte sich in Situationen zurück, die sie mit ihnen erlebt hatte, und stellte sich die Frage, welche davon dazu geführt hatte, dass sie nun gefesselt in dieser stinkenden Brig lag und jede Kontrolle über ihr Schicksal verloren hatte.

In ihrem Kopf konnte sie diesem Ort entgehen, in die Vergangenheit flüchten oder die Zukunft. Das Jetzt spielte keine

Rolle in ihren Tagträumen. Entfernt war sich Tareisa bewusst, dass sie nachdenken sollte, Pläne schmieden, Auswege finden, aber sobald sie es versuchte, driftete ihr Geist ab wie ein steuerloses Schiff im Griff des Windes. Die Zeit verging, und sie trieb durch die Dunkelheit, mal schlafend, dann wieder wach, aber dennoch träumend.

Wieder eine Berührung an ihrem Arm. Sie murmelte leise vor sich hin und wandte sich ab. Immer wieder schliefen ihre gefesselten Füße ein, und nur, wenn sie sich gelegentlich umdrehte, erging es ihren Armen nicht auch so.

Ein scharfer Schmerz grub sich in ihren Knöchel. Sie sog scharf die Luft durch die Zähne. Doch was sie erst für einen Biss gehalten hatte, war nur ein heftiger Zug an ihren Fesseln. Sie gruben sich kurz tiefer in ihre geschundene Haut. Dann wieder. Unvermittelt war Tareisa hellwach. Sie bewegte sich nicht. Eine winzige Berührung an ihrem Bein, dann setzte der Schmerz wieder ein. Diesmal hörte er nicht auf; es war, als ob jemand an den Fesseln arbeiten würde.

»Hallo?« Ihre Stimme klang rau und kehlig, fremd in ihren eigenen Ohren.

Es gab keine Antwort, weder in Worten noch auf andere Art und Weise. Die Maestra konnte nicht glauben, dass dort ein Mensch sein sollte. Zu leicht waren die Berührungen, sie fühlten sich nicht nach Händen an. Dennoch keimte eine wilde Hoffnung in ihr auf, zu stark, um sich von ihrer Vernunft einfach ersticken zu lassen. *Vielleicht ist hier wirklich noch jemand mit mir eingesperrt? Hat ein Mitglied der Besatzung überlebt und sich hier verborgen?*

»Wer ist da?«

In diesem Moment lösten sich die Fesseln von ihren Knöcheln, und Blut schoss unter willkommenen Schmerzen in ihre Füße, ließ sie kribbeln und brennen – und Tareisa sich lebendig fühlen. Etwas sprang über sie, kleine Pfoten, die über ihren Körper trippelten. Sie zuckte zurück, und die Berührung verschwand, aber dann zerrte jemand – oder etwas – an den Fesseln an ihren Händen. Was immer dieses Wesen war, eine Ratte war es gewiss nicht.

»Was tust du? Wer bist du?« Die Ungeduld, gemischt mit Freude und Erwartung, ließ die Maestra hin und her zappeln wie einen Fisch im Netz. Mehrfach hörte das Ziehen an ihren Händen auf, nur um dann wieder von neuem zu beginnen.

Tareisa konnte kaum fassen, was geschah. Fast glaubte sie, dass der alte Mann ihr half; seinem Wissen um das Arsanum und seiner Beherrschung der Vigoris traute sie beinahe alles zu, auch, dass er sie hier im Bauch des Schiffes am anderen Ende der Welt gefunden hatte.

Aber sie konnte noch immer den Sog spüren, der von der Kiste in den Eingeweiden des Schiffs ausging, und sie wusste, dass es vollkommen unmöglich war, dass jemand so nah daran Vigoris gezielt einsetzte, selbst *er* nicht. So groß seine Macht auch sein mochte, sie wurde doch aus derselben Quelle wie alle magische Macht gespeist, und die Ladung des Schiffes wirkte wie ein Sog darauf, ein schwarzer Wirbel, der alle Vigoris einfach verschluckte.

Sie selbst hätte nicht einmal die einfachste Magie wirken können, da alle Macht, die sie in einen Zauber hineingelegt hätte, ihr sofort entrissen worden wäre.

Doch wer immer oder was immer es war, der oder das sich an den Seilen an ihren Handgelenken zu schaffen machte, ihre Fesseln lockerten sich erst, dann spürte sie, wie einzelne Fasern nachgaben, und schließlich konnte sie die Hände frei bewegen. Wieder erklang das Trippeln der Füße auf dem Holz, ein Geräusch wie von den Krallen einer Katze.

Sie richtete sich auf, löste die Haube und zog sie sich vom Kopf, massierte ihre Handgelenke und dachte nach. Was sie als Erstes brauchte, war Licht. Und dann eine Möglichkeit, aus der Brig zu entkommen. *Und einen Blick auf das Wesen, das mir gerade geholfen hat, verdammt nochmal.*

Aber sie hütete sich davor, ihren Retter durch Flüche zu verärgern. »Danke« war alles, was sie sagte.

Sie spürte eine Berührung an der Wange, und diesmal zuckte sie nicht zurück, sondern lehnte sich dagegen. Nein, keine Ratte. Sie spürte raue, schuppige Haut, die über ihre strich, dann war das Gefühl verschwunden.

Etwas sagte ihr, dass ihr seltsamer Helfer fort war.

Auch wenn ihre Hände und Füße noch schmerzten, kniete Tareisa sich hin, dann stand sie vorsichtig auf. Sie tastete ihre Umgebung ab; die Balken des Decks waren direkt über ihr, und der gesamte Raum maß nur wenige Schritt im Durchmesser. *Ein schmutziges kleines Loch.*

Es tat unendlich gut, sich zu bewegen, und sie schüttelte ihre Gliedmaßen aus, ließ die Schultern kreisen und reckte sich, während sie darauf hoffte, dass sie ihr Gleichgewicht wiederfand.

Die schnelle Untersuchung ihres Gefängnisses brachte keine neuen Erkenntnisse. Es gab nichts, was ihr helfen konnte. Die Brig war leer und die Tür fest verschlossen. Dennoch fasste sie einen Plan. Zwar erschien er ihr wagemutig, aber ihre Optionen waren beschränkt, und es würde nicht ewig dauern, bis ihre Häscher herausfanden, dass sie von ihren Fesseln befreit war.

Sie stellte sich neben die Tür. Zunächst rief sie sich die *Todsünde* vor Augen, stellte sich das Schiff so detailliert wie möglich vor, dachte an all die Wege, die sie im Schiff zurückgelegt hatte, versuchte, sich an jeden Gang, jede Kammer und jedes Detail zu erinnern. Dann schlug sie mit der Faust an die Tür.

»He! He!«

Ihre Stimme dröhnte in ihren Ohren, und das Holz erzitterte unter ihren Hieben. Ihr ganzer Körper war angespannt, bereit, jederzeit zu agieren.

Zunächst geschah nichts, und eine Welle der Frustration durchlief sie. *Nicht aufgeben. Nicht nachlassen.*

Sie schlug wieder gegen das Holz, rief noch lauter als zuvor. Dann hörte sie, wie der Riegel bewegt wurde. Sie wandte den Kopf ab. Ein schwacher Lichtschein fiel in die Brig, der jedoch hell genug war, um sie zu blenden.

Sie wirbelte herum, die Augen zu Schlitzen verengt. Ihre Fäuste trafen den Mann in die Brust und trieben ihn rückwärts aus der Tür. Tareisa setzte nach, aber er war nun nicht mehr überrascht, sondern gegen ihren Angriff gewappnet. Er blockte ihren Hieb mit dem Arm ab und packte ihr Handgelenk. Sie zerrte und wand sich, aber er war zu stark.

Als sie nicht aufhörte, sich zu wehren, schlug er ihr mit dem Handrücken ins Gesicht. Ihr Kopf flog herum, und ihr wurde schwindelig. Der Schmerz war nicht das Schlimmste. Die Tränen, die ihr in die Augen stiegen, rührten nicht von dem Schlag her, sondern von ihrer Verzweiflung. Ihr Körper erschlaffte, und der Mann redete in einer ihr unbekannten Sprache auf sie ein. Die Maestra ließ den Kopf gesenkt, so dass ihr die Haare ins Gesicht fielen; sie schämte sich der Tränen.

Beinahe hätte sie sich der Vigoris geöffnet, hätte versucht, einen Zauber zu wirken, egal welche Konsequenzen das haben mochte. Erst im letzten Moment hielt sie sich zurück, denn sie wusste, dass sie nicht mehr würde aufhören können, wenn sie einmal damit begann. Der Sog würde ihr die Vigoris rauben, mehr und mehr, und es würde damit enden, dass Tareisas Körper dem Strom nicht länger standhalten könnte und unter der rohen Macht verginge.

Der Mann schob sie vor sich her, zurück in die Dunkelheit

der Brig. Seine Stimme war überraschend sanft, aber seine Absicht unmissverständlich.

Plötzlich schrie er auf. Tareisa blickte hoch und sah ihn im hellen Rechteck des Türrahmens zurücktaumeln. Er riss die Hände zum Gesicht und ließ die Maestra dabei los. Sein dunkler Schatten führte einen grotesken Tanz auf, dann stolperte er und stürzte zu Boden, wälzte sich umher, die Hände vor das Gesicht geschlagen.

Tareisa nutzte den Moment. Sie sprang über den Gestürzten hinweg, wich seinen seltsamen, krampfartigen Bewegungen aus und lief weiter in den Gang hinein, der sich hinter der Tür öffnete. Aus dem Augenwinkel erhaschte Tareisa einen Blick auf eine kleine, rote Gestalt, die wie ein Blitz davonhuschte und im Schatten verschwand, doch sie rannte einfach weiter.

Sie befand sich im Bug der *Todsünde*, wie sie es erwartet hatte. Der Gang war schmal und die Decke niedrig. Vor sich sah sie die Treppe, die an Deck führte, und sie bog um die Ecke, um die Stufen hinaufzulaufen.

Da hörte sie Schritte und zog sich ein Stück zurück, noch bevor sie die Seeleute sah, die ihr entgegenkamen. Kräftige Männer mit weiten Hosen und einfachen Hemden wie die, die sie zu dem Glatzkopf geführt hatten. Die Seeleute schauten sich suchend um. Die Schreie ihres Bewachers waren nicht ungehört geblieben.

Hastig drehte die Maestra sich um und lief auf leisen Sohlen in die entgegengesetzte Richtung. Im Gang kam der Gestürzte gerade wieder auf die Füße, und vorn ging es nur zur Brig. Also bog sie in einen anderen Gang ab, eilte bald durch einen schmalen Durchgang und gelangte so auf das Hauptdeck, wo die Kanonen standen. Und wo die Seeleute ihre Hängematten gespannt hatten.

Dutzende Gesichter starrten sie an, verblüfft oder auch feindselig. Einige Matrosen, die verstanden, was sie sahen, sprangen bereits auf und drängten in ihre Richtung. Es würde nur Augenblicke brauchen, bis auch die anderen begriffen, dass ihre Gefangene sich befreit hatte, und dann würden sie sie unausweichlich wieder einfangen. *Auf einem Schiff gibt es kein Entkommen.*

Mit dem Mut der Verzweiflung sprang Tareisa nach rechts, schubste mit weit ausgestreckten Armen einen Seemann von dem Geschütz, auf dem er gesessen hatte, und suchte mit fahrigen Bewegungen nach dem Verschluss der Stückpforte.

Es war nur ein einfacher Riegel, und sie schob ihn mit zitternden Fingern hoch. Der Seemann packte sie am Knöchel, doch Tareisa trat so fest mit dem anderen Bein zu, wie sie konnte, und wurde dafür mit einem Schmerzensschrei belohnt.

Schließlich gab der Riegel nach, und die Holzluke öffnete sich. Ein Teil ihres Verstandes registrierte, dass die Seemänner nun einen engen Ring um sie bildeten.

Kopfüber sprang Tareisa durch die Geschützluke. Ihr Rock wurde festgehalten, ob von einem Matrosen oder einem Nagel, wusste sie nicht, und sie kippte vornüber und schlug gegen die Bordwand der *Todsünde*. Dann endlich riss der Stoff, und sie stürzte ins Wasser.

Die Wellen des Meeres schlugen über ihrem Kopf zusammen, ihre Kleidung sog sich voll Wasser, und die See selbst schien sie nach unten zu ziehen, weg von Licht und Luft und hinein in die ewige Dunkelheit.

FRANIGO

»Wie ist das Befinden der werten Frau Gemahlin?«, erkundigte sich Franigo und hoffte, dass er seine Rolle als ergebener Bewunderer des Ratsvorsitzenden gut spielte.

»Ebenfalls sehr gut«, erwiderte der Angesprochene und strich sich sichtlich zufrieden über den Bauch, der sich merklich unter dem Wams wölbte.

Der Poet lächelte und nickte. »Ihr seid ein beneidenswerter Mann, Mesér Almarza. Ihr habt eine wundervolle Familie, eine schöne Frau und ein hohes Amt durch das Vertrauen der Bürger dieser großartigen Stadt.«

Und an diesem heißen Tag eine wunderbar kühle Amtsstube und mehr als genug diensteifrige Untergebene, die Euch nur zu gern geeistes Wasser reichen, dachte Franigo bei sich.

»Ach, genug davon. Ich kann Schmeicheleien nicht vertragen«, wehrte der Ratsvorsitzende wenig glaubhaft ab. »Ich sehe mich als vom Glück begünstigt an. Und ich versuche, mein Bestes zu geben, um …«

Weiter kam er nicht, denn in diesem Moment klopfte es energisch an die Tür seines Büros. Er gab einem seiner Beamten, die an zahlreichen Tischen um ihn herum saßen, ein Zeichen, der daraufhin zur Tür eilte und sie öffnete.

»Grüße«, rief der Neuankömmling. »Was kann ich für Euch tun, dass Ihr mich so eilig habt rufen lassen?«

Einen Moment lang blieb Franigo still sitzen und genoss den Augenblick, dann stand er kurz auf und nickte Magistrat Gárrer grüßend zu. Noch immer spielte ein höfliches, serviles Lächeln um seine Mundwinkel, doch er wusste, dass in seinen Augen die Genugtuung zu sehen war.

Der Ratsvorsitzende Almarza erhob seinen massigen Leib nur andeutungswiese aus dem schweren, geschnitzten Sessel und grüßte den Neuankömmling knapp. »Magistrat, ich freue mich, dass Ihr Euch so schnell hierherbemühen konntet. Es gibt eine eilige Angelegenheit zu besprechen. Ich wünsche, dass der Student Alserras aus der Haft entlassen wird. Und ebenso dieser unglückliche Betreiber einer Druckerei – wie, sagtet Ihr noch gleich, war sein Name?«, erkundigte er sich, an Franigo gewandt.

Noch bevor der Poet antworten konnte, fiel ihm Gárrer kühl ins Wort. Ohne den Dichter zu beachten, wandte er sich direkt an den Vorsitzenden: »Mesér, verzeiht, wenn ich es wage, Euch in dieser Angelegenheit zu widersprechen, aber diese Lumpen sind aus gutem Grund in Haft.«

»Mir wurde glaubhaft versichert, dass es sich bei diesen Verhaftungen lediglich um Missverständnisse handelt – Verwechslungen, Irrtümer, nennt es, wie Ihr wollt –, jedoch nicht um ernsthafte Belange.« Der Ratsvorsitzende wies auf Franigo, der bestätigend nickte. »Könnt Ihr bitte schleunigst veranlassen, dass die beiden Genannten wieder auf freien Fuß gesetzt werden?«

»Wenn dies der Wille des Rates ist …«

»Der Rat wird mir in dieser Angelegenheit zustimmen, Mesér.« Die sonst so leutselige Stimme des dicken Mannes hatte nun einen überraschend scharfen Unterton angenommen, was Franigo nicht entging.

Und Magistrat Gárrer offenkundig auch nicht, seinem versteinerten Gesichtsausdruck nach zu urteilen.

»Natürlich, Mesér. Ganz wie es Eurem Wunsch entspricht. Ich werde mich persönlich darum kümmern.« Gárrer machte eine höfliche Verbeugung, aber Franigo spürte den hasserfüllten Blick des Mannes auf sich ruhen. »Noch etwas?«

»Nein, das ist alles.«

Mit einer weiteren Verbeugung zog sich der Magistrat zurück und ließ die beiden Männer wieder im Kreis der Beamten zurück, die höflich die Blicke gesenkt hielten, um so zu tun, als würden sie der Unterhaltung nicht lauschen. *Ach, die anheimelnde Nähe zur Macht,* dachte Franigo leicht belustigt.

Er spürte eine tiefe Befriedigung, als er sich vorstellte, wie sehr es Gárrer beschämt haben musste, sein Verdikt ändern zu müssen. Aber er wollte kein Mann sein, der einen am Boden liegenden Kontrahenten noch verhöhnte, und er hatte immerhin erreicht, was er wollte: Alserras und Inxis Vater würden sich schon bald auf freiem Fuß befinden. Er beschloss, dem wackeren Ratsvorsitzenden ein oder zwei Verse zu widmen, in diesem entsetzlich überhöhten Stil voller Pathos, den neuerdings alle Welt so schätzte.

Als der Magistrat den Raum verlassen hatte, ergriff der Poet das Wort. »Der Mann ist ein wenig verknöchert, will mir scheinen. Erstaunlich verbissen, gerade für sein Alter.«

Der Ratsvorsitzende atmete erst tief ein, dann seufzte er lang. »Ihr könnt nicht einmal ahnen, wie Recht Ihr habt. Er und seine Gesellen machen mir im Rat ständig Scherereien.«

»Gesellen?«

»Sie nennen sich selbst Gusemisten, nach Guseman, dem ersten Mitglied des Friedensausschusses in Cabany.«

»Sie folgen einem Géronay? Nach allem, was uns diese Hunde angetan haben?« Franigo gab sich die größte Mühe, seiner rechtschaffenen Abscheu gebührend Ausdruck zu verleihen.

»Sie folgen neuen Géronaee. Es ist eine ganze Fraktion in Cabany und überall im Lande. Guseman ist nur der Wortführer. Sie sind … radikal. Gewiss habt auch Ihr schon bemerkt, dass neuerdings ein schärferer Wind weht. Vielen Kämpen der Rebellion geht der Umbau des Staates nicht schnell genug, und sie wittern überall Konterrevolutionäre, Royalisten, verborgene Géronaee der alten Zeiten und dergleichen. Wenn es nach diesen Leuten ginge, dann gäbe es bald kein Lied, kein Gedicht und auch kein Stück mehr, das etwas anderes besingt als die Errungenschaften der neuen Ordnung.«

Diesmal musste sich der Dichter nicht um einen Ausdruck der Abscheu bemühen; dieser fand ganz von allein auf sein Gesicht. »Aber Mesér, das kann doch nicht alles sein, was unser Aufstand uns gebracht hat – dass wir die Untaten derer wiederholen, die wir abzulösen trachteten. Und dass Männer wie ich, Männer der Feder, um ihren Kopf fürchten müssen.«

Der Ratsvorsitzende neigte bedächtig das Haupt. »Guseman hat wiederholt die Exekution des Königs gefordert, und seine Stimme gewinnt anscheinend täglich an Gewicht im Friedensausschuss wie auch, vielleicht noch wichtiger, beim einfachen Volk. Ich sage Euch, Franigo: Schon bald werden Fanatiker wie dieser Gárrer das Ruder übernehmen. Und dann müssen wir alle um unsere Sicherheit fürchten. Sogar ich.«

»Das klingt furchtbar. Aber ich verstehe nicht, wie solche Leute in unserer schönen Heimat Anhänger finden konnten. Wir haben das Joch der Unterdrückung abgeschüttelt – und Hiscadi wird sich eine neue Tyrannei nicht gefallen lassen. Hiscadi ist frei.«

Die Miene des Ratsvorsitzenden hellte sich kurz auf, als er nickte, dann verfinsterte sie sich wieder. »Doch wer weiß, wie lange noch?«

ROXANE

Ohne ein Wort zu sagen, blickte Roxane auf den Bericht hinab. Sie hob die Augen zu den drei Delinquenten, sah dann wieder auf den Bericht. Natürlich stand dort nichts zur Sache; es war ein Bericht des Segelmachers über den Zustand von Leinwänden und Tauen, mit dem sie sich noch beschäftigen wollte, wenn es die Zeit erlaubte.

Mit ausdrucksloser Miene schaute sie wieder zu Jaquento. Der Hiscadi stand ruhig da, und nichts deutete darauf hin, dass er sich unwohl fühlte oder sich einer Schuld bewusst war.

Roxane konnte den Widerstand in seinen Augen sehen, die Unzufriedenheit mit der Situation und das reflexartige Aufbegehren gegen Autorität, das tief in ihm verwurzelt war. Bihrâd stand neben seinem Freund, seine Miene unleserlich. Zumeist hatte der Mann sich außerordentlich gut unter Kontrolle, und in den letzten Wochen hatte Roxane sein stoisches Gemüt zu schätzen gelernt. Dementsprechend bezweifelte sie auch, dass er der Auslöser der Unruhe gewesen war.

Schließlich wandte sie sich an den dritten Mann, einen vierschrötigen Matrosen, der nervös mit den Knöpfen seiner Jacke spielte. Sein rötlich blondes Haar verriet seine Herkunft aus Graemney nur allzu deutlich. Und der Rumdunst, der ihn umwehte, bewies, dass er auch der sprichwörtlichen Trinkfestigkeit seiner Leute alle Ehre machte.

»Matrose Cynedd.« Sie machte eine Pause, in der sie wieder auf den Bericht sah. »Sie bleiben bei Ihrer Darstellung der Ereignisse? Dass dieser Mann«, sie nickte in Bihrâds Richtung, »Sie ohne Provokation angegriffen hat?«

»Ja, Thay, so isses. Der verfluchte Fremde hat angefangen.«

»Erstaunlich.« Sie trat um den Tisch herum und baute sich vor dem Matrosen auf. Obwohl sie gut einen Kopf kleiner als er war, hielt er sich so, als würde sie ihn überragen. Angesichts der Tatsache, dass sie Herrin über Leben und Tod auf der *Siorys* war, war dieser Umstand nicht verwunderlich.

Als sie nicht weitersprach, wagte Cynedd ein leises »Thay?«

»Nun, ich kenne Mister Bihrâd. Er ist kein Mann für Schlägereien.« Sie ließ ihren Blick zu dem Hiscadi wandern. »Mister Jaquento ist ein anderes Kaliber, aber er kam ja, soweit mir bekannt ist, erst später zu diesem Geplänkel hinzu.«

Der Matrose schwieg. Ein Schweißtropfen lief ihm die Stirn hinab, aber er wagte nicht, ihn abzuwischen. Roxane ließ ihn noch einige Sekunden schmoren.

»Die Situation ist äußerst unschön. Vor allem, wenn man Ihre Vorgeschichte bedenkt, Matrose.«

»Thay?«

»Nun, mir ist bewusst, dass Sie an Bord den inoffiziellen Status des Meisters der Wetten haben.«

Sein scharfes Einatmen belegte seine Schuld, und er öffnete den Mund, um zu protestieren, aber Roxane hob die Hand.

»Nein, leugnen Sie es nicht, Cynedd. Ich weiß davon, seit ich das Kommando über dieses Schiff übernommen habe. Artikel 37: *Jede Person in der Flotte oder der Flotte zugehörig, die sich an Glücksspiel oder Wetten beteiligt oder von Aktivitäten dieser Art weiß und sie nicht ihrem vorgesetzten Offizier meldet, soll eine Bestrafung erhalten, wie sie dem Kriegsgericht angemessen erscheint und wie die Natur und der Grad des Verbrechens sie verdienen.*«

Sie musste nicht über den Wortlaut nachdenken. Jahre der Wiederholung hatten ihr die Kriegsartikel der Thaynrischen Marine ins Gedächtnis eingebrannt, so klar und deutlich wie ihren eigenen Namen.

»Dazu Artikel 23, der sich mit Disputen und Kämpfen an Bord der Schiffe Ihrer Majestät befasst. Soll ich ihn zitieren?«

Cynedd schüttelte den Kopf, leichenblass nun und mit glasigem Blick. Das Kriegsgericht an Bord bestand aus der Kapitänin, und eine angemessene Strafe war jede, die sie verhängte. Roxane wusste, wie sehr viele Seeleute die Gerichtsbarkeit der Marine fürchteten, und sie wusste nur zu gut, wieso. Sie konnte den Mann hängen lassen, ihn kielholen oder ihm die Haut vom Rücken peitschen lassen, ganz wie es ihr beliebte. Sie selbst hatte unter Kapitän Harfell erlebt, was es bedeuten konnte, wenn ein Kapitän seine Macht missbrauchte, und sie wusste, dass wohl jeder in der Flotte zumindest vom Hörensagen eine ähnliche Geschichte kannte.

Roxane ließ die Situation noch auf Cynedd einwirken, bevor sie wieder hinter den Tisch trat.

»Ich werde Ihnen jetzt ein Geheimnis mitteilen, Matrose, ein Geheimnis, das sehr wohl über das Schicksal unserer geliebten Heimat entscheiden könnte. Wir sind im Auftrag der Admiralität unterwegs, und das Gelingen unserer Mission wird gewaltige Auswirkungen auf Wohl und Wehe der gesamten Flotte haben, vielleicht sogar das Verhältnis der Kräfte in Corbane neu ordnen. Dieses kleine Schiff, diese einfache Korvette, ist das Zünglein an der Waage.«

Die Kapitänin legte eine dramatische Pause ein. Ihre Übertreibungen hatten offensichtlich die von ihr beabsichtigte Wirkung erzielt, denn Cynedd starrte sie aus großen Augen an.

»Aber was, wenn die zwei Fremden Spione sind, Thay? Oder Maestre, die mit den Drachen …«

Weiter ließ ihn Roxane nicht kommen. »Wir können uns keinen Streit an Bord leisten«, fuhr sie fort. »Diese Männer sind wichtig für unseren Erfolg. Die Admiralität vertraut ihnen, ebenso wie auch ich es tue, und ihre Sicherheit muss unter allen Umständen gewährleistet sein.«

Die Admiralität vertraut ihnen? Seit wann eigentlich?, schoss es ihr durch den Kopf.

Aus dem Augenwinkel sah Roxane, wie auch Jaquento die Mundwinkel verzog, also beeilte sie sich, weiterzusprechen: »Ich weiß, dass Sie das Geschäft mit den Wetten an Bord kontrollieren. Und ich weiß, dass Sie damit verantwortungsvoll umgehen. Niemand erhält Kredit, niemand kann seine Rationen setzen. Wetten gibt es an Bord jedes Schiffes. Ich war auch einmal Fähnrich, ich weiß das, glauben Sie mir.«

Sie lächelte kurz, bis sie sich erinnerte, wie wenig Zeit seit ihrer Offiziersprüfung eigentlich vergangen war und welche alles verändernden Erfahrungen sie seitdem gemacht hatte.

»Ein Mann, der das Wettgeschäft so betreiben kann, dass es kein böses Blut mit sich bringt, der kann auch die Verantwortung tragen, die das Wissen, das ich Ihnen offenbart habe, mit sich bringt. Verstehen Sie, was ich sage?«

»Ja, Thay.« Cynedds Stimme war fest, und er richtete sich wieder auf und nickte bekräftigend. Er fühlte sich nun als Teil von etwas Größerem, im Bund mit seiner Kapitänin und den Admiralen und damit ausgezeichnet vor den restlichen Seeleuten.

»Dann gehen Sie jetzt, und sorgen Sie dafür, dass ich niemals bereue, dieses Vertrauen in Sie gesetzt zu haben. Falls Sie jemand fragt: Ich habe Ihnen eine Standpauke gehalten und mit drakonischen Strafen gedroht, falls es noch einmal derartige Unruhe an Bord geben sollte.«

Er salutierte und wandte sich um. Vor dem ersten Schritt hielt er inne und nickte Jaquento und Bihrâd zu, als seien sie nun beste Freunde. Dann trat er durch die Tür.

Roxanes Blick wanderte über die beiden Verbliebenen. Die Schrammen in Jaquentos Gesicht sahen schmerzhaft aus, aber ansonsten schien er unversehrt zu sein. *Lieber Himmel. Als hätte Bihrâd ihn nicht gerade erst wieder zusammengeflickt.*

Sie setzte sich erst einmal und wandte sich an den Maresken: »Es tut mir leid, wenn Sie mit solchen Vorurteilen konfrontiert werden. Der gemeine Matrose mag nun mal nichts Fremdes, was eigentlich überraschend ist, wenn man bedenkt, dass jeder Fünfte von ihnen nicht aus Thaynric stammt.«

»Mir ist nichts geschehen«, erwiderte der Maureske gewohnt ausweichend.

»Ich werde mit den Offizieren sprechen. Man wird ein Auge darauf haben, dass Derartiges nicht wieder vorkommt.«

Bihrâd nickte, und Roxane legte den Kopf in den Nacken.

»Sie können jetzt gehen. Nicht du«, fügte sie hinzu, als Jaquento sich ebenfalls zum Gehen wandte.

Als der Maureske mit einem Gruß ihre Kajüte verlassen hatte, schaute Roxane den Hiscadi eindringlich an. Jetzt lag Vorsicht in seiner Miene. Noch immer hatte er nichts gesagt, und sie sah das Funkeln, das hinter seinen Augen brannte. Ein falsches Wort, und er mochte explodieren. Sie wusste, was er zu wissen glaubte, aber sie war nicht gewillt, sein Spiel zu spielen.

»Setz dich«, sagte sie.

Zwar hob er fragend die Augenbrauen, aber er leistete ihrer Aufforderung dennoch Folge und setzte sich in den Stuhl ihr gegenüber.

»Port?«

»Gern.«

Roxane öffnete die kleine Lederschatulle, in der Flasche

und Gläser sicher verstaut waren, und goss ihnen beiden eine großzügige Menge ein.

»Auf einen bereitwilligen Gegner und Wind in den Segeln.«

Jaquento prostete ihr zu. Zwar wirkte er entspannt, doch seine Wachsamkeit hatte nicht nachgelassen. »Ich schätze, ich muss dich warnen«, sagte er. »Wenn du ein Glas dieses wirklich edlen Gewächses als neue Strafe für Prügeleien unter der Mannschaft einführst, wird das der Disziplin nicht besonders gut tun.«

»Sehr witzig.« Roxane verzog den Mund. »Erzähl mir lieber, was eigentlich passiert ist.«

Er zuckte mit den Schultern und sah zur Seite. »Es ist, wie du schon gesagt hast: Die meisten Seeleute sind ziemlich misstrauisch, wenn es um Fremde geht. Und der Drachenangriff hat sie doppelt verunsichert. Da war es nur allzu leicht, in Bihrâd einen Schuldigen zu suchen, an dem sie ihr Mütchen kühlen konnten.«

Der Port in ihrem Glas schimmerte wie Honig. Nachdenklich trank Roxane noch einen Schluck. »Ja, der Angriff des Drachen hat uns alle aus der Bahn geworfen. Die weitere Verfolgung der *Todsünde* dürfte nun ziemlich schwer werden, selbst wenn wir genau wüssten, wo sie ist. Immerhin haben wir einen Mast verloren, und die Reparatur wird Tage dauern«, schnaubte sie ärgerlich.

»Auch die *Todsünde* muss irgendwann Wasser und Proviant aufnehmen«, versicherte ihr Jaquento. »Wir wissen nicht, ob wir durch den Angriff überhaupt Zeit verlieren.«

»Wir wissen ohnehin verdammt wenig über die *Todsünde* und ihren Verbleib. Kapitän Deguay ist tot, dessen können wir uns sicher sein; aber wer kommandiert das Schiff nun überhaupt? Wohin fährt es und in wessen Auftrag? Vielleicht hat sich der neue Besitzer der Ladung ja auch dazu entschlossen, sich neue Herren zu suchen. Alles offene Fragen und mehr Rätsel, die wir nicht lösen können, solange wir das verfluchte Schiff nicht endlich vor die Kanonen bekommen.«

»Ich weiß. Es zerrt genauso an meinen Nerven, ewig im Dunkeln zu tappen. Aber ich nehme an, Bihrâd würde sagen, dass es sinnlos ist, unsere Energie auf Dinge zu verschwenden, die wir ohnehin nicht ändern können. Vielleicht wird Groferton die *Todsünde* finden. Oder der Zufall hilft uns. Wer weiß, vielleicht findet die Ladung des schwarzen Schiffes am Ende uns.«

»So philosophisch kenne ich dich gar nicht«, meinte Roxane mit mildem Spott, aber sie lächelte dabei.

»Was mag den Drachen dazu bewogen haben, uns so plötzlich in Ruhe zu lassen?«, wechselte sie dann das Thema. »Fast sah es so aus, als habe er von irgendwoher neue Befehle erhalten.«

»Vielleicht hat er das ja tatsächlich. Von Sinosh wissen wir schließlich, dass sie untereinander kommunizieren.«

»Sinosh …« Roxane erlaubte ihren Gedanken, kurz abzuschweifen. Sie dachte an die kleine Echse, die der Hiscadi bei früheren Begegnungen stets auf der Schulter getragen hatte und die je nach Laune die Farbe wechseln konnte.

»Ich kann immer noch nicht glauben, dass Sinosh wirklich ein Drache ist – oder dass er mit dir geredet hat.«

»Und doch ist beides wahr und beweist, dass es vielleicht falsch ist, wenn wir davon ausgehen, dass die Drachen Bestien ohne Verstand sind.«

»Das ist zwar richtig, hilft uns aber trotzdem kaum weiter. Denn wie sollen wir mit ihnen reden? Sinosh ist verschwunden, und nach dem, was du mir erzählt hast, weißt du selbst nicht, ob du die Echse nochmal wieder treffen wirst. Und selbst wenn: Es kann ja nicht jeder von uns so eine kleine Drachenkreatur auf der Schulter mit sich herumtragen.«

Das brachte Jaquento zum Lachen. »Schade eigentlich.

Denn ich hätte zu gern gesehen, wie du dem braven Matrosen Cynedd erklärst, dass auch Sinosh das vollste Vertrauen der Admiralität genießt, *Quéri*.«

Roxane trank den Rest ihres Ports in einem Zug. »Wenn du diese Geschichte jemals erzählst, lasse ich dich doch aufknüpfen.«

Seine Heiterkeit verstärkte sich noch, doch dann verzog er das Gesicht, und seine Hand fuhr zu den Schwellungen auf seiner Haut.

Roxane stand auf und ging um ihren Schreibtisch herum. »Tut es sehr weh?«

»Es geht. Er hat einen harten Schlag, aber er ist nicht sehr schnell.«

»Anders als du«, murmelte sie und legte eine Hand an seine Wange. Er öffnete den Mund, um etwas zu sagen, aber bevor dies geschehen konnte, verschloss sie seine Lippen mit einem Kuss.

Er schmeckte nach Salz und Weite und dem Meer, und er zögerte nicht, ihren Kuss zu erwidern. Sie wusste, dass sie es nicht tun sollte, wusste, dass sie diesen Kuss beenden und zu ihren Pflichten zurückkehren sollte, aber es war zu lange her, dass sie ihn geküsst hatte.

Roxane ließ sich auf Jaquentos Schoß gleiten und schlang die Arme um seinen Hals. Seine Hände fanden die Aufschläge ihrer Uniform, packten sie und zogen sie noch näher zu ihm. Ungestüm ließ er seine Finger über ihren Köper wandern, küsste hungrig ihre Lippen, ihren Hals, den Ansatz ihrer Brüste, während er mit einer Hand Knopf für Knopf der Uniformjacke löste.

»Lass uns aufstehen«, murmelte Roxane zwischen zwei Küssen.

»Wenn du es wünschst«, erwiderte Jaquento, die Enttäuschung in seiner Stimme mehr als deutlich.

»Um uns hinzulegen, Idiot«, erwiderte sie. Diese Aussicht schien ihm deutlich besser zu gefallen. Er stand auf und hob sie dabei hoch.

Während er sie die wenigen Schritte zu ihrer Koje trug und sie darauf niedersetzte, fragte er: »Wird uns niemand stören, der dir irgendwelche Berichte bringt oder den Essensplan besprechen muss oder eine Kurskorrektur? Fährt das Schiff denn ganz von allein?«

Sie lehnte den Kopf an seine Schulter und schloss die Augen. »Ich bin die Kapitänin, Jaq«, flüsterte sie. »Niemand öffnet diese Tür, wenn ich nicht ›Herein‹ rufe.«

Sie konnte sein Grinsen beinahe spüren. »Nun denn – ein dreifaches Hoch auf die Disziplin der Marine von Thaynric«, sagte er, bevor sie seinen Mund erneut mit einem Kuss verschloss.

TAREISA

Sie wirbelte durch das kalte Wasser. Eine Strömung hatte sie erfasst und zog sie mit sich. Irgendwo war die dunkle Silhouette des Schiffs vor der Helligkeit der Oberfläche, aber sie konnte sich nicht darauf konzentrieren. Ihre Brust schmerzte, und ihre Lungen schrien nach Luft. Doch sie bezwang den Drang, den Mund zu öffnen und zu atmen. Noch spürte Tareisa die Auswirkungen der Fracht, das Ziehen an ihrem Innersten, und sie wusste, dass es zu früh war, um Vigoris einsetzen zu können.

Sie versuchte zu schwimmen, aber ihre Muskeln, von Tagen, wenn nicht Wochen der Untätigkeit geschwächt, gehorchten ihr kaum. Ihre Kleidung sog sich bereits mit Wasser voll, hing wie ein Treibanker an ihr, erschwerte jede Bewegung. Erschöpfung breitete sich in ihr aus, eine brennende Leere. Das ferne Licht über ihr wurde blasser und unscheinbarer; es war nun kein Himmel mehr, sondern ein diffuses Leuchten ohne Sinn, das sie nicht verstand. Ihre Gedanken wurden langsam und träge, und sie wollte nur noch eines, mit aller Macht: einatmen.

Als sie die Lippen öffnete und kaltes Wasser in ihren Mund strömte, erwachte ein kleiner Teil von ihr, der bereits fast eingeschlafen war. Flüssiges Feuer drang in ihre Lungen ein, sie hustete, die Brust zog sich ihr zusammen, verkrampfte sich.

Tareisa erkannte, dass sie ertrank.

Und mit dieser Erkenntnis erwachte ihr Lebenswille wieder, und sie entfesselte die Vigoris. Sie war nicht mehr stark genug, um sie geschickt zu formen, ihr ein ausgestaltetes Muster zu geben. Also presste sie ihre Macht in einen einfachen Zauber. Vigoris entlud sich um sie, peitschte durch das Wasser, rief zuckende Lichtbögen hervor, für die sie sich sonst geschämt hätte. Aber jetzt war es egal, dass es ihr kaum gelang, sie zu lenken. Tareisa kämpfte gegen den Sog, den sie spürte und der ihr die rettende Macht entziehen wollte. Es war wie eine finstere Intelligenz, eine Art Raubtier, das sie töten wollte. Ein Teil der Vigoris verschwand, löste sich aus dem Zauber, aber es blieb noch genug zurück.

Die Maestra wurde emporgerissen. Die See spie sie förmlich aus, und mit einem Schrei durchbrach Tareisa die Oberfläche, spuckte und hustete Wasser aus, erbrach sich salzig ins Meer. Sie war schwach, aber dennoch strampelte sie mit den Beinen, bewegte müde ihre Arme, um nicht wieder unterzugehen. Ihre Haare hingen ihr in feuchten Strähnen ins Gesicht. Dann trieb sie auf dem Rücken auf den Wellen, betrachtete den Himmel, spürte die kalte Luft auf ihrer Haut und konnte sich nichts Besseres vorstellen, als die köstliche Seeluft einzuatmen und durch ihren Körper fließen zu lassen.

Nach einer Weile übernahm ihr Geist mühsam die Kontrolle, verdrängte die wohlige Erschöpfung, die sich über sie gelegt hatte, und zwang sie, den Kopf zu heben. Suchend blickte sie sich um und sah tatsächlich die *Todsünde*, die bereits ein ganzes Stück entfernt war. Während Tareisa sie musterte, entdeckte sie Matrosen, die in der Takelage arbeiteten. Die Segel wurden gerefft oder neu ausgerichtet. Am Achterdeck tauchte eine Gestalt auf, die unbewegt auf das Meer hinauszublicken schien. Fast meinte die Maestra, den kahlen Kopf und das seltsame Gebaren ihres Entführers ausmachen zu können. *Verdammter Bastard. Du wirst mich nicht noch einmal in die Finger bekommen.*

Immer wieder verschwand das Schiff aus ihrem Blickfeld, doch sie musste es gar nicht sehen, um zu wissen, dass sie gejagt werden würde. Tatsächlich sah die Maestra, als sie das nächste Mal einen Blick auf die *Todsünde* erhaschte, wie ein Boot klargemacht wurde.

Immer noch erschöpft, begann Tareisa, von der *Todsünde* wegzuschwimmen. Sie machte sich keine Hoffnungen, einem Ruderboot entkommen zu können, aber sie musste so viel Distanz wie möglich zwischen sich und das Piratenschiff bringen. Allzu lange würde sie allerdings nicht durchhalten, das konnte sie bereits nach den ersten Schwimmbewegungen spüren. Zu lange war sie gefangen gewesen, zu schwach war ihr Körper, zu erschöpft ihr Geist.

Sie versuchte, zu erkennen, wie nahe ihr die Verfolger schon gekommen waren, aber im Spiel der Wellen fiel es ihr schwer, das Schiff im Blickfeld zu behalten, ohne Wasser zu schlucken. Zwar konnte sie bereits seit ihrer Kindheit schwimmen, doch die offene See war selbst für einen geübten Schwimmer eine große Herausforderung.

Als sie wieder den Kopf umwandte, sah sie fast direkt hinter sich das Boot, das weitaus schneller gerudert wurde, als sie gedacht hätte. Erschrocken drehte sie sich um, stieß sich mit einem kräftigen Schwimmzug ein Stück aus dem Wasser und öffnete sich für die Vigoris.

Diesmal sog die Ladung kaum noch an ihr, und sie war konzentrierter und besser vorbereitet. Die Vigoris fügte sich in das einfache, aber effektive Muster und legte sich innerhalb eines Herzschlages um das Boot.

Planken knirschten, dann brachen sie. Holz barst knallend, Menschen schrien, ob vor Angst oder vor Schmerz, konnte Tareisa nicht sagen. Das Boot wurde ein Stück emporgehoben, dann drehte es sich um die eigene Achse, krachte in sich zusammen, und das zersplitterte Holz fiel zurück ins Meer.

Ein grimmiges Lächeln stahl sich auf Tareisas Züge. Sie suchte nach der *Todsünde* und fand sie schließlich jenseits der Wrackteile, die ihr Angriff auf das kleine Dingi zurückgelassen hatte. Das Piratenschiff hatte beigedreht, doch es lag nun quer zum Wind und wurde von den Wellen ordentlich durchgeschüttelt. *Rénand wäre das nicht passiert,* dachte die Maestra mit einer Mischung aus Häme und etwas, was sich beinahe wie Wehmut anfühlte.

Statt auf das Schiff konzentrierte sie sich nun auf sich selbst. Ihren frierenden Gliedmaßen Wärme zu schenken war eine einfache Aufgabe, kostete kaum mehr als einen kurzen Gedanken. Und dann versuchte sie, sich die Küste vorzustellen, sie als helles Band vor ihrem inneren Auge entstehen zu lassen, sandte Vigoris durch das Bild hindurch, band ihre Sinne an sie. Andere Magier wären, auf sich allein gestellt, an der Aufgabe verzweifelt. Aber andere Magier wären auch bereits in den Fluten untergegangen, unfähig, sich sowohl gegen die Fracht als auch gegen die Macht der See zu behaupten.

Es dauerte nicht lange, da wusste Tareisa, wo Land lag, und sie wob einen weiteren Zauber, eine einfache Struktur, die sich um sie legte. Ihr Körper bewegte sich durch das Wasser, fort von der *Todsünde,* nicht außergewöhnlich schnell, aber schneller, als sie hätte schwimmen können. Es war, als würde sie von den Wellen einfach angeschoben, und sie musste sich nur treiben lassen.

Tareisa war froh, als die Küstenlinie näher und näher rückte und sie ihre Kräfte schonen konnte. Dennoch bedurfte es einer großen Willensanstrengung, den Zauber auch noch auf den letzten Metern aufrechtzuerhalten. Erst als sie sich schon in der Brandung befand und die Wellen sie umspülten, gab sie ihre Konzentration auf und ließ sich fallen. Rauer Sand strich über ihre nackten Füße, und das kühle, klare Wasser erfrischte sie für einen Moment, bis sie sich schließlich aus den Wellen erhob, die um sie herum schäumten. Ihre Kleidung hing an ihr herab, klebte nass auf ihrer Haut. Sie schmeckte Salz auf ihren Lippen.

Matt tat sie einige Schritte, bis sie die nassen Flutränder auf dem Sand hinter sich gelassen hatte, und kniete nieder. Sie sackte nach vorn. Der Sand kam ihr im Vergleich zu dem Meerwasser warm vor, empfing sie, und beinahe hätte sie der Erschöpfung nachgegeben und wäre an Ort und Stelle eingeschlafen.

Es kostete sie Überwindung, die Augen wieder zu öffnen und den Kopf zu heben. Doch dann klärte sich ihr Geist, und mit einiger Willensanstrengung drängte sie die Müdigkeit in den Hintergrund und nahm ihre Umgebung in Augenschein.

Sie befand sich an einem langen Strand, der sich in beide Richtungen bis zum Horizont zu erstrecken schien und mit hellgrauem Sand und Kieseln bedeckt war. An den Strand schloss sich karges Land an. Steinig, mit wenigen Pflanzen, die klein und unscheinbar waren. Gräser lugten zwischen Geröll hervor, Flechten bedeckten Steine, und hier und da gab es kleine, dornige Büsche. Das Land wirkte öd und leer, und tatsächlich konnte Tareisa keinen Hinweis auf Zivilisation entdecken. Keine Fischerboote, keine Wege, keine Gebäude, nichts.

Vorsichtig stand sie auf und blickte auf das Meer hinaus. Von der *Todsünde* war nichts zu sehen. Offenbar hatte ihre Flucht nicht zu einem Kurswechsel des Schiffes geführt. Dass man nun doch darauf verzichtet hatte, ihr zu folgen, beschäftigte sie kurz, aber dann schob sie den Gedanken beiseite. *Vermutlich glauben sie entweder, ich sei ertrunken, oder man hält mich für keine große Gefahr. Und in Anbetracht meiner Lage stimmt das wohl auch.* Bei diesem Gedanken stahl sich ein kleines Lächeln auf ihre Lippen. Sie mochte für die Entführer derzeit keine Bedrohung darstellen, aber sie war nicht allein.

In einer Senke zwischen zwei niedrigen Sanddünen ließ sie sich auf die Fersen nieder, legte die Hände auf die Oberschenkel und beruhigte ihren Atem. Obwohl sie ihre Kraft noch lange nicht wieder gesammelt hatte, öffnete sie sich langsam für die Vigoris. Der Zauber war nicht komplex; er erforderte lediglich ein wenig Energie und die Kontrolle eines Maestre. Aber der alte Mann würde ihr helfen, sobald er die Magie bemerkte.

Tareisa konzentrierte sich, gab der Vigoris Form und Willen und spürte, wie ihr allen Widrigkeiten zum Trotz der Zauber gelang. Ihre Nachricht war auf den Weg gebracht.

Doch es gab keine Antwort. Der alte Mann schwieg, zum ersten Mal in ihrem Leben. *Ich war nicht stark genug*, schalt Tareisa sich, aber tief in ihrem Inneren wusste sie, dass sie nichts falsch gemacht hatte. Sie hatte nur keine Antwort erhalten.

Als sie die Augen wieder öffnete, begriff sie, dass sie völlig auf sich gestellt war. Von Unbekannten entführt, an einer fremden Küste gestrandet, ohne Hilfe und Rat. Der Meister, der sie so viele Jahre lang gelehrt und geführt hatte, war fort.

Sie wusste, dass sie Angst haben, dass sie sich einsam fühlen sollte, doch stattdessen war in ihr nur eine betäubende Leere und ganz am Rande ein Gefühl der Erleichterung. Die Verantwortung fiel von ihr ab, das Ausgeliefertsein angesichts der Macht des alten Mannes war beendet. Seine Kontrolle, bislang ein bestimmender Part ihres Lebens, war fort, und damit die immerwährende Anspannung, die daraus folgte.

Als Tareisa diesmal zu Boden sank, drängte sie nichts, dem Schlaf zu widerstehen, und sie schloss die Augen. Noch bevor sie drei Atemzüge getan hatte, glitt sie in das Reich der Träume.

Als sie wieder erwachte, spannte sich über ihr der Sternenhimmel. Lange Zeit lag sie einfach nur auf dem Rücken, in der Mulde vor dem Wind geschützt, der über den Strand wehte, und blickte zum Himmel empor. Sternenkunde hatte sie schon früh interessiert, während ihr der alte Mann die Geheimnisse des Universums erklärte. Und als sie nun den Stand der Gestirne betrachtete, wurde ihr langsam klar, wo sie sich befinden musste.

Die Erkenntnis gab ihr neue Kraft, und sie erhob sich, obwohl dies die Drachenküste war, ein abgelegener und völlig unbesiedelter Landstrich.

»Ich weiß, wo ich bin«, erklärte sie sich selbst, einfach, um eine menschliche Stimme zu hören. »Jetzt muss ich nur noch herausfinden, wo ich hin will.«

Sie wusste, welche Möglichkeiten sie hatte. Sie konnte entweder versuchen, nach Corbane zurückzukehren, oder sie konnte der *Todsünde* folgen, die wohl in die mysteriösen Länder jenseits der Drachenküste segelte.

Langsam schritt Tareisa zum Meer, das unermüdlich gegen das Land anbrandete. Sie sah nach links, wo ihre Heimat liegen musste, eine unbekannte Wegstrecke entfernt. Dann nach rechts, wo das Meer bis zu den Handelsposten der Géronaee reichen musste, wenige Punkte auf einer gewaltigen, weißen Karte, die sie sich ins Gedächtnis rief. Sie wusste, was der alte Mann von ihr verlangen würde. Für ihn hatte der Besitz der Ladung Vorrang vor allen anderen Überlegungen, und dies war auch der Weg, den er für sie wählen würde.

Ihr Blick wanderte zurück. Sie wusste nicht, wie lange sie gefangen gewesen und wie weit die *Todsünde* schon gefahren war. Der alte Mann antwortete ihr nicht, was immer das zu bedeuten haben mochte. Tareisa erinnerte sich an Corbane, an das Leben, das sie an der Seite des Königs von Géronay geführt hatte. Der Gedanke an Heimkehr war verlockend, auch wenn sich dort mittlerweile vieles verändert haben mochte. Sich den Wünschen ihres Lehrmeisters zu widersetzen wäre ihr noch vor wenigen Tagen niemals in den Sinn gekommen, aber hier, allein unter dem endlosen Himmel, war der alte Mann ihr wirklich fern und sie nur sich selbst verpflichtet.

Als sie den ersten Schritt auf dem Weg fort von Corbane machte, überraschte es sie selbst. Erst als sie erkannte, dass sie nicht für den alten Mann ging, sondern weil sie es selbst wollte, musste sie lächeln. Sie tat es nicht wegen der Fracht, für ihren Lehrmeister oder um der Macht willen, mit der sie immer gelockt worden war. Sie tat es für Deguay, für sich und weil sie ahnte, dass sie aus diesem Spiel nicht aussteigen konnte.

JAQUENTO

Schweigend standen Bihrâd und Jaquento am Bug der *Siorys*. Seit der Ausguck den Hafen ausgerufen hatte, waren so gut wie alle Besatzungsmitglieder, die nicht irgendwo Wache hatten, an Deck gekommen. Man konnte ihre Aufregung spüren. Ein Hafen bedeutete Landgang und eine Möglichkeit, endlich die Heuer auszugeben.

Jaquento hoffte jedoch, dass sie sich vor allem ihrem Ziel näherten. Seit sie die letzten Fischerdörfer hinter sich gelassen hatten, hatte es keine Möglichkeit gegeben, den Kurs der *Todsünde* zu verifizieren. Seine Vermutung, dass ihre Beute die Drachenküste passiert hatte, erschien ihm immer noch richtig, aber manchmal mischten sich doch Zweifel in seine Zuversicht.

»Kannst du etwas spüren?«

Bihrâd schloss die Augen und konzentrierte sich. Nach wenigen Momenten schüttelte er den Kopf.

»Verdammt. Hoffentlich liegen wir richtig. Sonst sind wir Hunderte von Meilen ins Nichts gefahren, und wer auch immer die *Todsünde* gekapert hat, lacht sich ins Fäustchen.«

»Die Kapitänin hat gesagt, dass die letzten Fischer sicher waren, dass die *Todsünde* an ihnen vorbeigekommen und weitergesegelt ist.«

»Ja, ich weiß. Hier gibt es nicht gerade viele Anlaufstellen, und eigentlich sollten wir ihr immer noch auf der Spur sein, aber so langsam geht mir die Ungewissheit auf die Nerven. Warte mal, ich komme gleich wieder.«

Jaquento lief über das Deck nach achtern, ohne auf eine Antwort des Mauresken zu warten. Seine Nerven waren bis zum Zerreißen gespannt.

Auf dem Achterdeck stand Roxane, die Arme hinter dem Rücken verschränkt, wie sie es immer tat, wenn sie an Deck war. Sie stand besonders gerade, die Schultern zurückgezogen und das Kinn hoch erhoben. In ihrer Uniform wirkte sie, als posiere sie für ein Gemälde eines Seeoffiziers, das eigentlich in einem Goldrahmen in einer prächtigen Villa hängen sollte.

Inzwischen hatte Jaquento sich daran gewöhnt, dass jeder Marinesoldat immer erst einen Befehl der Kapitänin abwartete, bevor er ihn passieren ließ. Aber es gefiel ihm immer noch nicht.

»Hat Groferton schon etwas entdeckt?«

Roxane blickte zu dem Maestre, der etwas abseits stand und durch ein Fernrohr blickte.

»Bislang hat er keine Meldung gemacht.«

Jaquento nickte. Die Korvette lag gut vor dem Wind, und der Hafen war nun eindeutig zu erkennen. Befestigungen waren nicht zu sehen, aber mehrere kleinere und größere Schiffe.

Roxane gab einige Befehle, und Matrosen kletterten in die Takelage empor, um ihnen nachzukommen.

»Geschützluken auf!«

Unter sich spürte Jaquento, wie die Kanonen rumpelnd in Feuerposition gebracht wurden.

»Das wird interessant«, murmelte er.

»Ich denke, es wird keine Probleme mit den Géronaee geben. Die Froschküsser sollten wissen, dass der Krieg vorüber ist. Und mit den Herren dieser Länder hat Thaynric keinerlei Händel. Wir werden einen ordentlichen Salut abfeuern und deutlich machen, dass wir nicht in kriegerischer Absicht hierher gekommen sind.«

Insgeheim war Jaquento amüsiert. *Froschküsser? Soso.*

»So, wie du es sagst, klingt es einleuchtend.«

»Und wenn es doch Probleme gibt«, fuhr Roxane fort, »dann ist die *Siorys* gut genug ausgerüstet, um den Géronaee und allen anderen eine Lektion zu erteilen.«

»Große Worte für die Kapitänin einer kleinen Korvette.«

Roxane fuhr auf. »Keineswegs«, erklärte sie. »Unsere Blockade der géronaischen Häfen ist noch nicht lange aufgehoben. Wir dürften eines der ersten Kriegschiffe überhaupt sein, das seit langer Zeit in diesen Gewässern fährt. Und die eigentlichen Bewohner der Länder hier haben keine Schiffe, die es mit einem modernen Vollsegelschiff wie der *Siorys* aufnehmen kann.«

»Schiffe vielleicht nicht. Aber was ist mit Drachen?«

Jaquento sah, dass sie eine schnelle, abwehrende Antwort geben wollte, dann aber innehielt. Es fiel ihr genauso schwer wie ihm, die neuen Tatsachen anzuerkennen; bis vor kurzem waren Drachen Legende gewesen, und nun hatten sie innerhalb weniger Wochen zweimal Begegnungen mit diesen Kreaturen gehabt. Und diese Drachen waren keine seltsamen Ungeheuer, sondern Wesen aus Fleisch und Blut und offensichtlich mit einer eigenen Art von Vernunft begabt. Und niemand zweifelte daran, dass der Angriff auf die *Siorys* kein Zufall gewesen war.

»Drachen sind natürlich eine Bedrohung«, gab Roxane zu. »Aber alles, was wir über ihre Ziele wissen, ist Spekulation.«

Inzwischen lag die Einfahrt des Hafens keine Meile mehr von der Korvette entfernt. Während Roxane weitere Befehle gab, und Schiff und Besatzung sich auf die Einfahrt vorbereiteten, verließ Jaquento das Achterdeck und kehrte zu Bihrâd zurück. Er trat an die Reling, lehnte sich nach vorn und beschattete die Augen mit den Händen, um besser sehen zu können.

Das Becken des Hafens lag in der Mündung eines großen Flusses, den die Géronaee *Aveyreuse* genannt hatten, nach dem Kapitän, der ihn entdeckt hatte. Von ihrer Position aus war der Hafen bereits gut einzusehen, aber so sehr Jaquento auch suchte, schon bald musste er sich eingestehen, dass hier kein Schiff vor Anker lag, das der *Todsünde* auch nur ähnlich sah. Mit dieser Erkenntnis kehrten die Zweifel zurück und nagten an seinem Gewissen.

»Ich spüre nichts«, stellte Bihrâd fest und bestätigte so Jaquentos Sorgen.

»Dann sind wir hier falsch. Wir …«

Das Donnern der Geschütze der Korvette übertönte seine Worte. Beide Breitseiten wurden abgefeuert, natürlich ohne Geschosse, nur mit Pulver. Die *Siorys* zeigte, dass sie in friedlicher Absicht kam, mit entladenen Waffen.

Der Salut wurde nicht erwidert, doch das war auch kaum verwunderlich, da es keine Forts oder Ähnliches gab. Lediglich auf einem großen Gebäude auf der rechten Seite des Flusses wurde die géronaische Flagge gehisst, ein armseliger Gruß im Vergleich, aber immerhin ein Gruß.

»Willkommen in Rachine«, sagte ein Matrose neben Jaquento gut gelaunt. Als sich der Hiscadi umdrehte, erkannte er den blonden Sean, der sich freundlich an die Stirn tippte und dann neben Bihrâd und dem Hiscadi an der Reling stehen blieb. »Natürlich hieß die Stadt ursprünglich Tu Gan, bevor die Géronaee netterweise beschlossen, ihr einen neuen Namen zu geben, der ihnen besser in den Kram passte.«

Jaquento blickte den Matrosen überrascht an, während Bihrâd weiter zum Hafen hinübersah. Jaquento hätte jedoch schwören mögen, dass er jedes Wort, das gesprochen wurde, genau verfolgte.

»Kennst du dich hier aus?«

»Ein wenig.«

»Bist du schon einmal in diesen Gewässern gesegelt?«

»Ich war nicht immer bei der Königlichen Kriegsmarine von Thaynric.«

Jaquento nickte nur. Sollte die verdammte Stadt doch heißen, wie sie wollte.

Er suchte die *Todsünde*, und nach allem, was er erkennen konnte, war sie ihnen durch die Finger geschlüpft.

THYRANE

Dass die Zimmerflucht einigermaßen geräumig und angemessen möbliert war, konnte nicht darüber hinwegtäuschen, dass Thyrane ein Gefangener war.

Selbstverständlich hätte Holt es nicht gewagt, ihn schlecht zu behandeln und ihn einfach umstandslos in den hiesigen Kerker zu werfen. *Weil dieser Bastard einfach über keinerlei Rückgrat verfügt,* dachte Thyrane bei sich, als er sein Gefängnis zum bestimmt zehnten Mal durchschritt. *Nicht einmal, um mir anständig den Garaus zu machen. Ich könnte ja noch begnadigt werden, und dann wäre es sicher von Vorteil, wenn ich nicht allzu verärgert bin.*

Die Räume, in die man Thyrane gesperrt hatte, glichen eher einer Suite in einem Loidiner Hotel, mit Schlafzimmer, Empfangszimmer und Ankleidezimmer, und sie waren ebenso nichtssagend eingerichtet und mit Seidentapeten ausgestattet, die dank der feuchtwarmen Luft der Sturmwelt bereits etliche Schimmelflecken aufwiesen.

In seinem Leben hatte Thyrane schon an deutlich schlimmeren Orten eingesessen, und so konnte er sich nicht über die Art der Unterbringung beschweren. Wohl aber darüber, dass er überhaupt hier war.

Admiral Holt, flankiert von zwei Marinesoldaten, hatte auf einem zierlichen Stuhl im Empfangszimmer Platz genommen und betrachtete seinen unfreiwilligen Gast mit einem Ausdruck von Ungeduld und Ärger. Ihm gegenüber saß Laerd-Protektor Gleckham, dessen Miene lediglich höfliches Desinteresse ausdrückte. *Nicht dass ich auch nur für eine Sekunde glauben würde, dass dieser Hurensohn so ruhig ist, wie er scheinen möchte.*

Thyrane gab seine Wanderung schließlich auf. Holt und Gleckham konnten vermutlich den ganzen Tag und die halbe Nacht dort sitzen bleiben, während ihm wahrscheinlich irgendwann die Energie zum Marschieren ausgehen würde. Und wenn er ein Gespräch begann, konnten vielleicht wenigstens die beiden armen Jungs, die Holt begleitet hatten und dabei aussahen, als ob ihnen entsetzlich unwohl in ihrer Haut wäre, diesen Ort beizeiten verlassen, um wieder etwas Sinnvolles zu tun.

»Wie lange wollen Sie diese Farce noch aufrechterhalten, Admiral?«, erkundigte sich Thyrane forsch.

»Bis Sie endlich Ihrem störrischen Kapitän Bercons den Befehl geben, seine lächerliche Protesthaltung aufzugeben und uns die Angehörigen und das Eigentum der Handelscompagnie zu überantworten.«

»Darauf können Sie lange warten«, stellte Thyrane zufrieden fest. Dass sich der Kapitän entschieden hatte, nicht den Weg des geringsten Widerstands zu gehen, war einer der wenigen Lichtpunkte der letzten Tage gewesen. Das und natürlich die Einzelheiten von Sugérands Sturz, die nach und nach bis zu ihm durchgedrungen waren. *Dass ich das noch erleben durfte! Allerdings frage ich mich, wer wohl nun in Géronay das Ruder in die Hand nimmt. Und in Hiscadi.*

Er selbst aber würde sich erst einmal um seine eigenen Probleme kümmern müssen, und das nicht in Corbane, sondern hier direkt vor seiner Nase.

»Reden Sie mit ihm«, knurrte Holt und hob genervt die

Arme. »Dieser Dickschädel ist jedem vernünftigen Argument sonst völlig unzugänglich.«

Gleckham lehnte sich vor und schien Thyrane ausgiebig zu mustern. Der Admiral hielt seine Miene unbewegt und erwiderte den Blick ebenso ungerührt wie der Laerd-Protektor.

»Ihre Karriere scheint Ihnen ja nun gänzlich egal zu sein.«

Thyrane schnaubte. »Meine Karriere war bereits abgeschlossen, bevor ich auch nur einen Fuß an Bord der *Imperial* gesetzt habe. Ich befand mich strenggenommen bereits im Ruhestand. Genau deshalb hat man mir diesen Auftrag anvertraut.«

»Das mag sein. Und nach allem, was ich höre, haben Sie Ihrer Majestät viele Jahre treu gedient, so dass man vielleicht in Ihrem Fall über eine gewisse Verfehlung hinwegsehen könnte, wenn Sie sich einsichtig zeigen.«

Thyrane setzte bereits zu einer scharfen Erwiderung an, da hob Gleckham eine Hand, um anzudeuten, dass er noch nicht fertig war. »Auch wenn Sie nicht bereit sind, sich von Ihren irrationalen Vorwürfen und Taten zu distanzieren, haben Sie dennoch gewisse andere Verpflichtungen. Denken Sie doch an die Menschen, die unter Ihnen dienen. Kapitän Bercons' Haltung wirft ein schlechtes Licht auf ihn und hinterlässt einen dunklen Fleck auf dem Ansehen seines Kommandos. Seine Reputation könnte irreparabel Schaden nehmen.«

»Weil er seinen Befehlen folgt? Ich denke nicht.« Ganz so sicher, wie er klang, war Thyrane sich nicht, aber er hatte ein Leben lang andere in Kämpfe und Schlachten geführt, in denen ihnen Schlimmeres als ein Reputationsverlust drohte. Bercons hatte seine Entscheidung getroffen, und er würde mit den Konsequenzen leben, wie es sich für einen Kapitän der Königlichen Marine von Thaynric geziemte.

»Sie verstehen nicht, Admiral«, fuhr Gleckham nach einiger Zeit fort, und seine Stimme war nun so kühl, dass sie verriet, dass seine gleichgültige Haltung nur aufgesetzt war. »Es geht hier nicht nur um Kapitän Bercons oder um Sie, sondern um jeden Mann und jede Frau, die Ihren widersinnigen Befehlen folgen. Die Compagnie hat ein langes Gedächtnis. Wer etwas für uns tut, wird nicht vergessen, und wer etwas gegen uns tut … nun, dem ergeht es ebenso.«

Gleckham machte eine kleine Pause, um die kaum verhüllte Drohung auf Thyrane wirken zu lassen. Der Admiral machte sich nicht die Mühe zu antworten, sondern drehte sich um und blickte aus einem der Fenster auf das sonnenbeschienene Lessan, das drei Stockwerke unter ihm lag.

»Ihr kleiner Kriegszug gegen uns ist fehl am Platze«, erklärte Gleckham. »Wir sind treue Diener der Krone. Die Handelscompagnie spült das Geld in die Kassen Thaynrics, das dringend benötigt wird. Die Inseln sind klein, und nur durch unsere Arbeit hier in der Sturmwelt und im Osten kann Thaynric es sich überhaupt leisten, sich und die Kolonien zu verteidigen.«

Thyrane wandte sich Gleckham wieder zu. Natürlich hatte der Laerd-Protektor nicht Unrecht, das wussten sie beide.

»Aomas«, mischte sich nun wieder Holt ein. »Sie sind doch ein treuer Untertan Ihrer Majestät, nicht wahr?«

Und Gleckham setzte sofort nach: »Lenken Sie ein, und es soll Ihr Schaden nicht sein. Man könnte …«

Weiter ließ Admiral Thyrane den Mann nicht sprechen. Er beugte sich vor und erwiderte kalt: »Sie denken, Sie stehen über dem Gesetz. Sie denken, mit dem Geld Ihrer Compagnie können Sie alles und jeden kaufen.

Nun, mich nicht. Also verschwenden Sie nicht Ihre und meine Zeit!«

»Sie werden hier mehr als genug Zeit zum Nachdenken haben, Thyrane«, warf Holt ein und legte Gleckham die Hand auf die Schulter. »Lassen Sie gut sein, Thay. Mit diesem Mann ist kein vernünftiges Wort zu reden. Ich werde mich zur *Imperial* übersetzen lassen und sehen, ob Kapitän Bercons vielleicht eher zu Sinnen kommt.«

»Viel Glück«, wünschte Thyrane dem Admiral. »Meine Jagdhunde daheim haben mehr Selbstrespekt als Sie, Thay. Die würden nämlich eine Hand, die sie schlägt, auch mal beißen. Sie sind eine Schande für die Uniform, die Sie da tragen.«

Für einen Moment sah es so aus, als wolle Holt aus der Haut fahren, doch dann bedeutete er lediglich den beiden Soldaten, ihn zu begleiten, und verließ grußlos den Raum.

»Leben Sie wohl, Thay«, verabschiedete sich Gleckham und nickte Thyrane nach einem langen Blick zu.

»Guten Tag.«

Als die beiden das Zimmer verlassen hatten und der Marinesoldat vor der Tür diese wieder verschlossen hatte, ließ sich Thyrane seufzend auf einen der Sessel fallen, der in Richtung des Fensters stand, das einen grandiosen Blick auf den Hafen bot, wo die *Imperial* und die *Ertraden* Seite an Seite vor Anker lagen.

Noch war es eine Pattsituation. Die Ausfahrt aus dem Becken wurde von den Forts kontrolliert, und es gab im Hafen eine Handvoll Kriegsschiffe, die auf Holts Befehle hörten. Aber solange Bercons nicht aufgab, konnte Admiral Holt wenig tun, denn thaynrische Soldaten, die Schiffe der Königlichen Marine stürmten, und sei es auf Befehl des Admirals der Sturmweltflotte, waren undenkbar. Dank Bercons Unnachgiebigkeit war die Situation nun ziemlich kompliziert, und das für alle Seiten.

Noch immer hallten Gleckhams Worte in Thyranes Geist wider. Es war nicht nur sein Schicksal, das hier auf des Messers Schneide stand. Die Offiziere und Seeleute dort unten waren ohne ihr Zutun in diese Situation geraten. Und er allein konnte alle Schwierigkeiten aus der Welt räumen.

»Vermaledeite Compagnie«, brummte er, während er sich etwas Port aus einer Karaffe einschenkte, die auf dem niedrigen Tisch inmitten der Sitzgelegenheiten stand. »Die halbe Sturmwelt gehört ihr, aber sie will immer mehr, schert sich nicht um Gesetze, kauft und besticht, wen sie will, lügt und betrügt, und das alles angeblich zum Wohle der Nation. Ha! Zum Wohle ihrer Geldbeutel!«

In seinem Innersten wusste der Admiral, dass dieser Kampf der schwierigste seines Lebens werden würde. Oft genug hatte er in die Mündungen von Kanonen geblickt, hatte Verletzungen davongetragen, an denen er hätte sterben können, war in Gefangenschaft geraten, hatte Schiffbruch erlitten, hatte Stürmen getrotzt und gegen jede Übermacht den Kampf gesucht.

Aber diesmal stand sein Gegner nicht vor ihm, sondern war verborgen. Die Compagnie bot kein klares Ziel. Stets war es die Verantwortung anderer, wenn schlimme Dinge geschahen. Die Handelsgesellschaft nahm sich, was sie konnte, ließ nichts los und war so reich, dass ganze Staaten bei ihr verschuldet waren. Sie konnte einen Admiral einsperren lassen.

Insgeheim fragte sich Thyrane, wer eigentlich die Geschicke Thaynrics lenkte. *Ist es die Krone? Das Parlament? Die Regierung? Die Marine? Oder eine Compagnie, die alle anderen einfach gekauft hat?*

Unten im Hafen wurde ein Boot fertig gemacht. Bald würde Holt übersetzen. Und irgendwann würde Bercons wahrscheinlich nichts anderes übrigbleiben, als sich dem Willen des Admirals zu beugen, denn ewig konnte er nicht auf dem Schiff bleiben. Die Compagnie würde ihr Schiff und ihre Leute wieder in die Finger bekommen, alle Beweise verschwinden lassen, und am Ende stünde Thyrane als ein Narr dar.

Das Knarren der Tür ertönte, aber der Admiral sah sich nicht um.

»Sie kommen vergebens.«

»Ich denke nicht.«

Die leise Stimme ließ Thyrane herumfahren. Im Rahmen der Tür stand ein gut gekleideter junger Mann, der höflich nickte.

»Wer sind Sie?«

Der Mann zuckte mit den Schultern und trat zwei Schritte vor. Die Tür hinter ihm stand weit offen, aber kein Soldat kam, um sie zu schließen. Als habe der Mann Thyranes Gedanken gelesen, schloss er sanft die Tür, ohne den Admiral dabei aus den Augen zu lassen.

Vielleicht war es der Gang des Mannes, der Thyrane vorsichtig werden ließ. Leichte Schritte, genau abgezirkelte Bewegungen, wie die eines Tänzers. Er fragte sich, ob er den jungen Mann mit dem sandfarbenen Haar schon einmal gesehen hatte, aber er konnte sich an die wenig markanten Gesichtszüge seines Gegenübers nicht erinnern.

Thyrane stand langsam auf, bewegte sich in einem Halbkreis, brachte den Sessel und das Beistelltischchen zwischen sich und den Mann.

»Wer sind Sie?«

»Mein Name tut nichts zur Sache, Thay. Ich bin hier, um eine Lösung für all die Seelen dort unten und für die hier oben herbeizuführen. Eine einfache, schnelle Lösung.«

Der Admiral runzelte die Stirn. Fragen zogen durch seine Gedanken, und er spürte auch eine Antwort darunter, einen ungeheuerlichen Verdacht.

Dennoch lächelte er und schüttelte den Kopf. In der Linken hielt er noch das Portglas, mit der Rechten nahm er die Flasche vom Tischchen.

»Sie vergeuden Ihre Zeit«, erklärte er und hob die Flasche, als wolle er sich nachschenken. Doch stattdessen wirbelte er herum und warf die offene Flasche nach dem Fremden. Port spritzte in alle Richtungen. Das Wurfgeschoss sauste jedoch am Kopf des Mannes vorbei, der sich geschmeidig wie eine Katze geduckt hatte und nun mit schnellen Schritten auf den Admiral zukam. Thyrane hob die geballte Faust, aber sein Schlag wurde geschickt abgeblockt, dann wurde er am Revers gepackt, und plötzlich drehte sich der Raum um ihn, oben wurde unten, alles verfloss in wirbelnder Bewegung.

Mit einem lauten Krachen schlug er auf dem Boden auf. Bevor er sich orientieren konnte, legten sich kühle Finger um seinen Hals, pressten fest zu, schnürten ihm den Atem ab.

»Je weniger Sie sich wehren, desto schneller ist es vorbei.«

Thyrane hörte nicht auf den Rat, schlug um sich, traf den Mann am Kopf und riss sich für einen Moment los. Die nackte Angst um sein Leben verlieh ihm Kraft, aber sein Gegner war jung, offenbar gut ausgebildet und entschlossen, ihn zu töten.

»Mörder!«, wollte er schreien, doch es kam nur ein heiseres Krächzen aus seinem Mund. Mit unbeugsamer Stärke legten sich die Finger wieder um seine Kehle.

»Nein«, flüsterte es direkt an seinem Ohr. »Ein alter Mann und dieses schwüle Wetter. Dazu die Anstrengung und die Aufregung. So etwas geschieht.«

Immer noch schlug und trat Thyrane um sich, doch seine Gliedmaßen wurden schwer und langsam. Sein Gesichtsfeld verengte sich. Er wollte schreien, fluchen, aber er konnte nicht einmal mehr atmen. Ein scharfer Schmerz bohrte sich in seine Brust, als sein Körper verzweifelt nach Luft gierte, die er nicht mehr bekam.

Dunkler und dunkler wurde die Welt, und alle Geräusche wurden vom Rauschen in seinen Ohren überdeckt. Es war, als ob die Sonne über dem Meer für immer unterging.

JAQUENTO

Unruhig streifte Jaquento über das Deck. Sein Weg führte ihn immer wieder an Bihrâd vorbei, der seinen Freund regungslos musterte. Schließlich wurde es dem Hiscadi zu viel, er stellte sich neben den Mauresken, atmete tief durch und betrachtete das Treiben im Hafen.

An der Mündung des Flusses war das Ufer auf beiden Seiten begradigt und befestigt worden, und die *Siorys* lag direkt am Kai. Hinter den Anlegestellen breitete sich die Stadt aus, und Jaquento beobachtete fasziniert das Bild, das sich ihm bot. Am Eingang zum Hafen stand ein Tor aus rotem Holz, das von zwei vergoldeten Säulen getragen wurde. Am Ufer wechselten sich flache, zumeist einstöckige Holzhäuser in dunklen Farben mit bunten Pagoden ab, und der Hiscadi konnte mehrere rot lackierte Dächer erkennen, die sich wie gekrümmte Blätter aufeinandertürmten oder sich wie Wellhornschnecken mit vergoldeten Spitzen in den Himmel wanden. Er hatte dergleichen, außer auf kostbarem Porzellan, noch nie zuvor gesehen.

Roxane hatte die *Siorys* für die Landung herrichten lassen, und alle Seeleute und Soldaten trugen ihre beste Tracht oder Uniform. Tatsächlich erregte das thaynrische Schiff große Aufmerksamkeit, aber bislang wurden sie nur angestarrt, und niemand näherte sich ihnen oder stellte Fragen. Die

Seeleute, sonst daran gewöhnt, dass Verkäufer und Prostituierte schnell zu jedem Schiff kamen, das neu in einen Hafen einlief, standen an der Reling und starrten zurück. Was nicht nur an der Zurückhaltung der Landbewohner lag, sondern auch an ihrem Aussehen.

Ihre Kleidung war ungewöhnlich, aber in ihrer Schlichtheit mit den röhrenförmigen Hosen und weiten Hemden nicht besonders auffällig. Es waren vielmehr die meist eher runden Gesichter mit dem bronzefarbenen Teint und den schwarzen Haaren, die von flachen Nasen und mandelförmigen Augen dominiert wurden, welche die Aufmerksamkeit der Matrosen auf sich zogen.

Auch Jaquento ertappte sich dabei, wie er die Menschen an Land anstarrte. Es fiel ihm schwer, die Blicke zu deuten oder in den Gesichtern der Menschen zu lesen. Zwar hatte er vorher gewusst, dass die Menschen jenseits der Drachenküste von einem anderen Schlag waren, und doch war es etwas vollkommen anderes, wirklich hier zu sein und ihnen gegenüberzustehen.

»Spürst du etwas?«, raunte er Bihrâd zu.

»Hier und da etwas Magie, vermutlich die Zauber Einzelner oder das Wirken ihrer heiligen Stätten. Aber nicht das, wonach wir suchen, Jaq.«

»Ich hasse diese Warterei«, erklärte Jaquento nicht zum ersten Mal. Roxane hatte das Schiff bereits vor Stunden verlassen, um mit dem Gouverneur der Géronaee zu reden, der ihnen ein Empfangskomitee gesandt hatte.

Schon der Großvater König Sugérands hatte damit begonnen, Schiffe nach Osten zu entsenden und in den Ländern jenseits der Drachenküste Handelsposten aufzubauen. Zwar war die Stadt keine Kolonie, aber die Géronaee hatten mit der Macht ihrer Schiffe erzwungen, dass ihnen ein Teil des Hafens zugesprochen wurde, und selbst, als ihre Flotte unter dem ewigen Krieg mit den Thayns so sehr gelitten hatte, dass sie ihre Ansprüche kaum noch mit Macht durchsetzen konnten, war ihnen dieses Privileg geblieben.

Nun gab es zumindest in den Küstenregionen einen Verwalter Géronays, doch wie viel Macht dieser tatsächlich hatte, konnte Jaquento nicht einschätzen. Die Thayns selbst hatten bereits zu viele Seewege zu schützen, zu viele Kolonien, zu viele Häfen zu blockieren, als dass sie eine Flotte an diesen strategisch unbedeutenden Ort hätten entsenden können.

Man sah den Gebäuden am Hafen im corbanischen Stil an, dass sie schon bessere Tage gesehen hatten. Der kriegsbedingte Einbruch des Seehandels musste den Géronaee in der Stadt zugesetzt haben. An den Kontoren direkt am Kai blätterte die Farbe ab, und das Holz war rissig. Einige standen offensichtlich leer, und bei vielen konnte man kaum noch die ausgeblichenen Namen auf den Schildern lesen. Jaquento verspürte wenig Mitleid mit den Géronaee, aber seine Neugier auf diese fremde Küste wuchs von Minute zu Minute.

»Lass uns an Land gehen«, schlug der junge Hiscadi, einer Eingebung folgend, vor. Bihrâd zog eine Augenbraue in die Höhe, sagte aber nichts.

»Vielleicht finden wir Hinweise auf den Verbleib der *Todsünde*. Wir können ein wenig herumschnüffeln. Ich kann Géronaisch, also werde ich schon mit irgendwem reden können. Und du kannst sehen, ob du die Ladung spürst.«

»Hältst du das für eine gute Idee?«

»Ja«, erklärte Jaquento im Brustton der Überzeugung, obwohl einem Teil von ihm durchaus klar war, dass die Idee hauptsächlich seinem Wunsch entsprang, nicht länger untätig an Bord der *Siorys* herumzustehen. Denn schließlich gewannen sie durch Warten tatsächlich nichts, außer mehr Abstand zwischen sich und der *Todsünde*.

»Dieser Gouverneur der Géronaee wird Roxane doch ohnehin nichts sagen. Gerade befanden sich die beiden Länder noch im Krieg, und jetzt reicht man sich die Hand und hilft sich, wo man kann, bloß weil man sich zufällig am Ende der Welt trifft?«

»Das Ende der Welt ist hier bloß für euch arrogante Corbaner. Ich bin mir sicher, dass die Leute, die hier leben, nicht glauben, dass sie am Ende der Welt wohnen.«

»Danke für die Erklärung«, Jaquento grinste und schüttelte ungeduldig den Kopf. »Wie auch immer. Wir verbessern unsere Chancen, wenn wir mehr als nur einen Weg ausprobieren, um die Informationen zu bekommen, die wir suchen. Kommst du nun mit oder nicht?«

Bihrâd nickte schicksalsergeben.

»Großartig. Ich lasse mir nur noch rasch einen Degen geben, damit wir nicht so völlig nackt da unten ankommen.«

»Du meinst, sie geben dir einfach so eine Waffe?«, fragte der Maureske skeptisch.

»Lass das nur meine Sorge sein.«

Nachdem Jaquento den Degen erhalten hatte, schritten die beiden Männer zu der Laufplanke, wo zwei Marinesoldaten Wache standen. Die beiden blickten sich erst um, als Jaquento und Bihrâd schon dicht hinter ihnen waren.

»Sagt der Käpitänin, sobald sie wieder an Bord ist, dass wir bald wieder zurückkommen. Wir ziehen rasch einige Erkundigungen ein«, erklärte der Hiscadi ausgesucht freundlich im Vorbeigehen.

»He!«, rief einer der Soldaten, aber Jaquento lief bereits an Land. Bihrâd folgte ihm auf dem Fuße. Nun half ihnen der Umstand, dass sie keine offizielle Stellung in der Rangordnung an Bord hatten und die Soldaten deshalb nicht wussten, was sie tun sollten.

»Was macht man in der Marine wohl mit Deserteuren?«,

fragte Bihrâd, als sie sich ein Dutzend Schritte von der Anlegestelle entfernt hatten, aber Jaquento tat so, als habe er den Kommentar nicht gehört.

Nach Wochen auf See war fester Boden unter den Füßen ein seltsames Gefühl. Die Macht des Meeres wogte noch durch seinen Körper, und seine Beine erwarteten, noch die Wellen zu spüren. Es dauerte einige Schritte, bis er sich daran gewöhnt hatte, dass nun der Boden unter seinen Füßen ständig zu schwanken schien.

»Was ist dein Plan?«

Jaquento zuckte mit den Schultern.

»Wir sehen uns um. Schauen, ob wir mit jemandem ins Gespräch kommen.«

Doch als er mit einem möglichst freundlichen Lächeln auf dem Gesicht auf die nächstbesten Umstehenden zuging, wichen diese seinem Blick aus, sahen zu Boden und liefen davon. Nach drei Versuchen gab er frustriert auf. Er wusste noch nicht einmal, ob sie sein Géronaisch nicht verstanden oder ob ihnen einfach sein Auftreten missfiel.

»Lass uns weitergehen. Vielleicht finden wir eine Taverne oder ein Gasthaus. Da ist man womöglich freundlicher.«

Sie folgten dem Kai, spähten in die Gassen zwischen den Kontoren und versuchten dabei, so wenig wie möglich aufzufallen, was ihnen gänzlich misslang. Es gab zwar einige Fremde wie sie am Hafen, aber auch diese hielten sich von ihnen fern, und es waren so wenige, dass jeder Einzelne aus der Menge herausstach. Jaquentos Worte schienen sich nun zu bewahrheiten: Géronaee und Thayns mochten derzeit nicht im Krieg liegen, Freunde waren sie aber noch lange nicht.

Als die beiden Männer durch das Tor schritten und den Kai ein Stück hinter sich ließen, gab es zwar kaum noch Corbaner auf den Straßen, und doch wurden ihnen in der dichten Menschenmenge deutlich weniger neugierige oder misstrauische Blicke zugeworfen. *Vielleicht werden die Leute gesprächiger, wenn keine Géronaee in der Nähe sind,* hoffte der junge Hiscadi.

Und tatsächlich trat kurze Zeit später ein Mann aus einer Seitengasse, der Jaquento gerade einmal bis zur Schulter reichte und eine schlichte, weite blaue Hose und darüber eine ebensolche Tunika trug. Sein glänzend schwarzes Haar war zu einem schulterlangen Zopf geflochten, und er lächelte freundlich.

Er trat Jaquento und Bihrâd in den Weg, nicht aggressiv, aber doch so auffällig, dass sie anhielten.

»Sie suchen etwas?«, fragte er mit einem leichten Lächeln. Sein Géronaisch war exzellent. Jaquento hörte lediglich den Hauch eines Akzents.

»Ja«, bestätigte Jaquento und erwiderte das Lächeln. »Wir suchen nach einem Schiff.«

»Sie kommen vom Hafen? Dann haben Sie dort gewiss schon nachgesehen, ja? Dort ist es nicht?«

»Nein. Wir denken aber, dass es hier in den letzten Tagen vorbeigekommen sein muss. Es handelt sich um ein Schiff aus Corbane, einen Dreimaster. Wisst Ihr vielleicht etwas darüber, Mesér?«

»Ich fürchte, dass ich ein solches Schiff nicht gesehen habe. Aber ich habe Freunde, die arbeiten oft im Hafen. Jetzt sind sie dort.« Er deutete tiefer in die Stadt hinein. Jaquento warf Bihrâd einen verschwörerischen Blick zu. *Siehst du? Viel besser als der Gouverneur.*

»Wir würden gern mit ihnen sprechen, wenn das möglich ist.«

»Ja, ja. Folgen Sie mir, bitte.«

Der Mann lief vor, drängte sich behände durch die Menge, und die beiden Männer mussten sich bemühen, um mit ihm

Schritt zu halten. Bihrâd lehnte sich zu Jaquento: »Er hat nicht nach einer Bezahlung gefragt?«

»Vermutlich versucht er nachher, uns irgendwas zu verkaufen. Traumstaub oder seine Schwester vermutlich«, zischte der junge Hiscadi zurück. »Aber das ist egal. Hauptsache, wir erfahren etwas über die *Todsünde.*«

Sie liefen sicherlich eine halbe Meile schweigend weiter. Inzwischen waren die großen Gebäude kleineren gewichen, die deutlich fremdländischer aussahen als die Kontore und Häuser am Hafen. Die niedrigen, quadratischen Häuser waren aus Lehmziegeln und einem dunklen Holz gebaut, das Jaquento nicht kannte, und trugen meist flache Schindeldächer, die teilweise über- und ineinander gebaut waren, so dass zwischen ihnen kaum Platz blieb. Hier und da gab es Gassen, die so eng waren, dass Jaquento sich seitlich hätte hindurchquetschen müssen. Bei vielen Häusern standen die Türen und Fenster weit offen und boten Einblicke in die Welt ihrer Bewohner. Der Hiscadi war neugierig genug, dass er gern einen Blick hinein gewagt hätte, aber ihr Führer eilte so schnell voran, dass dafür keine Zeit blieb.

Sie folgten dem Verlauf des Flusses, dessen braune Fluten immer wieder zwischen den Gebäuden zu erkennen waren. Erst als sie das géronaische Viertel schon längst hinter sich gelassen hatten, blieb ihr Führer stehen und nickte mehrmals.

»Hier ist es. Kommen Sie.«

Er führte sie über die Straße zum Eingang eines kleinen umzäunten Hofes. Die Pforte aus grün lackiertem Holz war so niedrig, dass Jaquento sich bücken musste. Der Hof war leer, die Tür zum Haus dahinter geschlossen. Von den Wänden begann die Farbe abzublättern, und das Ganze machte einen leicht schäbigen Eindruck.

»Hier?«

»Ja, warten Sie, bitte, ich hole meine Freunde.«

Der Führer ging zu der Tür und klopfte an. Eine Stimme ertönte dahinter, und der Mann antwortete in einer Sprache, die Jaquento verwirrend schnell erschien.

»Das gefällt mir nicht«, brummte Bihrâd, und auch der Hiscadi hatte mittlerweile ein flaues Gefühl im Magen.

Vorsicht!

Die Stimme dröhnte in seinem Kopf wie ein lauter Schrei, und er zuckte zusammen. Bihrâd sah ihn verwundert an. Bevor der Maureske jedoch etwas sagen konnte, strömten Männer aus der Tür. Ein halbes Dutzend, bewaffnet mit kurzen, breiten Klingen, die an Entermesser erinnerten. Sie schwärmten aus und umringten die beiden. An ihren Absichten gab es keinen Zweifel.

Jaquentos Hand fiel zum Griff seines Degens, aber er wusste, dass es sinnlos war, eine solche Übermacht angreifen zu wollen, zumal Bihrâd lediglich einen Dolch bei sich trug, und so zog er seine Waffe nicht, sondern hob stattdessen die Hände empor. *Ich hab's dir ja gesagt,* schien der Blick aus den Augen des Maureskeni zu sagen.

»Schon gut. Wir sind nicht hier, um Ärger zu machen«, erklärte Jaquento ruhig und hoffte, dass die Männer seine Sprache verstanden. »Was ist denn los?«

Der Mann, der sie hierhergeführt hatte, trat vor. Alle Freundlichkeit war nun aus seinem Antlitz verschwunden.

»Ihr seid hier nicht willkommen.«

»Das sehe ich, aber …«

Er wurde rüde unterbrochen: »Schweig!«

Jaquento nickte zum Zeichen, dass er verstanden hatte. Einer der Bewaffneten redete in der schnellen Sprache auf den Führer ein, der mit vor Zorn verzerrtem Gesicht zuhörte.

Gerade als Jaquento fragen wollte, was sie nun tun sollten, nahm er eine Bewegung auf dem Dach des Hauses wahr.

Ein goldenes Wesen sprang über die Kante, breitete die Schwingen aus und glitt auf winzigen Flügeln herab. Es dauerte einen Moment, bis Jaquento begriff, was er dort sah.

»Sinosh!«, rief er laut.

Weniger elegant als kräftig landete die kleine Echse auf seiner Schulter, und er verzog das Gesicht, als sich die wohlvertrauten kleinen Krallen durch den Stoff seines Hemdes und in seine Haut bohrten.

Die werden dich umbringen!, wisperte das Wesen in seine Gedanken.

Mit diesen Worten richtete sich Sinosh auf seiner Schulter auf, entfaltete seine Flügel, hob den Kopf und spreizte den ledrigen Kragen. Rote Muster brandeten über seinen Leib, färbten das Gold blutig. Ein dunkles, kaum vernehmbares Zischen ertönte.

Zu Jaquentos Überraschung wichen die Männer vor Sinosh zurück. Noch überraschender war, dass unvermittelt weitere Männer durch das Hoftor gestürmt kamen. Männer, dem Aussehen nach Corbaner, mit Musketen und Pistolen in den Händen, mit scharfen Klingen und Beilen. *Was zum Henker ist hier eigentlich los?*, dachte er in Richtung der kleinen Echse, erhielt aber keine Antwort.

Die Einheimischen wandten sich um und liefen wie auf ein unhörbares Kommando in das Gebäude, während Sinosh wieder auf Jaquentos Schulter zusammensank und das Rot seiner Schuppen verblasste.

»Hinter ihnen her!«

Verwirrt blickte Jaquento den Sprecher an.

»Sean?«

Der Seemann trug nun die einfache Kleidung der hiesigen Stadtbewohner. Er hielt eine Pistole in der einen und ein Entermesser in der anderen Hand, und seine Befehle wurden sofort befolgt.

Als er sah, dass die Einheimischen in das Haus stürmten, nickte er Jaquento freundlich zu.

»Eben der.«

»Was bei allen Geistern der Tiefe geht hier vor?«

»Darüber reden wir später, Kumpel.« Die Mündung der Pistole richtete sich auf Jaquentos Gesicht. »Jetzt erzählst du mir erst einmal alles, was du über die *Todsünde* weißt.«

SINAO

»Vorsicht! *Dingao!*«

»Leise«, zischte Manoel zurück, ohne zu beachten, dass sie ihn gerade einen Dummkopf genannt hatte.

»Du stehst auf meiner Hand«, erwiderte Sinao ärgerlich, aber tatsächlich leiser. Als Manoel den Fuß etwas anhob, zog Sinao die Hand zurück und betrachtete ihre schmerzenden Finger, die bereits rot wurden. »Pass doch auf!«

»Sei leise, verdammt nochmal. Wenn uns jemand hört, landen wir im Gefängnis.«

Vorsichtig blickte Sinao sich um. Sie befanden sich im Garten eines hoch gelegenen Anwesens in Lessan, umgeben von grünen Blättern und Blüten in allen Farben des Regenbogens. Manoel balancierte über ihr auf dem Ast eines Kapokbaums, bereit, sich höher zu schwingen, während Sinao eben dabei war, sich auf den nächstgelegenen Ast zu ziehen.

»Bist du sicher, dass hier wirklich keine Soldaten sind?«

»Klar bin ich das. Die stehen nur vorn am Tor, in ihren dämlichen kleinen Hütten.«

Auch wenn der Maestre im Brustton der Überzeugung sprach, fiel es Sinao schwer, ihm zu glauben. Sie konnte sich zu gut an Hequia erinnern, wo es überall Wachen gegeben hatte. Soldaten in den grünen Uniformen der Compagnie oder, schlimmer noch, Tangyes Aufseher. Und die Insel hatte noch nicht einmal Thaynric gehört, sondern der Compagnie. Und hier wurde immerhin ein wichtiger Mann wie Thyrane festgehalten, da musste es doch mehr Wachen geben! Aber so angestrengt sie sich auch umsah, sie konnte tatsächlich niemanden entdecken.

»Drinnen wird es wohl Soldaten geben«, wisperte Manoel. »Aber die Thayns sind viel zu selbstsicher. Sie denken, dass ihnen Lessan gehört und jeder Respekt vor ihnen hat und dass es deshalb niemand wagen würde, hier einzubrechen.«

Mit diesen Worten schwang sich Manoel geschickt nach oben, wirbelte mit den Beinen durch die Luft, bekam einen höher liegenden Ast zwischen den Schenkeln zu fassen und zog sich empor. Sinao folgte ihm deutlich weniger elegant. Die Rinde des Baums war recht glatt, und die Äste lagen weit auseinander, so dass es für sie eine beschwerliche Kletterei war.

Endlich hielt Manoel auf einem breiten Ast inne und schob sich mit angezogenen Füßen ein Stück nach vorn, so dass Sinao hinter ihm am Stamm lehnen konnte. Ihr Atem ging schwer, und als sie hinabsah, erschrak sie über die Höhe, in der sie sich befanden. Dem Maestre indes schien das nichts auszumachen, denn seine Aufmerksamkeit galt allein dem wuchtigen Steingebäude vor ihnen.

»Es wird irgendwo in den oberen Stockwerken sein«, murmelte er. »Wenn dein Kapitän Recht hat.«

»Er ist nicht mein Kapitän«, zischte Sinao zornig.

»Ja, schon gut«, beschwichtigte Manoel, dann kicherte er plötzlich. »Aber es ist schon lustig, dass sie ihn in so'n hübsches Haus sperren, oder? Wenn es um uns ginge oder bloß um irgendeinen Matrosen, hätte man uns in irgendein finsteres Loch im Knast geworfen.«

»Knast?«

»Das Gefängnis, Sin. Ist kein Spaß, kann ich dir versichern.«

Dann erinnerte er sich offenbar, mit wem er sprach. »Aber das weißt du ja.«

Mano ist ein Gefangener gewesen?, dachte Sinao. *Es gibt noch vieles, was er mir nicht über sich erzählt hat. Wenn wir den alten Mann in Sicherheit gebracht haben, will ich ihn danach fragen.*

»Lass uns schauen, ob der Admiral wirklich hier ist«, schlug die Paranao vor. »Und was machen wir eigentlich, wenn wir ihn entdeckt haben?«

»Wir fliegen hinüber zum Fenster und klopfen an«, brummte Manoel, was Sinao die Höhe glatt vergessen ließ.

»Wirklich?«

»Nein. Wir schauen, ob es eine Möglichkeit gibt, am Haus hinaufzuklettern. Wenn nicht, müssen wir uns was einfallen lassen.« Er drehte sich halb um, zwinkerte ihr zu und schnalzte leise. »Das wird schon.«

Sinao lächelte ihn an. So sehr sie seine Schicksalsergebenheit und Passivität auch manchmal störten, in Augenblicken wie diesem konnte er sie mit ein paar aufmunternden Worten mitreißen.

»Aha!«

Er zeigte auf ein Fenster direkt an der Ecke des Gebäudes im dritten Stock. Sinao schob sich vorsichtig auf dem Ast ein Stück näher und spähte über seine Schulter, konnte jedoch nichts erkennen.

»Wo?«

»Ich habe ihn gesehen. Ganz kurz nur, aber ich bin sicher, dass er es war. Diese mächtige Nase kann man nicht übersehen.«

Ohne ein weiteres Wort glitt er von dem Ast herab, so dass Sinao einen Moment beinahe glaubte, er sei gestürzt. Doch dann fing er sich, kletterte tiefer, hüpfte geradezu von Ast zu Ast dem Boden entgegen. Sinao seufzte. Sie hielt sich am Stamm fest und machte sich weitaus langsamer an den Abstieg.

»Wollen wir hoffen, dass der Käpt'n mit seiner Ablenkung Erfolg hatte.«

Sinao nickte. Das Herz schlug ihr bis zum Hals. Nervös blickte sie sich um, sah aber immer noch keine Wachen. Manoel lief geduckt los, und die junge Paranao folgte ihm. Im Zickzack, wobei sie sich immer wieder hinter Goldähren, Fackelklee und Korallenweinbüschen versteckten, erreichten sie schließlich die Mauer des Gebäudes und drückten sich dort in den Schatten. Aber Sinao war klar, dass sie sich hier nicht verbergen konnten. Sobald jemand um die Ecke kam, würde man sie sehen.

Das Haus war aus mächtigen, weißen Steinen erbaut, und die Paranao wusste, dass es viel Mühe und Aufwand gekostet haben musste, es zu bauen, denn auf den Inseln gab es nicht viele Steinbrüche, und Quader von dieser Größe hatte man vielleicht extra mit dem Schiff nach Lessan schaffen müssen.

Aus der Nähe wirkte die Mauer weit weniger glatt. Zwar bot die Fassade keine Verzierungen, aber an den Ecken hatte man breitere Steine verwendet und mit ihnen ein kantiges Muster geschaffen, das sich bis zum Dach zog. Manoel legte prüfend eine Hand auf einen der hervorstehenden Steine und wiegte nachdenklich den Kopf, so dass seine verfilzten Zöpfe wippten.

»Könnte klappen. Du wartest hier auf mich, ja?«

»Ja.« Sie wollte nicht gern warten, weil sie sich an dieser Mauer schutzlos vorkam. Aber die Mauer hinaufzuklettern traute sie sich auch nicht. Und mehr als eine Person wurde da oben bestimmt nicht gebraucht.

Also kletterte nur der Maestre an der Mauer hoch. Er wirkte wie ein Äffchen, so schnell, wie er sich von einem

Stein zum nächsten schwang. Seine nackten Füße fanden auch in engen Ritzen halt, und Sinao konnte die Muskeln an seinen Unterarmen sehen, die sich unter der Haut spannten, als er sich Stück für Stück hochzog. Sie war sicher, dass sie keine fünf Schritt vom Boden hoch gekommen wäre, aber Manoel hing an der Wand, als würde die Welt nicht an ihm ziehen.

Er kletterte sechzig Herzschläge lang, dann fand er sogar die Zeit, zu ihr hinabzusehen und zu grinsen, bevor er sich mit einer schnellen Bewegung die Haare aus der Stirn strich und weiterkletterte. Obwohl er so viele düstere Vorahnungen im Hinblick auf ihr Vorhaben gehabt hatte und zunächst überhaupt nicht begeistert von der Idee gewesen war, dass sie Kapitän Bercons trauen sollten, schien er nun doch Spaß an der Sache gefunden zu haben.

Er ging noch einmal auf einem winzigen Mauervorsprung in die Knie, dann flogen seine Füße mit Schwung über die Kante des Fenstersimses, und er hockte darauf wie ein Vogel mit zu langen Beinen. Sie sah, wie Manoel sich vorbeugte und in den Raum spähte.

Unvermittelt explodierte das Fenster in tausend Scherben, und Manoel wurde zurückgeschleudert. Mit ausgestreckten Armen und wild rudernden Beinen stürzte er rücklings herab.

Sinao stieß einen kleinen, erschreckten Schrei aus, doch schon spürte sie, wie Vigoris durch sie hindurchfloss. Augenblicklich übernahmen Sinaos Instinkte die Kontrolle, und sie waren es auch, die den Fluss der Vigoris lenkten.

Manoels Sturz verlangsamte sich, als ihn die Welle der Magie erreichte, kurz, bevor er auf den Boden prallte. Obwohl er nicht mit voller Wucht aufschlug, bremste ihn die Vigoris doch zu spät, um den Fall vollends abzufedern. Sinao spürte einen dumpfen Stoß in ihrem Leib, und dann war die Vigoris fort, und Manoel rollte, sich überschlagend, über den flachen Rasen.

Sinao riss sich von dem Anblick los und sah zum Fenster hinauf. Ein Gesicht erschien dort, aber nicht das Gesicht des Admirals, auf das sie gehofft hatte, sondern das eines jungen Mannes mit hellen Haaren und mit gerunzelter Stirn. Er blickte die Paranao an, dann schob sich sein Arm über den Sims. In der Hand hielt er eine Pistole, deren Mündung nun direkt auf Sinao wies. Wie gebannt starrte sie auf die Waffe. Sie wusste, dass sie die Vigoris rufen musste, aber ihr Inneres war wie leergefegt.

Ein dunkler Gegenstand schlug gegen den Kopf des Mannes, riss ihn herum. Der Lauf der Pistole folgte der Bewegung des Körpers. Flammen und Rauch blühten vor Sinaos Augen aus der Mündung, dann hörte sie den Knall, und sie zuckte zusammen. Der Mann verschwand aus ihrem Blickfeld.

»Er will ihn umbringen«, rief Manoel, der sich auf die Knie gerollt hatte und mit einer Hand sein blutendes Gesicht hielt. »Er versucht, Thyrane umzubringen!«

Der Maestre kam taumelnd auf die Beine, lief einige Schritte zurück zur Mauer, dann knickte er ein und fiel auf die Seite. Benommen betrachtete er das Blut an seiner Hand.

»Und er hat auf mich geschossen.«

Sinao sprang neben ihn. Die linke Seite seines Kopfes war blutüberströmt. Eine lange, hässliche Wunde zog sich von seiner Schläfe bis zu seinem Hinterkopf, und aus der Verletzung pulsierte hell das Blut.

»Die Zemi mögen uns beistehen! Mano!«, presste Sinao erschrocken hervor.

»Mir ... geht es gut. Hilf ...«

Sinao schluckte und rang um Gelassenheit. *Kopfwunden bluten schlimm,* erinnerte sie sich. *Aber sie sind oft nicht so schlimm.*

»Alles in Ordnung?«, fragte sie, um die Panik niederzukämpfen, die in ihr aufsteigen wollte.

Obwohl Manoel Schwierigkeiten hatte, sie anzusehen, nickte er. Sinao schaute zum Fenster hoch, das unerreichbar zu sein schien. Manoel mochte die Wand hochklettern können, sie konnte es ganz sicher nicht.

Die Angst schnürte ihr die Kehle zu, wollte ihre Gedanken vertreiben und die Vernunft durch Chaos ersetzen. Aber sie ließ es nicht zu. *Ein Mörder,* dachte sie. *Die Compagnie hat einen Mörder geschickt, um den alten Mann zu töten. Und wenn ich nicht eingreife, dann wird es ihm bestimmt gelingen.* Ihr Herz wurde hart und kalt. Plötzlich wusste sie, was sie zu tun hatte.

Sie öffnete sich für die Vigoris, wie Manoel es ihr gezeigt hatte. Gab ihr Gestalt, zwang sie in Form, leitete sie nach ihrem eigenen Willen. Die Magie wusch über ihren Körper hinweg, und tief in ihr öffnete sich das Portal unter dem Druck der Vigoris weiter und weiter, aber Sinao konzentrierte sich und zwang die Tür, sich nur so weit zu öffnen, wie sie es erlaubte.

Sie lief einen Schritt, zwei, rannte auf die Mauer zu. Die blanke Sohle ihres linken Fußes berührte das von der Sonne aufgewärmte Gestein. Sie stieß sich ab und fühlte sich von der Kraft ihrer Beine emporkatapultiert. Der Sog der Welt hatte ihrer Geschwindigkeit nichts entgegenzusetzen. Wieder tat sie einen Schritt, die Wand empor, und beinahe hätte sie gejauchzt, als die Macht der Vigoris ihren Leib höher und höher trug und sie einfach die Mauer emporlief, als sei es nichts weiter als ein ansteigender Weg.

Noch zwei Schritte, und sie war am Fenster. Das alles ging so schnell, dass sie kaum Zeit hatte, den Rahmen zu packen und sich durch die zerbrochene Scheibe ins Innere zu schwingen. Glas schnitt in ihre Finger, und Scherben zerkratzen ihr die Arme, aber es gelang ihr, mitten im Raum auf Händen und Füßen zu landen, gerade, als die Macht der Vigoris schwand und ihre Bewegungen wieder langsamer wurden.

Der Tritt traf sie unvorbereitet. Ein gestiefelter Fuß schleuderte ihren Kopf herum und warf sie auf den Rücken. In ihren Ohren rauschte es, und die Welt um sie herum zog seltsame Schlieren. Sinao war benommen, schüttelte den Kopf, versuchte so, die Verwirrung abzuschütteln.

Ein Mann trat in ihr Gesichtsfeld, packte sie am Haar und hob ihren Kopf. Seine andere Hand holte aus, und Sinao wand sich in seinem Griff. Ihre Finger, wie Klauen gekrümmt, fanden sein Gesicht, zogen blutige Spuren. Er schrie auf, ließ jedoch nicht los, sondern schlug mit der freien Hand zu. Einmal, zweimal, bis der Raum vor Sinaos Augen zu tanzen begann und sie spürte, wie Dunkelheit sich über sie legen wollte. Sie wollte die Vigoris rufen, wollte ihn mit der Magie zerreißen, aber sie konnte kaum noch klar denken. Wieder holte er aus.

Blut spritzte Sinao ins Gesicht. Die Hand, die sie gehalten hatte, ließ sie los und hob sich zum Hals des Mannes, wo rotes Blut aus einer klaffenden Wunde sprudelte. Der Mund ihres Angreifers war weit aufgerissen, aber kein Ton kam über seine Lippen. Stattdessen drang ein gequältes Stöhnen aus dem blutigen Schnitt an seiner Kehle. Er kippte nach hinten, und Sinao spürte seine Beine an ihrer Seite, die zuckend gegen sie schlugen.

Dann kniete Thyrane neben ihr. »Bist du verletzt, Mädchen?«

Vorsichtig schüttelte Sinao den Kopf. Obwohl bei dieser Bewegung die Welt wieder zu schwimmen begann, erwiderte sie: »Nein.«

Der Admiral half ihr auf die Füße. Er sah ebenfalls mitgenommen aus, mit wirrem Haar, bleichem Gesicht und zehn roten Malen am Hals, die von Fingern zu stammen schienen.

»Das war knapp«, flüsterte er mit rauer Stimme. »Was macht ihr denn überhaupt hier? Du bist doch nicht allein hergekommen, oder? War das am Fenster eben Manoel? Hat dieser Bastard ihn etwa erwischt?«

Sinao schüttelte noch einmal den Kopf. »Mano ist unten, und er lebt.« Sie ergriff die Hand des alten Mannes. »Lass uns schnell zu ihm runterklettern!«, bat sie dringlich.

Der Admiral strich sich die weißen Haarsträhnen zurück. »Ihr Kinder seid ja verrückt«, murmelte er, schien sich dann aber wieder gesammelt zu haben. »Klettern, meinst du?«

Da flog die Tür auf, und rot berockte Soldaten stürmten in den Raum.

JAQUENTO

»Und, was jetzt? Erschießt du mich jetzt, Sean?«

Obwohl leichthin gesagt, war die Frage ernst gemeint. Jaquento hob nicht die Hände und wandte den Blick auch nicht von Seans Gesicht, obgleich die Mündung der Pistole unbedingt seine ungeteilte Aufmerksamkeit haben wollte. Aus den Augenwinkeln nahm er wahr, dass Bihrâd sich ähnlich verhielt wie er selbst: Ruhig, aber bereit, jeden Moment aufzuspringen.

Du bist schon wieder in Schwierigkeiten! Sinoshs vorwurfsvoller Ton tat wenig dazu, die Laune des Hiscadi zu verbessern, vor allem, da der Vorwurf der Echse nicht von der Hand zu weisen war und Jaquento ihr auch keine geharnischte Antwort geben konnte.

»Vermutlich nicht. Außer, du zwingst mich dazu.« Sean richtete den Lauf seiner Waffe zur Seite und ließ den Bolzen vorsichtig in seine Ausgangsposition zurückgleiten. »Wovon ich nicht ausgehe.«

»Was soll das Ganze? Wer bist du?«

»Du kennst mich doch. Ich bin Sean, dein Seemannskamerad.«

»Du bist doch kein einfacher Seemann«, stellte Jaquento ungeduldig fest.

»Manchmal schon. Und?« Seans Frage galt seinen Kumpanen, die eben wieder aus dem Haus kamen. Einer von ihnen zuckte mit den Schultern.

»Sie sind hinten raus, zu einem Boot. Wir hätten sie abknallen können, aber …«

»Schon gut, verstehe. Dann packen wir zusammen und ziehen uns zurück, bevor diese Bastarde noch zurückkommen oder ihre Freunde holen.« Sean wandte sich wieder an Jaquento und Bihrâd. »Und ihr kommt mit.«

»Nur, damit ich Bescheid weiß, *Kumpel:* Wenn wir uns weigern, wirst du uns dann erschießen?«

»Nein, ich würde dir bloß eine ordentliche Abreibung verpassen.« Das Gesicht des hellhaarigen Matrosen, das vorher so jovial gewirkt hatte, kam Jaquento nun verschlagen und brutal vor.

»Oder ich würde dir eine Kugel in den Arm schießen, wenn dir das lieber ist«, fuhr Sean ungerührt fort. »Bringt dich nicht um, ist aber auch nicht schön.«

Der vorgebliche Matrose schenkte Jaquento und Bihrâd ein allzu freundliches Lächeln. »Also, können wir?«

Jaquento nickte und stand auf. Neben ihm folgte der Maureske seinem Beispiel. Sie wurden in die Mitte genommen und schnell über die Straße geführt. Die Waffen ihrer Begleiter wurden nicht offen getragen, aber der Hiscadi wusste, dass jeder Fluchtversuch einem Selbstmord gleichgekommen wäre.

»Wo warst du?«, zischte er Sinosh so leise wie möglich zu, bemerkte aber dennoch Bihrâds irritierten Blick.

Auf einem Schiff. Ich hatte keine Wahl, ob ich dort bleiben wollte, es ist einfach mit mir losgesegelt.

»Hast du die Drachen gefunden, die du gesucht hast?«

Was denkst du denn? Natürlich nicht. Ich wollte zu ihnen, als ich an diesem Hafen gespürt habe, dass da noch andere wie ich sind. Stattdessen bin ich auf dem dummen Schiff gelandet und konnte nicht mit ihnen reden, weil das Ding darin im Weg war.

»Das Ding ... Du meinst, die Ladung des schwarzen Schiffes? Du warst auf der *Todsünde?*« Vor Aufregung hatte Jaquento lauter gesprochen als beabsichtigt. Bihrâd warf ihm einen warnenden Blick zu, und einer der bewaffneten Männer drehte sich zu dem Hiscadi um. Doch als Jaquento ein möglichst argloses Gesicht aufsetzte und einfach weiterging, wandte sich auch der Mann wieder ab.

»Sei vorsichtig, Jaq«, wisperte der Maureske. »Auch wenn du mit dir selbst sprichst.« Er zwinkerte dem Hiscadi zu, und Jaquento fragte sich, ob sein Freund wusste oder ahnte, mit wem er in Wirklichkeit gesprochen hatte.

Sinosh gab ein bestätigendes Knurren von sich. *Ja, das Schiff hieß wohl* Todsünde. *Und es war ziemlich schwer, nicht entdeckt oder gefangen zu werden. Wenn ich nicht das Fass mit dem Rohrzucker entdeckt hätte, wäre ich vielleicht verhungert.*

Jaquento bewegte vorsichtig seine Schulter, um Sinoshs Aussage zu überprüfen. Die kleine Echse war ein wenig gewachsen und schwerer geworden, aber nicht sehr viel. Noch konnte sie sich auf Jaquentos Schulter halten, und obwohl sich die scharfen Krallen in seine Haut bohrten, war der Hiscadi dankbar, seinen Freund wiedergetroffen zu haben.

»Du kannst inzwischen fliegen«, stellte er im Flüsterton fest.

Ja, kam die stolze Antwort. *Also fast. Noch keine richtig weiten Strecken. Aber ein Stückchen geht schon.*

»Du bist wirklich ein Drache.«

Habe ich dir doch immer gesagt!

Der Hiscadi lachte kurz auf. Hier lief er also an den Gestaden jenseits der Drachenküste herum und trug einen Drachen auf der Schulter.

»Jaq? Alles in Ordnung?« Bihrâds Stimme klang besorgt, ob aufgrund seiner vermeintlichen Selbstgespräche oder weil der Maureske fürchtete, Seans Begleiter könnten auf Sinosh aufmerksam werden, vermochte der Hiscadi nicht zu sagen.

»Ja, keine Sorge. Ich erkläre dir alles später. Wenn wir aus dem Schlamassel wieder raus sind.«

»Wenigstens wird es in deiner Nähe nie langweilig.«

Trotz ihrer Lage musste Jaquento schmunzeln. Der Maureske verfügte über eine gehörige Portion Galgenhumor. Dennoch, oder vielleicht deswegen, schätzte der Hiscadi den Magietrinker sehr.

»Wer waren diese Burschen, bei deren Haus wir dich getroffen haben?«, fragte er Sinosh.

Sie waren Hanoan. Menschen aus der Unterwelt?, antwortete die Echse zögerlich.

»Aus der Unterwelt? Aus der *Hölle?*«

Nein. Verbrecher.

Jaquento zog die Augenbrauen in die Höhe. *Ja, den Eindruck hatte ich auch,* dachte er. Aber wenn er herausfinden wollte, was genau sich eben abgespielt hatte, in welcher Lage sie sich eigentlich befanden und was Sean mit ihnen vorhatte, dann gab es wohl nur einen Weg.

»Sean«, wandte sich Jaquento an ihren Entführer, der bislang vorausgegangen war und sich nun zurückfallen ließ, als er den Ruf hörte, bis er schließlich neben dem Hiscadi herlief. Jaquento konnte mühelos erkennen, dass er die Hand an der Waffe hielt.

»Mach keine Dummheiten, Freund«, warnte ihn der angebliche Matrose.

»Wenn ich vorhätte, Dummheiten zu machen, würde ich nicht erst nach dir rufen, damit du mich auch ganz sicher erschießen kannst, sobald ich damit anfange«, erklärte Jaquento ruhig. »Ich will bloß mit dir reden, verdammt nochmal.«

»Eine gepflegte Unterhaltung also, ja Kumpel?« Sean grinste. »Ein nettes Vieh hast du da übrigens. Das bringt auf dem richtigen Markt sicher ein paar Goldstücke.«

»Sinosh ist nicht verkäuflich, vielen Dank. Und auch nicht das, worüber ich mit dir reden wollte. Wohin bringt ihr uns eigentlich?«

»An einen sicheren Ort, an dem wir uns ungestört unterhalten können.«

»Ach ja?« Jaquento verzog die Mundwinkel. »Wo liegt denn dieser mysteriöse Ort, an den ihr uns verschleppt?«

Sean zuckte mit den Achseln.

»Du bist einfach zu negativ, Hiscadi. Hör dir doch erst einmal an, was ich zu sagen habe, und urteile dann. Vielleicht kommen wir ja ins Geschäft.«

»Einer meiner Grundsätze ist, keine Geschäfte mit Leuten zu machen, die mir ihre Pistolen unter die Nase halten.«

»Na gut, das war ein bisschen unhöflich von mir. Aber ich musste sicherstellen, dass ihr beiden nicht auf falsche Gedanken kommt. Die Lage hier ist ohnehin schon ziemlich kompliziert, und sie ist durch euer Auftauchen nicht gerade einfacher geworden.«

Verwirrt sah der Hiscadi ihn an.

»Welche Lage, Mann? Wovon redest du? Ich wäre wirklich froh, wenn jemand mal ein klares Wort mit uns sprechen würde.«

»Du hast tatsächlich keine Ahnung, was? Ich … ah, hier sind wir schon.« Mit diesen Worten machte Sean einige schnelle Schritte auf ein niedriges Haus aus dunklem Holz zu, das sich in Jaquentos Augen nicht von den umliegenden Gebäuden unterschied. Der Matrose trat an die Tür und klopfte vorsichtig an, nachdem er sich vorher noch einmal umgesehen hatte.

Als gäbe es auch nur die geringste Chance, dass unser Trupp von Fremden hier unbemerkt geblieben wäre, dachte Jaquento spöttisch.

Nach einigen Sekunden öffnete sich die Tür, und Jaquento

und Bihrâd wurden in das Haus geführt. Der Türsturz war so niedrig, dass der Hiscadi sich bücken musste.

Das Innere des Hauses war wenig spektakulär. Ein Tisch, einige Regale an den Wänden, ein glatt gefegter Lehmboden.

Mit all den Leuten war es sehr eng, aber sie blieben nicht in dem Raum stehen, sondern wurden zu einer weiteren Tür geführt, durch die es jedoch nicht wieder hinausging, wie Jaquento zuerst vermutet hatte, sondern in einen weiteren Raum, größer und höher als der erste. Auch in diesem befanden sich nur wenige Möbelstücke, eine verlassene Schlafmatte und eine einfache Feuerstelle mit Kamin, in der ein Feuer brannte.

Sean wies auf einen Tisch mit einigen Stühlen. »Setzt euch. Was zu trinken?«

»Nein, danke«, erwiderte Jaquento grimmig, aber da plapperte Sinosh plötzlich in seinem Kopf los: *Oh! Ich habe Durst. Ich will Wasser. Oder besser noch: Wein!*

»Wein?«, platzte es aus Jaquento heraus, und Sean sah ihn fragend an: »Also doch?«

»Äh, ja. Wein, bitte.«

Bihrâd ließ sich auf einen der Stühle sinken, warf Jaquento einen fragenden Blick zu und sagte dann: »Ich nehme auch einen Schluck.«

»Lasst uns allein«, befahl Sean, während er zu einem Regal rechts vom Kamin ging und einen Tonkrug und einfache Becher daraus hervorholte.

Seine Untergebenen gehorchten, ohne ein weiteres Wort an die Gefangenen oder ihren Anführer zu richten, und verschwanden durch die andere Tür in dem Raum, und auch diese führte nicht auf einen Hof oder die Straße, sondern in ein weiteres Haus. *Das ist ja ein richtiges Labyrinth. Alles dicht an dicht gebaut,* dachte Jaquento.

Sean stellte Krug und Becher vor seinen beiden Gefangenen ab und goss ein. Der Hiscadi kostete die dunkle Flüssigkeit vorsichtig; es handelte sich um ein süßes Getränk mit einer ihm gänzlich unbekannten Note.

»Richtiger Wein ist hier ein bisschen schwer zu bekommen, obwohl die Géronaee so verrückt danach sind«, erklärte Sean, als sei er der gute Gastgeber bei einer kleinen Landpartie. »Das ist Reiswein. Schmeckt erst ein bisschen gewöhnungsbedürftig, aber das wird von Schluck zu Schluck besser, Kumpel.«

Falls Bihrâd eine Meinung zu seinem Getränk hatte, zeigte er diese jedenfalls nicht, sondern nahm einfach einen tiefen Zug. Sinosh sprang von Jaquentos Schulter auf den Tisch. Mit kleinen Trippelschritten lief er zum Krug und versenkte seinen Hals beinahe bis zur Schulter darin. Jetzt erst konnte Jaquento ihn sich genauer ansehen. Zwischen seinen Vorderbeinen und seinem Leib befanden sich nun tatsächlich Flügel, die der kleine Drache zusammengefaltet hatte, während er lief. Seine Verwandtschaft mit den riesigen geflügelten Wesen ließ sich wahrhaftig nicht mehr leugnen, vor allem, da Jaquento mit eigenen Augen einen Drachen gesehen hatte. *Aber wie kann das sein? Er ist so klein, und das Monstrum war so riesig!*

»Also, wie wäre es, wenn ihr mir nun erzählt, was sich an Bord der *Todsünde* befindet«, eröffnete Sean das Gespräch leutselig.

»Das wissen wir nicht«, antwortete Jaquento und lächelte entwaffnend. Es konnte wohl nicht schaden, die Wahrheit zu sagen, wenn es sich zufällig ergab.

Sean seufzte. »Du willst mir weismachen, dass die *Siorys* viele hundert Meilen gefahren ist, ohne dass ihr überhaupt wisst, hinter was ihr her seid oder warum?«

»Wir wissen, warum wir gefahren sind. Aber wir wissen nicht, was die *Todsünde* eigentlich geladen hat. Wir wissen allerdings, dass wir nicht wollen, dass es in die falschen Hände gerät.«

»Ah, jetzt kommen wir weiter.«

»Ich glaube nicht, Sean. Nicht, bevor du uns nicht sagst, wer du bist und was dein Interesse an der ganzen Angelegenheit ist.«

Sein Gegenüber schien zu überlegen. Jaquento hoffte, dass er gerade nicht seine Optionen zwischen Folter und Mord abwog. Dann traf Sean offensichtlich eine Entscheidung.

»Nun gut. Ich sehe ein, dass ich bislang nicht viel dazu beigetragen habe, euer Vertrauen zu gewinnen. Darf ich mich also zunächst vorstellen? Sean Vargus, freier Bürger des Viererbunds und im Auftrag der Marine unterwegs, um das Geheimnis zu lüften, warum alle Welt hinter einem einzelnen Schiff herjagt.«

Verblüfft schwieg Jaquento. Aus dem Weinkrug drang ein leises Schlabbern.

Das ist lecker. Guter Wein!

THYRANE

Die Soldaten kamen durch die Tür, in disziplinierten Zweiergruppen. Ihre Gewehre hielten sie auf Thyrane und Sinao gerichtet. Auf den Gesichtern zeigte sich etwas, was Thyrane Sorge bereitete: Unsicherheit.

Langsam hob er die Hände. »Ganz ruhig«, erklärte er mit lauter, fester Stimme, als sei er an Deck seines Schiffes und versuche, die Ordnung während eines Gefechtes wieder herzustellen. »Alle bleiben ruhig.«

Einige Sekunden lang geschah nichts. Thyrane wusste, dass die Situation gefährlich war. Jeden Augenblick konnte einer der Soldaten die Nerven verlieren. Der reglose, blutverschmierte Körper des Attentäters, der am Boden lag, die Kampfspuren, das verwüstete Zimmer – vermutlich genügte eine falsche Bewegung, und einer der Soldaten würde abdrücken.

»Was geht hier vor?« Die Stimme donnerte durch den Raum. Major Shanton trat ein, drängte sich zwischen den Soldaten durch und baute sich vor dem Admiral auf, seine Reitgerte unter den Arm geklemmt. Er sah seinen Gefangenen auffordernd an, dann erst schien er Sinao und die angelegten Musketen zu bemerken. »Um der Einheit willen, runter mit den Waffen!«

Zu Thyranes Erleichterung folgten die Soldaten der Anweisung. Jetzt erst wagte er es, wieder normal zu atmen. In seinem Schädel pulsierte der Schmerz, und mit dem Abflauen der akuten Gefahr kam die Erschöpfung.

Der Raum wankte vor seinen Augen, und alles verschwamm. Die Knie wurden ihm weich, und hätte ihn nicht jemand gestützt, wäre er zu Boden gestürzt.

»Admiral?«

Ein Sessel wurde über den Boden geschoben, und kaum dass Thyrane die Berührung an seiner Wade spürte, ließ er sich zurücksacken. Jemand reichte ihm ein Glas, und er trank Wasser in kleinen Schlucken. Nach einigen Atemzügen klärte sich seine Sicht, auch wenn die Schmerzen weiterhin pochten.

»Geht es Ihnen besser, Thay?«, fragte Shanton. Er stand vor dem Sessel, und in seinem Gesicht zeigte sich ernsthafte Besorgnis. Thyrane lächelte – ziemlich bemüht, wie er zugeben musste – und nickte.

»Es geht schon, Major. Ich habe lediglich Kopfschmerzen«, untertrieb er.

»Nun denn. Was ist hier vorgefallen? Und wer sind diese Leute?« Er deutete zuerst mit der Reitgerte auf den toten jungen Mann mit den sandfarbenen Haaren, der in einer Blutlache lag, die den Teppich rot färbte. Dann hob er die Gerte und zeigte auf Sinao.

Thyrane blickte zu dem Toten. »Ich habe keine Ahnung, wer er ist, Shanton. Aber er hat versucht, mich zu töten.«

Der Major schüttelte den Kopf, als habe auch er Schwierigkeiten, klar zu denken. »Und das Mädchen, Thay? Woher kommt das?«

Sinao schob sich vorsichtig hinter Thyranes Sessel und brachte so einen Sicherheitsabstand zwischen sich und den Offizier.

»Erzählen Sie bitte, was vorgefallen ist, Thay«, forderte Shanton Thyrane auf. »Derzeit kann ich die Situation nur als gescheiterten Fluchtversuch werten.«

Thyrane kam der Aufforderung Shantons nach, auch wenn er letztlich nicht viel berichten konnte. Die Ereignisse hatten sich überstürzt, und in seinem Kopf formten die Bilder ein ziemliches Durcheinander. Dennoch riss er sich zusammen, denn er wusste, wie wichtig es war, Shanton von der Wahrheit seiner Worte zu überzeugen. Nicht nur sein Leben, sondern auch das der beiden jungen Maestre lag in der Hand des Majors.

Shanton verfolgte seinen Bericht mit ausdrucksloser Miene, während die Soldaten auf ein Zeichen von ihm begannen, die Möbel wieder aufzustellen und die Überreste des zerbrochenen Tisches und der Portflasche einzusammeln.

»Eine, hm, ungeheuerliche Geschichte«, befand Shanton schließlich. Der Major setzte sich in einen Sessel, den einer der Soldaten gerade wieder aufgerichtet hatte, und schüttelte den Kopf. »Ein Mordversuch an einem Admiral, mitten in Lessan? Auch wenn dieser Admiral ein Gefangener ist – das ändert nichts an der Ungeheuerlichkeit dieser Tat. Die Marine kann dergleichen unmöglich hinnehmen! Und was vielleicht genauso unwahrscheinlich ist, sind diese beiden kleinen Paranao, die plötzlich aus dem Nichts auftauchten.«

»Manoel ist kein Paranao«, platzte es aus Sinao heraus, die hinter dem Sessel hervorkam und sich neben Thyrane stellte. Sie hatte die Arme vor der Brust verschränkt und starrte Shanton wütend an. »Und ich sollte besser zu ihm gehen, er ist verletzt.«

»Dir ist klar, dass ich dich nicht einfach so gehen lassen kann, nicht wahr?«, fragte Shanton das Mädchen. »Nicht wenn ich nicht einmal weiß, wieso ihr hierhergekommen seid.«

»Wir haben gehört, dass sie Admiral Thyrane umbringen wollen, und sind deshalb gekommen.«

Verblüfft blickte der Major zu der Paranao, und auch Thyrane sah sie an. *Bitte, Mädchen, rede dich jetzt nicht um Kopf und Kragen,* flehte er still.

»Wer, ›sie‹?«, horchte Shanton nach.

»Die Handelscompagnie«, schaltete sich der Admiral schnell ein, bevor Sinao weitersprechen konnte »Die wollen mich zum Schweigen bringen, mit allen Mitteln. Das liegt doch auf der Hand, nicht wahr?«

»Moment, bitte.« Der Major hob eine Hand, um Thyrane zum Schweigen zu bringen. »Leutnant Hollroy, ich glaube, die Situation hier ist unter Kontrolle. Nehmen Sie Ihre Männer und warten Sie in der Eingangshalle auf mich.«

Der Angesprochene bestätigte den Befehl mit einem »Aye, aye, Thay!«, und wenige Augenblicke später war der Major allein mit dem Admiral und Sinao im Zimmer.

»Hören Sie, Major.« Thyrane lehnte sich vor. »Ich bin den Handlangern des Laerd-Protektor auf die Spur gekommen. Wer hat denn überhaupt dafür gesorgt, dass ich hier eingesperrt werde? In einem nahezu unbewachten Quartier? Ich werde zu gefährlich, Shanton. Die schrecken vor nichts zurück.«

Thyrane war sich durchaus bewusst, dass er die Wahrheit damit mehr als nur ein wenig strapazierte. Es war Holt gewesen, der ihm dieses Quartier gegeben hatte, weil es seinem Rang angemessen war. Dennoch hatte er damit dafür gesorgt, dass der Attentäter leichtes Spiel hatte, und somit waren Thyranes Vorwürfe nicht ganz von der Hand zu weisen.

Er nickte in Richtung der Leiche.

»Was glauben Sie, was die Compagnie zu verbergen hat, was so wichtig ist, dass der Mord an einem Admiral der Marine von ihr nicht nur in Erwägung gezogen, sondern beinahe erfolgreich ausgeführt wurde?«

Der Blick des Majors wanderte von Thyrane zu der Tür, weiter zu dem Toten und dann wieder zu dem Admiral zurück. Noch immer standen ihm Zweifel ins Gesicht geschrieben, aber schließlich nickte er langsam, als könne er die Tragweite der Worte kaum fassen.

»Die werden es wieder versuchen. Diese ganze Sache zieht sich bis in die höchsten Kreise. Sklaverei, Schmuggel, das alles sind nur Kleinigkeiten im Vergleich zu dem gewaltigen Dreckhaufen, den wir aufgewühlt haben.« Jetzt hatte sich Thyrane in Fahrt geredet, und er konnte spüren, dass seine Worte auf fruchtbaren Boden fielen. »Es geht um das, was die Compagnie auf Rosarias gefunden hat. Was immer es ist, sie will es unbedingt für sich behalten. Es ist so wichtig, dass niemand davon erfahren darf. Sie haben die Offizierin der *Mantikor* ruhiggestellt, und mit mir haben sie es auch versucht.«

Thyrane sah Shanton eindringlich an. Alles hing jetzt davon ab, dass er den Major überzeugen konnte. »Und sie werden es wieder tun. Hier wird gegen die Interessen der Krone gespielt. Es geht um viel mehr als darum, einen alten Mann einzusperren, der vielleicht seine Befugnisse überschritten hat. Sie und ich, wir sind nur Figuren auf dem Brett.«

»Ich werde die Wachen verdoppeln und persönlich aussuchen, Thay«, entgegnete Shanton mit großem Ernst. »Wenn ich sonst nichts tun kann, so kann ich doch wenigstens Ihre Sicherheit gewährleisten.«

Thyrane lächelte bitter. »Das wird nicht reichen. Die gehen über Leichen. Und sie werden nicht aufhören.«

»Was schlagen Sie also vor?«

»Lassen Sie mich gehen, Thay. Ich ...«

»Auf keinen Fall!«

»Hören Sie mir zu, Major. Ich weiß, dass Sie die Wahrheit sehen. Sie waren dabei, als man versuchte, meine Untersuchung der ganzen Angelegenheit zu behindern. Und nun schauen Sie sich das hier an!«

Thyrane deutete auf das verwüstete Zimmer.

»Ich kann nicht …«

»Ich weiß, dass ich viel verlange, Thay. Sie setzen Ihre Karriere aufs Spiel, vielleicht sogar Ihr Leben. Aber deswegen sind Sie Soldat geworden. Weil es Ihnen um die Sache Thaynrics ging.«

Shanton legte den Kopf zur Seite, und Thyrane spürte, dass er mit seinem Vorstoß eine Saite in dem Major zum Klingen gebracht hatte, also legte er nach.

»Diesmal sind die Feinde nicht außerhalb. Keine Géronaee, keine Hiscadi, keine Uniformen und somit keine klaren Fronten. Diese Schlachten werden nicht offen geführt. Dieser Feind hat ein Lächeln im Gesicht und einen Dolch hinter dem Rücken. Und viel Geld und keine Skrupel. Sie wissen das, Major. Sie wissen das!«

»Admiral Holt hat einen deutlichen Befehl gegeben«, wehrte Shanton ab. »Und Lessan unterliegt seiner Jurisdiktion. Wenn er erfährt, was hier geschehen ist, wird er sicher eine Untersuchung einleiten.«

»Selbst wenn er das täte, würde ich das Ende dieser Untersuchung wohl nicht mehr erleben.« Thyrane hielt einen Moment lang inne, um tief Luft zu holen. »Und die eigentliche Frage bliebe unbeantwortet: Was ist wertvoll genug, um all diese Ereignisse in Gang zu setzen?«

Er ließ seine Worte wirken und lehnte sich wieder zurück. Shanton hatte ihm gebannt gelauscht, und Thyrane konnte beobachten, wie er seine Worte nun erwog.

»Gut«, erklärte er schließlich und erhob sich. »Sie haben mich überzeugt. Ich werde Sie bis vor die Tore eskortieren. Danach liegt Ihr Schicksal in Ihrer eigenen Hand.«

»Danke, Thay.«

»Enttäuschen Sie mich nicht, Admiral. Ich weiß, dass man Sie den Seewolf nennt und dass Ihre Männer Ihnen bedingungslos vertrauen. Auch ich will Ihnen dieses Vertrauen schenken. Lassen Sie nicht zu, dass ich meine Entscheidung irgendwann bereuen muss.«

»Ich werde mein Möglichstes tun, Thay. Diese Hunde werden schon noch lernen, dass man sich nicht mit Wölfen anlegt. Und ich werde Ihren Mut und Ihre klare Auffassungsgabe bei der Admiralität erwähnen.«

Shanton nickte, und Thyrane bemerkte, dass der Major sich seiner Entscheidung bereits unsicher war, sie aber nun, nachdem er sie verkündet hatte, nicht mehr zurücknehmen würde.

»Finden Sie heraus, wer das ist«, bat Thyrane und deutete auf den Toten, um dem Major ein Ziel zu geben und ihn abzulenken. Als Shanton nickte, wandte er sich ab und ging der jungen Paranao voran durch die Tür hinaus.

»Und nun?«, flüsterte Sinao.

»Erst einmal müssen wir uns zur *Imperial* durchschlagen. Und dann … Ich weiß es noch nicht.«

ROXANE

»Was für ein selbstverliebter kleiner Mann«, meinte Groferton und schüttelte den Kopf. »Diese Unterhaltung wurde lediglich von seiner Eitelkeit getragen und hat uns, fürchte ich, nicht im Geringsten vorangebracht, Thay.«

Die Kapitänin schwieg zunächst zu den Worten des Maestre, doch schließlich nickte sie langsam. »Sie haben völlig Recht, was den Gouverneur angeht, Coenrad. Dieser Besuch war wirklich unerquicklich.«

Groferton nickte unglücklich.

»Ich hatte das Gefühl, dass man uns nur hinhalten wollte«, fuhr Roxane fort. »All das Gerede über Brüderlichkeit, Gleichheit und Freiheit, die nun angeblich in Géronay und all seinen Kolonien herrschen ... Gouverneur Senpier ist doch schon unter Sugérand eingesetzt worden. Als ob ihn die Ereignisse in seiner Heimat nicht genauso überrascht hätten wie uns.«

»Das haben sie vermutlich, Thay, aber ich glaube, genau deswegen versteckt er sich hinter all diesen nichtssagenden Phrasen. Weil er keine Ahnung hat, wo seine Nation jetzt gerade steht, oder auch nur, wer ihm künftig seinen Lohn zahlt«, gab Groferton zu bedenken, und Roxane musste dem Maestre zustimmen.

Während des Besuches in der Residenz des Gouverneurs hatte sie viel ermüdendes Protokoll über sich ergehen lassen müssen. Sie hatten ein äußerst förmliches Mittagessen eingenommen, etliche Hände geschüttelt und wohl jeden Verwaltungsbeamten der Stadt kennengelernt, nur um schließlich und endlich in einer Privataudienz ihre Fragen an den géronaischen Verwalter von Rachine richten zu dürfen. *Und absolut keine Antworten zu bekommen,* dachte Roxane bitter.

Die offene Kutsche, die ihnen zur Verfügung gestellt worden war, fuhr nur langsam durch die belebten Straßen. Immer wieder mussten sie anhalten und warten, bis man ihnen Platz machte. Die Wege wurden von Karren befahren, vor die ein oder zwei Ochsen gespannt waren, von kleinen Gefährten, die direkt von Menschen gezogen oder geschoben wurden, von Pferdekutschen corbanischer Bauart, die der glichen, in der sie saßen.

Vor allem aber drängten sich Menschen auf den Straßen, eine gewaltige Menge von Männern und Frauen, die Körbe auf dem Kopf oder Wassereimer an einem Schulterjoch trugen, Würdenträgern oder Adeligen, die in Sänften transportiert wurden, und Leuten, die scheinbar dem Müßiggang frönten und ohne erkennbare Bestimmung durch die Straßen gingen.

Schon in der Sturmwelt waren die Straßen voller als in Thaynric gewesen, doch Rachine schlug selbst Lessan um Längen. Dafür war das Bild, das sich ihren Augen hier bot, weitaus weniger farbenfroh; die Menschen schienen blasse Töne für ihre Kleidung zu bevorzugen, helles Blau und Grau, manchmal einen Grünton, seltener Braun oder gar Rot. Die meisten trugen sehr einfache Kleidung, gerade Hosen und Hemden, die mit einem Stoffgürtel zusammengehalten wurden.

Auch die Häuser schienen alle aus demselben dunklen Holz gemacht; einzige Ausnahme waren die Tempel, die sich mit ihren prachtvollen bunten Verzierungen und dem rotem Lack und Gold ihrer Dächer geradezu gegenseitig überboten.

Ebenfalls anders als in Lessan war, dass jeder ständig in Bewegung zu sein schien. Nirgends sah Roxane Menschen einfach sitzen oder stehen. Überall liefen sie, redeten oder feilschten.

Was für ein faszinierender Bienenstock.

»Der Gouverneur erinnerte mich an einen Aal, Thay«, stellte Groferton gerade fest und riss Roxane damit aus ihren Gedanken. »Er war so glitschig wie ein Fisch. Ich mag Aal nicht besonders. Zu fettig.«

»Das ist mir bekannt, Coenrad. Und obwohl ich einem gut zubereiteten Räucheraal sicher nicht abgeneigt bin, teile ich Ihre Einschätzung. Der Mann war sehr ausweichend und hat unsere Fragen de facto nicht beantwortet. Was uns vor ein Problem stellt: Wie finden wir heraus, ob die *Todsünde* in Rachine war oder nicht?«

Sie fragte sich, ob Jaquento sich ein ›Ich habe es dir ja gleich gesagt‹ würde verkneifen können, wenn sie wieder an Bord der *Siorys* kamen. Tatsächlich hatte ihr der Hiscadi prophezeit, dass die offiziellen Stellen ihnen bei ihrer Suche nicht helfen würden. Und überdies hatte er Roxane zu überreden versucht, ihm zu gestatten, das Schiff zu verlassen, um selbst Erkundigungen einzuziehen.

Sie hatte ihn gebeten, zunächst an Bord zu bleiben; solange sie keine Ahnung hatte, wie die örtlichen Autoritäten auf die Anwesenheit eines thaynrischen Kriegsschiffes reagieren würden, und sei es auch klein und schlecht bewaffnet, wollte sie lieber kein Risiko in dieser Hinsicht eingehen. *Aber nun werde ich ihn möglicherweise losschicken müssen, wenn ich nicht will, dass dieser Halt ein komplettes Fiasko wird. Uh, er wird es sicher nicht versäumen, mich zu verspotten.*

»Nun, ich kann nicht helfen, will mir scheinen. Meine Versuche, den Effekt und damit das Schiff zu lokalisieren, waren frustrierend fruchtlos«, erklärte Groferton. »Die Ladung befindet sich nicht in der Nähe.«

»Hm.« Roxane überlegte einige Momente. »Vielleicht war es falsch, zuerst Gouverneur Senpier aufzusuchen. Wir könnten den ganz simplen Weg über die Behörden gehen. Auch hier in Rachine wird es Aufzeichnungen über den Schiffsverkehr geben. Vielleicht können wir einen Dolmetscher finden und die entsprechenden einheimischen Quellen anzapfen? So ausweichend, wie der Gouverneur war, bezweifle ich nicht nur, dass wir von den Géronaee Hilfe erwarten können, ich frage mich sogar, ob sie nicht eventuell sogar bewusst lügen. Das wäre nicht weiter verwunderlich, wenn man bedenkt, dass die *Todsünde* vormals in ihrem Auftrag unterwegs war.«

Der Maestre nickte, dann nieste er und putzte sich lautstark die Nase mit seinem Taschentuch.

»Geld wäre hilfreich, nicht wahr?«, fragte er endlich, während er sein Schnupftuch wieder im Ärmel seiner Uniform verstaute.

»Inwiefern?

»Nun, ich habe noch keinen Beamten getroffen, dem eine kleine Anerkennung seiner Mühen nicht willkommen gewesen wäre, und ich glaube nicht, dass es sich hier anders verhält. Beamte sind überall gleich.«

In seiner Stimme gab es einen leisen Unterton von Verachtung, der Roxane verwunderte. Sie grübelte, welche niederschmetternden Erfahrungen ihr Bordmaestre wohl bereits mit dem Beamtenstand gemacht hatte, aber noch bevor sie fragen konnte, fuhren sie auf die Straße am Kai, und sie konnte schon die *Siorys* erkennen.

Der Einheit sei Dank. Offenbar hatte es keinen Überfall von géronaischen Kräften oder von Einheimischen auf ihr Schiff gegeben, und Roxane musste zugeben, dass sie der Anblick des friedlich daliegenden Schiffes ungemein beruhigte. Während sie unterwegs gewesen waren, hatte sie sich Sorgen gemacht; Thaynric und Géronay hatten einfach zu lange miteinander im Krieg gelegen, als dass sie nicht immer noch das Gefühl gehabt hätte, sie habe an feindlichen Gestanden angelegt.

Der Kutscher hielt direkt neben der Laufplanke an, und Roxane nickte dem Mann zum Abschied dankbar zu. Zwar war die Strecke vom Sitz des Gouverneurs nicht weit gewesen, aber sie wusste, dass sie sich auf dem Rückweg heillos verlaufen hätte, wenn sie zu Fuß unterwegs gewesen wären.

Sie lief gemeinsam mit Groferton an Deck und grüßte dabei die Wache, die vorschriftsmäßig salutierte.

»Thay?«

Der fragende Ton ließ sie aufmerken.

»Was gibt es, Soldat? Irgendwelche Vorkommnisse an Bord, von denen ich wissen sollte?«

Der Mann, der sich sichtlich unwohl in seiner Haut fühlte, sagte: »Nun, der Maureske und sein hiscadischer Kumpel sind von Bord gegangen. Sie sagten, wir sollten Ihnen ausrichten, dass sie bald wieder da wär'n, Thay.«

Dieser verfluchte hiscadische Bastard!, schoss es ihr durch den Kopf.

»Das geht schon in Ordnung. Gute Arbeit. Weiter so«, erklärte sie ruhig, während eine Reihe nautischer Flüche durch ihren Geist zuckten, die ihren Vater sicherlich hätten erbleichen lassen.

Vielleicht verriet ihr Gesichtsausruck sie; jedenfalls sagte der Matrose unsicher: »Wir dachten, das wäre bestimmt mit Ihnen geklärt, Thay.«

»Oh, das ist auch so, machen Sie sich keine Sorgen.«

Groferton sah sie amüsiert an; ohne Zweifel wusste der Maestre, was in ihr vorging, und durchschaute ihre Lüge.

Er holte mit zwei schnellen Schritten zu ihr auf, als sie über das Deck liefen. »Jaquento und der Maureske machen einen kleinen Landgang … Wie nett.«

»Bitte, Coenrad, erst, wenn wir unter uns sind.«

Er zuckte mit den Achseln und machte eine Geste, die wohl seine Verschwiegenheit andeuten sollte, auf Roxane in ihrem Zorn jedoch recht lächerlich wirkte.

»Thay?«

»Was?«, entfuhr es Roxane, die sich jedoch noch im selben Moment wieder fing. »Gibt es?«, vollendete sie den Satz.

Leutnant Huwert trat zu ihr, salutierte, bedachte Groferton mit einem abschätzigen Blick und erklärte: »Wir haben ein kleines Problem.«

Wir haben ein kleines Problem? Wir haben einen ganzen Sack voller Probleme, und keines davon ist klein.

»Worum handelt es sich, Thay?«

»Fahnenflucht. Ein Matrose ist nicht zum Dienst erschienen, und eine Suche hat nichts ergeben. Ich gehe davon aus, dass er sich abgesetzt hat.«

»Mann oder Frau?«

»Mann, Thay. Ein Matrose namens Sean. Laut den Unterlagen ein Freiwilliger.«

Roxane trat an den Ersten Offizier heran und sagte leise: »Das ist ungewöhnlich, aber auch Freiwillige desertieren. Wir können derzeit nicht viel machen. Der Zeitpunkt ist gut gewählt; wir haben keinen Einfluss vor Ort, und die Stadt ist groß. Wenig Chancen, ihn wieder einzufangen. Wir können nur dafür sorgen, dass sein Beispiel nicht Schule macht. Verstärken Sie die Wachen. Aber kein Aufsehen.«

»Aye, aye, Thay.«

Damit salutierte Roxane und schritt weiter. *Aalglatte Géronaee, hitzige Hiscadi und jetzt auch noch Deserteure.*

Was den Mann wohl bewogen hatte, ausgerechnet hier das

Weite zu suchen? Es war nicht selten, dass Seeleute in der Sturmwelt plötzlich beschlossen, sich selbst von der Heuerliste zu streichen. Aber dort sprach man fast überall Thaynrisch, und das Wetter und die zahlreichen bewohnten Inseln begünstigten ein solches Verhalten. Aber hier, in Rachine? Es war schwer vorstellbar, wie ein einzelner Mann hier sein Glück suchen wollte. Es sei denn, es hatte sich bei ihm um einen géronaischen Spion gehandelt. Der Gedanke alarmierte sie, zumal diese Schlussfolgerung recht naheliegend war.

Und noch immer waren sie ihrem Ziel nicht näher gekommen. Sie waren weiterhin auf Vermutungen angewiesen, was die *Todsünde* betraf, und konnten nur hoffen, dass sich ihr Vorsprung nicht ständig vergrößerte.

Wirklich Jaq – ich würde es sehr begrüßen, wenn du Neuigkeiten mitbrächtest.

THYRANE

Schon als sie die Treppen hinunterhasteten, merkte er, wie sehr ihm die vergangene halbe Stunde zugesetzt hatte. Der Schwindel kehrte zurück, und er schwitzte aus jeder Pore seines Körpers.

»Warte ... einen Moment«, bat er Sinao.

»Was ist denn? Wir müssen uns beeilen, Admiral. Dein neuer Freund hat gesagt, er kann die Soldaten nicht lange von hier fernhalten. Und Manoel ist unten, und er braucht vielleicht Hilfe«, erklärte die junge Paranao hastig.

»Schon recht, aber wenn ich noch drei Schritte in diesem Tempo renne, dann könnt ihr, Manoel und du, Admiral Holt meine Leiche überbringen und die Belohnung dafür kassieren.«

»Oh. Entschuldigung, ich habe nicht gesehen, dass es dir so schlecht geht. Hier, setz dich.« Sinao ergriff Thyrane fürsorglich am Arm und führte ihn zu einem Treppenabsatz, wo sie ihm half, sich auf eine der Stufen zu setzen.

Thyrane legte den Kopf in den Nacken und sog tief Luft in seine Lungen. Nach drei oder vier Atemzügen ließ der Schwindel nach, und sein Kopf begann sich zu klären. »Weißt du, ich bin einfach kein junger Mann mehr«, sagte er mit einem Lächeln. »Früher mal hätte es mir nichts ausgemacht, von meinen eigenen Leuten eingesperrt zu werden und einen Assassinen auf den Hals gehetzt zu bekommen.«

»Einen was?«

»Einen gedungenen Mörder.«

»Das hätte dir früher nichts ausgemacht?«

»Vielleicht doch, aber nicht so viel wie heute.« Als er Sinaos skeptisch gerunzelte Stirn sah, musste er lachen. »Also gut, es hätte mich auch zu meinen besten Zeiten geschafft. – Aber jetzt geht es mir schon besser, wir können also weiter.«

Die Paranao reichte ihm eine Hand, und er tat so, als ob er sich von ihr hochziehen lassen würde, war aber gleichzeitig froh, dass ihm das Aufstehen noch aus eigener Kraft gelang.

Sie eilten die letzten Treppen hinunter und verließen das Gebäude durch die Vordertür. Tatsächlich waren alle Wachen, die hier vorher gestanden haben mochten, verschwunden.

Ich kann immer noch nicht glauben, dass Shanton mich wirklich hat gehen lassen, dachte Thyrane. *Ich hoffe, er bekommt nicht allzu rasch Grund, seine Entscheidung zu bereuen.*

»Mano?«, wisperte Sinao neben ihm, die sich suchend in dem gepflegten Garten des Anwesens umsah. »Mano, wo bist du?«

»Hier drüben«, antwortete ihnen eine vertraute Stimme. »Unter dem Korallenbaum.«

Als er seine Augen anstrengte, konnte Thyrane unter den tiefhängenden Ästen eines niedrigen Baumes den Umriss des jungen Mannes erkennen, der gegen den Baumstamm gelehnt dasaß. Sinao löste sich von der Seite des Admirals und lief auf Manoel zu; Thyrane folgte ihr langsamer mit einigen Schritten Abstand.

Der Maestre sah noch verwegener aus als sonst. Die linke Seite seines Kopfes verunzierte eine kaum verkrustete Schramme, und er hatte sich das Blut nur notdürftig aus dem Gesicht gewischt, so dass nun rotbraune Schlieren wie eine

Paranao-Bemalung auf seinen Zügen wirkten. Die Verletzung schien ihn jedoch nicht allzu stark zu beeinträchtigen, denn er grinste und zog sich an dem Baumstamm in die Höhe, als sich Sinao und Thyrane näherten.

»Admiral Thyrane!«, sagte Manoel munter. »Ich weiß zwar nicht, wie ihr beide das gemacht habt, aber die Soldaten sind vor vielleicht einer Viertelstunde allesamt abmarschiert. Beherrschst du inzwischen Gedankenkontrolle, Sin, und hast mir bloß nix davon gesagt?«, fragte er gut gelaunt.

»Halt den Mund, Mano. Geht es dir gut?« Sie stellte sich neben den Maestre und betastete vorsichtig die Wunde.

Er winkte ab. »Nix Schlimmes. Momentan höre ich auf dem linken Ohr ein bisschen schlecht. Und um die paar Tropfen Blut können wir uns später kümmern, das bringt mich schon nicht gleich um.«

»Gut, dann sollten wir diese gastliche Einrichtung wirklich hinter uns lassen«, mischte sich Thyrane in das Gespräch der beiden jungen Leute ein. »Shanton hat mich vielleicht gehen lassen, aber Holt wird sicher nicht gerade erfreut sein, wenn er davon erfährt, dass ich entkommen bin. Und die Compagnie schon gar nicht. Bald wird's hier von Soldaten nur so wimmeln. Bis dahin sollten wir möglichst längst ganz woanders sein.«

Gemeinsam liefen sie zu dem schmiedeeisernen Tor, das den Eingang zu dem Anwesen bildete. Hier bot sich das gleiche Bild wie an der Tür – keine Menschenseele weit und breit. Sie schlüpften hinaus und betraten die helle, sonnenbeschienene Straße, die hinab nach Lessan führte. Sie folgten der Straße bis zu einer Stelle, an der eine schmale, ungepflasterte Gasse abzweigte und in ein Gewirr aus Häusern, niedrigen Hütten und Verschlägen hineinführte.

»Lieber die Gasse als die Straße«, entschied der Admiral, als Manoel kurz zögerte.

Dass die Entscheidung richtig gewesen war, erwies sich schon wenige Augenblicke später. Sie hatten kaum die nächsten Häuser erreicht, als Manoel zischte: »Dort vorn kommen die Soldaten wieder. Los, in Deckung!«

Er stellte keine Fragen, sondern drängte sich wie die beiden anderen unter einen Türsturz, der im Schatten lag und deshalb von der breiteren Straße aus kaum eingesehen werden konnte

»Und, wie fühlt es sich an?«, raunte Manoel dem Admiral ins Ohr.

Thyrane duckte sich in den Hauseingang und schwieg, bis die Schritte auf der Straße verhallten. Dann erst sah er Manoel an: »Was?«

»Ein von der Marine gesuchter Verbrecher zu sein?«

Der Admiral zuckte mit den Schultern. »Es ist nicht das erste Mal, dass mir so was passiert; gesucht zu werden, meine ich. Nicht dass ich ein Verbrecher wäre. Im Gegenteil, ich stehe auf der richtigen Seite, und die anderen sind die Verbrecher, aber das hast du ja nicht gemeint, nicht wahr?«

Manoel schüttelte den Kopf. Es war offensichtlich, dass er es für amüsant hielt, dass sie nun alle drei von der Obrigkeit gejagt wurden.

»Falls du glaubst, du kannst mich verletzen, Junge, liegst du falsch«, fuhr Thyrane fort, während sie weiter die Gasse hinabgingen, die im Zickzack in Richtung Hafen führte. »Nur weil diese Dinge geschehen, ist das System noch nicht schlecht. Ich habe schon lange genug gelebt, um eine Menge Veränderungen mitzuerleben. Und man wird auch Leute wie Holt und Gleckham aus dem Verkehr ziehen, früher oder später. Wenn ich dabei ein Wörtchen mitzureden habe, eher früher.«

»Dann kommen eben andere«, gab Manoel zu bedenken.

»Das stimmt. Und wieder andere kommen, um sich um sie

zu kümmern. Männer und Frauen, die nicht weglaufen, sondern sich den Fehlern, die eine Institution wie die Marine eben macht, stellen. Und sie ausmerzen.«

»Hört auf!«, mischte sich Sinao erbost ein. »Das ist vielleicht der falsche Moment, um sich zu streiten, oder? Sind wir nicht gerade zusammen auf der Flucht?«

»Stimmt«, erklärte Thyrane nachsichtig.

Der junge Maestre schwieg ebenfalls, was Thyrane ganz recht war. Entgegen seiner Rhetorik fühlte er sich gerade nicht sehr zuversichtlich. Sein ganzer Leib schmerzte, und ohne das Gefühl, dass die Gefahr ihm im Nacken saß, wäre er längst zusammengebrochen. Stattdessen dachte er nun an ihre Flucht aus Lessan.

»Wie seid ihr an Land gekommen?«, fragte er schließlich in versöhnlichem Tonfall.

»Auf die traditionelle Art«, erklärte Manoel, und Sinao fügte hinzu: »Wir sind geschwommen.«

»Sehr geschickt. Wir müssen zurück auf die *Imperial*. Am besten, bevor sich mein Verschwinden allzu weit herumspricht. Wenn Holt es will, kann er die Fregatte ewig im Hafen festhalten. Aber wenn wir schnell sind, können wir vielleicht durch das Netz schlüpfen, bevor die Maschen zu eng werden.«

»Die Forts …«

»An denen kommen wir vorbei«, unterbrach Thyrane Manoel, »sofern wir schnell genug auf das Schiff gelangen.« *Und Holt keinen Feuerbefehl gibt.*

Durch eine Lücke zwischen zwei Gebäuden konnten sie auf das Hafenbecken hinabsehen und einen Blick auf die *Imperial* werfen. Es sah so aus, als ob die Fregatte ganz normal vor Anker liegen würde; Fischerboote und kleinere Schiffe waren in einiger Entfernung von der *Imperial* an der Kaimauer vertäut.

»Wir müssen einen anderen Weg finden«, murmelte der Admiral. »Schwimmen ist jedenfalls keine Option.«

»Dann bleibt wohl nur Fliegen.«

Thyrane wandte sich überrascht an Manoel. »Ist das dein Ernst?«

»Nein«, erklärte der junge Maestre. »Wir werden doch ein Boot brauchen.«

Der Admiral verzog das Gesicht. Nachdenklich blickte er noch einmal auf den Hafen hinab. Die *Imperial* lag isoliert; das war Fluch und Segen zugleich. Es würde den Soldaten im Hafen schwerfallen, ein Boot aufzuhalten, das sie ansteuerte. Gleichzeitig ließ sich nicht verbergen, welches Ziel dieses Boot haben würde.

»Eine Tarnung wäre angemessen«, befand Thyrane schließlich, »um ein Boot zu … requirieren.«

»Mano, was will er tun?«, fragte Sinao unwillig.

»Ein Boot beschaffen, Sin.«

»Wir könnten unten an den Docks Kleidung kaufen«, erklärte die Paranao. »Aber Mano und ich haben kein Geld.«

Thyrane blickte die beiden nachdenklich an. *Außerdem fallen die zwei wahrscheinlich sogar in Lessan auf. Eine Paranao in Begleitung eines corbanischen Piraten, der aussieht, als käme er gerade aus einer Schlacht.*

Er fuhr sich mit der Hand über die Uniform, als suche er etwas. Dann schüttelte er den Kopf. »Ich habe auch nichts bei mir. Und mein Name ist hier wohl kaum für einen Kredit gut.« Plötzlich kam ihm eine Idee. »Außer bei einigen wenigen, vielleicht. Kommt!«

Er ging die Straße hinab voraus.

»Wohin soll es denn gehen?«, erkundigte sich Manoel nach einer Weile.

»Erst einmal noch weiter hinunter in Richtung Hafen und

dann in den Teil der Stadt, in den Soldaten ungern in Uniform gehen.«

Der junge Maestre nickte und holte zu Thyrane auf. Sinao reihte sich auf der anderen Seite ein, und sie schritten die steile Gasse hinab, bis Manoel auf eine Abzweigung deutete.

»Dort entlang geht's schneller.«

Sie folgten seiner Empfehlung und fanden sich auf einer Straße wieder, die weitaus dunkler war als ihre letzte Wegstrecke. Die Häuser standen dichter und wirkten trotz ihrer farbenfrohen Fassaden bedrohlich. Unter morschen Vordächern saßen kleine Gruppen von Menschen, die sie neugierig anstarrten. Wenn die drei sich näherten, verstummten die Gespräche, und die Kinder hielten mitten im Spiel inne und sahen sie mit großen Augen an. Es hing ein stechender Geruch in der Luft, und Thyrane kannte ihn nur allzu gut. Es war der Gestank der Armut. Nur einen Steinwurf vom sauberen Antlitz der thaynrischen Kolonialbauten entfernt, lebten die Menschen von der Hand in den Mund.

»Wohin genau, Admiral?«

Thyrane beschrieb den Weg, nicht ohne den Maestre darauf hinzuweisen, dass die Nennung seines Titels im Augenblick nicht allzu schlau war.

»Als wenn man das nicht auf den ersten Blick sehen könnte«, warf Sinao ein. »All das Gold und die Uniform.«

Sie erreichten eine Gasse, die Thyrane vage bekannt vorkam. Vor nicht allzu langer Zeit war er sie schon einmal entlanggegangen, auch wenn das inzwischen Jahre zurückzuliegen schien. Die Gasse war diesmal weniger schlammig, und die herumlungernden Jugendlichen, die ihn bei seinem letzten Besuch begrüßt hatten, waren nicht zu sehen, aber am Ende des Wegs lag das weiß getünchte, heruntergekommene Haus mit der stabilen Tür.

»Wartet hier«, bat Thyrane seine beiden Begleiter und ging

allein weiter. Vor der Tür hielt er kurz inne, ehe er anklopfte. Einige Sekunden lang geschah nichts. Dann öffnete sich die Tür, und ein vierschrötiger Mann blickte misstrauisch durch den Spalt.

Der Admiral wappnete sich innerlich für die bevorstehende Begegnung. »Ich bin wegen Oxarre hier.«

SINAO

»Ich kenne dich«, brummte der Mann und musterte den Admiral von oben bis unten. Seine Miene machte deutlich, dass ihm das, was er sah, nicht besonders gefiel und die Erinnerung an eine frühere Begegnung wohl keine angenehme war.

Sinao fragte sich, ob es wirklich eine gute Idee von dem alten Mann gewesen war, hierherzukommen. Das Haus, vor dem sie standen, machte keinen besonders vertrauenserweckenden Eindruck auf sie, ebenso wenig wie die gesamte Gegend. *Vielleicht hätten wir doch schwimmen sollen und den Admiral an eine Schweinsblase hängen,* dachte sie.

Zwölf Herzschläge vergingen, bevor Thyrane dem Mann antwortete: »Und ich kenne Sie, aber das tut jetzt wenig zur Sache. Ich würde gern mit Oxarre sprechen. Können Sie ihr mitteilen, dass Aomas hier ist?«

Der Mann in der Tür musterte erst den Admiral und dann auch Manoel und Sinao mit einem langen Blick. »Das kann ich machen, Aomas. Aber wenn sie dich nicht sehen will und deshalb schlechte Laune bekommt, lasse ich meinen Ärger auf der Stelle an euch aus.«

Thyrane brauchte weitere sieben Herzschläge, bevor er sagte: »Schon gut, Mann. Sag einfach Oxarre, dass sie Besuch hat, ja?«

Mürrisch wandte sich der vierschrötige Mann ab und warf die Haustür hinter sich zu.

»Glaubst du, dass er nochmal wiederkommt?«, flüsterte Sinao dem Admiral zu.

Thyrane lächelte grimmig. »Da bin ich mir sogar ziemlich sicher. Wenn Oxarre zu Hause ist, wird sie sich diese Gelegenheit kaum entgehen lassen.«

»Die Gelegenheit wozu?«, fragte Manoel misstrauisch, doch bevor Thyrane etwas dazu sagen konnte, wurde die Tür wieder geöffnet. »Sie erwartet euch, Aomas.«

Sie folgten dem Mann in das Zwielicht eines Korridors. Nach wenigen Schritten blieb er stehen und deutete mit ausgestrecktem Arm auf eine angelehnte Tür. »Bitte einzutreten«, sagte er mit einem spöttischen Kratzfuß.

Ohne ein weiteres Wort schritt Thyrane in das Zimmer, und Sinao und Manoel folgten ihm. Der Raum war groß und lag vollständig in einem dämmrigen Licht, das durch geschlossene Fensterläden drang. In einem schäbigen Ledersessel saß eine Frau von schwer bestimmbarem Alter. Sie trug eine lederne Hose und ein Hemd ohne Ärmel. In ihrem dunklen Haar fanden sich zahlreiche silberne Strähnen, aber ihr Gesicht wies noch wenige Spuren der Zeit auf. Ihre dunklen Augen fixierten den Admiral mit einem lauernden Blick.

»Aomas«, sagte sie mit einer dunklen, rauchigen Stimme. »Wie schön, dass du dir die Zeit nimmst, vorbeizuschauen – und wen hast du mir da mitgebracht? Zwei deiner Bankerte, die du auf den Inseln gezeugt hast?«

Sinao wollte bereits auffahren, doch Manoel legte ihr eine Hand auf die Schulter.

»Nicht«, flüsterte er. »Sie hat mächtiges Mojo.«

Sinao atmete hastig ein und langsam wieder aus. Vierunddreißig Linien aus Licht drangen durch die Fenster. Jetzt spürte sie es auch. In der Tat, die Frau vor ihnen besaß Mojo.

Und sie hatte nie geglaubt, dass Manoel und Sinao die Kinder des Admirals waren; sie hatte den alten Mann nur wütend machen wollen.

Warum sind wir wohl hier, wenn sie sich überhaupt nicht mögen?

»Ich brauche deine Hilfe, Oxarre«, sagte Thyrane, ohne auf ihre Begrüßung einzugehen. »Und ich brauche sie verdammt dringend.«

»Komm morgen wieder«, erwiderte die Frau ungerührt und wandte ihre Aufmerksamkeit einer kleinen Eidechse zu, die mit flinken Bewegungen neben ihr die Wand emporlief. Mit einer einzigen fließenden Bewegung ergriff sie das kleine Tier und barg es in ihrer linken Hand.

Der Admiral machte einen Schritt auf die Frau zu. Einen Moment lang sah er sie bloß an, dann sagte er: »Bitte, Oxarre, keine Spielchen. Ich brauche wirklich deine Hilfe. Um der alten Zeiten willen.«

Thyrane räusperte sich, und Sinao bemerkte, dass sie den alten Mann noch nie so gesehen hatte. *Er wirkt auf eine Art verlegen, wie Männer sie nur gegenüber Frauen an den Tag legen, die sie begehren. Vielleicht mögen sie sich ja doch?*

Oxarre blickte zu ihm empor.

»Was ist es denn, was ich so dringend für dich tun sollte?«

»Wir müssen auf ein Schiff im Hafen. Wir brauchen ein Boot und Ruderer. Einen Mantel für mich. Und zwar bald. Denn es wird nicht lange dauern, und man wird in ganz Lessan nach uns suchen. Und da ist noch etwas: Du musst Kanzler Walsley über deine Kontakte wissen lassen, dass er die Compagnie im Auge behalten muss. Sag ihm, dass sie etwas von der Insel Rosarias fortgeschafft haben, was von äußerster Wichtigkeit gewesen sein muss.«

Die Frau musterte Thyrane mit einem schwer deutbaren Ausdruck auf dem Gesicht.

»Das sind aber ganz schön viele Gefälligkeiten. Hast du denn Geld?«, fragte sie schließlich.

Thyrane schüttelte den Kopf. »Nicht bei mir. Aber auf dem Schiff.« Als er Oxarres Zweifel sah, fuhr er rasch fort: »Ich würde mich sehr erkenntlich zeigen.«

Unvermittelt erhob sich Oxarre und trat auf Sinao zu. Sie zwinkerte der Paranao verschwörerisch zu, öffnete die Hand und ließ die kleine Eidechse auf die Schulter des Mädchens laufen. Dann wandte sie sich wieder dem Admiral zu.

»Nun gut, Aomas, um der alten Zeiten willen. Ich besorge alles. Aber das wird nicht billig.«

Als das kleine Dingi, das zwei von Oxarres Männern ruderten, während seine drei Passagiere unter einer schweren Segeltuchplane verborgen waren, an der Längsseite der *Imperial* anlegte, stieß Sinao einen Seufzer der Erleichterung aus. Es war eng und stickig unter der Plane, und es roch nach brackigem Wasser und altem Fisch.

Von oben wurden die Neuankömmlinge misstrauisch von zwei Seesoldaten beäugt, doch der Gesichtsausdruck der beiden Männer wandelte sich rasch zu Verblüffung, als Thyrane die Plane abschüttelte, sich in dem Dingi aufrichtete und zischte: »Los, holt uns sofort an Bord!«

Hinter der Reling brach hektische Betriebsamkeit aus, und nicht einmal eine Minute später wurde von oben eine Strickleiter zu ihnen hinabgelassen, und der Admiral, Sinao und Manoel kletterten an Bord des Kriegsschiffes.

Kapitän Bercons nahm sie auf Deck in Empfang. Obwohl er seine übliche Uniform trug, hatte er sie offenbar in Hast angezogen, denn die Knopfreihe war um einen Knopf versetzt geschlossen, wie Sinao bemerkte.

»Thay!«, rief Bercons erfreut und schüttelte dem Admiral die Hand. »Es ist tatsächlich geglückt, Sie zu befreien.«

Dann wandte er sich Manoel und Sinao zu und streckte auch ihnen die Hand hin. »Ich möchte Ihnen vielmals danken«, sagte er. »Sie haben gute Arbeit gelcistet.«

Sinao musste bei seinen Worten lächeln. Seit sie an Bord gekommen waren, hatte der Kapitän ganz offensichtlich nie gewusst, wie er sich Manoel und ihr gegenüber verhalten sollte, und sie deshalb mal wie Kinder, dann wieder wie Gäste behandelt. Aber jetzt schienen seine Vorbehalte wie weggeblasen, und er sprach einfach so mit ihnen, als gehörten sie zu seiner Mannschaft.

Manoel hob eine Hand an die blutverschmierte Schläfe und imitierte einen militärischen Gruß. »Es war uns eine Ehre, Thay!«, brachte er mit gespieltem Ernst hervor.

»Lass die Faxen, Junge!«, knurrte Thyrane und wandte sich dann an Bercons: »Kapitän, entlohnen Sie bitte die Männer, die uns hergebracht haben. Und seien Sie großzügig, die *Miete* für das Boot muss auch noch beglichen werden. Und dann sollten wir schleunigst den Anker lichten, denn es wird nicht lange dauern, und Holt wird mithilfe der Flotte versuchen, uns am Auslaufen zu hindern.«

Bercons schluckte sichtlich nervös, aber dann antwortete er: »Aye, aye, Thay. Ich lasse alles zum Auslaufen klarmachen. Sie sind gerade zur richtigen Zeit an Bord gekommen, wenn ich das sagen darf – der Tidenstand ist ideal.«

»Was ist mit der Bailiff?«

»Wir haben alle Gefangenen auf die *Ertraden* transferiert, als wir von Ihrer Verhaftung erfuhren und ich annehmen musste, dass Holt an Bord kommen würde.«

Admiral Thyrane nickte, und Bercons wandte sich an den Bootsmann: »Klar Schiff zum Auslaufen! Ich will, dass die Mannschaft einen neuen Rekord aufstellt, bis der Anker hier oben und die Segel gesetzt sind.«

Die Pfeife des Bootsmanns ertönte, und auf dem Deck begann sofort die eingespielte Zusammenarbeit der Schiffsmannschaft.

»Komm, Sin.« Manoel deutete mit dem Kopf auf den Bug »Lass uns den guten Leuten hier mal aus dem Weg gehen.«

»Und im Falle, dass wir angegriffen werden ...«, begann Bercons, doch der junge Maestre grinste nur: »... sehen wir es als Erste kommen. Sinao und ich kümmern uns um den vorderen Bereich. Kann der Bordmaestre das Heck abdecken?«

Thyrane strahlte ihn förmlich an.

»Das kann er in der Tat, mein Junge. Los, geht auf eure Posten. Und Bercons – lassen Sie *Klar Schiff zum Gefecht* pfeifen, sobald die Segel oben sind.«

»Glauben Sie wirklich, dass Holt auf uns schießen lassen würde?«

»Ich weiß nicht, ob er in dieser Sache eine Wahl hat.«

Während Sinao und Manoel zum Bug liefen, kappten Matrosen bereits die Taue, die die *Imperial* mit der *Ertraden* verbanden. Fünfzehn Matrosen bedienten die Winde, die die gewaltige Ankerkette nach oben zog. Und die ersten Segel flatterten schon im Wind, als Sinao und Manoel am Bugspriet ankamen.

Momente später setzte sich das gewaltige Kriegsschiff in Bewegung. Die *Imperial* drehte bei und richtete sich auf die Hafenausfahrt aus.

Es erschien Sinao so, als ob viel mehr als nur die sieben Minuten verstrichen, die es dauerte, um das Schiff bereit zur Abfahrt zu machen und auf Kurs zu bringen. Vier weitere, und das Fort, das vorgelagert auf einem Hügel an der Hafeneinfahrt der Insel stand, kam in Sichtweite.

Gespannte Stille lag nun über dem Schiff. Niemand sprach, und das Knattern der Segel im Wind war überdeutlich zu hören. Das Fort rückte immer näher, und Sinao konnte bereits die Soldaten auf den Mauern als winzige rote Punkte erkennen. Noch war nichts geschehen.

Vielleicht hat der Kapitän ja einfach Recht, dachte die Paranao. *Der Admiral ist ein mächtiger Mann in seinem Land. Vielleicht traut sich Holt gar nicht, auf ihn schießen zu lassen. Das feige Attentat vorhin passt auch viel besser zu diesen Ratten von der Compagnie.*

Sie hatten das Fort schon beinahe passiert, als plötzlich eine einzelne Kanone schoss. Die Kugel verfehlte sie und schlug zehn Schritt von ihnen entfernt ins Wasser.

Aber mit der Stille an Bord war es nun vorbei.

»Wir werden angegriffen«, tönte die Stimme des Kapitäns über das Deck. »Alle Hände bereiten sich auf einen Einschlag vor!«, und die Mannschaft beeilte sich, seinen Befehlen nachzukommen.

»Obacht, Sin«, raunte Manoel. »Der nächste Schuss wird besser gezielt sein, glaub mir.«

»Was soll ich tun?«, fragte sie, unsicher, wie sie helfen konnte.

»Lass die Vigoris die Arbeit machen«, erklärte der junge Maestre. »Du leitest sie durch dich hindurch und lässt sie einen Schild bilden, der eine Kugel abfangen kann. Aber lass den Schild nicht zu fest sein, sonst kann er zerstört werden. Ein bisschen nachgiebig, so wie Kautschuk, das ist ideal.«

»Nachgiebig, Kautschuk, Schild«, wiederholte Sinao. »Ich weiß nicht, ob ich das schaffe.«

»Ich bin mir sicher, dass du es kannst«, sagte Manoel mit einem aufmunternden Lächeln. »Und falls etwas schiefgehen sollte, bin ich ja auch noch da.«

Neuer Donner ertönte von der Festungsmauer, und zwei Kanonen spuckten Kugeln aus. Sinao schloss die Augen. Die Vigoris erfüllte sie, strömte durch sie hindurch wie ein mächtiger Strom. Sie formte eine Mauer aus durchscheinender

Energie, so wie Mano es ihr erklärt hatte. *Halt, sie wollte sie doch nachgiebig machen …* Doch da traf bereits die erste Kanonenkugel auf ihre Barriere.

Der Einschlag riss Sinao von den Füßen. Sie wurde einige Meter nach hinten geschleudert und schlug auf dem Deck auf. Aber die Kugel fiel, ohne ihr Ziel zu treffen, ins Meer.

Sinao kam wieder auf die Füße. Neben dem Schiff ging noch ein weiteres Geschoss ins Leere; auch Manoel musste seine Kugel abgelenkt haben.

Das Schiff setzte unbeirrt seine Fahrt fort, doch Sinao konnte spüren, wie angespannt die Matrosen waren.

Kein Wunder, es sind ihre eigenen Leute, die hier auf sie schießen, dachte sie.

Der nächste Donner ertönte und gleich darauf noch einer. Diesmal war die Paranao vorbereitet, und ihr Schild war weich und nachgiebig. Die Kugel wurde kurz darin gefangen, verlor all ihre Energie und fiel neben dem Schiff ins Meer.

Auch der Bordmaestre wehrte einen Angriff ab. Doch die darauffolgende Kugel raste ebenfalls auf das Heck des Schiffes zu, und diese Kugel traf das Ende des Schiffes. Unter dem Einschlag erzitterte das ganze Deck.

»Einschlag!«, schrie der Bootsmann pflichtgemäß.

»Schadensbericht«, verlangte Bercons mit lauter Stimme. »Die Pumpenmannschaft soll nach unten auf Position gehen!«

Sinao blickte auf das Fort. Sie hatte gesehen, wie weit die Kanonen der Thayns reichten, und sie wusste, dass nicht mehr viele Angriffe folgen konnten.

Noch einen Fuß, zwei, drei …

Dann waren sie zu weit entfernt, als dass sie noch hätten getroffen werden können.

Die *Imperial* war davongekommen und sie mit ihr.

FRANIGO

Es war nicht leicht, ein Genie umgeben von Narren zu sein. Dessen war sich Franigo schmerzlich bewusst. Erst gestern hatten sie auf dem Marktplatz wieder Schriften und Bücher verbrannt, darunter auch seine. *Unsittlich, reaktionär, gegen-revolutionär* – der Vorwürfe gab es viele.

Am Schlimmsten ist ja, dass sie am lautesten von all jenen vorgebracht werden, die nicht einmal lesen können, was sie da so gierig verbrennen. Es sind ungewaschene Bengel und müffelnde Weiber, die Schätze ins Feuer werfen, die sie sogar dann nicht verstünden, wenn die Einheit selbst sie ihnen vorlesen würde.

Dass sie ausgerechnet die Ausgaben den Flammen überantwortet hatten, die ohne sein Wissen gedruckt worden waren, hatte den Poeten weder die Schmach noch die Empörung vergessen lassen, die in seinem Herzen tobten.

»Verbrannt!« Er schritt quer durch das Mansardenzimmer, das er im Moment in Sargona bewohnte, und hielt ein zerfleddertes Exemplar von *Die Abenteuer des tapferen und findigen Soldaten Bouflé* hoch, als würde jemand seinen Worten lauschen und sich von seinen Gesten beeindrucken lassen. Tatsächlich aber war er allein. »Ins Feuer geworfen! Von Menschen, deren größte geistige Leistung darin besteht, dass sie rülpsen!«

Er drückte das Büchlein gegen die Brust, als sei es sein

wertvollster Besitz. Und in einem gewissen Sinne war es das auch. Selbst wenn er die Form nicht mochte, in der es gedruckt worden war, und die freie Verteilung seiner Bücher als einen Frevel ansah, so waren es doch seine Worte, seine Gedanken, die auf diese Seiten gebannt worden waren. Und indem man es verbrannte, nahm man Franigo einen Teil seines Selbst.

»Ignoranten! Trottel! Kakerlaken!« Er überlegte einen Moment, bevor er fortfuhr: »Sabberndes Pack, in Dummheit gefangene, alberne, unfeine ...«

Franigo seufzte. So sehr er sich auch bemühte, es wollten ihm einfach keine passenden Worte mehr einfallen. Fast begrüßte er es, dass es an der Tür klopfte und er so von diesem missliebigen Umstand abgelenkt wurde.

»Ja?«

Die Tür wurde einen Spalt geöffnet, und ein Mann schob seinen Kopf hinein. »Mesér Franigo ...«

»Ja, ja, der bin ich«, unterbrach Franigo ihn ungeduldig und winkte mit der Hand, zum Zeichen, dass der Besucher eintreten sollte. »Und mit wem habe ich die Ehre?«

Die Tür wurde ganz geöffnet, und herein kam ein schneidiger junger Bursche, der die improvisierte Uniform des Rates trug und sein schwarzes Haar kurz geschoren hatte. An der Seite trug er Dolch und Degen und in seiner schwarz behandschuhten Hand ein Lederfutteral.

Er deutete eine Verneigung an und sagte: »Magistrat Juanbare Gárrer schickt mich zu euch, Mesér. Der Rat hat beschlossen, es nicht länger hinzunehmen, dass Eure Stücke die Jugend verderben, den Geist schwacher Frauen verwirren und dem allgemeinen sittlichen Verfall zuarbeiten. Deshalb wurde mit sofortiger Wirkung beschlossen, für Euer Stück ›Der gehörnte Ehemann‹ ein Aufführungsverbot zu verhängen. Das Verbot gilt mit sofortiger Wirkung, Mesér, und wer dagegen verstößt, sei er Schauspieler, Theaterbesitzer oder Stückeschreiber, hat mit Geldbußen oder dem Kerker zu rechnen.«

Der Bote machte eine höfliche Pause und sah Franigo erwartungsvoll an.

»Die Pest soll diesen …«, begann der Dichter in höchstem Zorn, doch noch bevor er herausschreien konnte, was er von Magistrat Gárrer und dessen Schergen dachte, kam er wieder zur Besinnung. *Der Ton, die Nachricht, der Bote … das alles soll doch nur dazu dienen, dich zu reizen,* dachte er. Nichts würde der verehrte Magistrat lieber sehen, als dass Franigo sich in Schwierigkeiten brachte. *Vermutlich haben dieser Mann und seine Sechsermannschaft, die zweifellos unten wartet, den Auftrag, mich gleich zu verhaften, falls ich ausfällig werde. Nun, diesen Gefallen werde ich Gárrer nicht tun.*

Mit äußerster Anstrengung zwang er sich zur Ruhe und einem Lächeln.

»Ich habe verstanden. Wenn das der Wille des Rates ist …«

Der Bote nickte bekräftigend. »Das ist er. Hier sind die Bestimmungen genau nachzulesen.«

Er öffnete das Lederfutteral, entnahm ihm ein zusammengerolltes Pergament, an dem das protzige Siegel des Rates hing, und überreichte das Dokument Franigo, der es zähneknirschend entgegennahm. Der Bote verneigte sich erneut und wandte sich schon zum Gehen, doch dann schien ihm noch etwas einzufallen.

»Oh, fast hätte ich es vergessen, Mesér – der Magistrat lässt Euch grüßen und empfiehlt Euch, die morgigen Hinrichtungen zu besuchen. Er sagt, es fördere den Gemeinsinn zuhöchst, sich anzuschauen, wie unsere Gesellschaft von Subjekten befreit wird, die ihr zu schaden trachteten.«

»Welche Subjekte meint Ihr, Mesér?«, fragte Franigo lauernd.

»Nun, es sind mehrere, die morgen ihrer gerechten Strafe zugeführt werden. Doch ich glaube, mein Herr nannte mir im Besonderen Vimaro Froiga als einen der Verurteilten. Ein Drucker, mit dem Ihr möglicherweise Eurer Profession halber Umgang gehabt habt?«

Kaum hatte er das gesagt, ging der Bote und schloss die Tür hinter sich. Franigos Herzschlag setzte für einen Augenblick aus. Es war einer der seltenen Momente, in denen er wahrlich sprachlos war.

Natürlich wusste er von den Hinrichtungen, die immer häufiger stattfanden. Er hatte davon gehört, sie aber selbst nie besucht, und er wagte es üblicherweise nicht, nachzufragen, wen es getroffen hatte. Lieber machte er einen weiten Bogen um den Richtplatz, als Zeuge eines solchen Schauspiels zu werden. Das Verbrechen, das man diesen armen Seelen vorwarf, denen man mit großem Enthusiasmus den Kopf vom Hals trennte, war eigentlich stets dasselbe. Sie waren Feinde des hiscadischen Volkes allesamt, ganz sicher. *Noch ein wenig mehr von dieser Medizin, und das hiscadische Volk hat bald keine Feinde mehr, weil es kein hiscadisches Volk mehr gibt, das dieses Namens würdig wäre,* dachte Franigo düster.

Aber Vimaro Froiga? Inxis Vater? Hat denn Almarza schon all seine Macht verloren? Oder hat er mich ins Messer laufen lassen mit seinem Lächeln und seiner Freundlichkeit?

Gárrer musste sich seiner Sache sehr sicher sein, wenn er einen aufs Schafott brachte, den der Ratsvorsitzende bereits begnadigt hatte. *Die Einheit strafe diesen Hurensohn mit der schlimmsten Form von Syphilis und lasse ihn langsam verrotten.*

Es half nichts, und er wusste es. Morgen würde er sich zum Richtplatz begeben müssen, der sich unweit des Marktes befand, um mit eigenen Augen zu sehen, wie das Fallbeil den Hals des Druckers durchtrennte. Das schuldete er Inxi, der gewiss auch vor Ort sein würde.

Franigo malte sich schon grimmig aus, wie er dem alten Drucker in letzter Sekunde zu Hilfe eilte, wusste aber gleichzeitig, wie unmöglich das war. Aber zumindest Inxi und den Freunden der Vimaros konnte er beistehen.

Er legte das Dokument und das Büchlein, das er noch immer mit der Linken umklammert hielt, auf den Tisch, und seine Hand griff ganz automatisch zu seinem Degen. Seit Tagen legte er die Klinge nur noch in der Sicherheit seiner vier Wände ab. Bis gestern hatte er geglaubt, dass seine Taten und Worte ihm einen gewissen Schutz verliehen. Aber der heutige Tag hatte ihm endgültig klargemacht, in welcher Lage er sich tatsächlich befand. Noch war es der Hetze gegen ihn nicht genug, mit jedem Tag wurde sie schriller und lauter. Und wenn sie ihn erreichte, gab es keine Macht in Hiscadi, die ihn vor dem Hass der Menge und dem Schafott bewahren würde.

Das Licht im Zimmer schwand mit der langsam untergehenden Sonne, aber Franigos Zorn brannte dafür umso heller. Schweigend begann er sich anzukleiden, während sein Zorn allmählich kalter Wut wich. Mit Bedacht wählte er Kleidung, die er auch am géronaischen Hofe hätte tragen können. Diese Mode war heutzutage in Hiscadi verpönt, und nach allem, was man hörte, war es in Géronay wenig anders. Aber Franigo hatte nicht vor, dem Geschmack der brüllenden Masse zu folgen. Kopftuch, Hut, die dünnen Handschuhe und die hohen Stiefel, so als ginge er zu einer fürstlichen Hochzeit. Sein Bart war frisch gestutzt und gezwirbelt, und sein Wams war von erlesener Schwärze.

Die Schläger der Gusemisten rotteten sich überall zusammen, und gewiss würden sie sich auch die Hinrichtungen am nächsten Tag nicht entgehen lassen. Normalerweise versuchte jeder Bürger, so gut es ging, ihrer Aufmerksamkeit zu entgehen. Niemand kleidete oder verhielt sich auffallend. Niemand ging nachts allein hinaus. Niemand, bis auf Franigo, der sich weigerte, diesem Pöbel auch nur einen Fußbreit

Boden zu überlassen; vor allem dann nicht, wenn dieser Fußbreit Boden zwischen seiner Unterkunft und seinem Stammlokal lag. Ja, heute war ihm endgültig nicht danach, sich nach den Launen dieser Hunde zu richten. Sollten sie ihn angreifen, dann würde er ihnen eine Lektion erteilen. Er legte eine Hand auf den Degen, die andere auf den Dolch, den er gerade umgeschnallt hatte. Ein Kampf käme ihm heute gerade recht.

Ein lautes Pochen an seiner Tür ließ ihn herumfahren. Sein Herzschlag beschleunigte sich, und er trat ans Fenster. Mit zwei Fingern schob er die Gardine ein Stück zur Seite und spähte vorsichtig hinaus. Waren die Männer des Rates bereits zurückgekehrt?

Doch er konnte keine bewaffneten Uniformierten entdecken. Dennoch ließ Franigo die Hand auf dem Knauf seiner Klinge, als er die Tür öffnete. Unhöflich mochte das sein, aber was galt das an einem Tag wie diesem?

Vor sich sah er einen Mann in einem altmodischen Kapuzenmantel, der trotz seines deutlich fortgeschrittenen Alters keineswegs gebeugt, sondern hoch aufgerichtet dastand. Linien hatten sich in das Gesicht des Alten gegraben, aber seine hellen Augen waren klar und ihr Blick forsch. Franigo konnte wenig mehr erkennen, denn Mantel und Kapuze verbargen den Rest.

»Wie kann ich Euch helfen, Mesér?«, erkundigte er sich mit einer Verbeugung.

»Ah, es gibt noch Orte in diesem Land, an denen man nicht allen Manieren abgeschworen hat«, erwiderte der Alte mit fester Stimme.

»Gewiss«, entgegnete der Dichter ungeduldig. »Aber entschuldigt, Mesér, es ist mir eine Pflicht, heute noch auszugehen, deshalb muss ich Euch bitten, mir rasch Euer Anliegen zu nennen.«

Der Fremde neigte leicht den Kopf. Etwas an seinem Auftreten erschien Franigo fremdländisch und ungewohnt, doch er hätte nicht zu sagen vermocht, was es war. »Wie Ihr wünscht. Dann möchte ich mich kurz fassen. Ihr seid der Poet namens Franigo?«

Nun war es an dem Dichter, zu nicken.

»Ich möchte Euch darum ersuchen, mir zu folgen, und Euch bitten, das Gespräch an einem anderen Ort fortzuführen.«

Franigo runzelte die Stirn und machte einen Schritt zur Seite. »Wie ich schon sagte – der Zeitpunkt für Euren Besuch ist schlecht gewählt, ich wollte soeben gehen.«

Der Alte winkte ab.

»Ich hätte mich deutlicher ausdrücken müssen. Dort hinten, keine Meile von hier, rottet sich eine Gruppe von Männern und Frauen zusammen, deren Ziel es ist, Euch in ihre Gewalt zu bringen. Wenn man die Menge an Wein und Branntwein bedenkt, die dort konsumiert wird, möchte ich behaupten, dass es dem einen oder der anderen noch besser gefallen würde, wenn Ihr Euch widersetztet und sie an Euch ein Exempel statuieren könnten.«

Dies schockierte den Poeten, obwohl er an diesem Tag schon so viele schlechte Nachrichten hatte empfangen müssen. Auch dem Alten blieb seine Verwirrung wohl nicht verborgen.

»Ihr müsst doch damit gerechnet haben?«

»Ich … Ja, durchaus. Irgendwann, aber doch nicht heute! Vorgestern war ich noch bei Mesér Almarza, und morgen wird Inxis Vater hingerichtet, meine Stücke werden verboten, und ich werde zum Gejagten«, sprudelte es aus ihm hervor, bis er merkte, welch seltsamen Eindruck sein Ausbruch auf seinen Gast machen musste.

»Nun, diese Menschen besitzen weder Anstand noch Taktgefühl. Können wir?«

Franigo war versucht zu betonen, dass es nicht seine Angewohnheit war, davonzulaufen, aber die Schwere der Situation lastete auf seinem Gemüt, und so verwehrte er sich diese Lüge.

»Wohin?«

»Ich habe ein Gefährt, nicht allzu weit von hier. Eine Kutsche, bespannt mit den schnellsten Pferden. Wir können die Stadt hinter uns lassen, lange bevor man Euch vermisst.«

»Wer seid Ihr?«

Der Alte lächelte versonnen. »Sagen wir, dass ich ein Bewunderer Eurer Kunst bin und dass ich Eure speziellen Fähigkeiten brauchen kann. Ja, das ist gut. Dabei können wir es belassen. Mein Name tut hier nichts zur Sache, wir können uns aber später einen überlegen, wenn Ihr es wünscht.«

Ohne ein weiteres Wort wandte er sich zum Gehen.

Franigo steckte das Wichtigste ein, dann folgte er ihm.

Wieder einmal würde er mit wenig mehr als seiner Kleidung am Leib eine Stadt verlassen, in der er zuvor Triumphe gefeiert hatte.

THYRANE

»Thay, mit Verlaub gesagt – wenn wir nicht bald einen neuen Kurs festlegen, wird die Mannschaft noch unruhiger werden. Wir wurden vor Lessan von unserem eigenen Fort angegriffen. Viele der Matrosen fragen sich, ob sie nicht vielleicht schon jetzt wider Willen Meuterer sind.«

Kapitän Bercons hatte seinen Dreispitz abgenommen und drehte ihn in seinen Händen. Thyrane konnte sehen, dass es dem Mann schwerfiel, ihm diese Nachricht zu überbringen, dass er es aber für notwendig hielt.

Seit zwei Tagen befand sich die *Imperial* auf hoher See, und seit eben so langer Zeit hatte Thyrane sich nicht auf einen Kurs festlegen wollen. In der Sturmwelt waren ihm alle Tore verschlossen; und seine Flucht erschien ihm nun übereilt und verzweifelt. Als er in die fragenden Gesichter Sinaos und Manoels blickte, kam ihm nicht zum ersten Mal der Gedanke, ob es wirklich eine gute Idee gewesen war, sich von den Kindern retten zu lassen.

»Ich weiß, Bercons. Sie haben Recht«, sagte er müde. »Aber was, im Namen der Einheit, schlagen Sie vor, sollen wir tun?«

»Lassen Sie uns nach Corbane zurücksegeln, Thay. Dort können wir versuchen, bei der Admiralität eine Untersuchung der Vorfälle zu erwirken. Gewiss war schon Ihre Verhaftung nicht rechtskräftig.«

Was Bercons sagte, entbehrte nicht einer gewissen Logik; die Überfahrt nach Corbane wäre der *Imperial* vermutlich ohne größere Schwierigkeiten möglich. Aber dann wäre Thyrane wie ein geprügelter Hund mit eingekniffenem Schwanz nach Hause gelaufen, und es war nicht sicher, ob die Macht der Compagnie ihn nicht selbst in Thaynric erreichen würde. Zumindest würde man ihm das Leben schwermachen, und eine Verhandlung vor einem Kriegsgericht war fast sicher. Und wie eine solche ausgehen würde, stand in den Sternen. Eine ›Untersuchung der Vorfälle‹ klang jedenfalls nach einem Prozess, der sich über Jahre hinziehen mochte.

Dennoch. Vielleicht würde ihm schlussendlich nichts anderes übrig bleiben. Und Wankelmut hatte eigentlich noch nie zu seinen Untugenden gehört.

Manoel, dessen Silhouette vor dem Licht, das durch das geöffnete Fenster in die Kajüte drang, beinahe so dunkel wie ein Schattenriss wirkte, sagte langsam: »Admiral, ich habe einen anderen Vorschlag.«

Thyrane rieb sich mit den Händen über das Gesicht. »Nur zu, mein Sohn«, ermutigte er den jungen Maestre.

»Bei allen unseren Überlegungen haben wir eine Macht in den Sturmwelten völlig vergessen«, erklärte Manoel. Seine Finger strichen tastend über die drei Stiche an seiner Schläfe, mit denen der Bordarzt den Streifschuss genäht hatte, den er in Lessan davongetragen hatte, und wanderten dann weiter zu einem seiner verfilzten Zöpfe.

Thyrane fiel auf, dass der Maestre nun wieder sprach wie ein gebildeter Corbaner, statt seine gewohnte Ausdrucksweise zu benutzen. »Und die wäre?«, erkundigte sich der Admiral.

»Die Paranao. Sie waren schon immer hier, und sie haben eine enge Beziehung zum Mojo – so nennen sie die Vigoris«, fügte Manoel erklärend hinzu.

»Die Eingeborenen?«, fragte Thyrane einigermaßen verblüfft. »Was haben sie mit unserem aktuellen Problem zu schaffen?«

Sinao schnaubte hörbar. Als der Admiral ihr einen Blick zuwarf, konnte er an ihren vor der Brust verschränkten Armen deutlich erkennen, dass sie seine letzte Bemerkung keinesfalls guthieß.

»Ich will nicht unhöflich sein«, erklärte er deswegen in ruhigem Ton. »Aber ich glaube, ich verstehe noch nicht, worauf du hinauswillst.«

»Die Paranao bevölkern diese Inseln schon seit Tausenden von Jahren. Sie waren hier, lange bevor das erste Schiff aus Corbane in der Sturmwelt eingetroffen ist.«

»Das ist mir klar. Und?«

»Und sie hatten in all der Zeit Kontakt zueinander. Natürlich haben sich einzelne Stämme auch bekriegt, und es gab immer abgelegene Inseln, die mit ihren Booten nur schwer zu erreichen waren. Aber soweit ich weiß, halten die Paranao-Stämme alle untereinander Verbindung.«

»Das ist wahr«, warf Sinao ein. »Selbst auf Hequia gab es Geschichten über die großen Zusammenkünfte, die früher auf den Hauptinseln stattgefunden haben.«

Obwohl er immer noch nicht sah, was die beiden jungen Leute im Sinn hatten, beschloss Thyrane, diesmal zu schweigen und sie einfach reden zu lassen.

»Die Paranao erzählen mit Sicherheit Geschichten über das, was auf Rosarias versteckt war. Sie werden Legenden kennen oder Lieder. Vielleicht wissen sie viel mehr über die Ladung des schwarzen Schiffes als wir alle.«

Thyrane ließ diese Worte auf sich wirken. In der Tat besaß die Vorstellung einen gewissen Reiz. »Und wie sollen wir an dieses Wissen herankommen? Die Eingeborenen sind meist nicht sehr gut auf uns zu sprechen. Mit einigem Grund, möchte ich meinen.«

»Nun, zum einen ist Sinao natürlich eine Paranao. Das sollte uns ein paar Türen öffnen. Und ich habe eine Weile auf Tellua gelebt, bei dem Stamm, der dort zu Hause ist. Ich habe bei ihnen mehr über die Anwendung von Mojo gelernt als in der ganzen Zeit an der Akademie. Wir könnten dort anfangen.«

Es ist eine verrückte Idee, dachte Thyrane. *Aber andererseits ist es wenigstens eine.*

»Tellua ist nur drei Tage entfernt«, ließ Bercons sich zögerlich vernehmen.

Die verdammte Bedenkenträgerei steht mir wirklich nicht. Thyrane blickte vom Kapitän zu seinem Maestre und der jungen Paranao. »Meine Herren, meine Dame, dann ist es beschlossene Sache. Nehmen Sie Kurs auf Tellua, Kapitän Bercons.«

JAQUENTO

Jaquento schaute sein Gegenüber verständnislos an. Dann warf er dem Mauresken einen fragenden Blick zu, aber Bihrâd gab nicht zu erkennen, ob ihm die Enthüllungen des blonden Matrosen weniger rätselhaft erschienen als seinem Freund.

»Der Viererbund?«, fragte der Hiscadi also vorsichtig zurück, während er hastig versuchte, sich in Erinnerung zu rufen, was er über diese kleine Nation wusste. Es handelte sich um vier größere Inseln im Norden der Sturmwelt, gut ein oder zwei Wochen Segelzeit von Lessan entfernt. Einst waren sie Teil der Kolonien gewesen, erst im Besitz der Géronaee, dann wurden sie von Thaynric erobert. Und vor weniger als zwanzig Jahren hatten sie sich für unabhängig erklärt und eine kleine Armee Thaynrics, die zu ihrer Maßregelung entsandt worden war, in einer Reihe von Gefechten besiegt. Seitdem galten ihre Bewohner entweder als glorreiche Helden oder als verabscheuungswürdige Rebellen, je nachdem, mit wem man sprach, und da sie weitgehend unter sich blieben und keiner anderen Macht in der Sturmwelt ins Handwerk pfuschten, ließ man sie zumeist unbehelligt.

»Ja, der Viererbund. Vier hübsche kleine Inseln und ziemlich oft unterschätzt, möchte ich meinen.«

»Und du bist im Auftrag eurer Marine hier? Ganz ehrlich gesagt, wusste ich nicht mal, dass ihr eine Marine habt.«

Sean verzog die Mundwinkel. »Wie gesagt, wir werden oft verkannt. Und, zugegeben, unsere Marine ist nicht unbedingt das, was sich die Thayns unter dem Begriff vorstellen. Sie ist vielleicht eher das, was sich Kapitän Rénand Deguay und seine Mannschaft unter einer Flotte vorgestellt haben, wenn du verstehst, was ich meine.«

»Du kennst Deguay?«, warf Jaquento überrascht ein.

»Ich kannte ihn, ja. Gehen wir mal davon aus, dass ich deswegen weiß, dass die *Todsünde* ein Piratenschiff ist. Das ist für mich allerdings absolut zweitrangig. Was mich hingegen interessiert, ist: Was befindet sich an Bord des Schiffes?«

Während Jaquento im Geist seine Optionen abwog, versuchte er, die seltsamen, schlürfenden Geräusche aus dem Weinkrug zu ignorieren, in dem Sinosh bis zum Hals stecke. Die Echse hatte die Vordergliedmaßen um den Krug gelegt und es sah aus, als wolle sie ihn ganz verschlingen. *Versuch, so viele Informationen wie möglich von Sean zu bekommen,* beschloss er. *Lass ihn das Reden übernehmen.*

»Ich weiß es wirklich nicht«, sagte Jaquento schließlich. »Wir sind hier, um das herauszufinden.«

Er hoffte, dass er aufrichtig genug klang.

»Das ist ziemlich unwahrscheinlich, Jaq. Und Unwissen vorzutäuschen ist langsam keine Option mehr, mein Freund.« Seans Stimme wechselte abrupt wieder von einem jovialen zu einem bedrohlichen Unterton.

»Was Jaquento sagt, stimmt, *mein Freund*«, gab Bihrâd in seiner gewohnt ruhigen Art zu bedenken. »Ich kann dir bei den neun Höllen schwören, dass wir nicht wissen, was die *Todsünde* geladen hat. Nicht mal ich weiß es. Ich bin unter Deguay auf ihr gesegelt, aber die meisten von uns wussten nicht, worauf der Kapitän Jagd macht.«

Sean schaute nun zu Bihrâd hinüber. »Ich weiß, dass ihr beide auf der *Todsünde* wart, und anschließend seid ihr auf einem anderen Schiff Tausende von Meilen gereist, um ihr zu folgen. Ich kann nur schwer glaube, dass ihr in der ganzen Zeit nichts über ihre Ladung erfahren habt. Schließlich wird die Fracht der *Todsünde* offenbar von der halben Welt gesucht. Selbst hier hat ihre Ankunft hohe Wellen geschlagen.«

Jaquento sog die Luft ein und biss sich auf die Unterlippe, um nicht zu grinsen. Er hatte Recht gehabt. Die *Todsünde* war hier vorbeigekommen! Wenn er nur wüsste, wie lange das her war ... Während die Gedanken durch seinen Kopf rasten, vergaß er beinahe die Gefahr, in der er und Bihrâd sich befanden.

»Es hat Zwischenfälle gegeben«, fuhr Sean fort. »Und aus irgendeinem Grund ist das alles wichtig genug, um die Hanoan aus ihren Löchern zu locken.«

»Bitte was?«, fragte der Hiscadi zurück, obwohl er sich erinnerte, den Begriff vorher schon von Sinosh gehört zu haben.

Wie auf dieses Stichwort zog der kleine Drache sich aus dem Weinkrug zurück. Seine Schnauze wurde noch von einigen dunklen Tropfen geziert. Aufmerksam betrachtet er die Menschen.

»Hanoan«, wiederholte Sean. »Die Kerle, die euch beinahe einen Kopf kürzer gemacht hätten. Das ist übles Pack, mit dem nicht zu spaßen ist.«

Da hat er Recht, Jaq, erklärte Sinosh. *Die sind ziemlich gefährlich. Bei ihm weiß ich das nicht so genau. Aber vielleicht solltest du besser auch bei ihm vorsichtig sein.*

Jaquento warf der Echse einen warnenden Blick zu, den Sinosh aber offenbar missdeutete.

Ich kann ihn für dich rösten, bot Sinosh eifrig an.

Der Hiscadi betrachtete zweifelnd das Maul der Echse, das nicht größer als das einer Katze war. *Es steht kaum zu erwarten, dass er damit schon gewaltige Feuergarben spucken kann,* dachte er und bemerkte erst dann, dass Sean ihn auffordernd ansah.

»Ich kenne keine Hanoan«, erklärte er dem blonden Matrosen mit aller Überzeugung in der Stimme, die er aufzubringen vermochte, und Bihrâd bekräftigte: »Bis zum heutigen Tag haben wir noch nie von ihnen gehört.«

Jaquento taxierte sein Gegenüber, versuchte endgültig einzuschätzen, was er von dem Mann eigentlich hielt. Aus irgendeinem Grund bezweifelte er, einen kaltblütigen Mörder vor sich zu haben. Sean war gewiss skrupellos, wenn es um die Erreichung seiner Ziele ging, aber alles in allem machte er durchaus den Eindruck, dass man vernünftig mit ihm reden konnte.

»Hör mal«, sagte der junge Hiscadi schließlich eindringlich. »Ich erzähle dir gern, was ich weiß; es ist kein Geheimnis. Aber wir wissen nicht viel, ja?«

»Dann rede doch einfach mal. Wie viel du wirklich weißt, wird sich dann schon zeigen. Lass nichts aus, und geh ruhig auch in die schmutzigen kleinen Details. Ich bin ein guter Zuhörer.«

Die schmutzigen kleinen Details? Das werde ich ganz sicher nicht tun, dachte Jaquento, und seine Gedanken wanderten für einen kurzen Moment zurück zu Kapitän Deguay und ihren Kampf in Boroges.

Also begann Jaquento eine sorgsam abgewogene Version der bisherigen Ereignisse zu erzählen. Er erwähnte seine Erlebnisse auf der *Todsünde,* da Sean darüber ja ohnehin Bescheid zu wissen schien, berichtete über das Gefecht vor Hequia und die darauf folgenden Geschehnisse. Er ließ weder seine Verhaftung noch den Verlust der *Mantikor* aus. Als er bei der Schlacht vor Boroges ankam, nickte Sean wissend.

»Die Drachen sind dort aufgetaucht. Ja, ich war dabei. Deshalb bin ich hier. Wenn die Drachen auftauchen, muss es um etwas wirklich Großes gehen. Außerdem fliegen sie sonst nie nach Corbane.«

»Also stammen sie von hier?«

Sean grinste und schüttelte den Kopf. »Mann, ihr habt tatsächlich keine Ahnung, wo ihr hier seid, oder?«

»Vielleicht kannst du es uns erklären«, warf Bihrâd ohne hörbare Ironie ein.

»Das hier ist das Ewige Land des Kaisers. Des Drachenkaisers. Die Drachen dienen ihm, und nur ihm. Wenn sie irgendwo auftauchen, dann, weil er es will. Und wie gesagt, sie tauchen fast nie auf. Wenn du versuchst, dich nach ihnen umzuhören, ist es verdammt schwer, etwas über sie erzählt zu kriegen. Ich habe es hier versucht, habe aber zunächst nichts als Mythen zu hören bekommen. Kaum jemand hier spricht offen darüber, schon gar nicht mit ungewaschenen Barbaren wie uns. Hat mich 'ne Stange Geld und 'ne Menge Zeit gekostet, herauszufinden, was hier wirklich vor sich geht.«

»Aber du weißt mittlerweile ziemlich viel über die Gegend hier«, stellte Jaquento fest, »nur wieso hast du dir diese Mühe überhaupt gemacht? Was hat der Viererbund mit der ganzen Angelegenheit zu tun?«

»Du hast mir 'n paar Sachen erzählt, also kann ich dir vielleicht auch was erzählen, ja, Kumpel?

In der Sturmwelt sind 'ne Menge seltsame Dinge vorgefallen. Unheimliche Stürme, magische Phänomene. Unsere Maestre haben einen Grund dafür gesucht und ihn schließlich auf Rosarias entdeckt. Die verdammte Compagnie hatte ihre Finger ganz tief in einer ziemlich schrägen Sache, in die auch Deguay und die *Todsünde* mit hineingerieten. Wir haben zunächst mal angenommen, dass es bestimmt eine magische Waffe ist, die die Compagnie auf der Insel gebaut oder gefunden hat. Meine Leute und ich, wir haben drei Jahre gekämpft und unser Blut vergossen, damit die Bastarde der Compagnie ihre schmutzigen Hände von unseren Inseln lassen. Vielleicht erklärt das unser Interesse an der ganzen Sache. Das Letzte, was wir wollen, ist, dass die Thayns wiederkommen.«

»Und du warst ganz zufällig an Bord der *Siorys*?«

»Unsinn. Ich habe mich in Boroges auf das Schiff versetzen lassen, als ich gehört habe, dass diese neue Kapitänin einen Sonderauftrag haben soll. Du glaubst gar nicht, wie einfach es ist, seinen Namen auf eine Heuerrolle zu bekommen, wenn man 'n paar Sechslinge springen lässt. War nur 'n Bauchgefühl, hat sich aber ausgezahlt.«

»Haben wir damit nicht alles geklärt, Sean? Du suchst etwas, wir suchen etwas, keiner von uns weiß genau, was es ist. Können wir jetzt gehen?«

Sinosh richtete sich auf die Hinterbeine auf und sah sie an. Das Gold seiner Schuppen war ein wenig dunkler geworden, stumpfer. Die Zunge der kleinen Echse fuhr über ihr Gesicht und leckte die letzten Weintropfen ab.

Sean schwieg, dann schüttelte er langsam den Kopf. »Tut mir leid, mein Freund, aber die Sache ist noch nicht zu Ende.«

In diesem Moment steckte einer der Kerle seinen Kopf durch die zweite Tür.

»Alles bereit.«

Sean nickte. »Wir kommen.« Dann wandte er sich an Jaquento und Bihrâd, während er aufstand. »Dann mal los.«

»Wohin?«, fragte der Hiscadi, ohne sich zu rühren.

»Die *Todsünde* ist von hier aus den Fluss hinaufgesegelt. Meine Leute hier haben ein Boot, und wir werden sie verfolgen. Ihr kommt mit.«

»Das ergibt doch überhaupt keinen Sinn«, brauste Jaquento auf. »Lass uns frei!«

»Damit ihr zu den Thayns rennt und ihnen Bescheid sagt? Nein, danke.«

»Du könntest dich mit ihnen zusammentun. Roxane ist ...«

»Eine Offizierin der Königlichen Marine von Thaynric, soweit ich weiß. Sie ist ’n verdammt guter Kapitän, aber wir können ihr nicht trauen.«

»Unsinn. Sie hat mit uns zusammengearbeitet, als es gegen die Compagnie ging. Sie hat die *Mantikor* gegen die Bastarde geführt.«

»Tut mir leid, mein Freund, aber das Risiko kann ich nicht eingehen. Die Thayns sind alle gleich.« Seans scheinbar betrübte Miene hellte sich auf. »Aber sieh es mal so, Kumpel: Immerhin nehmen wir euch mit auf die Jagd. Entweder wir finden gemeinsam heraus, was wir eigentlich suchen, oder gar nicht. Oder hängst du so sehr an den Thayns?«

»Ich mag es nur nicht, keine Wahl zu haben«, wich Jaquento aus. Seine Loyalität gegenüber der thaynrischen Marine ließ sich ohne Probleme auf der Spitze einer Nadel unterbringen, aber im Hinblick auf Roxane sah es anders aus. Bevor er jedoch weiter argumentieren konnte, kamen mehr von Seans Kumpanen in den Raum, und sie wurden durch weitere Türen und kleine, dunkle Zimmer geführt. Sinosh lief erst neben ihm her, dann sprang er geschickt an Jaquento empor und kletterte flink bis auf die Schulter des Hiscadi.

Als sie ins Tageslicht hinaustraten, musste Jaquento für einen Moment die Augen zusammenkneifen. Als er sie wieder öffnete, fand er sich auf einem schmalen Holzsteg direkt über dem Fluss wieder. Die bräunlichen Fluten flossen zwei Schritt unter ihnen dahin. Wie schon vorher waren überall Menschen zu sehen, am Ufer des Flusses, auf Booten, auf Straßen, die bis zum Wasser führten. Aber Sean gab sich ganz unbesorgt, und Jaquento fragte sich, wie viele von den Menschen sich wohl für die Angelegenheiten der Fremden interessieren würden.

Unter ihnen lag tatsächlich ein Flussboot, lang, mit niedrigen Bordwänden, langen Rudern und einem noch umgeklappten Mast. Eine einfache Holzleiter führte zu dem Schiffchen hinunter, und die ersten Männer und Frauen kletterten bereits hinab und begannen, das Boot fertig zu machen.

Sean nickte Jaquento zu: »Nach dir.«

Der junge Hiscadi kletterte die Leiter hinab. Einige Momente erwog er, einfach in den Fluss zu springen und auf seine Fähigkeiten als Schwimmer zu vertrauen, aber der Anblick des bräunlichen Wassers einerseits und die Tatsache, dass er Bihrâd nicht zurücklassen wollte, andererseits hielten ihn von seinem Vorhaben ab. Stattdessen nahm er an der Bordwand Platz und sah missmutig zu, wie der Maureske, Sean und sieben weitere von Seans Leuten zu ihm hinabstiegen. Jaquento fiel auf, dass kein einziger Einheimischer unter ihnen war.

»Großartiger Plan, mal eben in die Stadt zu gehen«, flüsterte Bihrâd, als er sich neben den Hiscadi setzte.

»Immerhin folgen wir nun tatsächlich der *Todsünde*«, gab Jaquento zurück.

»Du musst zu Roxane und sie warnen«, murmelte er dann, so leise er konnte. »Führ sie den Fluss hinauf.«

»Ich lasse dich nicht zurück«, erwiderte Bihrâd, aber Jaquento schüttelte den Kopf: »Nicht du.«

Wir haben uns gerade erst wiedergefunden, protestierte Sinosh in seinem Kopf. *Wir sollten zusammenbleiben.*

»Eigentlich ja, aber wir haben keine Wahl. Unser Schiff liegt im Hafen, du kannst es nicht übersehen. Berichte Roxane von all dem hier. Und besonders davon, dass wir an der richtigen Stelle sind.«

Ich kann nicht mit ihr reden, hast du das vergessen? Nur mit dir.

»Lass dir was einfallen. Und jetzt los, solange sie abgelenkt sind.«

Noch beschäftigten sich Sean und seine Leute damit, das Boot klarzumachen, aber ihre Vorbereitungen würden in wenigen Minuten abgeschlossen sein.

Sinosh bedachte ihn noch mit einem langen Blick, der überraschend vorwurfsvoll war, wenn man bedachte, dass es sich um eine Echse handelte, dann glitt er Jaquentos Arm hinab und in das Wasser des Flusses.

Bah, das schmeckt ja widerlich, war das Letzte, was der Hiscadi von ihm hörte.

SINAO

Ihr war ein wenig mulmig zumute, als sie sich im Beiboot hinsetzte, auch wenn Manoel sie zuversichtlich anlächelte. Admiral Thyrane trug sein übliches, grimmiges Gesicht zur Schau, aber Sinao wusste, dass seine strenge Miene nur dazu diente, seine Leute zu beeindrucken. Die Matrosen, die sich in die Riemen legten, wirkten dagegen froh, und die Paranao spürte, dass die meisten sich auf den Landgang freuten. Der Aufenthalt im Hafen von Lessan war für die Matrosen ein schlimmes Erlebnis gewesen, das hatte Sinao mittlerweile wieder und wieder an Bord gehört. Die Männer und Frauen hatten den Streit nicht verstanden, den ihr Kapitän und Thyrane mit der Compagnie und Admiral Holt hatten, aber sie hatten natürlich verstanden, dass dieser Zwist dazu führte, dass sie nicht von Bord gehen durften. Das Leben auf den großen Schiffen schien oft recht eintönig zu sein, und so konnte Sinao gut verstehen, dass sich die Besatzung über jede Abwechslung freute.

Zwar argwöhnte die Paranao, dass die meisten der Seeleute lieber in Lessan mit seinen Hafenkneipen und Bordellen als auf einer winzigen, dicht bewaldeten Insel an Land gegangen wären, aber soweit sie die Matrosen inzwischen kannte, hatten diese sich an das fremdbestimmte Leben längst gewöhnt. *Wie ich auf Hequia,* erkannte Sinao schlagartig. *Wenn andere lange genug über dein Schicksal entscheiden, stellst du irgendwann keine Fragen mehr. Kannst gar keine Fragen mehr stellen, weil dein Blick nur noch bis zum Boden reicht und du nicht mehr siehst, dass es auch mehr geben könnte als das.*

Erst Majagua hatte ihr beigebracht, dass es sich lohnte, den Blick vom Boden zu heben, und dass es noch nicht zu spät war, um ihr Schicksal in die eigenen Hände zu nehmen.

»Und, aufgeregt?«, erkundigte sich Manoel, da Sinao sich neben ihn gesetzt hatte.

Die Paranao nickte schnell. »Ich habe noch nie wirklich welche getroffen, weißt du? Ich meine, ich kenne natürlich viele Paranao. Auf Hequia lebten Hunderte von ihnen. Aber immer nur als ... als ...«

»Sklaven«, beendete der junge Maestre ihren Satz, und Sinao nickte, da sie merkte, dass der Schmerz ihr die Kehle zuschnürte.

Sie blickte zum Strand, der sich dank der Anstrengung der Ruderer schnell näherte. Der Sand war hell, fast weiß, und bildete einen deutlichen Kontrast zum Grün des Waldes, dessen Ausläufer fast bis zum Meer reichten. Sie sah, dass der Strand an keiner Stelle breiter als vierzehn Schritt war. Einige Palmen, die sich weiter als die anderen an das Meer gewagt hatten, ließen ihre Wedel bis über die Wellen hängen, die unablässig gegen das Land anrannten.

Der Anblick erinnerte sie ein wenig an Hequia, aber dann schüttelte sie den Kopf, um den Gedanken zu vertreiben. Die Sklaveninsel hatte keine Macht mehr über sie. Majagua war stärker als Tangye gewesen, und Sinao trug ihn in ihrem Herzen. Die Soldaten der Compagnie waren mächtig, doch Sinao gehörte ihnen nicht mehr. Sie gehörte nur noch sich selbst – sie war frei.

Das Boot glitt mit einem Knirschen auf den Sand, und Matrosen sprangen hinaus, um es weiter aus dem Wasser zu ziehen. Auf der blauen See spiegelte sich die Sonne, und ihr Licht brach sich in so vielen winzigen Wellen, dass selbst Sinao ihre Anzahl nicht auf einen Blick erkennen konnte.

Der Admiral erhob sich würdevoll und stieg über die Bordkante. Manoel sprang leichtfüßig hinterher, während Sinao etwas vorsichtiger folgte. Das Gefühl des warmen, feinen Sandes unter ihren Füßen war großartig. Sie grub die Zehen hinein und beobachtete, wie eine Welle sie umspülte und ihre Füße fast ganz im Sand verschwinden ließ.

Dies war eine der Inseln ihres Volkes, in das Licht des mächtigen Anui getaucht, der dieses Land mehr als alle anderen liebte. Diese Inseln waren ihre Heimat, und sie war eine von Anuis Töchtern.

Noch während Sinao es genoss, sich für einen Moment zu Hause zu fühlen, bemerkte sie, dass ihre Ankunft nicht unbeobachtet geblieben war. Auch Manoel hatte die Neuankömmlinge schon bemerkt, denn er trat zwischen den Matrosen hindurch, die vorsichtig in der Nähe des Bootes blieben, als könne es sie beschützen, und hob die Hand zum Gruß.

Es war seltsam, ihn in der Zunge ihres Volkes sprechen zu hören, vor allem, da er seine Herkunft dennoch nicht verbergen konnte.

»Ich kenne und ehre meinen Großvater«, sagte der Maestre zu den Paranao, die sie aus dem Schutz des dichten Waldes beobachteten.

Es war eine einfache Formel, aber in Verbindung mit Manoels Grinsen, seiner Fähigkeit, ihre Sprache zu sprechen, und seiner Kenntnis der Gebräuche der Insel sorgte sie dafür, dass die Paranao aus dem Schatten des Dschungels in das Licht des Strandes traten. Es waren fünf, zwei junge Mädchen und drei ebenso junge Männer, die nur einfache Lendenschurze trugen. Einige hatten auch Ketten um den Hals, und die jungen Männer hatten ihr langes Haar zu beeindruckenden Türmen geflochten, während die jungen Mädchen das ihre kurz trugen, mit Bändern darin, in die blinkende Stückchen Metall oder Muschelschale gewebt waren. Zwei der Jünglinge hatten Bogen in den Händen und je drei Pfeile, aber die Sehnen waren nicht eingelegt und die Bogen klein und wohl eher für die Jagd auf kleines Wild geeignet.

Der junge Maestre redete einfach drauflos. Er deutete auf die *Imperial* und nannte den Namen des Schiffes. Dann deutete er auf sich und auf Thyrane und erklärte, warum sie hier waren.

»Ihr werdet guten Handel mit den Blassnasen treiben können«, versprach er schließlich mit verschwörerischer Miene. Hier musste Sinao kichern. Würden die fünf ihn nicht auch als Blassnase ansehen?

Die Paranao musterten die Fremden unschlüssig und stellten Manoel einige Fragen nach seinen Begleitern, die er wahrheitsgemäß beantwortete.

»Nein, die Blassnasen hier bei mir können nicht in eurer Sprache sprechen. Das Mädchen? Ja, natürlich kann sie es. Warum wir hier sind? Wir suchen Rayo. Ist sie noch immer die Cacique dieser Insel?«

Der größere der beiden Bogenträger nickte und brummte zustimmend. Alle schienen von Manoels Redefluss überwältigt zu sein, aber er ließ sich davon nicht stören.

»Gute Nachrichten«, rief er über die Schulter zurück. »Sie lebt noch, und sie ist im Yucayeque.«

»Im was?«, bellte Thyrane zurück, der beim Boot geblieben war und das ganze Begrüßungsgespräch nicht sehr freundlich beäugte.

»Im Dorf, Admiral. Es ist nicht weit: durch das Waldstück hier, dann einen kleinen Hügel hoch und direkt im Tal dahinter. Keine halbe Stunde Fußmarsch.«

»Sind wir denn hier willkommen?«

Manoel wandte sich wieder an die Paranao und übersetzte die Frage, nicht ohne dabei zu erwähnen, dass die Blassnasen deswegen so furchtbar steif dastünden, weil sie alle Stöcke im Allerwertesten hätten. Die beiden jungen Krieger verzogen keine Miene, aber die anderen drei prusteten los, und auch Sinao musste kichern.

»Ihr alle seid Gäste der Cacique.«

Manoel nickte fröhlich, dann kehrte er zu Sinao zurück.

»Willkommen! Heute Abend gibt es bestimmt ein Fest zu unserer Begrüßung. Das wird lustig!«

Während der Admiral Befehle gab und seine Leute einteilte, sah Sinao nervös zu den Paranao hinüber, die das Treiben der Fremden mit kaum verhohlener Neugier beobachteten. Das dumpfe Gefühl in ihrer Magengrube verstärkte sich, als sie die fünf musterte. Plötzlich wurde sie sich ihrer Kleidung bewusst, der einfachen Hosen und des ebenso simplen Hemdes, die sie mehr wie eine Blassnase als wie eine Paranao aussehen ließen. Ihr Haar war nach Art der Thayns frisiert, sie trug ihre Kleidung, und sie fuhr mit ihnen auf dem großen Schiff. Sie sprach ihre Zunge, und sie kannte mehr Blassnasen als Paranao. *Vielleicht wissen sie nicht, wer ich wirklich bin. Und vielleicht weiß ich das ebenso wenig.*

In diesem Moment wünschte sie sich nichts mehr, als ihre Blassnasen-Kleidung abzustreifen und zu den Paranao zu treten.

THYRANE

In der Hütte war es stickig. Zwar zog der Rauch durch eine Öffnung im Dach ab, aber Thyrane hatte den Verdacht, dass es durchaus Absicht war, ein wenig Rauch im Raum zu behalten, denn er roch würzig und stark, als würde dort nicht nur Holz verbrannt. Es waren dennoch eher die warme Luft und die Anwesenheit von einem Dutzend Menschen, die dafür sorgten, dass der Admiral in seiner Gala-Uniform schwitzte. Innerlich verfluchte er sich für die Wahl des unbequemen Kleidungsstücks, aber es war ihm vernünftig erschienen, da er die Eingeborenen beeindrucken wollte. Jetzt, in der Hütte, umgeben von Menschen, die allesamt leicht oder kaum bekleidet waren, kam ihm die Entscheidung weniger sinnvoll vor.

Neben ihm saßen Manoel und Sinao. Zur Abwechslung war er es, der sich fremd fühlte und angestarrt wurde. Bislang hatten die beiden bei ihren Nachforschungen stets die fragenden Blicke geerntet, jetzt sah der Admiral sich ihnen ausgesetzt. Es war Thyrane falsch vorgekommen, noch mehr Begleiter von der *Imperial* mitzunehmen, und deshalb musste er nun die ganze verdammte Marine allein repräsentieren.

Allerdings war Manoel weitaus gesprächiger als Sinao, und als Thyrane sie einen Moment lang aus dem Augenwinkel beobachtete, erkannte er, dass sie sich nicht viel weniger fremd fühlte als er. *Seltsam, sollte es ihr nicht leichterfallen, hier zu sein und mit ihren Leuten zu sprechen?*

»Rayo versteht deine Sprache«, erklärte Manoel gerade. »Also unsere. Aber im Notfall kann ich auch übersetzen, denke ich.«

»Ja, nun denn ...« Thyrane suchte nach Worten und entschied sich dann für einen formellen Beginn. »Mein Name ist Aomas Thyrane, ich bin Admiral der Königlichen Marine von Thaynric und Laerd des Reiches. Ich komme von weither.«

»Aus Thaynric«, warf Rayo ein, die vornübergebeugt direkt am Feuer saß, so dass ihre schmale Gestalt im Rauch verschwamm. Ihr Körper war so sehr vom Alter gezeichnet, dass selbst Thyrane sie als alt empfand. Ihre Augen waren fast die ganze Zeit über geschlossen, und die braune Haut ihres Gesichts sah aus wie gegerbtes Leder, überzogen von einem Netz aus Falten. Doch obwohl ihre Stimme leise und brüchig war, verbarg sie nicht den scharfen Verstand hinter den wenigen Worten, die die alte Paranao sprach.

»Ja.«

»Ein Admiral und ein Laerd.« Sie hustete. »Du bist ein *Guani*, ein nobler Mann. Deine Königin Morwey muss viel auf dich halten, um dir einen so wichtigen Namen zu geben.«

Ihre Beherrschung des Thaynrischen war verblüffend gut, und offenbar wusste sie mehr über Corbane, als er ihr zugetraut hätte.

»Ich nehme es an. Aber ich habe ihr kürzlich wenig Freude bereitet, denn ich habe versagt.«

Das Eingeständnis schmerzte, selbst wenn es nur vor Personen abgelegt wurde, die es sicher nicht an die Admiralität weiterleiten würden.

»Und jetzt bist du hier, weil er da«, sie nickte in Manoels Richtung, »dich hierhergeführt hat. Wieso denkst du, dass wir dir helfen können? Was ist deine Aufgabe?«

Die Frage brachte Thyrane zum Kern des Problems.

»Ich soll herausfinden, woher die besondere Ladung eines ganz bestimmten Schiffes stammt. Eine Ladung, die so mächtig ist, dass sie starke Auswirkungen auf Magie hat.«

»Aufs Mojo, Rayo«, warf Manoel erklärend ein, aber die alte Paranao winkte ab: »Ja, ja, ich weiß, *Guaili*.«

Sinao kicherte, doch der Admiral ahnte nicht einmal, was sie so erheiterte, da er den Paranao-Begriff nicht verstand.

»Jedenfalls wissen wir nicht, um was es sich handelt«, fuhr Thyrane etwas säuerlich ob der Unterbrechung fort. »Es sorgt dafür, dass Magie nicht mehr wirken kann, so viel ist sicher. Es hebt sie auf oder entfernt sie ganz. Genau kann ich es nicht sagen, denn ich bin kein Maestre. Wir sind der Spur dieses Phänomens gefolgt und haben es bis nach Rosarias zurückverfolgen können. Dort schien der Ursprung zu sein.«

Manoel mischte sich erneut ein und sagte wiederum ein Wort in der Sprache der Paranao, das Thyrane nicht verstand. Als er den jungen Mann missbilligend ansah, hob dieser entschuldigend die Schultern.

»Nur der Name der Insel, Chef.«

»Kannst du ... will sagen, können Sie uns helfen?«, wandte sich der Admiral wieder an Rayo, die mit geschlossenen Augen im Rauch saß und schwieg. *Kein Wunder, dass ihre Haut wie Leder wirkt. Sie räuchert sich selbst die ganze Zeit.* Für einen kurzen Moment stellte sich der Admiral vor, dass Rayo hier seit Jahrzehnten saß, im immer gleichen Rauch. *Das würde erklären, warum sie wie eine der großen Schildkröten auf den Inseln aussieht.*

Endlich räusperte sich die Alte. Sie öffnete die Augen, über denen nun ein grauer Schleier hing, und richtete ihren Blick auf den Admiral, der sich der Schweißtropfen auf seiner Stirn plötzlich überdeutlich bewusst wurde.

»Meine Großmutter war bereits Cacique dieser Insel und ihre Großmutter vor ihr. Sie war weise, weil sie das Wissen der Ahnen in sich trug, ein Wissen, das diese uns hinterlassen haben. Ihr schreibt alles auf und denkt, das mache euch klug. Aber dennoch sind eure Bücher leer, denn ihr vergesst so viel.«

Sie schwieg wieder. Thyrane wartete einen Augenblick, dann sah er fragend zu Manoel, der unschlüssig die Schultern hob.

War das schon alles?, fragte sich Thyrane, doch gerade, als er etwas sagen wollte, erhob Rayo wieder die Stimme, in einem Singsang, der es schwer machte, ihren Worten zu folgen.

»Es gab nicht immer die *Ua'Moje*, die unsere Kraft wie Wasser trinken können. Sie wurden uns von den Ahnen gesandt. Vater Echse und Mutter Schlange baten sie darum. Denn die Paranao hatten das Mojo von den Ahnen erhalten, aber sie nutzten es nicht weise. Statt Gutes damit zu tun, verbrauchten sie die göttliche Energie, um viele Kriege gegen ihre eigenen Geschwister zu führen. Und da das Mojo ohnegleichen war, verloren Vater Echse und Mutter Schlange viele ihrer Kinder in den Kriegen der Inseln, und die Ahnen waren traurig über all die Kinder, die so jung sterben mussten. Deshalb waren auch die Ahnen froh, als Mutter Schlange und Vater Echse sie um Hilfe baten. So kamen die Ua'Moje.«

Thyrane nickte, obwohl er in dem Rauch und der Hitze Mühe hatte, zu verstehen, was die alte Frau erzählte.

»Auch in Corbane gab es nicht immer Caserdote. Sie kamen mit Corban, dem Propheten der Einheit«, erklärte er schließlich.

Aber Rayo hatte die Augen bereits wieder geschlossen. »Es waren keine Propheten. Es waren die Kinder von Vater Echse und Mutter Schlange, die uns die Ua'Moje schenkten.«

»Die Kinder von Vater und Mutter …?«

»Sie kamen von dort, wo Anui in den endlosen Wassern versinkt, wenn er seinen Weg über das Firmament beendet.

Ihre Kanus waren groß.« Sie öffnete die Augen. »Größer als deines, Admiral und Laerd. Meine Großmutter hat mir erzählt, dass neun Pfeile vom Schiff in den Himmel ragten. Deines hat nur drei.«

»Ein Schiff mit neun Masten? Unmöglich«, befand Thyrane, schalt sich aber sofort in Gedanken für seine Unhöflichkeit. *Reiß dich zusammen, Aomas.*

»Nicht ein Schiff. Viele Schiffe. Begleitet von den Kindern von Vater Echse und Mutter Schlange. Sie kamen mit den Schiffen, aber nicht auf ihnen. Sie schwammen und sie flogen.«

»Fliegende Schlangen?«, erkundigte sich Manoel ungläubig. »Meinst du die Drachen, Rayo?«

»Ich meine die Kinder von Vater Echse und Mutter Schlange«, antwortete Rayo ungerührt. »Als sie in die Heimat der Paranao kamen, brachten sie die Ua'Moje mit sich.«

Tu für einen Moment so, als ob das alles Sinn ergibt, entschied Thyrane. »Weißt du, wann das war? Vor wie vielen Jahren das geschah?«, fragte er dann.

Rayo schloss die Augen und schüttelte den Kopf. Für einige Augenblicke hatte Thyrane ihre Geschichte geglaubt. So wie sie da saß, von Rauch umweht, alt und weise, mit einer Stimme wie aus vergangenen Zeiten, war es ihm leichtgefallen. Nun brach der Zauber, und ihm gegenüber saß bloß eine alte Paranao, die von irgendwelchen Mythen berichtete und deren Worte kaum einen Sinn ergaben.

»Vielen Dank. Du hast uns sehr geholfen«, erklärte Thyrane und neigte den Kopf.

Zur Antwort lächelte sie fein und nickte ihm ebenfalls zu. »Du glaubst mir nicht, Admiral und Laerd.«

»Doch, Cacique. Nur weiß ich nicht, wie mir dieses Wissen nutzen soll.«

Sie schnalzte mit der Zunge und sagte einige Worte in ihrer Sprache, woraufhin ein junger, muskulöser Mann, der bislang respektvoll geschwiegen hatte, zur Tür kroch und hinauslief.

»Wie es dir helfen soll, kann ich dir nicht sagen. Das musst du selbst herausfinden. Die Ahnen geben uns ihre Geschichten, damit wir von ihnen lernen, aber leben müssen wir selbst.«

»Danke«, wiederholte Thyrane und machte sich bereit, die Hütte zu verlassen. Vermutlich würde ihm jetzt sogar der sonnenüberflutete Dorfplatz angenehm kühl erscheinen.

Manoel und Sinao verneigten sich vor der Alten, und der junge Maestre sagte etwas in der Paranao-Sprache, was der Admiral nicht verstand.

»Du wirst wiederkommen, aber lehren kann ich dich nicht mehr viel«, erwiderte die Cacique mit einem meckernden Lachen.

In diesem Moment kehrte der Jüngling zurück und gab Rayo einen Beutel aus Leder. Sie öffnete ihn, griff hinein und lächelte erneut.

»Hier«, sagte sie und reichte Thyrane einen Gegenstand. Er öffnete die Hand, und sie legte ihm einen kleinen, flachen Stein hinein. »Das stammt von der Großmutter meiner Großmutter und von ihrer Großmutter davor. Ich kann es dir geben.«

Verwundert blickte der Admiral auf den dunklen Stein hinab. In die harte Oberfläche waren Linien geritzt. Es dauerte einen Moment, bis sie sich in seinem Geist zu einem Bild fügten. Es mochte einfach gezeichnet sein, aber durch die Klarheit seiner Linien entfaltete es eine seltsame Wucht.

Thyrane sah, ohne Zweifel, auf einen Drachen hinab, der mit ausgebreiteten Flügeln zu fliegen schien.

ROXANE

Angespannt schritt Roxane über das Achterdeck. Ihre eigene Unrast schien sich in der Schiffsbesatzung zu spiegeln; die Matrosen waren unruhig, solange die *Siorys* im Hafen lag, sie aber keinen Landgang bekamen. Die Offiziere versuchten, die Mannschaft mit Arbeit abzulenken, weshalb die Korvette so sauber und ordentlich aussah, als habe sie gerade erst die Docks verlassen, und Huwert hatte sogar die Galionsfigur von einigen begabten Seeleuten neu anstreichen lassen, so dass der gute alte Drachentöter *Siorys* in einer neuen Rüstung und mit seiner blutbefleckten Lanze nun in frischem Glanz erstrahlte.

Aber alle Verschönerungen, das frisch gescheuerte Deck und das gewienerte Messing konnten nicht darüber hinwegtäuschen, dass sie in einem fremden Hafen lagen und sich Roxane nicht sicher war, ob sie ihrem Ziel damit auch nur einen Deut näher gekommen waren. *Und dass Jaquento immer noch ohne Erlaubnis verschwunden ist. Vermutlich fand er es amüsant, sich über die Regeln und Anordnungen hinwegzusetzen. Und mir bleibt nichts übrig, als auf ihn zu warten. Als sei er der verdammte Admiral, der irgendwann geruht, an Bord zu kommen.*

Obwohl ihr der Zorn nicht weiterhalf, konnte Roxane ihn kaum unterdrücken. Schlimmer jedoch war die Sorge, die hinter der Wut stand und die immer wieder ihr Haupt erhob, um der jungen Kapitänin die schrecklichsten Szenarien vor Augen zu führen.

So sehr sie auch versuchte, sich zu konzentrieren, ihre Gedanken kehrten ständig zu Jaquento zurück. Sie war sich zwar sicher, dass er auf sich selbst aufpassen konnte, aber die Ereignisse der letzten Monate hatten gezeigt, dass sie in eine Angelegenheit verwickelt waren, die oft genug zu groß für sie beide zu sein schien und die einem Einzelnen schnell über den Kopf wachsen konnte.

Groferton hingegen stand still an die Reling gelehnt da. Er betrachtete vom Achterdeck aus die Stadt mit gerunzelter Stirn, als könne er in ihr Dinge erkennen, die Roxane verborgen blieben. Sie selbst sah nur fremdartige Gebäude, viele Menschen und ein Labyrinth von Straßen, über das sich allmählich die Nacht senkte. Wie in jedem anderen Hafen wurden auch in Rachine bei Einbruch der Dunkelheit Laternen angezündet, um die Kais zu markieren, und schon bald war das Ufer mit kleinen Lichtpunkten übersät.

Er ist zwar ein Heißsporn und lässt sich nur ungern Befehle erteilen, aber er würde den Bogen um meinetwillen nicht überspannen, redete sich Roxane selbst gut zu. *Jaquento würde nicht über Nacht in Rachine bleiben, ohne mir Bescheid zu geben. Er weiß, dass wir mit dem Auslaufen warten werden, bis er und Bihrâd wieder an Bord sind, und er weiß auch, dass wir Ärger haben könnten. Wenn er jetzt noch nicht zurück ist, steckt er vermutlich in Schwierigkeiten.*

Oder er hat dein Vertrauen doch missbraucht, meldete sich eine hässliche kleine Stimme in ihrem Kopf, *und ist hier von Bord gegangen, ohne dass er plant, jemals wiederzukommen.*

Der Hiscadi hatte keine Wahl gehabt, als Roxane ihn an Bord der *Siorys* geholt hatte. Vielleicht hatte er nun, da er Herr seiner Entscheidungen war, anders entschieden? Aber tief in ihrem Herzen konnte sie das nicht glauben.

Roxane trat auf den Maestre zu und stellte sich neben ihn an die Reling. »Gibt es etwas zu melden, Coenrad?«, fragte sie, mehr um sich abzulenken.

»Nicht wirklich, Thay. Ich habe nur gerade Vigoris in der Stadt gespürt, eine kleine Ansammlung davon. Aber sie hat sich aufgelöst, bevor ich mich darauf konzentrieren konnte, und das Vorhandensein von Magie ist in einer so großen Stadt ja nicht wirklich überraschend.«

»Vermutlich nicht«, stimmte Roxane ihm zu.

»Thay, wenn ich das sagen darf: Ich glaube, dass Mister Jaquento und Bihrâd bald wieder zurückkommen werden. Zwar sind sie die Gepflogenheiten der Marine nicht gewohnt, aber ich denke, alles in allem genommen sind sie loyal.«

Roxane schenkte dem Maestre ein knappes Lächeln.

»Danke, Coenrad«, sagte sie.

»Gern gesche…«, hob Groferton an, musste sich jedoch wegen eines mächtigen Niesens unterbrechen.

»Oh, gütige Einheit, ich habe es befürchtet«, murmelte er dann mit leidender Stimme. »In dem Mittagsmahl des Gouverneurs waren bestimmt allerlei fremdländische Zutaten, die ich nicht vertrage. Bis morgen werde ich vermutlich kaum noch Luft bekommen.«

Die Kapitänin nickte ihm gespielt mitfühlend zu, dann verstummte ihr kurzes Gespräch wieder, als jeder von ihnen den eigenen Gedanken nachhing. Es war nicht die Untätigkeit, die Roxane belastete – in der Marine lernte man schnell, dass Langeweile eine der verbreiteten Plagen war. Dafür hatten die Götter der Admiralität ja den Schrubber und viele andere Arbeitsgeräte erfunden, mit denen man mehrere Hundert Menschen auf engstem Raum beschäftigt halten konnte. Schlimmer war die Unfähigkeit, selbst etwas zu unternehmen. *Da hat man schon sein eigenes Kommando – das erste rich-*

tige! –, und dann liegt man im Hafen fest und lauscht, wie das Schiff um einen herum altert. Verdammt!

Eine Bewegung erregte ihre Aufmerksamkeit. Am Ufer gab es einen kleinen Aufruhr. Menschen riefen, und im dichten Getümmel kam es zu Zusammenstößen. Ein Korb mit grünem Obst darin fiel herab, und die kindskopfgroßen Früchte kullerten über die Straße. Zwischen ihnen, goldgelb und flink, entdeckte sie eine kleine, geflügelte Gestalt, doch im dämmrigen Licht war es schwer, mehr zu erkennen.

Dann löste sich die Gestalt vom Ufer und hielt in einem wilden Zickzackkurs auf die *Siorys* zu. *Eine kleine Echse,* erkannte Roxane. *Sieht fast wie Sinosh aus. Ob es die hier auch gibt?*

Erstaunt betrachtete Roxane die Echse, die nun weitaus mehr wie ein Miniaturdrache wirkte, der Kreatur, welche ihr Schiff angegriffen hatte, sehr ähnlich. Unwillkürlich musste sie daran denken, was Jaq ihr über seinen Begleiter erzählt hatte.

Sie hörte Rufe, als das Wesen noch näher kam, und aus dem Augenwinkel sah sie, wie die Wachen an der Laufplanke ihre Musketen hochrissen und anlegten.

»Nicht feuern! Und Ruhe!«, donnerte ihre Stimme über das Deck und ließ die Mannschaft verstummen.

Der im Verhältnis so winzige Drache glitt elegant durch die Luft, neigte sich leicht zur Seite, um das Achterdeck anzusteuern, dann wurde er von einem Windstoß erfasst und herumgewirbelt. Seine Flügel schlugen hastig, sein Leib wand sich, und er trudelte herab. Mit einem verzweifelten Flügelschlag schoss er noch einmal ein Stück hoch, dann prallte er gegen eine Backstag und klammerte sich daran fest, wobei sich sein langer, geschmeidiger Leib um das Tau wickelte.

Mehrere Matrosen liefen neugierig auf den kleinen Besucher zu, und einige versuchten sogar, nach der Echse zu greifen. Doch statt sich fangen zu lassen, zischte das Wesen zwischen den Beinen einer stämmigen Matrosin hindurch und kam hinter dem Ruder außer Sicht, nur um dann oben auf dem Steuerrad wieder aufzutauchen, wo der Rudergänger sie verblüfft anstarrte. Die Echse indes wurde nicht langsamer, sondern stieß sich von dem hölzernen Rad ab, breitete die Vordergliedmaßen aus – und flog auf Roxane zu, um sich vor ihr auf der Reling niederzulassen.

»Sinosh?«, fragte die Kapitänin leise. Sie wusste, dass Dutzende von Blicken auf ihr ruhten und dass die Besatzung alles, was nun geschah, gierig aufsaugen würde.

Die kleine Echse baute sich auf der Reling auf und fixierte Roxane mit einem unergründlichen Blick aus goldenen Augen. Sie schien zu überlegen, dann legte sie die Krallen der Flügel vor der schmalen Brust aneinander und senkte den Kopf.

»Du bist tatsächlich Sinosh«, erkannte die Kapitänin erleichtert. Der kleine Drache hob den Kopf, legte ihn schief, dann hielt er sich eine krallenbewehrte Pfote in einer akzeptablen Imitation eines Saluts an den Kopf. Die Geste war so seltsam, dass Roxane lachen musste. Sie salutierte zurück. *Jaq hat nicht gelogen. Sinosh ist ein vernunftbegabtes Wesen. Und er versteht Spaß!*

»Willkommen an Bord.«

Überall begann das Getuschel, und Roxane konnte nicht anders, als sich vorzustellen, wie die abergläubischen Matrosen auf die Ereignisse reagieren würden. Mehr und mehr von ihnen kamen mittlerweile an Deck, angelockt von den Gerüchten, die auf einem Schiff immer am schnellsten zu reisen schienen.

Mit einem Ruck stieß Sinosh sich ab, sprang das kurze Stück zu der Kapitänin hinüber, erreichte Roxane, die unwillkürlich zurückzuckte, und kletterte behände an ihrer Uniform empor, bis er wie eine besonders ausgefallene Epaulette auf ihrer Schulter Platz nahm. Seine Schuppen schmiegten sich warm gegen ihren Hals, und sie spürte, wie sich sein Schwanz um ihren Kragen legte und träge über die andere Schulter strich. Sein Atem war leicht auf ihrer Haut, aber sehr warm, und sie konnte seinen trockenen Geruch in der Nase spüren.

»In der Tat, Thay, das ist doch der kleine Freund des Hiscadi, nicht wahr? Was für ein seltsamer Zufall«, sagte Groferton.

Auch wenn die Krallen kratzten, war es kein unangenehmes Gefühl, Sinosh auf der Schulter sitzen zu haben. Aber dennoch – jetzt war es genug mit der Zirkusvorstellung.

»Ich glaube nicht an Zufälle«, erklärte Roxane leise. »Coenrad, ich gehe nach unten«, verkündete sie danach laut. »Huwert! Sie haben das Deck.«

Dann schritt sie zum Niedergang und versuchte dabei völlig zu ignorieren, dass ein Miniaturdrache auf ihrer Schulter saß und dass ihre Mannschaft sie deshalb ansah, als sei ihr just ein zweiter Kopf gewachsen.

Erst als sie in ihrer Kajüte angekommen war, atmete sie auf. Sinosh ließ ihre Schulter los und hüpfte auf ihren Schreibtisch, wo er die Beine unter den Köper zog, die Flügel zusammenfaltete und den Kopf darauf ablegte.

Wie um alles in der Welt soll ich eine Unterhaltung mit einer intelligenten Echse beginnen?, fragte Roxane sich, der das Absurde der Situation gerade mit voller Wucht klar wurde.

»Jaquento ist nicht hier, Kleiner«, erklärte die junge Kapitänin schließlich.

Sinoshs Haupt hüpfte einmal auf und ab. *Als würde er nicken.* Es dauerte einen Moment, bis Roxane verstand.

»Aber er war hier an Bord. Nur ist er heute an Land gegangen, und ich habe keine Ahnung, wo er jetzt steckt.«

Sie kam sich ein wenig lächerlich dabei vor, ihre Sorgen einer Echse anzuvertrauen, aber andererseits hatte sie in den letzten Wochen so viele seltsame Dinge erlebt, dass dies hier kaum den Höhepunkt darstellte.

Wieder nickte Sinosh, diesmal sah es ziemlich aufgeregt aus.

Die Kapitänin musterte den Drachen und legte ihren Dreispitz vorsichtig neben ihm ab. Sorgfältig strich sie sich die blonden Strähnen, die sich aus ihrem Zopf gelöst hatten, hinter die Ohren.

»Verstehst du mich eigentlich?«, fragte Roxane endlich. »Oder hörst du nur auf Jaquento?« Dann überlegte sie kurz. »Nick einmal, wenn du verstanden hast, was ich sage.«

Die Echse nickte, und Roxanes Aufregung wuchs.

Ich rede mit einem Drachen! Gut, es ist kein besonders großer Drache, aber immerhin.

»Bist du auf der Suche nach Jaq?«

Jetzt hob Sinosh den Kopf und drehte ihn nach links und rechts. Nein.

»Weißt du, wo er ist?«

Nicken.

»Warum kommst du dann zu mir?«, grübelte die junge Kapitänin.

»Du hast ihn getroffen?«

Nicken.

»Und, kommt er zurück?«

Heftiges Kopfschütteln.

Ein Schock durchfuhr sie, und sie sah ihre ärgsten Ängste bestätigt.

»Ist ihm etwas zugestoßen?«

Nicken.

»Ist er in Gefahr?«

Und wieder nickte der kleine Drache, während sich kalte Furcht in Roxane ausbreitete.

TAREISA

Es war nicht heiß, obwohl die Sonnenstrahlen oft durch die Wolken drangen. Dennoch fühlte sich Tareisa, als ob sie durch eine Wüste marschierte. Jeder Schritt ließ ihre Hoffnung mehr und mehr sterben. Sie wanderte erst seit einem halben Tag, und schon war sie erschöpft. Durst war ihr zum ständigen Begleiter geworden. Mit Hilfe von Vigoris hatte sie einige Handvoll Meerwasser von Salz befreit und trinkbar gemacht, aber die Magie laugte sie zu sehr aus, als dass sie sie oft zuhilfe nehmen wollte. Besonders, da sie keine Möglichkeit hatte, ihren Körper zu erfrischen. Früher oder später musste sie etwas Nahrhaftes finden, und bislang hatte sich die Küste als ziemlich lebensfeindlich erwiesen. Bis auf vereinzeltes Strandgut – morsche Holzstücke und die Überreste zerrissener Netze – hatte sie nichts gefunden, und ihre Fähigkeiten, dem Meer Essen abzutrotzen, waren bedauerlicherweise unterentwickelt. So würde sie auch hier auf Vigoris zurückgreifen müssen, was ihre Kräfte weiter aufbrauchen würde.

»Und keine Menschenseele weit und breit. Nur Sand und Wasser und Steine«, murmelte sie halblaut vor sich hin.

Ihre Hoffnung, doch noch auf Zivilisation zu stoßen, hatte sie inzwischen begraben. Hier gab es nichts, keine Fischer, keine Hirten, keine Menschen. Der alte Mann hatte ihr einst davon berichtet, dass zwischen dem Reich der Nigromantenkaiser und jenem der Drachen eine Ödnis lag, die jahrhundertelang die Länder getrennt und so Kriege zwischen ihnen verhindert hatte, aber die Maestra hatte sich damals nicht vorstellen können, dass es direkt am Meer eine so verlassene Landschaft geben konnte. Nun sah sie sie mit eigenen Augen, und sie verstand, warum diese von allen Geistern verlassene Küste die Reiche besser als jedes Gebirge getrennt hatte. *Wie hat er es genannt? Ach ja, ein Gleichgewicht der Macht und des Schreckens.*

»Statt Geschichtslektionen hätte er mir das Angeln beibringen sollen«, sagte Tareisa zu sich selbst und musste bei dem Gedanken schmunzeln. Sie war nicht sicher, ob sie sich wegen ihres neuen Hangs zu Selbstgesprächen Sorgen machen sollte, aber sie war entschlossen, alle Gedanken darüber auf bessere Zeiten zu vertagen. Jetzt gaben ihr die eigenen Worte einfach nur das Gefühl, noch ein Mensch zu sein, wenn auch vielleicht der einzige im Umkreis von einigen Hundert Meilen.

Zwar war die Hoffnung geringer geworden, aber noch wich sie nicht ganz der Verzweiflung. Tareisa wusste, dass sie über die Mittel verfügte, der Situation zu entrinnen. Sie musste sie nur richtig einsetzen und vorsichtig mit ihren Kräften umgehen.

Mit diesem Gedanken sank sie im Schatten einer Düne zu Boden. Bislang war sie am Strand entlanggelaufen, in der Annahme, dass sie dort am ehesten Wasser und Nahrung finden und mit etwas Glück vielleicht sogar ein vorbeifahrendes Schiff entdecken konnte. Das Landesinnere war ohnehin nicht verlockender; eine karge Ebene, die wenig Pflanzen und noch weniger Tieren Heimstatt war und die seit Jahrtausenden von Menschen gemieden wurde. Wie weit sie sich erstreckte, war Tareisa nicht bekannt. Auf den Karten, die sie gesehen hatte, war es wenig mehr als ein großer, weißer Fleck gewesen, den die Kartographen für die Darstellung seltsamer Wesen und merkwürdiger Warnungen genutzt hatten.

Ein Schatten fiel auf sie. Sie sah nicht auf, da sie glaubte, eine Wolke habe sich vor die Sonne geschoben, und der Schatten verschwand so schnell, wie er gekommen war. Dann jedoch wehte eine Böe durch ihr Haar und wirbelte um sie herum Sand auf. Ein seltsames Gefühl bemächtigte sich ihrer, und ein Geräusch ließ ihren Kopf herumfahren. Aufregung schoss durch ihren Körper, und sie sprang auf, als sie das Wesen sah, das über sie hinweggeflogen war.

Es war unzweifelhaft ein Drache, der sich elegant zur Seite legte und seinen lang gestreckten, blaugrünen Leib präsentierte. Hörner zierten seinen Kopf, und zwei obsidianschwarze Klauen blitzten in der Sonne.

Beinahe ohne es zu wollen, öffnete sich die Maestra, und Vigoris pulsierte durch ihren Leib. Der Drache flog gut fünfzig Meter entfernt eine weite Kurve um sie herum. Sein funkelnder Körper schien mit dem Himmel zu verschmelzen.

Hektisch versuchte sich Tareisa in Erinnerung zu rufen, was sie über diese Wesen wusste, doch es war nicht viel, was ihr Meister sie gelehrt hatte. Nur wenige Menschen in Corbane waren in den letzten Jahrhunderten mit ihnen in Berührung gekommen, denn die Drachen hielten sich fern von ihnen. Ihre Magie war stark und funktionierte ganz anders als die der Maestre. Mit einem grimmigen Lächeln erinnerte sich Tareisa, was der Rat des alten Mannes gewesen war: *Wenn du auf einen von ihnen triffst, dann lauf.*

Doch wegzulaufen wäre in ihrer jetzigen Situation völlig sinnlos gewesen, der Drache hätte sie in der weiten Ebene immer wiedergefunden. Noch immer flog er eine lange Kurve und kam nicht näher. Tareisa ließ ihn nicht aus den Augen, während sie sich langsam um die eigene Achse drehte. Der Blick der Kreatur war auf sie gerichtet, und selbst auf diese

Entfernung spürte sie die gesamte Aufmerksamkeit des Drachen auf sich ruhen.

Intelligent. Fremdartig. Tückisch. Das waren die Attribute, die ihr Meister den gewaltigen Kreaturen zugeordnet hatte.

Mit einem Mal schwenkte der Drache zur Seite und raste auf Tareisa zu, die Flügel angelegt, den Hals lang gestreckt, das Maul aufgerissen. Noch bevor sie es sah, wusste die Maestra, was geschehen würde. Instinktiv webte sie ein dichtes Netz aus Vigoris um sich. Keine Sekunde zu früh, denn schon verschwand der Drache hinter einer Flammenwand, die glühend heiß auf Tareisa zuschoss und ihr die Sicht nahm. Das Feuer traf ihren hastig errichteten Schild und zerstob knatternd zu Funken, als es von der Vigoris aufgehalten wurde. Das Brüllen des Drachen dröhnte in Tareisas Ohren, seine massige Gestalt war ein Schatten in den hellen Flammen.

Dann war er vorbei, das Feuer verschwunden, und sie atmete tief durch. Als die Magie verebbte, spürte sie den heißen Hauch des Flammenatems auf ihrer Haut. Sie blickte sich um und entdeckte den Drachen einige Dutzend Schritt entfernt auf dem Strand. Das gewaltige Wesen war gelandet und betrachtete sie nun – neugierig, wie es Tareisa schien.

»Ist das alles?«, rief sie ihm zu, wohl wissend, dass sie größte Schwierigkeiten haben würde, mehrere dieser Angriffe abzuwehren. Sie konnte nur hoffen, dass die Flammen ihren Speier ebenso erschöpften wie sie die Anwendung von Magie, um das Feuer abzuwehren.

Der Drache tat einige Schritte auf der Stelle. Wieder fiel der Maestra auf, wie leicht und mühelos er sich auch auf der Erde bewegte. Eine solch massige Kreatur sollte langsam sein, sich schwerfällig bewegen. Doch die schlanke Gestalt des Drachen drückte Stolz und Anmut aus. Seine ganze Erscheinung verkörperte Macht, und Tareisa konnte beinahe spüren, dass sich der Drache dieser Macht vollends bewusst war.

Als er einen Schritt nach vorn machte, konzentrierte sich Tareisa auf den nächsten Zauber. Diesmal würde sie vorbereitet sein. Sie erwartete, dass die Kreatur sich wieder in die Luft erhob, doch stattdessen lief sie auf sie zu, nicht einmal besonders schnell, mehr so, als habe der Drache alle Zeit der Welt. *Was ja auch der Wahrheit entspricht.*

Seine Flügel waren eng zwischen Vorderläufen und Körper gefaltet und schienen ihn auch am Boden nicht zu behindern. Als er das Maul wieder öffnete, sah Tareisa seine eindrucksvollen Reißzähne und die lange Zunge. Wie hypnotisiert betrachtete sie das Spiel der Muskeln auf seiner Brust, die hellen Schuppen, jetzt weniger blau als beige, die Klauen, die sich tief in den Sand gruben. Was auch immer der alte Mann ihr über Drachen erzählt hatte, es reichte nicht annähernd an die Gewalt der Erscheinung heran, die sich nun, entgegen ihren Erwartungen, geradezu tänzelnd auf sie zubewegte.

Aber sie war keine einfache Maestra. Sie hatte nicht an den Akademien Corbanes gelernt, wo man die Vigoris kastriert und mehr Wissen vergessen als bewahrt hatte. Ihr Wissen um das Arsanum kam aus einer anderen Quelle, die vielleicht ebenso alt wie die Drachen war, und es kannte in Corbane kaum Ebenbürtiges.

Sie schrie, als sie ihre Macht entfesselte. Ihr Schrei wurde zu einem Sog, der die Vigoris mit sich riss. Wie eine Welle rollte sie über den Strand, wirbelte Sand auf, war wie ein Sturm. Sie traf nicht den Drachen, der innegehalten hatte, sondern den Boden unter ihm. Eine gewaltige Fontäne schoss hervor. Sand und Steine hüllten den Drachen ein, schleuderten ihn umher. Sie brüllte nun ihren Widerstand heraus, hörte nicht auf. Die Vigoris floss durch ihren Leib, zerrte an ihrer Seele. Sie spürte, wie ihre Kraft aus ihr herausgerissen wurde. Es schmerzte unvorstellbar und war dennoch ein süßes Gefühl von Selbstaufgabe in reiner Macht. Es kostete sie alle Kraft, dem Drang zu widerstehen und sich nicht mitreißen zu lassen. Unter größter Selbstbeherrschung schloss sie die Pforte in sich und sackte erschöpft zu Boden.

Alles schmerzte. Jeder Muskel, jede Ader. Ihre Haut schien in Flammen zu stehen. Sie konnte kaum atmen und fühlte sich, als würde sie ersticken. Der aufgewirbelte Staub brannte in ihrer Lunge, und vor ihren Augen verschwamm die Welt, wurde einfarbig und undeutlich, so als nehme sie alles nur noch aus großer Entfernung wahr.

Es dauerte, bis sich der Staub gelegt hatte, bevor Tareisa den Kampf gegen die drohende Ohnmacht gewonnen hatte. Langsam kehrte ihre Sicht zurück, und das Hämmern ihres Herzschlags in ihren Ohren sank auf ein erträgliches Maß.

Ihr Zauber hatte eine tiefe Furche gezogen, von ihr bis zu einer hohen Düne, die nun seltsam zusammenhanglos mitten auf dem Strand existierte, wo vorher keine gewesen war. Das Meer rauschte, der Wind strich über den Sand, aber ansonsten war es still.

Mit wackligen Beinen erhob sich Tareisa und lief langsam die Furche entlang. Sie versuchte sich auf einen Schutzzauber zu konzentrieren, aber er entglitt ihr immer wieder, und sie fand keine Kraft mehr in sich, um die Pforte der Vigoris zu öffnen. Was vielleicht gut war, denn sie war unsicher, ob sie sie in diesem Zustand wieder würde schließen können.

Erst als sie bis auf wenige Schritt an die neue Düne herangekommen war, konnte sie sehen, was sie bereits geahnt hatte. Der Drache war unter dem Sand begraben. An der Seite sah man noch seine Schuppen durchschimmern, und die grobe Form der Düne verriet, was sich unter der Sanddecke verbarg, aber von der Kreatur selbst war fast nichts mehr zu erkennen.

»Hab ich dich, du Bastard«, murmelte Tareisa und spie aus. Ein roter Tropfen fiel auf den Sand, blutiger Zeuge der Macht, der sie durch ihren Körper Eintritt in die Welt verschafft hatte. Eigentlich wollte sie sich abwenden und den Ort hinter sich lassen, aber da versagten ihre Beine ihr den Dienst, und sie sank ungeschickt erst auf die Knie und fiel dann nach hinten.

Genau in diesem Augenblick erbebte die Düne, dann explodierte sie förmlich. Durch Staub und Sand sah Tareisa die Form des Drachen, die sich aus der Düne löste. Sie wollte die Vigoris rufen, doch bevor ihr erschöpfter Geist auch nur reagieren konnte, raste etwas Großes, Dunkles auf sie zu.

THYRANE

»Drachen?« In Kapitän Bercons' Stimme klang mehr als nur ein wenig Unglauben mit, was Thyrane ihm nicht verdenken konnte. Er blickte auf den Stein hinab, der zwischen ihnen auf dem Tisch lag. Manoel streckte die Hand nach dem kleinen Artefakt aus und berührte die Oberfläche zögerlich mit einem Finger. Sinao betrachtete den Stein ebenfalls. Sie hatte die Unterlippe zwischen die Zähne gesogen und sah aus, als ob sie angestrengt nachdenken würde.

»Es erschien mir zunächst auch wenig plausibel, Kapitän, aber ich habe mittlerweile noch einmal genauer über die Dinge nachgedacht, die wir auf Rosarias erlebt haben. Ich bin mir sicher, Sie wissen noch, wie die Toten der Compagnie aussahen? Als seien sie von gewaltigen Klauen und Zähnen so zugerichtet worden. Und dieses Brüllen! Die Soldaten der Compagnie haben unzweideutig gegen etwas gekämpft, was ihnen bei weitem überlegen war. Und schließlich haben sie sogar die Sprengung zu früh durchgeführt. Ich will nicht sagen, dass es sich um Drachen gehandelt hat, aber es muss einen Ursprung der Ladung geben. Und das Vorhandensein von Drachen in der Sturmwelt würde eine Erklärung für all die Vorkommnisse bieten, egal wie unwahrscheinlich einem diese Erklärung auch vorkommen mag.«

Bercons sah den Admiral mit zur Seite geneigtem Kopf

und zusammengekniffenen Augen an. Der Kapitän der *Imperial* wirkte nach wie vor nicht überzeugt.

Jetzt beugte sich Sinao vor, die bislang geschwiegen hatte, und nahm den Stein in die Hand. Sie bewegte die Finger langsam und vorsichtig, als habe sie Angst, ihn mit einer falschen Bewegung zu zerstören, obwohl er so massiv wirkte wie ein großer Flusskiesel. »Ich habe noch niemals einen Drachen gesehen. Aber Rayo glaubt daran, dass sie hier waren, und ich vertraue ihr. Wieso sollte sie sonst so etwas erzählen? Es wäre doch viel leichter für sie gewesen, uns einfach wieder wegzuschicken, ohne uns etwas zu sagen.«

Bercons seufzte.

»Nun gut, nehmen wir an, dass es tatsächlich nicht nur Drachen gibt, sondern dass sie auch auf Rosarias waren«, sagte der Kapitän dann. »Aber was bedeutet das für uns? Wie gehen wir vor?«

»Rayo sagte, sie kamen aus dem Westen«, meinte Manoel. »Sie müssen von weither gekommen sein, denn das Gedächtnis der Paranao ist ziemlich lang. Sie schreiben zwar nichts auf, aber ihre Geschichten werden immer weitergegeben. Wenn die Drachen schon vorher auch nur irgendwo hier in der Gegend gelebt hätten, dann gäbe es mehr Paranao-Geschichten von ihnen.«

»Du meinst, sie kamen von jenseits der Sturmwelt?«, warf der Kapitän ein. »Da gibt es nichts. Nur endloses Wasser. Niemand, der eine Weltumsegelung versucht hat, ist je wiedergekehrt. Auf einen so vagen Hinweis hin können wir schlecht Segel setzen.«

Thyrane nickte. Die Gewässer westlich der Sturmwelt waren unerforscht und hatten sich bislang jedem Versuch der thaynrischen Flotte, sie zu erkunden, widersetzt. Bercons hatte Recht: Es wäre sinnlos, in dieser Richtung zu forschen. In der Sturmwelt zu bleiben, war jedoch auch keine Option;

früher oder später würden sie auf Schiffe von Holts Flotte treffen, und der Admiral wollte gar nicht erst sehen, was dann geschah. Es war schade, dass der Besuch bei den Paranao nicht mehr greifbare Ergebnisse gebracht hatte, aber schließlich war ihm von vornherein klar gewesen, dass er nach einem Strohhalm griff, als er auf Manoels Vorschlag eingegangen war. *Bleibt nur eines.*

Er erhob sich mit einem Seufzen und stellte sich vor den Tisch. Der Reihe nach musterte er die junge Paranao, den Maestre und Bercons.

»Kapitän, sorgen Sie dafür, dass wir morgen mit dem ersten Licht des Tages Anker lichten können.«

Bercons nickte.

»Welcher Kurs, Thay?«

»Heimat, Kapitän.«

Es dauerte einige Momente, bis Bercons bestätigte, und auch Manoel und Sinao schwiegen verblüfft.

»Schicken Sie mir bitte Lamworth, wenn es möglich ist«, befahl Thyrane und nickte dem Kapitän zu, der salutierte und die Kajüte verließ, obwohl ihm anzusehen war, dass er nur allzu gern eine Frage nach dem Sinneswandel des Admirals gestellt hätte. Dann atmete Thyrane durch und wandte sich an die beiden Verbliebenen.

Bevor er etwas sagen konnte, legte Sinao den Stein mit einem lauten Schlag auf den Tisch zurück und sah Thyrane vorwurfsvoll an. »Du gibst auf!«

»Keineswegs«, erklärte der Admiral. »Aber uns bleiben nicht viele Möglichkeiten. Die *Imperial* ist ein ziemlich auffälliges Schiff in diesen Gewässern. Wir können uns nicht lange vor Holt verbergen. Das heißt, wir könnten uns natürlich einen Schlupfwinkel in irgendeiner von der Einheit verlassenen Bucht suchen, immerhin ist die Sturmwelt dafür berüchtigt, Flüchtigen Unterschlupf zu bieten. Aber das bringt uns nichts. Wir sind weder Verbrecher noch Piraten, und davonzulaufen hilft uns wohl kaum dabei, der Compagnie das Handwerk zu legen.«

Thyrane sah die beiden eindringlich an, während er fortfuhr: »Auf gut Glück nach Westen zu segeln ist keine Option, wie Bercons bereits richtig festgestellt hat. Wir können nicht einfach so ins Nichts segeln. Das wäre die Tat eines Narren, und wir sind keine Narren.

Damit bleibt uns nicht viel übrig. Hier können wir nicht bleiben, nach Westen können wir nicht segeln. Nach Corbane zu fahren ist dagegen eine Möglichkeit.«

»Aber was sollen wir da?« Sinaos Stimme schwankte zwischen Zorn und Furcht.

»Die Admiralität in Thaynric muss benachrichtigt werden, was Kapitän Bercons ja auch schon früher ganz richtig angemerkt hat. Es ist sehr wichtig, dass mein Bericht über die Ereignisse vor Holts und Gleckhams Berichten dort eintrifft. Außerdem hoffe ich, dass unsere Maestre und Spezialisten inzwischen mehr über die Ladung herausgefunden haben. Vielleicht wurde sie ja auch bereits aufgebracht? – Falls nicht, lohnt die Jagd auf die Ladung womöglich noch immer.«

»Sie wollen eigentlich gar nicht nach Thaynric«, stellte Manoel fest.

Der Admiral bedachte den Maestre mit einem schiefen Lächeln. *In der Tat, ein cleverer Kanonensohn.*

»Nein, ich will nicht nach Thaynric. Aber ich denke, dass unser Bericht dorthin muss. Hier kommt ihr ins Spiel. Glaubt ihr, dass ihr mittels Magie mit der Admiralität kommunizieren könntet?«

Manoel legte den Kopf auf die Seite und blies die Backen auf. Sinao sah ihn an. Der junge Maestre entließ die Luft mit einem hellen Pfeifton.

»Keine Ahnung. Möglicherweise. Aber ich weiß nicht, mit wem ich da Kontakt aufnehmen sollte.«

In diesem Moment klopfte es an der Tür. Thyrane lächelte und erklärte leise: »Aber er schon.« Dann rief er: »Herein!«

Lamworth zwängte sich durch die Tür und nickte grüßend in die Runde, bevor er mit seiner seltsam hohen Stimme, die so gar nicht zu seinem massigen Leib passen wollte, sagte: »Sie hatten nach mir schicken lassen, Thay? Was kann ich für Sie tun?«

»Ich brauche Ihr Können, Maestre. Ich muss dringend mit der Admiralität Kontakt aufnehmen und ... aber setzen Sie sich doch erst einmal.«

Der Maestre nahm das Angebot sichtlich dankbar an. Er quetschte sich auf einen Stuhl und lächelte nervös, wobei er sich mit einem Taschentuch über die Stirn fuhr.

»Das ist möglich, Admiral, aber entweder müssen wir näher an Thaynric heran, oder ich brauche Unterstützung.« Er blickte misstrauisch zu den beiden anderen Maestre hinüber und fügte hinzu: »Erhebliche Unterstützung.«

Manoel verzog das Gesicht und verdrehte die Augen. Es war ihm deutlich anzusehen, was er vom Gebaren des Bordmaestre hielt, aber Thyrane hatte keine Lust auf Streitereien, bevor die Durchführung des Planes überhaupt begann.

»Wir werden beides versuchen, Maestre. Sie haben noch Traumstaub vorrätig, Mann?«

»Ein wenig, ja, Thay.«

»Soweit ich weiß, kann Ihnen das bei einem solchen Unterfangen hilfreich sein?«

»In Maßen sicherlich.«

»Gut. Bereiten Sie alles vor. Der Kapitän kann Sie über unsere aktuelle Position informieren. Finden Sie heraus, wohin wir segeln müssen, um einen Versuch durchführen zu können. Besprechen Sie sich mit unseren beiden Gästen hier.

Und ich möchte, dass Sie drei so gut wie möglich zusammenarbeiten. Hier steht eine Menge auf dem Spiel, das ich nicht durch kleinliche Streitereien gefährdet sehen möchte.«

Lamworth nickte Manoel und Sinao mit einem Hauch von Hochmut zu, was Manoel dazu veranlasste, mit einem ebensolchen Nicken zu antworten, während Sinao nur freundlich lächelte.

»Wäre das alles, Thay?«

Thyrane bestätigte das und sah zu, wie sich Lamworth schwerfällig erhob, ungeschickt salutierte und den Raum verließ. Manoel folgte ihm, wobei er den wankenden Gang des Mannes nachahmte. Als Sinao ihnen ebenfalls folgen wollte, bat Thyrane sie, noch einen Moment zu bleiben.

Sobald sich die Tür geschlossen hatte, faltete der Admiral die Hände.

»Du kannst in der Sturmwelt bleiben, wenn du willst«, eröffnete er das Gespräch. »Ich würde das verstehen und Manoel sicher auch.«

Sie schwieg, also fuhr er fort: »Vielleicht könntest du hier ein neues Zuhause finden. Eine Heimat bei den Paranao. Ich bin mir sicher, dass deine Leute jemand so Begabten wie dich nur allzu gern bei sich aufnehmen würden.«

Trotzig schüttelte sie den Kopf, so dass ihre dunklen Locken flogen. »Mano würde vielleicht gehen, aber ich werde das nicht tun. Du sagst, es ist noch nicht vorbei. Stimmt das?«

Thyrane hielt kurz inne.

»Ich will dich nicht anlügen. Es steht nicht gut für uns. ›Der Feind hat den Wind und wir nur eine Küste an Lee‹, wie die Seeleute sagen. Ich kann dir nicht sagen, ob mein Plan uns weiterhilft, denn ich weiß selbst nicht, ob wir noch eine Chance haben, unsere Pläne zu verfolgen oder ob man mir einfach die Rückkehr befiehlt, um mich einzusperren, sobald wir erst einmal Kontakt mit meinen Vorgesetzten in

Thaynric haben. Aber im Augenblick ist für mich noch nichts vorbei.«

Er sah die Entschlossenheit in ihrem Blick, aber auch die Einsamkeit.

»Das hier ist nicht mein Zuhause«, sagte die Paranao leise. »Ich kenne diese Menschen kaum, weiß nicht, wer sie sind, wie sie leben und was sie denken. Als wir am Strand waren und die jungen Mädchen und Krieger kamen ... Ich ... Das war nicht ...«

Ihre Stimme wurde leise, verebbte schließlich ganz. Thyrane sah sie voll Mitleid an, aber er wusste nicht, was er sagen sollte. *Sie haben dir das alles genommen. Du hattest nie eine Heimat, und dein Volk ist dir keine.*

Unvermittelt brach Sinao in Tränen aus, und ihr Körper wurde von Schluchzen erschüttert. Thyrane stand auf, kniete langsam neben ihr nieder und legte die Arme um ihren schmalen Körper. Ihr Leid schmerzte ihn auf eine beinahe physische Weise, doch er konnte es nicht lindern, sondern nur bei ihr sein.

FRANIGO

Die Sonne berührte wohl bereits den Horizont, als Franigo dem alten Mann aus dem Mietshaus folgte, und der Himmel über Sargona bot ein farbenprächtiges Schauspiel in Rot und Gold, doch der Poet hatte keine Zeit, um die spektakulären Farben zu genießen. Wie der alte Mann gesagt hatte, war am fernen Ende der langen Gasse eine Menschenmenge zu erkennen, die sich bedrohlich zusammenballte. Einige erhobene Waffen waren ebenfalls zu erkennen, und hinter dem Mob erspähte Franigo einen Reiter.

»Duckt Euch, Mesér«, forderte ihn sein Begleiter im Flüsterton auf. »Wenn sie Euch sehen, wird ihre Wut wachsen, und es wird erheblich schwerer werden, dieser armseligen Stadt den Rücken zu kehren.«

Auch Franigos Wut war erheblich gewachsen, seit er den Pöbel entdeckt hatte, der ihm nach dem Leben trachtete, aber selbst durch den roten Schleier vor seinen Augen konnte er wahrnehmen, dass die Rotte einfach aus zu vielen zornigen Bürgern bestand, als dass er es hätte allein mit ihnen aufnehmen können. *Und der Alte an meiner Seite wäre mir womöglich eher ein Hindernis als eine Hilfe.*

Also folgte er dem Rat des Mannes und duckte sich, so dass er sich innerhalb der Schatten befand, die von den Hauswänden geworfen wurden. In gebückter Haltung bewegten sich die beiden Männer um die nächste Ecke, die in eine weitere Gasse führte. Der Alte richtete sich auf und spähte vorsichtig nach links und rechts.

»Nichts zu sehen«, wisperte er dann. »Vermutlich wollen sie Euer Haus stürmen, sobald sie sich sicher genug fühlen.«

Franigo schnaubte nur verächtlich. Sollten sie doch die schäbige Behausung dem Erdboden gleichmachen. Er hatte einen Beutel mit Münzen, seine Waffen und sein Oktavheft bei sich; was immer in seinem Mietzimmer verblieben war, konnte der Pöbel somit haben.

Er folgte dem Alten durch einige weitere enge Gassen. Sein seltsamer Begleiter wusste offenkundig genau, wohin er wollte, denn er zögerte an keiner Abzweigung und führte den Dichter mit der größten Selbstverständlichkeit durch schäbige Hinterhöfe und überwucherte Gärten. Schließlich gelangten sie in einen der Außenbezirke Sargonas, der spärlicher besiedelt war als die Innenstadt und in dem es eher schlichte Holzhäuser als prächtige Steinbauten gab.

»Ihr habt einen weiten Weg zu Fuß auf Euch genommen, Mesér«, bemerkte Franigo, dem auffiel, dass der alte Mann an seiner Seite weder außer Atem war noch sonstige Anzeichen von Erschöpfung zeigte.

»Wer sagt, dass ich den Hinweg auch zu Fuß zurückgelegt habe?«, entgegnete der Alte mit einem Lächeln. »Ihr solltet vielleicht damit beginnen, nicht immer den ersten Gedanken auch als den richtigen anzusehen.«

»Also seid Ihr nicht nur ein Freund der Literatur, sondern auch ein Philosoph?«, fragte Franigo skeptisch.

»Oh ja. Das und noch vieles mehr. Aber da sind wir ja auch schon«, erklärte der Alte plötzlich und wies auf eine Kutsche, die am Rande eines Feldes stand. Das dunkle, zweispännige Gefährt wirkte funktional und bescheiden, kein Wappen und keine Livree wiesen auf den Besitzer hin. Der

Mann auf dem Kutschbock trug einen weiten Mantel und hatte seine Kappe auf dem schütteren Haar zurückgeschoben. »Mesér«, grüßte er höflich und tippte sich mit zwei Fingern gegen die Stirn, als er Franigo und seinen Begleiter entdeckte. Dann sprang er auf den Boden und öffnete den Schlag für seine beiden Passagiere.

Franigo zögerte einen Moment, ehe er einen Fuß auf den Tritt setzte. »Bevor ich einsteige, guter Mann, wüsste ich doch gern noch, wohin uns die Reise eigentlich führen wird.«

Die hellen Augen seines Begleiters musterten ihn aufmerksam, und der Dichter vermeinte, einen milden Spott in dem Blick zu erkennen.

»Zunächst fahren wir nach Boroges«, erklärte der Alte. »Und von dort aus … Nun, wir werden sehen.«

»Boroges also. Nun gut. Warum auch nicht?« Damit schwang sich Franigo ins Innere der Kutsche und ließ sich auf die abgeschabten Lederpolster fallen. Sobald sein Begleiter ihm gegenüber Platz genommen hatte und der Kutscher wieder auf den Bock geklettert war, schlug der Alte mit der flachen Hand gegen die Decke und gab so das Signal zur Abfahrt.

Die Fahrt durch die Nacht war eine raue Reise, auf der Franigo seinen wild jagenden Gedanken nachhing. *Wer mochte sein geheimnisvoller Retter in Wirklichkeit sein?* Schon die wenigen, kurzen Sätze, die sie bislang miteinander gewechselt hatten, waren genug gewesen, um den Poeten davon zu überzeugen, dass der Alte ihm mit Vorbedacht auswich und seine wahren Motive zu verbergen trachtete.

Doch da dem Dichter gerade nicht nach einem Gespräch zumute war, verschob er es auf später, die Absichten seines Gegenübers zu erkunden.

Stattdessen hing er Erinnerungen nach, die plötzlich und ungefragt auf ihn einströmten, Szenen und Bilder seines bisherigen Lebens, das so wechselvoll verlaufen war. Er musste an Cabany denken, an das Theater, die gelungenen Verse, die Gerüche, den Gesang, die Stimmung seiner so erfolgreichen Premiere. An Esterge, dessen Schicksal er nicht kannte, ja, von dem er nicht einmal wusste, ob er die Nacht überlebt hatte, in der Franigo ihn mit dem Degen niedergestreckt hatte. Yuone kam ihm in den Sinn, so ehrgeizig wie er selbst, mit ihrem unvergleichlichen Lächeln und ihrem Akzent, der so süß in seinen Ohren geklungen hatte.

Selbst die Zeit, die er auf der Flucht verbracht hatte, erhielt in der Rückschau einen gewissen Glanz, hatte er doch damals wenigstens ein Ziel und einen Ort gehabt, an den er hätte heimkehren können. Die große Rebellion hingegen, die ihn mit sich gerissen hatte, war in seinen Erinnerungen nur eine schnelle Abfolge von sich überstürzenden Geschehnissen, die er noch immer nicht einfach erklären konnte. Sein Aufstieg zum Poeten des Volkes, zum Wortführer und Politiker. Sein tiefer Fall, als die Rebellion begann, ihre eigenen Kinder zu fressen.

Und all dies mündete nun in dieser Kutschfahrt. Sein Talent hatte ihn zu höchsten Ehren und in die tiefste Schmach geführt. Beinahe hätte er es verflucht, aber die groben Worte wollten sich nicht einmal in seinen Gedanken formen, geschweige denn ihm über die Lippen kommen. In diesem Augenblick war sein Talent, war sein Werk alles, was ihm noch geblieben war, das Einzige, was zwischen ihm und dem Nichts stand.

»Seid Ihr damit beschäftigt, Pläne zu schmieden?«

Die Stimme seines Gegenübers riss Franigo aus seinen Grüblereien. Sie wirkte nun angenehm, gesetzte Worte in ruhigen Tönen, altersmilde und beruhigend.

»Nein, Mesér. Dafür ist es zu früh.«

»Ah, dann habt Ihr Euch eher an die Vergangenheit gehalten.«

Franigo runzelte die Stirn. Seine Antwort war wachsam: »Ihr scheint ein guter Beobachter zu sein.«

»Ich würde mich eher einen Kenner der menschlichen Natur nennen. Das ist ein Vorteil des Alters; man hat vieles erlebt und gesehen und kann auf vielerlei Erfahrungen zurückgreifen.«

Der Poet nickte und lächelte unverbindlich. Schon wollte er wieder in Gedanken versinken, als der Alte weitersprach: »Eine gute Wahl. Die Vergangenheit, meine ich. Aus ihr lernen wir für die Zukunft. In ihr ist viel Weisheit für diejenigen verborgen, die nach ihr zu suchen wissen.«

Die Worte des Alten begannen, Franigo trotz der angenehmen Stimme zu stören. *Allgemeinplätze,* befand er. *Ich hoffe, der Mann ist kein religiöser Eiferer!*

»Das mag sein«, erwiderte er deshalb vage und sah demonstrativ aus dem Fenster, auch wenn in der Dunkelheit kaum etwas zu erkennen war. Erst jetzt fiel ihm auf, wie schnell sie fuhren. Ein nicht unbeträchtliches Risiko angesichts des schwachen Lichts, das die Lampe auf dem Kutschbock warf. Franigo konnte nur hoffen, dass ihnen auf offener Straße nicht allzu viele Hindernisse begegnen würden, da sie die Stadt längst hinter sich gelassen hatten.

»Ihr haltet mich für einen alten Schwätzer«, vermutete sein Gegenüber plötzlich, und die hellen Augen blitzten erneut spöttisch.

»Keineswegs«, protestierte Franigo rasch und deutete zum Fenster. »Vielleicht solltet Ihr dem Kutscher Bescheid geben, dass er die Geschwindigkeit drosseln kann?«

»Das ist nicht nötig«, erwiderte der Alte mit Bestimmtheit. »Unsere Fahrt ist vollkommen sicher.«

»Bitte?«, fragte Franigo überrascht.

Doch der Alte beachtete seinen Einwurf gar nicht. »Ich verstehe Eure Verunsicherung. Ihr musstet aus Eurer eigenen Heimat fliehen, seid aber auch sonst nirgends willkommen. Man verhöhnt Eure Arbeit und verbrennt Eure Stücke.«

»Ich weiß. Vielen Dank, dass Ihr mich daran erinnert«, knurrte Franigo, nur um dann mit der Schulter zu zucken. »Aber als mein Retter habt Ihr selbstverständlich das Recht, mir diesen Spiegel vorzuhalten.«

Der Alte verzog seine schmalen Lippen zu einem dünnen Lächeln. »Ich habe Euch nicht vollkommen selbstlos gewarnt und mitgenommen«, gestand er. Jetzt war Franigos Neugier geweckt. Sein Instinkt hatte ihm gesagt, dass er seine Rettung sicher keinem Akt der Nächstenliebe verdankte, und sein Gegenüber schien nun endlich gewillt, zum Kern der Sache vorzudringen.

»Ach nein? Und ich hatte gehofft, dass Ihr einfach nur ein Freund meiner Worte seid und sie der Welt erhalten wolltet, so wenig diese sie auch zu schätzen weiß.«

Das Lächeln des Alten wurde breiter, und er legte den Kopf leicht schräg, als überlege er.

»In gewisser Weise ist das tatsächlich die Wahrheit – und ich gedenke, mir Euer spezielles Talent zunutze zu machen. Ich habe Euch ein Angebot zu unterbreiten. Eine neue Aufgabe, wenn Ihr so wollt, und eine neue, fantastische Zukunft, die sich Euch eröffnen wird.«

»Ich bin ganz Ohr.«

»Werdet mein Chronist.«

»Euer Chronist? Eine Art Hofschreiber?«, hakte Franigo verdutzt nach, und der Alte nickte.

»In der Tat, eine Art Hofschreiber. Es werden schon bald wichtige Dinge geschehen, von einem Ausmaß, das Ihr Euch noch nicht vorzustellen vermögt, und sie müssen für die Nachwelt festgehalten werden. Im eigenen Land mögt Ihr gerade nichts gelten, aber wenn Ihr Euch mir anschließt, wird Euer Name in Marmor geschlagen werden, für die Ewigkeit.«

»Und was für Ereignisse sollen das sein, die so wichtig sind, dass sogar ihr Chronist unsterblich wird?«, meinte Franigo misstrauisch. *Entweder der Kerl ist verrückt, oder ich habe die Lage völlig falsch eingeschätzt. Vielleicht verbirgt sich unter diesem merkwürdigen Äußeren ja der Gesandte eines weit entfernten Potentaten?*

»Das ist die Frage, nicht wahr?« Der Alte legte eine kleine Pause ein. »Die Rebellionen und Revolutionen und Aufstände und Morde bringen Corbane aus dem Gleichgewicht. Die Ordnungen der Staaten werden zerstört von schmutzigen Massen. Chaos regiert, Anarchie. Es ist an der Zeit, dass die Ordnung wiederkehrt. Dass die Menschen zu ihrem Glück und Wohl geführt werden, heraus aus dieser Finsternis.«

Der Alte sah Franigo erwartungsvoll an.

»Und das wollt Ihr tun?«, fragte Franigo ungläubig. Die Stimme des Alten hatte eine seltsam hypnotische Wirkung auf ihn, und die hellen Augen, die er trotz der Dunkelheit in der Kutsche erkennen konnte, schlugen ihn nun in ihren Bann. Obwohl eine Stimme in seinem Kopf ihn warnte und die Worte seines Gegenübers ins Lächerliche zog, stellte der Dichter fest, dass etwas in ihm unbedingt an das glauben wollte, was der Alte sagte.

»Einer wird es tun müssen, und ich bin besser geeignet als sonst jemand, mein Freund. Also, was sagt Ihr? Wenn Ihr das Angebot ausschlagen wollt, setze ich Euch auf meinem Weg in Boroges ab, und Ihr könnt friedlich Eurer Wege gehen, wohin diese Euch auch führen mögen.«

Die Kutsche rumpelte durch die Nacht, und die Landschaft draußen flog nur so vorbei, Schatten in der Dunkelheit.

Der Alte senkte den Kopf, und seine Stimme wurde zu einem bloßen Flüstern. »Allerdings bleibt Ihr dann auch gejagt und verfemt, Eures Namens beraubt, mit verdorbener Vergangenheit und verlorener Zukunft. – Oder Ihr nehmt an, folgt mir und werdet Zeuge der Erneuerung. Zeuge und Chronist und tragt einen Namen, an den die Menschen dieses gebeutelten Kontinents sich noch in tausend Jahren erinnern werden.«

Obwohl Franigo sicher war, mit einem Wahnsinnigen in der Kutsche zu sitzen, konnte er den Blick nicht von dem alten Mann abwenden.

»Ja«, erklärte er, noch bevor er so recht begriff, was er da tat. »Ich sage zu.«

ROXANE

Nachdenklich strich sich Roxane die blonden Strähnen aus dem Gesicht. Der Wind hatte merklich aufgefrischt, und am Horizont ballten sich Wolken zusammen.

Schlechtes Wetter hätte uns gerade noch gefehlt, dachte sie grimmig. Mit kritischer Miene beäugte die Kapitänin das Ablegemanöver. Zum einen waren ihre Untergebenen es nicht gewohnt, direkt von der Mole aus abzulegen. Zum anderen befand sich eine große Menge Zuschauer am Kai, die jede Bewegung auf der *Siorys* zu verfolgen schien.

Als die Kapitänin dennoch mit den Vorbereitungen zufrieden war, befahl sie: »Leinen los!«

Zwischen der Korvette und der Mauer entstand erst eine sich langsam vergrößernde Lücke, dann korrigierte Roxane die Besegelung, und der Bug des Schiffs drehte sich würdevoll nach Steuerbord und in Richtung offene See. Sie hatte nur wenige Segel setzen lassen, und es dauerte, bis die Korvette gemächlich in Fahrt kam. Als der Bug auf die Hafenausfahrt gerichtet war, gab die Kapitänin eine Reihe von Befehlen, die von der Kette ihrer Untergebenen weitergegeben wurden. Nun entfalteten sich mehr Segel, und Rahen bewegten sich. Die *Siorys* drehte sich weiter und nahm Kurs auf die Mündung des Flusses, gerade als die ersten Regentropfen zu fallen begannen.

»Dann wollen wir mal sehen, was wir als Flussschiffer taugen«, sagte Roxane, halb zu sich selbst und halb zu der kleinen Echse, die auf ihrer Schulter Platz genommen hatte, genauso, wie sie es früher bei Jaquento getan hatte. Sinosh hielt die Augen geschlossen und gab nicht zu erkennen, ob er die Kapitänin gehört hatte. Die Matrosen der *Siorys* warfen Roxanes Begleiter noch immer misstrauische Blicke zu, wenn sie sich unbemerkt fühlten, aber bislang hatte sich noch niemand öffentlich über die Anwesenheit des kleinen Drachen an Bord beschwert.

»Ich will rund um die Uhr Lotgasten«, befahl Roxane, und Leutnant Huwert, der gemeinsam mit Bordmaestre Groferton neben ihr stand, bestätigte den Befehl. Doch sie konnte den Zweifel in seinen Augen sehen. Die *Siorys* war kein großes Vollschiff, aber sie war auch kein Flusskahn. Die Entscheidung, den Versuch zu wagen und stromaufwärts zu fahren, war riskant. Sie kannten den Fluss nicht und hatten keine Ahnung, ab wann er für ein Gefährt mit ihrem Tiefgang nicht mehr schiffbar sein würde. Auch wenn er an seiner Mündung ein breiter Strom war, würden sie früher oder später nicht mehr weiterkommen. *Hoffen wir, dass wir Jaquento und Bihrâd finden, bevor wir festsitzen.*

»Ein Lotse wäre sicherlich praktisch, um uns den Roten Fluss hinaufzubringen«, merkte Groferton an.

»Leider haben wir keinen zur Hand, Coenrad. Und selbst wenn, hätten wir niemanden, der seine Sprache spricht.«

Der Bordmaestre trat an sie heran. Als er weitersprach, war seine Stimme so leise, dass nur sie und der Leutnant ihn verstehen konnten. »Thay, ich will wirklich nicht respektlos sein, aber was tun wir eigentlich, wenn wir auf Grund laufen?«

Roxane antwortete ihm ebenso leise: »Wir werden nicht auf Grund laufen, Coenrad, weil wir vorsichtig sind. Wenn wir merken, dass wir nicht weiterfahren können, machen wir ein Beiboot klar, und Leutnant Huwert wird mit der *Siorys* an einem sicheren Ort auf uns warten.«

»Aye, aye Thay. Ich hoffe, Sie und dieses kleine Biest auf Ihrer Schulter wissen, was Sie tun.«

Als habe Sinosh ihn gehört, öffnete und schloss die Echse einmal kurz die bernsteinfarbenen Augen und gähnte dann herzhaft.

Inzwischen bewegte sich die Korvette langsam, aber doch merklich gegen die Strömung des Flusses. Zu ihrem Glück stand der Wind günstig genug, um gegen den Strom segeln zu können, und die Wetterfront sorgte dafür, dass sich die Segel blähten.

Nun wurde auch den Zuschauern am Ufer klar, dass sie nicht vorhatten, die See anzusteuern, sondern stattdessen den Fluss hinauffahren wollten. Die Menschen steckten die Köpfe zusammen, hier und da sah Roxane verwirrte und auch aufgeregte Mienen. Sie kümmerte sich nicht darum, sondern verschränkte die Arme hinter dem Rücken, drückte ihr Kreuz durch und versuchte, die Königliche Marine von Thaynric mit aller gebotenen Würde zu vertreten. *Ich wünschte bloß, ich würde mich auch so fühlen,* dachte sie.

Langsam kämpfte die Korvette gegen die Fluten, die ihr entgegenströmten. Immer wieder musste die Kapitänin den Kurs um ein weniges korrigieren und die Segel trimmen lassen. Die Lotgasten am Bug machten beständig Meldung, wie viel Spielraum ihnen unter dem Kiel noch blieb. Die kleineren Flussboote machten der *Siorys* respektvoll Platz, und selbst die größeren Kähne wichen ihnen aus. Im Hafen hatten zwar einige Schiffe gelegen, die es von der Größe her mit der Korvette hätten aufnehmen können, doch auf dem Fluss war die *Siorys* ohnegleichen.

Als sie bereits die ersten Häuser passiert hatten, löste sich ein flaches Ruderboot von einer Anlegestelle und hielt gerade auf sie zu. In dem Boot waren selbst auf die Entfernung mehrere Uniformierte zu erkennen. Roxane nahm ihr Fernrohr zur Hand und entdeckte Gouverneur Senpier, der in einer beeindruckenden Montur voller goldener Litzen und mit mächtigen Epauletten steckte. Seine Brust war geradezu mit Orden gepflastert. Als er Roxanes Aufmerksamkeit bemerkte, winkte er hektisch und machte Gesten, die sie wohl veranlassen sollten, an Fahrt zu verlieren.

»Ich glaube, er möchte, dass wir anhalten«, feixte Groferton. »Mein nautisches Verständnis ist nicht sehr ausgeprägt, aber es scheint mir, als sei Senpier noch unbeschlagener. Er verwechselt die *Siorys* wohl mit einer Kutsche.«

»Coenrad, das ist sehr ungebührlich«, sagte Roxane tadelnd, zwinkerte ihrem Bordmaestre dabei aber zu. *Wo er Recht hat …*

Roxane trat an die Reling und ließ sich ein Sprachrohr reichen. Dann wartete sie, bis das Boot noch näher kam, bevor sie sich an seine Insassen wandte.

»Was kann ich für Sie tun, Gouverneur?«

»Ihr könnt mir Erlaubnis erteilen, an Bord zu kommen, Capitane.«

»Mit Vergnügen.«

Das Boot ging längsseits, was sich angesichts der Geschwindigkeit der *Siorys* und der Strömung als nicht gerade einfaches Manöver erwies. Erst als Roxane ihre Besatzung anwies, mit Stangen und Seilen zu helfen, gelang es, das flache Boot zu vertäuen. Um weitere Zwischenfälle zu vermeiden, ließ die Kapitänin zudem ein Fallreep klarmachen.

Doch trotz der Hilfe dauerte es einige Minuten, bis es Senpier an Bord geschafft, seine derangierte Kleidung gerichtet und seinen formidablen Dreispitz aufgesetzt hatte. Dann jedoch kam er schnurstracks zum Achterdeck, wo Roxane auf ihn wartete.

»Capitane, mich deucht, dass Euer feines Schiff den Fluss emporfährt«, erklärte er mit einer formvollendeten Verbeugung. Roxane grüßte militärisch knapp mit einem angedeuteten Salut. Der Gouverneur war ein kleines Stück größer als sie und sehr schlank. Sein Gesicht zeigte die Jahre, die er Roxane voraushatte, aber seine wachen Augen und sein charmantes Lächeln verrieten, dass sich hinter seiner Stirn ein schlauer Geist verbarg. Schon bei ihrem ersten Besuch in seiner Residenz hatte sie erkannt, dass er ein Mann war, den man trotz seines geckenhaften Auftretens nicht unterschätzen sollte.

»In der Tat, Gouverneur«, erwiderte sie.

»Nun, ich muss Euch darauf aufmerksam machen, dass dies höchst ungewöhnlich ist und einen Bruch des Protokolls darstellt. Wir hätten zumindest zuvor über Eure Pläne informiert werden sollen. Ich muss Euch deshalb bitten, umzukehren und in den Hafen zurückzukehren.«

Roxane räusperte sich, um einen Augenblick Zeit zu gewinnen. Dann blickte sie Senpier mit einem Ausdruck an, von dem sie hoffte, dass er möglichst aufrichtig wirken würde.

»Falls wir uns einer Unhöflichkeit schuldig gemacht haben, bitte ich diese zu verzeihen, Gouverneur. Aber die Bitte umzukehren muss ich leider ablehnen. Unser Ziel liegt flussaufwärts, und wir müssen es erreichen. Mir sind bedauerlicherweise die Hände gebunden, und von einer befreundeten Nation erwarte ich in dieser Angelegenheit keine Scherereien.«

Huwert sog hörbar die Luft ein, als der Ausdruck ›befreundete Nation‹ fiel, aber mit einiger Willensanstrengung gelang es Roxane selbst, keine Miene zu verziehen.

Senpier sah sie forschend an, als versuche er, ihre Absichten zu erraten. Dann strich er sich über den sorgsam gestutzten Schnurrbart.

»Ich fürchte, es geht um mehr als nur protokollarische Fragen, meine Teure. Es gibt Abkommen, die Géronay das Recht auf den Hafen und dank Erweiterung auch auf den Fluss zusprechen. Die einheimischen Behörden wären sicherlich nicht erfreut, wenn diese Verträge missachtet würden.« Er lächelte freundlich. »Vielleicht war Euch das nicht bewusst.«

»Gehören diese Abkommen nicht der Vergangenheit an? Denn die Verträge sind unter anderen Voraussetzungen geschlossen worden und im Namen eines Monarchen, der nicht mehr Herr über Géronay ist, nicht wahr?«

Eine leichte Röte stieg bei diesen Worten in Senpiers Wangen. »So kann man das nicht sagen ...«

»Ich denke schon, dass man es genau so sagen kann.« Roxane versuchte, mit einem Lächeln ihren Worten die Schärfe zu nehmen. »Wie dem auch sei, dies sind legale Probleme, um die sich auch später gekümmert werden kann. Jetzt wird die *Siorys* erst einmal ihren Kurs beibehalten. Sollte ich mich in meiner Einschätzung der Lage getäuscht haben, werde ich selbstverständlich persönlich und im Namen der Königlichen Marine bei Ihnen um Entschuldigung ersuchen.«

Senpier presste die Lippen aufeinander und nickte mit versteinertem Gesichtsausdruck. Man sah dem Gouverneur an, dass er es bereute, keine Kriegsschiffe vor Ort zur Verfügung zu haben, mit denen er der renitenten Kapitänin dieser Korvette entgegentreten konnte.

»Gibt es noch etwas, Gouverneur?«

»Nein. Ich möchte Euch nur inständig bitten, die gerade erst neu entstehenden guten Beziehungen unserer *befreundeten* Nationen nicht leichtfertig aufs Spiel zu setzen. Ein Zwischenfall, so fern der Heimat er sich auch ereignen mag, könnte schreckliche Konsequenzen haben. Wir haben gerade erst einen langen und teuren Krieg beendet, der so viele unserer Besten gefordert hat.«

Der Diplomat wählt seine Worte weise, dachte Roxane. *Und wer weiß, vielleicht meint er es ja sogar ehrlich.*

»Ich werde Ihre Worte in Erinnerung behalten und mein Möglichstes tun, dass nichts geschieht, was Sie oder uns kompromittieren würde.«

Für einen Augenblick wanderten ihre Gedanken zu Jaquento. *Ich hoffe, dich unbeschadet zurückzubekommen, läuft diesem Versprechen nicht zuwider.*

Senpier erwiderte ihr Nicken, verneigte sich dann zum Abschied erneut und schritt zu seinem Boot zurück. Roxanes Aufmerksamkeit war schon wieder auf ihr Schiff gerichtet, als der Gouverneur über die Bordwand kletterte. In Gedanken jedoch war sie bei Jaquento und der Frage, wie sie den Hiscadi und die verdammte Ladung der *Todsünde* in diesem fremden Land finden konnte. *Hoffentlich kann Sinosh helfen,* dachte sie voller Inbrunst. *Wenn nicht, wird das eine beinahe unmögliche Aufgabe.*

FRANIGO

Als die Kutsche anhielt, wurde Franigo mit einem Ruck aus einem unruhigen Schlaf geweckt. Er fühlte sich nicht erholt, sondern vielmehr noch erschöpfter, und rieb sich die verklebten Augen. Durch die Vorhänge fiel Licht, und als Franigo gähnend eine der Gardinen zurückschob, musste er blinzeln.

»Wie spät ist es?« Dann besann er sich und fügte hinzu: »Und wo sind wir?«

Sein Gegenüber lächelte.

»Zwei sehr gute Fragen. Zur ersten würde ich sagen, dass wir die Mittagsstunde gerade hinter uns haben, und zur zweiten, dass wir uns in Boroges befinden.«

Ach ja, die Kutsche. Die Flucht aus Sargona. Der seltsame Alte. Es dauerte einige Augenblicke, bis Franigo wieder klar war, wo er war und was ihn hierher gebracht hatte.

»Schon nach Mittag, hm?«, fragte er vorsichtig. »Das erklärt meinen Hunger.« Eigentlich hatte Franigo *Durst* sagen wollen, aber er entschied, dass es besser sei, seine Vorliebe für guten Wein zunächst nicht zu deutlich zu zeigen. Immerhin stand er jetzt wieder in Lohn und Brot, und noch hatten sie die feinen Details ihrer Abmachung nicht besprochen. *Und falls mein neuer Gönner ein Asket sein sollte, möchte ich ihn doch lieber nicht verschrecken.* Er lobte sich in Gedanken noch für seine Schläue, als ihm die Bedeutung der zweiten Antwort aufging.

»Wir sind in Boroges? Unmöglich!«

»Keineswegs, mein Freund. Ich habe Euch doch gesagt, dass wir zum Meer unterwegs sind? Gehen wir.«

Ohne weiter auf Franigos Erstaunen einzugehen, griff der alte Mann nach seinem Stock und verließ die Kutsche. Immer noch blinzelnd, folgte ihm der Poet. Von Sargona so schnell nach Boroges zu reisen war nicht möglich, vor allem mit einer Kutsche. Auch wenn die vorgespannten Pferde sehr groß und kräftig waren, wie Franigo jetzt bemerkte. *Und auf ihren Flanken ist kein bisschen Schweiß zu sehen.*

Dennoch befanden sie sich ohne Zweifel in einer größeren Stadt, und Franigo roch den unverkennbaren Geruch der See, was ihm unmissverständlich mitteilte, dass sie nicht mehr in der Nähe von Sargona sein konnten.

Denk nach. Wie kann das möglich sein? »Wie lange habe ich denn geschlafen?«, fragte er schließlich. »Habe ich einen ganzen Tag verpasst?«

»Keineswegs.«

»Wie, bei der Einheit, sind wir dann hierhergekommen?«

Der Alte blieb stehen und musterte Franigo. Diesmal fehlte jede Andeutung von Spott in seinem Blick. »Ich würde Euch bitten, diesen Namen nicht so ohne weiteres in den Mund zu nehmen.«

Franigo schwieg, seltsam unberührt trotz der Zurechtweisung. *Mit religiösen Empfindsamkeiten hätte ich nicht gerechnet, aber jedem das Seine.* Da seine Frage nicht beantwortet worden war, wiederholte er sie, diesmal ohne Bezugnahme auf die Einheit.

»Ihr wisst, wie wir hergekommen sind, Franigo. Mit der Kutsche dort«, erklärte der Alte so geduldig, als sei sein Gegenüber schwer von Begriff. »Aber wir sind noch lange nicht am Ende unserer Reise angelangt. Deshalb muss ich Euch um etwas mehr Eile bitten.«

Mit diesen Worten schritt der Alte voran, und Franigo folgte ihm durch die Gassen der Stadt, von der er nun wirklich annahm, dass es sich um Boroges handelte. *Wenn deine Augen dir sagen, dass etwas wahr ist, auch wenn dein Verstand zweifelt, was bleibt dir dann, als deinen Augen zu trauen? Vermutlich hat mich die Erschöpfung doch mehr als einen Tag lang schlafen lassen. Oder er hat mich betäubt … aber zu welchem Zweck? Und wie? Mittels Magie?*

Seine Grübeleien brachten ihn der Lösung des Rätsels nicht näher, bescherten ihm aber neue Sorgen. *Vielleicht sollte ich doch mehr über meinen seltsamen Begleiter erfahren, bevor ich auf eine lange Reise mit ihm gehe.*

»Wie ist eigentlich Euer Name?«, erkundigte er sich, um den Plan sofort in die Tat umzusetzen.

»Maecan«, rief ihm der Alte über die Schulter zu.

Ungeachtet dessen offensichtlichen Desinteresses an einem Gespräch, beschleunigte Franigo seine Schritte und redete unverdrossen weiter, als er sich wieder auf Augenhöhe mit Maecan befand: »Oh, ein alter und würdevoller Name.«

»Ich bin ja auch ein alter Mann.«

»Nein, Ihr seid in den besten Jahren«, schmeichelte der Poet glatt, doch der Alte kicherte nur. Als er nichts weiter sagte, fragte Franigo: »Wohin gehen wir denn? Zum Hafen vielleicht, um eine Passage zu buchen?«

»Nein, ein Schiff würde uns wenig nutzen. Ich suche einen bestimmten Ort.«

»Ein Gasthaus? Ich bin hungrig«, erinnerte der Poet den Mann, den er im Geist schon seinen Auftraggeber nannte, obwohl es noch an konkreten Aufträgen mangelte.

»Wir können speisen, wenn wir unser Ziel erreicht haben«, beschied ihn der Alte. Bevor Franigo Einwände erheben konnte, fuhr Maecan fort: »Was nicht sehr viel Zeit in Anspruch nehmen wird. Ah, hier sind wir schon.«

Neugierig blickte Franigo sich um, sah jedoch nur einfache Häuser. »Hier?«

»Hier.« Maecan klopfte mit dem Gehstock auf die Pflastersteine, als erkläre dies seine Worte. Er lächelte geheimnisvoll, und Franigo spürte, dass es dem Alten diebische Freude bereitete, ihn im Dunkeln tappen zu lassen.

»Wenn Ihr das vielleicht ausführen könntet? Sind wir unterwegs zu Eurer Heimstatt? Oder zu einem Eurer Freunde? Ich bin nicht ausgeschlafen und einigermaßen hungrig, und die Zeit verrinnt ...«

Maecan wies auf eine niedrige, halbrunde Öffnung in der Wand eines Hauses, die auf den ersten Blick wie ein Kellerfenster aussah. Erst auf den zweiten Blick erkannte der Poet, dass sie direkt an der Rinne für den Unrat lag. *Boroges hat eine Kanalisation? Interessant.* Dann ging ihm auf, was der Alte meinte.

»Da rein? In die Abwasserkanäle der Stadt?« Der Unglaube in seinen Worten konnte nicht zu überhören gewesen sein, aber Maecan nickte nur ernst.

»Ich bezweifle, dass die Stadt heutzutage ihre Abwässer durch diese Tunnel leitet. Sie stammen noch aus der Zeit des Imperiums, und es ist anzunehmen, dass sie seit langem nicht mehr ordentlich unterhalten werden.«

»Also befindet sich darin der Schmutz und Unrat von Jahrhunderten? Das klingt nicht besser.«

»Es wird schon so schlimm nicht sein.« Jetzt klang die Stimme des Alten zum ersten Mal unwillig. »Außerdem befinden wir uns direkt über unserem Ziel, müssen also nicht weit gehen.«

Damit schritt Maecan zu der Öffnung und ließ sich ächzend auf die Knie nieder. Schon jetzt hing sein langer Mantel in den Schmutz der Straße, und Franigo zuckte zusammen, als er daran dachte, dass die Kleidung an seinem Leib die einzige war, die er besaß. Maecan aber achtete nicht auf den Schmutz, sondern glitt mit den Füßen voran in die Dunkelheit.

Plötzlich fand sich Franigo allein auf der Straße wieder. Einige Momente lang dachte er darüber nach, einfach wegzuspazieren. *Lass Maecan doch in sein Loch kriechen. Du könntest dir eine Passage in die Sturmwelten buchen. Ein neues Leben in einer neuen Welt beginnen.*

Aber irgendetwas im Verhalten des Alten verlockte ihn dazu, ihm zu folgen. *Weglaufen kann ich immer noch jederzeit. Ich bezweifele, dass der Alte flink genug auf den Füßen ist, um mich einzuholen.* Also trat der Dichter an die Öffnung. Anscheinend hatte es hier einst metallene Gitter gegeben, von denen aber nur noch verrostete Stümpfe übrig waren. Seufzend öffnete Franigo seinen Waffengurt, nahm den Degen in die Hand und schlüpfte durch die Öffnung.

Er fand sich im Zwielicht eines Raumes wieder, dessen uralten Steine von Moos überzogen waren. Direkt unterhalb der Öffnung hatte sich einiges an Unrat angesammelt, aber obwohl die Luft muffig war, stank es nicht allzu schlimm. *Deutlich weniger als in den Kanälen vor Gavere.*

Maecan wartete geduldig, bis Franigo sich den Gurt wieder angelegt hatte, dann zog er eine kleine Kerze aus seinem Mantel, steckte sie umständlich in einen Halter und entzündete sie so langsam, dass der Poet bereits unruhig wurde.

Der Raum war Teil eines ganzen Systems von miteinander verbundenen Kanälen, wie es schien, denn direkt unterhalb der Öffnung war eine tiefe Rinne, die sich zu beiden Seiten des Raums zu einer niedrigen Röhre erweiterte. Maecan interessierte sich jedoch glücklicherweise nicht für die dunklen Öffnungen, in denen Franigo jede Menge Ungeziefer vermutete, sondern trat an die Wand gegenüber der halbrunden Öffnung und hielt die Kerze daran. Seine Finger glitten über die moosbewachsenen Steine, und der Poet verzog das Gesicht vor Ekel. Wenn es regnete, musste der ganze Raum unter Wasser stehen, und wer konnte schon ahnen, was sich hier im Laufe der Zeit angesammelt hatte. Franigo war beim besten Willen nicht zimperlich, aber diese Umgebung war selbst ihm zu viel.

Gerade zog er in Erwägung, wieder durch die Öffnung nach draußen zu klettern, als Maecan zufrieden mit der Zunge schnalzte. Als Franigo zu ihm hinübersah, lächelte der Alte und drückte, anscheinend mühelos, mit einer Hand gegen die Wand – die sich, zu Franigos Verwunderung, fast geräuschlos bewegte. *Heute werde ich definitiv zu oft überrascht,* dachte er säuerlich.

»Ich wusste doch, dass es hier sein muss. Manchmal ist ein gutes Gedächtnis von höchstem Nutzen.«

»Eine Geheimtür«, stellte Franigo trocken fest. »Wohin führt sie? In das Gemach einer Prinzessin? Eine Schatzkammer voll unermesslicher Reichtümer?«

»Wir sind hier doch nicht in einem Theaterstück«, erwiderte Maecan, nun wieder gut gelaunt, und trat durch die geheime Tür, wobei er mit der Kerze den Weg leuchtete.

Franigo warf noch einen Blick zurück zu der Öffnung, durch die verlockend das Tageslicht fiel, dann zuckte er mit den Schultern und folgte dem Alten.

Hinter der Tür lag ein schmaler, abschüssiger Gang, der ebenfalls aus mächtigen, jedoch mit höchster Handwerkskunst bearbeiteten Steinen gemauert war. Hier gab es kein Moos, und obwohl sie der Geruch der ungenutzten Kanalisation noch umwehte, stieg Franigo trockene, fast staubige Luft in die Nase, so als ob seit vielen Jahren niemand hier gewesen sei.

»Vermutlich ist dieser Ort seit Jahrzehnten unentdeckt geblieben, wenn nicht seit Jahrhunderten«, erklärte Maecan. Es war wie eine unheimliche Antwort auf Franigos Gedanken.

»Und woher kennt Ihr den Weg?«

»Nicht alles alte Wissen wurde vergessen«, erwiderte Franigos Führer rätselhaft. »Auch wenn die neuen Herren der Welt viel dafür getan haben, dass es so sein sollte.«

Die neuen Herren der Welt?, dachte Franigo und fragte sich, ob er nicht doch einem Wahnsinnigen auf den Leim gegangen war, der womöglich plante, ihn hinter der nächsten Ecke anzufallen. Aber dann stiegen in seinem Geist bereits die ersten Worte auf, die diesen Abstieg in die Unterwelt für Schrift und Bühne aufbereiteten, und er sah schon vor sich, wie die Menschen in den Theatern gebannt dem Geschehen folgten. So in Gedanken beschäftigt, blieb er dicht hinter Maecan und dem Licht.

Der Gang war nicht lang, kaum zwanzig Schritt, dann führte er durch einen gemauerten Durchlass in eine größere Kammer. Auch diese war aus demselben Stein erbaut. Die Luft schien hier stillzustehen, und der Raum war von einer seltsamen Ruhe erfüllt, die mehr zu sein schien als nur die Abwesenheit von Geräuschen. So sehr lastete sie schon bald auf Franigos Gemüt, dass er sich räusperte, um sie mit einem Laut zu vertreiben. Doch das Räuspern verlor sich in der Dunkelheit, als würde die Stille es einfach verschlucken.

Nervös blickte Franigo sich um. Der Raum maß sicherlich dreißig Schritt im Durchmesser und war gut und gern fünf Schritt hoch, so viel konnte er selbst im unsteten Licht der Kerze erkennen. Er war leer, bis auf eine große, runde Steinplatte auf dem Boden, die wie ein Podest wirkte, auf dem allerdings nichts stand. Am anderen Ende des Raums, kaum sichtbar, erkannte der Poet, dass ein Teil der Mauer anders aussah als der Rest.

»Zugemauert«, bemerkte Maecan und schnaubte verächtlich.

»Dann stecken wir wohl fest. Es sei denn, Ihr habt auch ein Brecheisen oder besser noch einen schweren Hammer bei Euch.«

Der Alte schien über die Bemerkung nicht amüsiert zu sein, sagte jedoch nichts. Dann schüttelte er langsam das Haupt und stellte die Kerze auf den Boden.

»Vertrauen, Franigo, und ein wenig Glaube stünden dir gut zu Gesicht«, meinte er, nachdem einige Minuten in unbehaglichem Schweigen vergangen waren.

Der Dichter setzte eine säuerliche Miene auf. Er konnte sich nicht erinnern, Maecan die vertrauliche Anrede erlaubt zu haben, und er empfand es als äußerst störend, die ganze Zeit bevormundet zu werden, als sei er ein Knabe, der noch grün hinter den Ohren war. Schon wollte er zu einer entsprechenden Erwiderung ansetzen, als er spürte, wie die Luft in dem Raum in Bewegung geriet. Alarmiert sah er sich um, doch es war nichts zu erkennen oder zu hören. Maecan hatte die Augen geschlossen und hob die Arme.

»Was ...?«

Weiter kam Franigo nicht, denn vor seinen Augen begann die runde Steinplatte auf dem Boden nun zu vibrieren. Dann hob sie sich trotz ihres gewiss beträchtlichen Gewichts langsam vom Boden.

Reflexhaft trat Franigo zurück und packte seinen Degen. Die Luft wirbelte nun heftiger, und die Flamme der Kerze flackerte wild. Dann erlosch sie. Doch es wurde nicht dunkel. Linien aus Licht bildeten sich auf der Steinplatte, die kippte, bis sie senkrecht in der Luft schwebte. Sie bildeten verschlungene Muster, breiteten sich aus, überzogen die ganze Oberfläche und wurden immer breiter, bis die Platte schließlich ein einziges, helles Glühen bedeckte.

Unvermittelt erlosch das Licht, und der unnatürliche Wind ebbte ab.

In der Dunkelheit erklang Maecans leises Kichern.

»Willkommen im neuen Zeitalter, Franigo.«

»Was ist das?«, flüsterte der Dichter.

»Das ist der Weg, den wir nehmen werden, um unser Ziel zu erreichen, mein Freund. Eine alte Hohe Straße des Imperiums. Ich sagte doch, Schiffe sind nichts für uns. Sie sind zu langsam. Wir werden einem schnelleren Pfad folgen.«

Franigo antwortete nichts. Er fand keine Worte und schloss die Augen, um seine Gedanken zu ordnen. *Was geschieht hier mit mir? Verliere ich den Verstand? Träume ich noch immer?*

»Und keine Sorge, wir werden bald speisen und uns Ruhe gönnen«, hörte er die freundliche Stimme des Alten. Der Poet schlug die Augen wieder auf.

Ein fahles Licht erhellte die Kammer, das vom Gehstock des Alten auszugehen schien. Dort, wo vorhin noch die Steinplatte wider alle Gesetze der Natur eine Handbreit über dem Boden in der Luft hing, war nun eine glatte, schwarze Fläche zu sehen, wie ein Loch mitten in der Luft.

Mit einem Lächeln wies Maecan mit seinem leuchtenden Stock auf das Gebilde.

»Nach dir.«

SINAO

Über der *Imperial* hing ein grauer Wolkenschleier. Die See war von ähnlicher Farbe und wirkte wie flüssiges Blei. Thyrane hatte auf dem Achterdeck alles beiseite räumen lassen, was nicht unwiderruflich befestigt war, um eine angemessene Fläche zu schaffen. Seesoldaten standen am Aufgang Wache, und nur die nötigste Besatzung war auf dem Deck versammelt.

Sinao hockte auf der Reling, eine Hand an einem Tau, und betrachtete Bordmaestre Lamworth, der die Vorbereitungen würdevoll durchführte. Manoel lehnte neben ihr und beäugte die Vorgänge mit einem ziemlich skeptischen Blick.

»Aufgeblasener Popanz«, befand er, aber so leise, dass nur Sinao es hören konnte. Sie sah den jungen Maestre missbilligend an, bis er mit den Augen rollte und erklärte: »Das ist alles nicht nötig. Das macht er nur, um die Zuschauer zu beeindrucken.«

Mit gewichtiger Miene zog Lamworth mit einem Stück Kreide einen Kreis, der allerdings eher elliptisch wurde. Der Maestre kniete auf einem ausgeblichenen Kissen und hatte wohl extra seine beste Uniform angelegt. Allerdings schwitzte er nun stark unter dem dicken Stoff, obwohl ein angenehm kühler Wind wehte, und die dunklen Flecken unter seinen Achseln waren dem würdevollen Auftritt ziemlich abträglich.

Sowohl Thyrane als auch Kapitän Bercons und seine Offiziere standen etwas abseits und beobachteten Lamworths Treiben gespannt.

»Was ist denn dafür nötig?«, erkundigte sich Sinao halblaut, die beschlossen hatte, bei ihrem kleinen gemeinsamen Ritual so viel wie möglich zu lernen.

»Das Wichtigste ist genügend Vigoris. Je weiter man weg ist, desto mehr braucht man. Allein kommt man nicht sonderlich weit, außer man ist sehr begabt oder sehr diszipliniert. Gemeinsam geht es schon besser. Meist muss man sich aber weit öffnen, und das ist, wie du ja weißt, nicht ganz ungefährlich.«

»Ja.« Sie musste an die Male denken, als sie noch keine Kontrolle über ihre Fähigkeiten gehabt hatte und die Vigoris zu heftig aus ihr hervorgebrochen war. »Und sonst?«

»Eigentlich sonst gar nichts. Es kann helfen, wenn man eine Verbindung zu demjenigen hat, den man kontaktieren will, aber unbedingt notwendig ist auch das nicht.«

»Was für eine Verbindung?«

»Na ja, eine Haarlocke vielleicht oder sonst ein Teil des Körpers.« Als er ihren angeekelten Gesichtsausdruck sah, grinste er. »Ja, was abhacken geht auch, aber ich meinte eher Fingernägel oder so.«

»Das hilft?«

»Ja, sicher. Es hilft dabei, den Fluss der Vigoris zu kanalisieren und auf ein Ziel auszurichten. Aber so etwas wird einem erst beigebracht, wenn man den Rest schon gut beherrscht. Das ist ein anderes Kaliber, als ein bisschen Licht zu machen. Außerdem arbeiten die meisten Maestre nicht gern zusammen.«

»Warum nicht?«

»Ist eher ein einsames Geschäft«, wich Manoel aus, dann stieß er sich von der Reling ab und ging zu Lamworth, wobei er sich offensichtlich Mühe gab, mit einem nachlässigen Schritt den Rand des Kreises zu verwischen.

Obwohl der Bordmaestre ihn wütend anstarrte, tat Manoel so, als habe er nichts bemerkt. »Und? Geht's bald los?«

»Gemach, junger Freund.« Lamworths Stimme war kühl und herablassend. »Es bedarf äußerster Konzentration. Vielleicht gehen Sie vorerst noch einmal in sich?«

»Oh, ich bin schon voll in mir«, erwiderte Manoel gut gelaunt und setzte sich. Er blickte über die Schulter zu Sinao und zwinkerte ihr zu. »Kommst du, Sin?«

Widerwillig trat sie zu den beiden und setzte sich ebenfalls in den Kreidekreis, neben Manoel und schräg gegenüber von Lamworth, dessen säuerliche Miene seine Gedanken nur allzu deutlich offenlegte.

Auch Thyrane kam zu ihnen. Eine lange, weiße Haarsträhne war unter seinem Dreispitz entwischt und wehte ihm nun vor der Stirn.

»Sind Sie bereit, Maestre?«

»Ich weiß nicht, Thay. Ich glaube nicht, dass meine Gehilfen über die notwendigen Fähigkeiten verfügen. Möglicherweise sollten wir den Versuch noch eine Weile vertagen, bis wir dem Kontinent näher sind.«

Überrascht blickte der Admiral zu Manoel, der das Gesicht verzog.

»Geht schon, Chef. Hab ich auf der Akademie auch schon gemacht. Is' gar nich' so schwer.« Manoel schenkte Lamworth ein zuckersüßes Lächeln. »Es sei denn, der Maestre dieses feinen Schiffes hat so 'n bisschen Angst, dass er nich' gut genug wär ...«

»Unerhört! Meine Befähigung steht außer Frage.« Zorn färbte Lamworths speckigen Nacken feuerrot.

»Dann machen Sie es«, befahl Thyrane ungehalten. »Ich erwarte, dass diese Unternehmung ein Erfolg wird. Wir haben keine Zeit zu verlieren. Und ich lasse nicht zu, dass irgendwelche kleinlichen Rivalitäten den Ausgang der Mission gefährden.«

Manoel wirkte daraufhin ziemlich selbstzufrieden, während Lamworth schmollend die Unterlippe vorschob.

»Das gilt für Sie beide«, fuhr Thyrane fort. »Lassen Sie diesen ›Ich kann keinen ordentlichen Satz sprechen, Chef‹-Unsinn, Manoel. Und Maestre Lamworth, ich denke, ich muss Ihnen die Dringlichkeit der Angelegenheit nicht extra darlegen, nicht wahr?«

Manoels selbstverliebte Miene schwand unter Thyranes Worten. Sinao spürte, dass er eine patzige Antwort geben wollte, und so stieß sie ihm den Ellbogen in die Rippen. Er sah sie empört an, schwieg aber, während Lamworth mit gesenkten Augen nickte.

»Gut. Es wäre von Vorteil, wenn Sie Pilwick erreichen könnten. Er ist der Adjutant von Admiral Daunce.«

»Es tut mir leid, Thay, aber auf diese Distanz werde ich auf einen stofflichen Anker zurückgreifen müssen; wir können nur Maestra Askell erreichen.« Lamworth warf einen Blick auf Manoel, der sich übertrieben die Seite rieb. »Wenn wir überhaupt durchdringen.«

»Dann fangen Sie an, Thay.«

»Aye, aye. Wenn etwas Ungewöhnliches geschieht, bleiben Sie bitte außerhalb des Kreises«, sagte Lamworth, und Thyrane trat hastig einen Schritt zurück, als müsse er bereits jetzt einen magischen Unfall befürchten.

Manoel wechselte scheinbar mühelos wieder vom schwerfälligen Dialekt der Inseln zu der viel förmlicher klingenden Sprache der Corbaner. »Falls mir etwas Ungewöhnliches geschieht, können Sie mich ruhig hier herausholen«, stichelte er, blickte dann aber zur Seite, als Sinao ihm einen zornigen Blick zuwarf.

»Fangen wir an«, sagte Lamworth bedeutungsschwer. Er griff in die Tasche seines Uniformrocks. Als er seine Hand wieder hervorzog, befand sich zwischen seinen Fingern eine kleine Kugel, schwarzgrau wie eine Perle. Er hob sie vorsichtig hoch, dann öffnete er den Mund und schob sich die Kugel zwischen die Lippen.

»Dauert nicht lang, bis der Traumstaub wirkt, Sin. Mach mir einfach alles nach. Wir müssen uns für die Vigoris öffnen und sie seinem Zauber zuführen.«

Sinao nickte nervös. Lamworth schloss die Augen, legte den Kopf in den Nacken und faltete die Hände in seinem Schoß. Zwischen seinen Fingern sah Sinao einige blonde Haare. Jetzt wirkte der Maestre nicht so aufgeblasen, sondern wie ein echter Meister seiner Kunst.

Um sie herum geschah etwas. Vigoris strömte aus Lamworth heraus, umspülte den Bordmaestre, breitete sich langsam aus. Auch Manoel schloss die Augen, und Sinao tat es ihm gleich. Sie musste nichts sehen, um den Fluss der Vigoris um sie herum zu spüren. Lamworth sammelte das Mojo um sich, gab der Energie aber noch keine konkrete Form, sondern leitete immer mehr in die wirbelnde Wolke gestaltloser Magie. Manoel machte neben ihr dasselbe, und auch Sinao öffnete die Pforte in ihrem Herzen, ganz behutsam, und sandte die hindurchströmende Vigoris aus sich heraus. Immer mehr weitete sich die Wolke aus, umfasste sie bald alle drei. Der Sog wurde stärker, und Sinao gab ihm ein Stück weit nach, ließ mehr Vigoris durch sich hindurch. Die Härchen auf ihren Armen richteten sich auf, und das Gefühl der Macht, die heiß und kalt durch ihre Glieder strich, raubte ihr den Atem.

Neben sich hörte sie Manoel keuchen, und Lamworth murmelte leise: »Eins, zwei ... gleich ... jetzt.«

Endlich zwang er die Vigoris in eine Form, und die Wolke floss durch seine Hände und von dort aus weiter und weiter, wurde länger und dünner, raste davon, fort vom Schiff, bis zum Horizont – und darüber hinaus.

Sinao gab ihre Kraft dazu, öffnete sich mehr für den Zauber. Schweiß lief ihr die Schläfen herab, aber ihr Körper war nun unwichtig. Nur die Konzentration zählte.

Und dann riss der Sog sie mit. Ihr Geist wurde erfasst, von der Vigoris gepackt, verfing sich im Strudel der Macht. Die Welt fiel zurück, ihr Körper war weit entfernt, immer weiter, und Sinao flog im Strom der Vigoris. Sie wollte schreien, ob vor Lust oder Angst, konnte sie nicht sagen, aber sie konnte nichts tun.

Unvermittelt wurde es still um sie. Der Strom ergoss sich in etwas, was sie nicht mit ihren Sinnen wahrnehmen konnte. Es war aus reiner Vigoris, ein diffuses, alles umgebendes Geflecht, so zart, dass man die einzelnen Fäden kaum erkennen konnte. Sie war hier angelangt, ohne zu wissen, wie. Und sie war nicht allein.

»Maestra Askell?«

»N… nein.« Sie sprach nicht mit einem Mund, denn sie hatte hier weder Lippen noch Zunge. Sie war nur Geist. Sie wollte sprechen, und sie hörte ihre eigenen Gedanken so klar, als rufe sie laut. Und die andere Stimme war ebenfalls leicht zu erkennen: Es war Maestre Lamworth.

»Sinao? Bist du das? Das ist … außergewöhnlich. Wie bist du mir gefolgt? Das sollte ohne Traumstaub nicht möglich sein.«

»Ich … ich weiß es nicht. Ich wollte es nicht, aber plötzlich war ich hier. Wo sind wir?«

Sie versuchte, mehr wahrzunehmen, konzentrierte sich auf ihre Umgebung, und da bemerkte sie den Bordmaestre. Nicht mehr seinen großen, schweren Körper, sondern seinen Geist, wie ein nicht greifbarer Schemen im Nebel, fast gänzlich ohne Form, aber nur fast.

»Mit wem spreche ich?«, erklang plötzlich eine dritte Stimme, schneidend und herrisch, eine unangenehme Stimme.

»Ah, Maestra Askell. Hier ist Maestre Lamworth von der *Imperial.*«

»Meine Einheit, wissen Sie, wie viel Uhr es ist?«

»Äh.« Lamworth schien nach Worten zu suchen. »Es tut mir leid, an unserer Position ist es früher Abend.«

»Nun, hier nicht, Thay.«

»Verzeihung, aber ich kontaktiere Sie im Auftrag von Admiral Thyrane. Wir sind sehr weit entfernt, ich habe nur geringe Hilfe und dementsprechend wenig Zeit.«

»Moment mal, Lamworth! Wir sind nicht allein!«

»Keine Sorge, Maestra. Das ist meine Begleitung. Eine Eingeborene, die ...« Lamworth stockte kurz, dann fuhr er fort: »... will sagen, eine Vertraute des Admirals ist bei mir.«

Das Gespräch erschien Sinao seltsam, an diesem merkwürdigen Ort ohne Oben und Unten, ohne Gesichter und Körper, nur von Vigoris umgeben.

»Ungewöhnlich. Sehr ungewöhnlich. Sie müssen mir einmal erklären, wie Sie das angestellt haben.« Dann schien sich die Maestra an das zu erinnern, was Lamworth zuvor gesagt hatte. »Reden Sie«, forderte sie ihn auf.

»Der Admiral hat in der Sturmwelt Nachforschungen angestellt, die im Ergebnis auf eine Verwicklung der Handelscompagnie in schmutzige Geschäfte hindeuten«, gab Lamworth weiter, was ihm Thyrane aufgetragen hatte. »Er glaubt, dass die Compagnie bemüht ist, einen besonderen Fund vor der Krone zu verstecken, und dass dieser Fund in Bezug zu Drachen steht.«

»Sagten Sie gerade Drachen, Lamworth?«

»Korrekt, Thay. Ich übermittele nur die Botschaft, wie es mir aufgetragen wurde.«

»Das ist äußerst interessant. Unsere Flotte hatte vor Hiscadi einen Zusammenstoß mit Kreaturen, die man wohl nur als Drachen bezeichnen könnte.«

»Pilwick«, entfuhr es Sinao. »Kannst du Pilwick kontaktieren?«

»Warum?«

»Weil Admiral Thyrane denkt, dass er helfen kann. Wegen Admiral Dance.«

»Daunce«, korrigierte Askell die Paranao. »Hm, theoretisch könnte ich versuchen, ihn zu kontaktieren, aber können Sie so lange durchhalten, Lamworth?«

»Bislang verspüre ich kaum Erschöpfung«, erwiderte der Bordmaestre. »Ich muss gestehen, dass es einfacher ist, als ich meiner bisherigen Erfahrung nach gedacht hätte.«

Sinao spürte seine Aufmerksamkeit auf sich ruhen.

»Bemerkenswert.«

»Wir werden über Ihre Nachricht reden müssen, Thay«, befand Askell. »Die Admiralität wird das sehr interessieren. Versuchen Sie, mit Ihren Kräften zu haushalten. Ich kontaktiere unterdessen Pilwick.«

Damit verschwand das Gefühl ihrer Gegenwart, und Sinao blieb allein mit Lamworth an diesem Ort, der keiner war, zurück.

»Warum ist das bemerkenswert?«, erkundigte sie sich nach dreißig Sekunden. Überrascht stellte sie fest, dass sie den Fluss der Zeit auch an diesem Nicht-Ort bestimmen konnte.

»Weil es eigentlich weitaus schwieriger sein müsste. Und weil du eigentlich nicht hier sein dürftest. Ohne Traumstaub ist eine solche Kontaktaufnahme … unmöglich. Wenn wir wieder zurück sind, wirst du mir erklären müssen, was du getan hast, und vor allem, wie.«

»Ich habe gar nichts getan«, erwiderte Sinao rasch. Sie hatte das unangenehme Gefühl, sich vor dem Bordmaestre rechtfertigen zu müssen. »Jedenfalls nicht absichtlich.«

»Bemerkenswert.«

Langsam fing der Begriff an, sie zu stören, und sie nahm sich vor, Manoel nach ihrem Ausflug zu diesem Ort über alles auszufragen, und schwieg. Obwohl der junge Maestre weitaus weniger würdevoll und gelehrt tat als Lamworth und die Männer und Frauen der Compagnie, schien er mehr als sie zu wissen. *Oder er ist einfach offener und nicht so sehr darauf bedacht, einen Nutzen daraus zu ziehen, dass es etwas gibt, was nur er weiß.*

Unvermittelt spürte sie die Gegenwart zweier Personen.

»Maestre Lamworth, darf ich Ihnen und Ihrer Begleiterin Maestre Pilwick vorstellen?«, fragte Askell.

»Sehr erfreut.«

»Ich bin auch erfreut«, sagte Sinao schüchtern.

»Berichten Sie, Thay«, ließ sich eine neue Stimme vernehmen, tief und dunkel, deren Klang einen mächtigen, stattlichen Mann vor Sinaos innerem Auge erschienen ließ. Askell wirkte dagegen eher wie eine alte, zornige Frau.

Lamworth folgte der Aufforderung und berichtete alles, was Thyrane ihm aufgetragen hatte. Sinao lauschte und versuchte, sich nicht auf den Ort, sondern auf die Worte zu konzentrieren. Als der Bordmaestre schließlich endete, herrschte kurz Stille. Dann erklärte Pilwick: »Ich habe einen Bericht von Admiral Daunce und Handlungsvorschläge für Admiral Thyrane, wenn es Ihnen recht ist. Können Sie noch …?«

»Ja, Thay.«

»Erstaunlich. Ihre Fähigkeiten sind größer, als Ihr Rang vermuten lässt, Thay.«

Sinao schwieg und sprach ihre Vermutung, dass es vielmehr ihre und Manos Fähigkeiten waren, nicht aus. Auch Lamworth erwiderte nichts, sondern blieb still, bis Pilwick über ein Gefecht vor einer Stadt namens Boroges berichtete, in das leibhaftige Drachen eingegriffen hatten.

JAQUENTO

Es war dunkel, als Jaquento aufwachte, und er hielt die Augen noch geschlossen, denn er wollte seine Mitreisenden nicht sehen lassen, dass er wach war. So saß er einfach nur da und lauschte auf das Geräusch seines Atems, machte sich klar, in welcher Situation er sich befand. Sean hatte, nicht lange nachdem sie die Stadt hinter sich gelassen hatten, das Boot in einem kleinen Dorf anlegen lassen, und die gesamte Gruppe war auf drei Karren mit Segeltuchverdeck gewechselt, die sich in den Verkehr eingereiht hatten, der zu beiden Seiten des Roten Flusses auf breiten Straßen vorankam.

Zwar hatten Bihrâd und Jaquento nach Möglichkeiten gesucht zu entkommen, aber Seans Leute waren aufmerksam und vorsichtig gewesen, und so hatten sie sich beide vorerst in ihr Schicksal gefügt.

Ich hoffe, es gelingt Sinosh, mit Roxane Kontakt aufzunehmen, dachte Jaquento müde. Er wusste, dass seine Chancen auf eine Rettung durch die Mannschaft der *Siorys* rapide sanken, da sie an Land unterwegs waren. *Schließlich kann Roxane kaum ihr Schiff aufgeben, um mir hinterherzujagen, nur weil eine wild gewordene kleine Echse darauf besteht.*

Neben ihm schlief der Maureske ungestört weiter, die Arme vor der Brust verschränkt und das Gesicht im Schatten. Sein Atem ging ruhig, und Jaquento beneidete ihn um den Frieden, den er ausstrahlte. Nach Bihrâds Ansicht gab es in einer Gefangenschaft, der man ohnehin nicht entrinnen konnte, kaum etwas Besseres zu tun, als Erholung zu finden. *Womit er vermutlich Recht hat.* Jaquentos eigene Träume hingegen waren wieder einmal grausam gewesen, und die Bilder nagten wie so oft an seinem Gewissen. Müde wischte er sich mit der Hand über die Augen und versuchte, den Nachhall der bitteren Erinnerungen aus seinem Geist zu bannen.

»Schlecht geträumt?«

Sean saß ihm gegenüber. Im Schatten des Verdecks waren seine Züge kaum auszumachen, nur seine Augen spiegelten das Licht der Laterne, die für die Nacht vorn am Kutschbock aufgehängt worden war. Alle paar Meilen gab es eine Station, an der man die Tiere wechseln konnte – oder auch die Menschen, wie Jaquento bemerkt hatte, denn nicht wenige der Gefährte wurden von Männern und Frauen gezogen. Auf dem Fluss gab es dazu eine Vielzahl von Lastkähnen, die getreidelt wurden.

»Ich bin ein Gefangener. Was erwartest du?«

»Dein Freund scheint es leichter zu finden, durch süße Träume der Situation zu entfliehen.«

»Ich bin nicht er«, entgegnete Jaquento finster. Die umgängliche Art des vorgeblichen Matrosen hatte den Hiscadi hoffen lassen, doch noch eine Einigung mit ihren Entführern erzielen zu können, aber im Moment war Jaquento des diplomatischen Geplänkels müde.

»Wir kommen noch vor Morgengrauen in Danam an«, erklärte Sean, statt zu antworten. »Dort werden wir eine Rast einlegen. Wir müssen weitere Erkundigungen einziehen, aber das wird uns auch Zeit geben, um uns auszuruhen.« Sean klang geradezu, als sorge er sich um Jaquentos Gesundheit.

»Werden wir die ganze Nacht hindurch fahren?«

Sean nickte. »Die Tiere kosten nich' viel, und wir machen so etwas Weg gut. Is' aber eigentlich gar nich' so wichtig; viel weiter kann ein Schiff wie die *Todsünde* den Fluss ohnehin nicht hinauffahren. Noch weiter stromaufwärts fließen zwei Flüsse zusammen. Der kleinere, Bhatxi, und ein anderer, der die rote Erde mitbringt, die dem Fluss dann den Namen gibt. Keiner der beiden is' auf längere Strecken tief genug, um sicher schiffbar zu sein.«

Jaquento neigte den Kopf, während er versuchte, die Informationen zu verarbeiten. »Euer Viererbund muss ziemlich umtriebig sein, nicht wahr? Schließlich ist dieses Land doch unglaublich weit von der Sturmwelt entfernt, und weder Thaynric noch Hiscadi noch eine andere Nation aus Corbane hat hier wirklich großen Einfluss, scheint mir.«

Der Karren rumpelte über die Straße, und eines der Räder geriet in ein Schlagloch. Das Licht der Laterne sprang auf und ab und ließ die Gesichter von Bihrâd und Sean wie seltsame Fratzen aussehen.

Eine Weile lang schwieg der vorgebliche Matrose, dann seufzte er leise. »Ihr Corbaner. Immer denkt ihr, alles dreht sich nur um euch. Vielleicht sind wir nich' gar so blöde Inselaffen, wie ihr es gern hättet.«

Der Hiscadi hob abwehrend die Hände. »Das wollte ich nicht sagen«, protestierte er. »Mein eigener Patriotismus hält sich jedenfalls in ziemlich engen Grenzen. Und ich wollte mir kein Urteil über eure Fähigkeiten erlauben. Aber es ist nun mal ein verdammt weiter Weg von der Sturmwelt bis hierher, oder etwa nicht?«

Sean blickte ihn prüfend an, dann wischte er sich über den Mund und nickte. »Es könnte ja auch mehr als einen Weg geben, um von dort nach hier zu kommen. Schon mal daran gedacht? Man muss nicht immer erst nach Corbane, wenn man irgendwo hinwill.«

Diese Worte versetzten den Hiscadi in Staunen. »Soll das bedeuten, ihr habt von der Sturmwelt aus die Westpassage entdeckt?«

Wieder schwieg Sean. Er lehnte sich zurück und betrachtete Jaquento lange Zeit einfach nur. Als dieser sich aufrichtete, um dem Blick zu begegnen, stieß er gegen Bihrâd. Der Maureske murmelte etwas im Schlaf in seiner Sprache, die niemand hier verstand, dann drehte er sich wieder auf die Seite.

»Uns blieb gar nichts anderes übrig«, erläuterte Sean schließlich, als Bihrâd wieder leise zu schnarchen begann. »Die Thayns hatten jeden Handelsweg nach Corbane blockiert. Sie kamen nicht an uns heran, aber ihre Flotte konnte den gesamten Osten so dichtmachen, dass nicht einmal ein Furz durchgekommen wäre.«

Jaquento grinste.

»Also haben wir uns woanders umgesehen. Im Viererbund gibt's eine Menge unbeschäftigter Seeleute, wenn du verstehst, was ich meine. Und eine Reihe gar nicht mal übler Kapitäne. Ein paar davon haben sich aufgemacht, um neue Seerouten zu entdecken.

Tu Gan ist der westlichste Hafen der Länder des Drachenkaisers, und wir haben hier nur Leute, um ein Auge auf euch Corbaner zu haben. Ihr habt eure Finger schließlich überall drin.«

»He, ich hab's dir doch schon erklärt: Zu dem *ihr* gibt es kein *wir*.«

»Sagt der Mann, der auf einem Kriegsschiff der Königlichen Marine von Thaynric als Passagier mitfährt.«

»Vor Boroges wollten sie mich noch hängen«, murmelte Jaquento. »Ich bin wegen der Sache dabei, nicht wegen der Thayns.«

»Wegen der Sache und nicht wegen der Kapitänin?«, erwiderte Sean und zwinkerte Jaquento zu. Der Hiscadi wollte erst eine unwirsche Antwort geben, ließ es dann aber bleiben. *Wozu auch? Was macht es für einen Unterschied, ob ich es Sean gegenüber leugne?* Vor seinem inneren Auge sah er Roxane in ihrer Uniform, und plötzlich wurde jeder andere Gedanke von der Frage verdrängt, wo sie jetzt wohl sein mochte und ob es ihr gutging.

Erst Seans nächste Worte brachten den Hiscadi wieder in die Wirklichkeit des Karrens zurück.

»Dieses Land ist ziemlich seltsam, Kumpel«, erklärte der blonde Seemann. »Vielleicht liegt es daran, dass es hier so viele Menschen gibt, vielleicht aber auch daran, von wem sie angeführt werden. Die Leute hier *denken* anders, oder zumindest kommt's mir so vor. Jedenfalls scheint das Leben des Einzelnen hier einen viel geringeren Wert zu haben, als wir es gewohnt sind.«

»Ich habe Orte in der Sturmwelt gesehen, an denen das Leben Einzelner keinen verfluchten Heller wert war«, entgegnete Jaquento trocken. »Warst du je auf einer Sklaveninsel?«

Sean hob beschwichtigend die Hände. »Ich meine damit nicht, dass es auf den Inseln nicht genügend Drecksäcke mit gepuderten Perücken auf dem Kopf gäbe, denen das Leben ihrer Leute völlig egal ist. Aber das hier is' anders. Es geht nicht darum, dass die Gouverneure und Admiräle sich nich' um das Leben ihrer Untergebenen scheren, sondern darum, dass die Leute hier sich selbst nicht so wichtig nehmen. Wichtig ist in den Ländern des Drachenkaisers immer eine übergeordnete Größe – das Land, die Familie, der Herrscher. Das höhere Ziel sozusagen.

Und das gilt für die Drachen ebenso wie für die Menschen. Ich habe weise Männer sagen hören, dass es nur einen wirklich großen Drachen gibt, ihren Kaiser. Alle anderen sind seine Kinder, und wenn die Zeit gekommen ist, dass sie für seinen Geschmack zu groß oder zu erwachsen oder zu gefährlich werden, ruft er sie zu sich und frisst sie auf.«

»Der Drachenkaiser ist ein Drache, der seine eigenen Nachkommen frisst?«, erkundigte sich Jaquento mit emporgezogenen Augenbrauen. Er fragte sich, ob Sean ihm gerade wirklich etwas über das Land erzählte oder ob er mitten in eine Märchenstunde hineingeraten war.

»Das Seltsame daran ist aber nicht einmal, dass er sie frisst«, erklärte Sean, in dessen Miene der Hiscadi kein Zeichen dafür entdecken konnte, dass er nicht jedes Wort ernst meinte, »sondern dass sie sich nicht dagegen wehren. Sie gehen einfach zu ihm, wenn er sie ruft, und präsentieren ihm ihre Kehle. Und das ist es, was dieses Land so verdammt seltsam macht. Du tust besser daran, das niemals zu vergessen.«

»Danke für den Ratschlag«, erwiderte der Hiscadi. »Auch wenn ich nicht vorhabe, selbst irgendjemandem meine Kehle zu präsentieren, und seien seine Ziele noch so edel.«

Das brachte Sean zum Grinsen. »Ich weiß, Kumpel. Ich weiß. Und ich habe nachgedacht. Wir lassen euch in Danam laufen. Ihr könnt den Weg zurück nehmen, entweder den Fluss hinunter, oder ihr folgt der Straße.«

Jaquento betrachtete sein Gegenüber mit einem überraschten Blick. »Warum der Sinneswandel?«

Sean zuckte mit den Schultern. »Ich glaub dir, dass ihr nichts wisst, das is' es. Du jagst die *Todsünde* wegen ihrer Ladung, aber was die genau is', weißt du so wenig wie wir. Und es is' ja nich' so, als ob ihr uns in die Quere kommen könntet. Deine Kapitänin wird im Hafen von Tu Gan liegen bleiben oder spätestens in Danam umkehren müssen. Sie wird wohl kaum ihr Schiff aufgeben wollen. Und was die Hanoan angeht: Ich bin kein von ihnen gedungener Kopfgeldjäger und hab auch keine Lust, einer zu werden. Also, warum soll ich euch weiter mitschleppen? Nein, ab Danam könnt ihr wieder eurer eigenen Wege gehen.«

»Bihrâd und ich machen uns also auf den Rückweg … und ihr?«

»Wir sorgen dafür, dass das, was alle wollen, nicht in die falschen Hände gerät.«

Jaquento schnaubte. »Irgendwie sagt das jeder. Und irgendwie glaubt jeder, dass die eigenen Hände die einzig richtigen sind.«

Sean nickte. »Vielleicht. Aber wir haben auch einen guten Grund, die Ladung zu suchen: Die Thayns haben uns nicht vergessen. Wir waren nur lange Zeit nicht besonders wichtig, während es in Corbane diesen Krieg gab. Aber der is' jetzt vorbei. Und da nun so was Wichtiges gefunden wurde …« Sean hielt inne, als überlege er. »Jedenfalls müssen wir zumindest herausfinden, was die ganze Aufregung soll.«

Jaquento antwortete nicht. Er hatte sich in seiner Heimat an keinem Krieg beteiligt, und es interessierte ihn nicht, wen oder was der Viererbund als Bedrohung ansah. Er wusste nur, dass man ihn in eine Sache hineingezogen hatte, die weit über alles hinausging, was er verstand. Er hatte dem Strom erlaubt, ihn mit sich zu reißen, aber jetzt wurde es Zeit, sich dagegenzustemmen.

Lächelnd wies Sean nach vorn. »Da ist Danam schon.«

Vor dem Horizont, an dem sich der erste Schein des neuen Tages zeigte, war deutlich eine dunkle Silhouette zu erkennen. Dächer, Türme, Häuser erstreckten sich als schwarze Schattenrisse vor einem Hauch von Blau.

»Dann können wir jetzt gehen?«

»Ihr kommt noch mit in die Stadt. Ich kann euch eine Passage auf einem der Frachtkähne buchen, die nach Tu Gan fahren, wenn du es willst. Is' bequemer als laufen.«

Mit einem vorsichtigen Stoß in die Rippen weckte Jaquento

Bihrâd, um ihm die gute Neuigkeit zu erzählen. Der Maureske lauschte seinen Worten und warf dabei immer wieder undeutbare Blicke zu Sean, der ungerührt an seinem Platz saß und sich eine Pfeife stopfte.

Ich sollte dem Maauresken nachher von Seans Geschichten erzählen. Von dem Drachen, der seine Nachkommen frisst, und dem offenbar ein ganzes Volk gern auch mit dem eigenen Leben dient, dachte der Hiscadi.

Für einen Moment tauchte Sinoshs Bild vor seinem inneren Auge auf. War auch die kleine Echse ein Kind des Drachenkaisers? *Und wird er eines Tages gefressen werden, weil er nicht weiter wachsen darf?*

Da sie sich der Stadt näherten, wurden die Wagen langsamer, denn selbst am frühen Morgen herrschte auf der Flussstraße bereits reichlich Verkehr. Jaquento studierte die fremdartigen Gebäude, Gefährte und Gesichter, als Bihrâd sich zu ihm hinüberbeugte und ihm ins Ohr flüsterte: »Etwas stimmt nicht, Jaq.«

»Hm? Was?«

»Magie. Viel Magie.«

Sofort war der Hiscadi wach.

»Wo?«

»Um uns herum. Ich kann es überdeutlich spüren, Jaq. Es ist nicht weit weg.«

»Die *Todsünde*?«

Vorsichtig blickte Jaquento zu Sean, der jedoch den letzten Abschnitt der Fahrt dazu zu nutzen schien, noch etwas Schlaf zu finden. Es gab kein Anzeichen dafür, dass er die Worte des Maauresken gehört hatte.

»Wir müssen …«, begann Jaquento, brach aber ab, als unvermittelt um sie herum großer Lärm entstand. Schreie ertönten, als Männer sich einen Weg durch den dichten Verkehr bahnten. Jaquento sah prächtig gewandete Soldaten, deren goldene Uniformen mit verwirrenden Mustern in Grün versehen waren. Sie trugen lange Waffen, die wie Hellebarden wirkten. Ihre Gesichter waren hinter seidenen Schals verborgen, die kunstvoll um den Kopf geschlungen waren.

Sean schlug die Augen auf und griff nach seinen Waffen, aber schon waren die drei Karren von vier Dutzend Soldaten umringt, deren Haltung keinen Zweifel daran ließ, dass sie jederzeit kampfbereit waren.

Im Zwielicht des Morgens sah es so aus, als ob jeden Moment Gewalt ausbrechen würde. Dann jedoch trat ein großer, glatzköpfiger Mann durch die Reihen der Soldaten. Auch er war in Gold gekleidet, doch sein Gesicht war unverhüllt. Er wirkte seltsam auf Jaquento, noch eigenartiger als die übrigen Menschen dieses Landes, aber der junge Hiscadi konnte nicht sagen, warum.

»Bitte, leisten Sie keinen Widerstand«, sagte er zu Jaquentos Überraschung in fließendem Thaynrisch.

Sean ließ seine Pistole sinken. »Verdammt, die Verbotene Garde!«

Jaquento sah ihn fragend an, aber Sean warf ihm nur einen Blick zu, der besagte, dass sie tief in der Klemme steckten.

TAREISA

Es war die kalte Luft, die sie umwehte, die Tareisa aus der Dunkelheit riss. Sie konnte fühlen, dass Druck auf ihren Körper ausgeübt wurde, und sie öffnete die Augen.

Nebelfetzen flogen um sie herum, mit irrsinniger Geschwindigkeit. Sie sah eine dunkle Gestalt vor einem Nachthimmel, hörte das Rauschen von Wind und fühlte die Berührung von rauem und doch nachgiebigem Material auf ihrer Haut. Verwirrt sah sie empor und zuckte vor Schreck zusammen.

Sie befand sich hoch über der Erde, zwischen Wolken, und eine gewaltige, geschuppte Klaue hatte sich um ihren Körper gelegt und hielt sie erbarmungslos fest. Tareisa keuchte, als sie den Drachen erkannte, der sie angegriffen hatte. Die einzelnen Eindrücke fügten sich nun in ihrem Geist zusammen: Sie hing in der Klaue des Drachen, der viele Hundert Meter über dem Boden flog.

Instinktiv versuchte sie, sich für die Vigoris zu öffnen, doch noch bevor sie einen Zauber formen konnte, brüllte der Drache wütend auf, und seine Klaue schloss sich noch fester um Tareisa, drückte ihr die Luft aus den Lungen und ließ sie vor Schmerzen aufstöhnen. Einige Sekunden lang dauerte die Umklammerung an, dann ließ sie nach, und der Drache schwenkte für einen Moment seinen Kopf an seinem langen

Hals zu ihr herum, und Tareisa konnte die goldenen Augen sehen, in denen eine unmissverständliche Warnung funkelte.

»Schon gut«, erklärte sie matt. Der Einsatz von Vigoris wäre ohnehin selbstmörderisch gewesen. Sie konnte noch die Nachwirkungen des letzten Zaubers spüren, die Anstrengungen ihrer Flucht und des Marsches. Selbst wenn sie sich hätte befreien können, wäre sie wohl in die Tiefe und damit in den Tod gestürzt.

So blieb ihr im Augenblick nichts weiter, als ihr Schicksal zu akzeptieren. Sie spürte Verzweiflung in sich aufsteigen, aber es war der Zorn, der schließlich die Überhand gewann. Man hatte sie gefangen, in Dunkelheit gehalten, grausam behandelt, und als es ihr endlich gelungen war zu entkommen, war sie in die Fänge eines mythenumrankten Wesens geraten, das nun wer weiß was mit ihr vorhatte. Ihr Meister sandte ihr keine Hilfe; er antwortete ihr nicht einmal auf ihre Nachrichten. Ihr Platz in der Welt, den sie die letzten Jahre so einfach und sicher beansprucht hatte, war ihr genommen worden.

Unter ihr zog eine dunkle Landschaft dahin. Sie konnte nicht genau sagen, wie schnell der Drache flog, nur dass er schneller als jedes Pferd und jedes Schiff war. Seine mächtigen Schwingen schlugen unablässig und trugen sie voran, dem fernen Horizont entgegen.

Schon nach kurzer Zeit fühlte sich Tareisa selbst unglaublich leicht, wie losgelöst von ihrem Körper. Sie empfand keine Angst mehr und spürte keine Kälte. Ihr Geist driftete davon, fern aller Gedanken, wie im Halbschlaf zwischen Wachen und Träumen gefangen. Es war eine unwirklich anmutende Reise, zwischen den Wolken und auf halbem Weg zwischen Himmel und Erde.

Erst als am Horizont vor ihnen ein schmaler Streifen Licht zu sehen war, schwand der tranceartige Zustand, in dem sie sich befand, und Tareisa begann, wieder sie selbst zu sein.

Im zarten Licht der Morgenröte sah die Maestra eine Stadt aus der Dunkelheit auftauchen. Vor dem hellen Streifen erhoben sich dunkle Gebäude, die aus der Höhe winzig wirkten. Je höher die Sonne stieg, desto mehr Einzelheiten konnte Tareisa erkennen. Das Licht spiegelte sich auf der Oberfläche eines Flusses, der sich durch die Stadt wand. Die Häuser standen dicht an dicht, und vor allem die spitze Form ihrer vierseitigen Dächer war auffällig.

Der Drache hielt genau auf die Stadt zu. Noch immer flogen sie durch Wolken, die Tareisa die Sicht nahmen, aber jedes Mal, wenn sie einen Blick auf die Stadt erhaschte, waren sie ihr deutlich näher gekommen. Sie war groß, mit vielen Straßen und Hunderten, wenn nicht Tausenden von Häusern. Eine Mauer war um sie gezogen, aber in einige Richtungen war sie darüber hinausgewachsen, und Vororte waren ins Land hineingewuchert. Nun konnte die Maestra auch mehr Details erkennen – viereckige, hohe Türme, goldene Dächer, leuchtend rote Prachtbauten.

Tareisa konnte den Blick nicht abwenden, so faszinierend war es, diese Stadt von oben zu betrachten. Sie versuchte sich vorzustellen, wie es war, durch ihre Straßen zu laufen, inmitten der Gebäude. Von oben wirkte alles so klein und fern, so flächig und erdgebunden, während die Stadt eigentlich eine gewaltige Metropole sein musste, die gewiss jeden Besucher beeindruckte.

Dass die Stadt ihr Ziel sein musste, war deutlich. Der Drache hielt zwar seine Höhe, steuerte aber genau auf die Metropole zu. Als sie über die Stadtmauer flogen, lehnte sich die Kreatur abrupt zur Seite, kippte, legte dann beide Flügel an und sank so schnell in Richtung Erdboden, dass Tareisa schlagartig übel wurde. Die mit Schindeln gedeckten Dächer rasten auf sie zu, schon konnte die Maestra auf den Straßen Menschen und Fuhrwerke erkennen, sah Gesichter, die zu ihnen hinaufblickten, mit offenen Mündern und weit aufgerissenen Augen. Dort unten riefen sicherlich Menschen, doch in Tareisas Ohren rauschte nur der Wind, der jedes andere Geräusch verschluckte.

Unvermittelt öffnete der Drache seine Flügel zur vollen Größe und bremste ihren Sturz. Der Ruck ging Tareisa durch Mark und Bein, und die Klaue packte sie für einen Moment fester, als drohe die Maestra der gewaltigen Kreatur zu entgleiten. Ihr wurde schwindlig, die Gebäude rasten direkt unter ihnen her, Hausdächer, Gärten, Straßen, Gassen, alles so schnell, dass sie es kaum ausmachen konnte.

Dann schlug der Drache mit den Flügeln und richtete sich dabei auf. Ein düsteres Gefühl überkam Tareisa, und es dauerte nur den Bruchteil einer Sekunde, bis sie erkannte, was der Eindruck zu bedeuten hatte. Sie befanden sich in der Nähe der Ladung.

Ihr Flug verlangsamte sich, und der Drache schwebte nun wild flügelschlagend über einem ummauerten Platz, der sich an ein großes, schmuckloses Gebäude anschloss. Viele Menschen standen auf dem Hof verteilt und blickten zu ihnen empor, aber der Drache machte so viel Wind und wirbelte damit Staub auf, dass Tareisa keine Einzelheiten erkennen konnte.

Als sie recht dicht über dem Boden angelangt waren, öffnete die Kreatur ihre Klaue und ließ Tareisa einfach fallen. Sie stürzte nicht einmal zwei Meter tief, aber sie schlug so hart und unglücklich auf, dass sie scharf einatmete. Direkt über ihr senkte sich der Drache zu Boden und landete weitaus sanfter. Er trat zwei Schritte zur Seite, und sein Schatten wich von Tareisa, die sich vorsichtig aufrappelte.

»Ich hoffe, du bist nicht verletzt?«, erkundigte sich eine tiefe Stimme aus der Staubwolke. Der melodiöse Ton der Frage sandte einen Schauer durch Tareisas Leib, als sie ihn erkannte, aber sie zwang sich dazu, ihre Furcht und Verwirrung nicht allzu deutlich zu zeigen.

Als der Staub sich langsam legte, stellte Tareisa fest, dass sie mit ihrer Vermutung Recht gehabt hatte. Es war der Mann von der *Todsünde*, der ihr nun erneut gegenüberstand, in ein goldenes Seidengewand gehüllt, die Hände vor der Brust gefaltet. Sein Antlitz war regungslos.

»Nicht allzu sehr«, erwiderte Tareisa, so ruhig sie konnte, und er nickte ihr zu. Einen Moment lang hielten sie Augenkontakt, dann wandte er sich an den Drachen. Der gewaltige Kopf des Wesens senkte sich herab, und der Mann legte ihm eine Hand auf die geschuppte Haut. Fasziniert beobachtete Tareisa, wie beide gleichzeitig die Augen schlossen. *Er ist mit ihm im Bunde,* erkannte sie, und der Gedanke nötigte ihr trotz allem Respekt ab.

Sie sah sich um, aber an eine Flucht war gar nicht zu denken. Selbst wenn sie nicht den zermürbenden Sog der Ladung gespürt hätte, war allein die Anwesenheit des Drachen genug, um sie daran zu hindern. Auch ein gutes Dutzend Menschen, die respektvoll Abstand hielten, standen im Hof, gekleidet in schlichte Hosen und weite Hemden. Sie alle hatten schwarzes Haar und dunkle, schmale Augen.

Schließlich lösten der Mann und der Drache sich wieder voneinander, und das Wesen trottete in eine Ecke des Hofs, wo es sich schnaubend in die Sonne legte. Ein Lächeln huschte über die Züge des Mannes, und Tareisa nutzte den Augenblick.

»Vielleicht könntet Ihr mir jetzt Euren Namen nennen. Es ist ermüdend, sich zu unterhalten, ohne sein Gegenüber zu kennen.«

Er wandte sich ihr zu und musterte sie, dann nickte er kaum merklich. »Ich wollte dich nicht mit Wissen belasten, das dir keine Weisheit bringt. Man nennt mich Shan.«

»Ich grüße Euch, Shan. Meinen Namen kennt Ihr ja bereits. Gehe ich recht in der Annahme, dass ich nun wieder Eure Gefangene bin?«

Seine Augen verengten sich. »*Gefangene* ist ein sehr hartes Wort, Tareisa. Unser Gast. Zumindest, bis wir unsere Angelegenheiten erledigt haben. Danach werden andere entscheiden, was geschehen wird.«

Tareisa blickte zu dem Drachen. »Er … er dient dir?«

Shans Gesicht blieb regungslos. »Nein. Sie erfüllt oft meine Bitten. Das ist ein gewaltiger Unterschied.«

Eine Sie? Du meine Güte.

»Du siehst überrascht aus. Wusstest du nicht, worauf du dich eingelassen hast, als du unser Eigentum gestohlen hast?«

»Ich habe euch nichts gestohlen«, erklärte Tareisa. »Ich habe verhindert, dass die Ladung der Handelscompagnie in die Hände fällt.«

»Eine interessante Sichtweise der Dinge, Tareisa. Würdest du mich begleiten? Es wäre wohl für uns beide nützlich, über all das mehr zu erfahren.«

Da sie kaum eine Wahl hatte, als seiner Bitte zu entsprechen, trat Tareisa neben ihn und schritt an seiner Seite zum Tor des Gebäudes. Es war ein schlicht konstruierter, rechteckiger Bau, aus festem, dunklem Stein errichtet, mit einem für örtliche Verhältnisse flachen Dach. Auf ihrem Weg kamen sie an dem Drachen vorbei, dessen Blick ihnen folgte. Seine – nein, *ihre* – Augen sahen im Sonnenlicht golden aus. Vielleicht lag es daran oder aber an der Art, wie sich der Drache zusammengerollt hatte, doch nun wirkte das Wesen weitaus weniger gefährlich auf Tareisa als bisher.

Das Gebäude, das sie nun betraten, war wohl ein Lagerhaus. Sein Inneres bestand lediglich aus einem großen Raum. An die Wände gelehnt standen Leitern, und von der Decke hingen Seile und Flaschenzüge herab, die an kompliziert aussehenden Vorrichtungen befestigt waren. Fenster, die weit oben, direkt unter dem Dach eingelassen waren, sorgten für Licht in der Halle, und in den Strahlen tanzten winzige Staubkörnchen.

Es gab aber keine Waren in der Lagerhalle; nur eine einzige Kiste in der Mitte, die auf einem kleinen, steinernen Podest stand. Die Kiste war nicht groß und erinnerte Tareisa unwillkürlich an einen Sarg.

Arbeiter, von Aussehen und Kleidung her denen ähnlich, die sie schon auf dem Hof gesehen hatte, machten sich daran zu schaffen, und Tareisa registrierte, dass sich weiter hinten in der Halle noch mehr Menschen befanden, allerdings keine Arbeiter, sondern Soldaten in goldgrünen Uniformen, die mit Klingen bewaffnet waren und zwei Ausgänge bewachten.

»Gleich wird es angenehmer für dich sein«, erklärte Shan wissend.

Bevor Tareisa fragen konnte, was er damit meinte, brachen die Arbeiter die Kiste mit ihren Werkzeugen auf. Sie trennten den Verbund des Holzes an den Ecken auf und klappten die Wände einfach herunter.

Staunend betrachtete Tareisa das Objekt, das nun zum Vorschein kam. Es war eine dunkle Kugel, doppelt so groß wie der Kopf eines Erwachsenen, die wie in einem zylindrischen Käfig in einer Fassung aus Marmor steckte. Der Marmor war dunkel, mit goldenen Einschlüssen, und umgab die Kugel in Form von einer Reihe kleiner Säulen, die auf einer runden Bodenplatte standen und oben von einer runden Platte aus dem gleichen Material abgedeckt waren.

Das Gefühl, die Ladung zu spüren, füllte Tareisa ganz aus. Die Kugel enthielt eine immense Energie, die der in ihrem eigenen Inneren entgegengesetzt war. Tareisa war der Ladung nie zuvor so nah gewesen, und sie war wie gebannt.

Wortlos vor Staunen verließ sie Shan und trat an die Ladung heran.

Dass dieses kleine Artefakt eine solche Wirkung haben kann!, dachte die Maestra und betrachtete die Kugel mit einer Mischung aus Ehrfurcht und Abscheu.

Ein Wink von Shan genügte unterdessen, und die Arbeiter zogen sich rasch zurück. Ein anderer Trupp kam angelaufen, vier Männer, die zwischen sich eine Art Sänfte trugen, auf der fünf weitere der kleinen Säulen lagen. Mit großer Ehrerbietung und noch größerer Vorsicht stellten sie diese vor Shan ab.

Ohne die Männer zu beachten, nahm er die erste der Säulen in die Hand und fügte sie langsam in einen der Zwischenräume zwischen den Säulen um die Kugel herum ein. Die zweite Säule wurde von ihm ebenso sorgfältig eingesetzt, danach die dritte und auch die vierte.

Tareisa fragte sich gerade, was Shan mit seinen Worten wohl gemeint haben könnte, als er die letzte Säule anbrachte, so dass das Rund der Säulen die Kugel vollständig einschloss und vor allen Blicken schützte. In diesem Moment spürte Tareisa, wie der Sog nachließ, schlagartig und ohne Vorwarnung. Es war noch ein nagendes Gefühl vorhanden, aber kaum mehr eine winzige Erinnerung an die wahre Macht.

Shan wandte sich zu ihr um.

»Wie hast du das gemacht?«, fragte Tareisa, noch völlig benommen.

»Ich sagte dir doch, dass es unser Eigentum ist. Wir haben es erschaffen.«

»Zu welchem Zweck?«

Shan schüttelte kaum merklich den Kopf. »Es ist besser, wenn du es vergisst. Solange es dich beschäftigt, wirst du nicht frei sein. Komm jetzt.«

Er streckte ihr eine Hand mit langen Fingernägeln entgegen. Vorsichtig trat Tareisa zu ihm, ohne das steinerne Gebilde in der Mitte der Halle aus den Augen zu lassen. Diese rätselhafte Kugel hatte ihre Macht eingeschränkt und ihr Leben verändert. Beinahe hätte sie die Maestra getötet. Und nun war sie durch den Marmor kaum mehr zu spüren.

FRANIGO

Mit fragendem Blick sah Franigo von Maecan zu dem schwebenden, schwarzen Rund und wieder zurück.

»Das soll ein Scherz sein, oder?«

»Keineswegs«, erklärte der alte Mann. Ihm war die Zufriedenheit über die Wirkung seiner Magie deutlich anzusehen. »Wir haben schlichtweg keine Zeit, um auf konventionellere Art und Weise an unser Ziel zu gelangen. Ganz abgesehen davon, dass ich diese Art des Reisens vorziehe. Probiert es aus, mein Freund, dann werdet Ihr verstehen, wovon ich rede.«

Franigo brachte nur ein Stammeln hervor, und der einzige Plan, mit dem er aufwarten konnte, war es, Zeit zu schinden. Alles, um nicht in den schwarzen Kreis treten zu müssen. »Was für eine Art des Reisens soll das überhaupt sein?«

»Man könnte es wohl ›Sympathetische Fortbewegung‹ nennen. Ich könnte versuchen, es Euch zu erklären, aber ich fürchte, es wirklich zu verstehen, liegt außerhalb Eurer Möglichkeiten. Doch ich kann Euch versichern, dass es sehr komplex ist und die Fähigkeiten heutiger Maestre bei weitem übersteigt.«

Franigo beschloss, die Herablassung, die in den Worten des Alten lag, zu überhören. *Ich habe mich durch seine Erscheinung täuschen lassen und voreilig die falschen Schlüsse gezogen,* erkannte er, ärgerlich auf sich selbst. Maecans Macht war nun augenfällig, und er hatte nicht vor, den Maestre noch einmal zu unterschätzen.

»Bedeutet das, es handelt sich um ein Relikt aus der Zeit des Imperiums?«

Maecan runzelte die Stirn, als missfalle ihm die Frage, aber dann nickte er doch. »So könnte man es sagen. Aber *Relikt* ist nicht richtig; ich würde es eher einen Samen nennen und einen Ausblick auf die Zukunft.«

»Die Zukunft? In der Ihr ein neues Reich errichtet habt?«

Maecan musterte den Dichter, und der mittlerweile wohlvertraute Ausdruck von Belustigung legte sich wieder auf seine Züge. »Genug des Geplauders«, sagte er. »Wir müssen gehen. Die Zeit drängt, und andere Kräfte sind am Werk, die nicht darauf warten werden, dass wir unsere kleine Unterhaltung beenden.« Der leuchtende Gehstock richtete sich auf Franigo. »Also mein Freund, keine Angst. Tritt einfach hindurch. Es kann dir nichts geschehen.«

Trotz der Beteuerung breitete sich ein äußerst unangenehmes Gefühl in Franigos Magengegend aus. Es zog sich hoch bin in die Brust und sackte bis in seine Lenden hinab, bis sogar seine Knie weich wurden. Er hatte in seinem Leben mehr Kämpfe bestritten, als er hätte zählen können, auf Schlachtfeldern und in Duellen dem Tod oft genug gegenübergestanden, aber dies hier schien ihm etwas völlig anderes zu sein. Magie, die er nicht verstand, ein Wagnis, auf dessen Ausgang er keinen Einfluss hatte. Beides schmeckte ihm überhaupt nicht.

Sein Blick zuckte zum Eingang des Raums. Aber er spürte Maecans Aufmerksamkeit. *Eine Flucht dürfte nun unmöglich sein.* Vorsichtig trat der Poet einen Schritt vor, als befände er sich in einem Sumpf, wo jederzeit der Boden unter ihm nachgeben konnte. Er leckte sich nervös über die Lippen. »Wie habt Ihr die Magie noch gleich genannt?«

»Sympathetisch.«

»Richtig, richtig.«

Noch ein Schritt. Der schwarze Kreis hing vor ihm in der Luft, vollkommen unbewegt. Es gab keinen Laut im Raum außer Franigos Atmen. Ein weiterer Schritt. Jetzt stand der Dichter nur noch eine Armeslänge entfernt, und nun wirkte das Gebilde wie ein dunkler Tunnel, der komplett in Schatten gehüllt war. *Ein Tunnel! Das ist gut. Es ist nur ein Tunnel. Ein einfacher, simpler Gang, von denen es hier unten sicher Dutzende, wenn nicht gar Hunderte gibt.* Doch er konnte sich selbst nicht täuschen. Das war kein Abwasserrohr, bei dem alles, was es zu fürchten galt, schlechter Geruch und beschmutzte Stiefel waren. Das hier war durch einen uralten Zauber geschaffen. *Verfällt auch Vigoris dem Zahn der Zeit? So wie steinerne Ruinen? Was, wenn der Weg überhaupt nicht mehr gangbar ist?*

Er blickte Maecan an, der nun ungeduldig mit dem Stock auf den Boden tippte. Langsam streckte Franigo eine Hand aus. Gerade, als er glaubte, die Schwärze zu berühren, zuckte sein Arm wie von selbst zurück.

»Los!«

Maecans Stimme donnerte durch den Raum, erfüllt von solcher Macht, dass es Franigo durch Mark und Bein fuhr und er unwillkürlich vortrat.

Um ihn herum wurde es pechschwarz. Kälte streifte seine Haut, unangenehm, aber nicht erschreckend. Es war einfach, als sei er in einen vollkommen dunklen, kühlen Raum getreten, einen Weinkeller etwa. Noch ein Schritt, und er befand sich ganz darin. Um ihn herum war nichts, aber er stand noch auf festem Boden. Angespannt lauschte er, doch er hörte nur den rasenden Schlag seines Herzens.

Bange Sekunden stand er so da, dann erhellte plötzlich ein Lichtschein die Umgebung. Hinter ihm musste es eine Lichtquelle geben, denn das Leuchten warf einen gewaltigen

Schatten auf die alten Steine. Als sich der Poet umdrehte, sah er, wie Maecans Gehstock aus dem schwarzen Kreis hinter ihm auftauchte, ein leuchtender Mast in einem Meer von Dunkelheit. Dann erschien Maecans Hand, und schließlich trat der Alte selbst durch den Schatten.

Verdutzt sah Franigo sich um. Sie befanden sich in einem Raum mit steinernem Boden und Wänden. Es war, als hätten sie sich überhaupt nicht bewegt.

»Wir sind noch hier«, stellte er mit großer Erleichterung fest. Maecan packte ihn am Arm und zog ihn ein Stück von dem schwarzen Kreis fort, der sich zusammenzog und die Sicht auf eine runde, steinerne Platte freigab, die sanft herabschwebte, sich in die Waagerechte senkte und sich mit einem leisen Geräusch auf den Boden legte.

»Oh, wir sind *hier*, keine Frage, aber ich muss annehmen, dass du dich irrst, was deine Vermutungen angeht, wo *hier* ist.«

»Bitte?« Der Dichter war so verwirrt, dass er sich nicht einmal über die neuerliche vertraute Anrede ärgerte. »Wir haben uns nicht bewegt. Dies ist der Raum, in dem wir auch vorher waren und den wir zu verlassen trachteten.«

»Sicher?«, fragte Maecan, so dass der Poet sich noch einmal genau umsah. Alles war wie zuvor. Nur der Eingang lag im Schatten. Doch jetzt fielen Franigo kleinste Veränderungen auf, andere Muster in den gemauerten Wänden, eine andere Beschaffenheit des Steins. Der Raum war ähnlich, aber es war nicht der Raum in Boroges.

»Wo sind wir?«

»Weit im Osten, mein Freund. Weit im Osten. Wir sind unserem Ziel jetzt schon recht nah. Aber wir haben trotzdem noch eine kurze Reise vor uns.« Als Maecan Franigos Blick sah, kicherte er leise. »Keine Sorge. Den Rest des Weges werden wir auf die Art zurücklegen, die dir eher vertraut ist.«

Damit schritt Maecan zum Eingang und hob seinen Stock. Das Licht zeigte eine niedrige metallene Tür, die den Gang versperrte.

»Wir haben Glück. Viele dieser Orte haben die Umwälzung nicht überlebt, aber hier haben die Anhänger Corbans nicht so gewütet. Und in Boroges war das Tor, wie du es vielleicht nennen würdest, damals bereits inaktiv, und für die meisten Menschen sieht es dann nur aus wie gewöhnliches Felsgestein, und so blieb es verschont.«

Franigo blickte zu der runden Steinplatte, die hinter ihm lag. Tatsächlich war nun nichts Außergewöhnliches mehr an ihr festzustellen.

Der Poet schloss für einen kurzen Moment die Augen. Er hatte den Mann an seiner Seite unterschätzt, so viel war längst klar. Doch wie sehr hatte er sich in ihm getäuscht? *Die altertümliche Sprache, die ich nicht zuordnen konnte. Die Züge, die das wahre Alter nicht verraten. Zauber, die niemand mehr in Corbane beherrschen sollte.*

Franigo schlug die Augen wieder auf. »Maecan ... Ihr ... Ihr sprecht von diesen Zeiten, als ...«

»Als hätte ich sie erlebt?«

Maecan wandte sich ihm zu und richtete sich dabei auf. Das gleichmäßige Licht des Gehstocks ließ sein Gesicht nun noch seltsamer erscheinen. Alle Zeichen des Alters schienen plötzlich daraus verschwunden, und mit einem Mal sah sein Gesicht mit der kühnen Nase und dem ausgeprägten Kinn aus wie das einer Feldherrnstatue aus alter Zeit. Er schaute Franigo aus Augen an, deren Blick dem Poeten nun unangenehm war.

»Das habe ich, mein Freund«, sagte Maecan mit fester Stimme. »Ich habe zusehen müssen, wie die Wunder des Imperiums vernichtet wurden. Wie gemeines Volk die Errungenschaften von Jahrtausenden mit Füßen trat. Wie alles, was wir an Kenntnissen besaßen, nicht mehr sein durfte. Bibliotheken brannten, Weise wurden gekreuzigt, und eine ungeheuerliche Menge Wissen ging verloren. Wissen und Lehren, die nun selbst mir verschlossen bleiben.«

Franigo schluckte, da er den bitteren Zorn in der Stimme des Alten beinahe körperlich spürte.

»Aber die Zeiten ändern sich. Das dunkle Äon endet, und wir werden den Glanz der Vergangenheit wiederauferstehen lassen.« Maecan wandte sich ab. »Und du wirst alles festhalten und niederschreiben, wirst den Anbruch der neuen Zeit dokumentieren, auf dass in der Zukunft niemand vergisst.«

Der Alte berührte die Tür mit seinem Stock, und kleine Lichtbänder schienen sich von diesem zu lösen und sich über das Metall zu schlängeln. Dann erst sah Franigo, dass das Licht nur dünnen Linien folgte, die bereits in das Metall der Tür eingearbeitet waren.

Mit einem leisen Ächzen öffnete sich das Portal, und ein Hauch frischer Luft wehte Franigo um die Nase.

Träume ich oder bin ich wach? Ist dies Wahn oder Wirklichkeit?

Als Maecan ihm ein aufforderndes Lächeln schenkte, fragte sich der Poet, ob es wohl die richtige Wahl gewesen war, Sargona den Rücken zu kehren, nur um dem Zorn des Mobs zu entgehen. Plötzlich erschienen ihm alle Sorgen, die ihn noch am Vortag so sehr gequält hatten, weit entfernt und im Vergleich geradezu nichtig.

JAQUENTO

»In letzter Zeit werden wir deutlich zu oft gefangen genommen«, bemerkte Bihrâd, bevor er sich einen Schluck des eiskalten Wassers eingoss, das in einer Karaffe, in der Zitronenscheiben schwammen, auf dem Tisch stand. »Aber wenigstens behandelt man uns hier gut. Kein Vergleich mit der Brig der *Todsünde,* würde ich sagen.«

Jaquento war geneigt, dem Mauresken zuzustimmen, aber die Tatsache, dass sie wahrhaftig schon wieder Gefangene waren, trübte seine Laune dafür zu sehr.

Der Raum, in dem sie sich aufhielten, war hell und freundlich, mit einer hohen Decke und kunstvoll vergitterten Fenstern, durch die das Sonnenlicht schien und Muster auf den Boden warf. Die Wände waren mit Ornamenten in leuchtenden Farben geschmückt, und selbst der Rahmen der einzigen Tür war mit Rot und Gold bemalt. Die Tür selbst war nicht abgeschlossen, aber das war auch nicht nötig, wie Jaquento direkt nach ihrer Ankunft festgestellt hatte; gut ein Dutzend Soldaten stand dort aufmerksam Wache.

Obwohl er sich mit einem entschuldigenden Lächeln zurückgezogen hatte, konnte Jaquento nicht widerstehen, nun noch einen Blick zu riskieren. Die Situation war unverändert. Die Wachen – ob Männer oder Frauen war dank ihrer Rüstungen und der dunklen Tücher vor ihren Gesichtern nicht ohne weiteres zu sagen – standen so still wie Statuen. Sie waren beinahe alle gleich groß und trugen goldfarbene Panzerungen aus Metallstreifen und Leder. Diese Rüstungen schienen sie aber in ihrer Bewegungsfreiheit nicht zu behindern, wie Jaquento bereits hatte feststellen können, als die Soldaten die Karren umzingelt hatten. Bewaffnet waren die Wachen mit je zwei Schwertern, und der Ausdruck in ihren Augen schien dem Hiscadi auf unangenehme Weise zu sagen, dass sie nicht zögern würden, ihn zu vierteilen, falls er Scherereien machen sollte.

»Hunger?«, fragte Bihrâd, der dem Blick seines Freundes scheinbar teilnahmslos gefolgt war. Der Maureske nahm eine grüngelbe, etwa faustgroße Frucht in die Hand, die er abwägend betrachtete. Jaquento schüttelte den Kopf.

»Du musst sie schälen«, warf Sean ein, der auf einer niedrigen, gepolsterten, mit dunklem Stoff bespannten Holzbank lag und an die Decke starrte. »Und die Kerne sind sehr bitter, also entweder rausspulen oder zumindest nich' zerbeißen.«

Bihrâd nickte ihm zu, dann begann er, die Frucht mit den Fingern zu schälen. Eine Zeitlang schaute Jaquento ihm zu, ehe er zu Sean blickte, der die Hände unter dem blonden Schopf gefaltet hatte.

»Was sind das für Leute, die uns hier bewachen?«, erkundigte er sich.

Sean setzte sich auf und zuckte mit den Schultern. »Die Verbotene Garde, das sind gefürchtete Soldaten aus dem Reich des Kaisers, aber mehr als ihren Namen weiß ich auch nicht. Mit den Offiziellen des Drachenkaisers ha'm wir nich' gerade viel zu tun.«

»Hast du eine Ahnung, wohin sie deine Leute gebracht haben?«, mischte sich nun Bihrâd ein, nachdem er ein paar kleine schwarze Kerne ausgespuckt und sich dann mit dem Handrücken über den Mund gewischt hatte.

»Nicht die geringste«, gestand Sean. »Und zugegebenermaßen beunruhigt mich das auch ein bisschen. Nach allem, was ich weiß, könnte man sie längst aufgehängt haben. Oder sie liegen auf irgendeiner Streckbank und erzählen ihren Folterern, was wir hier eigentlich machen.«

Jaquento setzte sich neben Sean auf die Bank.

»Kumpel, lass mich dir nochmal eine Frage stellen«, sagte er mit gespielter Vertraulichkeit. »Was habt ihr in Wahrheit hier getan?«

»Handel getrieben, was sonst?«

Der Hiscadi überlegte für einen Moment, ob es sich lohnen würde, eine ehrliche Antwort aus dem vorgeblichen Matrosen herauszuprügeln. Wenn er dessen Grinsen betrachtete, bekam er zumindest nicht übel Lust dazu.

Doch Sean hob abwehrend die Hände, als er Jaquentos Gesichtsausdruck bemerkte. »Schon gut, schon gut, *Kumpel.* Du kannst dir doch sicher denken, was wir hier sonst normalerweise so machen, oder nicht? Wir sammeln Informationen, die wir für gutes Geld verkaufen. Eine kleine Inselnation wie die unsere muss eben sehen, woher sie Geld und Einfluss bekommt. Sonst stehen die Thayns bei nächster Gelegenheit wieder vor unserer Tür und versuchen, bei uns nochmal ein paar ihrer Fahnen aufzustellen.«

Im Grunde war Jaquento in keiner Weise überrascht von Seans Geständnis. Aber es gab ihm trotzdem eine seltsame Zufriedenheit, dass der Seemann aus dem Viererbund zugegeben hatte, ein Spion zu sein. *Zumindest weiß man bei einem käuflichen Mann immer, wie man mit ihm umgehen muss.*

»Bedeutet dass, das du in Danam einen Kontaktmann hast? Jemanden, der uns helfen kann, möglicherweise?«, hakte er nach.

»Ich habe einen Kontaktmann, aber keine Ahnung, wie ich

ihn erreichen soll, während wir hier festsitzen. Und ich kann dir auch nicht sagen, wie viel Einfluss er hat, denn ...«

Vor der Tür ertönten laute Stimmen und unterbrachen die Unterhaltung. Interessiert richtete sich Jaquento auf, und auch Sean und Bihrâd blickten zur Tür. Eine Wache öffnete sie, und zwei weitere traten mit gezückten Waffen herein. Sie eskortierten eine Person, die, den Kopf und die Schulter zurückgewandt, offenbar mit jemandem hinter sich sprach, den Jaquento nicht sehen konnte: »Ich protestiere entschieden gegen diese Art der Behandlung! Ich vertrete die Königliche Marine von Thaynric in meiner Eigenschaft als Kapitänin Ihrer Majestät Schiff *Siorys*!«

Es gab keine Antwort. Dafür erhielt die junge Frau einen Stoß, der sie nach vorn taumeln ließ, und die Tür wurde hinter ihr rasch geschlossen. Sie fing sich wieder, wirbelte herum und schlug einmal kräftig mit der Faust gegen das lackierte Holz. Dabei wiederholte sie ihren Protest, ohne jedoch eine Reaktion zu erhalten.

Als sie sich umdrehte, hatte Jaquento bereits den halben Raum durchquert und schloss Roxane in die Arme, ohne sie noch einmal zu Wort kommen zu lassen. Bevor sie etwas sagen konnte, versiegelte er ihre Lippen mit einem Kuss.

Roxane gab einen verblüfften Laut von sich, aber dann gab sie dem Kuss nach, erwiderte ihn. Jaquento genoss das Gefühl, sie in den Armen zu halten, dann löste er sich unwillig von ihr. Er musterte die junge Kapitänin. Sie trug Uniformhosen und ein weißes Hemd, das etwas in Mitleidenschaft gezogen war. Ihre Waffen hatte man ihr abgenommen, und ihr Uniformrock fehlte ebenfalls, aber ansonsten schien sie – anders als ihr Stolz – unverletzt zu sein. *Der Einheit sei Dank.*

»Was tust du hier? Wie bist du hergekommen? Hat Sinosh dich gefunden und zu uns geführt? Wo ist er?«

»Langsam«, wehrte sie mit einem halben Lächeln ab. »Das sind eine Menge Fragen auf einmal.« Dann sah sie sich um. »Ich bin anscheinend eine Gefangene, genau wie du? Ich meine ihr?«

Jaquento nickte betrübt.

»Sinosh hat mich gefunden, und ich habe seine Botschaft so gedeutet, dass du und Bihrâd auf dem Weg flussaufwärts seid, und zwar nicht ganz freiwillig …«

»Das ist allerdings richtig«, knurrte der Hiscadi und warf Sean einen vielsagenden Blick zu.

Roxane folgte diesem Blick und runzelte die Stirn. »Matrose? Was machen Sie denn hier? Wir dachten, Sie seien in Rachine desertiert.«

»Er war es, der uns den Fluss hinauf mitgenommen hat«, warf Bihrâd ein. »Ein Mann mit vielen Gesichtern.«

Sean setzte sein bestes Lächeln auf und salutierte pflichtschuldig. Die Kapitänin schüttelte verwirrt den Kopf.

»Ich glaube, das müsst ihr mir noch näher erklären. Aber ich bin zumindest verdammt froh, euch alle lebendig wiederzutreffen. Als ich euch gefolgt bin …«

»Was, allein?«, unterbrach sie Jaquento und zog die Augenbrauen zusammen.

»Nein, nicht allein. Zumindest zuerst nicht«, erwiderte sie. »Wir sind, geführt von Sinosh, mit der *Siorys* flussaufwärts gefahren bis zu dieser Stadt hier. Ich habe im hiesigen Hafen anlegen lassen, und dann bin ich von Bord gegangen, um mich offiziell nach euch zu erkundigen. Ich hatte die Vermutung, dass ihr beide nicht lange unbemerkt bleiben würdet.« Bei diesen Worten lächelte die Kapitänin leicht. »Doch dann habe ich etwas anderes gefunden.«

Roxane hielt in ihrem Bericht inne. Die drei Männer beugten sich gespannt vor, und die junge Frau senkte die Stimme, als sie weitersprach: »Die *Todsünde* ist hier. Ich habe sie gesehen.«

»Im Hafen?«, fragte Jaquento und warf dem Mauresken einen langen Blick zu. *Du hattest Recht, mein Freund.*

»Ja. Schwer bewacht, von diesen Golduniformierten hier. Ich vermute aber, dass die Ladung nicht mehr an Bord ist, sonst hätte Groferton sicher auf dem Weg hierher etwas gespürt. Jedenfalls begann ich, ein paar Fragen zu stellen, man versprach mir, mich zu jemandem zu bringen, der mir helfen kann – und jetzt bin ich hier.«

»Was ist mit der Besatzung? Mit Coenrad?«

»Die sind noch an Bord und erwarten wohl meine Rückkehr.«

»Und Sinosh?«

»Hat sich aus dem Staub gemacht, kaum dass wir die Taue an den Pollern vertäut hatten. Ich hätte eigentlich vermutet, dass er mittlerweile wieder bei dir ist.«

Roxane trat einen Schritt zurück und musterte Jaquento. Er konnte beinahe ihre Gedanken lesen und wusste schon, was sie sagen würde, bevor sie weitersprach, also kam er ihr zuvor.

»Im Nachhinein war unser Ausflug nicht die beste aller Ideen, gebe ich zu. Wir wollten gar nicht so viel Staub aufwirbeln, sondern einfach nur ein paar Leute befragen.«

»Und dann?«

»Dann wurden wir erst von Hanoan gefangenen genommen, anschließend von Sean und seinen Schlägern …«

»Mit Ihnen wird noch zu sprechen sein, Seemann«, warf Roxane ein. »Auch wenn Sie nicht in Rachine in einem Bordell verschwunden sind, wie ich es zunächst vermutet hatte, bleibt Ihr Verschwinden doch Fahnenflucht. Und dazu kommen sicherlich eine ganze Reihe anderer Verstöße.«

Sean tippte sich freundlich lächelnd an die Stirn. »Ich kann Ihren Zorn verstehen, Käpt'n, aber ich bin nicht mehr Teil der Marine.«

»Darüber entscheiden nicht Sie.« Roxanes Stimme war kalt wie Eis.

»Warum gehen Sie nich' dem Mauresken und dem Hiscadi auf den Nerv – von wegen desertieren?«

»Wir sind keine Matrosen, Sean«, erklärte Jaquento rasch. »Und falls du dich trotzdem dazu entschließen würdest, uns aufknüpfen zu lassen, könnte ich dich irgendwie verstehen«, fuhr er, an Roxane gewandt, fort. »Wir hatten eine dumme Idee und sind ihr einfach gefolgt. Es tut mir leid; ich wollte dich bestimmt nicht in Schwierigkeiten bringen.«

»Du. Du hattest eine dumme Idee und hast mich dazu überredet, dir zu folgen«, erklärte Bihrâd mitleidslos, und der Hiscadi sah ihn vorwurfsvoll an.

»Danke für deine Unterstützung, mein Freund.«

»Schon gut«, murmelte Roxane. Sie ließ sich auf eine der Bänke fallen und seufzte tief. »Momentan sind wir ja ohnehin kaum in der Lage, irgendjemanden hängen zu lassen. Und immerhin – dank all dieser lausigen Zwischenfälle haben wir zumindest die *Todsünde* wiederentdeckt.«

Jaquento setzte sich neben sie und nahm ihre Hand. Geistesabwesend spielte er mit ihren Fingern. »Es sind mehr Parteien weit tiefer in diese Sache verstrickt, als ich angenommen hätte. Die Compagnie, die Géronaee, Hanoan, die Verbotene Garde da draußen. Wir sind Hals über Kopf dieser rätselhaften Schiffsladung hinterhergejagt und stellen nun viel zu spät fest, dass wir nur ein kleiner Teil des Puzzles sind.«

Roxane presste die Lippen zusammen und nickte grimmig. »Das Wichtigste ist jetzt wohl erst einmal, herauszufinden, was man hier von uns will.«

FRANIGO

»Wo sind wir hier überhaupt?«

Die Frage war berechtigt; aber als sich Maecan zu Franigo umwandte, konnte der Dichter die Selbstzufriedenheit im Gesicht des Magiers sehen. Er gefiel sich offenkundig in der Rolle des mysteriösen Führers, der seinen Gefolgsmann gern im Dunkeln tappen ließ; so sehr, dass Franigo schon insgeheim einige Gedichtzeilen entwarf, die Maecan beschrieben. Und die diesem ganz sicher nicht gefallen würden, weshalb der Poet sie vorerst für sich behielt.

»Willkommen in einem Land, das nur wenige Corbaner jemals bereist haben«, sagte der Alte, »und in einer Stadt, die zu betreten uns eigentlich verboten ist.«

»Eine verbotene Stadt, so, so«, murmelte Franigo. Obwohl Maecans Machtdemonstration erst wenige Augenblicke her war, konnte er seine Zunge nicht zügeln: »Und hat diese Stadt auch einen Namen?«

»Khoan«, erwiderte der alte Mann kurz angebunden, was Franigo mit einer gewissen Befriedigung bemerkte.

»Das sagt mir nichts.«

»Natürlich nicht. Sie ist seit Jahrhunderten aus dem Blickfeld Corbanes verschwunden, und es gibt kaum noch jemanden, der sich ihrer erinnert. Ein Schicksal, das Khoan mit vielen anderen Orten teilt.«

»Warum reisen wir dann hierher, ans andere Ende der Welt, wenn es doch darum geht, Corbane von dem Joch der Anarchie zu befreien, das die neue Zeit mit sich gebracht hat?«

Maecan lachte kurz auf und hob triumphierend den Stock. »Wundervoll. Genau deswegen habe ich dich ausgewählt, wegen deiner wirklich außergewöhnlichen Begabung, mit Worten umzugehen. Und natürlich wegen deiner immensen Eitelkeit. Ich wusste, dass du einem Angebot wie dem meinen nicht widerstehen könntest.« Er stieß noch ein Lachen hervor. »*Joch der Anarchie*. Gefällt mir wirklich ausnehmend gut. Willst du es nicht notieren?«

»Ich kann es mir merken«, erklärte Franigo verschnupft und sah den alten Mann fragend an. »Und?«

»Khoan ist für uns nur eine Zwischenstation. Wir müssen noch weiter, aber unglücklicherweise gibt es keinen direkten Weg dorthin, deshalb dieser Umweg.«

»Wo liegt Khoan? In welchem Land?«

»Im Reich des Goldenen Kaisers. Im Land der Viertausend Jahre.« Als Franigo nur verständnislos schaute, fügte Maecan herablassend hinzu: »In den Ländern jenseits der Drachenküste.«

»So weit im Osten?« Franigo blickte über die Schulter, zurück in den Raum, aus dem sie gekommen waren. Außer Dunkelheit war nichts zu erkennen, aber er hatte das unbestimmte Gefühl, die runde Steinplatte noch immer zu spüren. Ein Schauer lief ihm über den Rücken, und es schüttelte ihn.

Maecan hingegen lächelte vergnügt. Die Wirkung des Zaubers auf Franigo schien ihn zu erfreuen, was ihn dem Dichter nicht gerade angenehmer machte. *Viele Freunde kann diese Gestalt wohl nicht ihr Eigen nennen.* Dann musste der Poet wieder an die Magie denken. *Andererseits, wer braucht schon Freunde, wenn er über solche Macht verfügt? Und ist es das, was die Macht mit uns macht?* Franigo hatte im Lauf seines Lebens viele mächtige Männer und Frauen kennengelernt, Menschen, die schon als Fürsten oder Grafen geboren worden waren, und andere, die sich ihre Herrschaft mit Blut erkauft hatten. Sie alle hatte die Macht verändert, die sie ausgeübt hatten. Manche waren mehr und andere weniger davon geprägt worden, aber spurlos war sie an keinem vorübergegangen.

Und wenn man nun so weit außerhalb der üblichen Grenzen lebt wie Maecan ... Was wird er wohl mit mir machen, wenn er meinen Wortwitz nicht länger amüsant findet? Oder wenn ihm die Chronik, die ich schreiben soll, missfällt? Die Antwort auf diese Frage musste jedoch warten, denn Maecan schritt bereits voran, und Franigo beeilte sich, dem alten Mann zu folgen, da er keinesfalls an diesem unheimlichen Ort allein zurückbleiben wollte.

Sie liefen durch einen kurzen Korridor, der an einer weiteren verrosteten Tür endete, die Franigo nur unter großer Anstrengung öffnen konnte. Dahinter lag ein übel riechender Tunnel, dessen Wände mit einer dicken Schicht aus Schmutz und Schleim bedeckt waren. Während das Maecan wenig auszumachen schien, achtete Franigo darauf, die Wände so wenig wie möglich zu berühren.

Schon nach knapp zwanzig Schritt endete der Tunnel an einer vergitterten Öffnung, die halb von feiner Erde verschüttet war. Durch das Gitter strömte frische Abendluft herein, und der Poet vermeinte sogleich, eine exotische Note darin zu entdecken, aber vielleicht war dies auch nur seiner Einbildung geschuldet.

»Na, mach schon, öffne es und lass uns hier heraus«, forderte der alte Mann Franigo auf.

Der Dichter legte seine Hände um die verrosteten Eisenstäbe und drückte dagegen. Das Gitter konnte den Eingang nur lose verschlossen haben, denn es gelang ihm ohne Mühe, es anzuheben. Als Franigo es nach draußen befördert hatte, bückte Maecan sich und kletterte hinaus, und der Poet folgte ihm.

Sie kamen auf einer flachen Anhöhe wieder ans Tageslicht, von der aus ein halb überwucherter Weg zu einem ausgedehnten See führte, der vom Licht der untergehenden Sonne in ein grelles Rot getaucht wurde. Am Ufer des Sees befanden sich etliche hölzerne Gebäude, und viele weitere Hütten standen auf hölzernen Pfählen inmitten des Sees. Auf dem Wasser waren zahlreiche Fischerboote zu erkennen, und zwischen den Häusern am Ufer konnte Franigo Frauen und Kinder sehen, die Netze flickten oder weitere Boote mit Teer ausbesserten. Auch wenn Maecan ihm gesagt hatte, wie weit sie sich von Corbane entfernt hatten, wurde Franigo erst jetzt klar, was das wirklich bedeutete.

»Wie lange hat das ... die Reise gedauert?«, fragte er.

»Für lange Erklärungen haben wir keine Zeit«, erwiderte Maecan, ohne innezuhalten, und machte sich auf den Weg zum See. Je näher sie der Siedlung kamen, desto deutlicher wurde Franigo bewusst, dass der Ort nicht wohlhabend sein konnte. Die Kleidung der Menschen mit den fremdländischen Gesichtern war einfach und oft vielfach geflickt, und viele der Hütten und Häuser wirkten baufällig oder so, als seien sie aus älteren Gebäudeteilen neu zusammengesetzt worden. Zum ersten Mal schien auch Maecan überrascht zu sein, denn er ließ seinen Blick mit abschätziger Miene über den Ort schweifen und runzelte die Stirn, als habe er etwas ganz anderes erwartet.

»Der Verfall hat nirgends Halt gemacht, nicht einmal vor Khoan«, befand er schließlich und ging in Richtung der Häuser weiter. »Einst war das hier eine prächtige Stadt, der Endpunkt eines großen Handelsweges, ein Umschlagplatz für viele Waren. Und es war der östlichste Punkt, an dem Niederlassungen des Imperiums in diesem Land geduldet waren.«

Skeptisch betrachtete Franigo Khoan. »Viel ist davon nicht mehr übrig.«

»An dieser Stelle haben früher hunderttausend Menschen oder mehr gelebt, mein Freund. Es gab eine Universität, die weit über die Landesgrenzen hinaus berühmt war und die besten Gelehrten anzog. Paläste, großartige Bauwerke aller Art. Aber jetzt ist wohl wirklich, wie du so schön sagst, nicht mehr viel davon übrig.«

»Was werden wir jetzt machen, Maecan?«

»Angesichts der desolaten Lage Khoans habe ich mich für eine baldige Weiterreise entschieden. Hier gibt es nichts mehr für uns. Erschreckend!«

»Was findet Ihr erschreckend?«

»Wie sehr die Veränderungen selbst hier zu finden sind. Wie viel hat die Menschheit verloren! All das Wissen. Und all die Schönheit, die vergangen ist, für immer verloren. Aus diesem Juwel ist ein schäbiger Klumpen Dreck geworden.«

Maecan seufzte, und seine Schultern sanken herab. Bislang hatte er eine Energie ausgeströmt, die sein Aussehen Lügen strafte, doch nun schien er auch vom Gestus her ein alter Mann zu sein, in dessen Gesicht die Zeit tiefe Linien eingegraben hatte. Es war fast, als belaste ihn der Anblick der heruntergekommenen Stadt physisch.

Gemeinsam gingen sie am Ufer des Sees entlang. Die Menschen von Khoan musterten die Fremden, die in ihren Augen vermutlich höchst seltsam aussahen, mit neugierigen Blicken, aber niemand sprach sie an oder stellte sich ihnen in den Weg.

Weiter oben in dem kleinen Tal ragten große Steine aus der Erde, die offensichtlich von Menschenhand bearbeitet waren. Maecan wies mit seinem Stock darauf.

»Das Wasser des Sees reichte einst bis dort oben. Es gab im Umland mehrere Wasserquellen, die geschickt durch Kanäle angezapft wurden, um den See zu füllen. Durch Khoan flossen diese Kanäle, meist neben den Straßen, und selbst in der heißesten Mittagssonne war es in diesen Straßen angenehm kühl. Dort«, er deutete auf eine große Düne, »gab es eine große Halle, in der jeden Tag weise Männer zusammenkamen, um zu diskutieren.«

»Nur Männer?«

»Frauen bedeuten in diesen Ländern weniger als in unserer Heimat, mein Freund. Man bringt ihnen zwar große Achtung entgegen, aber sie philosophieren nicht.« Maecan schien kurz in Gedanken versunken zu sein, dann riss er sich sichtlich zusammen. »Auf der anderen Seite des Sees lagen die großen Karawansereien. Sie waren ihren Vorbildern aus den Ländern der Magiermoguln nachempfunden. Sie waren die einzigen Orte, an denen Fremde mit Einheimischen handeln durften. Und was dort gehandelt wurde! Die Kostbarkeiten dreier großer Reiche, Seide, Gewürze, Traumstaub.«

Erfolglos versuchte Franigo, sich die eng stehenden Hütten und die angeschlagenen Pfahlbauten als einen fantastischen Markt vorzustellen, auf dem die Schätze der ganzen Welt feilgeboten wurden.

Während sie sich den halbkreisförmig angeordneten Steinen näherten, erzählte Maecan weiter von der Stadt, die Khoan einst gewesen war. Seine Worte waren farbig und von solcher Kraft, dass es dem Poeten schließlich doch gelang, vor seinem inneren Auge ein Bild dieses Ortes zu beschwören, auch wenn es sich kaum mit der sichtbaren Wirklichkeit in Einklang bringen lassen wollte.

»Was, denkst du, ist hier geschehen?«, fragte er nachdenklich, als Maecan verstummte.

»Als das Forrezische Reich fiel, brach der Handel zusammen«, vermutete der alte Mann. »Jeder war zu sehr damit beschäftigt, die ehemaligen Herrscher zu jagen und seinen Nachbarn die Kehle durchzuschneiden. Jeder kleine Provinzfürst rief sich zum Imperator aus, und es wurden Kriege um halb verlassene Weiler geführt. Die Magiermoguln versuchten, die Verbreitung der Magietrinker in ihrem Reich einzudämmen. Sie hatten bestimmt andere Sorgen, als Handel zu treiben. Und ohne Handel ist Khoan nichts als eine Stadt am Rande einer Wüste.«

Franigo sah sich um. Maecans Erklärung klang einleuchtend. Die Beschreibungen des alten Mannes hatten so anschaulich gewirkt, als habe er die Stadt zu ihren Hochzeiten selbst gekannt. *Aber das ist unmöglich,* dachte der Poet bei sich und warf einen verstohlenen Blick auf den alten Mann, der grimmig betrachtete, was der Zahn der Zeit von Khoan übrig gelassen hatte. *Oder vielleicht auch nicht?*

ROXANE

»Aufstehen! Mitkommen!«, brüllte eine Stimme, und Roxane schreckte hoch. Bis auf das Licht einer winzigen Laterne war es vollständig dunkel in dem Zimmer, in dem sie gefangen gehalten wurden. Vom Grad der Dunkelheit ausgehend, vermutete sie, dass es noch mitten in der Nacht sein musste. Die Stimme, die gesprochen hatte, war männlich und sprach Thaynrisch mit einem starken Akzent.

Dann flammte in der Nähe der Tür eine weitere Lampe auf, und Roxane musste sich für einen Moment abwenden, weil das Licht ihre Augen blendete. Als sie sich an die Helligkeit gewöhnt hatte, stellte sie fest, dass der Raum, in dem sie schliefen, voller Wachen in golden schimmernder Rüstung war. Seans Schlafmatte war von ihnen umstellt, und sie zerrten den benommenen Seemann soeben vom Boden hoch.

»He! Was soll das?« Neben Roxane richtete sich nun auch Jaquento auf. Der Hiscadi funkelte die Wachen zornig an, obwohl er, nur mit einem Hemd bekleidet, sicher keinen Gegner für sie abgegeben hätte.

»Für euch ist es das Beste, wenn ihr ruhig bleibt«, versetzte nun eine andere Stimme, die seltsam akzentfrei klang. Dieser zweite Sprecher trat aus dem Lichtkegel und baute sich vor Jaquento und Roxane auf. Es war ein auffallend großer Mann, dessen Schädel kahl rasiert war und der weder Bart noch Brauen besaß, die einen Rückschluss auf seine Haarfarbe erlaubt hätten.

Seine Haut war bronzefarben, und er war nicht bewaffnet und trug auch keine Rüstung, sondern ein Gewand aus einem goldfarbenen, fließenden Stoff, der in kunstvollen Falten von seinen schmalen Schultern herabfiel. Er hielt sich hoch aufgerichtet, und es bedurfte keinerlei äußerer Zeichen, um zu verstehen, dass der Mann hier das Kommando hatte. Auch Jaquento verstummte bei seinem Anblick, und am anderen Ende des Raumes hatte sich Bihrâd inzwischen von der dünnen Schlafmatte erhoben, machte aber ebenfalls keinerlei Anstalten, in das Geschehen einzugreifen.

Der goldgekleidete Fremde deutete auf Sean, der nun mit verwirrtem Gesichtsausdruck zwischen zwei der Wachen hing. »Nehmt ihn mit«, sagte er, aber auf Thaynrisch und, wie es ihr schien, mehr zu Roxane als zu seinen Männern.

»Was wollt ihr von mir?«, meldete sich Sean zu Wort. Seine Stimme klang unsicher und verriet seine Angst. »Wo bringt ihr mich hin?«

Der Glatzköpfige trat zu dem gefangenen Seemann, das Gesicht merkwürdig regungslos. »Das wirst du schon sehen«, sagte er. Dann nickte er einem der Gerüsteten zu, der daraufhin mit dem Knauf seines Schwertes ausholte und Sean einen harten Schlag verpasste. Der Kopf des Matrosen sackte nach vorn und baumelte vor seiner Brust; offenkundig hatte Sean das Bewusstsein verloren.

Roxane konnte spüren, wie Jaquento sich anspannte. *Bleib ruhig,* bat sie in Gedanken. *Du kannst ihm nicht helfen.*

Augenblicke später war der Spuk vorbei und die Wachen mitsamt ihrem Anführer und Sean verschwunden. Wieder herrschte tiefste Dunkelheit. Roxane ließ sich neben Jaquento sinken und lauschte ihrem wild pochenden Herzen.

»Was werden sie mit ihm machen?«, flüsterte sie dem Hiscadi zu, dessen Atem sie neben sich spüren konnte.

»Ich weiß es nicht«, antwortete er düster. »Ich hoffe, sie wollen an ihm nicht nur ein verdammtes Exempel statuieren. Er ist zwar ein Spion und hat uns aus Rachine entführt, aber den Tod wünsche ich ihm trotzdem nicht.«

So wenig wie ich, Spion hin oder her.

»Jaq, verdammt, was sollen wir nur tun?«, fragte Roxane leise. Sie drängte sich an den Hiscadi, der beide Arme um sie legte.

»Ich weiß es nicht, Quéri«, flüsterte Jaquento. »Im Augenblick können wir gar nichts tun, fürchte ich.« Dann drehte er den Kopf zur Seite. »Bihrâd? Ist bei dir alles in Ordnung?«

»Ja, mein Freund«, ertönte die gutturale Stimme des Mauresken. »Ich bin hier. Der Bastard, der Sean abgeholt hat ... ich glaube, er ist wie ich. Stark in seiner Fähigkeit.«

Ausnahmsweise hätte Roxane die Meinung des Magietrinkers nicht gebraucht, um das selbst zu erkennen; der Glatzköpfige hatte auch so eine Aura selbstbewusster Macht verströmt.

»Ob sie auf ihn gewartet haben?«, überlegte sie laut. »Ich meine, wir sitzen jetzt seit fast einer Woche hier fest, und in der ganzen Zeit ist nicht das Geringste geschehen, und wir haben auch niemanden zu Gesicht bekommen, der offizieller aussah als die Wachen.«

»Du meinst, dass sie erst diesen Glatzkopf dazuholen mussten, um zu entscheiden, was sie mit uns machen wollen?«

»Das wäre immerhin möglich, Jaq«, stimmte der Maureske Roxane zu.

»Wenn er hier das Sagen hat, besteht vielleicht auch die Möglichkeit, dass wir hier herauskommen, sobald er sich mit Sean oder einem anderen von uns unterhalten hat«, vermutete die Kapitänin, aber sie hörte selbst, dass der Zweifel in ihrer Stimme die hoffnungsfrohen Worte Lügen strafte.

In den vergangenen Tagen hatten Sean, Jaquento und sie außer ihren Wachen nur einen kleinen Mann mit einem enorm langen Zopf in ihrem Gefängnis gesehen, der ihnen zweimal am Tag Wasser und Essen brachte – Reis oder eine Fischsuppe, in der dünne, beinahe durchsichtige Nudeln schwammen. Ihre Welt beschränkte sich auf den großen Raum, in dem sie warteten oder schliefen, und einen kleinen angrenzenden, der eine Latrine enthielt. Die Stimmung unter den vier Gefangenen war zunächst gereizt gewesen, da keiner vom anderen wusste, inwieweit er an ihrer vertrackten Lage schuld war, doch nach einer Weile war der fast greifbare Ärger einer beklemmenden Stille gewichen.

»Es muss ja irgendeinen Grund geben, warum sie uns hier festhalten«, erklärte Jaquento.

Roxane schloss die Augen und ließ sich auf die Schlafmatte zurücksinken. Sie achtete nicht darauf, was Bihrâd auf die Worte des Hiscadi erwiderte, sondern fragte sich zum vielleicht hundertsten Mal, was wohl ihre Besatzung gerade unternahm. Sie konnte sich nicht sicher sein, welchen Weg Huwert und Groferton wählen würden. Vermutlich würden sie sich zunächst bemühen, Nachforschungen anzustellen, was aus ihrer Kapitänin geworden war. In einer fremden Stadt, deren Sprache beide nicht beherrschten, konnte sich das allerdings als schwieriges Unterfangen erweisen.

Und vielleicht war ja auch das Schiff längst beschlagnahmt.

Als das erste Licht des Tages durch die vergitterten Fenster drang, wurde die Tür wieder aufgestoßen. Zwei Wachen schoben Sean in den Raum, der ohne ihre Stütze wie leblos zu Boden fiel. Er trug noch immer die leichte Hose, in der sie ihn abgeholt hatten. Sein Oberkörper wies zahlreiche Blutergüsse auf, und sein linkes Auge war zugeschwollen. Aus seiner Nase lief Blut.

Roxane sprang sofort auf, und Jaquento und Bihrâd taten es ihr gleich. Mit wenigen Schritten waren sie bei dem ehemaligen Matrosen. Der Maureske und Jaquento hoben Sean auf und legten ihn auf eine der Schlafmatten.

»Schon gut, Kumpel … es geht schon«, murmelte Sean und öffnete das rechte Auge. Bihrâd holte den Wasserkrug und reichte dem Verletzten wortlos ein nasses Stück Stoff.

Sean schloss die Augen und presste sich den Lappen gegen die Nase. Der Stoff färbte sich zunächst rasch rot, doch dann versiegte das Blut allmählich.

»Bei der Einheit, was haben sie mit dir gemacht?«, fragte Roxane schließlich.

Der Matrose senkte das Stoffstück und betrachtete es scheinbar aufmerksam. »Mir eine ordentliche Abreibung verpasst«, erklärte er nuschelnd. »Die Bastarde haben mich hier rausgeschleift, mich an der Decke festgebunden und mir erstmal eine gute Weile zugesetzt, bis ihr Chef, dieser glatzköpfige Wichser, wieder aufgetaucht ist. Er war's dann auch, der mir die Fragen gestellt hat.«

»Was für Fragen?«, verlangte Jaquento zu wissen.

Sean sah den Hiscadi an und hob den Wasserkrug an die aufgeplatzten Lippen. Er verzog das Gesicht, als das Glas seine Haut berührte, trank aber trotzdem.

»Sie wollten wissen, was ich über die Schiffsladung weiß. Und über euch. In wessen Auftrag wir unterwegs sind. Was wir mit der Ladung vorhaben, sollten wir sie kriegen.

Das alles waren schon Fragen, auf die ihm meine Antworten eher nich' gefallen haben. Und dann hat er noch ein paar Mal gefragt, ob ich wüsste, wo jemand oder etwas namens Rei'Ong steckt.« Der ehemalige Matrose seufzte. »Am Ende hat er wohl eingesehen, dass ich keine Ahnung habe, worüber er da überhaupt redet. Dann hat er es mir erklärt. Er sucht einen kleinen Drachen.«

Roxane wechselte einen raschen Blick mit Jaquento. Sie sah in seinen Augen, dass er dasselbe dachte wie sie. *Sie sind auf der Suche nach Sinosh.*

»Was hast du dem Magietrinker denn erzählt?«, fragte Bihrâd vorsichtig.

Sean zuckte mit den Schultern. »Nicht viel. Was aber nich' daran liegt, dass ich unbedingt den Helden spielen wollte, sondern eher daran, dass es nich' viel gab, was ich ihm erzählen konnte. Wir sind zusammen mit einem thaynrischen Schiff hergekommen, das den Auftrag hat, die Ladung zu suchen. Wir wissen nich', woraus sie besteht.

Ein paar Einzelheiten hab ich auch ausgelassen, zum Beispiel, dass ihr zwei nich' ganz freiwillig in meiner Gesellschaft wart – und dass ich von der *Siorys* getürmt bin.«

Bei diesen Worten ballte Jaquento die Hände zu Fäusten, und sein Gesichtsausdruck zeigte deutlich seinen Ärger; er sagte jedoch nichts.

»So, so, sie glauben jetzt also, wir seien alle eine große, glückliche Familie, ja?«, fragte Roxane lauernd.

»Könnte schon sein, Käpt'n«, erwiderte Sean mit einem Lächeln, das wegen des getrockneten Blutes in seinem Gesicht eher gespenstisch wirkte.

In diesem Moment entstand an der Tür Bewegung, und Roxane und Jaquento fuhren herum. Der glatzköpfige Mann in Gold machte einen Schritt in den Raum und musterte seine Gefangenen.

»Kapitänin Hedyn von der *Siorys*«, sagte er, an Roxane gewandt. »Mit Ihnen werden sich später die lokalen Autoritäten befassen. Ich fürchte, die ganze Sache wird für Sie leider kein gutes Ende nehmen. Für die anderen beiden und ihre sicher höchst interessanten Geschichten nehme ich mir jetzt gleich die Zeit.«

Mit einem nachlässigen Wink gab er einem halben Dutzend Soldaten das Zeichen, den Raum zu betreten.

Jaquento und Bihrâd sprangen auf, und der Hiscadi stürzte sich mit einem Schrei auf die nächste Wache, doch gegen die Übermacht war sein Angriff sinnlos. Nach einem kurzen Handgemenge hatten die Wachen die beiden Männer zu Boden gerungen und zerrten sie aus dem Raum.

Verdammter Hurensohn, dachte Roxane, während sie hilflos und in großer Sorge um ihren Gefährten und den Mauresken mit Sean zurückblieb.

SINAO

»Und das da ist Kap Fisterra. Wenn man das sieht, ist man als Thayn bald in heimischen Gewässern, auch wenn die Küste jahrzehntelang feindlich war«, erklärte Admiral Thyrane. In seiner Stimme schwang eine freudige Erwartung mit, die Sinao nicht teilen konnte. Die Küstenlinie war noch weit entfernt und kaum mehr als ein etwas dunklerer Streifen am Horizont.

»Famose Navigationsleistung, Kapitän«, wandte sich Thyrane an Bercons, der ihm erfreut zunickte.

»Aus Ihrem berufenen Munde ein Lob, das mich besonders erfreut, Thay.«

»Bei dem Wind sollten wir gut in den Kanal kommen, nicht wahr?«

»In der Tat, Thay. Wir haben Glück: eine perfekte Backstagsbrise.«

Sinao sah den Admiral fragend an.

»Der Wind kommt nicht ganz von hinten«, erklärte er. »Schau, er kommt achterlicher als querab. So trifft er die volle Segelfläche und treibt uns dabei dennoch nur wenig nach Lee. Wobei die *Imperial* ohnehin selten große Abdrift hat.«

Sinao verstand kaum ein Wort von dem, was der Admiral ihr erklärte, und offenbar hatte sich ihr Gesichtsausdruck auch nicht verändert, denn Thyrane fuhr fort: »Kommt der

Wind zu weit von der Seite, fährt das Schiff nicht nur nach vorn, sondern wird auch in die andere Richtung gedrückt, nach Lee, der vom Wind abgewandten Seite. Man kann hart am Wind segeln, aber dabei ist die Abdrift natürlich besonders groß.«

Er hob seine Hände und machte es ihr mit langsamen Bewegungen deutlich.

»Kommt die Brise zu sehr von hinten, fährt man also vor dem Wind, sind sich die Segel sozusagen im Weg, und man muss Fläche reduzieren. Die Stagsegel sind nutzlos, und ein vernünftiger Kapitän lässt die Großsegel reffen, und nur die Vorsegel bleiben.«

Sinao glaubte, mittlerweile ein wenig davon verstanden zu haben, was das große Segelschiff antrieb, aber so sehr sich Thyrane auch bemühte, die vielen seltsamen Bezeichnungen und Namen an Bord wollten ihr nicht in den Kopf gehen. Es war einfach, einen Kurs auszurechnen, und sie hätte ihm ohne nachzudenken sagen können, wie viel Fuß die Fregatte pro Seemeile Fahrt nach Lee abdriftete, aber auch nach langen Wochen an Bord von Schiffen hatte sie keine Ahnung, was ein Stagsegel sein mochte. Dennoch lächelte sie, denn wenn der Admiral dachte, dass sie noch mehr wissen wollte, würde er weiterreden, und Sinao hatte inzwischen erkannt, dass es genug über Schiffe zu erzählen gab, um ganze Tage damit zu verbringen. *Und es macht ihm so viel Freude, davon zu sprechen!*

Während Thyrane sich zufrieden an Bercons wandte und mit ihm über den weiteren Kurs diskutierte, gesellte sich Manoel zu Sinao und rollte mit den Augen.

»Und wenn der Bockfagmast mit dem Querholm in den Unterwindraum kommt, springt die Nasenrah aus dem Lochscheit, und wir segeln alle in die Finsterwelt!«

Sinao kicherte, blickte sich aber sicherheitshalber dabei

zum Admiral um. Offenbar hatte er Manoels Spott nicht mitbekommen oder beschlossen, ihn zu überhören.

Manoel lehnte sich an die Reling und sah zum Land hinüber. »Sieht nicht nach viel aus, was?«

»Nicht wirklich.«

»Ist aber hübsch. Dir würde Brizhay bestimmt gefallen. Die Menschen da sind sehr eigen, aber freundlich.«

»Brizhay?«

»So heißt die Region im Norden von Géronay, um ihre Provinzhauptstadt Maillot. Die Géronaee behaupten immer, dass es dort viel zu rau und zu kalt ist, aber es ist schön dort. Und es ist kein Geheimnis, dass Brizhonen beim Rest der Géronaee als ein wenig wunderlich gelten. Sie haben mehr mit den Thayns gemein, als beide Seiten zugeben möchten.«

»Eure Heimat ist so groß«, bekannte Sinao. »So viele Menschen, so viele Orte, so viele Länder.«

Manoel zuckte mit den Schultern.

»Kann sein. Aber wenn man erst einmal da ist, kann es einem verdammt klein vorkommen. Überall sind Leute, überall gibt es Regeln und eherne Gesetze. Du kannst nicht mal spucken, ohne jemand zu treffen.«

Darauf wusste Sinao keine Antwort. Für sie war schon Lessan eine gewaltige Stadt gewesen, und seit sie erfahren hatte, dass es in Corbane weitaus größere Städte gab, hatte sie ein wenig Angst. *Wie kann man mit so vielen Menschen zusammenleben? Man kennt ihre Namen nicht und weiß nicht, wer sie sind, und noch weniger kann man ihre Absichten erkennen.*

»Segel voraus! Zwei Strich Backbord!«

In den letzten Tagen hatten sie mehr als einmal andere Schiffe gesichtet, aber der Kapitän hatte sie bislang nicht beachtet. Zu klein waren die Segel gewesen, als dass ihnen ein Umweg sinnvoll erschienen wäre, um den anderen Booten auszuweichen.

Auch diesmal wurde das Signal nur zur Kenntnis genommen. Erst, als das Segel schon mit bloßem Auge zu erkennen war, ließen sich sowohl Thyrane als auch Bercons ein Fernrohr reichen und standen eine Zeit lang schweigend nebeneinander. Schließlich erklärte der Kapitän: »Könnte eine Fregatte sein.«

Thyrane brummte zustimmend. Bercons sah ihn fragend an, und der Admiral kratzte sich nachdenklich am Kinn.

»Lassen Sie bitte den Kurs ändern, wenn es Ihnen recht ist, Thay. Zurzeit hat die Königliche Marine in diesen Gewässern ja nur freundlich gesinnte Schiffe zu erwarten. Zumindest, wenn während unserer Überfahrt nicht neue Kämpfe ausgebrochen sind.«

Bercons gab die notwendigen Befehle, und die *Imperial* drehte sich mehr in den Wind. Es wurden mehr Flaggen gehisst, und der Kapitän ließ die Geschütze bereitmachen, ohne allerdings Kugeln laden zu lassen.

»Für einen Salut«, beantwortete Thyrane Sinao die unausgesprochene Frage.

Die Paranao und Manoel versuchten, mehr zu erkennen, aber es dauerte lange, bis das andere Schiff so nah herangekommen war, dass man tatsächlich Einzelheiten ausmachen konnte.

»Thaynric-Farben, Thay«, gab der Ausguck bekannt.

»Gut so«, brummelte Thyrane. »Lassen Sie signalisieren, dass wir eine Unterhaltung wünschen.«

Die beiden Schiffe passten ihren Kurs an und gingen längsseits, nachdem Signalmaate wild mit Flaggen gewedelt hatten. Noch so etwas, dessen Sinn Sinao zwar verstand, dessen Bedeutung sie sich aber nur schwer merken konnte.

»Es ist die *Phönix*«, erklärte Bercons. »Teil der Kanal-Flotte, soweit ich weiß.«

»Reichen Sie mir bitte ein Sprachrohr«, sagte Thyrane.

Die Mannschaft war inzwischen so gut wie komplett an Deck gekommen. Sie standen alle an Backbord und blickten zu dem anderen Schiff hinüber. Einige winkten, aber niemand rief etwas. Auch auf der *Phönix* hatten sich die Neugierigen versammelt; die Seeleute auf dem Hauptdeck, die Offiziere auf dem Achterdeck.

»Ahoy *Phönix*«, rief Thyrane durch das Sprachrohr. »Ihrer Majestät Schiff *Imperial* hier, unter der Flagge von Admiral Aomas Thyrane.«

»Ahoy *Imperial*. Hier spricht Kapitän Deckard. Willkommen zurück in der Zivilisation, Thay!«

Neben sich hörte Sinao Manoel kurz kichern, aber Thyranes lautes Rufen übertönte die anschließend gemurmelten Worte des jungen Maestre.

»Danke, Thay. Wir haben ein wenig Nachholbedarf, was Neuigkeiten betrifft. Wäre es möglich, Sie zu einem Glas Port einzuladen und Ihnen die Gastfreundschaft der *Imperial* angedeihen zu lassen?«

Kapitän Deckard bejahte das. Während auf der *Phönix* ein Boot klargemacht wurde, flüsterte Manoel: »Als ob es eine Wahl gäbe, wenn ein Admiral einen Kapitän um was bittet.«

»Aber es ist doch trotzdem nett, ihn einzuladen«, erklärte Sinao dem Maestre mit gerunzelter Stirn.

»Wenn du meinst.«

Sinao beobachtete interessiert, welche Aktivitäten der angekündigte Besuch des anderen Kapitäns an Bord auslöste. Die Offiziere der *Imperial* schritten durch die Besatzung, gaben Befehle und schickten Männer und Frauen nach unten. Hektisch wurde das Deck noch sauberer aufgeräumt, als es ohnehin schon war, und der Erste Offizier überprüfte persönlich jeden Knoten. Die Seeleute wurden angewiesen, ihre beste Kleidung anzulegen und sich zu waschen, während Thyrane und Bercons hinabstiegen, um ihre Uniform zu wechseln. Der Steward bekam Anweisung, besondere Leckereien aus den Vorräten aufzutischen, den Tisch entsprechend vorzubereiten und nur den besten Port zu servieren.

Als Kapitän Deckard schließlich an Bord kam, erwartete ihn ein ordentliches, sauberes und perfekt organisiertes Schiff. Und dazu Offiziere, die es weder an Manieren noch an Freundlichkeit mangeln ließen.

In der ganzen Aufregung kam Sinao sich recht nutzlos vor, weshalb sie sich an der Reling hielt und darauf achtete, nicht im Weg zu sein. Manoel hingegen hatte sich auf das Vorschiff zurückgezogen und begann in aller Seelenruhe eine Pfeife zu stopfen und zu rauchen, ohne dabei den Besuch zu beachten.

Als die Vorstellungsrunde unter den Offizieren vorbei war – Kapitän Deckard hatte mehrere seiner eigenen Offiziere mitgebracht – und sie Höflichkeiten ausgetauscht hatten, rief Thyrane Sinao, die das ganze Spektakel interessiert beobachtet hatte, zu sich.

»Und das hier ist eine Maestra, von deren jugendlichem Aussehen Sie sich nicht täuschen lassen sollten, Thays. Sie verfügt über eine ganz außergewöhnliche Begabung und hat sich auf unserer Mission mehr als einmal als von unschätzbarem Wert erwiesen.«

Verlegen lächelte Sinao und versuchte sich an ihrer besten Imitation eines Saluts, was wiederum die Besucher lächeln ließ. Zwar nicht in jedem Fall freundlich, aber zumindest doch höflich. Kapitän Deckard erwiderte den Gruß und sah Admiral Thyrane dann auffordernd an.

»Dieser Port, von dem Sie sprachen, Thay …«

»Natürlich, natürlich. Folgen Sie mir bitte.«

Er bedeutete Sinao, ebenfalls mitzukommen, und so fand sich die junge Paranao siebenundachtzig Sekunden später an einem großen Tisch wieder, der fast die gesamte Kajüte des Admirals in Beschlag nahm. Irgendwer musste in der kurzen

Zeit den Großteil seiner Möbel entfernt und diesen Tisch aufgebaut haben.

Alle schwiegen, bis jeder ein Glas Port hatte, dann hob Thyrane seins.

»Auf uns selbst!« Nach einem augenzwinkernden Blick in die Runde fügte er hinzu: »Da sich wohl niemand sonst für unser Wohlergehen interessiert.«

»Auf uns selbst«, kam die Antwort der Männer und Frauen am Tisch.

»Der ist gut«, erklärte Deckard bewundernd und sah bedauernd in sein leeres Glas. Auf einem Wink von Thyrane füllte der Steward es schnell nach.

»Verzeihen Sie, dass ich etwas unhöflich bin, aber wir sind in großer Eile. Was gibt es Neues von der Kanalflotte?«

Deckard trank erst einen weiteren Schluck, bevor er von den Dingen berichtete, von denen Sinao wusste, dass sie Thyrane brennend interessieren würden, auch wenn sie selbst es schwer fand, die Nachrichten zu verstehen.

Sie spitzte die Ohren erst, als der Kapitän von einem Gefecht vor einer Stadt namens Boroges berichtete, bei dem angeblich Drachen einige Schiffe schwer beschädigt und eines der größten sogar versenkt hatten.

»Der Admiral ist schwer verwundet worden in jener Nacht«, erklärte Deckard. »Es hat die *Amerswatt* hart getroffen. Wäre nicht zufällig eine junge Offizierin an Bord gewesen, die das Kommando übernommen hat, dann hätte es aber noch schlimmer kommen können.«

»Mut und Findigkeit im Angesicht des Feindes sind bewundernswert«, warf Bercons ein. »Vor allem, wenn der Feind ein so großes Angesicht hat.«

»Wie lautet der Name der Offizierin?«, fragte Thyrane, und Sinao war verwundert über den lauernden Ton in seiner Stimme.

»Hedyn, Roxane Hedyn.«

»Ha! Ich habe Holt gesagt, dass er mal wieder den falschen Eindruck von einer Offizierin hatte.« Thyrane blickte triumphierend in die Runde. »Sie war die kommissarische Kapitänin der *Mantikor,* nicht wahr?«

»Zu diesem Zeitpunkt nicht mehr, Thay. Die *Mantikor* ging im Gefecht verloren.« Deckard schien die Enttäuschung in Thyranes Miene zu bemerken, denn er fuhr hastig fort: »Nicht ohne allerdings einige entkommene géronaische Fregatten mit sich zu nehmen. Der Chronist nannte es eine gewagte und geniale Aktion, und der Admiral hat ihr dafür das Kapitänspatent verliehen.«

»Wo ist sie jetzt?«

»Admiral Barrows hat ihr das Kommando über ein Beuteschiff gegeben, eine géronaische Korvette namens *Siorys,* und offenbar hat er ihr auch eine Mission anvertraut, über deren Details ich allerdings nicht informiert bin.«

»Und wo ist der Admiral jetzt?«

Deckards Miene zeigte seine Trauer.

»Es war ein harter Schlag für uns alle, Thay, als Admiral Barrows seinen Verletzungen erlag. Er schien bereits auf dem Wege der Besserung zu sein, als seine Wunden sich als heimtückischer als erhofft erwiesen.«

»Barrows tot«, murmelte Thyrane. »Meine Güte, wer hätte das gedacht. So ein harter Kanonensohn, von ihm hätte ich immer geglaubt, dass er alles übersteht.«

»Es war ein herber Verlust, auch für die Kanalflotte.«

»Unter wessen Flagge fährt sie jetzt?«

»Admiral Farceys, Thay.«

»Die Eiserne Lady ist befördert worden?«

Mehrere Anwesende versuchten, ein Grinsen zu verbergen, aber den meisten gelang dieses Unterfangen mehr schlecht als recht.

»Von einer solchen Bezeichnung ist mir nichts bekannt, Thay«, log Deckard recht offenkundig. »Aber Admiral Farcey hat nach Barrows Tod die Ernennungsurkunde erhalten und ist gleich auf dem Posten geblieben.«

»Gut für sie«, befand Thyrane. »Ist die *Amerswatt* noch ihr Flaggschiff? Und wo befindet sie sich?«

»Im Kanal, Thay. Nach dem Ende des Krieges wurde die Blockade beendet. Der Großteil der Flotte liegt im Sanlet, aber die *Amerswatt* führt noch ein kleines Geschwader aus Fregatten und Korvetten im Kanal an. Wir sind Teil des Geschwaders und waren mit der Sicherung des Kaps beauftragt.«

»Famos. Wir werden versuchen, Kontakt mit Admiral Farcey herzustellen«, erklärte Thyrane und zwinkerte Sinao zu. »Sie schuldet mir noch den einen oder anderen Gefallen.«

FRANIGO

Während die Kutsche über die holprige Straße fuhr, blickte Franigo aus dem Fenster und hing seinen eigenen Gedanken nach. Es waren nicht das Rumpeln des Gefährts, nicht die Stöße der mangelhaft gefederten Achsen auf der schlechten Straße, die ihn wach hielten. Auch das Licht, das am Vorhang vorbeifiel, und der Staub, der durch das offene Fenster eindrang, waren zwar lästig, aber seiner Erfahrung nach konnte man dies durchaus ignorieren. Es waren der Blick des alten Mannes und die Tatsache, dass er unversehens in einer fremden Welt gelandet war, die verhinderten, dass er einschlief.

Seit sie Khoan verlassen hatten, war Maecan sehr schweigsam geworden. Franigo konnte nur raten, dass es mit dem Niedergang der Stadt zu tun hatte, der den alten Mann härter getroffen zu haben schien, als der Dichter es sich hätte erklären können. Noch während der Alte Franigo über die Geschichte der Stadt unterrichtet hatte, war er in Grübelei verfallen, aus der er sich seither nicht mehr gelöst hatte.

Unglücklicherweise gab das Schweigen zwischen ihnen Franigo die Zeit, über den ganzen Irrsinn dieser Reise nachzudenken, auf die er sich unwissend eingelassen hatte. Konnte das wirklich erst wenige Stunden her sein? Schon jetzt wirkte sein Leben in Sargona fern, als ob es ein anderer gelebt hatte. Cabany, ja sogar die Flucht und das Leben als Gesuchter in den Bergen des Favare erschienen ihm jetzt näher.

Ein besonders tiefes Loch auf dem Fahrweg und der daraus resultierende Schlag rissen ihn aus seinen Erinnerungen zurück in die Gegenwart. Die beiden Kutscher schienen sich nicht darum zu kümmern, dass der Weg aus mehr Schlaglöchern als aus allem anderen bestand. Einst war diese Straße offensichtlich befestigt und ordentlich angelegt worden, ganz wie Maecan es beschrieben hatte, aber Jahrzehnte oder gar Jahrhunderte der Vernachlässigung hatten ihre Wirkung nicht verfehlt.

Die Kutsche selbst war ein krudes Gefährt aus dunklem Holz, wenig mehr als ein Kasten auf großen Rädern. Früher war sie wohl lackiert gewesen, denn in den Ritzen fanden sich noch Spuren von glänzender Farbe, aber Wind und Wetter hatten sie abgeschliffen, dazu der Staub, der endlos durch dieses karge Land wehte und den man bereits nach wenigen Stunden wie einen Belag auf der Kleidung und der Haut spürte und auf der Zunge schmeckte.

»Hattet Ihr Geld in der Währung dieses Landes? Für die beiden?«, fragte Franigo, um sich abzulenken. Er deutete nach vorn, wo die Kutscher auf dem Kutschbock saßen. Manchmal hörte man sie reden oder rufen.

»Ich habe Geld, aber ich habe keines benötigt. Sie waren nur allzu froh, uns fahren zu dürfen«, erwiderte Maecan mit einem schmallippigen Lächeln.

»Ah. Aber vielleicht hättet Ihr etwas Geld für mich übrig, falls ich in Zukunft etwas benötige. Sozusagen eine Anzahlung auf den Lohn, der mir für meine Mühen zusteht.«

Maecan zwinkerte indigniert, aber Franigos Miene blieb unbewegt. Er hatte schon zu oft am Hungertuch genagt und sein Glück bei diversen Mäzenen versucht, um ob dieser gerechtfertigten Bitte zu erröten. *Ohne Brot kein Wort,* dachte er bei sich. *Wenn ich mich schon auf dieses äußerst seltsame Unternehmen einlasse, sollte ich das wenigstens nicht umsonst tun.*

»Hier«, erklärte Maecan nach einigen Sekunden und zog einen Beutel aus seinem Gewand. Er warf ihn Franigo zu und nutzte dann seinen Stab, um den Vorhang zur Seite zu schieben und aus dem Fenster zu sehen.

Franigo warf unter halb geschlossenen Lidern einen Blick auf den alten Mann, der nun von der eintönigen Landschaft eingenommen zu sein schien. Dann öffnete der Poet den Beutel. Darin befanden sich eine Handvoll Münzen, die dem Dichter unbekannt waren. Sie waren recht grob geprägt und sehr dick, dabei weder aus Silber noch Gold, wie er vermutete. Seltsame Schriftzeichen, die eher wirkten, als sei ein Insekt mit Tinte an den Füßen über ein Blatt Papier gelaufen, bedeckten die eine Seite. Auf der anderen war eine lange Schlange zu sehen, die Flügel zu haben schien. Ihr Anblick kam dem Poeten vage bekannt vor, doch es dauerte einige Momente, bis er das stilisierte Bild im Metall mit der kleinen Kreatur zusammenbringen konnte, die er in Hiscadi auf der Schulter seines alten, tot geglaubten und wundersam wiedergekehrten Freundes Maurez gesehen hatte.

»Es ist altes Geld, aber hier ändert man die Traditionen nicht so leichtfertig wie in deiner Heimat«, erläuterte Maecan, ohne seine Beobachtung der Landschaft zu unterbrechen. »Es wird noch akzeptiert.«

»Dann danke ich Euch, großzügiger Maecan. Ihr werdet sehen, dass der gut genährte Künstler der bessere ist.«

»Der bessere was?«

»Dichter«, gab Franigo selbstzufrieden zurück, steckte den Beutel in die Tasche und schloss die Augen.

Die Reise dauerte länger, als Franigo gedacht hätte. Sie fuhren von Sonnenaufgang bis in die Dunkelheit. Immer wieder wechselten sie die Pferde an Rasthäusern und Bauernhöfen, meist niedrigen Gebäuden aus lackiertem Holz. Egal wo sie hinkamen, wimmelte es von Menschen, drahtigen Männern mit Schlitzaugen und großen Hüten und zarten Frauen in langen Tuniken.

Franigo selbst hatte nur wenig Kontakt mit den Einheimischen; er sprach weder ihre Sprache noch verstand er ihre Kultur, und so blieb er meist in der Kutsche, sinnierte und arbeitete zumindest im Geiste an einem neuen Opus Magnum, das langsam in grober Form Gestalt annahm.

Sie übernachteten an unterschiedlichen Orten. Oft entpuppten sich die von Maecan angesteuerten Gasthäuser als schon lange verlassen. Dann suchten ihre Kutscher ihnen stattdessen ein Gehöft, meist bewirtschaftet von ärmlichen Menschen, die der kargen Landschaft ein so geringes Auskommen abrangen, dass man den Mangel in ihren Gesichtern sehen konnte. Nach den schnellen ersten Tagen wurde die Fahrt zunehmend langsamer, da sie immer längere Strecken ohne Ersatz für die Tiere zurücklegen mussten. Aber wenigstens kannten die Kutscher den Weg.

Die besten Übernachtungen hatten sie in Rasthäusern, die offenbar einst alle nach einem bestimmten Schema errichtet worden waren. Hier gab es besseres Essen und richtige Gästezimmer, statt ordentlicher Betten allerdings, wie in jeder Unterkunft, lediglich dünne Matten, die direkt auf den Boden gelegt wurden.

Maecans Stimmung hellte sich im Laufe ihrer Reise wieder auf, aber er schien dennoch nicht allzu erpicht darauf zu sein, sich mit Franigo zu unterhalten. Wenn der Alte nichts zu erzählen hatte, schwieg er, und er schien an nichts interessiert zu sein, was Franigo berichten konnte.

Sie durchquerten einen besonders öden Teil des Landes, dann mischte sich langsam immer mehr Grün in die Szenerie, die vor den Fenstern der Kutsche vorüberzog. Die Gehöfte und Siedlungen wurden dichter, auch der Verkehr auf der Straße nahm zu, und Franigo versuchte, möglichst viele Eindrücke aufzunehmen. Da die Menschen so fremd und exotisch wirkten, hatte er vor, dies in sein neues Stück einzubringen.

Am neunten Tag ihrer Reise durchquerten sie ein weites Tal, durch das ein breiter Strom floss. Der Himmel war so unglaublich blau, dass sich Franigo gar nicht an ihm sattsehen konnte. An beiden Ufern des Flusses arbeiteten Menschen auf Feldern, die mit großer Sorgfalt angelegt und von zahlreichen Bewässerungskanälen durchzogen waren. Franigo sehnte sich danach, den Fluss zu erreichen und sein kühles Wasser, das den blauen Himmel verführerisch spiegelte, zu spüren, denn mittlerweile war es Sommer geworden, und in der Kutsche wurde es Tag für Tag stickiger. Da es unterwegs noch keine Möglichkeit gegeben hatte, die eigene Kleidung zu waschen, fühlte Franigo sich zunehmend unwohl in seiner Haut. Aber Maecan schien andere Pläne zu haben, denn ihr Gefährt folgte nicht der Straße, die zur Furt führte, sondern nahm eine Abzweigung, die sie parallel zum Fluss fahren ließ.

»Erreichen wir bald eine Stadt oder wenigstens ein Dorf?«, erkundigte sich Franigo in der Hoffnung, dass größere Ansiedlungen sicherlich die Möglichkeit zu einem kühlen Bad bedeuteten.

»Nein.«

»Und unser Ziel?«

»Drei Tage, wie die Krähe fliegt«, erklärte der alte Mann. Franigo sah ihn erfreut an, wurde jedoch von den nächsten

Worten gleich wieder enttäuscht. »Aber wir werden länger brauchen.«

»Wie lange?«

Maecan seufzte. »So langsam, wie dieses fürchterliche Gefährt vorankommt, vermutlich zu lange.«

»Oh, gibt es denn einen besonderen Grund zur Eile?«

Es war das erste Mal, dass Maecan wirklich über ihr Ziel sprach. Bislang war er allen Fragen ausgewichen und hatte sogar unwirsch auf die Versuche des Poeten reagiert, mehr darüber zu erfahren. Franigo, der sich wohl bewusst war, dass er hier in der Fremde von dem mürrischen Alten abhängig war, sprach das Thema dementsprechend nur mit großer Vorsicht an.

»Keinen speziellen, aber es kann nicht schaden, sich zu sputen. Sonst kann es sein, dass wir noch weiter reisen müssen.«

»Wir sind also auf der Suche nach etwas, was den Ort wechselt«, sagte Franigo wie zu sich selbst, wobei er Maecan im Auge behielt.

»Durchaus. Aber genug davon. Darum können wir uns sorgen, wenn wir mehr wissen.«

Heuchler, dachte der Poet, *du sorgst dich schon seit langem darum, nur teilst du dein Wissen nicht mit mir.*

Die Kutschfahrt wurde nun angenehmer, denn die Straßen waren besser, die Löcher seltener und der Staub weniger. Langsam senkte sich der Abend herab. Die Sonne stand nur noch eine Handbreit über dem Horizont, die Schatten wurden lang, und der Himmel färbte sich im Westen zart rosarot. Franigo starrte aus dem Fenster und hing seinen Gedanken nach, wie so oft auf der Reise. Seine Augen nahmen das Schauspiel des Sonnenuntergangs kaum wahr, das sich vor ihm in all seiner Glorie entfaltete.

Erst als ein Vogel mit gewaltiger Flügelspannweite vor den

fantastisch gefärbten Wolken seine Kreise zog, kehrte seine Aufmerksamkeit zurück.

»Das ist aber ein großer Vogel«, murmelte er, während er den dunklen Schatten vor dem hellen Himmel genauer ansah. Irgendetwas stimmte nicht, aber er konnte nicht den Finger darauf legen.

Maecan war durch seine Worte aufmerksam geworden und schaute nun auch aus dem Fenster. Mit einem Mal grinste der Alte breit und schlug mit dem Stock gegen das Dach der Kutsche. Die Kutscher interpretierten das Signal richtig, und das Gefährt wurde langsamer.

»Was ist denn?«, erkundigte sich Franigo, aber Maecans Antwort war wie üblich wenig hilfreich: »Unsere Reise muss kurz unterbrochen werden.«

Bevor Franigo weiter fragen konnte, sprang der Alte aus der Kutsche und ließ den Poeten ratlos zurück. Von draußen drangen die Fetzen eines Gesprächs zu ihm herein, und schließlich beschloss er, sich ebenfalls die Beine zu vertreten, packte seinen Schwertgürtel und stieg aus.

Draußen fand er Maecan, der mit dem älteren der beiden Kutscher diskutierte. Der andere, ein jüngerer Bursche mit wildem schwarzem Haar, starrte zum Horizont, wo noch die Hälfte der Sonne über dem Land aufragte.

»Machen wir lange Rast?«

Maecan ignorierte die Frage, während er auf den Kutscher einredete. Der deutete immer wieder die Straße entlang und machte mit den Armen Bewegungen, die Franigo nur als ablehnend deuten konnte. Das Gespräch wurde lauter und hektischer, bis Maecan schließlich zornig die Hände hochriss und sich abwandte.

Ohne auf Franigos Fragen und das Schimpfen des Kutschers zu achten, lief er einige Meter von der Straße weg – und schlug mit seinem Stock fest auf den Boden. Ein lauter Knall ertönte, Staub wirbelte auf, und für einen Moment gab es ein so helles Leuchten, dass der Poet die Augen abwenden musste. Helle Flecken tanzten in seinem Sichtfeld, und er fluchte. Zornig rieb er sich die schmerzenden Augen und blinzelte mehrfach, bis er langsam wieder sehen konnte.

»Was sollte das?«, knurrte er, aber Maecan gab keine Antwort, sondern blickte angestrengt in Richtung Sonnenuntergang.

Sind denn jetzt alle verrückt geworden?, dachte Franigo. *Was gibt es denn da schon zu sehen. Zugegeben, der Himmel ist hübsch, aber …*

Dieser Vogel ist wirklich ungewöhnlich groß. Das Tier schien nun in ihre Richtung zu fliegen, und mit jedem Schlag seiner Flügel wurde es noch größer. *Unglaublich groß!*

Fasziniert starrte Franigo zum Himmel, bis er hinter sich lautes Geschrei hörte. Er drehte sich um und sah, wie die beiden Kutscher von dem Gefährt sprangen und querfeldein davonliefen.

Da erst begriff sein Verstand, was seine Augen ihm mitteilen wollten: Der Vogel war gar kein Vogel. Er war auch nicht unglaublich groß, er war riesig. Und er war ein Drache. Eine geschuppte Kreatur mit einem langgestreckten Hals, ledrigen Schwingen und einem Kopf, der von Hörnern geziert wurde, flog direkt auf sie zu!

»Die Einheit steh uns bei«, hauchte Franigo, und zu seiner eigenen Überraschung zog er den Degen. Angesichts des Wesens, das direkt auf sie zuhielt, war das eine nachgerade alberne Geste, dessen war er sich bewusst, aber dennoch erfreute sich ein – zugegebenermaßen kleiner – Teil von ihm daran, dass er erst seine Waffe gezogen und dann weiche Knie bekommen hatte.

»Maecan, wir müssen weg!«, rief er. »Maecan!«

Doch der alte Mann rührte sich nicht, sondern blieb regungslos stehen, als sei der Drache nicht mehr als ein Schwarm Tauben.

Franigo wusste, dass wenigstens er selbst davonlaufen sollte, aber er konnte sich nicht bewegen. Als sei er von der Bestie hypnotisiert, harrte auch er aus, ohne den Blick von dem Drachen nehmen zu können. Seine Finger schlossen sich so fest um das Heft seiner Waffe, dass die Knöchel weiß hervortraten.

Schon war Franigo sich sicher, dass die Kreatur sich aus dem Flug auf sie stürzen würde, da landete sie einige Dutzend Meter von Maecan entfernt.

Jetzt konnte Franigo sehen, dass der Drache recht schlank war, mit langen Gliedmaßen und einem ebensolchen Hals. Er sah aus wie die Vorlage für das Bild auf den Münzen, und nun verstand der Poet, warum die Menschen dieser Länder ihn als eine Art Wappentier gewählt hatten. Seine schuppenbedeckte Haut war hellblau mit einem Hauch von Hellrot.

»Ja, du traust dich nicht, was?«, rief Maecan so plötzlich, dass Franigo zusammenzuckte.

Der Drache quittierte diese Verhöhnung damit, dass er sich aufrichtete und laut brüllte. Das Geräusch dröhnte Franigo in den Ohren und schien seinen Beinen zu sagen, dass sie laufen sollten. Nur mit Mühe konnte der Poet sich davon abhalten, zu fliehen. *Keine Aufmerksamkeit auf mich lenken,* ermahnte er sich selbst flehentlich. *Keine hastigen Bewegungen!*

»Du hast Angst!«

Der Drache scharrte mit den Klauen im Boden und wirbelte dabei kopfgroße Stücke Erdreich auf.

»Erzürn ihn nicht noch mehr!« Franigos Stimme war zwischen zornigem Ruf und ängstlichem Flüstern gefangen, aber sowohl das Objekt seines Zorns, Maecan, als auch der Fokus seiner Furcht, der Drache, ignorierten ihn.

Stattdessen hob Maecan seinen Stock und fasste ihn mit beiden Händen. Er trat einen Schritt auf den Drachen zu, der zu Franigos grenzenloser Verwirrung einen tänzelnden Schritt nach hinten machte und dabei eher wie ein unsicherer Hund denn wie eine tonnenschwere, mystische Kreatur wirkte.

Maecan senkte das Haupt, hielt den Stock jedoch erhoben. Dann ging alles so schnell, dass Franigo kaum erfassen konnte, was geschah. Der Drache duckte sich und sprang vor, das Maul weit aufgerissen, und brüllte dabei so laut, dass Franigo ein Stück nach hinten taumelte. Maecan erwiderte das Brüllen mit einem seltsamen, hohen Schrei und schlug mit seinem Stock wieder auf den Boden.

Diesmal gab es keinen Knall, kein Licht, und Franigo glaubte schon, dass die Magie des Alten im Angesicht des auf ihn einstürmenden klauenbewehrten Todes versagt hatte, da grub die Kreatur ihre Krallen in den Boden und kam ungeschickt zum Stehen.

Maecan redete in der Sprache des Landes auf den Drachen ein, während er auf das Wesen zuging. Franigo bemerkte, dass der Alte auf dem ebenen Boden mehrfach beinahe strauchelte, aber er selbst war von den Ereignissen noch zu sehr mitgenommen, um dem viel Beachtung zu schenken.

Als Maecan an den Drachen herantrat, wich dieser nicht zurück, griff aber auch nicht an. Über seine Haut liefen verwirrende Muster in bunten Farben, von tiefstem Schwarzviolett bis hin zu einem fast weißen Hellblau. Die Muskeln der Kreatur zuckten, aber sie hielt still, selbst als Maecan die Hand ausstreckte und sie auf die Wange des Drachen legte. Dann drehte der alte Mann sich um.

»Das ist das wahre Arsanum!«, rief er Franigo zu. »So etwas können die Maestre doch gar nicht mehr. Behalte diesen Moment gut im Gedächtnis!«

Keine Sorge, dachte der Poet bei sich. *Die Erinnerung an das aufgerissene Maul wird mich bis an mein Lebensende schweißnass aus Alpträumen aufschrecken lassen.*

Langsam, da er dem Frieden keineswegs traute, steckte Franigo den Degen wieder in die Scheide. Die Farbspiele auf der Haut des Drachen erstarben nach und nach, bis die Schuppen stumpf beige waren.

»Jetzt werden wir ganz sicher rechtzeitig ankommen, nicht wahr, meine Schöne?«

Die letzten Worte waren nicht mehr an Franigo gerichtet, der sie dennoch verwundert zur Kenntnis nahm. *Will er das Biest vor die Kutsche spannen?,* schoss es ihm durch den Kopf. Bevor der Poet jedoch fragen konnte, schwang sich Maecan mit überraschendem Geschick auf den Rücken des Drachen, der sich vor ihm verneigte.

»Oh nein. Nein. Nein. Nein!«, stöhnte Franigo.

Doch seine Proteste verhallten ungehört, als der Drache sich nach vorn warf, mit den gewaltigen Flügeln schlug und vom Boden abhob.

Franigo sprang zur Seite, wollte ausweichen, doch schon fühlte er sich gepackt, in die Luft emporgerissen, und die Welt blieb tief unter ihm zurück.

JAQUENTO

Von zwei Wachen durch die Gänge eskortiert zu werden war nicht gerade der Abschied von ihrem Gefängnis, den Jaquento sich in den vergangenen Tagen vorgestellt hatte. Und die Aussicht auf das, was ihm und Bihrâd möglicherweise bevorstand, trug nicht dazu bei, seine düstere Stimmung aufzuhellen. Dennoch hatte der Hiscadi beschlossen, sich jeden Teil des Gebäudes einzuprägen, der den Gefangenen bisher verborgen geblieben war. *Falls sich eine Möglichkeit zur Flucht bieten sollte, will ich, verdammt noch mal, wenigstens den Weg wissen.*

Das Haus, in dem sie untergebracht waren, war entweder überraschend weitläufig oder durch Korridore mit anderen Gebäuden verbunden, denn sie liefen nun bereits eine ganze Weile durch breite Gänge, die von hohen Fenstern erhellt wurden. Viele Wände wiesen die gleichen bunten Malereien auf, die auch den Raum zierten, in dem Jaquento und die anderen eingesperrt gewesen waren – geometrische Muster und Blumen, stilisierte wogende Wellen, schroffe Felsen und knorrige Bäume.

Von Zeit zu Zeit kamen sie an Türen vorbei, doch was sich dahinter verbarg, konnte der Hiscadi nicht erraten. Die Hitze des Sommers wurde von den Wänden erstaunlich gut abgehalten; es war im Inneren des Gebäudes zwar warm, aber keinesfalls so heiß, wie es draußen längst sein musste.

Hinter Jaquento wurde Bihrâd ebenfalls von zwei Wachen begleitet, und der Glatzköpfige schritt ihnen allen voran. Seit sie ihr Gefängnis verlassen hatten, hatte er kein weiteres Wort gesagt, und Jaquento vermutete, dass es auch für ihn nicht ratsam gewesen wäre, das Schweigen zu brechen. Der Gedanke daran, wie Sean zu ihnen zurückgebracht worden war, machte ihm unmissverständlich klar, dass weder mit dem Glatzkopf noch mit seinen Wachen zu spaßen war.

Schließlich hielten sie an einer schwarz lackierten Tür an, in deren Mitte ein Kreis aus kupferfarbenem Metall prangte. Der Glatzkopf zog einen Metallstift aus zwei Ösen und schob die Türflügel auf. Die Wachen führten Jaquento und Bihrâd an ihm vorbei in den Raum.

Vermutlich haben sie sich hier auch schon Sean vorgeknöpft, dachte der Hiscadi düster, als er den Raum betrat. Dieser war fensterlos und wurde lediglich von wenigen Laternen erleuchtet. Bis auf einige Metallringe von unterschiedlicher Stärke, die in die Decke eingelassen waren und von denen Seile hingen, war er vollkommen leer.

Der Glatzkopf bellte einige Befehle, die Jaquento nicht verstand, dann wurden dem Hiscadi auch schon die Hände über den Kopf gehoben und zusammengebunden. Die Wachen zogen an den Seilen, und ihm blieb nichts anderes übrig, als dem Zug nachzugeben. Erst als seine nackten Zehen kaum noch den Boden berührten, wurde das Seil verankert. Er warf einen Blick zu Bihrâd hinüber, der in dieselbe Position gezwungen worden war.

»Das könnte ziemlich unerfreulich werden, mein Freund«, sagte der Maureske leise.

»Das könnte es in der Tat«, schaltete sich der Glatzköpfige nun ein, zu Jaquentos Überraschung in akzentfreiem Hiscadisch. *Ein Mann mit vielen Talenten, wie es scheint.*

»Würdet Ihr uns verraten, was Ihr mit uns zu tun gedenkt,

Mesér?«, fragte Jaquento so liebenswürdig, als habe er sich soeben beim Gouverneur von Lessan nach dem Beginn des Tontaubenschießens erkundigt.

»Das wird von Euch abhängen, Maurez di Jaquente«, gab der Mann ungerührt zurück. »Wenn Ihr euch kooperativ zeigt, wird diese ganze Geschichte weitaus weniger unerfreulich enden, als es ansonsten möglich wäre.«

Der Hiscadi sog scharf die Luft ein. *Woher kennt ein Fremder am anderen Ende der Welt meinen Namen?,* dachte er.

Als habe der Glatzkopf seine Gedanken gehört, sagte er: »Ich habe selbstverständlich Erkundigungen über Euch eingezogen. Mein Herr und Meister ist gern gut über die Menschen informiert, mit denen er zu tun hat. Und meine Aufgabe ist es, ihm diese Informationen zu beschaffen.«

»Wer bist du?«, zischte Jaquento, den die bedrohliche Art des Mannes in Zorn versetzte.

»Mein Name ist Shan«, erwiderte sein Gegenüber und deutete eine Verneigung an. An seiner Miene war nicht abzulesen, ob er seine Gefangenen mit dieser Zurschaustellung von Höflichkeit verhöhnen wollte oder ob er sie ernst meinte. »Und ich diene dem Herrn dieser Länder, dem mächtigen Kaiser selbst, möge sein Name zehntausend Jahre Bestand haben.«

»Und was willst du von uns wissen, Shan?«

»Nun, fangen wir damit an: Was macht ein hiscadischer Adeliger, von dem es heißt, er habe seinen eigenen Bruder ermordet, in den Ländern jenseits der Drachenküste? – Bihrâds Interesse an der Ladung der *Todsünde* kann ich verstehen; er ist ein Magietrinker, und kein unbedeutender dazu, wie ich bemerkt habe.« Wieder verneigte Shan sich so seltsam zweideutig.

»Wenn du glaubst, ich wisse besser über die Ladung Bescheid als Jaq, dann irrst du dich«, sagte der Maureske in einem so gelassenem Tonfall, als langweile ihn das ganze Verhör. »Ich schwöre dir bei den neun Höllen, dass weder er noch ich wissen, was das verfluchte Schiff, dem wir hinterhergesegelt sind, eigentlich geladen hatte.«

Das war für den Mauresken bereits eine recht lange Ansprache gewesen, und Jaquento applaudierte ihm im Geiste.

»Das war nicht meine Frage, Bihrâd«, erwiderte Shan mit starrem Gesicht. »Und ich würde euch beiden empfehlen, von jetzt ab nur noch den Mund aufzumachen, wenn ihr gefragt werdet, und euch jeweils um eine möglichst korrekte Antwort zu bemühen.«

Dann nickte der Glatzkopf einem der Wachsoldaten zu, der vortrat und dem Mauresken mit seiner behandschuhten rechten Hand in die Rippen schlug. Ein zweiter Schlag mit der Linken folgte sofort. Bihrâd gab einen gequälten Laut von sich.

»Schon gut«, rief Jaquento. »Ich kann dir sagen, was uns hierhergeführt hat, du verfluchter Hurensohn.«

Shan nickte. »Das ist gut, Maurez. Das ist sogar sehr gut. Aber ich fürchte, ich kann es nicht dulden, dass du meine Mutter beleidigst.«

Und auf ein weiteres Zeichen hin erhielt auch Jaquento zwei Schläge, die ihn dazu zwangen, seinen unsicheren Stand aufzugeben. Das Ziehen in den Armen wurde nahezu sofort unerträglich, als das volle Gewicht seines Körpers an den Handgelenken hing, und er bemühte sich hastig darum, mit seinen Zehen wieder den Boden zu berühren.

Einige Zeit später – Jaquento hätte nicht sagen können, ob lediglich eine Stunde vergangen war oder der halbe Tag – bedeutete Shan seinen Wachen, ihn loszubinden. Es war eine Wohltat, wieder auf seinen Füßen zu stehen, und obwohl seine Arme höllisch schmerzten, war der Hiscadi froh, sie überhaupt bewegen zu können.

Shan sagte etwas zu den Wachen, und zwei von ihnen nahmen Jaquento wieder in ihre Mitte. Der Hiscadi versuchte, sich ihrem Griff zu entwinden und drehte sich um.

»He! Was ist mit ihm?« Er deutete auf Bihrâd.

»Ich habe noch allein mit ihm zu sprechen«, erklärte Shan rätselhaft und ließ dann einen Ausdruck folgen, den Jaquento wiederum nicht verstand. Trotz einiger schwacher Versuche Jaquentos, sich zu wehren, schleppten die Wachen den Hiscadi schließlich aus dem Raum.

Soweit Jaquento es beurteilen konnte, gingen sie den gleichen Weg zurück, den sie auch gekommen waren. In Anbetracht des Lichts, das durch die hohen Fenster fiel, vermutete er, dass es wohl mittlerweile später Nachmittag sein musste. Schließlich erreichten sie die Tür zu ihrem Gefängnis, und die Wachen gaben ihm einen Stoß, der ihn in den Raum taumeln ließ, bevor sie die Tür hinter ihm schlossen.

Roxane war sofort an seiner Seite. »Jaq! Bei der Einheit – wie … wie geht es dir?«

Er ließ sich von ihr zu einer der Schlafmatten helfen und setzte sich darauf, den Rücken an die Wand gelehnt. »Ganz gut eigentlich. Meine Arme tun weh, aber mir ist nichts Schlimmes passiert«, sagte er, um sie nicht zu beunruhigen.

Sie ließ sich neben ihm auf die Matte sinken und lehnte sich vorsichtig an ihn. »Ich habe ziemlich Angst um dich gehabt«, gestand sie.

»Tatsächlich? Ich denke, ich sollte mich glücklich schätzen«, antwortete er und massierte dabei seine Handgelenke und Hände, in die mittlerweile das Blut brennend und prickelnd zurückkehrte.

»Wo ist Sean?«, fragte er dann, als er sich umsah und feststellte, dass der Spion aus dem Viererbund nicht im Raum war.

Roxane zuckte mit den Schultern. »Ich weiß es nicht genau. Sie haben ihn abgeholt, und bei den Wachen war ein Mann, der offenbar aus Corbane stammte. Mir wurde gesagt, dass ich morgen an die Géronaee übergeben werden soll. Und unter Anklage gestellt.«

»Unter géronaische Anklage? Und was für eine verdammte Anklage soll das sein? Wollen sie dir einen Strick daraus drehen, dass du verbotenerweise einen Fluss befahren hast? Das ist doch lächerlich.«

Jaquento merkte, wie Wut in ihm aufstieg. Er verspürte einen heißen Zorn auf Shan, auf Géronay und auf die ganze verdammte Situation, in der sie sich befanden.

»Du weißt, dass es nicht viel braucht, um eine Anklage wegen Spionage oder dergleichen vorzubringen«, erklärte Roxane leise. »Vermutlich überzeugen sie Sean gerade davon, dass sie ihn laufen lassen, wenn er mich ans Messer liefert. Und mit einem falschen Zeugen, der aussagt, dass die *Siorys* im Namen Thaynrics Spionage betreibt ...«

Sie ließ den Satz unvollendet und schlug die Augen nieder. »Es ist verdammt gut möglich, dass ich eine lange Zeit jenseits der Drachenküste verbringen werde, Jaq«, murmelte sie tonlos.

Der Hiscadi schluckte hart. Konnte das wirklich möglich sein? Würde man sie wegen Spionage einsperren oder ihr gar Schlimmeres antun?

Er legte einen Arm um sie. »Das würde ich nie zulassen, das weißt du, oder?«

Sie sah ihn an und schenkte ihm ein trauriges Lächeln. »Was willst du denn dagegen tun? Du bist selbst ein Gefangener und weißt nicht, was dieser Glatzkopf mit Bihrâd und dir vorhat.«

»Sein Name ist Shan«, erklärte Jaquento, ohne auf ihre berechtigte Frage einzugehen.

»Dann also S[illegible]an. Was wollte er eigentlich von euch? Und wo steckt der M[illegible]ureske?«

Jaquento zuck[illegible]te mit den Achseln. »Shan wollte sich noch mit ihm ›unterh[illegible]lten‹, wie er es ausdrückte. Er schien sehr interessiert dara[illegible]n zu sein, dass auch Bihrâd ein Magietrinker ist wie er.«

Der Hiscadi le[illegible]hnte sich zurück und schloss die Augen. Sein Zorn verrau[illegible]chte ebenso plötzlich, wie er gekommen war, und er fühlte[illegible] sich müde.

»Es war unwa[illegible]rscheinlich, wie viel er über uns wusste«, sagte er. »Über Bi[illegible]hrâd, aber auch über mich. Er wusste, was ich Chavias ange[illegible]an habe, und …«

»Wer ist Chavi[illegible]s?« unterbrach ihn Roxane.

»Er war … mei[illegible]n Bruder.«

»Dein Bruder? [illegible]Du hast einen Bruder, und dieser Kerl, Shan, kennt ihn?« [illegible] fragte die junge Frau verwirrt.

Jaquento hielt [illegible]ie Augen noch immer geschlossen. Bilder stürmten auf ihn e[illegible]in, Szenen, die er so oft in seinen Träumen gesehen und die e[illegible] so lange Zeit aus seinen wachen Gedanken verdrängt hatte.

»Ja, ich hatte ei[illegible]en Bruder«, sagte er.

»Und was ist mi[illegible] ihm … mit ihm passiert?«, wollte Roxane wissen.

Jaquento wollte [illegible]chweigen, doch er fürchtete, sie vielleicht niemals wiederzus[illegible]hen. Also begann er zu erzählen.

»Unser Vater w[illegible]r ein *Vicado*, ein reicher Landadeliger in der Nähe von Sarg[illegible]na, in Jaquente. Wie die meisten Adeligen hatte er sich m[illegible]it den Géronaee ziemlich gut arrangiert, bewunderte das La[illegible]d sogar für seine Kultur und die militärischen Leistungen. I[illegible]h konnte der Besatzung nicht so viel abgewinnen, obwohl [illegible]mich die Géronaee auch nicht weiter störten. Mein Brude[illegible]r Chavias hingegen kam ganz nach unserem Vater. Er war [illegible]der Ehrgeizige von uns beiden. Er wusste, was Vater von ihm erwartete, und so wurde er Soldat, mit einigem Erfolg, könnte man sagen. Er war Capitane der königlichen Garde, noch bevor er zwanzig war. Natürlich kam ihm der Name meiner Familie dabei zugute, aber ich bin davon überzeugt, dass er für sich das Richtige gewählt hatte. Er war pflichtbewusst, loyal und glaubte von ganzem Herzen an das Militär und die bestehende Ordnung.

Ich hingegen wusste nichts Rechtes mit mir anzufangen, lebte in den Tag hinein und verbrachte meine Nächte in schlechter Gesellschaft. – Erinnerst du dich noch an Franigo, den Dichter, den wir in Sargona getroffen haben?«

»Allerdings«, erwiderte Roxane und verzog das Gesicht. Die glatten Umgangsformen und offenkundigen Schmeicheleien des Poeten hatten sie damals eher unangenehm berührt.

Jaquento lächelte wehmütig. »Nun, Franigo weiß auf jeden Fall, wie man sich amüsiert«, fuhr er fort. »Wir haben wirklich viel Zeit in den örtlichen Spelunken und Bordellen verbracht, tranken meist zu viel und kümmerten uns nicht um den nächsten Tag. Geld war kaum ein Problem für uns, denn mein Vater unterhielt mich mit einer großzügigen Apanage, obwohl er meinen Lebenswandel missbilligte.

Zu Franigos und meinem Dunstkreis gehörten immer auch einige zwielichtige Gestalten. Die meisten von ihnen waren in der einen oder anderen Art an dem Schmuggel beteiligt, der an den neugierigen Blicken der Géronaee und ihrer Steuereintreiber vorbeilief. Und dem Dichter und mir bereitete es eine gewisse Freude, gelegentlich dabei mitzumachen – wegen des Nervenkitzels. Uns ging es nicht wirklich um die Politik, auch wenn wir jederzeit laut und deutlich die Géronaee verwünscht und ›Lang lebe Hiscadi!‹ gebrüllt haben. Wir waren jung und ziemlich dumm, fürchte ich.«

Er machte eine kleine Pause, wartete, ob Roxane etwas sagen würde, aber sie schwieg.

»Eines Nachts hatten wir uns anheuern lassen, um ein paar Kisten Schießpulver aus der Stadt zu bringen, die in der Garnison gestohlen worden waren und jetzt zu den hiscadischen Freiheitskämpfern gebracht werden sollten. Eigentlich war das keine große Sache, aber irgendetwas ging schief. Als wir die Munitionskisten aus ihrem Versteck in einem alten Keller holten, tauchte plötzlich ein Trupp Soldaten auf. Vielleicht war das Zufall, vielleicht hatte es auch einen Verräter gegeben, ich weiß es nicht. Jedenfalls schafften wir es gerade noch so, uns aus dem Staub zu machen. Die Wachen verfolgten uns natürlich. Mit den verfluchten Kisten hatten wir keine Chance zu entkommen, also habe ich die anderen mit der Munition losgeschickt und mich selbst erboten, die Wachen abzulenken. Das schien mir recht leicht zu sein. Ich kannte Sargona wie meine Westentasche; ich machte mir keine Sorgen darum, dass ich ihnen nicht entwischen könnte.

Tatsächlich konnte ich die Wachen schon nach ziemlich kurzer Zeit abschütteln. Alle, bis auf einen Mann, der mir ärgerlicherweise einfach auf den Fersen blieb. Ich überlegte mir schon, mich ihm einfach zu stellen und die Sache mit ihm auszufechten, aber ein Duell mit einem géronaischen Soldaten hätte vermutlich eine Menge unerwünschter Aufmerksamkeit nach sich gezogen. Also versuchte ich schließlich, über die Dächer zu entkommen. Ich hangelte mich an einer Hauswand empor und lief von dem Dach aus immer weiter. Die meisten Häuser Sargonas sind so nah aneinandergebaut, dass es keine große Sache ist, die Kluft zwischen ihnen zu überspringen, wenn es überhaupt eine gibt. Schließlich landete ich auf dem Dach des Gouverneurspalastes, einem der höchsten Gebäude von Sargona, und noch immer war dieser Mann wie ein Schatten hinter mir her. Von hier aus sah der nächste Sprung verdammt weit aus, und bis zum Boden konnte ich es auf keinen Fall schaffen. Also blieb mir wohl nichts anderes übrig, als doch noch mit meinem Verfolger zu kämpfen.

Ich suchte mir rasch eine Deckung und wartete, bis er zu mir aufgeholt hatte. Mein Atem rasselte so laut, dass ich glaubte, er müsse mich auf jeden Fall hören. Doch er rannte auf die Brüstung zu, blieb dort stehen und sah sich suchend um. Ich sprang aus meiner Deckung, und er fuhr zu mir herum. Dabei verlor er den Halt, und seine Füße rutschten ab.

Als er sich zu mir umwandte, in der Sekunde, bevor er fiel, konnte ich sein Gesicht sehen. Es war Chavias, mein Bruder, Capitane der Garde. Ich sprang auf ihn zu, aber ich war zu langsam; ich konnte ihn nicht mehr festhalten.

Und auch er hat mich erkannt, da bin ich sicher. Sein letzter Blick, bevor er in den Tod stürzte, fiel auf mich.«

Roxane hatte nach Jaquentos Hand gegriffen, während er sprach. Sie streichelte vorsichtig mit ihren Fingern über die seinen.

»Was geschah dann?«, fragte sie leise.

»Mein Vater war verzweifelt, als ich nach Hause kam und ihm die Nachricht überbrachte. Ich ... ich musste es selbst tun oder den letzten Funken Ehre verlieren, den ich noch in mir hatte.« Er sah Roxane an, suchte Verständnis in ihrem Blick. »Erst dachte ich, er würde mich eigenhändig umbringen, und es wäre mir gerecht erschienen. Dann glaubte ich, er würde mich zumindest den Wachen übergeben. Doch er hat wohl beides nicht über sich gebracht. ›Nicht euch beide in einer einzigen Nacht‹, sagte er, ein gebrochener Mann. Schließlich gab er mir Geld und schickte mich fort, unter der Bedingung, dass ich nie mehr nach Hiscadi zurückkehre. Er versprach mir, überall zu verbreiten, dass ich ebenso tot sei wie Chavias. – Und so fand ich mich an Bord des nächsten Schiffes wieder, das Kurs auf die Sturmwelt nahm.«

»Du bist heute nicht mehr derselbe Mann, der du damals warst«, sagte Roxane mit fester Stimme in das Schweigen hinein, das sich nach seinem Bericht zwischen ihnen ausbreitete. »Was immer du in einem früheren Leben getan hast, du bist heute ein anderer. Ich weiß das, denn ich kenne dich.«

Mittlerweile war es vollständig dunkel im Raum geworden, und Jaquento ahnte Roxane mehr, als dass er sie sah. Er legte die Arme um sie und zog sie an sich.

»Am Ende bist du vielleicht der einzige Mensch, der das sagen kann. Du weißt nicht, wie viel mir das bedeutet. Ich liebe dich, Roxane.«

Sie berührte mit den Fingern seine Lippen, fuhr die Linien seines Mundes vorsichtig nach. Dann ließ sie ihre Hand sinken und küsste ihn zärtlich in der Dunkelheit. In dem Moment wurde ihm alles gleich, dieser Raum, seine Vergangenheit und ihre Zukunft, und nur noch sie war wichtig. Jaquento erwiderte den Kuss mit seiner ganzen Liebe. Alle Anspannung fiel von ihm ab, und endlich forderte nach den Strapazen dieses Verhörtags die Müdigkeit ihren Tribut.

Als Jaquento wieder aufwachte, war es schon hell im Zimmer, und sein Blick fiel auf Roxane, die ihn, auf einen Ellbogen gestützt, wortlos betrachtete. Noch ein wenig schlaftrunken überlegte Jaquento, ob er sie erst necken oder gleich in seine Arme ziehen sollte, da wurde plötzlich die Tür aufgerissen, und sie beide schreckten von der Matte hoch.

Halb rechnete der Hiscadi damit, den Mann zu sehen, der ihnen Essen und Wasser brachte, aber stattdessen stand Shan vor ihnen, wie immer begleitet von seinen Wachen.

Wollen sie nun etwa Roxane holen?, fragte sich Jaquento beklommen. *Und was hat dieser Glatzkopf von unserer Situation hier gerade mitbekommen?*

Undurchdringlich ruhte Shans Blick auf seinen beiden Gefangenen.

»Wo zwei Ströme zusammenfließen, entsteht ein dritter«, erklärte er. »Ich werde euch nicht an die Géronaee ausliefern. Mein Herr wünscht, dass ich euch beide und den Magietrinker, der bei den Wachen vor der Tür wartet, zu ihm bringe.«

THYRANE

Es schien ihm eine Ewigkeit her zu sein, dass er zuletzt auf einem Linienschiff gesegelt war, und es kam Thyrane nun noch überfüllter und enger vor, als er es in Erinnerung hatte. Seit dem offiziellen Ende des Krieges mit Géronay hatte die Flotte zur Entlastung der Staatskasse bereits mehrere Schiffe auf Kiel legen und die Matrosen ziehen lassen, und so war es für Kapitäne zur See, anders als in Kriegszeiten, in denen Seeleute knapp und hart umkämpft waren, gegenwärtig kein Problem, ihre Mannschaftsstärke auf einem hohen Niveau zu halten.

Der Eindruck der quälenden Enge änderte sich jedoch schlagartig, als Thyrane in die Kajüte der Admiralin geführt wurde. Anders als er auf der *Imperial* hatte Farcey eine ganze Zimmerflucht zur Verfügung, was der Größe der *Amerswatt* geschuldet war. Als ein Schiff von hundert Kanonen und mit drei Geschützdecks war sie wie geschaffen für die Rolle als Flaggschiff. *Dafür aber auch ein langsamer und frustrierend ungeschickter Segler,* befand Thyrane.

Ihm selbst hatten die großen Dreidecker der Marine nie viel bedeutet. Am wohlsten hatte er sich stets auf den wendigen Fregatten gefühlt, auch wenn er in seiner späteren Karriere durchaus das eine oder andere Linienschiff kommandiert hatte.

»Aomas!«, rief Admiralin Farcey, als er durch die Tür in das Arbeitszimmer trat. Er nahm seinen Dreispitz ab und machte eine kleine Verbeugung.

»Thay.«

»Lass den Unsinn. Solange wir unter uns sind, nennst du mich gefälligst Fridgae, sonst werde ich unleidlich.« Sie warf einen Blick in Richtung ihres Stewards, der in tadelloser Livree und mit regungsloser Miene bereitstand. »Jeffron zählt nicht.«

Die Miene des Mannes blieb weiterhin unbewegt und unterstrich so die Worte.

»Was immer du wünschst.«

»Einen Port? Oder lieber etwas Härteres? Wir sind gut bestückt.«

»Ein Port wäre fabelhaft, vielen Dank. Aber zuerst muss ich dir zu deiner Beförderung gratulieren. Wenn sie jemand jemals verdient hat, dann du.«

»Dein Kompliment freut mich sehr.« Sie goss zwei Gläser ein und wies auf zwei bequem aussehende Sessel, die so standen, dass man von ihnen aus durch die Fenster am Heck sehen konnte. »Doch ich trage die Schuhe eines Toten, Aomas. Es war ein seltsames Gefühl, durch diesen furchtbaren Drachenangriff einen solchen Posten zu erhalten.«

Thyrane setzte sich und sah sie an. Sie war älter geworden, seit sie sich das letzte Mal gesehen hatten. Vielleicht spiegelten sich in ihrem Gesicht sogar mehr Jahre, als tatsächlich vergangen waren. Das Kommando über ein Schiff zu führen und für das Leben mehrerer Hundert Männer und Frauen verantwortlich zu sein, brachte dies häufig mit sich. Auf der linken Gesichtshälfte der Admiralin war eine Narbe zu sehen, die noch leicht gerötet war. Sie zog sich vom Ohrläppchen über die Wange bis hoch zur Augenbraue. Als sie seinen Blick bemerkte, drehte sie den Kopf ein wenig, so dass sie sich ihm nun von rechts im Profil präsentierte.

»Beförderungen erreichen einen oft über den Rücken der Toten. Das bedeutet noch lange nicht, dass sie nicht verdient sind. Und gerade, wenn eine Bedrohung durch solche Kreaturen aufgetaucht ist, wird die Marine fähige Männer und Frauen besonders brauchen.«

»Mag sein, mag sein. Es hat mich dennoch unterhalb der Wasserlinie getroffen, wenn du verstehst, was ich meine.«

Thyrane verstand sehr gut, auch wenn er weniger deutlich in die Lücke aufgerückt war, die ein Tod in den Reihen der Admiralität hinterlassen hatte. Farcey war direkt auf den Posten befördert worden, den vorher ein guter Freund innegehabt hatte, und Thyrane konnte sich gut vorstellen, wie der Gedanke an ihr nagen musste. *Und der Gedanke, dass thaynrische Schiffe von Drachen angegriffen wurden und sich ein solcher Angriff jederzeit wiederholen könnte.*

»Ich hätte immer gedacht, dass mich vor einer Beförderung irgendwann der Grimmige Schnitter holt«, erklärte die Admiralin. »Aber dann habe ich an dich gedacht und erkannt, dass nicht immer ein Zusammenhang zwischen einem an Wahnsinn grenzenden Wagemut und einem frühen Tod besteht.«

Thyrane hob sein Glas und prostete ihr zu. »In der Tat. Und dabei habe ich stets mein Bestes gegeben.«

Sie lachte. »Auf die Königin, möge sie ihre schützende Hand noch hundert Jahre über Thaynric halten.«

»Auf die Königin.«

»Ich kann mich daran erinnern, dass ich mehr als einmal gedacht habe, dass sie dich hängen werden. Erinnerst du dich an die Schlacht auf dem Wintermeer? Admiral Blylock hatte ausdrücklich befohlen, die Linie zu halten. Drei Stunden hat er uns seinen Plan erklärt, der so simpel war, dass ich beinahe eingeschlafen wäre. Und was machst du in den ersten Minuten des Gefechts? Brichst aus der Formation aus, um die Linie der Géronaee zu spalten!«

»Ich habe eine Öffnung in ihrer Linie gesehen. Zwei Breitseiten direkt in Bug und Heck zweier Linienschiffe, und dann konnte ich die *Saroise* ins Kreuzfeuer nehmen. Bei der Einheit, wie haben wir sie zusammengeschossen!«

»Nichtsdestotrotz hätte Blylock dich sicherlich vor ein Kriegsgericht gezerrt.« Sie schwieg einen Augenblick und sah, in Erinnerungen versunken, vor sich hin. »Wenn ihn der Scharfschütze nicht erwischt hätte.«

»Vermutlich. Ich kann mich aber an eine nervöse, junge Offizierin erinnern, die ihren Kapitän überzeugt hat, ebenfalls in die Lücke vorzustoßen und einem wahnsinnigen oder wagemutigen Mann zu folgen. Zumindest hat mir Kapitän Redard erzählt, dass eine gewisse Frau, Leutnant Farcey, die Taktik ursprünglich vorgeschlagen hat.«

»Ich war jung und dumm«, erwiderte Farcey lächelnd.

»Würdest du es wieder tun?«

»Was? Dir folgen? Oder eine Situation erkennen und Fehler meiner Feinde entgegen der Befehle ausnutzen?«

»Das geht oft Hand in Hand«, stellte Thyrane mit einer gewissen Arroganz fest. »Was macht eigentlich Redard?«

»Er ist vor einigen Jahren in den Ruhestand getreten. Seine Verletzungen haben es ihm unmöglich gemacht, weiter am aktiven Dienst teilzunehmen, und er hat mir erzählt, dass er nicht den Wunsch hegt, in einem Büro zu sitzen und zu warten, bis er ein nutzloser, besserwisserischer, sesselfurzender Admiral wird, den jedermann auf See hasst. Seine Worte.«

»Ich kann nicht sagen, dass ich ihn nicht verstehe, Fridgae. Und ich wage zu behaupten, dass du es ebenso halten würdest. Wir beide waren nie für die Bürokratie geschaffen, so wichtig sie auch für den Erhalt der Flotte sein mag. Titel hin oder her, eigentlich sind wir immer noch Kapitäne.«

»Darauf trinke ich«, entgegnete Farcey und schenkte ihnen beiden nach. Sie hob das Glas. »Auf die See!«

Thyrane folgte lächelnd ihrem Toast, dann wurde er ernst. »Du weißt vielleicht, dass ich in direktem Auftrag der Krone fahre«, erklärte er. »Auch wenn Jeffron nicht zählt, könnten wir unter vier Augen …?«

Sie nickte und winkte dem Steward zu, der daraufhin diskret die Kajüte verließ.

»Ich habe schon gehört, dass deine Mission von höchster Stelle autorisiert wurde. Und noch dazu zwei Dutzend Gerüchte, was der Seewolf in der Sturmwelt getrieben haben soll. Das jüngste besagt, dass du mit einem halbwilden Paranao-Mädchen zusammenlebst, die deine Enkelin sein könnte und die dich entweder unter ihren Zauberbann gezwungen oder mit ihren natürlich Reizen verführt hat.«

Thyrane hustete. »Bei der Einheit! Wenn man sich bei der Marine auf etwas verlassen kann, dann darauf, dass kein Gerücht je zu schmutzig für sie ist, nicht wahr?«

Als er das Lächeln der Admiralin bemerkte, beeilte er sich hinzuzufügen: »Das ist natürlich Unsinn. Ich habe eine Paranao-Maestra an Bord, die meine Enkelin sein könnte, aber das ist auch schon alles. Weder bin ich ein liebeskranker alter Narr noch das Opfer geheimnisvoller Magie. Was gibt es sonst an Gerüchten?«

»Oh, dein Schiff soll natürlich gewaltige Schätze geladen haben. Erbeutetes Piratengold oder die Kasse der Compagnie …«

»Kleiner ging's wohl nicht, oder?«, fragte Thyrane trocken.

»Nicht wenn es um dich geht«, gab die Admiralin zurück. »Aber das alles macht mich natürlich neugierig. Also, welche geheimnisvollen Machenschaften sind im Gange? Und mit wem hast du dich angelegt?«

Thyrane lehnte sich in seinem Sessel zurück und trank den Rest aus seinem Glas in einem Zug. »Mit der Handelscompagnie, Fridgae. Sie hat in der Sturmwelt Dreck am Stecken. Und damit meine ich nicht, dass die Verantwortlichen ein paar krumme Dinger gedreht hätten oder ein wenig Korruption übersehen, wie es zu erwarten ist. Ich meine eine ganz große Sache. So groß, dass sie versucht haben, mir allein wegen des Wissens darum den Garaus zu machen.«

Er sah ihren durch und durch überraschten Gesichtsausdruck und musste an Major Shanton denken, der selbst angesichts der Beweise, die blutend und tot vor ihm lagen, Schwierigkeiten gehabt hatte, die Wahrheit zu akzeptieren.

»Das sind gefährliche Gegner, Aomas. Und verflucht schwerwiegende Vorwürfe.«

»Ich weiß. Aber sie sind nichtsdestotrotz wahr. Die Compagnie hat auf der Insel Rosarias ein mächtiges Artefakt ausgegraben und versucht, es unbemerkt fortschaffen zu lassen. Was immer es ist – die halbe Welt jagt diesem Artefakt hinterher, und die Compagnie geht buchstäblich über Leichen, um ihre Ansprüche zu wahren. Vor Ort in der Sturmwelt konnte ich allerdings nichts mehr erreichen. Die Compagnie ist eng mit der zivilen Verwaltung verbandelt, und ich glaube, sie hat Holt vollständig in der Tasche. Oder zumindest genug Einfluss, um sein Urteilsvermögen zu trüben.«

»Holt ... Ich habe zwei Jahre unter ihm gedient. Das war keine gute Zeit. Er hatte damals diese junge Offizierin auf dem Kieker, jetzt Kapitänin Hedyn, die das Schiff und vielleicht die ganze Flotte gerettet hat.«

»Nach genau dieser Frau suche ich. Sie ist in diese ganze ungeheuerliche Geschichte anscheinend ziemlich unfreiwillig hineingeraten, und sie war ein zu kleines Licht und konnte dem Einfluss der Compagnie in der Sturmwelt nichts entgegensetzen. Ich habe schon von ihren Heldentaten hier gehört. Klingt recht tauglich. Hast du sie kennengelernt?«

Farcey erzählte ihm von dem Gefecht vor Boroges, das sie die meiste Zeit vom Wasser aus erlebt hatte, wohin sie der erste Angriff des Drachen geschleudert hatte. Im Gegenzug brachte Thyrane sie so weit wie möglich auf den neuesten Stand, was seine Erlebnisse in der Sturmwelt betraf. Als er zu seiner Inhaftierung durch Holt und die Compagnie auf Lessan, seiner Flucht und dem Besuch bei der Paranao-Cacique gelangte, konnte er am Gesichtsausdruck der Admiralin erkennen, dass es ihr nicht leichtfiel, seinen Worten Glauben zu schenken.

»Was auch immer man davon halten mag«, befand er schließlich. »Es kann kein Zufall sein, dass in etwa zur gleichen Zeit an zwei so weit voneinander entfernten Orten wie Boroges und Rosarias Drachen aufgetaucht sind.«

Farcey sog scharf die Luft ein und nickte dann entschlossen. »Darin würde ich dir zustimmen. Ich hoffe, dass Kapitänin Hedyn diese ominöse Fracht aufbringen kann, damit wir wissen, warum die Compagnie sich derart weit aus dem Fenster lehnt.«

Nach einer kurzen Pause fuhr sie fort: »Sie ist nach Osten gefahren, zwecks Verfolgung dieses Schiffes, der *Todsünde*.« Die Admiralin stand auf, um sich und ihrem Gast Port nachzuschenken.

»Aomas, vor gut einer Woche hat eine Flotte der Handelscompagnie Thaynric verlassen«, sagte sie dann langsam. »Wir hatten ihnen eine Eskorte angeboten, aber es waren mehrere Kriegsschiffe darunter, und so haben sie abgelehnt. Ich hatte angenommen, dass sie die Kosten sparen wollen, aber …«

»Wohin sind sie gefahren?« Thyrane beugte sich vor. Er ahnte bereits, was die Admiralin ihm sagen würde.

»Nach Osten«, bestätigte Farcey seine Befürchtungen. »Um Handelswege zu erschließen, die seit der Revolution in Géronay brachliegen sollen. So hieß es zumindest.«

»Wie viele Schiffe?«

»Eine 80er, eine 64er, einige Fregatten und Korvetten. Eine richtige Schwadron.«

»Verdammt! Die Bastarde sind mir immer einen Schritt voraus!«

»Was willst du tun?«

Das war eine gute Frage. Aber Thyrane musste nicht lange über die Antwort nachdenken.

»Ich brauche deine Hilfe. Und ich hoffe, dass du in all den Jahren nicht verlernt hast, einem wahnsinnigen oder vielleicht auch nur wagemutigen Mann zu folgen.«

»Was brauchst du?«, fragte Farcey, ohne mit der Wimper zu zucken.

»Schiffe. Alles, was schnell segelt.«

»Und was gegen eine 80er bestehen kann?«

Thyrane lehnte sich zurück und nippte an seinem Glas.

»Das wäre nicht von Nachteil.«

ROXANE

Die Wachen führten sie durch eine Reihe von Räumen und Korridore, die zunächst jenen ähnelten, in denen sie auch untergebracht gewesen waren, dann aber zunehmend schlichter und dunkler wurden, bis sie schließlich durch enge, fensterlose Gänge liefen, die statt von Laternen von Fackeln beleuchtet wurden. Immer wieder ging es Treppen hinab, und Roxane vermutete, dass sie inzwischen tief unter der Erde sein mussten. Mittlerweile war sie sich sicher, dass sie das Gebäude längst verlassen hatten und sich unter der Stadt befanden.

Immer wieder warf sie Jaquento fragende Blicke zu, und wann immer er es bemerkte, lächelte er ihr zu. Der Ausdruck in seinen Augen war schwer zu deuten, aber Roxane glaubte, darin Sorge und Hoffnung zu lesen, während Bihrâd, der das Verhör offenbar gut überstanden hatte, sich – wie so oft – bedeckt hielt.

Auch Sean blickte starr geradeaus. Der Agent des Viererbundes war unterwegs wieder zu ihnen gestoßen, begleitet von einem Mann und einer Frau, die eindeutig nicht von hier, sondern aus Corbane stammten. Sie hatten sich kurz mit Shan unterhalten, ohne dass Roxane auch nur ein Wort verstanden hätte. Die beiden Corbaner hatten sich dann verabschiedet, während Shan den ehemaligen Matrosen einfach in ihre kleine Gruppe gesteckt hatte. Seitdem hatte Sean kein Wort mit ihnen gewechselt. Was immer er auch dachte oder wusste, er schien nicht gewillt, sich ihnen mitzuteilen.

Nachdem sie eine Weile schweigend durch den Untergrund Danams gewandert waren, erreichten sie ein Holztor, das mindestens so hoch wie zwei erwachsene Männer war und so alt, dass die Balken schwarz wirkten. Shan trat vor und schob den eingelassenen Balken, der das Tor verschlossen hielt, so mühelos nach oben, dass Roxane überrascht die Luft ausstieß. Dieser Balken musste ebenso viel wiegen wie der Mann selbst, und trotzdem schien Shan keine Schwierigkeiten damit zu haben. Mit einem Nicken wies er sie an, durch das Tor zu treten, und die Wachen nahmen sie wieder in die Mitte.

Shan selbst jedoch blieb zurück, und das Tor fiel mit einem dumpfen Dröhnen hinter ihnen zu.

TAREISA

Voller Wut ging Tareisa in dem kleinen Raum auf und ab. Seit Shan sie hierhergebracht hatte, war der verfluchte goldgekleidete Glatzkopf nicht mehr aufgetaucht. Seine Untergebenen – Männer und Frauen in den gleichen weiten blauen Hemden und Hosen, wie Tareisa sie auch in der Halle gesehen hatte – brachten ihr Essen und Wasser. Die Maestra konnte ihnen nichts vorwerfen, aber dennoch fachte die maskenhafte Freundlichkeit ihrer undurchschaubaren Mienen Tareisas Zorn nur weiter an.

Mehrfach hatte sie mit dem Gedanken gespielt, Vigoris einzusetzen und auszubrechen. Das Einzige, was sie daran hinderte, ihre Fähigkeiten zu benutzen, war die Ungewissheit über den Ausgang eines solchen Versuchs. Shan hatte ihr zu verstehen gegeben, dass die Nutzung von Vigoris nicht unbemerkt bleiben würde. Überdies war sie von einem Drachen – *einem von der Einheit verfluchten Drachen!* – über eine vermutlich sehr weite Strecke in ein ihr vollkommen unbekanntes Land verschleppt worden.

Egal, von welcher Seite sie ihre Situation betrachtete, einige Tatsachen ließen sich nicht leugnen: Sie wusste nicht, wo sie sich befand, sie sprach die Sprache der Einheimischen nicht, und sie wurde von einem Mann gefangen gehalten, der über genug Macht verfügte, um einen Drachen zu kontrollieren. All diese Umstände zusammengenommen waren keine gute Handlungsbasis.

Ihr Gefängnis, wenn man den großzügig bemessenen und mit niedrigen Möbeln aus dunklem, lackiertem Holz eingerichteten Raum so nennen wollte, befand sich in einem Anbau der Lagerhalle. Sie vermutete, dass sich hier einst Verwaltungsräume befunden hatten, aber sicher konnte sie sich nicht sein, denn das ganze Gebäude war offensichtlich umgebaut worden, und sie hatte keine Ahnung, was seine ursprüngliche Bestimmung gewesen sein mochte.

Zwar waren ihre neue Unterkunft und die Behandlung eine deutliche Verbesserung gegenüber ihrem Los auf der *Todsünde*, aber nichtsdestotrotz war sie eine Gefangene. Und als solche verspürte sie den Drang, so bald wie möglich zu fliehen.

Denk nach, Tareisa. Los! Tu etwas!

Sie nahm eine gelbe, sternförmige Frucht von einem lackierten Holzteller in die Hand und betrachtete sie. Unglücklicherweise hatte ihr niemand gesagt, wie man das Obst hier aß. *Wenn es denn Obst ist. Und nicht etwa eine besonders seltsam geformte Algenart.* Bevor sie jedoch eine Entscheidung treffen konnte, öffnete sich die Tür.

Shan trat in den Raum.

»Du hast genug ausgeruht«, sagte er. »Sie kehrt zurück, und wir werden von hier fortgehen.«

»Wohin?«, fragte Tareisa, ohne sich zu rühren.

»Ich werde unser Eigentum in Sicherheit bringen. Und du wirst mich begleiten.«

Tareisa sah ihn an, konnte aber weder in seiner Miene noch in seinen Augen irgendeine Regung erkennen. Dennoch wurde ihr eines schlagartig bewusst: *Sie können eigentlich nicht zulassen, dass ich erfahre, wo sie das Artefakt verstecken.*

»Sie kehrt zurück? Meinst du mit ›sie‹ den Drachen?«, erkundigte sie sich, um Zeit zu gewinnen.

Shan nickte ernst. »So ist es.«

»Gehört sie … Ich meine, ist sie dein Drache?«

»Genug der Fragen. Wir haben eine besondere Verbindung zueinander, denn ich höre ihre Worte in meinem Geist. Und jetzt komm mit mir. Unser aller Herr, der Drachenkaiser, wünscht es so.«

Shan führte sie aus dem Zimmer und durch einen Korridor in das Lagerhaus. Die ehemalige Fracht der *Todsünde* stand noch immer in der Mitte, und ihre geringe Größe täuschte über die gewaltige Macht hinweg, die sich in ihr verbarg. Zurzeit mochte sie gebändigt sein, aber soweit Tareisa es verstand, bedurfte es nur weniger Handgriffe, um ihr volles Potenzial wiederherzustellen.

Shan blieb aber nicht bei der von Säulen umgebenen Kugel stehen, sondern ging zu dem großen Tor, das in den Hof führte. Die Arbeiter hatten den Lagerraum offenkundig verlassen, und außer ihnen beiden waren nur noch vier Soldaten zu sehen, die an einer anderen Tür Wache standen.

»Werden wir wieder mit dem Drachen reisen?«

Shan hob die Hand und gebot ihr zu schweigen. Er öffnete das Tor und deutete hinaus auf den sonnenüberfluteten Hof. Tareisa ging an ihm vorbei. Auch im Hof befanden sich vier Soldaten in goldglänzenden Rüstungen als Wachen. Spitze, hohe Helme verbargen ihre Gesichter. Sie verneigten sich tief, als Shan zu ihnen trat.

Er erwiderte den Gruß nicht, sondern sah hoch in den blauen Himmel. Tareisa folgte seinem Blick in der Annahme, dass er am Horizont nach dem Drachen Ausschau hielt.

Alles in ihr schrie danach, jetzt den Ausbruch zu wagen, bevor die gewaltige Kreatur zurückkehrte, aber sie kämpfte diese unvernünftigen Einflüsterungen der Angst nieder und blieb still.

Ein dunkler Punkt erschien, weit oben am Himmel. Innerhalb von Sekunden wurde er größer und größer. Bald konnte die Maestra eine grobe Form ausmachen, und was zuvor nur ein kleines, dunkles Gebilde gewesen war, wurde schnell zum Umriss des hell geschuppten Drachen.

Plötzlich runzelte Shan die Stirn. Er trat einen Schritt zur Seite, und Tareisa spürte die wachsende Anspannung in seinem Körper, während er die Ankunft des großen Wesens beobachtete.

Dann wirbelte er herum und gab einen lauten Ruf von sich. Tareisa konnte nur vermuten, dass es sich um einen Befehl handelte, denn die Wachen zückten ihre Waffen und liefen auf sie zu.

»Du hast mich getäuscht«, zischte Shan. »Was für ein Höllenwerk ist das? Was hast du getan?«

»Ich?«, erwiderte Tareisa, die ebenso überrascht war wie er.

»Deine Magie werde ich dir nehmen!«

Mit diesen Worten fasste er sie hart am Oberarm. Sie spürte, wie sich die Spitzen von Waffen durch ihre Kleidung bohrten und kühl und heiß zugleich ihre Haut berührten. Die Schmerzen waren gering, aber die Drohung, die hinter ihnen stand, dafür umso größer.

»Ich verstehe nicht …«, sagte sie und bemühte sich, ihm durch ihre Mimik klarzumachen, dass sie das wirklich nicht tat.

Shan starrte sie finster an. Dann weiteten sich seine Augen, und er taumelte zurück. Er wies in den Himmel und redete schnell auf die Männer ein, die sie umgaben. Aus dem Augenwinkel sah Tareisa einen Soldaten eine Klinge heben. Unwillkürlich öffnete sie sich für die Vigoris und schleuderte sie dem Mann entgegen. Shans Hände wirbelten durch die Luft, und was ein tödlicher Zauber hätte sein sollen, stieß den Soldaten nur einige Schritte nach hinten. *Shan ist ein Magietrinker!*, schoss es der Maestra durch den Kopf.

Tareisa warf sich nach vorn und vermeinte zu spüren, wie Klingen über ihr durch die Luft zischten. Sie rollte sich ab, und Vigoris floss bereits durch ihren Körper, als sie geschickt wieder auf die Füße kam. Die Wachen stürmten auf sie zu, während Shan durch das Tor ins Lagerhaus lief. *Er lässt sie ungeschützt zurück,* erkannte die Maestra verdutzt, aber sie folgte dem Gedanken nicht weiter, sondern entließ die Vigoris mit einem Schrei.

Diesmal war niemand dort, um die Form ihres Zaubers zu brechen. Die Soldaten wurden von unsichtbaren Kräften gepackt und in alle Richtungen geworfen. Die rohe Macht, die durch Tareisas Adern kreiste, ließ sie vor Freude aufjauchzen. Die Zeit der Zurückhaltung war vorbei, sie konnte endlich wieder die Kraft nutzen, die zu ihr gehörte wie ihre Stimme, ihre Augen, ihre Gliedmaßen.

Ein Schatten fiel über sie. Instinktiv duckte sie sich zur Seite, doch der Drache griff sie nicht an. Die Maestra erkannte, dass das Wesen einen Menschen in seinen Krallen trug, ebenso, wie es vorher sie getragen hatte. Auf seinem Rücken saß eine weitere Gestalt, die sie aber nicht deutlich sehen konnte. *Wenn es wahr ist, was Shan sagte, und dieser Drache eigentlich zu ihm gehört, dann muss auf diesem Ausflug etwas mächtig schiefgegangen sein,* schoss es ihr durch den Kopf.

Der riesige Drache glitt direkt über Tareisa hinweg, und seine Flügelschläge wirbelten Staub auf. Beinahe achtlos öffnete der Drache kurz über dem Boden die Klauen, und der Mann, der sich in ihrem Griff befunden hatte, stürzte auf die Erde, überschlug sich mehrmals und blieb dann reglos liegen.

Die Kreatur indes schwang sich wieder in die Luft empor und hielt nun auf das Lagerhaus zu. Mit einem gewaltigen Krachen zerfetzte das Ungetüm das Tor und brach in das Lagerhaus ein. Holzsplitter wirbelten durch die Luft, zerbrochenes Mauerwerk fiel herab, und das ganze Gebäude erbebte unter dem Aufprall. Staub wallte auf und hüllte den Drachen ein.

Das Brüllen der Bestie dröhnte Tareisa in den Ohren. *Was geht hier vor?*, fragte sie sich verwirrt, als der Drache auch schon die Soldaten angriff.

Hinterrücks traf sie ein Schlag. Sie fühlte sich gepackt und herumgewirbelt. Starke, goldgerüstete Arme legten sich um ihren Hals, und sie wurde in die Staubwolke gezerrt.

ROXANE

Kaum hatten sie das Tor hinter sich gelassen, veränderte sich ihre Umgebung wieder, wurde ausgestalteter und freundlicher, und die Gänge und Räume vermittelten ein Gefühl von Weite und Größe, obwohl sie unter der Erde lagen. An den Wänden gab es dunkle Holzpaneele, die mit goldener Farbe bemalt waren. Sie zeigten stark stilisierte Bilder, skizziert mit wenigen simplen Strichen, die dennoch große Landschaften und Szenen ergaben, wenn man sie aus einigen Schritt Entfernung betrachtete. Die hohen Decken wurden von schlanken Säulen gestützt, die ebenso wie Boden und Decke aus dunklem, fast schwarzem Stein geschlagen waren, durch den sich goldene Adern zogen. Alles um sie herum glänzte im Licht der Laternen, welche die Wächter bei sich trugen und mittlerweile entzündet hatten.

In den Zimmern selbst gab es keine Lichtquellen, und immer, wenn sie durch eine Tür schritten und ein neuer Raum sich aus der Dunkelheit schälte, fragte sich Roxane, welchem Zweck diese unterirdische Stadt wohl dienen mochte. Es war überraschend warm, aber die Luft war trocken und schmeckte alt. Bewohner konnte sie nirgends entdecken.

Schließlich verbreiterte sich der Gang, durch den sie liefen, noch mehr und führte sie endlich in eine gewaltige Halle, deren Säulen sich so hoch emporwanden, dass sich die Kapitelle in der Dunkelheit verloren.

Ein Lichtpunkt näherte sich ihnen, und Roxane glaubte bereits, dass ihnen eine weitere Gruppe mit Laternen entgegenkam. Aber dann erkannte sie, dass es ihr eigenes Spiegelbild war, das sie vor sich hatten.

Vor ihnen gab es eine Wand, die komplett zu spiegeln schien. Ihre Größe war schwer abzuschätzen, da nur ein kleiner Teil beleuchtet wurde, aber sie war sicherlich hundertfünfzig Fuß breit und vielleicht ebenso hoch. Staunend blieben sie stehen, als die Wachen ihren Schritt verlangsamten. Roxane blickte Jaquento und Bihrâd an, aber Jaquento zuckte mit den Achseln, und der Maureske schüttelte fast unmerklich den Kopf. *Sie wissen ebenso wenig wie ich, was das hier ist. Woher sollten sie auch?*

Ein kratzendes Geräusch ertönte, und als Roxane sich umblickte, entdeckte sie Jaquentos kleine Echse, die mit schnellen Schritten auf sie zugelaufen kam. Die Wachen traten zurück und senkten ihre Häupter.

»Sinosh!«, zischte der junge Hiscadi und kniete sich hin, wohl um dem kleinen Drachen den Weg auf seine Schulter zu erleichtern. Aber Sinosh ging darauf nicht ein und hielt einige Fuß vor der Gruppe an.

Unvermittelt wandten sich die Wachen wie eine Person dem gewaltigen Spiegel zu und verneigten sich tief. Dann zogen sie sich rückwärtsgehend zurück, langsam und mit gesenkten Köpfen, als wollten sie einen unwandelbaren Respekt zum Ausdruck bringen. *Oder unwandelbare Furcht.*

»Sollen wir ihnen folgen?«, fragte Roxane leise ihre Begleiter, und Jaquento hob die Hände und öffnete den Mund, um ihr zu antworten, da begann der Spiegel in einem sanften Goldton zu glühen. Jetzt konnte Roxane die ganze Größe des Spiegels erkennen, und sie musste ihre erste Einschätzung revidieren. Er war höher als hundertfünfzig Fuß und sicherlich doppelt so breit. Und inmitten des gewaltigen goldenen Leuchtens, das er ausstrahlte, stand ihre kleine, verlorene Gruppe Corbaner.

Und dann verschwand jede Reflektion daraus. Der Spiegel verlor seine grundlegendste Eigenschaft und wurde zu einer einfachen, golden leuchtenden Fläche.

»Was, beim unendlichen Himmel …«, hauchte Bihrâd, der Roxane noch nie zuvor religiös erschienen war. Verwundert blickte sie den Mauresken an, aber der starrte nur auf die seltsame Wand, geradeso wie Jaquento. Als Roxane den Blick ebenfalls dorthin wendete, erstarrten auch ihre Gesichtszüge.

In der Wand bewegte sich etwas. Ein riesiger Schatten, kaum mehr als eine Kontur, als führe jemand vor ihnen ein kolossales Schattentheater auf.

Aber das, was sich in der Wand befand, war kein bloßer Schattenriss, sondern real, und es war gewaltig. Roxane benötigte einige Momente, um zu erfassen, was sie sah. Mit jedem Augenblick wurde das Bild deutlicher, gewann an Details und Form. Direkt vor ihnen trat ein Drache wie aus einem Nebel in das goldene Licht.

Doch es war kein Drache wie Sinosh und nicht einmal einer wie die gewaltigen Kreaturen, die vor Boroges und auf der offenen See aufgetaucht waren. Verglichen mit dem Wesen vor ihnen waren selbst diese Drachen klein und unscheinbar.

Der Leib des Lindwurms war schlank und elegant, wenn man das von einer Kreatur sagen konnte, die größer als die meisten Gebäude war, die Roxane je gesehen hatte. Zweihundert bis zweihundertfünfzig Fuß mochte er messen, von den Schultern bis hinab zu den Beinen. Und daran schlossen sich noch Hals und Schwanz an, beide dicker als die Stämme der gewaltigsten Bäume. Die Klauen waren mannshoch, die Schuppen reichten von handtellergroß bis hin zu der Größe der Segel kleiner Boote. Die grundlegende Form ähnelte der Sinoshs, aber wo bei dem kleinen Drachen nur ein gewisses Potenzial durchschien, hatte es sich hier zur größten Pracht entfaltet.

Der massige Kopf befand sich hoch über ihnen, und die unbewegten Augen waren so tief und voller uralter Dunkelheit, dass Roxane erschauerte. Alles in ihr wollte sich vor der unfassbaren Macht dieses Wesens verneigen, und es bedurfte all ihrer Kraft, nicht den Kopf in den Händen zu vergraben und die Augen abzuwenden.

Endlose Minuten verstrichen, in denen niemand sprach, alle sich kaum bewegten und selbst ihr Atem flach und leise ging. Unergründlich ruhte der Blick des Drachen auf ihnen. Dann bewegte sich der Kopf beinah unmerklich, und Sinosh trippelte vor, das Haupt erhoben, den Schwanz hinter sich herziehend.

In diesem Augenblick wirkte er wie eine Miniaturausgabe des riesigen Drachen in der goldenen Wand. Sinosh hielt inne, warf Jaquento einen Blick über die Schulter zu und legte dann seinen Kopf auf den Boden.

Noch immer wagte niemand einen Laut von sich zu geben, als die Stimme des Drachen in ihren Köpfen ertönte.

Eure Anwesenheit in meinem Reich ist nicht erwünscht.

Für einen Moment glaubte Roxane, dass sie die Stimme ganz normal gehört hatte. Erst dann sickerte es in ihren Verstand ein, dass die Worte direkt in ihrem Geist aufgetaucht waren, ohne den Umweg über die Ohren zu nehmen.

»Habt ihr auch …?« Ihre Stimme war rau, und sie musste schlucken.

»Ja«, erklärte Bihrâd ehrfürchtig. In Gegenwart des gewaltigen Wesens schien es selbst ihm schwerzufallen, seine gewohnte stoische Ruhe zu bewahren.

»Verzeiht uns unser Eindringen«, erwiderte Jaquento unvermittelt und machte eine tiefe Verbeugung. »Wenn Euer Reich dieses Land ist, dann waren wir uns dessen nicht bewusst. Wenn Ihr damit aber Danam meint – wir sind nicht ganz freiwillig hiergeblieben.«

Roxane sah den Hiscadi verdutzt an. Dann beschloss sie, seinem Beispiel zu folgen. »Als Vertreterin der Königlichen Marine von Thaynric möchte auch ich für die Fahrt der *Siorys* um Verzeihung bitten«, sagte sie. »Es lag nicht in unserer Absicht, gegen Ihren Willen zu verstoßen.« Beinahe hätte sie ein »Thay« angefügt, konnte sich aber noch im letzten Moment davon abhalten. Obwohl sie den Drachen nur in der Wand betrachten konnten, flößte er ihr mehr Respekt ein als ein Saal voller Admiräle.

Siorys. Ein Geräusch breitete sich in ihren Gedanken aus, das Roxane einen warmen Schauer über die Haut laufen ließ. Es dauerte einen Moment, bis sie begriff, dass sie es als Zeichen von Amüsement empfand, auch wenn sie nicht sagen konnte, wieso, denn ein Lachen war es nicht. *Ein kühner Name für solch ein kleines, zerbrechliches Schiff.*

»Äh, ja«, erwiderte Roxane rasch. »Es handelt sich um eine Korvette, noch recht neu. Sie liegt nicht tief im Wasser, macht aber gute Fahrt. Zwölf Geschütze. Mein erstes richtiges Kommando.« Noch während sie das sagte, wunderte sich Roxane, warum all diese Informationen nur so aus ihr heraussprudelten. Jaquentos fragenden Seitenblick ignorierend, fuhr sie fort: »Ich wurde von meinen Vorgesetzten damit beauftragt, ein bestimmtes Schiff aufzubringen.«

Ein bestimmtes Schiff und dessen Ladung, fügte die Stimme in ihrem Kopf hinzu. Es war wie ein Jucken in ihrem Geist, eine unangenehme Erfahrung, und Roxane fühlte sich dem schutzlos ausgeliefert. Sie konnte nicht umhin, sich zu fragen, ob der Drache nicht nur direkt in ihrem Geist sprach, sondern auch ihre Gedanken manipulierte. Sie wünschte sich, sie könnte sich gegen ihn abschirmen, hätte aber nicht gewusst, wie sie das anstellen sollte.

»Das ist wahr. Es ist die Ladung, um die es uns geht und die uns schließlich hierhergeführt hat.«

Sie hat den Magietrinker hergeführt. Und diesen da. Der Drache hob eine gewaltige Klaue und deutete auf Sean. *Aber du bist auch noch aus einem anderen Grund hier. Wegen der Ladung und aus Sorge um den, mit dem du dich paarst,* entgegnete die Stimme des Drachen, wieder mit einem Anflug von Belustigung. *Das ist leicht zu lesen,* fügte das Wesen nach einer kurzen Pause hinzu.

Roxane fühlte, wie ihr das Blut in die Wangen stieg, und beschloss, auf diesen Kommentar des Drachen nicht weiter einzugehen.

»Allerdings ist uns die genaue Art der Ladung gar nicht bekannt«, sagte sie stattdessen. »Wir kennen nur die Effekte.«

Die Ladung ist mein Eigentum.

»Oh?«, fragte Jaquento wenig eloquent. »Dann wäre das ja geklärt.«

Die Kapitänin warf ihm einen warnenden Seitenblick zu.

»Das war uns unbekannt«, sagte sie.

Mir scheint, dass euch vieles unbekannt ist. Es waren Menschen aus deiner Heimat, die mein Eigentum stahlen und fortbrachten.

»Wir machen keine gemeinsame Sache mit den Dieben«, erwiderte Roxane steif, »denn sie haben auch gegen unsere Gesetze verstoßen, und es ist unter anderem meine Aufgabe, Beweise zu finden, um sie der Gerechtigkeit zuzuführen. Das Königreich, in dessen Diensten ich stehe, hat sich des Falles angenommen, sobald er bekannt wurde.«

Dass sie damit mehr als nur einige Details nicht erwähnte, war Roxane durchaus bewusst. Und die Rolle der thaynrischen Behörden schönte sie auch. Aber in diesem Augenblick hätte sie nicht zu sagen vermocht, was sie dem Drachen erzählen konnte und sollte. *Und was er nicht ohnehin schon in meinem Geist gelesen hat,* dachte sie düster.

Der Drache schwieg. Seine Gestalt war nun ruhig, gänzlich unbewegt, und fast wäre es Roxane gelungen, ihn nur für ein Abbild zu halten, eine Art gewaltiges Gemälde. Aber nur fast, denn selbst so strahlte das Wesen eine solche Macht aus, dass sie fast mit Händen zu greifen war.

Es wäre schlecht, wenn mein Eigentum in die falschen Hände fallen würde.

»Das habe ich schon häufiger gehört«, erklärte Jaquento. »Und jeder scheint zu meinen, dass andere Hände als die seinen besonders falsch sind.«

Doch weiter kam er nicht. Wieder fühlte Roxane dieses amüsierte Geräusch. *Du bist vielleicht kein weiser Mann, aber zumindest ein mutiger.*

Neben ihr gab Bihrâd einen Laut von sich, der sich in Roxanes Ohren verdächtig wie ein unterdrücktes Kichern anhörte.

»Danke«, murmelte der Hiscadi trocken.

»Für wen wäre es schlecht, wenn Euer Eigentum in die falschen Hände fiele?«, erkundigte sich Sean vorsichtig, und mischte sich damit zum ersten Mal in die Unterhaltung mit dem Drachen ein.

Es wäre schlecht für die Welt. Für eure und für meine.

»Warum?«

Jaquentos schlichte Frage hing im Raum. Roxane wagte kaum zu atmen. Sowohl Sean als auch Jaquento waren nicht gerade die besten Diplomaten, und auch wenn sie sich selbst ebenfalls nicht für allzu geeignet für diese Rolle hielt, gab sie sich doch Mühe, als thaynrische Offizierin gegenüber den Menschen anderer Länder ihre Heimat würdig zu vertreten. *Und gegenüber den Drachen anderer Länder.*

Wie viel Zeit verstrich, ohne dass das Wesen in der Wand reagierte, konnte sie nicht sagen. Schon legte sie sich Worte zurecht, wollte sich für die forsche Art der anderen entschuldigen, versuchen, das Wesen zu besänftigen, da erdröhnte die Antwort in ihrem Geist.

Ihr alle stammt aus verschiedenen Ländern. Ich sollte euch mehr erzählen, damit ihr euren Völkern davon berichten könnt. Vielleicht sind wir zu lange für uns geblieben.

Roxane warf Jaquento einen verstohlenen Blick zu und sah ihre eigene Erleichterung in seiner Miene gespiegelt. Geschichten konnten nur von Lebenden erzählt werden.

Mein Eigentum, nennen wir es den Fokus, *denn in euren Zungen gibt es keine passendere Entsprechung für seinen Namen, wurde einst von mir geschaffen. Mein Volk hat eine lange Entwicklung durchgemacht und Dinge erfahren und erlebt, die weit über den Horizont eurer Geschichtsschreibung hinausgehen. Wir haben vieles erschaffen und vieles zerstört, und es beschämt mich nicht, zu sagen, dass auch wir Fehler begangen haben. Der* Fokus *war mein Versuch, denen, die nach uns geboren wurden, und so auch euch, diese Fehler zu ersparen.*

»Ich verstehe nicht recht …«, gestand Jaquento, und auch Roxane sah den Drachen fragend an.

Wir waren niemals viele, aber wir leben eine lange Zeit. Länger, als ihr es euch vorstellen könnt. Und während wir älter werden, sammeln wir Macht. Je älter eine jede von uns wurde, desto mächtiger wurde sie. Es gab Zwistigkeiten und Streit, und aus diesem Streit wurden Kriege. Wir brachten viel Leid über uns selbst, bis ich diesen Zustand beendete.

Seitdem gibt es keinen Streit mehr unter uns und damit auch keine Kriege. Viel Zeit ist vergangen, und ich habe den Aufstieg eurer Völker beobachtet, und ich sah die Samen dessen, was einst beinahe unser Verderben geworden wäre. Euer Wissen um das, was ihr Arsanum nennt, wurde größer, und mit diesem Wissen kam mehr Macht zu euch. Ihr habt Kriege gegeneinander geführt, wie auch wir es taten, und das Leid war groß. Aber noch waren es Wunden, die zu heilen waren.

Doch ich habe gesehen, dass dies nicht so bleiben würde. Tiefer und tiefer drangt ihr in die Geheimnisse des Arsanums ein, und ich wusste, eines Tages würdet ihr Erkenntnisse erlangen, welche die Macht eurer Maestre immer weiterwachsen lassen würden, bis diese Macht scheinbar keine Grenzen mehr kennen würde.

Und dann würden eure Kriege alles vernichten.

Roxane versuchte zu erfassen, was das bedeutete, was die gewaltige Kreatur ihnen gerade erzählt hatte. Das Forezzische Imperium war lange untergegangen, und auch wenn man sie gelehrt hatte, dass die Nutzung der Vigoris dort gewaltig gewesen sei, konnte sie sich nicht vorstellen, dass die Magie jemals die gesamte Welt bedrohen würde.

Ich habe es gesehen. Es war nur eine Frage der Zeit. Und so verwendete ich mein Wissen, um diese Entwicklung zu verhindern. Ursprünglich war es mein Wille, dass der Fokus *nur meine Kinder betreffen sollte, damit sie den schlimmsten Auswüchsen vorzubeugen wüssten. Doch was ich schuf, war stärker, als ich selbst gedacht hätte, und so breitete sich sein Einfluss über alle Länder aus.*

»Was? Wovon sprecht Ihr?«, warf Jaquento mit einem verwirrten Blick ein. Roxane hingegen verstand. Und Bihrâd offenbar ebenso, denn er sagte ruhig: »Corban. Die Grenzen der Vigoris. Der erste Magietrinker. Der Fluch. Mein Fluch.«

So ist es.

»Das kann … es kann nicht sein, oder?«, stammelte Sean.

Roxanes Knie wurden weich. Der Prophet, der Verkünder der Einheit, der Gründer des Glaubens … *All das, was Corban war, gehörte lediglich zum Plan eines Drachen?*

Sie sah die Erkenntnis in den Gesichtern der anderen. Sean und Jaquento waren bleich, aber Bihrâds Antlitz zeigte tiefe Erleichterung.

Die Wände des gewaltigen Raumes erbebten. Der Kopf des Drachen zuckte empor. Roxane nahm es kaum wahr, so sehr war sie damit beschäftigt, ihre Gedanken zu ordnen.

Goldgerüstete stürmten in den Saal, und Shan fuhr hastig zu ihnen herum. Sie waren aufgeregt und riefen laut, aber Roxane konnte kein Wort verstehen.

»Sie sagen etwas über einen Angriff«, murmelte Sean. »Einen Angriff durch Drachen.«

FRANIGO

Der Aufprall, nachdem sich die Klauen der Bestie geöffnet und ihn hatten zu Boden stürzen lassen, ging Franigo durch Mark und Bein. Er drehte sich einige Male um die eigene Achse und blieb dann benommen liegen. Einige Augenblicke lang atmete er mühsam, erst dann begann er langsam, sich wieder zu berappeln. *Ein Drache hat mich entführt. Ich bin mit einem von der Einheit verfluchten Drachen geflogen. Sollte ich Maecan je wiedersehen, werde ich diesen verdammten alten Mistkerl dafür umbringen,* schwor sich Franigo, während er vorsichtig ausprobierte, ob er noch in der Lage war, seine Arme und Beine zu bewegen.

Zu seiner grenzenlosen Erleichterung stellte er fest, dass ihm sowohl seine Füße als auch seine Hände noch gehorchten, aber er bemühte sich nicht darum aufzustehen, sondern blieb zunächst auf dem Boden liegen. *Wo sind wir wohl gelandet? Und was ist hier los?*

Das Letzte vor seinem Sturz, woran er sich erinnerte, war eine Stadt von gewaltiger Größe, über die ihn der Drache getragen hatte. Eine Stadt, die von oben mit ihren Kanälen und Alleen exotisch und dennoch vertraut gewirkt hatte. Dann plötzlich hatte sich die Kreatur steil nach unten gestürzt, die Straßen und Häuser der Stadt waren näher und näher gekommen, und schließlich war der Drache auf ein schmuckloses, quadratisches Gebäude zugeflogen, in dessen Hof er den Poeten dann so unzeremoniell hatte fallen lassen.

Ein gewaltiges Krachen donnerte über den Hof, und Trümmer flogen durch die Luft. Der Drache brüllte, und durch den Staub sah man Flammen aufflackern. Offensichtlich griff die geschuppte Kreatur das Haus an, aus welchem Grund auch immer. Splitter, Rauch und von der Hitze wabernde Luft erfüllten den Hof. Inmitten dieses infernalischen Gemischs entdeckte der Dichter plötzlich Maecan, der leise lachend auf Franigo zuhielt. Er strahlte ruhige Zuversicht aus, als würde ihn das Chaos um sie her nur erheitern.

Neben Franigo blieb er stehen und streckte ihm eine Hand hin.

»Hoch mit dir«, forderte er den Poeten auf. Franigo blickte auf die ausgestreckte Rechte und seufzte tief. Dann ergriff er die Hand und ließ sich von Maecan auf die Füße helfen. Seine Kleidung war zerrissen und staubbedeckt, aber er war, wie es das Schicksal gewollt hatte, unverletzt geblieben.

Der alte Mann lief vor, auf das Gebäude und den Tumult zu, und in Ermangelung anderer Möglichkeiten folgte ihm Franigo. Er legte eine Hand an seinen Degen und zog die Waffe achselzuckend aus der Scheide. *Was immer hier vorgeht, ich weiß nicht, ob mir eine Klinge helfen kann.* Zumindest fühlte es sich besser an, die Waffe in der Hand zu halten.

Während sie durch den Rauch liefen, sah er sich um, suchte nach Wegen, dem Wahnsinnigen vor ihm und seinem Drachen zu entkommen, aber er entdeckte weder einen Ausgang noch etwas, was ihm bei einer Flucht hätte hilfreich sein können.

Der Staub in der Luft ließ ihn husten, und die rauchgeschwängerte Luft nahm ihm die Sicht. Das große Gebäude erzitterte unter gewaltigen Schlägen, und mehr Staub wallte auf. Trümmerstücke waren auf dem Hof verstreut, und Steinchen und Putz rieselten herab. An der Wand der Halle bewegte sich eine Gestalt, die so von Staub bedeckt war, dass sie fast wie ein Geist wirkte. Sie kroch weg von der Zerstörung, hustend und keuchend. Ohne im Gehen innezuhalten, riss Maecan seinen Stock empor. Der Mann, der unter der Staubschicht verborgen sein musste, zuckte zusammen, etwas knackte unnatürlich in seinem Körper, dann sank er zu Boden und rührte sich nicht mehr.

»Schneller«, befahl der alte Mann, und in seiner Stimme schwang Gier mit. »Die Narren haben es neutralisiert. Schneller, bevor sie es gegen uns nutzen!«

Es? Uns?, dachte Franigo. *Der Alte spricht in Rätseln. Und ein ›uns‹ kann ich hier nicht erkennen.* Aber der Poet hütete sich, etwas Derartiges zu erwidern. Maecan war zu allem fähig; davon war der Poet inzwischen überzeugt, und Franigo war für ihn nichts als ein Werkzeug, das er lediglich so lange verschonen würde, wie es ihm nützlich war. Der Dichter war sich sicher, dass der Alte ihn, ohne zu zögern, töten würde, wenn er keine Verwendung mehr für ihn sah oder sich ihm ein Anlass dazu bot.

Sie schritten durch das riesige Loch im Mauerwerk in die Halle. Der Staub wogte in dicken Wolken, aber die Gestalt des Drachen ragte daraus hervor, bedrohlich und lauernd, wie es Franigo schien. Eine Klaue zuckte vor, und ein Körper flog schreiend durch die Luft, nur um mit einem nassen, ekelerregenden Geräusch gegen eine Wand zu prallen.

Jemand rief einige Worte in einer Sprache, die dem Dichter unbekannt war. Der Kopf des Drachen zuckte herum, und Franigo spürte mehr, als dass er es sah, wie die Augen Maecan fixierten. Dann tat die Kreatur einen seltsam unsicheren Schritt.

»Oh nein, das wirst du nicht!«, erklärte der Alte zwischen zusammengepressten Zähnen und hob die Hände. Die entfesselte Macht war selbst für Franigo zu spüren, und der Staub tanzte nun in wirren, unnatürlichen Mustern um Maecan, dem die Anstrengung, derart mächtige Magie zu wirken, jetzt erstmals ins Gesicht geschrieben stand. Der Drache verharrte, wiegte seinen Kopf hin und her, als suche er etwas. *Oder als lausche er auf Einflüsterungen.*

Plötzlich rannte eine weitere Gestalt auf Franigo zu, ein goldener Schemen, der eine Waffe schwang, die einer Hellebarde glich. Nur mit Mühe gelang es Franigo, einem gewaltigen Hieb auszuweichen und zur Seite zu springen. Bevor er sich erholen konnte, setzte der Mann in der goldenen Rüstung nach, führte seine schwere Klinge in einer Reihe von überraschend schnellen Attacken, die Franigo vor ihm hertrieben. Sein Degen war gegen die Wucht der Stangenwaffe kaum von Nutzen, und so zuckte er zurück, warf sich nach links und rechts, versuchte, außerhalb der Reichweite der Angriffe zu bleiben.

Immer wieder pfiff die Klinge gefährlich nah an ihm vorbei, zerteilte die Staubwolken. Ein weiter, beidhändiger Hieb ließ ihn zwei Schritt zurückspringen, und sein Fuß traf einen Gesteinsbrocken. Fluchend knickte der Poet um, und ein heißer Schmerz schoss ihm ins Bein. Dem nächsten Angriff entging er nur durch eine ungeschickte Rolle zur Seite. Der goldgerüstete Mann stand über ihm, seine Waffe zum finalen Schlag erhoben.

Der Drache brüllte und breitete die Schwingen aus, so dass sie bis zur Decke reichten. Der Luftstoß traf Franigo, aber da der Dichter kniete, konnte er sich halten. Sein Gegner allerdings wurde zurückgeworfen. Nicht weit, aber weit genug für Franigo, der auf die Füße kam und sich nach vorn warf, um einen langen Ausfall zu machen. Die Spitze seines Degens glitt unter dem Abwehrversuch des Goldgerüsteten hindurch, fand die Brust, teilte die Robe und drang eine

Handspanne tief ins Fleisch ein. Der Schaft der Hellebarde, noch in der Parade geführt, traf Franigo an der Schläfe, prallte dann schmerzhaft auf seine Schulter und brachte ihn aus dem Gleichgewicht. Er fiel in den Schmutz, zum zweiten Mal an diesem Tag völlig benommen.

Über ihm wirbelte der Staub in Mustern auf, die Franigos ganze Aufmerksamkeit gefangen nahmen. Er wusste, dass er aufstehen sollte, seinen Degen ergreifen, nach Feinden Ausschau halten, aber er konnte nur auf die Kreise aus leuchtendem Staub starren, die über ihm tanzten.

Bis der Drache wieder brüllte. In dem Laut lagen so viel Wut, Angst und Frustration, dass er Franigo am ganzen Körper erzittern ließ und ihn aus seinem Schock riss.

Kaum kehrten seine Sinne wieder, überfielen ihn heftige Schmerzen.

»Verdammt!« Er hielt sich die blutende Schläfe, während er sich nach seiner Waffe umsah, die ihm entglitten sein musste. Endlich fand er das vertraute Heft, und als sich seine Finger darum schlossen, kehrte ein wenig Entschlossenheit in ihn zurück.

Der Drache thronte noch immer in der Mitte der Halle. Maecan stand noch immer nahe dem Loch, durch das sie das Gebäude betreten hatten, anscheinend in seiner eigenen Art von Kampf gefangen, bei dem Franigo weder die Waffen noch den Verlauf des Gefechts erkennen konnte.

Aber der Staub hatte sich mittlerweile gleichmäßiger in der Halle verteilt, und der Rauch hatte sich verzogen, und so konnte der Poet einige Schemen erkennen, die sich noch tiefer in dem Gebäude befanden. Drei oder vier gerüstete Männer, die in einer kleinen Gruppe jenseits des Drachen standen. Mindestens einer davon trug Gold, so wie der Gefallene zu Franigos Füßen, der zwar noch atmete, aber wenig mehr tat, als seine Hände auf die blutende Brust zu pressen.

Gerade wollte Franigo zu dem Loch rennen und sein Heil endgültig in der Flucht suchen, als sein Blick auf eine weitere Gestalt fiel: Er sah, dass vor dem Goldgerüsteten eine Frau kniete. Aber es war nicht dieser Umstand, der ihn innehalten ließ, sondern die Tatsache, dass er die Frau kannte.

Das kann nicht sein! Er machte einen taumelnden Schritt nach vorn und senkte dabei den Degen. *Völlig unmöglich!* Aber entgegen seiner eigenen Gedanken sah er ihr Gesicht nun deutlich vor sich, und ein Irrtum war ausgeschlossen. Er erkannte zweifelsfrei Tareisa, die ehemalige Maestra am Hof von Sugérand, die schönste Frau Géronays und Geliebte des Königs. Zwar wirkte sie kaum weniger derangiert und mitgenommen als er selbst, aber ihre Züge waren noch dieselben, die er bei Hofe gesehen hatte – vor einer Ewigkeit, wie es ihm nun schien.

Er warf einen Blick zum Ausgang, durch den lockend Sonnenstrahlen ins Innere der Halle fielen. Nur wenige Schritte trennten den Poeten vom Loch in der Wand, hinter dem eine Stadt lag, in der er vielleicht verschwinden konnte.

Franigo tat einen Schritt in diese Richtung. Seine Finger verkrampften sich um seine Waffe. Maecan stöhnte laut auf, und wie zur Antwort brüllte der Drache und schlug mit den Flügeln.

Als wäre es nicht er, der die Entscheidung traf, bemerkte Franigo beinahe verwirrt, dass er in die Halle lief, den Degen erhoben und den in Gold gekleideten Mann, vor dem die Maestra aus Corbane kniete, fest im Blick.

TAREISA

Um Tareisa herum herrschte Chaos. Kampflärm erfüllte die gesamte Halle, die unter den mächtigen Tritten des Drachen so stark erzitterte, als würde sie gleich ganz einstürzen.

Die linke Seite ihres Kopfes pochte vor Schmerz, dort wo sie vom Heft der Hellebarde getroffen worden war. Ihr Versuch, sich dem Goldgerüsteten zu widersetzen, war von Shan gnadenlos unterdrückt worden. Ihre Magie war stark, aber der Glatzköpfige hatte sich als stärker erwiesen. Nun hielt eine von Shans Wachen sie am Boden fest, drückte ihr eine Klinge in den Nacken und zwang sie so, sich kniend die Zerstörung um sie herum anzusehen.

Aber Tareisa sah nicht nur die augenfällige Gewalt, sondern sie spürte auch den Kampf, der den meisten Menschen verborgen geblieben wäre. Jemand wirkte Zauber mit großer Macht, und die Vigoris schwappte wie eine Flutwelle in der Halle auf und ab. Shan kämpfte dagegen an, löste die Muster auf, unterband die Zauber, aber es reichte nur für ein Patt. Wer immer sein Gegner war, er oder sie musste ein wahrlich beeindruckender Maestre sein. Tareisa hatte den Magietrinker nicht schlagen können, und dieser neue Kontrahent konnte sich nun bereits eine ganze Weile gegen Shan behaupten.

Im Zentrum des magischen wie auch des physischen Kampfes stand der Drache. Die Kreatur erzitterte, als wüsste ihr Leib nicht, was er tun sollte, offensichtlich im Strom der Vigoris hin und her gerissen zwischen verschiedenen Wünschen und Befehlen.

Fieberhaft überlegte Tareisa, was sie tun konnte. Wenn es ihr gelang, Shan lange genug abzulenken, würde er vielleicht die Konzentration verlieren, die er sicher benötigte, um die Zauber seines Gegners zu kontern. Daraufhin würde der Angreifer den Drachen vermutlich ganz unter seine Kontrolle bringen können. *Aber dann wäre auch ich dem Fremden auf Gedeih und Verderb ausgeliefert.* Der Unbekannte war viel stärker als sie. Niemals hätte sie zugleich dem Drachen ihren Willen aufzwingen und gegen den Magietrinker bestehen können, so wie er. Dieser Maestre war ihr überlegen, so sehr sie den Gedanken auch hasste.

Eine Gestalt löste sich aus den Staubwolken. Tareisa, deren Kopf durch die Klinge in ihrem Nacken nach vorn gezwungen wurde, sah sie zunächst nur undeutlich, doch schließlich konnte sie den Umriss eines hochgewachsenen Mannes in völlig zerrissener und staubbedeckter Kleidung erkennen, der mit einem Degen in der Hand auf sie zukam. *Und auf welcher Seite stehst du?,* fragte sie sich. Der Mann war sicher kein Einheimischer, sondern sah aus wie ein Corbaner.

Er hob den Degen, und die Klinge raste auf sie zu. Tareisa spürte, wie der Druck in ihrem Nacken wuchs, um dann plötzlich nachzulassen. Mit einem Schrei warf sie sich zur Seite, als der Goldgerüstete nach ihr schlug.

Jemand sprang über sie hinweg, und sie hörte das Klirren von Metall auf Metall. Als sie sich umdrehte, sah sie den Rücken des dunkel gekleideten Corbaners, der mit einer langen, eleganten Klinge auf den Goldgerüsteten eindrang.

Shan indes stand immer noch still da und hatte die Augen halb geschlossen.

Der Feind meines Feindes ist hoffentlich mein Freund, dachte

Tareisa bei sich, als sie sich nach einer geeigneten Waffe umsah.

Sie hob einen aus dem Mauerwerk herabgefallenen Stein auf und wog ihn nachdenklich in der Hand. Mit einem Ruck kam sie auf die Füße, mit zwei Schritten war sie an Shan vorbei und nahe an die beiden Kämpfenden herangekommen. Hatte der Neuankömmling seinen Gegner erst noch zurücktreiben können, so stand der Goldgerüstete nun in lauernder Position. Er hielt die Hellebarde schützend vor seinen Körper und den Angreifer so auf Abstand.

Tareisa schleuderte den Stein, ohne zu zögern. Der Goldgerüstete wich aus, und diesen Moment nutzte der Angreifer. Er bewegte sich schnell und geschmeidig, machte einen unglaublich langen Ausfallschritt, duckte sich so unter dem seitwärts geführten Schlag hindurch und trieb dem Goldgerüsteten die Klinge in den Oberschenkel. Dieser fiel zur Seite, als sein Bein unter ihm nachgab, und noch bevor er zu Boden gestürzt war, setzte der Angreifer nach und stach ihm in schneller Folge zweimal in die Schulter und den Arm.

Triumphierend drehte der Corbaner sich zu ihr um und salutierte mit seinem Degen. Seine Kleidung bestand zwar praktisch nur noch aus Lumpen, doch Tareisa konnte erkennen, dass sie im hiscadischen Stil gehalten war. Der Mann hatte schwarze Locken und zog ein Bein merklich nach, das er vielleicht verletzt hatte. Sein Atem ging rasch, und er stützte sich mit der Linken an einer Säule ab, bevor er sie ansprach: »Habt Dank für Eure Hilfe, Meséra. Sie war mir sehr willkommen.«

Tareisa war von seiner höfischen Art überrascht, die in dieser Situation beinah absurd wirkte. Fast reflexartig deutete sie eine Verneigung an. »Ich bin eher Euch zu Dank verpflichtet. Wer weiß, was ohne Euer Eingreifen mit mir geschehen wäre, Mesér. Aber jetzt sollten wir vielleicht ...«

Demütig schüttelte er den Kopf und unterbrach sie. »Ich

bin sicher, dass eine Maestra von Eurem Format einen Ausweg gefunden hätte. Ich habe vollstes Vertrauen in Eure Fähigkeiten.«

»Das ist ... sehr schmeichelhaft. Aber woher kennt Ihr meine Fähigkeiten?«, fragte sie, als plötzlich Zweifel an den Absichten des Mannes in ihr aufstiegen.

Es dauerte einen Moment, in dem der Mann zutiefst betrübt wirkte, bis schließlich Verständnis auf seinen Zügen aufleuchtete.

»Oh, Ihr erinnert Euch nicht ... das kann vorkommen. Erlaubt mir, mich vorzustellen.«

Er verneigte sich mit einem eleganten Kratzfuß und schwang seinen Degen in weitem Bogen, während er einen langen und wohlklingenden Namen sagte, der in Tareisa eine Saite zum Klingen brachte.

»Der Dichter!«

Jetzt lächelte er wieder. »Eben jener, Meséra. Ich muss gestehen, dass wir einander niemals offiziell vorgestellt wurden, aber es freut mich, dass Ihr Euch dennoch erinnert.«

»Ich habe eines Eurer Stücke gesehen, in Cabany. Es hat mir sehr gut gefallen. So sehr, dass ich es Sugérand empfohlen habe, wenn ich mich recht entsinne.«

Ihre Worte brachten den Mann zum Strahlen. »Ihr wart das! Famos!«

»Und was, bei der Einheit, macht ein Dichter ... hier?«, fragte Tareisa fassungslos.

Die verwüstete Lagerhalle, der gewaltige Drache, der erbitterte Kampf unsichtbarer Mächte und inmitten all dieses Wahnsinns der Poet mit den vollendeten Umgangsformen – es war so kurios, dass Tareisa sich arg beherrschen musste, um nicht in haltloses Gelächter auszubrechen.

»Das ist eine lange Geschichte ... ebenso wie die Eure, vermute ich. Aber sollten wir ...«

»… diesen Ort nicht schnell verlassen? Ich bin genau Eurer Meinung«, stimmte Tareisa hastig zu.

Franigo war mittlerweile offenbar wieder zu Atem gekommen. Er löste sich von der Säule und bot ihr den Arm an. »Mein Gefährte Maecan dort drüben scheint …«

»Maecan?«, unterbrach Tareisa. Ein kühler Schauer lief ihr über die Haut. »Sagtet Ihr Maecan?«

»Ja. Er ist dort hinten, bei diesem unansehnlichen Loch in der Wand.« Franigo strich sich über den schmalen Kinnbart. »Er ist ein Maestre, wie Ihr.«

»Oh, das weiß ich«, erwiderte Tareisa, die nun verstand, wieso es Shan so schwergefallen war, seinen Gegner im Zaum zu halten.

»Ihr kennt Euch?« Das Gesicht des Dichters zeigte äußerste Verwirrung. »Was ist hier eigentlich im Gange, Meséra?«

»Ich fürchte, wir haben keine Zeit für lange Erklärungen. Wir müssen ihm helfen.«

Falls Franigos Gesichtsausdruck für den Bruchteil einer Sekunde Enttäuschung zeigte, war diese so schnell wieder verschwunden, dass Tareisa nicht sicher sein konnte.

Sie dachte nicht weiter über all die Seltsamkeiten nach, die sie umgaben. Stattdessen schloss sie die Augen und konzentrierte sich. Um sich herum spürte Tareisa den Fluss der Vigoris und die Stellen, an denen Shan die Muster auflöste und die magische Macht verpuffen ließ. Tareisa öffnete sich für die Vigoris und fügte sie dem Zauber hinzu, der um sie herum entstand und aufgerieben wurde. Shan wehrte sich dagegen, kämpfte gegen sie an. Die Maestra entließ mehr und mehr Vigoris in die Welt, passte sie in die Löcher der Matrix ein, band sie und drängte den Magietrinker zurück.

Mit einem Mal ließ sein Widerstand nach. Maecan setzte nach, und seine Macht war unglaublich. Sie fegte durch die Halle, umspülte Tareisa, fuhr ihr wie ein Schlag durch den

Körper und ließ sie aufstöhnen. Sie öffnete die Augen, als Shan aufschrie.

Mit einem Brüllen warf sich der Drache herum. Sein Blick fixierte den Magietrinker. Die Kreatur holte tief Luft.

»Weg!«, wollte Tareisa rufen, doch es war kaum ein Krächzen, das sich ihrer Kehle entrang. Dennoch verstand Franigo sie, packte sie am Arm und riss sie zur Seite.

Hinter ihnen tosten Flammen durch die Luft, und eine Hitzewelle fuhr über sie hinweg. Franigo warf sich zu Boden und zog Tareisa mit sich. Die Hitze umbrandete sie, war unerträglich, raubte ihr den Atem und brannte auf ihrer Haut.

Dann war es vorbei.

Mit zitternden Knien erhob sich die Maestra und sah sich um. Wo geraden noch Shan gestanden hatte, war der Boden nun schwarz und verbrannt. Seltsame verdrehte Überreste lagen dort inmitten der Asche, aber Tareisa wagte nicht, sie genauer anzusehen.

Neben ihr stand Franigo, der seinen Degen in die Scheide gleiten ließ und vorsichtig seinen Kopf bewegte. »Was, beim Henker …«

»Ah, Franigo, du hast dich tapfer geschlagen«, erklärte eine Stimme, und dann löste sich Maecan aus den Staubwolken wie ein Phantom und trat zu ihnen.

Sein nächster Blick galt der Fracht, und ein breites Lächeln erschien auf seinem Gesicht. »Sie haben es neutralisiert. Wie praktisch für mich«, erklärte er. »Und für dich.«

»Ja, Meister«, erwiderte Tareisa, und sie verneigte sich so tief, dass ihr Kopf beinahe ihre Knie berührte. *Es ist ein Wunder. Oder auch kein Wunder. Schließlich hat er mich ausgesandt, das Artefakt für ihn zu beschaffen. Und als die Verbindung zwischen uns abbrach, hat er wohl beschlossen, nach mir zu suchen.*

»Ich glaube, sie wollten es auf die Weise verbergen, bis sie es wieder an einen geheimen Ort gebracht hätten. Meister, ich bin sehr froh, dass Ihr gekommen seid ...«

Maecan winkte ab. »Danke, mein Kind. Deine Unterstützung war wertvoll, auch wenn ich diesen schlitzäugigen Bastard sicherlich früher oder später überwältigt hätte.«

Maecan wandte sich von ihr ab und sah die Fracht an. Der Drache bewegte sich zum Loch in der Wand, nun nicht mehr zögerlich, sondern ganz vom Willen des alten Mannes erfüllt.

»Du hast mich gerettet«, erklärte Tareisa. »Shan, der Magietrinker, hatte mich gefangen genommen.«

»Ich wusste nicht, dass du hier bist«, entgegnete ihr Meister geistesabwesend, während er sich langsam der Fracht näherte. »Es war ein glücklicher Umstand, dass wir hier aufeinandertrafen.«

Deswegen konnte ich dich nicht erreichen. Du warst nicht dort, wo ich dich vermutete. Und du bist nicht meinetwegen gekommen, sondern nur wegen dieses Artefakts, dachte Tareisa kühl. Sie sah die Fracht an.

»Wir müssen es fortschaffen, bevor sich die Diener des Kaisers neu formieren können«, beschloss Maecan. »Wir dürfen es nicht noch einmal verlieren. Unter keinen Umständen, mein Kind. Nimm es.«

Tareisa rührte sich nicht. Ihr Leben lang hatte sie dem alten Mann gedient, hatte ihre eigenen Bedürfnisse und Wünsche unterdrückt und nur seine erfüllt. Sie hatte die Fracht gejagt und in ihre Gewalt gebracht, und als sie gefangen wurde, hatten seine Gedanken nicht ihr gegolten, sondern nur seinen eigenen Begierden.

Als er glauben musste, dass ich versagt habe, hat er mich aufgegeben. So einfach ist das.

Unwillkürlich ballte sie die Fäuste. In ihr brodelten die Gefühle, und sie knirschte mit den Zähnen.

»Los!«, befahl Maecan und wandte sich an sie. »Ein wenig Eile stünde dir gut zu Gesicht. Und du, Franigo ...«

»Nein«, presste Tareisa zwischen den Lippen hervor.

Zum ersten Mal in ihrem Leben sah sie Maecan überrascht. Bevor sie sich jedoch daran erfreuen konnte, hob er seinen Stock. Sie öffnete sich für die Vigoris, doch es war zu spät. Ihr hastiger Versuch, sich zu schützen, zerfiel unter seinem Ansturm, als sei ihr Zauber nicht mehr als ein Spinnennetz in einem Orkan. Sie wurde gepackt und umhergewirbelt, dann schlug sie mit einem ohrenbetäubenden Knacken auf dem Boden auf.

»Meine Schülerin widersetzt sich mir nicht«, erklärte Maecan mit ruhiger Stimme. »Meine Schülerin versagt nicht in ihren Pflichten. Doch du hast beides getan, und was daraus folgt, ist klar. Du bist nicht mehr meine Schülerin.«

Er trat vor sie. Keine Regung zeigte sich auf seinem Gesicht. Sie wollte etwas sagen, wollte ihn mit Vigoris vernichten, aber die Schmerzen nahmen ihr fast das Bewusstsein.

»Ich hatte solche hohen Hoffnungen in Bezug auf dich.« Er hob seinen Stock erneut.

Tareisa wollte die Augen schließen, aber sie musste zusehen. Sie spürte, wie sich die Vigoris sammelte, wie er ihr Form gab – eine tödliche Form, die letzte, die sie sehen würde.

Etwas erschien auf seiner Brust.

Ein heller Lichtstrahl, dachte die Maestra, dann erkannte sie, was es wirklich war: Die Klinge bebte, als Maecan sich mit aufgerissenem Mund bewegte. Das Muster der Vigoris zerfiel.

Der alte Mann wirbelte herum. Hinter ihm stand Franigo, dem von der plötzlichen Bewegung der Degen aus der Hand gerissen wurde.

Maecan schrie. Der Drache brüllte. Die Kreatur packte die Fracht mit einer Klaue. Maecan riss die Vigoris noch einmal an sich, und mit einem gewaltigen Schlag fuhr sie empor und zerschmetterte das Dach über ihnen. Der Drache ergriff mit der anderen Klaue den alten Mann, löste sich mit ihm vom Boden und flog durch die herabfallenden Trümmer dem Licht entgegen.

Tareisa sah Franigo neben sich knien.

Die Trümmer des Dachs stürzten auf sie zu.

Ein letztes Mal versuchte die Maestra, sich für die Vigoris zu öffnen und ihr Form zu geben, dann schlugen Balken und Steine herab, und es wurde dunkel um sie.

JAQUENTO

Unsicher, wie er sich in dieser Situation verhalten sollte, tat es Jaquento den anderen gleich, auch wenn er den Verdacht hatte, dass sie es ihm gleichtaten und deshalb alle nichts unternahmen.

Die Soldaten in ihren goldenen Rüstungen liefen bis zu ihnen, hatten aber ihre Waffen nicht gezogen und wirkten eher besorgt als bedrohlich. Als sie nur noch wenige Schritt von der Spiegelwand entfernt waren, warfen sie sich auf die Knie, berührten den Boden mit der Stirn, und der vorderste von ihnen begann schnell zu reden.

»Was sagt er?«, flüsterte Jaquento Sinosh zu, der bislang geschwiegen hatte und in ähnlicher Haltung wie die Soldaten auf dem Boden verharrte.

Es gab einen Überfall. Auf einen wichtigen Ort. Viele Tote.

»Was für ein Ort? Eine Festung? Eine Stadt?«

Nein, hier. Es wurde gestohlen … Oh nein! Der Fokus! Der Fokus wurde gestohlen!

»Sie haben den Fokus verloren?« Jaquentos Stimme war laut geworden. Die anderen sahen ihn verwundert an, also fügte er leiser hinzu: »Der Fokus. Jemand hat ihn geraubt.«

»Aber wer?«, fuhr Roxane auf.

»Wieso?«

»Woher weißt du das plötzlich?«, erkundigte sich Sean misstrauisch.

Die Fragen prasselten auf ihn ein. Abwehrend hob der junge Hiscadi die Hände. »Gemach, gemach.«

Die Soldaten indes ließen sich von ihnen nicht ablenken, sondern redeten weiter mit dem Drachen, der nun seinerseits die Corbaner ebenfalls nicht mehr zu beachten schien.

»Wenn du mehr weißt, sag es mir«, bat Jaquento Sinosh. Dann fiel ihm noch etwas ein: »Kanntest du die Geschichte? Wie der Fokus entstanden ist?«

Nicht so genau. Die Stimme des kleinen Drachen klang verlegen. *Nur in Grundzügen. Ich wusste, dass die Kugel mächtig ist, aber nicht, weshalb. Und auch nicht, dass unser Kaiser sie geschaffen hat.*

»Und die Lösung? Der … die Kaiserin sagte, für euch habe sie eine Lösung gefunden.«

Sie hat eine Lösung gefunden. Es ist ganz einfach. Sie ist die letzte der Uralten. Und die Jüngeren werden niemals so mächtig sein wie sie, deshalb kann es keinen Krieg mehr geben.

Bei diesen Worten, die Sinosh in seinem Geist sprach, drängte eine Erinnerung in Jaquentos Gedanken an die Oberfläche, die Fetzen eines Gesprächs, das er erst vor kurzer Zeit mit Sean geführt hatte, auch wenn ihm seitdem Jahrhunderte vergangen zu sein schienen.

»Wieso werden die jüngeren Drachen nie so mächtig werden?«, fragte er lauernd.

Wenn sie älter und größer werden, nimmt sie ihnen einen Teil ihres Verstandes. Und wenn sie noch älter werden, dann ruft sie sie zu sich und vernichtet sie.

Also stimmt Seans Geschichte tatsächlich. Entgeistert starrte Jaquento den kleinen Drachen an, in dessen Stimme weder Aufregung noch Angst mitschwang. Sinosh schien diesen

Worten keine besondere Bedeutung beizumessen und sich auch keine Sorgen um seine eigene Zukunft zu machen.

»Was? Sie bringt euch um? Euch alle?«

Nur die Älteren unter uns.

»Aber das ist Barbarei. Eure Kaiserin entscheidet willkürlich darüber, ob ihr lebt oder sterbt?«

Das ist notwendig, Jaq. Ansonsten würde es wieder Krieg geben, früher oder später, und niemand kann das wollen. Das muss um jeden Preis verhindert werden.

Jaquento zögerte einen Moment, bevor er seine nächste Frage stellte. Er warf einen Blick zu Roxane hinüber, die den kleinen Drachen und ihn aufmerksam beobachtete, während Bihrâd und Sean miteinander flüsterten, zu leise, als dass der Hiscadi den Inhalt ihres Gesprächs hätte verstehen können.

»Ist es auch dein Schicksal, dass du sterben musst, wenn du groß genug geworden bist?«, sagte Jaquento dann, wieder an Sinosh gewandt.

Ja. Es war die Stimme der Drachenkaiserin in Jaquentos Geist, und für sein Empfinden klang sie nun kalt und grausam. Er wandte sich der Spiegelwand zu und musterte das riesige Wesen. Er versuchte, hinter der monströsen Gestalt eine Persönlichkeit zu erkennen, ein Ich, das eine Geschichte, Erfahrungen und Ziele hatte, doch es fiel ihm schwer, den Ausdruck in den obsidianfarbenen Augen zu ergründen.

»Wir können Euch helfen«, erklärte er unvermittelt und sprach damit einen Gedanken aus, der ihm gerade erst gekommen war. Bevor er sich einen Plan zurechtlegen konnte, redete er schon weiter: »Wir haben Schiffe vor Ort. Wir können Euer Eigentum zurückholen.«

Eines meiner Kinder wurde unter einen fremden Willen gezwungen und benutzt. Man hat mich beraubt, hintergangen und meine Ehre beschmutzt. Das ist es, was deine Rasse tut, Mensch.

»Wir sind nicht alle ...«, begann Roxane, aber Jaquento schüttelte kaum merklich den Kopf, und sie verstand und ließ den Satz unbeendet.

Obwohl die Antwort des Drachen zornig und ablehnend geklungen hatte, trat Jaquento, die Blicke seiner Begleiter ignorierend, vor. »Es liegen zwei Schiffe im Hafen. Wir können mit ihnen die Verfolgung derjenigen aufnehmen, die den Fokus gestohlen haben. Wir schwören, Euer Eigentum nicht in falsche Hände fallen zu lassen, sondern es zu Euch zurückzubringen, wenn Ihr das wünscht.«

Ihr wollt die Diebe verfolgen? Die dröhnende Stimme klang skeptisch.

Überraschend sprang Sean dem Hiscadi zur Seite. »Er hat Recht, Hoheit«, sagte der Mann aus dem Viererbund. »Wir haben Schiffe, und wir sind erfahrene Seeleute. Wir können das Artefakt wiederbeschaffen.«

Warum würdet ihr das tun wollen?

»Unser Lohn ist unsere Freiheit«, antwortete Jaquento mit fester Stimme, »und die unserer Gefährten.« Er warf einen vorsichtigen Blick zu Sinosh. »Aller Gefährten. Wir dürfen gehen, wohin wir wollen. Und keiner von uns muss je zurückkehren, wenn er das nicht will.«

Du weißt nicht, was du verlangst.

»Doch, das weiß ich sehr gut. Lasst uns gehen, und wir helfen Euch. Ich spreche für uns alle«, erklärte Jaquento und hoffte, dass dies der Wahrheit entsprach und jeder der Anwesenden die Vereinbarung bestätigen würde.

Der Drache antwortete ihm nicht, und Stille senkte sich schwer über die Halle. Die Soldaten bewegten sich nicht und schienen kaum noch zu atmen. Auch Sinosh war wie erstarrt. Die kleine Echse fixierte die Spiegelwand, ohne den Blick von ihrer gigantischen Verwandten nehmen zu können.

Deine Freundin ist etwas Besonderes, erklärte die Drachenkaiserin schließlich.

Jaquento war mehr als geneigt, ihr zuzustimmen, bis er erkannte, dass sie nicht von Roxane, sondern von Sinosh sprach. Bevor er jedoch etwas darauf antworten konnte, fuhr die Drachenkaiserin fort: *Sie war bei der Geburt eines Nexus anwesend. Das ist ein sehr seltenes Ereignis, selbst aus meiner Sicht.*

Wieder herrschte für eine Weile Stille.

Ich lasse euch gehen, sagte die Drachenkaiserin dann. *Und ich stimme deinen Bedingungen zu, wenn ihr die Diebe verfolgt. Ihr müsst verhindern, dass der Fokus zum Nexus gebracht wird.*

»So wird es sein«, befand Jaquento und warf Roxane, die ihn ungläubig ansah, ein schnelles Lächeln zu. »Also sind wir frei?«

Ja. Meine Wachen werden euch zu euren Schiffen bringen. Niemand wird sich euch in den Weg stellen. Ich schenke euch die Freiheit; nutzt sie gut. Und vergesst nicht, dass meine Macht weit über diese Stadt und dieses Land hinausreicht. Wenn ihr mich hintergeht, bedeutet das euren Tod.

»Das haben wir verstanden, und wir werden nichts Derartiges tun«, erklärte Roxane mit fester Stimme.

Jaquento verneigte sich, und die anderen folgten seinem Beispiel.

Die Goldgerüsteten erhoben sich, gleichzeitig und wie auf einen stummen Befehl hin, und nahmen die Corbaner und Sean in die Mitte. Dann drehten sie sich um und marschierten los. Offenkundig erwarteten sie, dass die Corbaner ihnen ohne weitere Aufforderung folgen würden.

Mit zwei schnellen Flügelschlägen erhob sich Sinosh in die Luft und landete auf Jaquentos Schulter. *Du bist wahnsinnig. Wieso hast du mich nicht gefragt?,* sagte das kleine Drachenweibchen.

»Weil ich ... Weil wir ... Nun, deswegen halt.«

Was soll ich denn jetzt tun?

»Mit uns mitkommen. Den Fokus aufstöbern und für deine Kaiserin verhindern, dass etwas Schlimmes durch ihn geschieht. Die Welt retten. Danach kannst du immer noch sehen, was du tun willst. Und wenn das bedeutet, hierher zurückzukommen und dich auf den Rücken zu rollen und deine Kehle zu präsentieren ... dann ist das eben so. Ich habe dir nur eine Möglichkeit gegeben, dich für etwas anderes zu entscheiden. Aber tun musst du es selbst.«

Als Sinosh nicht antwortete, schritt Jaquento zügig aus, um den Wachen zu folgen, geradeso wie vor ihm Bihrâd und Roxane.

»Ich weiß nicht, ob du ein Genie bist oder ein Wahnsinniger, Kumpel«, sagte Sean laut und schloss zu Jaquento auf.

»Was?«, protestierte der Hiscadi. »Ich habe euch alle gerettet. Mitsamt den Schiffen. Wenn das nicht genial war, was dann?«

Sie hat überlegt, euch einfach alle zu vernichten, warf Sinosh ein. *Das wäre ihr nicht schwergefallen. Ich glaube, es war ziemlich knapp.*

»Das war Wahnsinn«, erwiderte Bihrâd lakonisch über seine Schulter hinweg.

»Ja, ganz klar. Völlig irrsinnig«, meinte nun auch Roxane, aber der Blick, den sie ihm zuwarf, strafte ihre Worte Lügen.

»Ha! Aber es hat funktioniert.«

Die goldenen Soldaten führten sie durch die Hallen und andere Treppen empor, als die, über die sie zu der Drachenkaiserin gelangt waren. Goldene Räume wechselten sich mit funkelnden Korridoren ab, so schnell, dass Jaquento der Prunk des Gebäudes wie ein Traum erschien.

Als sie schließlich durch ein breites Tor hinaustraten in das grelle Sonnenlicht, konnte er ein Lächeln nicht unterdrücken.

Sie waren inmitten der Stadt. Die Gebäude wirkten wie in Rachine, dicht an dicht gebaut, als wüchsen die Häuser ineinander. Ein Stück von ihnen entfernt schwebte eine dunkle Rauchwolke über der Stadt wie nach einem schweren Brand.

Genau dorthin zeigten die Soldaten und liefen los. Jaquento und seine Begleiter folgten ihnen. Allein der Anblick der Goldgerüsteten genügte, damit ihnen auf der Straße respektvoll Platz gemacht wurde, obwohl alle Wege voller Menschen waren, die vielleicht durch die jüngsten Vorkommnisse aus den Häusern gelockt worden waren. Viele von ihnen redeten jedenfalls aufgeregt aufeinander ein oder deuteten zum Himmel. Die Corbaner indes rannten hinter den Soldaten her, die trotz ihrer Rüstungen ein hohes Tempo vorlegten und anscheinend keine Erschöpfung kannten.

Endlich erreichten sie den Ursprung des Rauchs, die Ruine einer großen Lagerhalle am Fluss, aus der der Qualm in dichten Wolken aufstieg, und einige der Goldgerüsteten liefen zu den Trümmern hinüber, während die Mehrzahl der Soldaten mit den Corbanern im Hof stehen blieb.

»Die *Siorys* liegt im Hafen«, stellte Roxane, die offenbar nicht lange warten wollte, fest. »Ich muss zuerst dorthin.«

Jaquento nickte stumm, packte sie, drückte sie an sich und küsste sie. Sie erwiderte den Kuss, dann löste sie sich widerwillig aus seiner Umarmung.

»Was ist mit Ihnen, Seemann?«

Sean schüttelte den Kopf, und Jaquento sprang ihm bei: »Nein, Sean kommt mit mir.«

»Sind Sie sicher? Wenn Sie jetzt umkehren, werde ich in meinem Bericht verschweigen, dass Sie desertiert sind, und Sie können Ihren Dienst wieder aufnehmen.«

»Danke, Thay, aber ich bleibe bei Jaq.«

»Wie Sie wollen«, erklärte Roxane kühl. Als sie sich an

Jaquento wandte, war ihre Stimme hingegen warm: »Pass auf dich auf.«

»Und du auf dich.«

Roxane wandte sich ab und lief gemeinsam mit dem Gros der Goldgerüsteten die Straße hinunter.

Jaquento sah Roxane mit einem Stich im Herzen nach, bevor er sich an seine beiden Begleiter wandte: »Auch wir müssen weiter. Die *Todsünde* und ihre Mannschaft finden und klarmachen.«

In diesem Moment taumelte eine Gestalt aus dem Rauch, die so laut hustete, dass das bellende Geräusch auf dem gesamten Hof widerhallte. Es handelte sich um einen schwarzhaarigen Mann in abgerissener Kleidung, hochgewachsen und so mit Staub und Ruß bedeckt, dass seine Züge kaum zu erkennen waren. In den Armen trug er eine leblos wirkende Frauengestalt.

Der Mann ging einige schwankende Schritte nach vorn, dann fiel er unter dem Gewicht, das er trug, auf die Knie.

Jaquento trat auf den Überlebenden zu, der ihm plötzlich seltsam vertraut erschien. Die Haltung, der Haarschopf …

Es dauerte einen Augenblick, bis Jaquento klar wurde, dass er kein Trugbild vor sich hatte, sondern dass er den Mann wirklich kannte.

»Franigo? Franigo!«

Der Dichter hob den Kopf und sah ihn erschöpft an, dann erhellte ein Lächeln seine schmutzigen Züge. »Natürlich, Maurez! Bei der Einheit! Mitten in den Ländern des Drachenkaisers treffe ich auf … dich! Wo auch sonst?«

»Es ist eine Kaiserin«, berichtigte Jaquento vorsichtig, ging neben seinem Freund in die Knie und nahm ihm die regungslose Frau ab. »Bist du verletzt? Ist das Tareisa? Lebt sie?«

»Ich weiß nicht …«, hub Franigo an, begann dann aber sofort wieder zu husten.

Sanft ließ Jaquento Tareisa zu Boden gleiten, und sofort trat Bihrâd neben sie, ließ sich auf ein Knie nieder und untersuchte sie.

Nach wenigen Augenblicken nickte er. »Sie lebt, mein Freund. Aber ich muss mich um ihre Verletzungen kümmern.« Falls auch der Maureske sich fragte, was der hiscadische Dichter in Danam tat, stellte er die Frage zunächst hintenan.

Franigo rieb sich den Kopf. »Maurez … jetzt Jaquento, nicht wahr? Meine Güte, hier geht es wirklich zu wie in einem Roman!«

Jaquento grinste. »Was ist dir geschehen?«

»Mir ist ein Dach auf das Haupt gefallen, ich wurde fast von einem Drachen geröstet, und ich habe versucht, einen uralten Magier zu erstechen. Dafür geht es mir eigentlich erstaunlich gut.«

»Wie bist du überhaupt hierhergekommen?«

»Das kann ich dir berichten.« Der Poet rieb sich über die Stirn und vermengte dabei den schwarzen Ruß und den weißen Mörtelstaub zu einer bizarren Bemalung. »Aber nein, das dauert zu lang. Ich fasse es dir zusammen.«

Und das tat er. Selbstverständlich war eine Zusammenfassung aus Franigos Mund in etwa so knapp wie die ausführliche Geschichte eines anderen. Aber Jaquento dachte nicht daran, den Dichter zu unterbrechen, denn dessen Bericht gab ihm auch die Zeit, sich die ganze unwirkliche Situation, in der sie sich befanden, noch einmal begreiflich zu machen.

Franigo ist hier. Und Tareisa. Und wir handeln jetzt im Auftrag des Drachenkaisers. Der Drachenkaiserin.

»Ich will ja nicht drängen«, mischte sich Sean ein, als die letzten Goldgerüsteten aus Trümmern und Rauch zurückkehrten. »Aber ich sollte wohl mal. Wir sollten uns beeilen, auch wenn euer Wiedersehen natürlich sehr rührend ist.«

»Du hast Recht.« Jaquento erhob sich. »Du kommst doch mit uns, alter Freund, nicht wahr?« Er streckte dem Dichter die Rechte hin.

Franigo sah sich suchend um, und zuckte schließlich mit den Schultern. »In Ermangelung anderer Alternativen nehme ich dein Angebot gern an, auch wenn mir das Wohin noch schleierhaft ist.« Er ergriff Jaquentos Hand und ließ sich von diesem auf die Füße helfen.

»Bring zusammen mit Bihrâd und Franigo Tareisa an Bord der *Todsünde*. Und vorher lass uns den Goldkriegern hier erklären, dass einer von ihnen mich zu der Besatzung des Schiffs bringen soll«, forderte Jaquento Sean auf.

Der ehemalige Matrose sprach mit den Wachen, und dann nahm Bihrâd die immer noch bewusstlose Maestra auf die Arme, während Sean Franigo auf dem Weg stützte.

Jaquento indes ließ sich von dem verbliebenen Soldaten zu einem niedrigen Haus mit dicken Mauern führen, das von einer Handvoll weitaus weniger imposanter Soldaten bewacht wurde. Nach einem kurzen Wortwechsel in ihrer Sprache ließen sie Jaquento hinein.

Im Inneren war es düster, da die Fenster weit oben in den Wänden und sehr klein waren. Mehrere Dutzend Gestalten saßen, standen und lagen in dem Raum verteilt. Jaquento kannte sie alle, denn er war mit ihnen auf der *Todsünde* gesegelt, in einem anderen Leben, wie es ihm jetzt scheinen wollte.

Er lief in die Mitte des Raumes und erhob die Stimme: »Ich hoffe, ihr erinnert euch noch ebenso deutlich an mich wie ich mich an euch. Falls man euch erzählt hat, ich sei tot – nun, die Berichte von meinem Ableben waren stark übertrieben, wie ihr sehen könnt. Jetzt ist keine Zeit für lange Erklärungen, aber ich verspreche euch, dass wir das später nachholen. Im Augenblick ist nur eines wichtig: Wenn ihr mir folgt, seid ihr frei. Wir bekommen die *Todsünde* und können von hier verschwinden.«

Es dauerte ein wenig, bis die Botschaft angekommen war, dann sprangen die Piraten auf und brachen in Jubel aus.

»Seid ihr dabei?«

Die Mannschaft der *Todsünde* antwortete wie aus einem Munde: »Ja!«

THYRANE

Als er erwachte, konnte er den Schlag der Glasenglocke hören. Es musste kurz vor Tagesanbruch sein. Das Geräusch hatte Thyrane nicht geweckt, dazu gehörte es seit zu vielen Jahren zu den alltäglichen Lauten, die ihn bei Tag und Nacht auf einem Schiff umgaben. Aber auch ohne den Schlag der Glocke war es ihm kaum möglich, länger als bis Sonnenaufgang zu schlafen.

Als er die Beine aus der Koje hob und die Füße auf den Boden stellte, spürte er einen scharfen Schmerz im rechten Knie, der erst nach einigen Atemzügen zu einem dumpfen Pochen abflaute. *Verfluchtes Alter. Wäre ich daheim in Graemney geblieben, könnte ich jetzt nach meinem Diener klingeln, mir Kaffee und den* Thaynric Chronist *vom Vortag bringen lassen und den Rest des Morgens im Bett verbringen.*

Im Augenblick hatte diese Vorstellung etwas ungemein Verlockendes. Da sie sich aber nicht in die Tat umsetzen ließ, hinkte der Admiral durch seine Kajüte und zog sich mit einiger Mühe die Uniform an. Kaum dass er damit fertig war, hörte er ein respektvolles Klopfen an der Tür.

Auf seinen Zuruf streckte ein pockennarbiger Matrose seinen Kopf durch die Tür. »Thay, wir ham noch mehr Segel voraus. Kapitän Bercons fragt, ob Sie sich die Sache anschau'n wollen«, brachte der Mann unbeholfen hervor.

Ob ich mir ein paar Segel voraus anschauen will? Noch vor dem Frühstück? Wer, die Einheit sei verflucht, macht eigentlich die verdammten Regeln der Marine?, dachte Thyrane unwillig. Laut sagte er hingegen: »Richten Sie Bercons aus, dass ich auf dem Weg bin. Und dann suchen Sie meinen Steward und sagen ihm, dass er mir möglichst schnell eine möglichst große Tasse Kaffee auf das Achterdeck bringen soll.«

»Aye, aye.«

Obwohl sein rechtes Knie noch immer schmerzte, bemühte der Admiral sich, das Bein nicht nachzuziehen, als er an Deck kam und sich zu Bercons gesellte, der ihm nach einem kurzen Gruß das Fernrohr reichte. Vor zwei Tagen schon hatten sie einige Segel am Horizont gesichtet, und Thyrane hatte angeordnet, diese zu verfolgen. Sein Gespür hatte sich als richtig erwiesen, denn inzwischen war nicht nur die Nachhut des Compagnie-Geschwaders zu sehen, sondern der Hauptteil ebenso, wie er feststellte, als er das Fernrohr auf den Horizont richtete.

Der Anblick der Flotte bereitete dem Admiral erhebliche Sorgen. Selbst im Morgennebel konnte er mit dem Fernrohr sieben verschiedene Schiffe ausmachen, und es war zu erwarten, dass dies nicht die gesamte Schwadron war.

Er setzte das Fernrohr ab und trank einen Schluck von dem dampfenden Kaffee, der auf dem Kartentisch stand. Nach einem Moment des Nachdenkens sagte er: »Kapitän Bercons, lassen Sie bitte dem Rest unserer Schiffe signalisieren, dass sie zu uns aufschließen sollen, wenn es möglich ist.«

»Sofort, Thay.«

Doch statt tatsächlich diese Order sogleich weiterzutragen, blieb Bercons mit vorgeneigtem Kopf stehen.

»Noch nicht«, erwiderte Thyrane auf die unausgesprochene Frage. »Wir haben noch genug Zeit, um Klarschiff zum Gefecht zu geben.«

Bercons nickte und gab den Befehl an den Signalmaat weiter, der die entsprechenden Flaggen aus der Kiste suchte und damit begann, die Order an die nächsten Schiffe weiterzuleiten.

»Was sagt er ihnen?«, erkundigte sich Sinao, die sich katzenhaft leise zu Thyrane gesellt hatte und ihn nun aus seinen Überlegungen riss.

»Dass alle Schiffe zusammenkommen sollen. Wir haben uns in der Nacht zu weit verstreut. Ich werde wohl heute im Laufe des Tages mit den kommandierenden Offizieren reden müssen. Da ist es besser, wenn das ganze Geschwader nah beieinander ist.«

»Warum willst du mit ihnen reden?«

»Weil ich sie darauf vorbereiten muss, dass wir eventuell in ein Gefecht hineinfahren. Nicht dass es wahrscheinlich ist, dass die Compagnie sich uns widersetzt, wenn das einen offenen Angriff auf Kriegsschiffe Ihrer Majestät bedeutet«, fügte er schnell hinzu. »Aber seit Rosarias halte ich nichts mehr für unmöglich.«

Sinao nickte wissend, und Thyrane musste grinsen, als er das sah. Die junge Paranao hatte manchmal eine altkluge Art, die sich mit ihrer sonstigen Neugier und Impulsivität nur schwer vertrug.

»Sie wissen nicht, dass wir sie jagen«, stellte sie schließlich fest. »Sie erwarten nicht, dass wir als Feinde kommen.«

»Das ist tatsächlich ein Vorteil, allerdings einer, den ich nicht auszunutzen gedenke.« Er sah ihren überraschten Blick und führte aus: »Die Compagnie ist Teil der thaynrischen Nation. Ich kann nicht einfach das Feuer auf ihre Schiffe eröffnen lassen. Nicht ohne guten Grund. Und ich muss ihnen vorher auf jeden Fall die Möglichkeit geben, sich meiner Befehlsgewalt zu unterwerfen.«

»Aber wir wissen, was sie wollen! Und auch, dass sie sich

sicher nicht einfach so ergeben werden«, fuhr Sinao auf. »Das ist wie in der Sturmwelt!«

»Wir glauben zu wissen, was sie vorhaben«, korrigierte Thyrane. »Aber selbst wenn wir mit allem Recht behalten, muss ich erst einmal versuchen, sie ohne Waffengewalt aufzuhalten.«

Sinao schüttelte trotzig den Kopf. »Das ist dumm!«

»Vielleicht. Aber denk bitte auch an die Mannschaften der Compagnieschiffe, Hunderte von Menschen. Denk an all die Seeleute an Bord unserer Schiffe. Wenn es zu einem Gefecht kommt, wird es viele Tote geben und noch mehr Verwundete. Vielleicht werden ganze Schiffe verloren. Nein, Sinao, ein Angriff muss das letzte Mittel sein.«

Mit vor der Brust verschränkten Armen starrte die Paranao zu den Segeln, die mit bloßem Auge vor dem Horizont im Morgennebel kaum zu erkennen waren. »Du meinst, sie werden dir gehorchen?«

Thyrane wiegte den Kopf hin und her. Er deutete auf seinen Dreispitz. »Dieser Hut gibt mir Macht«, sagte er und zwinkerte ihr zu. »Und wer weiß, welche Befehle sie überhaupt haben. Ich kann mir kaum vorstellen, dass sie freiwillig ein Gefecht mit Schiffen der Marine suchen. Vergiss nicht, die Sturmwelt ist weit weg, aber Thaynric ist hier nah.« Er sah sich kurz um, sein Blick fiel auf die Ödnis der Drachenküste, dann relativierte er: »Einigermaßen nah. Es gibt einen gewaltigen Unterschied zu der Situation in der Sturmwelt. Diesmal bin ich nicht nur ein einsamer Admiral ohne Flotte, sondern der offizielle Vertreter der Königlichen Marine. Wenn sie sich uns hier widersetzen, hat das Konsequenzen für die ganze Compagnie.«

Sinao zog grübelnd die Augenbrauen zusammen.

»Es würde mich freuen, wenn wir kein Blut vergießen müssten«, erklärte sie mit leiser Stimme.

»Mich auch, mein Kind, mich auch.«

Thyrane hob das Fernrohr wieder ans Auge und versuchte, mehr Einzelheiten zu erkennen. *Acht … nein, neun. Sie ziehen ihr Geschwader zusammen. Kein Wunder, sie werden uns ebenso gesichtet haben wie wir sie, und auf See ist Vorsicht die oberste Devise. Neun … gegen zehn, davon aber die Hälfte nur Korvetten. Und Farcey sagte, sie haben zwei Linienschiffe. Alte Pötte, bei der Marine ausrangiert und verkauft, aber trotzdem.*

»Was siehst du?«

»Neun Schiffe. Ich schätze, das ist ihre gesamte Flotte. Üblicherweise fahren einige der kleineren Schiffe abseits, damit sie Segel und Gefahren früher entdecken und den Rest des Geschwaders warnen können.« Er deutete mit dem Fernrohr zu den eigenen Schiffen. »So wie bei uns. Jetzt fahren sie aber enger zusammen. Ihre Nachhut hat gemeldet, dass sie uns gesehen haben, und sie beraten nun, was zu tun ist. Wenn wir deutlich machen, dass wir hinter ihnen her sind, werden sie uns wohl erwarten.«

»Ist das gut?«

»Wenn ihr Kommandant schlau ist, wird er eine günstige Position einnehmen, die ihm den Vorteil des Windes gibt und damit die Kontrolle. Allerdings wird das nicht einfach, und sie müssten dafür die Küste verlassen und uns in einem Bogen umfahren.« Thyrane versuchte es ihr mit den Händen zu zeigen. »Das lasse ich natürlich nicht zu. Aber bis dahin dauert es ohnehin noch etwas. Jetzt ist erst einmal Zeit für einen weiteren Kaffee. Willst du auch?«

Während sie den Kaffee tranken, beobachtete Thyrane immer wieder das Compagnie-Geschwader. Es wurde wenig gesprochen; auf dem ganzen Schiff war die Anspannung zu spüren, auch wenn wohl die wenigsten wirklich mit einem Gefecht rechneten. Für die Seeleute war die Aussicht auf einen Kampf Segen und Fluch zugleich; einerseits gab es natürlich Prisengeld, andererseits waren Kriegsschiffe gefährlich und nur selten mit wertvoller Fracht beladen.

Wie von Thyrane vorhergesehen, schwenkten die Schiffe tatsächlich nach einer Stunde um und änderten ihren Kurs. Sie fuhren in Richtung offene See, um sich den Vorteil des Windes zu erkämpfen.

»Halten Sie uns zwischen ihnen und dem Wind«, befahl Thyrane, und Bercons nickte. »Das Spiel können auch zwei spielen.«

Anstatt sich direkt anzunähern, fuhren die beiden Geschwader nun kurze Zeit fast parallel, bevor Bercons wieder in Richtung des anderen Geschwaders einschwenken ließ. Sie selbst hatten den Wind im Rücken, während die Compagnieschiffe kreuzen mussten. So konnten sie wieder auf Verfolgungskurs gehen, ohne ihre Position allzu sehr zu schwächen.

Inzwischen waren die Segel gut mit bloßem Auge zu erkennen, und Thyrane konnte selbst auf die Distanz die unterschiedlichen Schiffstypen unterscheiden.

»Ein Dreidecker und ein Zweidecker. Vermutlich die 80er und die 64er«, stellte er fest. »Zwei Fregatten. Der Rest sind Korvetten.«

»Sind das große Schiffe?«, fragte Sinao, die eine Weile lang schweigend an der Reling gelehnt hatte.

»Wir sind vom Gewicht der Breitseiten klar unterlegen. Mit den beiden großen Schiffen können wir uns nicht lange anlegen. Die schießen uns zusammen.«

»Ist das nicht sehr schlecht, wenn wir kämpfen müssen?« Thyrane lächelte Sinao an.

»Keine Sorge, ich habe noch den einen oder anderen Trick auf Lager, mit dem die Süßwasser-Offiziere der Compagnie sicher nicht rechnen. Es ist eine Sache, ein großes Schiff zu befehligen, und eine ganz andere, es in einer Schlacht zu kommandieren.«

Er sah wieder durch sein Fernrohr. Die Compagnieschiffe waren neuerlich auf einen Ostkurs eingeschwenkt. Ihr Manöver war langsam, und es brachte ihre Formation durcheinander. Wäre so etwas in seinem Geschwader passiert, Thyrane hätte dem Verantwortlichen eine gewaltige Standpauke gehalten. *Wollen wir hoffen, dass sie im Ernstfall ebenso ungeschickt manövrieren.*

Ein dunkler Fleck am Himmel beanspruchte seine Aufmerksamkeit. Zuerst glaubte er, einen Schwarm Vögel zu sehen, dann aber erkannte er eine einzelne riesige Gestalt.

»Drache!«, brüllte der Ausguck in diesem Moment. »Da ... da, bei den Segeln!«

»Was?« Bercons stürmte an Thyranes Seite und zückte sein eigenes Fernrohr. »Wo?«

Sinao beschattete die Augen mit den Händen und starrte ebenfalls suchend in den Himmel.

»Ich fürchte, er hat Recht«, befand Thyrane, der das Wesen beobachtete, dessen Konturen sich nun deutlich vor dem Himmel abzeichneten. Es kreiste über dem Geschwader der Compagnie.

»Was sollen wir tun, Thay?«, fragte der Kapitän mit erzwungener Ruhe.

»Wenn es sie angreift, werden wir ihnen helfen müssen«, erklärte Thyrane.

»Wir sind noch zu weit entfernt. Wenn ich an die Berichte über Boroges denke ... Das wird kein langes Gefecht.«

»Ich bin geneigt, Ihnen zuzustimmen, Thay. Entweder sie erwehren sich der Bestie, oder es ist vorbei, bis wir auch nur in die Nähe kommen. So oder so, lassen Sie das Schiff zum Gefecht klarmachen.«

»Aye, aye!«

Bercons eilte davon, und schon Sekunden später ertönten die Pfeife des Bootsmanns und das Trommeln der

Marinesoldaten. Thyrane ließ den Drachen nicht aus den Augen.

Nach einer weiteren großen Runde senkte die Kreatur sich langsam zu den Schiffen der Compagnie hinab. *Feuert,* befahl der Admiral im Geiste. *Feuert, verdammt nochmal!*

Doch es war nichts dergleichen zu sehen, keine Mündungsblitze, kein Pulverdampf, nichts. Und dann tauchte der Drache zwischen den Segeln einfach unter, und so sehr Thyrane auch nach ihm suchte, er konnte ihn nicht mehr entdecken.

Eine ungute Ahnung beschlich ihn.

FRANIGO

Das Schiff fuhr in ein Wellental, und die Zinnbecher machten einen kleinen Sprung und vergossen Rotwein auf dem schmalen Holztisch, dessen Oberfläche durch viele Jahre der Benutzung dunkel und uneben geworden war. Franigo griff nach Becher und Kanne und hielt beides fest.

»Nicht, dass mir der Wein zu kostbar wäre«, sagte er zu Jaquento, der ihm in der Kapitänskajüte der *Todsünde* gegenübersaß. »Aber ich möchte natürlich verhindern, dass dieses süße Zeug den Boden deines Quartiers verklebt.«

Jaquento griff ebenfalls nach seinem Becher und grinste.

»Vielleicht ist es nicht gerade der beste Wein, aber das ist leider alles, was die Vorräte der *Todsünde* noch hergegeben haben«, stimmte er zu. »Anscheinend hatten die Diener des Kaisers – oder vielmehr der Kaiserin – kein besonderes Verlangen nach Alkohol. Sonst wäre gar nichts mehr vorhanden.«

Die kleine Echse, die Jaquento schon in Hiscadi begleitet hatte, war auch jetzt wieder bei ihm und schlummerte auf seiner Schulter. Es schien Franigo, als sei sie ein wenig größer geworden und auch … drachenähnlicher. *Aber vielleicht bilde ich mir das bloß ein, weil Maurez gesagt hat, dass Sinosh eigentlich ein Drache ist.*

Der Dichter behielt seine Überlegungen für sich und kam auf das Thema zurück: »Wir sind jetzt schon seit beinahe einer Woche auf See – haben wir überhaupt genug Reserven, um die Verfolgung Maecans noch lange fortzusetzen?«

Jaquento zuckte mit den Schultern. »Zwieback und Pökelfleisch werden noch eine Weile reichen. Und solange uns der Rum nicht ausgeht, bin ich davon überzeugt, dass die Mannschaft nicht meutern wird. Was will man mehr?«

Franigo musste lachen. »Ja, was könnte man schon mehr wollen?«

Er hob seinen Becher und prostete Jaquento zu. Der Wein war von minderer Qualität, und der Metallgeschmack des Bechers trug nicht dazu bei, ihn zu verbessern, aber ein Mann musste eben mit dem auskommen, was ihm die Einheit gegeben hatte. Und nach etlichen langweiligen Tagen und Nächten auf See war dieses Zechgelage mit all seinen Reminiszenzen an die gemeinsame Vergangenheit mit seinem alten Freund Maurez di Jaquente immerhin ein anschaulicher Beweis für das Sprichwort, dass Totgesagte länger lebten.

Der Poet strich sich mit Daumen und Zeigefinger einige dunkelrote Tropfen aus dem Schnurrbart.

»Machst du dir keine Sorgen, dass diese Piraten vielleicht nicht sehr loyal ihrem Anführer gegenüber sind? – Immerhin hast du jetzt den Posten eines Mannes inne, den du in Boroges erstochen hast«, erkundigte sich der Dichter vorsichtig.

»So könnte man es ausdrücken«, gab Jaquento ungerührt zurück. »Kapitän war ich aber schon vorher, wenn auch nicht auf der *Todsünde*, sondern auf einem ihrer Prisenschiffe. Und hier kennen mich viele von der Besatzung noch als Offizier und vertrauen mir hoffentlich. Vielleicht wäre ich heute noch auf der *Windreiter*, wenn mich die verdammte thaynrische Marine nicht unter Arrest gestellt hätte.«

»Dieselbe Marine, die von der blonden Offizierin mit dem überaus verheißungsvollen Hinterteil vertreten wird?«, erkundigte sich Franigo süffisant und beobachtete amüsiert, wie sein Gegenüber zornig auffuhr.

»Ihr Hintern geht dich gar nichts an«, knurrte Jaquento. »Der Gouverneur der Sturmwelt hat mich verhaften lassen, und ich wurde unter ihrer Führung nach Corbane geschickt.«

Die Versuchung war einfach zu groß; der Poet konnte es nicht lassen, den anderen Hiscadi noch ein wenig weiter zu reizen.

»Meine Güte«, sagte er deshalb und zwinkerte ihm zu. »Ein Arrest unter ihrem Kommando, das klingt wirklich verlockend – die Hände in Eisen, die neunschwänzige Katze und dazu dieser Hintern in einer Uniformhose. Du glücklicher Bastard.«

Sein Gegenüber sprang auf, und die Echse, die vorher ruhig auf seiner Schulter gelegen hatte, flatterte wild mit den Flügeln und sprang auf den Tisch.

Als sich Jaquento bedrohlich vor ihm aufbaute, hob Franigo endlich protestierend beide Hände und winkte ab. »Nein, nein, verzeih mir – mir steht nicht der Sinn danach, mich mit dir zu schlagen. Schon gar nicht in einer engen Kajüte auf unsicheren Schiffsplanken. Du bist nur so offensichtlich verliebt in diese Frau, dass es schwerfällt, es dir nicht unter die Nase zu reiben.«

Jaquento ließ sich wieder zurücksinken, und die schaukelnde Laterne, die an der Decke der Kajüte angebracht war, warf schwankende Schatten über sein Antlitz. Einen Moment ließ sich der Widerstreit der Gefühle von seinem Gesicht ablesen, aber dann nahm er den Weinbecher wieder zur Hand und trank nachdenklich einen Schluck.

»Vielleicht hast du sogar Recht. In Bezug auf Roxane bin ich ein glücklicher Bastard.«

Franigo zog die Augenbrauen erstaunt hoch, ersparte sich aber einen weiteren Kommentar.

»Und du? Gibt es noch immer keine Schöne, die dich erobern konnte?«, fragte Jaquento.

Der Poet schnaubte. »Mehr als genug. Doch der Wunsch, bei einer Frau zu bleiben, hält bei mir nach der Eroberung einfach nie besonders lange an, fürchte ich.«

Die Echse – Sinosh – schien die beiden Hiscadi misstrauisch zu beäugen, bevor sie sich ihnen wieder näherte. Jaquento blickte Sinosh an, dann zog er einen weiteren Becher heran, füllte ihn mit Rotwein, und das kleine Drachenweibchen steckte seine Schnauze in das Trinkgefäß.

Eine Weile lang tranken sie alle schweigend, und Franigo spürte, wie ihm der süße Rote allmählich zu Kopf stieg.

Dann unterbrach ein Klopfen die Stille.

Auf Jaquentos »Herein« wurde die Tür einen Spaltbreit geöffnet, und Tareisa streckte den Kopf hinein. »Gestattet Ihr, dass ich mich zu Euch geselle?«, fragte sie mit einer Förmlichkeit, die nicht recht zu der kleinen, kaum erleuchteten Kajüte passen wollte.

Die Maestra trug ein verblichenes Hemd und eine Hose, die von irgendeinem Besatzungsmitglied stammen mussten und ihr viel zu weit waren. Das lange dunkle Haar fiel ihr offen und ohne Schmuck über die Schultern, und unter ihren Augen lagen noch immer tiefe Schatten. Und dennoch war sie die schönste Frau, die Franigo je gesehen hatte.

»Bitte.« Jaquento machte keinen übertrieben enthusiastischen Eindruck, lud Tareisa aber mit einer Geste ein, sich zu ihnen zu setzen. »Es ist ein wenig eng, aber für Euch ist selbstverständlich noch Platz am Tisch.«

»Am Tisch eines Toten«, merkte sie an, als sie auf der Bank neben dem Kapitän Platz genommen hatte. Sie musterte Sinosh aufmerksam, der seinerseits den Kopf schief legte und die Maestra ansah.

»Und vermutlich eines weiteren Toten vor ihm«, konterte

Jaquento trocken. »Das Schiff ist gewiss schon älter, als Deguay es war.«

»Da mögt Ihr Recht haben«, stimmte Tareisa ungewohnt rasch zu und goss sich Wein in einen Becher, den Franigo ihr reichte.

»Die Besatzung weiß nicht, dass es mein Degen war, der Deguay seiner gerechten Strafe zugeführt hat. Und auch wenn es ein alter Piratenbrauch ist, seinen Vorgänger zu den Fischen zu schicken, wäre ich Euch verbunden, wenn dieses Wissen vertraulich bleibt.«

Tareisa nickte nur, aber der Blick, mit dem sie Jaquento bedachte, war kalt und feindlich.

»Wie geht es Euch?«, fragte Franigo schnell. »Ihr seht aus, als ob Ihr Euch mittlerweile ein wenig erholt hättet.«

In der Tat fand er es erstaunlich, dass Tareisa den Angriff des alten Mannes in Danam so gut überstanden zu haben schien. Als sie ihren bewusstlosen Körper auf die *Todsünde* gebracht hatten, hatte er zunächst das Schlimmste befürchtet.

Die Maestra schenkte ihm ein Lächeln, das sie noch betörender aussehen ließ. »So ist es. Danke für Eure Besorgnis«, erwiderte sie, und Franigo neigte höflich den Kopf.

»Gibt es irgendwelche Neuigkeiten?«, erkundigte sich Jaquento weitaus weniger galant.

»Bihrâd hat mir die Methode gezeigt, die er gemeinsam mit diesem Groferton entwickelt hat«, erklärte Tareisa. »Die Abschirmung eines Maestre durch einen Magietrinker. Das ist eine faszinierende Idee.« Ihre schlanken Finger fuhren langsam die roten Ringe auf dem Holz nach, die der verschüttete Wein hinterlassen hatte. »Oh, und er meint, dass er Maecan nun besser spüren kann als zuvor. Das heißt wohl, dass wir uns unserem Ziel nähern.«

»Das klingt gut«, meinte Jaquento. »Ich hatte gehofft, dass selbst ein Drache gelegentlich Ruhepausen braucht, während die *Todsünde* seit Beginn unserer Fahrt immer vollen Wind in den Segeln hatte.«

»Wenn wir den alten Mann finden …«, begann die Maestra langsam, unterbrach sich dann aber. Sie trank einen Schluck, verzog leicht das Gesicht und setzte ihren Becher wieder ab. »Was habt Ihr dann vor?«

»Ich bin mir nicht sicher, ob wir schon einen konkreten Plan für diesen Fall haben«, sagte Franigo seufzend.

»Noch nicht«, bekannte Jaquento freimütig. »Wir werden so oder so versuchen müssen, die Kugel in unseren Besitz zu bringen. Roxane hat schon gegen Drachen gekämpft; sie sind nicht unbesiegbar.«

Für Franigo klangen die Worte des Kapitäns eher so, als ob er versuchte, sich selbst davon zu überzeugen, aber Tareisa nickte entschlossen.

»Maecan ist sehr mächtig, wie Ihr wisst«, sagte sie. »Aber ich denke, dass wir Maestre zusammen dennoch eine gewisse Chance haben, gegen ihn anzutreten. Bihrâd ist ein äußerst fähiger Magietrinker, und dieser thaynrische Magier wirkt auch nicht völlig talentlos.«

»Groferton? Das kann ich bestätigen«, sagte Jaquento.

»Was denkt Ihr, was Maecan mit dem Fokus zu tun beabsichtigt?«, fragte Franigo.

Die Maestra wandte sich ihm zu und blickte ihm in die Augen. Der Dichter bemerkte, wie ihm beinahe gegen seinen Willen ein leichter Schauer den Rücken herablief. Sie strich sich die dunklen Strähnen aus dem Gesicht und begann geistesabwesend, diese zu einem Zopf zu drehen. »Ich glaube, dass er die Kugel zerstören will«, sagte sie langsam. »Immerhin ist sie die absolute Bedrohung seiner Macht. Vielleicht würde ihre Zerstörung ihre gesamte Wirkung aufheben. Es gäbe keine Magietrinker mehr und somit auch niemanden, der es mit ihm aufnehmen könnte. Ich frage mich nur, wie er das anstellen will, denn um ein solches Artefakt zu zerstören, würde es eines Nexus bedürfen.«

Als Tareisa das sagte, begann Sinosh plötzlich mit den Flügeln zu schlagen. Jaquento sah fragend auf den kleinen Drachen hinab und hob die Hände, als wollte er Tareisa und Franigo bedeuten zu schweigen. Er nickte einige Male mit dem Kopf und schien ansonsten zu lauschen. Nach einer Weile hob er den Blick wieder.

»Sinosh sagt, dass Sinao etwas sei, was sich ein *Nexus* nennt. Ich kann mit dem Begriff nichts anfangen, und Sinosh fällt es nicht leicht, es mir zu erklären. Könnt Ihr uns behilflich sein, Meséra?«

»Die Echse kennt einen Nexus?« Die Maestra wirkte überrascht. »Ein Nexus ist ein Gefäß, durch das die Vigoris nahezu ungehindert hindurchfließen kann. Jeder Maestre öffnet sich für die Macht, wenn er Magie anwendet, kanalisiert und formt sie, aber dabei geht immer ein wenig der ursprünglichen Macht verloren, wenn Ihr versteht, was ich meine. Sie scheitert sozusagen am Widerstand, den der Maestre bildet. Aber ein Nexus bietet keinen solchen Widerstand, deshalb kann die Vigoris in ihrer ursprünglichsten und damit auch mächtigsten Form in ihm wirken. In der Theorie kann ein Nexus eine unendliche Menge an Vigoris durch sich hindurchleiten.«

Der kleine Drache nickte eifrig bei Tareisas Worten, während Franigo versuchte, das eben Gehörte zu verstehen.

»In der Theorie?«

»In der Praxis vergeht der Leib lange vorher, weil er die Macht nicht aushalten kann. Leitet eine Maestra zu viel Vigoris durch sich, leidet der Körper. Ich zum Beispiel könnte mich problemlos schwer verletzen, vielleicht sogar töten, indem ich Vigoris durch mich in diese Welt entlasse. Ein Nexus allerdings ...«

Sie ließ den Satz unvollendet.

»Das würde einiges erklären«, murmelte Jaquento. »Sinaos Fähigkeiten sind in jeder Hinsicht außergewöhnlich, soweit ich das beurteilen kann.«

»Ihr habt so jemanden an Bord?«, fragte Tareisa mit einiger Aufregung in der Stimme.

»Nicht an Bord der *Todsünde*. Die Maestra, von der Sinosh redet, ist in der Sturmwelt. Sie ist eine Paranao, die zu den befreiten Sklaven von Hequia gehörte. Ihre Beherrschung der Vigoris war sehr ... aufsehenerregend.«

»Wenn diese Paranao wirklich ein Nexus ist, dann ist das kein Wunder«, erwiderte Tareisa. »Ich bin mir sicher, dass Maecan von ihrer Existenz weiß, sie vielleicht gar spüren kann. Wenn Eure Sinao in der Sturmwelt ist, dann liegt dort sein Ziel.«

»Und damit auch unseres«, schlussfolgerte Jaquento.

»Die Einheit steh mit bei«, sagte Franigo wenig begeistert. »Erst werde ich von einem Drachen in ein Land jenseits der bekannten Welt verschleppt, und nun muss ich mich wohl auch noch der Barbarei aussetzen, die in den Kolonien herrscht.«

Jaquento schmunzelte bei diesen Worten, aber Tareisa schenkte dem Dichter ein bezauberndes Lächeln. »Ich bin mir sicher, dass die Sturmwelt für einen Mann von Euren Talenten viele Überraschungen bereithält, Mesér. Und nicht alle davon mögen unangenehm sein.«

Franigo konnte nicht anders, als dieses Lächeln zu erwidern. »Wenn Ihr das sagt. Immerhin habe ich fast den mächtigen Maecan getötet ...«

Tareisa lachte leise, und Franigo stieg glühende Röte ins Gesicht, da er sich verspottet fühlte. Bevor er jedoch etwas sagen konnte, wurde sie ernst. »Sein Leib existiert seit Jahrhunderten. Er war schon alt, als mit Corban und seinen Jüngern der Fall des Imperiums begann. Er stammt aus der Linie des letzten Nigromantenkaisers. Ihr habt ihn verletzt, sicherlich, und das ist eine Erfahrung, die er vorher nicht oft gemacht hatte.« Ihr aufmunternder Blick ließ seinen Zorn verfliegen. »Aber Maecan ist mit Stahl nur schwer zu töten. Verglichen mit dem Wissen heutiger Maestre ist seine Macht schier grenzenlos.«

»Aber was wollte er dann mit mir?«, wunderte sich Franigo laut.

»Seht Ihr es nicht? Er will das Imperium wiederauferstehen lassen. Ein neues, ewiges Reich der Vigoris. Ihr solltet den Gesang der Gründung schreiben, Zeuge der Geburt sein, wenn Vergangenes wieder groß wird. Es tut mir so leid, dass ich Euch in diese Geschichte mit hineingezogen habe.«

»Ihr?«, protestierte Franigo. »Aber bitte, wie sollte es denn Eure Schuld sein?«

»Ich hatte Maecan von Eurem Stück und Talent berichtet.« Die Maestra schlug die Augen nieder.

Geschmeichelt strich sich Franigo über den Bart und lächelte. »Daraus kann man Euch keinen Vorwurf machen!«

SINAO

Angestrengt beobachtete Sinao die Segel am Horizont. Sie hatte sich mittlerweile daran gewöhnt, dass viele Dinge auf See langsamer geschahen als an Land, aber dass sie vierundvierzig Stunden, neunzehn Minuten und inzwischen zwölf Sekunden nichts getan hatten, als hinter den Schiffen her zu fahren, ärgerte sie. Und selbst jetzt, da Admiral Thyrane die Offiziere seiner kleinen Flotte einbestellt hatte, wirkte es eher so, als würden die Männer und Frauen sich versammeln, um gemütlich über alles Mögliche zu sprechen, anstatt einen Kriegsrat abzuhalten.

Sie warf einen Blick zu Manoel hinüber, doch der Maestre war ihr keine Hilfe. Er hatte sich ein ruhiges Fleckchen ganz vorn an Deck gesucht und rauchte genüsslich eine Pfeife. Vermutlich würde er sich als Nächstes irgendwo zusammenrollen und ein Schläfchen halten, statt der Besprechung um Admiral Thyrane beizuwohnen. Die letzten Tage hatte er vor allem damit verbracht, Seeleute beim Glücksspiel um ihr Geld und ihren Tabak zu bringen, obwohl derlei an Bord eigentlich verboten war. Sinao hatte bemerkt, dass Manoel dabei häufig mit einem jungen Seemann namens Yon zusammen gewesen war, in dessen Gesellschaft er gelöster und weit weniger misstrauisch wirkte als sonst. Obwohl es sie freute, ihren Freund so zu sehen, machte sie sich doch auch Sorgen um ihn. *Ob Mano in diesen Yon verliebt ist?,* fragte sie sich, während sie an der Reling Ausschau hielt.

Noch immer waren nicht alle Offiziere an Bord, und zwei kleine Boote näherten sich der *Imperial*. Auf dem Achterdeck hatte sich bereits eine große Gruppe versammelt, alle in sorgsam angelegten Uniformen und mit polierten Säbelgriffen und Orden, die selbst im wolkenverhangenen Sonnenlicht noch glänzten und blitzten. Admiral Thyrane hatte Tee servieren lassen, und so standen die Männer und Frauen dort, hielten absurd zierliche Tassen in den Händen, redeten und scherzten. Die meisten ihrer Witze waren mies; zumindest für Sinao. Anscheinend schienen die Offiziere das jedoch anders zu sehen, denn es wurde oft und viel gelacht.

»Du siehst verärgert aus, ist etwas passiert?«, erkundigte sich Thyrane, der gerade noch einen Schluck aus einer Teetasse genommen hatte, sich jetzt aber mit seinem Fernrohr in der Hand zu ihr stellte.

»Es ist so ... so wenig wie vor einer Schlacht.«

Thyrane blickte zu den Offizieren und nickte. »Aber das täuscht. Erstens mag niemand daran denken, dass uns vielleicht bald Kanonenkugeln um die Ohren fliegen, und zweitens will niemand zeigen, dass er doch daran denkt.«

Sinao verzog das Gesicht.

»Kannst du etwas spüren?«, fragte der Admiral. »Von dort?«

Ihr Blick folgte seinem ausgestreckten Finger zu den Schiffen der Compagnie, aber sie schüttelte nur den Kopf.

»Ich auch nicht, Thay«, ließ Manoel sich vernehmen, der sich lautlos genähert hatte und sich nun zu ihnen gesellte und sie in Tabakrauch hüllte. »Is' zu weit.«

»Wir müssen wissen, was dort geschieht«, erklärte der Admiral mit einem Seufzen. »Drachen sollten nicht einfach verschwinden. Schon gar nicht direkt bei einem Geschwader der Handelscompagnie. Da ist etwas faul, und ich fürchte, wenn wir zu spät herausfinden, was es ist, könnte das für uns fatal sein.«

»Wir könnten nachsehen«, schlug Manoel vor und nahm einen Zug von seiner Pfeife. »Sin und ich. Ein wenig Traumstaub, und wir schaffen das.«

Thyrane hob das Fernrohr wieder ans Auge und spähte hindurch. Dann wiegte er nachdenklich den Kopf, blickte zu den Offizieren und strich sich über das Kinn.

»Nun gut«, stimmte er schließlich zu. »Es wird noch einige Zeit dauern, bis wir hier beginnen können. Besorgt euch Traumstaub von Maestre Lamworth und bringt so viel in Erfahrung, wie ihr könnt.« Er wollte sich schon abwenden, hielt dann aber mitten in der Bewegung inne und legte Manoel die Hand auf die Schulter. »Aber geht keine unnötigen Risiken ein. Wenn es hart auf hart kommt, werden wir euch brauchen.«

Dreizehn Minuten später fand sich Sinao mit Manoel und einem Beutel Traumstaub in dem großen Laderaum des Schiffes wieder, in dem Hunderte von Vorratskisten in ordentlichen Reihen aufgestapelt standen. Dort ließ sich Manoel in einer Ecke zwischen zwei Stapeln von Kisten im Schneidersitz nieder.

Sinao kniete sich neben ihn. »Der Admiral hat gesagt, dass wir aufpassen sollen«, sagte sie.

Die Situation erschien ihr plötzlich beunruhigend, doch der junge Maestre winkte ab. »Ja, sicher. Aber er ist ja grad nicht hier.«

Schnell öffnete er den Beutel und zog eine Kugel Traumstaub heraus. Er hielt sie hoch und betrachtete sie von allen Seiten.

»Ich denke, Thyrane und Lamworth wären nicht so vorsichtig mit dem Traumstaub, wenn es nicht gefährlich wäre, ihn zu benutzen, oder?«

»Ach, du weißt doch, wie die Blassnasen sind, Sin«, sagte Manoel lässig und zwinkerte ihr zu. »Am liebsten würden sie alles verbieten, was Spaß macht.«

»Würden sie es dir verbieten, Yon zu mögen?«, fragte Sinao hastig und hielt dabei den Blick auf Manoels Hand und die Kugel Traumstaub darin gerichtet. Sie wusste selbst nicht genau, warum sie ihm diese Frage jetzt stellen musste.

Der Maestre wandte den Blick von der Kugel und sah Sinao überrascht an.

»Vielleicht«, sagte er zögerlich. »Wahrscheinlich sogar.«

Sinao lehnte sich vor und schloss Manoel in die Arme. Erst schien er überrascht von ihrer Geste zu sein, aber dann erwiderte er die Umarmung. »Dann sei wenigstens dabei einmal vorsichtig, ja?«, murmelte sie, und sie konnte fühlen, wie er nickte. Erleichtert ließ sie sich zurücksinken.

Manoel sah die Kugel noch einmal kurz an, dann steckte er sie sich ohne jedes Ritual in den Mund und biss zu.

»Du weißt ja, was du tun musst.«

Sinao schluckte aufgeregt, bestätigte aber stumm, dass sie es wusste.

»Gut. Wir nähern uns den anderen Schiffen und schauen einfach, ob wir etwas Interessantes sehen, ja? Ich hab nämlich nicht vor, irgendwelche Heldentaten zu vollbringen, weißt du?«

Wieder nickte die junge Paranao. Sie schloss die Augen und öffnete sich für den Strom der Vigoris. Schon spürte sie um sich die Muster, die Manoel webte. Sie gab ihre eigene Macht hinzu, und sogleich fand sie sich außerhalb ihres eigenen Körpers wieder. Neben sich nahm sie die fast geisterhafte Gestalt von Manoel war, der ihr eine Hand hinhielt. Als sie danach greifen wollte, glitt ihre eigene einfach hindurch. Manoel kicherte vergnügt, dann drehte er sich um und glitt davon. Sinao bemühte sich, in seiner Nähe zu bleiben.

Als sei die Bordwand nicht mehr als Nebel, flogen sie beide durch das geteerte Holz hindurch und fanden sich unversehens über dem Meer wieder. Plötzlich beschleunigte Manoel, und Sinao fühlte sich von ihm mitgerissen. Sie glitten über die Wellen in Richtung Horizont, wo schemenhaft die Segel ihres Ziels aufragten.

Innerhalb von zwei Herzschlägen waren sie da, auch wenn Sinao die sonst so vertrauten Geräusche ihres eigenen Körpers nicht hören konnte. *Mein Herz liegt ja auch weit weg.* Die Erkenntnis war erst erschreckend, aber dann spürte sie, wie das Gefühl einer beinahe grenzenlosen Freiheit sie wie eine warme Woge umspülte.

Manoels Gestalt wurde langsamer und hielt unerwartet Abstand zu den Schiffen. Sinao, die bislang vor allem auf sich und die eigene Reise konzentriert gewesen war, bemerkte seine plötzliche Zurückhaltung, und als sie zu den Schiffen sah, spürte sie den Grund dafür. Das gesamte Geschwader der Compagnie war in ein Netz aus Vigoris gehüllt. Das Muster war komplex, auch wenn die einzelnen Fäden dünn waren, und es zog sich von Schiff zu Schiff, ein erstaunliches Gebilde, das Sinao atemberaubend schön und zugleich äußerst bedrohlich erschien.

»Was ist das?«

»Mächtiges Mojo. Verdammt mächtiges Mojo. Ein einzelner Zauber, aber so geschickt ... So etwas habe ich noch nicht gesehen.«

Aber dort war noch mehr. Sinao konnte es fühlen. Inmitten der Schiffe, fast im Zentrum des Zaubers. Eine Leere, die ihr bekannt vorkam.

»Das ist wie ... wie bei dem schwarzen Schiff. Aber schwach und irgendwie ... gezähmt?«

»Spürst du es auch? Ich dachte schon, ich bilde es mir nur ein.«

Manoel sah besorgt aus. Seine sonst so unbeschwerte Art war von ihm abgefallen, und Sinao bemerkte, wie er mehrfach versuchte, sich nervös über das Haar zu streichen. *Aber sein Haar ist ebenso weit entfernt wie mein Herz.*

»Wir sollten zurück«, sagte er unsicher. »Der Admiral sollte von diesem Netz erfahren, auch wenn ich nicht genau weiß, was es bedeutet.«

»Aber was ist mit dem Drachen? Schließlich sollten wir doch nach ihm suchen.«

»Schon, aber ...«

Weiter kam er nicht, denn unvermittelt kam Bewegung in das Netz der Magie, das sich um die Schiffe schlang. Vigoris verstärkte sie, band die Stränge des Zaubers zusammen, so als ob jemand das Gewebe mit neuer Kraft füllte.

Und dann sah Sinao eine Gestalt inmitten des Musters. Einen hochaufgerichteten, hageren Mann, aus dessen Leib die Vigoris strömte wie ein lebendiger Wasserfall. Sein schlohweißes Haar verriet ihr, dass er bereits alt sein musste. Als sie sein Gesicht betrachtete, zuckte sein Blick zu ihr.

»Du!«

Manoel schien den alten Maestre nicht bemerkt zu haben. Aus dem Augenwinkel nahm sie wahr, wie er ein Stück höher flog und versuchte, zwischen die Schiffe zu blicken. Sinao hingegen blieb, wo sie war, und starrte wie gebannt in das Gesicht des Alten. Zuerst hatte es streng und abweisend gewirkt, doch jetzt wurden die Züge weich, und Güte zeigte sich in seiner Miene.

»Komm zu mir, mein Kind. Komm zu mir. Ich brauche dich. Wie gut von dir, hierherzukommen. Komm!«

Fast wäre Sinao dem Befehl gefolgt, wäre zu dem freundlichen alten Mann hinübergeschwebt, doch im letzten Moment hielt sie inne. Sie sah die Fäden der Vigoris, die sich um sie legten, sanft und leicht, wie Spinnweben. Plötzlich war sie voller Angst, und sie schrie laut auf. Die Pforte in ihrem Herzen öffnete sich, und rohe Macht strömte durch sie hindurch, zerfetzte den Zauber, der sie umgab, und befreite sie.

Rasend schnell kehrte Manoel zu ihr zurück. Ob er den Alten sah oder nur die Vigoris, konnte Sinao nicht erkennen, aber sie sah deutlich die Furcht in seinem Gesicht, als er rief: »Los, weg hier!«

THYRANE

»Das ist übles Mojo. Mächtig übles Mojo«, erklärte Manoel und rieb sich über den Nasenrücken.

Thyrane sah Sinao auffordernd an, da er die Beschreibung des jungen Maestre für ziemlich lückenhaft hielt, aber sie nickte lediglich und bestätigte somit Manoels Worte.

»Müssen wir davon ausgehen, dass man uns feindlich gesonnen ist?«, fragte der Admiral dann.

Die Paranao zuckte mit den Schultern. Die anwesenden Offiziere starrten die beiden Maestre an, und selbst Manoel, der sonst schnell seine rebellische Ader zeigte, schwieg unter den vielen skeptischen Blicken.

»Vielleicht sollten einige unserer Bordmaestre noch einmal nach dem Rechten sehen?«, schlug Bercons vor. »Nur zur Sicherheit, selbstverständlich.«

Es gab zustimmendes Gemurmel.

Thyrane sah, wie Manoel den Mund öffnete, und er war sich sicher, dass die Worte des jungen Mannes keinesfalls diplomatisch sein würden.

»Ich denke nicht«, erklärte der Admiral also hastig. »Ich vertraue dem Bericht. Wir sollten zudem kein Risiko eingehen; wenn es zum Austausch von Feindseligkeiten kommen sollte, werden wir jeden Maestre benötigen, den wir haben.«

Bercons nickte, und Manoel biss sich auf die Unterlippe.

»Gibt es sonst noch etwas?«

»Ich denk' nicht«, antwortete der junge Maestre. »Aber sie sollten den Leuten sagen, dass sie wirklich vorsichtig sein sollen. Übles Mojo, ja?«

Thyrane nickte und wandte sich wieder an die Offiziere. »Sie haben die Worte des Maestre gehört. Kehren Sie bitte auf Ihre Schiffe zurück, und bereiten Sie alles vor. Volle Gefechtsbereitschaft, aber Kanonen noch nicht ausfahren.« Er sah einen nach dem anderen an und lächelte schließlich in die Runde. »Noch habe ich die Hoffnung, die ganze Angelegenheit friedlich lösen zu können, nicht aufgegeben. Befolgen Sie Ihre Befehle, stehen Sie tapfer im Angesicht des Feuers des Feindes, und kämpfen Sie ehrenvoll ... aber nicht zu ehrenvoll.« Leises Lachen quittierte seine Worte. »Beten Sie, dass all unsere Pläne nicht gebraucht werden. Und denken Sie daran: Kein Offizier macht etwas wirklich falsch, wenn er sein Schiff längsseits zu einem Feind bringt. Weggetreten.«

Die Offiziere verließen die Kajüte, verabschiedeten sich untereinander, wünschten sich Glück. Die Stimmung war angesichts der Lage nicht schlecht, und Thyrane hatte schon deutlich nervösere Mannschaften befehligt. Die Schiffe der Handelscompagnie waren größer und schlagkräftiger als seine eigene kleine Flotte, aber es war allen bewusst, dass sie von unerfahrenen Kämpfern kommandiert und gesegelt wurden. Die Besatzungen waren nicht an Krieg, Kampf und Tod gewöhnt, und ihre Ausbildung war naturgemäß schlechter als die der Königlichen Marine. *Und am Ende des Tages ist ein Schiff immer nur so gut wie seine Besatzung,* dachte Thyrane an ein altes Sprichwort. *Wie die Géronaee zu ihrem Leidwesen so oft feststellen mussten.*

»Admiral?« Als alle anderen außer ihr, Manoel und Thyrane verschwunden waren, trat Sinao vor und berührte ihn am Arm.

Thyrane sah die Paranao an. »Ja?«

»Der alte Mann, von dem wir erzählt haben. Also der Maestre. Er hat nach mir gerufen. Als würde er mich erwarten.«

Thyrane runzelte die Stirn.

»Was bedeutet das?« Obwohl er mit ihr sprach, war seine Frage eher an Manoel gerichtet, der dies richtig verstand und antwortete: »Wir wissen es nicht. Ich denke, er war der Urheber dieser Magie, die um das Geschwader lag. Er ist sehr mächtig. Aber ich habe absolut keine Ahnung, was er von Sinao wollen könnte ...«

In diesem Moment klopfte es an der Tür, und davor stand Kapitän Bercons.

»Thay?«

»Kommen Sie herein.«

»Verzeihen Sie bitte die Störung, aber die Schiffe der Compagnie haben den Kurs gewechselt.«

»Inwiefern?«, erkundigte sich Thyrane und versuchte seine Beunruhigung zu verbergen.

»Sie halten jetzt auf uns zu. Und am Horizont wurden mehr Segel gesichtet.«

»Wie viele?«

»Zwei oder drei, aber dabei muss es nicht bleiben. So genau lässt es sich noch nicht sagen.«

»Gehen wir an Deck«, beschloss Thyrane und knöpfte seine Uniform zu, griff nach seinem Dreispitz und wies damit auf die Tür.

Als sie an Deck kamen, waren sie sofort der Sonne ausgesetzt, die zu dieser Stunde unbarmherzig brannte. *Nur gut, dass auch Wind geht, sonst würden mir die Mannschaften an den Kanonen umfallen.*

Zu viert schritten sie auf das Achterdeck zu, wo Thyrane sich ein Fernrohr reichen ließ.

Die Schiffe der Compagnie fuhren nun in einem engen Pulk. Ihre Segel waren gesetzt, und sie nutzten den Wind geschickt aus.

Thyrane ließ seinen Blick von einem Schiff zum anderen wandern. Ihre Rümpfe waren braun und rot gestrichen, anders als das Schwarz-Weiß der Marine. Personen konnte er keine ausmachen, und die Kanonen waren verborgen. *Noch*, dachte er bei sich, denn der Kurswechsel sprach eine andere Sprache.

Schnell blickte er zu den Schiffen seines eigenen Geschwaders. Bislang waren noch nicht alle Offiziere an Bord ihrer Schiffe zurückgekehrt.

»Sobald die Schwadron bereit ist, lassen Sie sie in Formation gehen«, befahl er. »Und, Kapitän?«

»Ja, Thay?«

»Lassen Sie unseren Besitz in den Laderaum schaffen. Sorgen Sie dafür, dass die Gefechtsbereitschaft noch einmal kontrolliert wird. Was immer die auch vorhaben, ich glaube nicht mehr daran, dass es ohne Blutvergießen ablaufen wird.«

Es dauerte noch quälend lange Minuten, bis endlich alle Offiziere ihre eigenen Schiffe erreicht hatten. Der Signalmaat hob seine Flaggen, und die Schwadron fiel hinter der *Imperial* in Linie. Alles in allem war der Admiral mit der Ausführung seiner Kommandos zufrieden. Es kam ihnen zugute, dass sie lange Zeit unter der gleichen Flagge gesegelt waren, sich nun kannten und wussten, dass sie sich aufeinander verlassen konnten. *Und Fridgae hat bestimmt die Zügel nicht locker gelassen.*

Während sich die beiden Geschwader nun direkt annäherten, stand Sinao die ganze Zeit an der Reling und betrachtete die langsam größer werdenden Schiffe, während Manoel etwas abseits eine Pfeife rauchte. Dabei beobachtete er einen jungen Matrosen, der Taue aufschoss, schlenderte schließlich zu ihm hinüber und bot ihm einen Zug von seiner Pfeife an. *Was immer der Moral unter den Leuten dient,* dachte der Admiral.

Bercons sorgte dafür, dass die Besatzung einerseits das traditionelle, reichhaltige Essen bekam, das sie vor einem Gefecht erwartete, andererseits aber auch alle Hände beschäftigt genug waren, um nicht in Unruhe zu verfallen.

Thyrane selbst aß nur wenig, und auch Sinao biss nur zweimal lustlos vom Zwieback ab, bevor sie den Napf wieder zurückgab. Angesichts der vielen hungrigen Mäuler an Bord würde das Essen nicht verkommen, so viel war sicher.

Schließlich waren die Compagnieschiffe so nahe, dass man bereits mit bloßem Auge Einzelheiten ausmachen konnte. Matrosen kletterten auch dort die Wanten empor, refften Segel, und die Schiffe wandten sich langsam zur Seite.

»Wenn sie jetzt nicht Salut feuern ...«, murmelte Bercons neben Thyrane. Er musste den Satz nicht beenden. Auch der Admiral behielt die Schiffe fest im Blick. Geschützpforten flogen auf, und einen Moment lang glaubte er beinahe wirklich, dass sie Salut feuern würden.

Dann aber drehten die Schiffe bei und präsentierten ihre Breitseite. Da nun deutlich war, dass ein Kampf unausweichlich war, fühlte Thyrane ob des eher schlampig ausgeführten Manövers eine grimmige Befriedigung. Sicherlich war es die Absicht gewesen, die Schiffe in einer Schlachtlinie auszurichten und so die Wirkung der Breitseiten zu maximieren. Stattdessen fuhren sie jedoch in einer ungenauen, versetzten Formation, verdeckten sich teils gegenseitig und nahmen sich so die Möglichkeit zum Feuern. Das größte Schiff segelte an der Spitze der Formation, während die 64er in der Mitte blieb. Thyrane selbst hätte sein Flaggschiff in der Mitte postiert, um im Notfall Befehle leichter die Linie entlanggeben zu können. *Aber was weiß ich schon? Ich bin ja nur ein alter Admiral, kein geschniegelter Compagnie-Lackaffe.*

Als die ersten Mündungsblitze aufleuchteten, nickte er.

»Lassen Sie Signal geben: Angriff wie abgesprochen. Für Thaynric.«

Der Donner der Kanonen rollte über die See, aber die erste Salve war schlecht gezielt und aus zu großer Distanz abgefeuert worden, und die Kugeln fielen in harmloser Entfernung vor der *Imperial* ins Wasser.

Hinter der Fregatte begannen die Schiffe der Marine auszuschwärmen, als öffne sich ein gewaltiger Fächer. Thyrane achtete jedoch nicht darauf; er verließ sich auf seine Offiziere. Seine Aufmerksamkeit galt allein der silbernen Taschenuhr, die er aus der Weste gezogen hatte und nun in der Hand hielt. Der Sekundenzeiger tickte für seinen Geschmack viel zu langsam. Dann erklang die nächste Salve ihrer Feinde.

»Fast vier Minuten«, bestätigte Bercons seine eigene Beobachtung. Noch immer waren sie zu weit entfernt, und als die Salve weit vor ihnen Wasser aufspritzen ließ, jubelten einige der Matrosen und riefen Beleidigungen über das Wasser, die zumeist auf ungewisse Abstammungsverhältnisse der gegnerischen Kanoniere abzielten.

»Das ist schlecht für sie, möchte ich meinen, und gut für uns. Aber die 80er hat 32-Pfünder auf dem untersten Geschützdeck. Dagegen können wir nicht lange bestehen. Haben Sie erkennen können, ob es alles lange Geschütze waren?«

»Keine Karronaden, soweit ich erkennen konnte, Thay.«

»Wir müssen schnell sein. Die 64er hat nur 24-Pfünder. Mit denen können unsere schweren Fregatten mithalten, vor allem, da wir die besseren Leute haben. Aber die 80er ...«

»Die *Imperial* steht das durch, Thay.« Bercons ließ seine Hand über die Reling gleiten. »Ganz sicher.«

Thyrane lächelte ihm zu und nickte, doch seine Gedanken waren nicht so zuversichtlich. *Wenn sie uns lange genug unter Feuer nehmen können, dann verwandeln uns auch schlechte Kanoniere in Treibgut auf den Wellen.*

Manoel und Sinao hatten sich mittlerweile am Bug positioniert. Die katzenhafte Faulheit des jungen Mannes war nun vollständig verschwunden und einer sichtbaren Anspannung gewichen, die die Paranao mit ihm teilte.

Eine weitere Salve der Compagnie dröhnte, und diesmal waren sie fast in Reichweite.

Plötzlich legte sich Stille über die Fregatte. Jeder an Bord wusste, was sie nun erwartete. Ab jetzt würden die Schiffe der Compagnie versuchen, sie so oft und so schwer wie möglich zu treffen, während sie sich näherten.

»Jagdgeschütze Feuer frei!«, rief Thyrane. Er wusste, dass es für die Moral wichtig war, dem feindlichen Feuer etwas entgegenzusetzen, auch wenn die beiden 18-Pfünder am Bug kaum eine Wirkung zeigen würden.

Das Donnern der beiden Kanonen und der Pulverdampf verbargen die nächste Salve der Compagnie. Ein Zittern ging durch die *Imperial*, als ein Projektil sie traf. Zwar prallte es am harten Holz ab, ohne großen Schaden anzurichten, aber dabei würde es nicht bleiben.

Das Gefecht begann.

ROXANE

»Wie weit noch, Coenrad?«

Groferton schloss die Augen. Die Miene des Maestre, der eben noch seine Augen mit der Hand beschattet und dabei über die Hitze geklagt hatte, entspannte sich, und sein Kopf legte sich langsam in den Nacken. Seine Mundwinkel zuckten unvermittelt. Eine Weile verharrte er in dieser Position, dann kehrte er aus seiner Trance zurück.

»Nicht weit.«

Roxane hätte ihren Bordmaestre beinahe gefragt, ob er noch ungenauer antworten konnte, aber sie hielt sich zurück.

Er würde mir den Abstand nennen, wenn er es könnte. Stattdessen blickte sie also zur *Todsünde* hinüber, die an Steuerbord kaum fünfzehn Faden entfernt durch die See pflügte. Das ehemalige Piratenschiff hatte weniger Segel als die *Siorys* gesetzt und machte dennoch mehr Geschwindigkeit. Und in einem direkten Schlagabtausch hätte die *Todsünde* es problemlos mit der Korvette aufnehmen können. *Kein Wunder, dass Deguay es so lange geschafft hat, sich dem langen Arm der Königlichen Marine zu entziehen.*

Dann blickte sie wieder über den Bug auf das Wasser. Wenn Grofertons Einschätzung stimmte, dann bewegte sich der Drache, den sie verfolgten, auf See hinaus, nachdem er

»Das ist kein Nebel«, erwiderte Roxane. »Das ist der Rauch eines Gefechts!«

Tatsächlich bekämpften sich dort mehrere Schiffe, auch wenn auf diese Entfernung kaum auszumachen war, wer gegen wen focht.

Offenbar hatte nicht nur sie dies entdeckt, denn von der *Todsünde* meldete sich Jaquento: »Was, bei allen Geistern der Tiefen, geht da vor?«

Und schon verlassen ihn die militärischen Umgangsformen, stellte Roxane amüsiert fest, während sie antwortete: »Das können wir nicht sagen. Ich setze über, zur Besprechung!«

Ohne auf eine Bestätigung zu warten, gab sie den Befehl, ein Boot klarzumachen. Dann wandte sie sich an Groferton: »Würden Sie mich bitten begleiten, Coenrad? Ich denke, Ihre Meinung wird uns von Nutzen sein.«

Der Maestre warf einen zweifelnden Blick auf die kabbelige See, lächelte jedoch gezwungen tapfer und erklärte: »Selbstverständlich, Thay.«

Man muss dem Maestre zugutehalten, dass er sich trotz des Seegangs nicht beschwert hat, dachte Roxane, als sie bald darauf das Fallreep zum Deck der *Todsünde* erklomm, wo Jaquento sie schon erwartete.

»Willkommen an Bord, Kapitänin. Kann ich Euch etwas zu trinken anbieten?«

Der Kapitän machte eine tiefe, formvollendete Verbeugung, zog seinen Hut, ergriff die ihm dargebotene Hand und bedachte Roxanes Handrücken mit einem verführerisch sanften Kuss.

»Tee wäre nicht schlecht«, erklärte sie und folgte ihm auf das Achterdeck, wo Tareisa und Franigo sie begrüßten. Zu ihrem Erstaunen stellte Roxane fest, dass Sinosh sich für den Augenblick auf Tareisas Schulter niedergelassen hatte. Die Maestra nickte Groferton zu, der den kollegialen Gruß höflich, aber kurz angebunden erwiderte.

»Gibt es Neuigkeiten?«, fragte Roxane, woraufhin Jaquento den Kopf schüttelte.

»Nein, nichts. Was immer dort vorgeht, wir müssten erst näher heran.«

»Es müssen Schiffe der Marine beteiligt sein«, stellte Roxane nach kurzem Überlegen fest. »Wer sonst kämpft auf offener See?«

Tareisa schloss für einen Moment die Augen und wiegte den Kopf hin und her. Dann sagte sie: »Sie haben vermutlich recht, Capitane. Die Muster der Vigoris, die dort verwendet werden, entsprechen denen, die bei der Marine gängig sind.« Groferton nickte der schwarzhaarigen Maestra anerkennend zu, und Franigo schenkte ihr einen so bewundernden Blick, dass Roxane bei sich schmunzeln musste. *Hat der Dichter in der schönen Maestra etwa ein neues Ziel gefunden?*

»Könnte es sich um einen neuerlichen Krieg zwischen Géronay und Thaynric handeln?«, erkundigte sich der Poet.

»Das wäre durchaus möglich«, gab Roxane nachdenklich zurück. »Mir fallen, ehrlich gesagt, kaum andere Optionen ein.«

»Die Stärke der Vigoris«, begann Tareisa. »Ich frage mich, ob Maecan vielleicht ...« Sie verstummte.

»Ob er was?«

»Ob er an diesem Gefecht beteiligt ist.«

»Können Sie etwas spüren, Coenrad?«

Groferton zuckte mit den Schultern und schniefte. »Ich habe kaum Erfahrung mit der Macht dieses Maecan. Ich weiß nicht, in welcher Weise er die Vigoris beeinflusst und ob er vielleicht seine Zauber tarnen kann. Deshalb kann ich wenig dazu sagen.«

»Wenn wir noch ein Stück nähern kommen, werde ich es sicher wissen«, erklärte Tareisa. »Ich kenne die Muster, die er wirkt, ganz genau.«

Roxane nickte, und Jaquento nahm sie zur Seite und senkte die Stimme. »Was denkst du?«

»Ich weiß es nicht«, erklärte sie wahrheitsgemäß. »Aber wir sollten uns das näher ansehen. Was für ein Zufall wäre es, wenn ein solches Gefecht direkt vor uns stattfände und nichts mit dem Artefakt oder Maecan zu schaffen hätte?«

»Gut. Dann sollten wir vorsichtig sein und volle Gefechtsbereitschaft befehlen.«

»Oh ja, das sollten wir. Und auf alles gefasst sein.«

Er lächelte sie an. »Das heißt, wir segeln gemeinsam ins Gefecht, ja?«

»So ist es wohl. Lass uns versuchen, diesen Kampf auch gemeinsam zu überstehen!«

THYRANE

Die *Imperial* wurde von zwei Treffern durchgeschüttelt, und Thyrane taumelte zur Seite, als der Boden unter seinen Füßen bebte. Die schweren Geschosse der gegnerischen 32-Pfünder durchschlugen das Holz und sandten Splitter in die Luft. Der Rest der Salve ging daneben oder schlug mit ohrenbetäubendem Krachen gegen die magischen Barrieren, die das Schiff schützten, wie der Admiral mit einem raschen Gedanken feststellte.

Lange konnte allerdings selbst ein tüchtiges Schiff wie die *Imperial* nicht gegen die Macht der vollen Breitseite aus 32- und 24-Pfündern bestehen.

»Maestre Lamworth, Bericht bitte!«

»Wir halten«, brummte der Maestre. »Noch.«

Thyrane sah sich zu dem Pulk von Offizieren von den anderen Schiffen um, die sich inzwischen auf dem Achterdeck versammelt hatten. Es handelte sich um alle Caserdote seiner kleinen Schwadron. Er sah die Anspannung in ihren Gesichtern, da sie versuchten, die Magie ihres Feindes aufzuheben.

»Wie steht es bei Ihnen, Thay?«

»Wir müssen näher heran«, berichtete einer der Caserdote, ein schmaler, drahtiger Mann namens Sudlin, der zum Sprecher der Gruppe bestimmt worden war. »Die Vigoris ist stark.«

»Er kontrolliert die Schiffe«, ließ Manoel sich vernehmen. »Der alte Mann mit dem üblen Mojo.«

»Er kontrolliert die Schiffe?«

Das Donnern von Kanonen lenkte Thyranes Aufmerksamkeit kurzzeitig ab. Die anderen Schiffe des Geschwaders waren inzwischen alle unter Feuer geraten, während sie die Anfahrt an den Feind wagten. Noch waren die Schäden nirgends schlimm, aber es war nur eine Frage der Zeit, bis das unablässige Geschützfeuer der Compagnieschiffe seinen Tribut fordern würde.

»Nicht die Schiffe direkt ... aber die Menschen. Die Vigoris hängt an den Menschen.«

»Er hat sich die ganze Flotte unterworfen?« Thyrane hörte selbst, wie schroff seine Stimme klang angesichts dieser Ungeheuerlichkeit. »Das sind Hunderte von Seeleuten, nein, Tausende. Wie kann das möglich sein?«

»Vielleicht ist es nicht der alte Mann allein. Vielleicht sind es mehr, vielleicht ein Zirkel.«

Weiter konnten sie sich nicht unterhalten, denn die 80er feuerte erneut. Inzwischen war das Schiff kaum noch dreihundert Fuß entfernt, und Thyrane konnte jede Mündung der Kanonen erkennen, die aus den geöffneten Luken ragten. Sie spien Feuer und Eisen, und diesmal war die Salve besser gezielt, auch wenn sie abgehackt und unregelmäßig erklang.

Manoel riss die Arme in die Luft, und Thyrane vermeinte fast zu spüren, wie der junge Maestre Vigoris zu einem Schild webte. Lamworth und Sinao taten es ihm gleich, aber dennoch fanden mehrere Kugeln die *Imperial*, schlugen mit ungebremster Wucht in den Rumpf ein oder zerfetzen die Takelage. *Sie feuern hoch,* erkannte Thyrane. *Auf Masten und Segeltuch kann ich verzichten; auf meine Leute nicht.*

Neben ihm brüllte Bercons Befehle, die selbst den Lärm

des Gefechts übertönten. Der Kapitän erwies sich auch unter Feuer als ruhig und kompetent, und Thyrane hatte an seinen Anweisungen, die der Verteidigung des Schiffes dienten, nichts auszusetzen

»Ich lasse die Segel bis zum letzten Augenblick gesetzt«, erklärte der Kapitän. »Wir müssen so schnell wie möglich an sie heran.«

Thyrane nickte. Er legte sein Fernrohr an und betrachtete ihren Feind. Sie mussten die Geschütze der 80er unterlaufen. Sobald sie längsseits gingen, waren die oberen Geschützdecks ohne große Wirkung, da sie glatt über die *Imperial* hinwegfeuern würden. *Bleiben nur die verdammten 32-Pfünder.*

»Sudlin?«

»Nur noch ein Stück, Thay. Dann sind wir nah genug.«

Die Magie ihrer Feinde mochte mächtig sein, aber die versammelten Caserdote konnten damit fertigwerden, da war Thyrane sich sicher. Wenn die Zauber erst fielen, war es nur noch eine Sache von Pulver, Eisen und Blut. Unvermittelt fiel ihm der Fetzen eines alten Liedes ein, das in seiner Jugend häufig auf den Schiffen gesungen worden war: *Aber Eisen – kaltes Eisen – ist Herr über sie alle.*

»Gehen Sie es an, sobald Sie dazu in der Lage sind«, befahl er grimmig. »Erledigen Sie die Magie, wir kümmern uns um den Rest.«

Thyrane blickte wieder auf seine Taschenuhr, warf einen abschätzenden Blick auf ihren Gegner und sagte: »Noch eine Salve, dann sind wir dran. Die Caserdote neutralisieren die Zauber, und wir nehmen den dicken Pott im Sturm.«

Die anderen Schiffe waren bereits in Kämpfe mit feindlichen Einheiten verwickelt. An Steuerbord sah der Admiral nur noch schemenhafte Rümpfe und Masten hinter Pulverdampf verborgen. In den weißen Wolken leuchtete das Mündungsfeuer flackernd auf, gefolgt vom rollenden Donner der Geschütze, als tobte dort ein gewaltiges Unwetter. Am Ende würde man die Toten zählen müssen.

Noch hundert Fuß.

»Bericht!«

Doch Sudlin antwortete nicht. Sein Gesicht war verzerrt, und die Anstrengung zeigte sich in seinen Zügen.

Das feindliche Kriegsschiff schoss erneut. Die Mündungen der Kanonen blitzten nacheinander auf, und die *Imperial* war viel zu nah, um dem Feuer zu entgehen. Trotz aller Abwehrbemühungen schlugen die Geschosse überall ein. Seeleute schrien, als die Treffer ihre verheerende Wirkung entfalteten. Neben Thyrane splitterte plötzlich das Deck auf, und zwei Marinesoldaten wurden durch die Luft geschleudert. Ihre blutigen Körper schlugen in einiger Entfernung wieder auf, doch der Admiral hatte keine Zeit, um zu sehen, ob die Gehilfen des Bordarztes zur Stelle waren.

Zwei Kugeln trafen den Fockmast, und er erbebte gefährlich, hielt aber stand. *Das war's. Gleich sind wir dran, und dann kämpfen wir zu meinen Bedingungen.*

»Kanoniere, Steuerbord bereithalten!«, rief Bercons. »Feuer auf mein Signal!«

Die *Imperial* scherte langsam ein, drehte nach Backbord, aber nicht viel. Bercons betrachtete Schnelligkeit in diesem Augenblick als wichtiger, und Thyrane war geneigt, ihm angesichts der schweren Treffer zuzustimmen.

»Die Magie zerfasert«, rief Sinao von vorn. Das Gesicht der jungen Paranao war verschwitzt, ob von der Sonne oder von der Anstrengung, war unmöglich zu sagen. »Es klappt!«

»Scharfschützen: Ziel sind die Offiziere! Und achtet auf einen alten Mann!«

In diesem Augenblick ertönte ein lautes Brüllen, so gewaltig, dass Thyrane herumfuhr. Direkt neben der Fregatte brach ein Schemen in einer blaugrauen Fontäne aus dem Wasser hervor.

Bevor der Admiral realisierte, was er sah, war der Drache bereits heran und schlug wie ein gewaltiges Geschoss am Heck ein. Das ganze Schiff machte einen Ruck zur Seite, und Thyrane wurde zu Boden geschleudert. Holz brach und zersplitterte, Taue rissen mit einem Knall und peitschten umher, und das gesamte Heck hinter dem Steuerrad wurde weggerissen.

Dort, wo eben noch die Caserdote der Flotte gestanden hatten, klaffte nun ein riesiges Loch im Deck. Die Männer und Frauen waren verschwunden. Benommen rappelte Thyrane sich auf. Es war doch keine so gute Idee gewesen, alle Caserdote auf der *Imperial* zu versammeln, um den Ursprung der Magie auf der 80er zu bekämpfen. Aber für Reue war jetzt keine Zeit.

»Ruhe an Deck!«, brüllte er und dann: »Ruhe, verflucht noch mal!«

Er konnte sehen, dass seine Stimme wirkte, auch wenn viele Matrosen durch das Auftauchen des Drachen wie paralysiert wirkten. Dann suchte der Admiral mit den Augen Bercons, der mit schief sitzendem Dreispitz aufstand, und sagte leise zu ihm: »Bringen Sie uns, um der Einheit willen, an dieses Schiff heran. Sonst frisst uns die Bestie bei lebendigem Leib!«

Der Kapitän nickte benommen, dann gab er die entsprechenden Befehle. Thyrane lief über das Trümmerfeld, das eben noch ein Achterdeck gewesen war, zu Manoel, Sinao und Lamworth hinüber, die glücklicherweise unverletzt am Bug standen.

»Haltet uns das Monstrum vom Leib«, keuchte er, als er sie erreichte.

»Die Geschütze, Thay?«

»Vergessen Sie die Kanonen«, blaffte Thyrane Lamworth an. »Wenn das Vieh zurückkommt, zerlegt es die *Imperial* in Stücke.«

Sinao nickte.

»Wir versuchen es«, sagte sie und legte Manoel eine Hand auf die Schulter. Thyrane konnte sehen, dass der junge Maestre die Hände zu Fäusten geballt hatte, und eine Ader an seiner Schläfe pochte.

»Ich verlasse mich auf euch.«

Zum ersten Mal, seit Thyrane ihn kannte, war alle Ironie aus Manoels Stimme gewichen, als der junge Maestre die Hand zum Salut hob. »Aye, aye, Thay!«

Als er zum Kapitän zurückhastete, sah Thyrane, dass der Drache allerdings keine Anstalten machte, einen weiteren Angriff auf die Fregatte zu beginnen. Stattdessen flog er zu einem Schiff, das der Admiral durch den Pulverdampf nur undeutlich als eine Korvette erkennen konnte. Unvermittelt schoss ein Feuerstrahl aus dem Maul des Drachen, erhellte den Qualm mit geisterhaften Flammen und setzte mit einem einzigen Feuerstoß die Segel der Korvette in Brand. *Das muss die* Hornisse *sein. Bei der Einheit, er fackelt sie einfach ab!*

So sehr war der Admiral auf das schreckliche Bild des brennenden Schiffes fixiert, dass er es kaum bemerkte, als die *Imperial* längsseits ging.

»Feuer!«, ertönte Bercons' Stimme.

Die Geschütze der Fregatte brüllten auf, eine Salve wurde fast wie ein einziger Schuss abgefeuert. Auf die kurze Distanz waren die dreifach bestückten 24-Pfünder selbst gegen den dicken Rumpf einer 80er mörderisch, und die Schüsse schlugen mit tödlicher Wucht ein.

Dann prallte die Fregatte gegen den Rumpf der 80er, die sie nun hoch wie ein Haus überragte. Fast wäre Thyrane zum zweiten Mal gestürzt, aber Bercons packte ihn am Arm und hielt ihn fest.

»Enterhaken los!«, schrie Thyrane, und die Seile flogen durch die Luft, hakten sich auf dem Feind fest und zogen die beiden Schiffe dicht zusammen. Von den Plattformen der Masten schossen die Marinesoldaten auf das feindliche Deck, und die Seeleute, die dort oben positioniert waren, schleuderten Granate um Granate auf die 80er hinab.

»Klarmachen zum Entern!« Thyrane zog seinen Offizierssäbel aus der Scheide und hielt ihn hoch über den Kopf. *»Imperial! Imperial!«*

Hunderte Kehlen nahmen seinen Ruf auf, erwiderten ihn. Seeleute stürmten an Deck, Pistolen, Entermesser und Beile in den Händen. Erleichtert sah der Admiral, dass ihre Furcht vor dem Drachen sie nicht lähmte. Die Männer und Frauen strömten zur Schanz, sprangen über sie hinweg, erklommen die herabhängenden Seile, kletterten durch Geschützluken. Granaten fielen auf sie herab, explodierten in ihrer Mitte, zerfetzten Stoff und Fleisch. Blut ließ das Holz rutschig werden, aber immer mehr Seeleute kamen an Deck gerannt.

Thyrane sah mit grimmiger Befriedigung, wie sein Plan aufging. *Damit habt ihr nicht gerechnet, nicht wahr?* Die Geschützmannschaften der *Imperial* verließen ihre Posten und enterten den Feind. Die Seeleute, die Thyrane von den anderen Schiffen gesandt bekommen hatte, schlossen sich ihnen an. Fast fünfhundert Seelen schickten sich an, die Besatzung der 80er einfach zu überrennen.

JAQUENTO

Die *Todsünde* tauchte in den menschengemachten Dunst des Gefechts ein, und der Wind wehte den Kanonenqualm in Fetzen um das Piratenschiff. Von allen Seiten her donnerten die Kanonen, und immer wieder war das Brüllen des Drachen zu hören. Die Mündungsfeuer flammten gedämpft auf, wie schreckliche Seegeister, die in dem unheimlichen Nebel nach den Lebenden riefen, um sie in die Tiefen zu ziehen.

Sinosh saß auf Jaquentos Schulter, geduckt, aber aufmerksam. Der Blick der Echse war in den Pulverdampf gerichtet, folgte einem unsichtbaren Ziel.

Sie kämpft, hallte die Stimme des kleinen Drachen durch Jaquentos Geist. *Sie ist verwundet.*

Der Hiscadi wusste nicht, was er antworten sollte. Solange das gewaltige Drachenweibchen unter der Kontrolle des alten Mannes stand, war es eine Bedrohung für sie alle.

»Die Magie ist so stark, als stamme sie direkt aus der tiefsten der neun Höllen«, stellte Bihrâd trocken fest. Der Maureske stand mit verschränkten Armen neben Jaquento und spähte ebenfalls in den Nebel, in dem sich die ersten Schiffe schemenhaft abzeichneten.

»Kannst du sie neutralisieren?«

Bihrâd schüttelte langsam den Kopf.

»Bei weitem nicht. Sie ist zu mächtig.«

»Dann konzentrier dich darauf, uns zu schützen. Wir müssen näher heran.«

»Maecan ist der Urheber«, erklärte Tareisa. »Dessen bin ich mir jetzt sicher. Ich glaube, er verursacht nicht nur den Nebel, sondern er beherrscht auch den Geist der Menschen dort.«

»Ganzer Besatzungen?«, fragte Jaquento ungläubig.

»Er wäre dazu fähig«, entgegnete die Maestra finster.

Unvermittelt tauchte ein Schiff an Backbord auf. Es schob sich durch den Pulvernebel, wurde von einer gestaltlosen Form zu einem schlanken Dreimaster.

»Achtung!«, schrie Jaquento, als er die Flagge der Compagnie am Heck erkannte. »Backbord Batterie bereithalten!«

Das Schiff, eine wendige Korvette, sah bereits übel mitgenommen aus und hatte offensichtlich einen Schusswechsel mit mindestens einem anderen Schiff hinter sich. Taue baumelten herab, die wenigen gesetzten Segel waren durchlöchert, und in der Schanz klafften tiefe Löcher. Aber von den Masten wurden Musketen auf die *Todsünde* abgefeuert, und auf dem Deck standen Kanonen, deren Läufe sich durch die Bewegung der Korvette in ihre Richtung drehten.

»Offenkundig ist jeder, der nicht unter ihrer Flagge segelt, ihr Feind«, murmelte Jaquento durch zusammengebissene Zähne. Er sprang zum Steuerruder und riss es herum, was der Rudergängerin einen Fluch entlockte.

»Feuer!«

Die *Todsünde* erzitterte unter der Salve. Ihre Geschütze spien Tod und Vernichtung auf das Compagnieschiff. Jaquento hatte in dem Moment feuern lassen, als die Backbordseite seines Schiffs sich im Wellengang senkte, und die Geschosse schlugen fast alle in den Rumpf der Korvette ein, rissen Kanonen aus den Verankerungen, zerfetzten Planken und Taue und Menschen.

Die Antwort des Gegners kam langsam, fast zögerlich. Nur drei, vier Schüsse, die jedoch mit lautem Krachen in die *Todsünde* einschlugen. Der Kapitän fiel auf ein Knie. Einige Matrosen wurden von den Geschützen getroffen, andere von dem splitternden Holz. Leiber lagen auf dem Deck, manche regungslos, andere wälzten sich vor Schmerz. Blut floss über die Planken und färbte sie rot.

»*Todsünde!*«, brüllte Jaquento, der wieder auf die Füße kam. Er wies mit der ausgestreckten Hand auf den Feind. Piraten, die sich hinter die Schanz geduckt hatten, sprangen auf, legten Musketen und Pistolen an, und ihre Salven lösten sich ratternd, leise im Vergleich zu dem Geschützfeuer, aber dennoch auf die kurze Distanz tödlich. Die Drehbassen wurden ausgerichtet und abgefeuert, und ihre Schrotladungen fegten über das Deck der Korvette, trieben die Feinde in Deckung und fort von den Kanonen. Dann waren sie an der Korvette vorbei.

Steuerbord voraus wurde der Nebel von einem beständigen Flackern erhellt, und als Jaquento sich für einen Moment darauf konzentrierte, sah er, was es war. Ein Schiff trieb direkt auf sie zu, und es stand lichterloh in Flammen.

»Ein Feuerschiff!«, warnte er seine Mannschaft.

Wieder riss er das Ruder herum, versuchte den Kurs zu ändern, aber die *Todsünde* reagierte nur langsam – zu langsam.

»Haltet sie uns vom Leib!«

Die Matrosen stürmten nach Steuerbord. Lange Piken wurden über die Schanz gelegt. Das brennende Schiff kam immer näher. Die Flammen loderten hoch in den Himmel, fraßen sich durch Segel und Taue, hatten das Deck rasch erfasst. Funken stoben durch die Luft, wilde Flammen schlugen über dem Großmast empor, und brennende Segelfetzen schwebten trügerisch langsam durch die Luft.

Jaquentos Blick war auf die drohende Gefahr gerichtet, so dass Franigo ihn erst am Arm schütteln musste, um ihn auf seine Anwesenheit aufmerksam zu machen. »Das andere Schiff kehrt zurück!«

Tatsächlich hatte die Korvette hinter ihnen eine enge Wende eingeleitet. Jaquentos Versuch, die *Todsünde* von dem brennenden Schiff wegzudrehen, hatte sie in eine schwierige Lage gebracht, denn der Wind stand nun ungünstig, und ihr Schiff wendete deutlich langsamer als der Feind. Während das Feuerschiff weiter auf sie zuhielt und den Weg nach Steuerbord versperrte, würde die Korvette sie am Heck passieren. *Und unsere schwächste Stelle treffen.*

Doch die Kanonen waren derzeit die kleinere Bedrohung. Das brennende Schiff war nur noch zehn Meter entfernt, und die Hitze des Feuers war so gewaltig, dass Jaquento sie bereits bis auf das Achterdeck spüren konnte. Seine Mannschaft hielt an der Reling aus, obwohl dort die sengenden Flammen noch deutlicher zu spüren sein mussten. Die Männer und Frauen legten die Piken an, hielten sie gegen den Rumpf des Feuerschiffs und stemmten sich mit aller Kraft dagegen. Brennendes Leinen fiel auf das Deck der *Todsünde.* Kleine Flammenzungen liefen über das Deck und drohten, auf die Takelage überzugreifen.

»Löscht die verfluchten Feuer! Los!«

Das mit Sand bestreute Deck bot der Glut zwar zunächst kaum Nahrung, aber früher oder später würde ihr Schiff Feuer fangen. *Und dann gnade uns die Einheit!*

Handbreit für Handbereit und quälend langsam schoben die Seeleute das brennende Schiff an der Flanke der *Todsünde* entlang. Jaquento bedeutete der Rudergängerin, das Steuer wieder von ihm zu übernehmen, dann lief er hastig zum Heck, um die Korvette zu beobachten. Sie hatte ihre Wende fast vollzogen und war kurz davor, die *Todsünde* zu passieren. Er blickte zu dem Feuerschiff hinüber, dessen Brände schon an ihnen leckten und jeden Moment mit einer kräftigeren Windbö auf sein Schiff übergreifen konnten.

Plötzlich donnerten im Nebel Kanonen auf. Eine schnelle, präzise Salve, und der junge Kapitän sah, wie die Korvette erbebte, als die Geschosse in ihr Heck einschlugen und längs durch das gesamte Schiff rasten. Die Treffer waren grausam. Der Großmast knirschte, dann kippte er zur Seite weg, wurde nur einen Augenblick noch vom stehenden Gut gehalten, ehe die Taue rissen und der gesamte Mast mit einem lauten Krachen und unter dem Knallen und Zischen der durch die Luft peitschenden Taue seitwärts in die See stürzte.

Hinter der Korvette tauchte die *Siorys* aus dem Nebel auf, und Jaquento konnte Roxane sehen, die in ihrer Uniform auf dem Achterdeck stand und die Hand zum Salut an den Dreispitz hob. Er erwiderte den Gruß, erfüllt von Dankbarkeit für die Frau, die er liebte.

Dann sprang er nach vorn, lief die Treppe auf das Hauptdeck hinab, griff nach einer der Piken, die ein Mann ganz allein hielt, und stemmte sich mit seinem vollen Körpergewicht dagegen, um die *Todsünde* von dem Feuerschiff zu trennen.

»Schafft ... sie ... uns ... vom ... Leib!«, brüllte er, jedes Wort hervorpressend. »Eins ... zwei ...«

Die Männer und Frauen drückten auf sein Kommando noch einmal mit vereinten Kräften gegen die Piken, doch das brennende Schiff bewegte sich nicht.

Mit Grauen erkannte Jaquento, dass sich die Takelage der beiden Schiffe ineinander verhakt hatte.

ROXANE

Die Anspannung der Schlacht ließ Roxanes Körper geradezu vibrieren, und in ihrer Uniform war ihr heiß. Noch hatten sie erst einen Feind beschossen, der durch ihre Treffer anscheinend manövrierunfähig geworden war und so keine direkte Bedrohung mehr darstellte. Jetzt suchten sie andere Gegner, mit denen sich die *Siorys* messen konnte.

»Trümmer voraus!«

Roxane ging gemessenen Schrittes über das Achterdeck. Vor der Korvette breitete sich ein Teppich von Wrackteilen auf See aus.

»Haltet die Augen auf!«

Dumpfe Schläge ertönten, als zersplittertes Holz gegen den Rumpf des Schiffes stieß. Die klagenden, düsteren Laute, die durch die *Siorys* hallten, kamen Roxane vor wie unheimliche Rufe der Toten.

Dann sah sie helle Flecken inmitten der Trümmer, und sie riss ihr Fernrohr hoch.

»Ein Strich Backbord«, befahl sie. »Bereitmachen, Uberlebende aufzunehmen!«

Die Korvette glitt langsam weiter, und niemand achtete mehr auf das Treibgut. Alle Blicke waren auf die fünf Gestalten gerichtet, die sich an ein großes Stück Holz klammerten und ihnen zuwinkten.

Mit einem kurzen Befehl ließ Roxane die *Siorys* aus dem Wind drehen, so dass sie die letzten Fuß bis zu den Schiffbrüchigen mit nur wenig Schwung fuhr und dann fast völlig stoppte. Sogleich warfen die ersten Matrosen Leinen aus, und es gelang ihnen, die Schiffbrüchigen erst an die Korvette heran und dann mit vereinten Kräften an Bord zu ziehen.

»Bringen Sie uns wieder in den Wind!«, befahl Roxane, während sie auf das Hauptdeck hinabstieg und zu den Geretteten ging, um die sich bereits eine kleine Traube von Seeleuten versammelt hatte, die sie mit Fragen bestürmten. Als Roxane hinzutrat, bildete sich unverzüglich eine Gasse für sie, und sie betrachtete die fünf Schiffbrüchigen genau, während sie sich näherte. Auf den ersten Blick wirkten sie wie Seeleute eines Kriegsschiffs, aber Roxane blieb wachsam und wollte sich keinesfalls von ihrem ersten Eindruck täuschen lassen.

»Ihre Namen, bitte«, verlangte sie kühl. »Von welchem Schiff stammen Sie?«

Eine kleine, gedrungene Frau trat vor und hob den Zeigefinger an die Stirn. Unter ihrer Sonnenbräune wirkte die Frau blass, und ihre Augen waren unnatürlich geweitet.

»Merrick, Thay, von Ihrer Majestät Schiff *Dorn*.«

»Willkommen an Bord Ihrer Majestät Schiff *Siorys*, Merrick. Mein Name ist Kapitänin Hedyn. Die *Dorn*, sagen Sie?«

»Ja, Thay. Korvette von sechzehn Geschützen, unter dem Kommando von Kommandant Dercell. Er ... Der Kommandant ist in der Schlacht verschollen, Thay.«

»Was ist geschehen, Merrick? Unter wessen Flagge fuhr die *Dorn*? Was, bei der Einheit, ist hier überhaupt los?«

Die letzte Frage stellte Roxane hastiger als beabsichtigt, und sie schalt sich im Geist dafür, aber ihre Mannschaft starrte nur gespannt auf die Matrosin, die sich unsicher am Kopf kratzte und dann stockend berichtete: »Wir fuhren unter Admiral Thyrane, Thay. Also, eigentlich unter Admiral Farcey, aber die schnellsten Schiffe der Flotte wurden Admiral Thyrane unterstellt. Wir sollten ein Geschwader von Schiffen der Handelscompagnie aufbringen.

Wir haben den Flottenverband der Compagnie auch gefunden, aber die sind gleich zum Angriff übergegangen. Die *Dorn* sollte sich um die Korvetten des Feindes kümmern, Thay, aber ... aber dann kam der Drache. Er ... er hat uns ein Leck geschlagen, einfach so, und als wir versuchten, es zu stopfen, ist er über uns hergefallen. Er hat das Schiff einfach auseinandergenommen ... Es war schrecklich!«

Die Matrosin tat einige rasche Atemzüge, aber es war ihr anzusehen, dass sie noch immer unter Schock stand.

»Ist schon gut, Merrick. Jetzt sind Sie in Sicherheit«, beruhigte Roxane die Frau, ehe sie fragte: »Wo ist die Bestie jetzt?«

»Ich weiß nicht. Dahin geflogen, irgendwo.«

Merrick deutete grob nach Norden, und Roxane nickte.

»Gut. Gehen Sie mit Ihren Kameraden unter Deck, lassen Sie sich trockene Wäsche und eine Extraportion Rum geben.«

Als Roxane auf das Achterdeck zurückkehrte, kamen ihr Groferton und Leutnant Huwert entgegen.

»Das ist unser Ziel«, erklärte Roxane grimmig und gab dem Rudermaat Befehl, nach Norden zu halten. Groferton sah sie fragend an, aber in Roxanes Geist kreisten noch die Worte von Matrosin Merrick, und sie brauchte einen Moment, um sich zu besinnen. Schließlich befahl sie: »Schützen Sie uns, Coenrad, solange es geht. Diese Leute sind Schiffbrüchige von der *Dorn*, und sie wurden von einem Drachen angegriffen. Ich hoffe, die Einheit steht uns bei, denn heute wird sich zeigen, ob die *Siorys* ihren Namen wirklich verdient.«

Der Maestre nickte ernst.

»Wenn es sich um dieselbe Kreatur handelt, die uns schon einmal angegriffen hat, dann …«, begann Huwert.

»Dann werden wir sie trotzdem jagen und ihren Kopf als Trophäe nach Loidin mitbringen«, unterbrach ihn Roxane finster.

Als hätte der Drache ihre Worte gehört, drang plötzlich ein entferntes Brüllen durch den Pulvernebel.

»Klarschiff zum Gefecht! Alle auf ihre Posten!«

Ihre Order beendete das Gespräch, und Huwert lief zum Hauptdeck hinunter, um die Vorbereitungen zu überwachen. Ebenso wie er fürchtete auch sie sich davor, noch einmal gegen einen Drachen anzutreten, aber sie unterdrückte ihre Angst.

Vor der *Siorys* lichtete sich der künstliche Nebel und gab den Blick auf die offene See frei. Im hellen Sonnenlicht sah Roxane mehrere Hundert Fuß an Steuerbord eine Handvoll Schiffe, die in ein tödliches Gefecht auf kurze Distanz verwickelt waren. Roxane konnte nicht erkennen, wer gegen wen kämpfte, aber das Gefecht trat ohnehin in den Hintergrund, als sie voraus eine Fregatte erblickte, die schwer beschädigt auf den Wellen trieb. Auf dem Deck der Fregatte sah sie den Drachen, mitten auf dem Schiff, wild um sich schlagend. Holz flog durch die Luft, mächtige Planken zerbrachen einfach unter seinen Hieben, und menschliche Körper wurden über die Reling in die See geschleudert.

Stille legte sich über die *Siorys*, als die Offiziere und die Mannschaft ebenso wie ihre Kapitänin gebannt auf das Schauspiel starrten.

Die Fregatte hatte bereits Schlagseite, aber noch erhoben sich die Geschützluken über der See. Ihre Flanke war im Schwarz und Weiß der Marine gestrichen, und am Heck hing die Flagge Thaynrics herab. Die Fregatte war nicht sehr groß, auf den ersten Blick schätzte die Kapitänin sie als 32er ein, mit 12-Pfündern als Bewaffnung. Sie lag tief im Wasser, und ihre Masten waren direkt über dem Rumpf abgebrochen.

»Coenrad, halten Sie den verdammten Drachen unten, bis wir nah genug heran sind.«

»Ich kann es versuchen, aber ich weiß nicht …«

»Sie schaffen das«, stellte Roxane mit einer Stimme fest, die keinen Widerspruch duldete, auch wenn sie keineswegs sicher war, dass der Maestre dieser Aufgabe gewachsen war.

Die *Siorys* näherte sich der angeschlagenen Fregatte und ihrem Zerstörer. Roxane wandte den Blick nicht von dem grausamen Geschehen. Offenbar hatten die Männer und Frauen des Schiffs eine Verteidigungslinie errichtet, und immer wieder feuerten sie mit Musketen und Pistolen, aber der Drache griff unablässig an, hieb mit seinen riesigen Klauen in die Menge der Verteidiger, schnappte nach ihnen und zerfetzte sie mit gewaltigen Schwanzhieben.

Näher und näher glitt die Korvette heran. Schon trennten sie nur noch fünfzig Fuß von ihrem Feind, da schwenkte der Kopf des Drachen herum, sein Blick fixierte Roxane, und er streckte sich vor und brüllte herausfordernd.

»Jetzt, Coenrad!«

Roxane gab laut Befehle. Die *Siorys* legte sich in eine enge Wende, und die Kapitänin sprang auf das offene Geschützdeck hinab. »Feuer nur auf mein Kommando!«

Sie hastete zur ersten Kanone am Bug, beugte sich über den Lauf. Quälend langsam kam die Fregatte in Sicht, dann der Drache, der seine Schwingen ausgebreitet hatte. In der sandfarbenen ledrigen Haut der Flügel zeigten sich Risse und große Löcher, aber er schlug wild mit den Flügeln. Doch es gelang ihm nicht, sich vom Schiff zu lösen. Er sprang ein Stück in die Höhe, dann hing er kurz in der Luft.

»Feuer!«

Roxane achtete nicht darauf, ob der Schuss traf, sondern

lief zum nächsten Geschütz und visierte ihr Ziel an. »Feuer!«, rief sie der Geschützmannschaft zu, die schwitzend, rußverschmiert und fluchend die Kanonen bediente und dem Befehl dennoch mit höchster Präzision nachkam. Der Kanonier presste den glimmenden Luntenstock auf das Zündloch, und die Kanone brüllte auf, übertönte selbst den Drachen. *Genau dazu dient sie, die Disziplin der Marine,* schoss es der Kapitänin durch den Kopf.

Roxane rannte von Kanonen zu Kanone, zielte und ließ feuern. Erst, als sich die erste Salve donnernd gelöst hatte, hielt sie inne und schaute nach den Ergebnissen des Angriffs.

Der Drache war auf das Deck zurückgefallen. Er stand in geduckter Haltung da, und Roxane konnte rotes Blut sehen, das über seine hellen Flanken lief. Er brüllte laut und wild, aber es war ein Laut der Schmerzen und der Angst, kein Siegesgebrüll.

»Bringen Sie uns ran, Leutnant! Klarmachen zum Entern!«

Die *Siorys* verkürzte die Distanz zu der Fregatte, rieb sich knirschend am Holz des größeren Schiffes, dann flogen die Enterhaken und vertäuten sie miteinander. Roxane zog ihren Säbel und sprang über die Schanz. Sie musste sich nicht umblicken; sie wusste, dass ihre Leute ihr folgen würden.

Der Drache fauchte wütend, und sein Haupt zuckte vor, direkt an Roxane vorbei, und seine mächtigen Kiefer schlossen sich um einen Seemann, der nicht einmal Zeit für einen Schrei fand, bevor er zermalmt wurde.

»Angriff! *Siorys!*«

Roxane duckte sich unter einer Klaue hindurch und hieb nach dem Wesen. Ihre Klinge traf die geschuppte Haut, drang kaum ein, aber schon schlug sie wieder zu.

Seeleute stürmten mit Piken heran, Beile wurden geschwungen, das Krachen von Musketen- und Pistolenschüssen erfüllte die Luft.

Der Drache warf sich brüllend herum, allein sein Gewicht zerquetschte ein Dutzend Matrosen, seine Krallen zerfetzten Menschen, sein Schwanz fegte eine Handvoll der Seeleute einfach ins Meer.

Roxane hieb wie eine Besessene auf das Wesen ein, packte ihren Säbel mit beiden Händen, trieb ihn ihm durch die Schuppen ins Fleisch. Der Drache brüllte auf, sein Haupt hob sich, seine gewaltigen Augen richteten sich auf die Offizierin. Roxane wollte zur Seite springen, wollte ausweichen, als die Reißzähne auf sie zurasten, doch sie war zu langsam.

Da traf ein Stück Mast den Kopf des Drachen und schleuderte ihn zur Seite, so dass er Roxane nur streifte und sie zu Boden warf.

Groferton wirbelte mit den Armen, und das Trümmerstück schlug wieder gegen den Drachen.

Eine Gewehrsalve knatterte, Pulverdampf umwehte die Offizierin, die benommen auf die Füße kam. Sie hob ihren Säbel, doch dann sah sie, dass sie nur noch einen Griff in der Hand hielt; die Klinge war einen Fingerbreit darüber einfach abgebrochen.

Fluchend warf sie das nutzlose Stück Metall fort und sprang einige Schritte zurück. Der Drache erhob sich gewaltig über ihr. Inzwischen strömte sein Blut aus vielen Wunden, und als eine erneute Salve abgefeuert wurde, zuckte die Kreatur zusammen und duckte sich. Unvermittelt wich sie vor den anstürmenden Seeleuten zurück, hieb nur noch einmal zögerlich nach einer Frau mit einer Pike und sprang dann über die Bordwand ins Wasser. Taue und halb zerfetzte Rahen riss sie mit sich.

Die Taue spannten sich, und die Fregatte neigte sich zur Seite.

»Sie zieht uns hinab«, erkannte Roxane mit Schrecken. »Kappt die Taue!«

Matrosen stürmten zur Reling, Männer und Frauen beider Schiffe Seite an Seite, und ihre Beile fuhren auf sie Seile herab. Wie Peitschen zuckten die Tauenden durch die Luft, dann rissen auch die letzten Verbindungen, und die Fregatte richtete sich schwerfällig wieder auf.

Wie betäubt stand Roxane inmitten der Verwüstung. Das Deck war mit Blut besudelt, überall lagen Trümmer, Leichen, abgerissene Gliedmaßen, Verletzte. Ein bestialischer Gestank stieg auf, und im Deck klaffte ein gewaltiges Loch.

»Danke, dass Sie uns zu Hilfe gekommen sind, Thay«, machte sich ein junger Mann bemerkbar, der schwer atmend auf Roxane zutrat. »Ich bin Leutnant Lirney von der *Alcander*. Und … derzeit wohl der kommandierende Offizier.«

Einen Moment starrte die Kapitänin ihn nur verständnislos an, aber dann gelang es ihr, die Taubheit aus ihrem Geist zu vertreiben.

»Hedyn, Roxane Hedyn. Von der *Siorys*.«

»*Die* Kapitänin Hedyn? Von Boroges?«

Roxane nickte müde.

Der rothaarige Offizier riss erstaunt die Augen auf. »Sie machen Ihrem Ruf als Drachentöterin alle Ehre, Thay!«

Aber Roxane konnte keine Genugtuung empfinden. Sie strich sich eine Haarsträhne aus der Stirn und nickte in Richtung der offenen See. »Ich weiß nicht, ob wir sie getötet haben. Vielleicht kommt sie wieder.«

»Wir haben sie vertrieben«, stellte Lirney sachlich fest. »Das hätten wir vor kurzem nicht mal zu hoffen gewagt. Und es gibt noch ein paar lebende Seelen an Bord. Dank Ihrer Hilfe, Thay.«

Groferton gesellte sich zu ihnen. Er hustete und presste eine zur Faust geballte Hand gegen die Brust, schien aber unverletzt zu sein.

»Wo ist Huwert?«, erkundigte sich Roxane.

Groferton schüttelte bedauernd den Kopf und deutete auf einen Toten, der mit verrenkten Gliedern neben der Reling lag. »Ich fürchte, die Bestie hat unseren Ersten Offizier erwischt, Thay.«

Die Kapitänin schluckte. Huwert war ein herber Verlust, für sie und für das ganze Schiff.

»Aber es halten Schiffe auf das Zentrum der Gefechtslinie zu, Thay. Es sind keine der unsrigen, und die Magie ist ziemlich stark«, stellte der Maestre fest.

Roxane sah ein, dass jetzt keine Zeit zum Trauern war.

»Kommen Sie hier klar, Leutnant?«, fragte sie Lirney, der zögerlich nickte.

»Ich hoffe es, Thay. Wir sind nicht so stark beschädigt, dass wir sinken, und ich glaube, mit einiger Arbeit können wir wieder manövrierfähig werden«

»Gut. Wir müssen die *Siorys* in den Kampf zurückbringen, denke ich. Dieser Tag ist noch nicht zu Ende. Wir kommen zurück und unterstützen Sie, wenn es glücklich ausgeht. Beten Sie zur Einheit, dass es das tut.«

Lirney salutierte. »Das werden wir, Thay. Die Männer und Frauen der *Alcander* werden die Drachentöterin nicht vergessen.«

SINAO

Obwohl die Feinde sich erbittert wehrten, drang die Masse der Matrosen und Soldaten von der *Imperial* auf das viel größere Schiff vor. Die junge Paranao versuchte, die Vigoris zu formen, um jene um sich herum vor Kugeln, Granaten und Splittern zu schützen, aber in der Hitze des Gefechts gelang es ihr nur schwer, sich zu konzentrieren. Manoel und sogar Lamworth hingegen liefen und zauberten, als wären sie nicht umgeben von Tod, Blut und Vernichtung. Manoel sprang an ein Seil und kletterte es so schnell empor, dass er die Bordwand hochzufliegen schien. Selbst dabei gelang es ihm, die Vigoris in eine halbwegs passende Form zu gießen, und eine Granate, die an ihm vorbeisegelte, wurde von einem kurzen Stoß davongeschleudert und landete harmlos im Wasser.

»Vorwärts!«, brüllte Thyrane irgendwo hinter Sinao. Dann wurde sie von der Woge aus drängelnden, stinkenden und blutenden Leibern mitgerissen und zwängte sich an der Mündung einer der Kanonen vorbei durch eine Geschützluke in das feindliche Schiff.

Zu ihrer Linken wurde geschossen, Stahl schlug auf Stahl, ein Mann fiel zu Boden, das Gesicht halb entzweigehauen. Es war, als würde der Schock, ausgelöst durch diesen Anblick, eine innere Barriere in ihr einreißen. Sinao öffnete sich für die Vigoris und gab ihr Form; mit einem Ruck löste sich eine der Kanonen, die dicken Taue rissen einfach ab, dann raste das fast drei Tonnen schwere Ungetüm in die Menge der Feinde, die sich achtern zur Gegenwehr versammelt hatten. Das Geschütz fegte durch ihre Reihen, schleuderte Männer und Frauen links und rechts davon, brach Knochen und zerquetschte Gliedmaßen.

Durch den gelungenen Angriff angefeuert, drangen die Krieger der *Imperial* auf ihre Feinde ein, und Sinao tat, was sie konnte, um sie im Kampf zu unterstützen. Zweimal wehrte sie Granatwürfe ab. Ihre Magie fing die Geschosse auf und schleuderte sie zurück, so dass sie mitten unter den Feinden explodierten.

Das ganze Deck war in Rauch und Qualm gehüllt, überall lagen Körper, Verwundete wanden sich am Boden, Tote lagen quer über Kanonen und übereinander, und der mit Sand bestreute Boden färbte sich rot.

Langsam wurden die Verteidiger zurückgedrängt, und als der Weg nach oben frei war, lief Sinao den Niedergang empor.

Das nächste Deck war beinahe menschenleer. Von unten und von oben drang der Kampfeslärm zu ihr, aber hier lagen nur noch Tote, stumme Zeugen der blutigen Schlacht. Und dann war sie auch schon weiter, lief die Treppe hinauf bis auf das offene Deck.

Hier tobte der Kampf mit voller Härte. Sinao kam mitten im ärgsten Getümmel ins Freie. Neben ihr sank eine Frau zu Boden, die Hände so fest auf eine furchtbare Wunde im Bauch gepresst, dass ihre Finger in ihrem Leib zu verschwinden schienen. Die Krieger der Marine hatten sich ein Stück Deck an der Bordwand erkämpft und hielten dort stand, obwohl ein großer Pulk von Verteidigern auf sie eindrang. Immer mehr Soldaten und Seeleute der *Imperial* kletterten über die Schanz, sprangen ihren Kameraden bei.

Manoel stand direkt an der Bordwand. Er hatte die Hände

erhoben und bildete Zauber um Zauber. Seine Lippen, seine Hände und selbst seine Zöpfe schienen in ständiger Bewegung zu sein, und er glühte förmlich von der Energie, der er Gestalt gab.

Selbst Maestre Lamworth gelang es, seinen massigen Körper über die Schanz zu hieven, auch wenn sein Gesicht puterrot war und sein Atem schwer ging.

»Sin! Hierher!«

Sie folgte Manoels Ruf, duckte sich zwischen zwei Angreifern hindurch, kroch auf allen vieren die Reihen der Marine entlang, schlüpfte in eine Lücke und fand sich dann neben Manoel wieder, der ihr ein schnelles Lächeln schenkte.

»Wir haben sie gleich«, rief er, und als wolle das Schicksal seine Worte bestätigen, gab es einen erneuten Sturm gegen die Gegner, der diese bis zum Achterdeck zurücktrieb.

»Das Deck gehört uns!«, rief Admiral Thyrane, der gerade den Niedergang emporkam, seltsam würdevoll in seiner makellosen Uniform. Er gab ein prächtiges Ziel ab, und Sinao webte sogleich einen Zauber um ihn. Keinen Moment später schlug eine Kugel dagegen und prallte mit einem nervenzerfetzenden Kreischen ab.

»Vorwärts, *Imperial*! Für Thaynric!«

Der Säbel des Admirals zeigte zum Achterdeck, und wie aus einer Kehle wurde sein Ruf aufgenommen, und die Männer und Frauen stürmten erneut gegen die Verteidigungslinie an. Soldaten feuerten ihre Musketen ab, luden schnell nach, während vorn Beil und Entermesser blutige Ernte hielten.

Aus dem Nebel des Gefechts trat ein Mann an die Reling des Achterdecks. Er war alt, stand aber hoch aufgerichtet, einen Stock in der Hand. Obwohl seine Leute zurückgedrängt wurden und schlichtweg überrannt zu werden drohten, schien ein Lächeln um die Lippen des Alten zu spielen.

Wie eine Person stürmten die Feinde plötzlich vor. Verwundete erhoben sich. Selbst jene, deren Verletzungen tödlich waren und die gerade noch vor Schmerzen geschrien hatten, liefen oder krochen auf die Krieger der Marine zu. Sinao sah, wie einem Mann ein Beil in die Brust drang, aber er taumelte nur ein Stück zurück, bevor er seinen Gegner ansprang und mit sich zu Boden riss. Kugeln schlugen in die Leiber der Gesunden und in die grotesk verrenkten der Verwundeten, konnten sie jedoch nicht aufhalten.

»Mächtiges Mojo«, presste Manoel neben Sinao hervor. Seine Hände wirbelten durch die Luft, und um ihn herum sammelte sich Vigoris. Ein ganzer Trupp Feinde wurde durch die Luft geschleudert, einer prallte mit lautem Krachen gegen den Mast, zwei andere flogen einfach über die Reling hinab in die See. Lamworth versuchte, es dem jungen Maestre gleichzutun, doch dann taumelte er zurück, riss die Arme vor das Gesicht und schrie erbärmlich auf.

»Verteidige dich, wenn du es wagst, dich Maestre zu nennen!« Es war die Stimme des Alten. Er brüllte nicht, sondern sprach leise, und dennoch übertönten seine Worte den Lärm der Schlacht.

Lamworth kreischte entsetzt, dann knickten seine Knie ein, und er kippte zur Seite. Blut strömte aus seinen Augen und seiner Nase über sein Gesicht, bildete eine Lache um seinen leblosen Körper.

»Tötet ihn! Feuer!«

Thyranes befehlsgewohnte Stimme riss Sinao aus ihrem Entsetzen. Sie schleuderte Vigoris gegen den alten Mann, doch sie spürte, wie die Macht harmlos über ihn hinwegglitt. Er packte seinen Stab mit beiden Händen und schlug damit einmal kraftvoll auf das Deck. Die Gruppe um den Admiral stob auseinander, Thyrane selbst wurde herumgewirbelt, sein Dreispitz flog davon, dann fiel er auf die Planken, umringt von Feinden.

»Nein!«

Der Kopf des Alten fuhr herum, doch sein Blick suchte nicht Sinao, sondern fand Manoel. »Bist du ein würdigerer Gegner?«

Manoel erwiderte den Blick des Alten, als wolle er dessen Herausforderung annehmen. Sein Gesicht verzog sich vor Anstrengung, als er die Vigoris durch sich hindurchfließen ließ. Sein Zauber nahm Gestalt an, aber Sinao spürte, wie die gewaltige Macht des Alten die Magie des Jüngeren zurückdrängte. Sie schloss die Augen und öffnete sich für die Vigoris, wollte Manoel zur Seite stehen, doch ehe sie ihm helfen konnte, brach der Schutz des jungen Maestre innerhalb eines Herzschlags zusammen. Manoel schrie, und als Sinao die Augen aufriss, sah sie sein blutüberströmtes Gesicht. Manoel keuchte, dann drehte er sich um und sprang mit einem gewaltigen Satz über die Reling.

Die Masse der Feinde drängte die Krieger der Marine zurück. Jede Wunde, die nicht tödlich war, schien sie kaum aufzuhalten. Sie kämpften mit bloßen Händen, wenn es sein musste, die Finger wie Krallen gekrümmt. Sie krochen auf dem Bauch, kümmerten sich nicht um zerschmetterte Gliedmaßen, um Wunden, aus denen Blut spritzte; nicht einmal der Verlust von Armen und Beinen ließ sie innehalten.

Sinao war wie benommen. Sie blickte zu Thyranes Körper, zu Lamworth, dessen Lebenslicht erloschen war, dann rannte sie zur Reling, suchte nach Manoel, fand ihn aber nicht.

Jemand riss sie am Arm herum. Der Alte stand unvermittelt neben ihr, hielt sie gepackt. Instinktiv schleuderte sie ihm Vigoris entgegen, doch ihr Zauber prallte an ihm ab.

»Gut ... du bist stark.«

Dann riss er sie mit sich. Sie rasten durch die Reihen der Kämpfenden, stürmten auf das Achterdeck empor, legten die siebzehn Meter in weniger als einem Augenblick zurück.

Mit einer einzigen Bewegung schleuderte der Alte sie durch die Luft, und sie landete auf den harten Planken und rutschte noch ein Stück weiter. Benommen wollte sie sich aufrappeln, aber er packte sie im Genick und zog sie mit sich.

»Du willst mich mit deiner Magie vernichten. Tue es. Du kannst es. Öffne dich ihr, gib dich ihr hin.«

Sinao wich vor ihm zurück, kroch auf allen vieren rückwärts, bis sie gegen einen harten, kühlen Gegenstand stieß. Der alte Mann sah lächelnd auf sie herab, so ruhig, als befänden sie sich nicht auf einem vom Tod gezeichneten Schiff, sondern als gäbe es nur sie beide in einer ansonsten leeren Welt.

Sie ballte die Fäuste. Die Zeit wurde langsamer, floss träge um sie herum, als die Vigoris sie durchströmte. Die Pforte in ihrem Herzen öffnete sich weit, und Sinao zwang sie noch weiter auf. Die Macht floss durch ihren Körper, erhebend und beängstigend zugleich. Um sie herum wirbelte heiße Luft, ihre Haare lösten sich aus dem Zopf, wurden von dem Wind gepackt, den ihre Magie beschwor. Sie wollte diese gewaltige Macht auf den Alten schleudern, wollte ihn vernichten, zerstören, auslöschen. Schmerzen brandeten durch ihren Leib, als die Vigoris weiter anschwoll, sie zur Gänze erfüllte, für nichts mehr Platz ließ außer der gewaltigen Macht, die sie mit sich brachte. Es war viel, viel zu viel, mehr als jemals zuvor durch sie hindurchgeflossen war, aber sie wollte es nicht anders, sie musste die Vigoris in jeder Faser ihres Körpers spüren, um ihrer Wut Genüge zu tun.

Sinaos Blick fixierte den Alten.

Bevor sie ihren Zauber formen konnte, war er heran. Es war, als betreffe ihn die Zeit gar nicht, als bewege er sich zwischen den Augenblicken, so wie auch Sinao es schon getan hatte. Er presste sie gegen den Gegenstand in ihrem Rücken, immer noch lächelnd. Und seine Magie umgab sie.

Unvermittelt spürte sie, wie ihr die Vigoris entzogen, um sie herum fortgesogen wurde. Es war ein Gefühl, als würde sie sich selbst verlieren.

Sie stemmte sich dagegen, doch es war zu stark, zu viel, zu schnell. Sie wollte die Pforte in sich schließen, aber der Strom der magischen Energie war zu mächtig geworden.

»Wie wunderbar du bist, mein Kind«, flüsterte der alte Mann. »In einer anderen Zeit hätte ich dich als Schülerin genommen, und ich hätte dich gelehrt, mit all deiner kostbaren Macht umzugehen. Du hättest eine Große unter uns werden können.«

Seine Stimme klang fern, aber dennoch meinte Sinao, einen Hauch von Bedauern darin zu spüren.

Dann verschwand sie ganz in der Vigoris. Sie konnte nicht mehr sehen, nicht mehr hören, nicht mehr schmecken. Alles war Vigoris, alles war Magie, und selbst als ihr Körper von Krämpfen durchgeschüttelt wurde, als ihr das Blut aus Mund und Augen lief, konnte sie nichts tun, als sich dieser reinen Macht zu ergeben.

TAREISA

Das brennende Schiff lag immer noch gefährlich nah an der *Todsünde*. Tareisa sah, wie Jaquento zu den Männern und Frauen an den Piken sprang, und auch Franigo half dort mit, das Feuerschiff auf dem dringend benötigten Abstand zu halten.

Die Maestra konzentrierte sich und entließ Vigoris in kurzen, schnellen Stößen, kaum geeignet, um mehr als ein wenig Luft zu bewegen. Aber genug, um Funken und brennende Trümmer von der *Todsünde* abzuwehren. Ihre Windstöße wirbelten durch den Rauch, und sie fachten das Feuer weiter an, aber sie sorgten auch dafür, dass die Flammen nicht auf ihr Schiff übergriffen.

»Drei ... zwei ... eins ... schiebt!« Jaquentos Befehl donnerte über das Deck. »Und schiebt!«

Die Besatzung stemmte sich gegen die Piken. Die Hitze des Infernos brandete über die Maestra hinweg, nahm ihr den Atem, trocknete ihr Mund und Augen aus.

Durch das Flirren der Hitze sah sie undeutlich eine Gestalt auf dem anderen Schiff, die aus einem Niedergang taumelte. Ihre Bewegungen waren ungelenk, und dann sah die Maestra, dass der Mensch bereits lichterloh in Flammen stand. Er schrie nicht, sondern wankte auf sie zu, dann brach er einfach zusammen, verschwand aus ihrem Blickfeld.

Sie wollte das Gesicht abwenden, aber sie musste aufmerksam bleiben; jeder Fehler, den sie oder ein anderer machte, mochte die *Todsünde* in Brand setzen, und dann wären sie der schrecklichen Gewalt eines Feuers auf See ausgeliefert.

»Weiter! Schiebt, verflucht!« Der Kapitän lehnte sich gegen die Pike, mit vor Anstrengung verzerrtem Gesicht.

Ein Seemann brach an der Pike zusammen, sackte in die Knie und begrub das Gesicht in den Armen. Die Flammen leckten nach der *Todsünde*, als wären sie lebendig und auf der Suche nach weiteren Opfern. Das Feuerschiff rührte sich nicht, so sehr die Besatzung sich auch anstrengte, und dann sah Tareisa, dass sich hoch über ihr Teile der Takelage ineinander verhakt hatten.

Mit einem Aufschrei stürmte Tareisa zur Reling, sammelte um sich Vigoris, die sie erst verdichtete und dann in einem mächtigen Stoß entließ.

Das brennende Schiff wurde von ihrer Macht getroffen, neigte sich fort von der *Todsünde*. Es gab ein Knirschen, als ob einem Riesen die Knochen brechen würden, als die Rahen sich voneinander lösten. Einen Augenblick lang hing das brennende Schiff in der Balance, und Tareisa sah es schon zurückkippen, aber dann zeigte die Kraft der Besatzung endlich Wirkung, und es wurde davongeschoben und glitt an der *Todsünde* vorbei.

Tareisa atmete auf. Ihre Kehle war rau vom Rauch, und ihr Gesicht fühlte sich kochend heiß an.

»Löscht verdammt nochmal jeden Fetzen hier!«

Jaquento ließ sich gegen die Bordwand sinken, ebenso wie die anderen, die bislang die Piken gehalten hatten. Zum Jubeln fehlte ihnen jede Kraft, aber ihre Gesichter drückten ihre Erleichterung aus.

Nach einigen Atemzügen kam der Kapitän wieder auf die Füße. Neben ihm rappelte sich auch Franigo auf, der dem zusammengebrochenen Seemann eine Hand anbot und sich dann Jaquento anschloss. Mit taumelnden Schritten liefen die beiden Männer auf sie zu. Als sie die Maestra erreichten, hielten sie kurz inne. Franigo lächelte sie mit rußverschmiertem Gesicht an, und Jaquento nickte ihr stumm zu. Sie folgte ihnen auf das Achterdeck, wo Bihrâd bereits auf sie wartete.

»In diesem Dunst kann man nichts erkennen«, fluchte der Poet, und Tareisa wusste, dass er Recht hatte. Aber sie wusste ebenfalls, dass sie das nicht aufhalten durfte.

»Maecan ist hier. Es ist seine Magie; ich kenne sie. Er ist irgendwo voraus.«

»Dann fahren wir weiter«, bestimmte Jaquento. Er legte den Kopf kurz zur Seite, als lausche er auf etwas. »Der große Drache ist auch hier, aber er kämpft, sagt Sinosh. Vermutlich war das sein Werk.« Er deutete über seine Schulter, wo die Flammen des brennenden Schiffs den Nebel flackernd erhellten.

»Es kehrt schon wieder um!«, rief Franigo alarmiert. Ein Schemen war zu erkennen, und Jaquento fluchte kurz.

Dann sprang der junge Hiscadi nach vorn. »An die Geschütze!«

Die Korvette fuhr aus dem Pulverdampf. Ihr Großmast fehlte, und an den anderen beiden Masten hing nur noch ein kümmerlicher Rest von Besegelung, aber irgendwie gelang es dem Compagnieschiff, Kurs zu halten.

Am Bug der Korvette blitzte Mündungsfeuer auf. Tareisa wob Magie, doch sie war bereits zu erschöpft, zu unkonzentriert, und eines der Geschosse durchschlug ihren schwachen Schild und zerfetzte eine Rah hoch oben. Schreiend stürzte ein Mann mit den Trümmern herab, schlug dumpf auf dem Deck auf und blieb regungslos liegen.

»Bringt sie herum!«

Die *Todsünde* präsentierte der Korvette nun ihre Backbordseite. Auch der Feind wendete, aber langsamer. Dennoch glitten die beiden Schiffe kaum zehn Meter voneinander entfernt direkt aneinander vorbei. Tareisa konnte die Gesichter der Menschen auf dem anderen Schiff sehen, seltsam emotionslose Antlitze.

Und schon gab Jaquento den Befehl zum Feuern. Das ehemalige Piratenschiff erbebte unter dem Donnern der Kanonen, und der Feind vergalt Gleiches mit Gleichem.

Auf diese Distanz war die Wirkung der Geschosse grausam. Holzsplitter rasten durch die Luft, durchbohrten Stoff, Haut und Fleisch. Geschütze wurden wie Spielzeug umhergeschleudert, begruben ihre Mannschaften unter sich. Tareisa bemühte sich, die schlimmsten Auswirkungen zu mildern, leitete Vigoris durch ihren Leib, formte sie zu Zaubern, an denen Kugeln abprallten, aber sie konnte längst nicht alle Treffer verhindern. Sie konzentrierte sich auf ihren eigenen Standpunkt, deckte das Achterdeck ab, so gut es ging.

Musketen wurden abgefeuert, die Drehbassen hielten blutige Ernte unter den Feinden. Einige Piraten schleuderten Granaten, die auf dem Deck der Korvette explodierten. Andere warfen ölgefüllte Brandsätze. Schon bald waren die Schiffe in ihren eigenen Rauch und Nebel gehüllt.

»Freies Feuer!«

Die Besatzung der *Todsünde* lud und feuerte wie manisch. Kugel um Kugel pumpten sie in die Korvette, ignorierten das Gegenfeuer. Jaquento lief die Reling entlang, rief Befehle, gab Ziele an.

Dann waren sie vorbei. Die *Todsünde* glitt weiter, das Brüllen der Kanonen verstummte. Nur die Schreie der Verwundeten waren noch zu hören.

Tareisa lief zu Franigo ans Heck, und auch Jaquento stieß zu ihnen.

Die Korvette lag schwer im Wasser. Flammen zuckten an ihren Masten empor, und nun neigte sie sich zur Seite, zögerlich erst, dann immer schneller, und innerhalb von Sekunden prallten ihre verbliebenen Masten auf das Wasser und versanken. Schon war nur noch der Rumpf zu sehen, und endlich verschlang der Nebel auch diesen.

»Diesmal kommt sie nicht zurück«, sagte Jaquento finster. Franigo nickte. Sein ruhiger Gesichtsausdruck verbarg seine Gefühle, aber Tareisa sah, dass seine Hand zitterte.

Ein Ausruf vom Bug ließ sie herumfahren: »Schiff voraus!«

Tatsächlich erhob sich vor ihnen ein gewaltiger Schemen aus den Schwaden. Es war ein großes Schiff, das die *Todsünde* hoch überragte.

»Das muss es sein. Dort muss Maecan sein.«

Mit zusammengepressten Lippen blickte Tareisa auf das Schiff, das von ihrer Warte aus wie eine schwimmende Festung wirkte. Sie konnte seine Magie spüren, die raffinierten Strukturen, die kein anderer Maestre weben konnte, die schiere Macht, die sich dahinter verbarg. Mit einem Mal wurde ihr der Wahnsinn ihres Unterfanges bewusst. *Wie können wir gegen ihn bestehen?*

»Dann ist das unser Ziel«, knurrte Jaquento. »Bringen wir es zu Ende.«

JAQUENTO

In der Ferne donnerten noch Kanonenschüsse, und durch den Pulverdampf drangen Schreie, Brüllen und durchdringendes Geheul zu ihnen, aber auf der *Todsünde* waren alle still. Das fremde Schiff ragte über ihnen auf, drohend schauten die Mündungen der Kanonen aus den Geschützluken. Meter um Meter näherte sich die *Todsünde* dem Dreidecker.

Sie müssen uns doch bemerken, dachte Jaquento, aber noch gab es keine Rufe, keine Bewegung, die verriet, dass sie entdeckt worden waren, noch donnerten die Geschütze nicht los.

Er ist hier, erklang Sinoshs Stimme. *Ich spüre es, seine Magie ist ganz nah. Und da ist noch mehr.*

»Mehr?«, flüsterte Jaquento, aber der kleine Drache schwieg.

Jetzt waren sie noch acht Meter entfernt, dann nur noch sieben. Jaquento sah zu Bihrâd, der stumm nickte, dann ließ der junge Hiscadi seinen Blick über Franigo, Tareisa und Sean wandern. Sie alle waren angespannt, aber er sah keine Furcht in ihren Mienen.

»Los!«

Enterhaken wurden geworfen, und die Piraten legten sich in die Seile und zerrten die *Todsünde* mit einem Ruck an das gewaltige Schiff heran. Noch bevor der schmale Streifen Meer zwischen den Schiffen überbrückt war, kletterte Jaquento bereits ein raues Hanfseil empor. Vorbei an den Geschützluken, den Kanonen, den Decks des Dreideckers. Hinter sich hörte er seine Mannschaft, die ihm folgte. Schließlich sprang Sinosh von seiner Schulter und huschte das Seil blitzschnell empor.

Dann fanden Jaquentos behandschuhte Finger die Kante der Bordwand, und er zog sich mit einer letzten Anstrengung hoch, schwang seine Beine über die Reling und sprang an Deck.

Ihm bot sich ein Bild der Zerstörung. Auf dem Schiff hatte ein wilder Kampf gewütet, und seine Spuren zeigten sich in den Toten, die überall lagen, und den Blutlachen, die die Planken dunkel färbten. Ohne zu zögern, zog Jaquento seinen Degen, aber ihm stellte sich niemand entgegen.

Neben dem jungen Hiscadi erreichten die Ersten der Besatzung das Deck, sprangen wild schreiend vor, hoben ihre Waffen, nur um dann zu verharren.

Die Nackenhaare des Kapitäns stellten sich auf. Die Ruhe an Deck war unnatürlich. Etwas stimmte hier ganz und gar nicht.

»Vorsicht!«, rief Jaquento. »Eine Falle!«

Sein Blick wanderte zum Achterdeck. Jeden Moment vermutete Jaquento, die Mündungen von Musketen zu sehen, die Kriegsschreie der Feinde zu hören, aber es geschah nichts.

»Marine und Compagnie«, stellte Sean fest, der ein Entermesser in der Rechten und ein kurzes Beil in der Linken hielt. Über seine Brust waren zwei Bandoliere geschlungen, in denen ein halbes Dutzend Pistolen steckten.

»Magie«, erklärte Tareisa unvermittelt. »Ich …«

Weiter kam sie nicht, denn wie auf ein Stichwort erhoben sich Dutzende der vermeintlich Toten überall um die Piraten herum und drangen auf sie ein. Nur mit Not konnte Jaquento

den Hieb einer Frau in der Uniform der Compagnie parieren, die eine grässliche Wunde im Gesicht trug; die Hälfte ihres Antlitzes war wie weggeschnitten, und unter dem rohen Fleisch und dem Blut schimmerte weißer Knochen durch. Sein Degen schlug ihren Säbel zur Seite, dann stieß er ihn ihr zwei Spannen tief in die Brust. Sie taumelte zurück, gab seine Waffe wieder frei, und er wollte sich schon einen anderen Gegner suchen, da ging sie erneut mit dem Säbel auf ihn los.

Jaquento reagierte schnell, aber nicht schnell genug. Die Klinge glitt über die seine, und die Spitze der Waffe traf seinen Oberarm. Blut schoss aus der Wunde, tränkte den Stoff seines Hemdes, und schon war die Frau wieder heran. Wie eine Furie hieb sie auf ihn ein, achtete nicht auf ihre Deckung. Zweimal erwischte der junge Hiscadi sie mit einer geschickten Riposte, aber es war, als würde sie die Stiche in ihren Leib gar nicht bemerken. Dann duckte er sich unter einem wilden Hieb hindurch, und seine Klinge fuhr über ihr Bein, durchtrennte Muskeln und Sehnen, und endlich stürzte sie zu Boden.

Erleichtert richtete Jaquento sich auf, aber da sah er mit Entsetzen, wie seine Gegnerin auf ihn zukroch, die Waffe in der Faust. Mit einem Schrei machte er einen Ausfallschritt und stach ihr die Spitze seines Degens in die blutige Höhle, in der einst ihr Auge gewesen war. Mit einem Zittern öffneten sich ihre Finger, und der Säbel fiel auf die Planken.

Um ihn herum war die Mannschaft der *Todsünde* in einen grausamen Kampf mit Feinden verwickelt, die keinen Schmerz spürten, keine Angst hatten, sich um nichts mehr scherten. Jaquento sah, wie einer von zwei Unbewaffneten zu Boden gerissen und regelrecht zerfetzt wurde.

»Er ist dort«, schrie Tareisa und wies auf das Achterdeck. »Dies ist sein Werk!«

Jaquento wollte ihr antworten, aber schon waren die nächsten Feinde heran, und er hatte keinen Atem für Worte übrig. Er versuchte nicht mehr, seine Gegner mit Stichen zu verletzen, sondern führte seinen Degen in weiten Schwüngen, in der Hoffnung, Gliedmaßen unbrauchbar zu machen. Er duckte sich, wich Angriffen aus, parierte einige ungeschickte Hiebe. Doch die beiden Angreifer kümmerten sich nicht um seine Klinge. Sinosh stieß einige Male aus der Luft zu, schlug Krallen in die Gesichter der Angreifer und spuckte schließlich sogar eine winzige Feuergarbe, die einen von Jaquentos Gegnern zurücktaumeln ließ. Der Kapitän schlug mit aller Kraft zu, schlitzte den anderen vom Hals bis zur Taille auf, dann aber sprang der Erste ihn wieder an, die Hände wie Klauen vorgestreckt.

Neben Jaquento dröhnte ein Schuss, dann noch einer. Zwei Kugeln trafen den Angreifer ins Gesicht, schleuderten seinen Körper herum, und er fiel zu Boden. Sean warf die beiden qualmenden Waffen fort und zog zwei weitere Pistolen.

»Was für höllische Kreaturen sind das? Die überrennen uns einfach! Gegen diese Monster können wir uns nicht halten!«

»Wir müssen dort hinauf«, stimmte Jaquento ihm zu und deutete mit dem blutigen Degen zum Achterdeck. Er sah sich um. In seiner Nähe kämpfte Bihrâd mit der ihm eigenen fließenden Eleganz. Die langen Klingen des Mauresken fanden Mal um Mal ihr Ziel, und es gelang ihm, seine Feinde auf Abstand zu halten. Franigo war von seinen Gegnern zurückgedrängt worden, focht aber noch immer mit wilder Entschlossenheit. Er stand an Tareisas Seite und deckte die Maestra, die Zauber um Zauber wirkte.

»Franigo! Bihrâd! Mir nach!«

Ohne darauf zu warten, ob sie ihm wirklich folgen würden, stürmte Jaquento los. Er hieb nach Gegnern, aber nicht,

um sie niederzustrecken, sondern nur, um sich einen Weg frei zu schlagen. Sean lief neben ihm her, feuerte zwei Pistolen aus kurzer Distanz ab, dann zückte er Entermesser und Beil und deckte Jaquentos Seite.

Doch schon nach wenigen Schritten drohte die schiere Masse ihrer Feinde ihren Ansturm aufzuhalten. Bihrâd sprang an Jaquentos Seite, hieb und stach nach Gegnern, bewegte sich wie ein Tänzer durch das Getümmel. Dann war auch Franigo heran, dessen Stil nun schnell und präzise war, ohne die manierierten Spielereien, die er manchmal im Duell zeigte. Ein halbes Dutzend Gegner, teils Marine, teils Compagnie, stellte sich ihnen am Aufgang in den Weg. Jaquento hob seinen Degen, brüllte und rannte los, nur um zu sehen, wie die Gegner davongewirbelt wurden, als Tareisa mit magischer Macht zuschlug.

Mit langen Schritten erklomm Jaquento die Treppe. Sinosh flog neben ihm das Geländer entlang. Der Leib des kleinen Drachen pulsierte karmesinrot.

Auch auf dem Achterdeck hatte ein Kampf gewütet, hatte aber weitaus weniger Blutzoll als der auf dem Hauptdeck gefordert. Ein Dutzend Soldaten, die in Uniformen der Compagnie steckten, standen bereit, und hinter ihnen ragte der alte Mann auf, genau so, wie Franigo ihn beschrieben hatte. Vollkommen ungerührt vom Tod, der um ihn herum grimmige Ernte hielt, blickte er auf eine Gestalt hinab, die eine Art steinerne Säulentrommel umarmte. *Das muss das Artefakt sein,* dachte Jaquento, und dann erkannte er die Gestalt. »Sinao!«

»Ihr Name wird noch in Jahrhunderten mit Ehrfurcht genannt werden«, erklärte Maecan mit einem milden Lächeln. Dann zuckte unvermittelt sein Stab empor. Die Soldaten stürmten auf die kleine Gruppe ein, während neben Jaquento Bihrâd in die Knie ging. Tareisa rief etwas, doch ihre Worte wurden von einem wirbelnden Wind von ihren Lippen gerissen, der ohne jede Vorwarnung um sie herum auftoste.

Jaquento sah sich einem Soldaten gegenüber, der mit einem Beil nach ihm schlug. Er parierte den Hieb, lenkte ihn zur Seite ab und führte mit der Rückhand einen schnellen Schnitt über das Gesicht des Mannes aus.

»Ein Magietrinker, mein Kind?« Die Stimme des alten Mannes übertönte das Brausen des Windes, obwohl er sie nicht einmal erhoben hatte. »Ich bin enttäuscht von dir.«

»Ich gehöre dir nicht mehr«, presste Tareisa hervor.

Der Alte riss seinen Stock herum, und mit einem Mal kippte Bihrâd nach hinten, als er der ungezügelten Macht der Vigoris nicht länger Einhalt gebieten konnte. Eine Rah am Kreuzmast wurde aus der Takelage gerissen und stürzte herab, direkt auf den Mauresken zu. Jaquento wollte ihm beispringen, aber sein Gegner setzte ihm erneut zu.

Ein Stoß traf die Rah, lenkte sie knapp einen Meter ab, und so schlug sie mit einem Ende voran neben Bihrâd auf das Deck. Tauwerk und Segel prasselten herab, begruben den Mauresken unter sich. Über die Reling glitt eine geduckte Gestalt, und es dauerte einen Augenblick, bis Jaquento in der blutverschmierten, daemonischen Fratze mit dem wirren Haar Manoel erkannte, der nach nur einem Schritt erst auf ein Knie sank und dann zur Seite umkippte.

»Zunächst dein Magietrinker-Freund«, erklärte Maecan seelenruhig. »Danach ihr alle.«

Die Winde wurden stärker, zerrten an Jaquento, warfen ihn hin und her. Sinosh wurde von der Reling geweht, flatterte hektisch mit den Flügeln, um sich in der Nähe des Schiffes zu halten. Dann verschwand der kleine Drache plötzlich aus Jaquentos Blickfeld. Neben sich sah der Kapitän Franigo, der einem Soldaten den Griff seines Degens ins Gesicht rammte und dem Taumelnden dann mit aller Wucht zwei

Schnitte über die Beine zufügte, die den Mann zu Boden gehen ließen.

Ein Ruck ging durch das Steuerrad. Es drehte sich von selbst, dann brach es knirschend aus seiner Verankerung und schoss auf Tareisa zu. Franigo warf sich zur Seite, traf die Maestra an der Schulter und riss sie mit sich zu Boden. Das Steuerrad fegte über die beiden hinweg und zerschellte am Großmast.

»Der Fokus«, rief die Magierin über den unnatürlichen Sturm hinweg. »Öffne …«

Ihre weiteren Worte waren nicht mehr zu verstehen. Mit grimmiger Entschlossenheit trieb Jaquento seinen Feind vor sich her, traf ihn Hieb um Hieb, dann trat er ihm mit ganzer Kraft gegen das Knie und sprang über den Stürzenden hinweg.

Zehn Schritte trennten ihn noch von Maecan, acht, sechs – aber an dem selbstgefälligen Grinsen des Alten erkannte er die Sinnlosigkeit seines Unterfangens. Der mächtige Maestre hob seinen Stock und richtete seinen Blick auf Jaquento. *Der nächste Zauber gilt mir,* erkannte der Hiscadi blitzschnell.

Da plötzlich sprang Sinosh aus der Takelage herab, traf Maecan in den Nacken und verbiss sich zuckend und um sich schlagend in dessen Hals. Der Alte schrie wütend auf, aber Jaquento konnte den Moment nutzen, um die Distanz zu überbrücken – und an Maecan vorbeizulaufen. Er setzte über die anscheinend bewusstlose Sinao hinweg, sprang über das Artefakt, kam an der Reling schlitternd zum Stehen und warf seinen Degen zu Boden.

Dann packte er eine 3-Pfund-Drehbasse und riss sie herum. *Bei allem, was wir geopfert haben, lass sie geladen sein!* Er wusste nicht, an wen er sein Stoßgebet sandte; es zuckte einfach durch seinen Geist.

Der alte Mann griff nach Sinosh, bekam den kleinen Drachen zu fassen und riss ihn sich vom Hals. Sinosh wickelte sich um seine Hand, biss ihm ins Handgelenk, aber das schien Maecan nur noch wütender zu machen.

Feuer, schoss es Jaquento durch den Kopf. *Ich brauche Feuer!*

Und dann sah er Sean, der einem Soldaten das Beil in die Brust schlug und das Heft losließ, als sein Feind nach hinten fiel. Mit einer glatten Bewegung zog er seine letzte Pistole und warf sie Jaquento zu.

Es war, als verlangsame sich die Zeit. Die Waffe segelte durch die Luft, beschrieb einen hohen Bogen. Jaquento streckte die Hand aus. Maecan schleuderte Sinosh zu Boden und hob seinen Stock mit einem triumphierenden Grinsen. Jaquentos Finger schlossen sich um den Griff der Pistole, die Mündung richtete sich auf das Zündloch der Drehbasse, dann drückte er ab.

Funken schlugen aus der Waffe, ein feuriger Mündungsstoß. Der Knall dröhnte in seinen Ohren, dann folgte das laute, trockene Bellen der Drehbasse, als sie ihre tödliche Ladung ausspie.

Maecan sah Jaquento mit schreckensweiten Augen an. Die Geschosse schlugen in das Artefakt ein. Steinsplitter flogen durch die Luft, bohrten sich in Holz und Fleisch. Eine der steinernen Säulen brach aus ihrer Fassung, dann folgte eine zweite.

Für Jaquento veränderte sich nichts, aber Maecan riss die Augen noch weiter auf. Seine Miene drückte Überraschung und Verzweiflung aus, und er schrie entsetzt: »Nein!«

Sinosh huschte geduckt davon, verschwand zwischen zwei Fetzen des Segels.

Manoel rappelte sich ein Stück auf. Blut lief dem jungen Maestre aus der Nase, und er spuckte rotschäumenden Speichel auf das Deck. »Sinao ...« Ein Husten schüttelte seinen Körper.

Sie muss da weg!, rief Sinosh Jaquento zu. *Bitte, Jaq!*

Jaquento beugte sich vor und zerrte die junge Paranao fort von dem Artefakt, ohne den Alten zu beachten. Auch sie war blutüberströmt. Obwohl ihre Augen geschlossen waren, griffen ihre Finger unwillkürlich nach dem Stein, glitten über die dunkle Oberfläche, hinterließen blutige Spuren. Sie wehrte sich gegen den Griff des Hiscadi, strampelte mit den Beinen und trat um sich, doch ihr Widerstand war schwach und unfokussiert, und es gelang Jaquento, sie ein Stück weit wegzuziehen. Er ließ sich neben ihr auf ein Knie nieder, und ihr Körper wurde in seinen Armen schlaff.

»Du verstehst nicht«, erklang Maecans Stimme, rau von dem Verlust, den er erlitten haben musste. »Opfer sind nötig, um etwas Großes zu schaffen. Und ich will etwas von immenser Bedeutung tun. Sieh dich doch um!«

Der Alte richtete sich an der Halterung des Steuerrads auf. Es kostete ihn Mühe, aber Jaquento sah, wie der Stolz in seine Miene zurückkehrte. Aber er sah auch noch mehr. Vorher hatte Maecan schon alt gewirkt, doch nun schien er mit jedem Augenblick noch weiter zu altern.

»All die Kriege. All die kleinen Nationen mit ihren kleinen Träumen. Wenn die Magie wieder so mächtig ist, wie sie einst war, wird das alles vergehen. Das alte Reich kehrt in Glorie zurück. Frieden wird herrschen, Frieden und Wohlstand. Die Vigoris heilt die Wunden, sie verbindet. Ein großes Imperium kann aus der Asche neu entstehen, keine schmutzigen Banditenkönigreiche, die sich im Ruhm vergangener Tage suhlen. Die Drachenkaiserin war im Unrecht, als sie diesen Stein erschaffen hat. Sie war zu feige, sich einer Welt zu stellen, in der Magie alle Freiheiten hat. Ich aber bin es nicht.«

Jaquento erhob sich.

»Lass es mich zu Ende bringen. Die Welt wird danach ein besserer Ort sein. Die Magie wird sie besser machen. Und du wirst ein Held sein in einer glorreichen Zukunft.« Der Alte tat einen Schritt auf Jaquento zu, die Hand erhoben, als wolle er ihn zu sich rufen. »Dein Name wird noch in tausend Jahren für das Gute stehen. Wir können die Welt erneuern, können ihr das Versprechen zurückgeben, das sie einst hatte. Das große Imperium, das alte Reich, in neuem Glanz. Eine neue Welt!«

Jaquento nickte langsam. Dann sah er zu dem Artefakt hinüber. Als er Maecan ins Gesicht blickte, lag schon wieder ein Ausdruck des Triumphs in den Zügen des Alten.

Für einen Moment schien alles um Jaquento herum stillzustehen. Es gab nur noch ihn und den Alten. Die Schlacht, die Toten, seine Freunde und seine Feinde – sie alle schienen weit entfernt. Der Hiscadi versuchte sich die neue Welt vorzustellen, die Maecan ihm beschrieb, eine Welt, in der alles und jeder von der Magie beherrscht wurde, die keine Grenzen mehr kannte.

»Ich weiß nicht«, gestand Jaquento schließlich. »Irgendwie mag ich die Welt so, wie sie ist.«

Mit diesen Worten nahm er einen kurzen Anlauf, warf sich gegen das Artefakt, stemmte sich dagegen, schob es mit all seiner Kraft über die Planken und mit einem letzten Ruck durch ein gezacktes Loch in der Schanz über die Bordkante.

Als er sich umdrehte, stand Maecan immer noch mit ausgestreckter Hand vor ihm, den Blick ungläubig auf die Stelle gerichtet, an der das Artefakt eben noch gestanden hatte.

Mit unsicheren Schritten näherte sich Bihrâd. Die Miene des Mauresken verriet endlich seinen Zorn, als er sich neben Maecan stellte. »Der Tod war nie meine Aufgabe«, sagte er. »Doch heute ist er es.«

Seine Hand legte sich auf die Schulter des Alten. In unheimlicher Stille fiel Maecan langsam nach hinten.

Jaquento trat neben seinen Freund und blickte auf die Leiche des Alten hinab. Jetzt, da Bihrâd die Magie aufgehoben hatte, die Maecan Hunderte von Jahren am Leben gehalten hatte, war dieser nur mehr ein uralter Mann, dünn, ausgezehrt und mit papierener Haut.

»Es tut mir leid«, murmelte Jaquento. »Ich weiß, dass du deinen Fluch hinter dir lassen wolltest.«

Bihrâd sah ihn lange an, dann senkte er den Kopf. »Am Ende zählt nicht der Fluch, der auf jedem von uns liegt. Am Ende zählt nur, was wir mit unserem Leben anfangen.«

Um sie herum ebbte der Lärm der Schlacht ab. Das Donnern der Kanonen erstarb, der Wind wehte Nebel und Rauch fort, und der Blick öffnete sich für die endlose Weite der See.

FRANIGO

Der Papierstapel war mittlerweile auf eine beachtliche Höhe angewachsen, und ähnlich verhielt es sich mit Franigos Stimmung. Seine Feder kratzte nur so über die Blätter, fügte Wort an Wort, dass es eine Freude war. Lange hatte er mit sich gehadert, ob er für dieses Werk tatsächlich seiner geliebten Dramatik abschwören sollte, aber schließlich hatte der Stoff selbst den Ausschlag gegeben. Zusammen mit einem Vorschuss, den ihm ein namhafter Verleger aus Cabany bezahlt hatte.

Selbstverständlich war das Geld bei seinen Überlegungen der weniger wichtige Aspekt gewesen. Viel schwerer hatten die künstlerischen Überlegungen gewogen, denn nur in der Form eines Romans ließ sich die wahnwitzige Geschichte des letzten Nigromantenmagiers erzählen. Andererseits war es nicht ausgeschlossen, dass Franigo den Stoff für die Bühne umarbeiten konnte, wenn es denn Bedarf gab. *Ja, die Aussichten sind wahrlich rosig für einen Mann mit einigem Talent.*

Sein Blick fiel auf das Bett, dessen Laken noch ganz zerwühlt waren. In der Nacht hatten sie voneinander Abschied nehmen müssen, und es war entsprechend leidenschaftlich geworden. Als er am Morgen erwacht war, war sie bereits fort gewesen; nur ihr Duft hatte ihn noch umgeben, lockend und voller Versprechungen. Seit Wochen verbrachten sie nun schon ihre Nächte gemeinsam, und Franigo fühlte noch immer, wie allein ihr Duft bereits seinen Körper in einen durchaus angenehmen Schwindel versetzte. *Nein, allein der Gedanke, dass sie gestern noch in diesem Bett lag, bringt mein Blut in Wallung. Faszinierend!*

Wohin Tareisa vor Sonnenaufgang aufgebrochen war, hatte sie ihm nicht sagen wollen. Es war nur eins der vielen Geheimnisse, die sie umgaben und die seine Fantasie anregten. Tareisa hatte gesagt, dass sie in wenigen Tagen zurückkehren würde, aber der Poet hatte schon jetzt das Gefühl, dass er so lange nicht auf sie verzichten konnte.

Also schrieb er weiter. Seine Geschichte war groß, sie umspannte die halbe Welt und tausend Jahre. Wo es sein musste, nahm er kleine Veränderungen vor, aber diejenigen, die Teil der Ereignisse gewesen waren, kannten schließlich die Wahrheit, und alle anderen mussten sie nicht in all ihrer Bitterkeit erfahren. Sein Roman würde die Geschichte wiedergeben, wie sie erzählt werden *sollte*: wie eine Gemeinschaft von heldenhaften Gestalten sich dem letzten und mächtigsten der Nigromantenmagier heldenhaft in den Weg stellte und diesen schließlich besiegte.

Die Feder kratzte über das Papier. Die Wahrheit würde im Besitz einiger weniger bleiben, aber das störte Franigo nicht. Ihm ging es um ein höheres Gut: die künstlerische Wahrheit. Er fing sie mit seiner Feder ein, bannte sie auf Papier, und schon bald würde sie gelesen werden, und jeder würde um sie wissen. Sie war glorreicher als die Wahrheit, weniger profan, und obwohl ihre Lektüre berühren konnte, schmerzte sie weniger.

Während der Poet schrieb, ging das Leben vor seinem Fenster seinen Gang. Die Menschen von Cabany weinten und lachten, handelten und tranken, freuten und stritten sich. Die Gusemisten hatten den letzten Machtkampf verloren. Nun herrschte die Armee oder, besser gesagt, ein junger Marschall aus Gavere, und die Massen jubelten ihm zu. Es hieß, dass er die große Armee antreten lassen würde, um die abtrünnigen Ländereien wieder unter géronaische Herrschaft zu bringen. In Hiscadi rüstete man sich bereits und bereitete sich auf das Unausweichliche vor, während Thaynric einerseits unverbrüchliche Treue zu seinen hiscadischen Freunden schwor, andererseits aber in innenpolitischen Wirren gefangen war und noch nicht einmal die Mobilmachung verkündet hatte.

Franigo kümmerte das momentan wenig. Seine Zeit in der Politik war vorbei, und er tat das Einzige, womit er Einfluss nehmen konnte: Er schrieb. Stets hatte er sich in den letzten Jahren vereinnahmen lassen, hatte sich von Ruhm, Geld und Macht blenden lassen. Jetzt war er nur noch seiner Kunst verpflichtet. Seiner Kunst und der Liebe, so hatte er es sich geschworen, und so würde er es halten.

Wort für Wort schrieb er nieder. Ein ganzes Buch würde es am Ende sein. *Und wenn ich pro Buch einen Lunar bekomme oder besser zwei, dann reichen schon tausend, nein, sagen wir dreitausend Leser …*

SINAO

Leise pfiff Sinao vor sich hin. Sie baumelte mit den Beinen, und die unbequemen Schuhe an ihren Füßen schleiften über den Boden. Es dauerte sieben Sekunden, bis sie bemerkte, was sie tat. Erschrocken sah sie auf, aber die einzigen anderen Anwesenden, zwei Soldaten in derartig prächtigen Uniformen, dass sie aussahen wie Vögel der Sturmwelt, starrten weiterhin stur geradeaus. Als kleines Experiment räusperte sich Sinao – keine Reaktion. Sie pfiff noch einmal, aber diesmal lauter. Immer noch rührten die Wachen sich nicht.

Vorsichtig stand sie auf, ging zu einem der Soldaten und baute sich vor ihm auf. Der Mann war sehr groß, einen Meter und siebenundneunzig Zentimeter, aber davon stammten drei von den Absätzen seiner Schuhe. Sie sah zu ihm auf, doch er blickte ungerührt über sie hinweg. Wieder pfiff sie, und als er sich nicht rührte, fing sie an, ein altes Lied zu singen, das Brizula ihr auf der Insel Hequia beigebracht hatte. Lauter und lauter wurde ihre Stimme, bis sie unterbrochen wurde.

»Er wird sich nicht rühren.«

Sinao verstummte und fuhr herum. In der Tür stand Admiral Thyrane in einer grandiosen Galauniform. Er musste all seine Orden angelegt haben, und das Metall war so poliert, dass sie im Sonnenlicht glitzerten. Der lange Korridor hatte sehr hohe Fenster, und obwohl alle Thayns ihr immer erzählt hatten, dass Loidin oft regnerisch und vernebelt war, schien schon seit ihrer Ankunft die Sonne.

»Ich wollte nicht … Ich habe nur …«

»Schon gut«, erklärte Thyrane mit einer wegwerfenden Handbewegung. »Es kann einen reizen, nicht wahr?«

Sinao warf einen letzten prüfenden Blick auf den Soldaten, doch der hatte sich noch immer kaum bewegt, und die Paranao nickte.

Ein weiterer Mann kam durch die Tür am Ende des Ganges, aus der Thyrane getreten war. Er sah sich kurz um, und sein Gesicht machte deutlich, dass ihm nicht gefiel, was er sah. Seine Livree war auch hübsch, mit vielen Litzen und einer dicken, goldenen Kette.

»Sinao?«

Seine Stimme war unangenehm, irgendwie nasal, und als er vorhin den Admiral aufgerufen hatte, war er viel höflicher gewesen und hatte Thyranes Titel aufgezählt, deren Anzahl allein Sinao schon überrascht hatte.

»Bin ich«, erwiderte sie deshalb ebenso unhöflich und musste dabei an Manoel denken, der ihr jetzt wohl zugezwinkert hätte. Fast war sie froh, dass er sie nicht begleitet hatte, denn sie konnte sich beim besten Willen nicht vorstellen, wie er sich mit all dem Zeremoniell und der Etikette am Hof von Loidin vertragen hätte. Außerdem hatte der junge Maestre nach dem Gefecht eine lange Zeit zwischen Leben und Tod geschwebt und sich auch danach nur langsam erholt. Jaquento hatte ihn in die Sturmwelt mitgenommen, wo Bihrâd sich um ihn kümmern konnte.

»Bitte folgen Sie mir«, sagte der Livrierte. Sinao nickte und tat wie geheißen.

»Erzähl einfach, was du weißt«, flüsterte Thyrane ihr zu, als sie an ihm vorbeiging. Es war der Admiral, der ihr nun ein Zwinkern schenkte. »Feuer frei!«

Hinter der Tür gelangte sie in einen Raum, der weitaus weniger groß war, als Sinao erwartet hatte. Sie hatte sich einen gewaltigen Saal vorgestellt, mit lauter goldenen Dingen darin. Stattdessen befand sie sich in einer kleinen Halle mit einem ovalen Tisch in der Mitte. An der einen Seite des Tisches saßen acht Personen. An der anderen niemand.

»Admiral Thyranes Mündel«, kündigte sie ihr Begleiter an, »Sinao.«

Er ging zu dem Tisch und zog einen der Stühle zurück. Sinao stellte sich davor und setzte sich, als ihr der Stuhl in die Kniekehlen geschoben wurde, genau wie sie es mit Thyrane geübt hatte.

Die Gruppe auf der anderen Seite des Tisches betrachtete sie aufmerksam. Es waren drei Frauen und fünf Männer, alle in Stoffe gekleidet, die Sinao unbekannt waren, die aber teuer und äußerst steif wirkten. Vier Blicke waren abschätzig, die meisten davon unverhohlen. Zwei schauten neugierig drein und einer gelangweilt.

Die letzte Person, die Sinao ansah, eine Frau in einem schwarzen Kleid, war sicherlich dreimal so alt wie die Paranao. Sie blickte sie einfach nur an, ohne ein erkennbares Gefühl in ihren Augen. Ihr Gesicht war weiß gepudert, und sie trug ihr helles rotes Haar zu einem Knoten am Hinterkopf aufgesteckt. Das Kleid sah unbequem aus, es war bis zum Hals hochgeschlossen und geknöpft und vollkommen ohne Verzierungen.

Sinao wartete einfach ab, was geschehen würde, da Thyrane ihr gesagt hatte, dass es ungehobelt sei, einfach so zu sprechen.

»Mein Kind, weißt du, wo du bist?«, fragte die Frau mit den roten Haaren nicht unfreundlich.

»Natürlich. Das hier ist das Haus der Cacique von Thaynric.«

»Das Haus der … Cacique?«

»Königin«, berichtigte sich Sinao schnell und schalt sich selbst eine Närrin. Die Frau hingegen lächelte.

»So ist es. Es ist mein Haus. Ich bin die Cacique dieser Nation. Admiral Thyrane hat mir eine schreckliche Geschichte erzählt, und ich möchte dich bitten, dass du mir deine Geschichte auch erzählst.«

»Alles?«

»Jedes Detail«, erklärte die Königin.

Und das tat Sinao. Sie konnte sich noch an alles erinnern; sie vergaß nie etwas. Sie erzählte von ihrer Mutter und von der Trennung von ihr. Von Hequia und der Compagnie. Von Tangye und von den Soldaten. Sie erzählte von Brizula und von Dagüey. Sie erzählte von den Sklaven im Lager, von den Peitschen, von den Balken, an denen die Gehängten baumelten, bis ihr Fleisch ganz schwarz geworden war und ihre Haut aufplatzte. Sie erzählte von Majagua, der sie befreit hatte, und den die Insel doch nicht gehen ließ. Sie erzählte von Gleckham und Holt, von der *Windreiter* und der *Imperial*, von Rosarias und Malster und von den Drachen. Sie erzählte lange und ruhig, selbst als ihr Tränen über die Wangen liefen. Als sie aufhörte, stand die Sonne nur noch eine Handbreit über dem Horizont, und die Diener begannen bereits damit, Lichter im Raum zu entzünden.

Niemand sprach ein Wort, als Sinao endete.

Schließlich nickte die Königin. »Möchte jemand auf die Anschuldigungen antworten?« Sie blickte in die Runde. »Niemand?«

»Morwey«, begann einer der Männer und wies mit der Hand auf Sinao. »Das ist ein Kind aus den Kolonien. Eine Eingeborene. Rührend, gewiss, aber auch ungebildet und naiv. Wer kann schon sagen, was sie erlebt und was sie nur erfunden hat?«

Die Königin nickte erneut, dann stand sie auf und kam um den Tisch herum zu Sinao. Sie sah ihr lange in die Augen, und Sinao wich dem Blick nicht aus.

»Ich glaube dir, mein Kind. Und nicht nur, weil Aomas für deine Worte bürgt. Ich werde deine Geschichte morgen in das Parlament tragen. Ich werde sie den Zeitungsschreibern erzählen. Es mag sein, dass nicht ich allein die Gesetze dieses Landes mache, aber ich bin die Königin der Thaynrischen Inseln und aller Kolonien, und meine Stimme findet auch im letzten Winkel der Welt Gehör.«

Sinao wusste nicht, was sie antworten sollte. Thyrane hatte ihr nicht beigebracht, wie sie auf diese Worte reagieren sollte, also sagte sie einfach, was ihr ihr Herz einflüsterte: »Danke.«

Dann ging die Königin zurück an ihren Platz.

Der Livrierte berührte Sinao an der Schulter. »Kommen Sie bitte«, murmelte er, weitaus freundlicher als vorher.

Sinao warf noch einen Blick auf die acht Menschen am Tisch. Jetzt sah keiner mehr gelangweilt aus. Dann folgte sie dem Mann zurück in den dämmerigen Korridor, wo Thyrane auf der hölzernen Bank saß und auf sie wartete.

»Und?«, fragte er, als er sich erhob.

»Deine Cacique hat gesagt, dass sie meine Geschichte im Paralement erzählen will.«

»Parlament«, korrigierte Thyrane sie.

»Was bedeutet das?«

»Es bedeutet, dass einige Leute bald sehr schwitzen werden.« Thyrane grinste, so dass plötzlich Freude in Sinao aufstieg. »Sehr, sehr schwitzen.«

»Deine Cacique ist nett.«

»Nett?« Thyrane lachte. »Sie ist eine große Königin, aber *nett* würde ich sie nicht nennen, und es ist nicht nur ihr sicherlich großes Herz, das sie dazu bringt, dies zu tun.«

»Was? Wieso?«

»Die Krone hat Schulden bei der Handelscompagnie. Einen ganzen Haufen. Das Land auch. Wir liefern Thaynric vielleicht einen Ausweg aus dieser Sache.« Thyrane bemerkte, dass Sinao ihm nicht folgen konnte. »Es geht um Geld – oder zumindest auch um Geld.«

»Das ist mir egal, solange die Schuldigen bestraft werden.«

Er hielt ihr die Hand hin und führte die Paranao den Korridor entlang.

»Und, hast du entschieden, was du tun willst?«

Sinao zuckte mit den Schultern. Die Last der Gräuel auf Hequia war jetzt erst von ihrem Herzen genommen worden, und sie hatte sich noch nicht überlegt, was sie nun tun wollte. Thyrane hatte ihr angeboten, ihr einen Platz an einer der Akademien in Loidin zu besorgen, die Maestre ausbildeten, aber sie zweifelte noch, ob das wirklich der richtige Weg für sie war. Anui schien auch hier auf die Menschen, aber Sinao fühlte sich von den Zemi entfernt.

Der Admiral hatte auch gesagt, dass es die Möglichkeit gäbe, sie mit zu sich nach Hause zu nehmen, was ihr schon besser gefiel, denn er hatte ihr mit so leuchtenden Augen von seiner Heimat erzählt, dass sie dieses Graemney schon gern sehen würde. Andererseits vermisste Sinao Manoel sehr, der in die Sturmwelt zurückgekehrt war. Sie hätte zu gern gewusst, ob er wieder auf den Beinen war.

»Ich weiß noch nicht. Und du?«

Thyrane hob seinen anderen Arm ein wenig und zuckte zusammen, als das Gelenk knackte. Unwillkürlich strich Sinao sich über die kleinen Narben an der Schläfe, wo sich einer der Splitter des Artefakts in ihre Haut gebohrt hatte.

»Ich kehre heim. Kümmere mich endlich um mein Anwesen und um meine Hunde. Gehe auf die Jagd. Trinke Port. Wie es sich für einen Mann meines Alters gehört.«

Sie gingen weiter, als plötzlich ein Mann in Uniform aus einer Nische hervortrat, salutierte und Thyrane einen dicken, versiegelten Umschlag hinhielt.

»Thay?«

»Was ist das, Leutnant?«

»Neue Befehle, Thay.«

Einen Augenblick lang herrschte Schweigen zwischen ihnen, und fast hätte Sinao geglaubt, dass Admiral Thyrane einfach weitergehen würde.

Aber dann schlossen sich seine Finger um den Umschlag.

JAQUENTO

Über dem Pier kreisten Möwen in der hellen Mittagssonne. Es wehte kein Wind, nicht einmal der leiseste Hauch war zu spüren. Sean hatte nicht übertrieben, als er gesagt hatte, dass die Hauptinseln des Viererbundes in einem Gebiet ewiger Flaute lagen. Seit Jaquento angekommen war, hatte er keinen Wind erlebt. *Wunderbare Voraussetzungen für eine kleine Nation von Seefahrern,* dachte er amüsiert.

Sobald die *Todsünde* den Umbau und die Überholung hinter sich gebracht hätte, würde sie deshalb von Ruderbooten aus den Gewässern der vier Inseln gezogen werden müssen. Jaquento blickte zu seinem Schiff hinüber, auf dem gerade ein neuer Mast angebracht wurde. Überall arbeiteten Menschen, Seeleute ebenso wie die Hafenarbeiter des Viererbundes. Es würde keine zwei Wochen mehr dauern, bis das ehemalige Piratenschiff wieder auslaufen konnte.

Eine Zeit lang betrachtete Jaquento das geschäftige Treiben. Er hatte die Überwachung der Arbeiten in die Hände anderer gelegt. Auf seiner Schulter streckte sich Sinosh träge und gähnte.

»Immer noch müde?«, murmelte der junge Hiscadi.

Das ist die Sonne, erwiderte der kleine Drache. *Und der fehlende Wind. Und ich wachse ein bisschen, das macht mich schläfrig. Ich freue mich, wenn wir wieder auf See sind.*

Jaquento nickte. Auch er konnte es kaum erwarten, wieder auf den Planken des Decks zu stehen und die Bewegungen des Meeres zu spüren.

Einige Dockarbeiter drängten sich an ihm vorbei. Sie trugen kleine Fässer, und die Anstrengung zeigte sich in ihren Gesichtern.

Oh, ich muss los, befand Sinosh und sprang ihm mit einem großen Satz von der Schulter. Das kleine Drachenweibchen breitete die Flügel aus und glitt geräuschlos hinter den Arbeitern her.

»Was ist los?«, rief Jaquento der Echse nach. »Sind das Butterfässchen?«

Port!

Jaquento schüttelte den Kopf. Sinoshs gewaltiger Appetit und die Trinkfestigkeit des Drachen überraschten ihn immer wieder.

Bihrâd und Sean kamen den Steg entlang, wichen den Arbeitern aus, und der Blonde wedelte spielerisch mit einer Hand in Sinoshs Richtung, als wolle er ihn verscheuchen. Sie kamen zu Jaquento, und während Bihrâd seinem Freund zunickte, salutierte Sean, wenn auch nicht gerade den Vorschriften der thaynrischen Marine entsprechend. Jaquento hatte ihn gefragt, ob er sein Erster Offizier werden wolle, und zu seiner Überraschung hatte Sean Ja gesagt. In dieser Funktion hielt Sean nun eine Liste in der Hand und reichte dem Hiscadi das Papier.

»Wir liegen gut in der Zeit, Käpt'n«, fasste er zusammen. »Ich denke, dass wir bis zum Abschluss der Arbeiten auch volle Mannschaftsstärke haben werden. Bihrâd hier schaut sich die Neuzugänge an. Und Manoel geht ihm dabei auf den Sack. Verzeihung, zur Hand wollte ich sagen.«

Der junge Kapitän grinste breit. »Gut. Alles so, wie es sein sollte?«

»Ja. Das Material ist gut, das beste Holz, das ich seit langer Zeit gesehen habe. Ordentlich abgelagert. Und die Jungs und Mädels wissen, was sie tun. Die alte *Todsünde* wird danach eine Haut aus Eisen haben und verflucht fix unterwegs sein.«

Jaquento nickte zufrieden, und auch Sean lächelte.

»Gute Neuigkeiten. Sonst noch was?«

Der Erste Offizier sah an Jaquento vorbei, und seine Augen verengten sich ein wenig. »Nichts Wichtiges, Käpt'n. Wir lassen euch mal allein.«

Mit diesen Worten wandte er sich ab und zog den Mauresken mit sich, aber Jaquento wirbelte bereits herum. Am Ende des Piers stand eine einsame Gestalt mit schwarzem Uniformrock mitten im Sonnenlicht, den Dreispitz trotz der Hitze auf dem Haupt.

Jaquento rannte los. Seine langen Beine überbrückten die Entfernung rasch, und dann schlang er seine Arme um Roxane, presste sein Gesicht an ihren Hals und atmete tief ein.

»Roxane«, flüsterte er, während ihre Hände über seinen Rücken wanderten und sie seine Umarmung erwiderte.

Sie standen lange einfach nur da, Körper an Körper. Ihre Lippen fanden sich schließlich, und Jaquento genoss den ersten Kuss seit vielen Wochen.

Als sie sich endlich voneinander lösten, trat Roxane einen Schritt zurück und strich ihre Uniform glatt. »Ein schönes Schiff«, erklärte sie mit einem Blick auf die *Todsünde*. »Die Marine des Viererbundes kann froh sein, dass es unter ihrer Flagge fährt.«

Jaquento nickte. Eine Frage brannte in seinem Geist, und er musste sie aussprechen: »Bist du in einer offiziellen Mission hier, mein Herz?«

Sie trat noch einen Schritt zurück und sah an sich herab, als bemerke sie zum ersten Mal, dass sie eine Uniform trug.

Dann zog sie Jaquento wieder in eine Umarmung. »Ja«, murmelte sie. »Ich wurde hierher versetzt. Als Verbindungsoffizier der thaynrischen Marine zum Viererbund. Die Admiralität glaubt, dass es sinnvoll wäre, die Ressourcen im Kampf gegen Piraterie in der Sturmwelt zu vereinen. Also, ein gewisser alter Admiral glaubt das, auf meinen Hinweis hin. Ich soll der noch jungen Marine dieser schönen Nation mit Rat und Tat zur Seite stehen.«

Sie lächelte, als sie Jaquentos Blick bemerkte. »Ich weiß schon, dass die Marine des Viererbundes und die Piraterie in der Sturmwelt keine ganz klaren Grenzen haben«, sagte sie. »Aber ich glaube, das Oberkommando in Loidin findet das ganz nützlich.«

Jaquento hüstelte gekünstelt.

»Das ist die Uniform einer Kapitänin«, bemerkte er dann. »Du solltest ein eigenes Kommando haben, eine Fregatte kommandieren und dir Meriten erwerben.«

»Zugegeben, ein Kommando auf See ist es nicht – aber ich finde den Posten durchaus reizvoll.«

»Wie viel Zeit haben wir?« Seine Stimme war rau.

Sie zuckte mit den Schultern. »So lange, bis sie mich abberufen, um mir doch wieder ein neues Schiff anzuvertrauen, schätze ich.«

Also stellte er die letzte Frage: »Und wenn das geschieht?«

»Dann werde ich gehen, Jaq. In dieser Sache habe ich keine Wahl, wie du weißt.« Sie sah ihm in die Augen. »Aber bis dahin sind wir zusammen. Auch wenn es nicht lang ist, es ist eine gute Zeit.«

Jaquento nickte. Er legte die Arme um sie und drückte Roxane an sich.

So standen sie da und betrachteten einmütig sein Schiff.

EPILOG

An diesen Ort zurückzukehren war eine seltsame Erfahrung. So lange war er Zentrum ihres Lebens gewesen, selbst als sie ihn nur noch selten besucht hatte. Äußerlich wirkte er unverändert; auf den ersten Blick war er noch immer nicht mehr als ein verwahrloster Garten. Erst, wenn man näher hinsah, erkannte man die Pracht, die hier einst geherrscht haben musste. Statuen standen in Sträuchern, oft zerschlagen, perfekte Torsi ohne Gliedmaßen. Es gab Brunnen, in denen sich nur noch Regenwasser sammelte, in dem dunkelgrüne Pflanzen wuchsen. Säulen, die einst Dächer getragen haben mochten, nun umgestürzt, ihrer Funktion und Form beraubt, von der Natur vereinnahmt und von den Menschen vergessen.

Ihr Weg führte sie mitten in das Herz der Anlage, wo die Überreste des Mausoleums standen. Sie war den Pfad so oft gegangen, dass sie nicht auf ihre Schritte achten musste. Es war eine Ironie der Geschichte gewesen, dass der alte Mann sich ausgerechnet im Mausoleum seiner Mutter vor den Augen der Welt verborgen hatte.

Es kostete Tareisa weit mehr Kraft, das Portal zu öffnen, als sie es gewohnt war. Die Vigoris floss in das schwarze Eisen, und es nahm sie gierig auf. Dahinter waren die Gänge dunkel. Es genügte der winzigste Hauch eines Zaubers, um den Lichtern neues Leben zu schenken, wenn auch eines, dessen Dauer begrenzt war. Vielleicht das letzte Aufleuchten in der Dunkelheit, bevor alles in Vergessenheit geriet.

Tareisa schritt weiter. Sie hatte keine Augen für die Schönheit der Mosaiken, und die Geschichten von der Macht und der Pracht der Nigromantenkaiser, die sie erzählten, waren ihr ohnehin geläufig. Heute war sie nicht an diesem Ort, um dessen Schönheit zu bewundern oder sich, wie früher, von der Kraft berauschen zu lassen.

Sie ging durch verlassene Korridore, deren Lichter vor ihr aufglühten und hinter ihr erstarben. Treppen führten sie tiefer hinab, bis in die Kaverne, in der noch genug ambiente Vigoris gefangen war, um ihre zahllosen Lichter flackern und glühen zu lassen. Einst hätte man an diesem Ort die Augen vor der Helligkeit verschließen müssen.

Ein Hauch von Bedauern keimte in Tareisas Gedanken. Die Wunder dieses Ortes würden verlorengehen. Niemand würde sie wohl je wieder aufleben lassen.

Doch auch deshalb war sie nicht hier. Sie schritt durch die Halle, zu einer kleinen Pforte, deren Dunkel sich beinahe in den Schatten verloren hätte. Dahinter lag ein kleiner Raum, in dem es so sehr stank, dass Tareisa unwillkürlich die Nase rümpfte.

Das Wasser des Beckens war noch brackiger geworden. Seine Oberfläche schimmerte ölig. Inmitten der dunklen Brühe trieb der Körper der Frau, so weiß, dass er beinahe leuchtete, mit durchscheinender Haut, die jedes Detail des Leibes darunter freigab. Ihre Augen waren geschlossen, die Glieder regungslos, aber Tareisa spürte, dass sie noch lebte. Solange die Vigoris nicht völlig entschwunden war, würde die Magie diesen Leib mit Leben erfüllen.

Tareisa kniete neben dem Becken nieder. Vielleicht lag es am Rascheln ihrer Kleidung, vielleicht an einem Lufthauch, ausgelöst durch ihre Bewegungen – die Frau öffnete die Augen. Doch sie starrte nicht in die Ferne, wie sie es sonst immer getan hatte. Ihr Blick wanderte zu Tareisa. Ihre Lippen bewegten sich, suchten Worte, und endlich, nach quälend langer Zeit, fanden sie welche: »Ich bin Tanára.«

»Ich weiß«, flüsterte Tareisa.

Der Arm der Frau bewegte sich, langsam und schwerfällig, ihre Finger öffneten sich, und Tareisa beugte sich vor und ergriff sie.

»Ich bin Tanára.«

Tareisa nickte. Sie konnte nicht mehr sprechen. Das Bild der Frau verschwamm vor ihren Augen, als ihr Tränen über die Wangen liefen.

»Ich bin Tanára.«

Es bedurfte nur eines kleinen Zaubers, kaum mehr als ein Gedanke, und die Vigoris, die die Frau an diesen Ort fesselte, verlor ihre Form, löste sich auf und zerstob.

Sie tat noch einen letzten, langen Atemzug, dann schloss sie die Augen und sank unter Wasser.

Es dauerte lange, bis Tareisa die kalt gewordene Hand der Frau losließ und sich erhob.

Staub wirbelte zu ihren Füßen auf, als sie ein letztes Mal durch die Ruinen schritt und die Vergangenheit für immer hinter sich ließ.

DANKSAGUNG

Bericht von fernen Gestaden

Nach drei Etappen haben wir nun das Ziel erreicht. Es war eine lange und wechselhafte Reise, mit gefährlichen Untiefen, freudigen Überraschungen und großartigen Erfahrungen. Allein kann man eine solche Reise niemals zu einem glücklichen Ende führen.

Deshalb danke ich allen, die daran beteiligt waren. Unsere Navigatorin Uta Dahnke hat es uns erst ermöglicht, unser Ziel zu erreichen. Die Säulen der Gemeinschaft, Sascha Mamczak, Martina Vogl und Sebastian Pirling, haben durch ihre unschätzbare Unterstützung mit zum Erfolg der Reise beigetragen. Auch Natalja Schmidt und Julia Abrahams, Agentinnen Ihrer Majestät, erfahren mit Mantel und Degen, waren maßgeblich an der Unternehmung beteiligt.

Das Ende einer Reise ist immer ein Ereignis, das von gemischten Gefühlen begleitet wird. Man erreicht das langersehnte Ziel, lässt aber ebenso einen wichtigen Abschnitt hinter sich. Freude und die Trauer des Abschieds mischen sich. So geht es auch uns, die wir nun zu neuen Ufern aufbrechen.

Wir hoffen, dass die Reise allen, die uns begleitet haben, ebenso gefallen hat, und dass ihnen die *Sturmwelt* in guter Erinnerung bleibt.

GLOSSAR

Hiscadisch

Mesér, Meséra	Anrede, in etwa: Euer Gnaden
Quéri	Kosewort: mein Herz
Vicado	Adelstitel

Paranao

Anui	Sonnengott der Paranao
Blassnasen	Bezeichnung für Menschen thaynrischer Herkunft, teilweise auch für alle Corbaner
Cacique	Häuptling, männlich oder weiblich
Dingao	Dummkopf, ungeschickter Kerl
Finsterwelt	Paranao-Vorstellung der Hölle
Guaili	Kleiner Junge
Guani	Nobler Mann
Halbherz	Mischling
Jeicacu'	Schwarzauge, Lügner
Mojo	Magie
Ocama	Hör mir zu
Siani Wu'a	Unverheiratete (naive) Frau
Ua'Moje	Magietrinker
Wu'a	Nein!
Yucayeque	Dorf
Zemi	Götter der Paranao, gleichzeitig auch die dreispitzigen steinernen Götzen

Schiffstechnische Begriffe

Einpfünder, Achtzehnpfünder, Vierundzwanzigpfünder etc.	Kanonen; werden nach Gewicht der Kugeln bezeichnet
Achterdeck	Hinteres Schiffsdeck
Aufbau	Schiffbauten, die über dem Hauptdeck liegen
Aufentern	In die Takelage klettern
Back	Aufbau auf dem Vordeck
Backbord	In Fahrtrichtung linke Seite des Schiffs
Backstag	Teil des stehenden Guts
Besanmast	Hinterer Mast
Bilge	Unterster Raum des Schiffes, direkt oberhalb des Kiels
Bramsegel	Oberstes Rahsegel
Brig	Schiffsgefängnis
Bug	Vorderer Abschluss des Rumpfs
Bugspriet	Über den Bug hinausragende Spiere zum Befestigen von Segeln
Dingi	Kleines Beiboot
Eimerreiter	Larven, die im Schiffszwieback leben und beim Transport im Eimer liegen bleiben
Fähnrich	Offiziersanwärter
Faden	Längenmaß, etwa 1,83 Meter
Fallreep	Strickleiter
Fieren	Lockern bzw. eine Last herablassen
Fregatte	Kriegsschiff mit drei Masten und einem durchgehenden Geschützdeck, kleiner als Linienschiff
Glasen	Zeiteinheit, halbe Stunde; auch Angeben der Zeit durch Glockenschlag

Gräting	Gitterrost
Hauptdeck	Höchstes Deck
Kalfatern	Fugen zwischen den Planken abdichten
Kiel	Grundbalken des Schiffs der Länge nach
Knoten	Maß der Geschwindigkeit; eine Seemeile pro Stunde
Koje	Schlafstätte
Korvette	Kriegsschiff mit drei Masten, kleiner als Fregatte
Krängung	Seitliche Neigung des Schiffs
Lastdeck	Laderaum
Lee	Dem Wind abgekehrte Seite des Schiffs
Leutnant	Offiziersrang
Linienschiff	Kriegsschiff mit drei Masten und zwei oder drei Geschützdecks
Luv	Dem Wind zugekehrte Seite des Schiffs
Maat	Unteroffiziersrang
Messe	Speiseraum, auch Essensgemeinschaft an Bord
Orlopdeck	Deck über dem Lastdeck
Poopdeck	Oberstes Achterdeck
Rah	Bewegliches Querholz am Mast, an dem die Segel befestigt sind
Reling	Geländer um das Deck
Riemen	Ruder
Schanz	Geschlossene Reling
Schott	Wand im Schiffsrumpf
Spiere	Querstange am Mast
Spill	Vorrichtung zum Einholen von Tauen und Ketten; Winde, Ankerwinde
Steuerbord	In Fahrtrichtung rechte Seite des Schiffs
Sturmwelt-fahrer	Handelsschiff mit drei oder mehr Masten

Takelage	Tauwerk des Schiffes; bewegliches und stehendes Gut; teilweise auch Gesamtheit der Masten, Segel, Spiere und Taue
Topp	Mastspitze
Toppsgast	Matrose, der an der obersten Takelage arbeitet
Wanten	Taue, die den Mast seitlich stützen
Winsch	Eine Winde